U0903391

THE SOT-WEED FACTOR

烟草经纪人

上

〔美国〕约翰·巴思 著
徐朝友　李自修 译

译林出版社

We sit here on a blind rock careening through space;

we are all of us rushing headlong to the grave.

我们正坐在一块从太空胡乱飞来的岩石上，

我们大伙都在奔向坟墓。

目　录

第三部　收复莫尔登 ······ 639

1987 年修订版序言

这部小说的书名的确有点儿耸人听闻，像是涉及某种恶毒、阴暗或者有着潜在危险的地下组织：中国综合症，法国贩毒网，烟草经纪人。事实上，“烟草（sot-weed）”是美国殖民地时期的俚语，后来的美国人更愿意称大麻（marijuana）为“麻（pot）”或“草（grass）”。称之为“烟草”是因为它具有麻醉作用、容易使人上瘾的特性，也正是由于这种特性，它从新世界引进后在旧世界广为流行，因此烟草不仅成为北美大西洋中部殖民地的主要经济作物，甚至一度具有了像金钱一样作为流通货币的交换功能。欧洲和美国白人社会、殖民时期的马里兰州和弗吉尼亚州的经济和农业也因此都带上了浓重的烟草味儿。罗伯特·伯顿（Robert Burton）在他《忧郁的剖析》（*Anatomy of Melancholy*，1621 年）中写道：

“烟草，非凡、稀有、妙不可言的烟草，它贵如黄金，好似哲学家的魔法石，是医治所有疾病的灵丹妙药。我承认，如果它被恰当地限制和使用将是一种极好的药剂和有效的药草，但它却被大多数人滥用了，就像用以防止瘟疫和疾病的麦芽酒，成了商品、土地和人类的天敌，这种可怕邪恶的烟草彻底摧毁了人的肉体和灵魂。”

三百年后的 1915 年，一位名叫格雷厄姆·李·西姆格尔（Graham Lee Himminger）的美国大学生在宾夕法尼亚州立大学的《泡沫》（*Froth*）杂志上撰文写道：

烟草是一种其貌不扬的野草。我喜欢它。
它满足人们非同寻常的欲望。我喜欢它。
它使你瘦弱，贫乏，

它使你的头发从孱弱的躯壳上脱落。
它是我见过的最不可思议的东西。
我喜欢它。

但在英属北美殖民地时期，“经纪人”就是贸易代理商（我在案头词典里查到的第一个定义，尽管我从来没听说过这种用法）。例如，安大略湖的驼鹿工厂（Moose Factory）不是为了生产或加工驼鹿建立的，而是位于驼鹿村的一个公开的皮草交易市场。十七、十八世纪马里兰州的烟草经纪人用英国生产的商品来交换美国东海岸种植园的烟草。

就这样，一个名不见经传的无名之辈创作了一部被普遍认为是美国第一部讽刺体裁文学作品：一首言辞激烈但又滑稽可笑的叙事诗。在这部诗作（在大多数现在可以找到的版本）的扉页上这样写道：“《烟草经纪人：或马里兰州行纪，一首滑稽模仿诗》，里面记载着这个地区的法律、政府、法院和宪法，以及该地区民居、宴会、庆典、娱乐和醉汉的逸闻趣事等。作者埃本·库克，1706 年在伦敦派特诺斯特街乌鸦招牌由本·布拉格印刷和出售，标价六英磅。”该诗的叙述者是个不幸的年青人：

命运多舛，举步维艰，
朋友无义，钱财骗完，
……
无奈离开故土，远走他乡，
与这熟悉的旧世界说再见。

他到达传说中的新世界，并开始尝试烟草经纪，却发现这儿并不是北美殖民地广告中所描绘的种植者的伊甸园——所谓崇高的野蛮人、诚实的商人、彬彬有礼的种植园主以及端庄的贵妇人和睦相处的理想世界——他发现沿海的马里兰州简直就是一个残暴野蛮、瘟疫肆虐的不毛之地。印第安人身上发出野熊油脂的恶臭；殖民者们整日喝得酩酊大醉，无休无止地争吵斗殴；当地人表面上殷勤好客，其实居心叵测，不可轻信；他们的女人懒惰、淫荡；法庭腐败、堕落。这位年轻的烟草经纪人经历了一连串的不幸遭遇，被抢走了衣服，被狗追着爬上树，被蚊子咬，甚至差点儿被致命的“季节性”热病夺去性命。最后，他被骗光了所有财产，穷愁潦倒，乘船悻悻地踏上了归途：“……这片土地上的人无情无义，无法用言语沟通，举止无所谓廉耻。”诗歌以诗人愤懑的诅咒而结束：

愿上帝发怒，把这片土地夷为蛮荒，
因为这里没有男人的忠诚，
更没有女人的贞洁！

在过去的二十年里，关于这首叙事诗的作者埃比尼泽·库克，研究早期美国文学的学者们已经取得了数量可观的研究成果：例如，J. A. 利奥·勒梅（J. A. Leo LeMay）的《殖民地时期马里兰州的作家》（*Men of Letters in Colonial Maryland*，1972 年）和爱德华·H. 科恩（Edward H. Cohen）的《埃比尼泽·库克研究》（*Ebenezer Cooke*，1974 年）；另有《烟草经典》（*The Sot-Weed Canon*）。不过，在 1956 年我开始在埃比尼泽·库克的讽刺诗基础上创作小说时，“埃本·库克（Eben Cook）”这个名字比起他惯常使用的姓氏中有一个 e 的拼写方式（Eben Cooke）还不太被人熟知（尽管上文的扉页引用了）。

那个名字曾经出现在十七世纪后十年和十八世纪最初十年的某个马里兰州房地产交易合同书以及其他法律文件和请愿书上，也出现在《烟草经纪人》和少量其他诗歌里，包括：四首偶然发现的挽歌（在注脚里他风趣地给自己冠上“马里兰桂冠诗人”的称号）；《弗吉尼亚的培根叛乱》（*Bacon's Rebellion in Virginia*），一首不太滑稽的讽刺诗；一本稍晚且相当沉重的《烟草经纪人》的续篇《烟草重现》（*Sot-Weed Redivivus*，1730 年），里面的“旧诗”部分是为了哀悼那些由于缺乏监管的烟草种植而被破坏了的马里兰州森林和耕地；一部修改过并较少辛辣味的《烟草经纪人》。他似乎生于英国而后在马里兰州当律师，他的父亲安德鲁·库克在那里自置了财产。好像他有个姐姐叫安娜，他们共同继承了财产（不久就变卖了）。他的名字在 1731 年版的《烟草经纪人》之后的档案里就再也找不到了，也没有任何关于埃比尼泽·库克去世或葬礼的记载。

库克岬（Cooke Point）是一条大部分被侵蚀的狭长森林和农田地带，宽阔的乔普坦克河和更加宽阔的切萨皮克湾——由安德鲁·库克命名——在这里交汇。1660 年，他在这里购置了一千英亩的沿海房产和庄园。这个地方沿着马里兰州东部海岸从剑桥镇向下游延伸了十几英里，我在那里出生并长大。远在我懂得它的所有历史之前就知道了这个名字（只是少了结尾的那个 e，这是被后期的地图绘制者搞丢的）和地形。在临近我初学写作阶段的最后日子里，我渴望创作一部薄伽丘的巨作那样的鸿篇巨制，书写一部在各个历史时期中记载着的关于我的沼泽地家乡的故事。在调查研究过程中，我无意中发现了埃比尼泽的诗歌《烟草经纪人》，并起草了基于这样一个前提的一些故事：它的不幸叙述者就是诗人本身，我想象这位诗人是带着几分纯真来到殖民地的，尽管或许没有伏尔泰的“老实人”的乐观豁达。

后来越来越庞大的小说结构逐渐超出了我的能力，于是我中途放弃了，但保存了那些手稿和一直做的功课、研究成果，以备将来之需。几乎没过多久，在 1954 年，我找到了一种更恰当的叙述声音，以我现在都觉得惊讶的轻松和速度，创作并出版了我的前两部小说：《漂浮的歌剧》和《路的尽头》。他们的原材料是当下而非历史。这两部是现实性相对较强的短小说，不久被归入了后来兴起的“黑色幽默”流派中。实际上，那时候带着二十五岁雄心勃勃、精力充沛的乐观情绪，我高兴地认为这两部小说不仅是悲观主义的，也是虚无主义的。创作完成后我就把它们视做构想好的虚无主义者三部曲中的前两部，三部曲按顺序包括虚无主义者喜剧、虚无主义者——几乎不能说是悲剧，我们可以称之为惨剧——和一个虚无主义者……什么？

也许，有点儿狂妄了。不过，我的确重又捡起那些被搁置的埃比尼泽·库克的故事，从《漂浮的歌剧》和《路的尽头》“虚无主义者”的角度重新审视这个反英雄角色，构想了一部更大胆的小说：它将把二十世纪的许多旋律以十八世纪的风格重新编曲。这些旋律都是熟悉的美国元素，但并不都是现代的：纯真的悲剧性，阅历的喜剧性，新世界（对于当地人并不是新的）与旧世界（对于我仍然是新的，特别是当时的我）的矛盾，个人身份和民族身份之间错综复杂的关系问题。这种文体是对十八世纪伟大的喜剧小说家们，尤其是亨利·菲尔丁的一种摹仿和再现——文体和情感都不同于我的前两部书。假如我能构思出这样一个故事，至少要有菲尔丁的《汤姆·琼斯》那样错综复杂的结构，最好也能像它那样精力充沛且有趣，而且具有足够的厚度能让出版商把它的书名大大方方地横着印在书脊上，而不是竖着排，那我便能实现用一种叙述的爆炸来为我的“三部曲”画上句号的目标。在创作前几部小说时，我基本上每部只花了半年时间，但这一本估计需要两年之久。

把《马里兰州档案》、关于美国殖民地历史的众多文献和资料以及英国小说的伟大鼻祖统统纳入小说的整体架构，这当然还包括写作过程中句子、段落和篇章的组织等——当我把这个可怜的烟草经纪人带入这个如此繁杂庞大的情节中时，我关于这本书的思考也发生了相当大的变化。首先，我开始发现“纯真”才是我关于这部小说的真正主题，而不是虚无主义，尽管我一直因自己太无知而没有意识到这个事实。更为特别的是，我开始更好地领会那些被我称做纯真的“悲剧性”：纯真是或能够成为危险的甚至有罪的；它一旦被延长或人为地坚持，就会阻滞人的发展，对其本人或对纯真或世故的旁观者来说都是灾难性的；就国家和个体来说，有价值的不是纯真而是明智的经验。

此外，当我努力构思和遣词造句时，又出现了一个出乎意料的主题。我构思的埃比尼泽·库克不仅是一个在新世界遭遇不幸的天真的（也构想为无瑕的）烟草经纪人——抛开他的愚蠢、误导和无知的自负——他还是一个作家，这当然指的是他对自己的称呼而非天赋所得。当牺牲了更多故作姿态的纯真后重新获得失去的领地时，他也在艰难的摸索中学会了文学创作的经验之道，找到了隐藏在那些矫揉造作、装腔作势背后真正的声音，挖掘出真正的创作主题并找到了最合适的形式——简而言之，逐渐成为他曾天真地预想自己能成为的成熟作家。

我也如此。

也许正因为如此，《烟草经纪人》不论有多少缺陷，它始终是给我最大满足感的小说，每当我想起小说创作的经历，我就十分欣慰。《烟草经纪人》于1960年由双日（Doubleday）出版社出版，此时我刚刚过完三十岁生日。该版本的封面上有著名画家爱德华·戈里（Edward Gorey）作的画，所以这个版本后来成为人们竞相收藏的珍品。尽管翻译这部带有十七世纪末英语腔调（小说中美国殖民地时期的文件档案的英语，或多或少带有伊丽莎白时代的语言特点）的二十世纪中叶小说令人望而生畏，但它还是被成功地译介入德国、意大利、波兰和日本。1967年，双日出版社又出版了我更喜欢的《烟草经纪人》平装本：比原版大概少了六十多页，除了文字细节的润色外，情节方面并无改动。我对这个在原出版社重新修订后发行的“烟草”（无需卫生部门给予警告）很喜欢。

1987年于马里兰州朗福德溪畔

（王建平　曹敏　译）

第一部　大赌注

一、诗人得到介绍，从而同他的伙伴们区分开来

十七世纪最后几年，在伦敦咖啡馆里那些傻蛋和纨绔子弟中间，可以见到一个瘦骨嶙峋、四肢细长的高个子，名叫埃比尼泽·库克。此人野心勃勃却资禀不足，略有天赋但又欠谦虚。如同他那些据说在牛津或者剑桥上学的混账朋友们一样，他发现，用母语英文的语音做一番游戏，比冥思苦想英文的含义更叫人解颐，于是自己非但没有不惮劳苦致力学术，反而掌握了作诗的淫巧，竟然仿效着昔日的时尚，挖空心思、连篇累牍地写起了双行体诗来，里面一会儿**丘夫**，一会儿**朱庇特**，[①] 回荡着刺耳难听的韵律，塞满了牵强附会到不可救药的比喻。

作为诗人，这个埃比尼泽既不比同伴们强，也不比同伴们差——他们除了繁衍后代之外，谁也没有留下什么高尚的事物。不过，有四样东西把他跟同伴们区分了开来。头一样是他的长相。灰色的头发，无神的眼睛，脸如刀削，骨瘦如柴，他站立起来，不，是**斜倚着身子**，就十九只手的宽度那么高。身上的衣服料子很好，做工考究，不过，披在他那皮囊上，却仿佛长长的桅杆上那些叫风吹得鼓起来的风帆。他这人苍鹭一般，细腿长喙，或行或坐之间，那姿态就像散了架似的；他的一举一动都别扭得让人吃惊，每个手势都像抡到半空的连枷。此外，他脸上也不安详，好像五官处得并不和谐：苍鹰的喙、狼狗的前额、尖尖的下巴、灯笼似的颚骨和蓝色的眼睛，以及嶙峋的眉骨上那淡黄色的眉毛，都打着自己的小算盘，各自为所欲为，它们所呈现出

---

① 丘夫（Jove）即朱庇特（Jupiter），希腊神话中主神宙斯的罗马名。

的奇特姿态，往往跟他当时的心情风马牛不相及。而这些姿态又转瞬即逝，因为就像坐卧不安的野鸭子一般，他脸上的五官刚一安定下来，就哗！的一声飞走了，喏？它们是怎么样拍打着翅膀呀！谁也说不清楚他五官的葫芦里卖的是什么药。

第二样是他的年纪。虽说他的同伴大多不出二十岁，在这一章所说的那一时节，埃比尼泽已经将近三十岁了，可是，他一点儿也不比同伴乖觉懂事，加上年长六七岁，就更没有了可以辩解的借口。

第三样是他的出身。埃比尼泽虽说自幼没有见过出生的地方，但他生下来就是美国人。他的父亲，安德鲁·库克二世，米德尔塞克斯郡菲尔兹镇圣贾尔斯教区人，是个脸色红润、白皙粗糙、喘着粗气，而又目光燧石般锐利、胳膊已经萎缩的老色鬼，年轻时代在马里兰度过，跟他父亲当年一样，替一家英国制造商当代理。对于货物他眼光敏锐，看起人来则更犀利。三十岁上就在乔普坦克河一带，给库克庄园添置了大约一千英亩的森林和农田。这片土地所在的岬角，他管它叫做库克岬，管自己建造在那儿的小小的住宅叫莫尔登。他晚年结婚，生了一对孪生子女，埃比尼泽和姐姐安娜。孩子们的母亲（仿佛这一不同寻常的铸件胀破了模具似的）在分娩的时候死去。两个孪生姐弟刚刚四岁头上，安德鲁回到英国，把莫尔登交给了一个工头管理。从那以后，他便专门经商，往各处种植园派出自己的代理商。由于他事业兴隆，孩子们衣食倒也富足。

第四样叫埃比尼泽同他的咖啡馆伙伴不同的，是他的风度。他们当中，虽然谁的天资禀赋都不敷应用，但相聚在一起的时候，埃比尼泽的朋友们却个个神气十足，高声吟诵自己的诗作，诋毁当代所有知名诗人（以及他们圈子里面凡是凑巧不在场的伙伴），吹嘘自己在爱情上的征战，以及即将到来的成功；不然的话，他们行事的方式就会使自己变得非常叫人讨厌，除非坐在咖啡馆里每一张桌子旁边的人，都类似于一圈花花公子那样戏弄起哄。不过，埃比尼泽本人，虽说外貌不可能不引人注目，却执意少言寡语，甚至十分冷淡。除了偶尔突然饶一通舌头之外，他不大参与谈话，大半时候，仿佛满足于只是观望着别的鸟儿用喙梳理自己的羽毛。有的人把这种退缩看成是他心怀鄙夷的标志，所以，根据他们个人自信心程度的不同，要么觉得受到威胁，要么为之愤怒。有的人认为这是谦虚，有的人认为是羞怯，还有的人认为是艺术和哲学上的超然。倘若这确是其中任何一种猜测的征兆的话，那么，也就没有什么好戏可唱了。不过，究其实，我们诗人的这种态度，来源于一种复杂得多的背景，这就有必要详细叙述他的童年、他的冒险经历，以及他最后的寿终正寝。

二、埃比尼泽所接受教育的非凡方式，以及这种教育之同样非凡的结果

埃比尼泽和安娜一块儿长大。那时，圣贾尔斯教区的庄园里凑巧没有别的孩子，他们成长过程当中，除了彼此以外没有其他玩伴，因此，他们变得异常亲密。由于安德鲁阔绰得很，给他们请得起指导教师，两人一起玩同样的游戏，也学习同样的科目，但并不分开教学。一直到了十岁，他们还睡在一个卧室里——倒不是说没有地方（无论在伦敦李树街的住房，还是后来建在圣贾尔斯的邸宅里都有房子），而是由于安德鲁的老管家特维格太太的缘故。她给他们当过几年家庭教师，起初念念不忘他们是孪生姐弟，便着意叫他们待在一起，后来，看他们个头渐长，也渐懂人事，便左右为难起来。这时，他们反而如此喜欢彼此相伴，一时之间，只要提到分开房间，就无法抵挡他们双双的抗议。及至他们按照安德鲁的吩咐，终于分开居住的时候，也是住在两个相连的房间里，通常敞开中间的那扇门，好说话聊天。

明白了这一切，下面的情况就不足为怪了，就是说即使到了青春期以后，两个孩子之间，除了各自性别上的生理表现不同之外，也没有多少差别。两人聪明活泼，行为端正。两人中间，安娜更少胆怯，即便是在埃比尼泽长得更加高大、更加壮实的时候，安娜仍然行动更加灵敏，动作更加协调，因此，在他们所玩的游戏当中，她往往是赢

家：什么击毽子、手球或者铁圈球[1]啦，掷木碟、麦格·麦里斯[2]、捡稻草人[3]或者弹硬币[4]啦，等等。两人酷爱读书，而且喜欢同样的书：经典著作中有《奥德赛》和《变形记》[5]，《殉道史》[6] 和《圣徒传》；瓦伦丁和奥尔森[7]、汉普顿的贝维斯[8]和沃维克的盖伊[9]等人的传奇；

---

① 十六、十七世纪流行的一种游戏，是槌球的早期形式。

② 某种游戏，无可考。

③ 一种儿童游戏。游戏者在一堆稻草人中彼此竞赛捡稻草人，以捡得多而又不碰倒其他稻草人为优胜。

④ 一种弹钱币的游戏，也是常见的一种赌博游戏。游戏要求把旧的半便士硬币或者磨光的金属片放在平滑的模板上，用手指弹向一定的位置。

⑤ 《变形记》（*Metamorphoses*），古罗马诗人奥维德（Ovid，前 43—18）作品。

⑥ 《殉道史》（*Book of Martyrs*），约翰·福克斯（John Foxe，1516—1587）作品。约翰·福克斯是牛津大学院士，曾在牛津大学任教，后在伦敦做传道人，是英国宗教改革中最有影响力的作家之一。玛丽女王当政时，对新教徒进行残酷的迫害，福克斯被迫逃亡欧洲大陆，写下了《殉道史》这部传世之作。

⑦ 早期法国传奇题材。大致情节是：国王贝班的姐姐拜伊桑嫁与康斯坦丁堡亚历山大大帝为后，生瓦伦丁（Valentine）和奥尔森（Orson）。由于心怀叵测的主教向亚历山大大帝离间拜伊桑，于是后者遭弃。一只熊背奥尔森远去，成长为野人；瓦伦丁被贝班发现，以骑士养之。瓦伦丁遭遇奥尔森，将其击败，并带回宫廷调教。此后，他们经历了无数次的冒险。摘其要者，拜伊桑同瓦伦丁和奥尔森被囚禁于克勒里芒城堡，最后终于获救。

⑧ 十四世纪早期诗体民间传奇故事，约四千余行，题名即为《汉普顿的贝维斯》（*Bevis of Hampton*）。贝维斯之母，南安普敦郡男爵盖伊之妻，同日尔曼皇帝之子摩尔杜尔共同谋害丈夫后，嫁给凶手，并将贝维斯卖与亚美尼亚国王为奴。国王将女儿约细安许配于他。后国王听信谗言，遂使人将其囚禁达七年之久，约细安也被迫另嫁。新婚之夜，约细安欲悬梁自尽，幸得贝维斯解救，并携约细安赴英。最后，贝维斯击杀了皇帝。

⑨ 十四世纪初诗体民间传奇故事，约七千余行，题名即为《沃维克的盖伊》（*Guy of Warwick*）。盖伊之父摩沃德原系沃维克郡男爵罗汉德的管家，诗中主要叙述盖伊为了获得男爵女儿菲丽丝的爱，建立了诸多的功勋。

罗宾·古德费洛[①]、耐心的格里索[②]，以及林中弃儿[③]的故事等；新一点儿的书当中有詹韦[④]的《给孩子们的礼物》，巴切勒[⑤]的《闺房模范》，费希尔[⑥]的《聪明处女》以及他的《死气沉沉的遗产癖》、《年轻人的警诫》和《趣谜大全》，还有出版时间不长的《天路历程》和基奇[⑦]的《同魔鬼之战》等书。也许，安德鲁先生如若不在生意上那么用心，或者说，特维格太太如若在自己的宗教、痛风，以及她对其他仆人的权威上少花些心思，那么，他们就会让安娜摆弄洋娃娃和刺绣扎箍，教给埃比尼泽骑术和击剑了。然而，他们得到指点的机会根本不多，因而对于哪些活动适合于女孩子，哪些适合于男孩子，也就很少划出什么界线。

他们最喜欢的消遣是演戏。无论在户内还是在户外，他们一个钟头又一个钟头地扮演海盗、士兵、牧师、印第安人、王族、巨人、殉

---

① 罗宾·古德费洛（Robin Good-Fellow），英格兰民间故事中的顽皮小精灵。

② 《耐心的格里索》（*Patient Grisel*）是三位剧作家托马斯·德克（Thomas Dekker，1572—1632）、亨利·切特尔（Henry Chettle，1564—1607）和威廉·霍顿（William Haughton，？—1605）合写的一部戏剧，出版于1603年。

③ 疑指民谣《林中的孩子》。故事中讲一位诺福克郡先生，弥留之际将自己遗留给儿子和女儿的财产托付给弟弟监管。后者觊觎这些财产，于是雇用两个无赖将孩子们杀死。其中一个无赖良心发现，杀死了另一个无赖，并将两个孩子弃于林中。孩子们冻馁毙命，有红胸知更鸟衔树叶盖上他们的尸体。上帝震怒，降罪于孩子们的叔父，其儿子倾家荡产之后，死于狱中。

④ 詹姆斯·詹韦（James Janeway，1636—1674），英国清教徒牧师、作家，其作品广受英国儿童的欢迎。

⑤ 约翰·巴切勒（John Batchiler，约1615—1674），英国作家，《闺房模范》（*Virgins Pattern*）是其1661年出版的书。

⑥ 约翰·费希尔（John Fisher，约1469—1535），英国罗切斯特天主教主教，由于断言英王亨利八世并非英国国教之最高权威而被杀头。他受教于剑桥大学，后来在剑桥创建了圣约翰学院，同时也是博学的神学家，曾撰写文中所述著作。

⑦ 本杰明·基奇（Benjamin Keach，1640—1704），英国浸信会牧师。

道者、爵爷和淑女，或者任何他们感兴趣的角色。他们一边演着，一边编造着动作和台词。有时候，一连几天都表演同一个角色；有时候，又只演几分钟。特别是埃比尼泽，当着大人，他变得十分机灵，能够掩饰起自己假想的角色，同时能够以貌似无邪的手势或语言，明白无误地把这个角色表演给安娜看，逗得她乐不可支。比方说，他们也许会在秋天的上午，在外面果园里扮演亚当和夏娃，到了吃饭的时候，由于有了泥巴的缘故，父亲禁止他们回到果园里去，埃比尼泽便会心地点点头，答道："泥巴并不最糟糕：我还见到了一条蛇。[①]"小安娜回过神来后，也宣称："我才不怕它呢，可从那以后，埃本[②]额头一直都冒着汗。[③]"说着把面包递给了弟弟。夜里，在他们分开房间前和分开后，要么继续演戏（自然啦，他们只是限于对白，因为他们觉得这在黑暗中是轻而易举的），再不然就猜字玩。猜字游戏花样很多，从简单的"用S打头的词你知道哪些"或者"跟faster押韵的词有多少"，到倒着发音的颇为复杂的代号，以及他们童年后期自己杜撰的字眼儿。

他们十岁上的一六七六年，安德鲁给他们聘请了新的指导教师，名字叫亨利·伯林盖姆三世——是个眼睛棕黄、皮肤黝黑、瘦长而结实的年轻人。他年纪二十出头，充满活力，待人热情，相貌也还算英俊。由于某些没有说明的原因，伯林盖姆并没有得到学士学位；然而，就其才赋的广博和深邃而言，并不亚于亚里士多德。在伦敦，安德鲁见到他时，他正无事可做，且又营养不良。于是，这个一向老到的商人，便出费吝啬地给孩子们延请了这个指导教师。这指导教师能够用男高音演唱杰苏阿尔多[④]的情歌，就像解剖田鼠，或者说出希腊语"我是"的时态变化那样轻而易举。这对孪生姐弟立

---

① 此处暗指《圣经·创世记》亚当和夏娃在伊甸园中遇到蛇的典故。

② 埃本（Eben）是埃比尼泽（Ebenezer）的简称。

③ 此处暗指《圣经·创世记》中，亚当和夏娃偷吃了伊甸园中的苹果后，被赶出伊甸园，从此男人必须"汗流满面才得糊口"。

④ 堂卡洛·杰苏阿尔多（Don Carlo Gesualdo，1560—1613），维诺萨王子，意大利作曲家、鲁特琴演奏家。

刻喜欢上了他，而他呢，也在几个礼拜以后，对他们钟爱备至，以至于安德鲁虽不增加薪水，但允许他把圣贾尔斯庄园空地上的小凉亭变成实验起居两用，好叫他全神贯注于自己的职责时，他欣喜若狂了。

他发现，两个孩子都学得很快，对于自然哲学、文学、写作和音乐尤为敏悟；而对于语言、数学和历史，则稍有逊色。他甚至教他们跳舞，虽说埃比尼泽到了十二岁，已经学不精湛。首先，他教埃比尼泽在大键琴上弹奏舞曲；再教安娜随着埃比尼泽的伴奏练习舞步，直到掌握为止；然后，他坐到埃比尼泽的位子上，让安娜教她弟弟舞步；最后，埃比尼泽学会了跳舞，再教安娜在大键琴上练习舞曲。这套办法，除了其显而易见的效果外，还符合伯林盖姆老师教学三原理法的第二条，也就是说，通过教别人才能学得纯熟。第一条是学习的三个常见的动机：学习的必要、雄心和好奇——纯粹的好奇是成长中最糟糕的东西，因为它是“最单纯的”（这样说，其原因在于，学习给我们所带来的价值，与其说是手段，倒不如说是终点）。三个动机则有助于持续不断而又寻根问底的钻研，而不是出于好奇或浅尝辄止的学习，极可能将学习的烦劳变为愉悦。第三条原理同其他两条紧密相关，即这种教与学的游戏永远不能与某些时间和地点联系起来，以免师生都同样（在伯林盖姆这套办法里，老师和学生是非常一样的）会在这些时间和地点之外，养成失于精警的庸俗习惯，从而人不知鬼不觉地在学习和天生行为之间做出有害的区分。

就这样，孪生姐弟的教育从清晨进行到黑夜。伯林盖姆很喜欢跟他们一起演戏，倘若他敢于请求，也可能同他们睡在一起，以便指导孩子们玩猜字游戏。如果说他的这套办法还缺乏洛克[①]体系的规则——后者会让学生把脚浸泡到凉水里面去——那么，他的办法则有趣得多：埃比尼泽和安娜爱自己的老师，三个人成了很好的伙伴。教授历史，他就将他们的演戏导向历史事件；想保持他们对地理的兴趣，他就拿

① 约翰·洛克（John Locke，1632—1704），英国哲学家。洛克曾著有《教育漫谈》一书，强调在体魄和德行方面进行刻苦锻炼，对后世影响颇深。

出好几卷附有异国情调插图的冒险故事集；要磨砺他们的逻辑思辨才能，他就像猜谜语似的，叫他们通读芝诺[①]的悖论，还用笛卡儿的怀疑主义演示这些悖论，仿佛寻觅宇宙的真理和价值就如同玩“谁拿到了纽扣”游戏一样惬意。他教他们如何赞叹一页韵文、帕莱斯特里那[②]的一个乐句、仙后座的结构、沙丁鱼的鳞次、不屈不挠者的声音，以及复合三段论的典雅。

这种教育的结果，使这对孪生姐弟变得非常迷恋这个世界，特别是埃比尼泽，更是如此。因为安娜从十三岁生日那天起，就出落得更加端庄、更加文静了。然而埃比尼泽呢，却可能由于一只谷仓麻雀迎面扑来而吓得发抖，由于一张蜘蛛网的纵横交错、风琴持续音部的轰鸣而哈哈大笑，由于《狐狸》[③] 一剧里的机警、小提琴音箱的紧绷或者毕达哥拉斯定理的真谛而突然泪流满面。到了十八岁那年，他长足了个头，举止笨拙；他成了一个笨手笨脚且又神经质的青年。那时，虽说他在想象力上远远超过姐姐，但在身材的美妙方面却大为逊色，因为尽管他们五官几乎一模一样，然而犹如头脑灵活的作者通过细微调整来戏拟华丽文体一样，造化觉得若是略加变化，让安娜出挑成美

---

① 芝诺（Zeno of Eles，约前 490—约前 436），又称埃利亚的芝诺。古代希腊唯心主义哲学家，巴门尼德的学生，埃利亚学派的主要代表人物之一。认为世界上变动不居之万物，并非真实，唯一真实的是巴门尼德所谓“唯一不动的存在”。所以“存在”是“一”而不是“多”，是“静”而不是“动”。芝诺又以诡辩方法揭露了“多”的概念中所包含着的有限和无限的矛盾，“静”的概念中也包含着间断性和非间断性的矛盾。例如，他曾提出过“飞矢不动”这一诡辩式的论证。这也就是此处所说的悖论云云。

② 乔瓦尼·帕莱斯特里那（Giovanni Palestrina，约 1525—1594），意大利作曲家。从 1551 年起，历任罗马各教堂乐长，以维护旧教的音乐创作为天主教服务。他所创作的无伴奏宗教合唱曲，均充溢着庄严肃穆的氛围，且歌词清晰可辨；其复调技术取法于弗兰德斯乐派而有所发展。后世严格调式对位原则，即以其创作手法为依据。其代表作《马采鲁斯教皇弥撒曲》为天主教作曲家奉为典范。

③ 《狐狸》（*Volpone*）是本·琼生（Ben Jonson，1572—1637）所创作的一部喜剧。

丽绝伦的妙龄女郎，将埃比尼泽变成凸眉瞪眼的稻草人，也并非不是题中应有之义。

遗憾的是，埃比尼泽十八岁那年准备报考剑桥的时候，伯林盖姆就不能陪伴他了。因为，虽说一位优秀教师尽管理论上有所欠缺，但他仍然可以教好；虽说伯林盖姆的办法似乎不同寻常地诱人，但是绝没有十全十美的教育方法。不过，也必须承认，他的教育方法在一定程度上使得埃比尼泽对希腊神话、史诗，和对历史怀有同样的兴趣，并且分不清楚童话中的和地图上的地理概念之间的区别。简而言之，对于埃比尼泽来说，学习一向是非常有趣的游戏，因此也就无法以真正的严肃之心来看待例如动物学知识和诺曼人征服的史实，也就无法在枯燥漫长的学习任务当中做到自律。即使是他对世界所抱的丰富想象和热情，也并非是纯粹的美德，因为，虽然这些禀性夹杂上了自己那快活的优柔寡断，使他对这个特定真实世界的任意性产生了极大的感悟，它们也并没有赋予他对其相应的决定性的认识。比方说，他十分熟悉“法兰西的形状像把茶壶”，但是他仍然几乎不能接受这样的事实，即在彼时彼刻，确实有一个像法兰西那样的地方，无论他在想着那里的人们与否，他们都说着法语，吃着蜗牛，而且，尽管可以想象出来的形状事实上无以记数，这个法兰西却一直像个茶壶。再者，虽然希腊与罗马的全部情况毫无疑问令人愉快，但他却发现，这种观念荒谬而又几乎匪夷所思，即这是历史产生的唯一方式。每当虑及于此，就使他烦躁不安。

或许，如果有指导教师的继续指点，埃比尼泽会不失时机地克服这些弱点，然而，一六八四年七月的一个清晨，安德鲁在吃早饭时干脆利索地宣布说：“今天不必到凉亭去了，埃比尼泽。你的课业完成啦。”

两个孩子都惊讶地抬起头来。

“先生，您的意思是亨利要离开我们吗？”埃比尼泽问。

“我说的就是这个意思，”安德鲁回答道，“说真的，如果没有什么意外的话，他已经走啦！”

“怎么这样呢？不辞而别吗？离开我们的事情，他可只字未提呀！”

“喏，不必着急，”安德鲁说，“你难道仅仅为了一个教书匠就哭泣吗？反正不是这礼拜就是下礼拜，对不对？你和他毫无干系了。”

“这件事你听说过什么吗？”埃比尼泽问安娜。安娜摇了摇头，跑出了餐厅。“您命令他走的，是不是，父亲？”他疑惑地问，“为什么这么突然？”

“这就是生活！”安德鲁大声说，“处在你的年龄，我早就会为他痛快滚蛋干杯，而不会酝酿这场烦恼啦！那家伙的差使已经结束，我解雇了他，事情也就万事大吉！他如果认为立刻离开合适的话，那也是他的事。我得说，比起这种吵吵嚷嚷来，那更有男子汉气概！”

埃比尼泽立刻就去了凉亭。那里的一切几乎都同原来一样：工作台上，解剖了一半的青蛙四脚耷拉地钉在山毛榉木板上；课本和作业散放在写字台上；就是那只盛了一半水的茶壶，也蹲在炉箅上。可是，伯林盖姆的确走了。埃比尼泽怀疑地望着周围的当口，安娜一边抹着眼睛，一边来到他身旁。

“亲爱的亨利！”埃比尼泽悲叹了一声，眼眶里充溢着泪水，“这简直是晴天霹雳呀！没有了他，我们可怎么办？”

安娜没有回答，只是朝弟弟跑过去，抱住了他。

于是，出于这样那样的原因，埃比尼泽不久向父亲和安娜道别，到剑桥大学马格达林学院念书时，发现自己并不是个出色的学生。他到图书馆借阅牛顿的讲稿《论运动》，却花了四个钟头来读埃斯奎默林[①]的《海盗史》，或者读什么拉丁文的动物寓言集。他不苟言笑，不好嬉戏，没有结交几个朋友，其实，教授们也没有注意到他。

就在他念书的第二年，他让缪斯的牛虻给痛痛快快地叮咬住了，虽然自己没有察觉到。说真的，他当时没有把自己看成诗人，只是在听了老师们微妙的，而最后又是反对诸如哲学物质主义的辩论以后，他才在离开讲演厅时，笔记本上什么也没有记，而记的只有：

---

① 亚历山大·埃斯奎默林（Alexander Esquimeling，约 1645—1707），法国作家，曾长年同海盗一起生活。著有《海盗史》（*History of the Buccaneers*）一书，记载了海盗的生活和行径，是研究十七世纪海盗历史的重要史料。

老柏拉图看到了心灵与物质；
托马斯·霍布斯[1]却只见到了后者。
如今可怜汤姆的灵魂在地狱里受熬煎：
“这不是物质。”上帝耸了耸肩。

或者：

美德、真理和一切的源泉
都来自每人天生的深渊。

正如可预料到的，这种苦恼越是纠缠着他，他的学业也就越加荒废。在他头脑里，整个历史成了隐喻的素材。从他那个时代的哲学家培根、霍布斯、笛卡儿、斯宾诺莎[2]、莱布尼茨[3]和洛克那里，他所学甚少；从那个时代的科学家开普勒、伽利略和牛顿那里，所学更少；

① 托马斯·霍布斯（Thomas Hobbes，1588—1679），英国近代机械唯物主义创始人，继承了培根的唯物主义原则，并使之系统化。汤姆是托马斯的昵称。

② 巴吕赫·斯宾诺莎（Baruch Spinoza，1632—1677），荷兰哲学家，一元论者，唯物主义者。主要作品有《哲学原理》、《神学政治论》等。

③ 格特弗里德·莱布尼茨（Gottfried Leibniz，1646—1716），德国哲学家、数学家、历史学家，其所学涉及法学、力学、光学、语言学等四十多个领域，被誉为十七世纪的亚里士多德。

从神学家赫伯特勋爵[1]、卡德沃斯[2]、莫尔[3]、史密斯[4]和格兰维尔[5]那里，什么也没有学到。不过，对于《失乐园》，他倒是滚瓜烂熟；对于《休迪布拉斯》[6]，也是倒背如流。到了三年级末尾，让他大为伤心的是，有好几科考试都不及格，不得不面临着离开剑桥大学的前景。可又能干什么去呢？只要想到回圣贾尔斯庄园，把事情告诉令人生畏的父亲，他心里就受不了；他得自己悄悄地离开，从人们视野中消失，到大千世界去碰运气。可是，采取什么方式呢？

这里，他为这个问题为难的时候，伯林盖姆那可亲可爱教学法所具有的最深刻效果，变得清晰可辨了：埃比尼泽的想象力受到了他在书里书外所遇到的每一个人的激励，无论什么事情，他们都能够巧妙而会心地做成；专业养鹰的、做学问的、当泥瓦匠的、扫烟囱的、当海军上将的、当扒手的、造船帆的、当酒吧招待的、配药的，还有打炮的人，等等，都会叫他立刻肃然起敬。

他大约在这个时候给安娜写了一封信，信里说：**哦，上帝，要是一个人用全部时间体验生活，那他选择职业就轻而易举了！我应该当五十年律师，五十年医生，五十年牧师，五十年士兵。是啊，还要当**

---

① 爱德华·赫伯特（Edward Herbert，1583—1648），英国历史学家、诗人和宗教哲学家。

② 拉尔夫·卡德沃斯（Ralph Cudworth，1616—1688），英国剑桥大学柏拉图主义学派领导人之一，主要著述有《宇宙之真实智慧体系》和《永恒不变道德论》。

③ 亨利·莫尔（Henry More，1614—1687），英国哲学家，剑桥大学的柏拉图主义者。

④ 约翰·史密斯（John Smith，1618—1652），英国哲学家、神学家、教育家，剑桥大学柏拉图主义学派的创建者之一。

⑤ 约瑟夫·格兰维尔（Joseph Glanvill，1636—1680），英国作家、哲学家、牧师，十七世纪英国自然哲学的主要传播者。

⑥ 《休迪布拉斯》（*Hudibras*），英国作家塞缪尔·巴特勒（Samuel Butler，1613—1680）戏拟英雄诗体的长诗，攻击偏执和虚伪，在当时获得了巨大成功。后有休迪布拉斯式诗歌，即与此诗风格相仿的诗体，夸张滑稽，充满诙谐和讽刺意味。

五十年小偷和五十年法官！条条都是光明大道，亲爱的姐姐，哪一条都同别的一样好，所以，由于只有一次生命，我是个光着屁股的汉子，在裁缝铺里只有做一条马裤的钞票；又或者是个学者，站在书摊跟前，只有买一本书的钱——要是挑选十本书，毫不费事，要是挑选一本的话，就不可能了！所有的行当，所有的手艺，所有的职业，都令我叹为观止，但是，哪一种都同样出色。我无法选择，亲爱的安娜，在两个栖身之处间，我的马裤都掉到了地上而一败涂地！

这也就是说，由于气质使然，他对任何前程都不讨厌，而更加糟糕的是（仿佛这处境还不够困窘似的），他自始至终，好像都不属于特定的某类人：在剑桥大学和文学作品中，他所观察到的五花八门的气质和性格，对于他来说，就如同形形色色的谋生职业一样迷人，也同样难以从中作出抉择。对于达观的、冷漠的、暴躁的、抑郁的、易怒的和平和的人，对于傻瓜和圣贤，对于热心肠的和墨守成规的，对于饶舌者和寡言者，他都同样崇敬，而在这当中，最叫人左右为难的是，对于始终如一和前后矛盾的人，他也同样崇敬。同样，胖和瘦，高和矮，其貌不扬和风流潇洒，对于他来说，也似乎都是好事儿。他的困惑——这或许是以上所述原因导致的结果——一言以蔽之，埃比尼泽可以被世界上无论什么哲学，甚至于任何牢固的观点说服，起码在观念上被说服，只要这种观点是由诗歌渲染出来的，或者陈述得非常漂亮，因为他在感情上，似乎生来就对两者都不垂青。如泰勒斯①宣称，万物是由水构

① 泰勒斯（Thales，约前624—约前546），根据传说是古代希腊第一个哲学家，唯物主义者，米利都学派的创始人。认为世界是由水构成，又复归于水。他在天文学、数学、气象学等领域均有建树。

成的；或者如阿那克西米尼[①]所说，是由气构成的；或者如赫拉克利特[②]所说，是由火构成的；也或者如恩培多克勒[③]发誓所说的，是由以上三者加上土构成的，在他看来，都是十分恰当的观念。又如霍布斯所坚持的那样，一切都是物质；或者如洛克的追随者信誓旦旦说的那样，一切都是心灵，对我们的诗人来说，这些都是同样可能的。说到伦理学，倘若他能够拥有三种观点，而不是一种观点的话，他肯定会乐意作为贤哲死去一次，作为可怕的罪人死去一次，再作为两者之间的不温不热的人死去一次。

此人（简单说来）由于伯林盖姆的缘故，又由于其癖性使然，对于可能之美感到头晕目眩；他头晕目眩，便在抉择面前摊开两手，像丑陋的流浪汉似的，在运气的潮涌当中，半怀满足的心情漂流。虽然学期已告结束，他仍然待在剑桥。有一个礼拜的时间，他只是懒散地躲在自己的房间里，胡乱地看看书，一袋接一袋地抽着烟斗。他已经染上老烟瘾。终于，书看不下去了，抽烟也成了太麻烦的事儿，于是便在房间里烦躁不安地来回踱着步子。他总觉得脑袋快要疼了，但是，从来没疼起来过。最后有一天，他甚至不愿意穿衣和吃饭，只是披着睡衣坐在窗户旁边的座位上，动也不动。

---

① 阿那克西米尼（Anaximines，约前585—约前528），古希腊米利都学派哲学家。认为世界的本原是气，用气的稀薄化和凝聚化，说明气可以生成万物，万物也可以化为气。

② 赫拉克利特（Heraclitus，约前535—约前475），古希腊哲学家，爱非斯学派创始人。认为火是世界的本原，世界处在不断的产生和毁灭之中，一切均在变化，一切均在流动，有名言“人不能两次走进同一条河流”，万物既存在，又不存在。著有《论自然》，但仅有片段传世。

③ 恩培多克勒（Empedocles，约前490—约前430），古希腊哲学家。认为世界是由“四根”（即四种元素：火、水、土、气）所构成。著有《论自然》和《论净化》，现在只有若干片段流传。

三、埃比尼泽的获救，以及所听到的关于牛顿和其他知名人士的趣谈

对于埃比尼泽来说，幸运的是（不然，他就很有可能苔藓般地贴在座位上了），晚饭后不久，他那一阵不寻常的迷离恍惚，就给门外突如其来的大声聒噪唤醒了。“埃本，埃本！请赶快让我进去！”

“是谁?”埃比尼泽一边叫着，一边惊诧地跳了起来。在学院里，他根本没有朋友，有谁会来造访自己呢?

“开开门就知道啦，”来访者大笑起来，“只是快一点儿，求求你啦!”

“等一会儿。我得穿上衣服。”

“什么？没穿衣服？喏，一个多么懒散的家伙！不要紧，孩子，让我立刻进去。”

埃比尼泽听出了那人的声音，三年没有听到了。“亨利!”他叫喊着一下子把门打开。

“不是别人。”伯林盖姆大笑着，使劲拥抱了他，“哎呀，你长得有多蠢！足足有六英尺高！这个钟点还赖在床上!”他摸了摸年轻人的额头，“可你并不发烧。哪儿不舒服，伙计？哦嗬，没问题。你等一下——”他跑到窗前，小心翼翼地朝下望着，“啊，那个流氓！就在那儿，埃本!”

埃比尼泽急忙赶到窗边。“到底是怎么回事儿?”

“在那儿，在那儿，”伯林盖姆指划着大街上，“从那家小酒馆走过来了！你认识那个拿着胡桃木手杖的先生吧?”

埃比尼泽看到了一个长脸的中年男人，穿着俨然大学教授一般，

正沿着大街走过来。

“不，绝不是马格达林学院的研究员，相貌不熟悉。”

“那你真没出息，看好了。他是艾萨克本人，圣三一学院的。”

“牛顿！”埃比尼泽更感兴趣地望着，“我以前还没有见过他，不过，人们说，皇家学会[①]不出一个月就要出版他的一本书，来解释整个宇宙的运行机制。说真的，我感谢你匆匆忙忙赶过来！不过，我不是听到你骂他流氓来着吗？”

伯林盖姆又一次大笑起来：“你误会了我匆匆忙忙赶来的原因，埃本。上帝呀，这十五年来，我的相貌不同以往了，因为我敢说，在我来到你门口之前，艾萨克学兄是看到了我的。”

“你可能认识他？”埃比尼泽问道，一副惊讶的样子。

“认识他？有一回，我还差一点儿挨了他的揍呢。等一下！”他从窗子旁边抽身回来，“盯着他，给我出出主意，万一他闯进你的门来，我怎么样才能脱身。”

“一点儿也不难：这个房间的门通到后面的露天楼梯。老天，走下去又有何妨呢，亨利？”

“别大惊小怪。”伯林盖姆说，“有个好故事我想讲讲，十分有意思。他过来了吗？”

“等一会儿——他刚刚从我们前面走过去。你瞧。不，等一下，他正跟另一个教授打招呼。是老巴格利，那个拉丁文学者。哦瞧，他又接着赶路了。”

伯林盖姆走到窗户旁边，两人注视着这个伟人继续沿街走去。

“一会儿也不能等啦，亨利。”埃比尼泽说，“马上告诉我，这场捉迷藏后面到底有什么秘密，你在三年前狠心地匆忙离开我们，并且

---

① 皇家学会（Royal Society），英国最古老、最重要的自然科学学会之一。1645 年首创，初名“皇家自然知识倡导学会”，其作用相当于国家科学院。

眼看着我好奇得要死，这里面到底有什么秘密！”

“好的，你立刻穿上衣服，”伯林盖姆回答道，“我就领你一块儿去吃饭喝酒，你再完完全全解释一下你自己的事。不只是我一个人需要找到借口。”

“什么！这么说，你听说我的学业糟糕啦？”

“好啊，你是慢慢明白了是怎么一回事儿，而且，也许是用桦木棒子打得你知晓些事理了吧。”

“可那怎么会呢？除了安娜，我谁也没有告诉过。”

“别着急，一切都会告诉你的，我发誓。不过，喝不足干白葡萄酒[①]，吃不够羊肉，我一句话也不会吐露的。不要让激动败坏了你的原则，小伙子——你快点儿吧！”

“咳，去你的，你简直叫人摸不着头脑，亨利。”埃比尼泽说着，动手穿起衣服来。

他们来到附近一家小酒馆。在那里，饭后啜着淡啤酒，埃比尼泽尽其所能地解释了自己在学院里学业的糟糕，以及其后的延宕不决。“事情的核心似乎是这样的，”埃比尼泽做出结论说，“无论在什么重要的事情上，我都没有办法下定决心。咳，亨利，我当时多么需要你的忠告！你本来可以免除我的多少痛苦啊！”

“不可能的，”伯林盖姆断然说，“我爱你，这你很清楚，埃本，我把你的苦恼当成自己的苦恼。但是，用忠告来治疗你的疾病，我敢说，却是用错了药。这有两个原因：第一，问题的必然联系是这样的，你在这一步或者那一步上都不得不选择，就说是我给了你忠告，要你跟我到伦敦去吧，你还得去选择要不要听从我的忠告；要是我进而再给你忠告，叫你听从我的第一个忠告，你还得去选择要不要听从我的第二个忠告——这样推论下去，没完没了，也一无出路。第二，即便

---

① 此处指从西班牙或加那利群岛进口的干白葡萄酒。十六和十七世纪时，这种酒在英国非常受欢迎。

你能够选择听从我的忠告，也根本不是疗救的办法，只是根可以倚靠的拐棍罢了。目的是让你脚踏实地，而不是飞起来。这是桩严肃的事儿，埃本，也折磨着我哩。对于糟糕的学业，你自己的感想如何？”

“我得承认，自己什么感想也没有，”埃比尼泽说，“虽然我常常胡思乱想。”

“那么这种犹豫不决，你自己又作何感想？”

“咳，我不知道！我看自己只是古怪罢了。”

伯林盖姆皱起了眉头，冲正在身边倒酒的人要了一斗烟草。“我找到你的时候，你一副冷漠无动于衷的样子。你这么接近了学士学位，又失去了它，这不叫你烦恼或者痛苦吗？”

“从一方面说是这样的，我看。”埃比尼泽微笑起来，“然而，我最尊敬的人也没有学士学位地活着，他有吗？”

伯林盖姆大笑起来：“我亲爱的伙计，依我看，是到了多给你讲些事情的时候了。如果你知道我也害上了你的疾病，而且是从童年就害上了的，这会叫你心里舒服吗？”

“不，这不可能，”埃比尼泽说，“我从来没有见到你优柔寡断，亨利：你是犹豫不决的反面！正是因为你，我才感到嫉妒，为无法获得那样的信心而绝望。”

“那让我当你的希望，不当你的绝望吧。因为，正像小小发作一次天花，虽说叫人脸结上疤痕，却叫他永远免于死于那种疾病一样，变化无常和不能始终如一，或者热情的周期变化，虽然是一种恶癖，却能保证一个人免于不正常的犹豫不决。”

“**变化无常**，亨利？”埃比尼泽惊奇地问道，“是不是变化无常才说明了你为什么离开我们？”

“不是从你理解的意义上说的。”伯林盖姆说。他掏出一个先令，又叫了两大杯啤酒。“我是说，我从小就是个孤儿，你知道不知道？”

“哦，是的，”埃比尼泽诧异地说，“既然你提到了，我想从前是知道的，虽说记不起来你告诉没告诉过我们。也许是我们想象出来的吧。

真的，亨利，我们认识你这么多年了，可是说真的，我们对你却一无所知，对不对？我不知道你是哪年生人，在哪儿长大，又是谁抚养你的。”

“或者说，不知道我干吗那样没有礼貌地离开你们，我怎样知道你学业的糟糕，我干吗要躲避牛顿大师。”伯林盖姆补充说，“那很好，跟我喝口啤酒，我就会揭开谜底的。来，好小伙子！”

他们喝了一大口啤酒，接着，伯林盖姆开始讲起了自己的经历。

“我是哪儿生人，什么时候出生——想必是生在一六五四年——我没有丝毫印象。更不知道是哪个女人怀上了我，或者说是哪个男人叫她怀上我的。我是由一个布里斯托尔①的商船船长和他妻子抚养大的，他们没有孩子。我猜想，自己不是出生在美洲，就是出生在西印度群岛，因为我不过三岁时，最早的记忆是一条海洋航道。夫妇俩名叫撒尔芒——艾弗里和梅丽莎·撒尔芒。”

“真叫人震惊！”埃比尼泽说，“你出身这么不同寻常，我做梦都想不到！那么，你是怎样叫伯林盖姆的呢？”

伯林盖姆叹了一口气：“哦，埃本，正像你一直到现在才对我的出身感到好奇一样，我感到好奇的时候，已经晚了。在我最早的记忆当中，我一直叫伯林盖姆，跟其他孩子们一样，我从来没有想到怀疑这个名字，虽说直到今天，我还没有遇到过别的姓这个姓的人。”

“不论撒尔芒船长从谁手里收养了你，那人想必就是你父亲或者母亲！”埃比尼泽说，“也许，是你的什么亲戚，而他知道你的姓名。”

“亲爱的埃本，你以为我自己没有绞尽脑汁，想侥幸弄清楚吗？你以为我不会用一只手，换来跟我那可怜的船长，或者温柔的梅丽莎说上五分钟的话吗？可是，我得把好奇心抛在一边直到末日审判了，因为他们二人都进了坟墓。”

“倒霉的伙计！”

“在我整个童年里，”伯林盖姆接着说，“像撒尔芒船长那样出

---

① 布里斯托尔（Bristol），英国西部一个港口城市。

海，是我唯一的目标。小船是我唯一的玩具，水手是我唯一的伙伴。十三岁生日那天，我作为船上食堂服务员出航了，就在船长——他是个西印度群岛人——的船上，水手的生活大大吸引了我，于是我全身心地投入到学徒生活中去。还没驶近巴巴多斯[①]，我就跟他们当中最棒的水手爬到半空中，把翼帆收进来，把不动的绳索涂上焦油，使用起桅栓钉来也跟船上的随便哪个水手一样熟练了。埃本，埃本，这对于一个小伙子，是多么美好的生活——就是现在，一想起来，我身上还发颤哩！我像咖啡豆那样黝黑，像猴子那样灵活，而且在我的声音还没有停止变粗，私处还没有长满毛发以前——在大多数男孩子还乳臭未干，梦想着到邻近郡县旅行的年龄——我已经在巴哈马[②]大堤上潜水去捞毛茸茸的海绵，在帕里亚海湾[③]跟海盗格斗了。还有，我在前甲板上，用一把鱼刀来维护自己的童贞，跟一个来自马恩岛[④]给了我两镑钱的好色鬼较量了一番；后来，八月的一个夜晚，我在库拉索岛[⑤]附近停船的地方，在满是鲨鱼的大海里游了一英里，在海滩上将它献给了一个混血姑娘。她还不满十三岁，埃本，一半荷兰人血统，一半印第安人血统，柔软的身体颤动得像八个月牙口的马驹儿，但是，接受了我的铜制小望远镜——第二天早上，她非常珍爱地拿回了村子里——之后，她笑着撩起裙子来，就在酸橙树底下，我摘取了那朵花。我那时还不到十五岁。”

“好家伙！”

“谁也不如我那样喜欢自己的行业，”伯林盖姆接着说，“也不如

---

① 巴巴多斯（Barbados），西印度群岛最东端的一个岛国。

② 巴哈马（Bahama），系由三千余珊瑚岛构成的独立国家，从佛罗里达东海岸向南延伸至古巴东北端。

③ 帕里亚海湾（Gulf of Paria），位于特立尼达和多巴哥以西。

④ 马恩岛（Man），爱尔兰海中一岛屿，系英国属地，位于英格兰至爱尔兰的中途。

⑤ 库拉索岛（Curaçao），系西印度安的列斯群岛中最大的岛屿。

我干活那样勤奋；我成了船长的掌上明珠，依我看，还可能一级一级升迁得很快。”

“别说啦，亨利，那你怎么说你也遭到我这样的失败了呢？从你讲的经历当中，我所看出来的没有别的，只有惊人的勤勉和一心一意，这我是怎么着也赶不上一半的。”

伯林盖姆微笑着喝干了剩下的啤酒。“不能始终如一，亲爱的伙计，不能始终如一。叫我胜过船上别的家伙的那种一心一意，毁了我的航海生涯。”

“那怎么会呢?”

“我一共出海五次，”伯林盖姆说，“第五次——也就是我失去了童贞的那一次航海——有一天，在加那利群岛[①]附近的北回归线无风带，我们抛了锚，我便想找点儿东西好消磨时间。十分偶然的，在一个水手的物品里，我发现了一本莫丢的《堂吉诃德》[②]；于是，那一天剩下来的时间，我就都用来读这本书了，因为虽说撒尔芒妈妈教过我读书写字，但是所读的真正故事书，这还是头一本。对这个了不起的拉·曼却人[③]和他忠实的仆从，我入迷得忘记了时间，挨了撒尔芒船长的训斥，说我向厨师报到晚了。

“从那一天起，我就不再是水手，而是成了一个学生。凡是船上和港口上能找到的书，我都看——不论什么科目的书，我都用衣服去交换，用薪水去抵押，弄不到新书，就一遍一遍地看原来的书。别的一切都做不成了；能够做的事儿，也都是心烦意乱、粗枝大叶地匆忙去

---

① 加那利群岛（Canary Islands），位于非洲大陆西北部大西洋中的一组岛屿。

② 彼得·安东尼·莫丢（Peter Anthony Motteux，1663—1718），英国作家、剧作家及翻译家。生于法国鲁昂，1685 年到英国定居。曾于 1700—1703 年出版自己意译的《堂吉诃德》。

③ 此处指堂吉诃德，其全名为堂吉诃德·台·拉·曼却，即拉·曼却这个地方的骑士。

干。我开始躲藏，藏在绳索库房里或者甲板上的储藏室里，别人发现我之前，我能在这些地方看上个把钟头的书。终于，撒尔芒船长再也无法忍受这种情况，他命令大副查抄船上所有的书——除了海图、航海日志和航海图表外——在太子港[①]附近把它们统统丢给了鲨鱼；然后，为了惩罚我的罪过，船长狠狠打了我一顿，弄得我可怜的屁股两个礼拜以后还在刺痛，并且禁止我从那以后在他船上看任何书。这大大地挫伤了我，叫我感到委屈，就在下一个港口（凑巧是利物浦港），我逃了船，永远离开了自己的前程和恩人，对襁褓中供我吃穿的人，既没有说一声谢谢，也没有道一声再见。

“我身上什么钱都没有，吃的只有从厨师那里偷来的一大块硬奶酪，因此很快就饥肠辘辘了。于是，我站在大街拐弯的地方，卖唱挣晚饭吃——我是个机灵鬼，会唱好些歌儿。所以我给夫人太太唱《爱是什么》，或者给大人先生唱《一只漂亮的小鸭》的当儿，他们不露出微笑、丢下两个便士的时候是不多的。后来，吉卜赛人的一个流浪歌队从苏格兰南下到伦敦去，听到了我唱的歌，便邀请我参加他们的歌队，这样，第二年我就跟这些奇怪的人一块儿干、一块儿住了一年。他们有的是补锅的，有的是贩马的，有的是算命的，有的是编篮子的，有的是跳舞的，有的是唱民谣的，还有的是小偷。我照他们的样子穿戴起来，跟他们一块儿吃饭、喝酒、睡觉，他们教给我他们的歌谣和把戏。亲爱的埃本！当初你要是看见了我，你一刻也不会怀疑我就是他们当中的一员！”

“我简直无话可说，”埃比尼泽说，“这可是我听到的最壮观的冒险呀！”

“我们慢慢地前进，有好多次还迂回地，从利物浦经过曼彻斯特、谢菲尔德、诺丁汉、莱斯特和贝德福德到伦敦去。天要是下雨，就睡在马车里；碰上晴朗的夜晚，就睡在星光下。三十个人的歌队里，我

---

① 太子港（Port-au-Prince），海地首都，位于加勒比海岸。

是唯一能读书识字的人，因此对于他们来说，我在很多方面都帮了很大的忙。有一次，我给他们念薄伽丘写的故事，他们非常高兴——他们都喜欢讲故事、听故事，听到书里竟然有这样不同寻常的幽默，他们十分惊讶，这是他们以前没有想到的——于是便动手为我偷起书来，凡是能找到的都偷，所以那一年我总是有书看！有一天，他们找到了一本初级读本，我便教他们这一伙人他们自己的字母，他们对这些帮忙的感激心情简直令人难以想象。尽管我是个'羔吉牙'（他们用这个名字称呼非吉卜赛人），他们还是向我传授了他们最为机密的事情，同时表达了最强烈的愿望，要我同他们的群体联姻，永远跟他们一起旅行。

"可是，一六七〇年末，我们出于好奇，从贝德福德来到了这里，来到了剑桥。学生和几位导师对我们大感兴趣，虽说他们对我们的妇女有种种放肆的地方，待我们却极为诚恳，甚至把我们带到他们房间里，去给他们唱歌和表演。这样，我第一次开了眼，目睹了知识和学术世界，便即刻明白了我跟吉卜赛人的插曲已经告一段落。我决定朝前走下去，于是同我的伙伴们告别，在剑桥留了下来，决心宁愿在街头挨饿，也不离开这个高尚的地方。"

"天哪，亨利，"埃比尼泽说，"你的勇气快要叫我流泪了。那么，你都做了些什么呢?"

"唔，不一会儿，肚子开始咕噜咕噜作响的当儿，我就在自己所走到的地方猛然停住了脚步（恰巧，是刚刚走过了基督学院），一下子唱起了《流吧我的眼泪》。这在我熟悉的歌曲当中，是最哀伤的一首曲子。我唱完最后一段歌词的时候——

听啊，你的影子躲在黑暗之中，
想学会蔑视光明。
地狱里的人们幸福而又幸福，
觉不到尘世的恨憎。

——我是说，我唱完了的时候，在附近的窗户里露出了一个身材瘦削、皱着眉头的导师，质问我说，我多么像是诺斯替派[1]教徒，竟然认为在地狱里不得不永受烈火煎熬的人们是幸福的？另外一个胖家伙走到窗户跟前，站在他身边问我知道不知道是在什么地方？对此，我回答道：'别的我不知道，好心的大师，只知道自己是在剑桥城里，而且愿意饿着肚子死去！'接着，我完全不认识的那第一个导师拿我穷开心，他对我说我是在基督学院里，还说他和他的同事都是权力很大的神学家，对那些说比我的话还轻的亵渎言辞的人，他们都让其在命运之轮上碰得头破血流。我当时只是十六岁的孩子，根本不觉得害怕，虽说自己读书还不够多，无法相信他们的说法，然而我只知道，即便是同命运之轮不相干，他们还是能够给我这种或者那种伤害。因此，我谦卑地乞求他们宽恕，说这只不过是一支闲来解闷的歌儿，没有怎么注意歌词，所以倘若里边有什么亵渎言辞，为此受到折磨的也不应该是唱歌的人，而是作者道兰[2]，可他早就死了，想必在撒旦的油锅里已经榨出了他的罪孽，事情也就算完了。我心里觉得，听到这话，那两个快活的导师好像要大笑起来，然而他们脸上却现出更为严厉的样子，吩咐我到他们房间里去。到了里边，他们又进一步斥责我，认为我的第一条罪过——小觑了地狱里的惩罚——已经十分严重，我刚才说的话又带上了炮烙柱刑的味道。'怎么会呢？'我问他们。'哦，'瘦的那一个说，'像你那样认为，把另外一个人的罪孽延续下去的人无可指责的话，那就是无视原罪说本身，因为除了我们大家的约翰·道兰们——全人类不管愿意不愿意，都得唱那罪孽深重的歌曲，并因此而死去

① 此处指诺斯替教的该隐派（Cainites），存在于公元二世纪左右的一个小型教派，尊崇该隐，认为其因犯谋杀罪被上帝惩罚是在帮助人类免于谋杀罪恶。

② 约翰·道兰（John Dowland，1563—1626），英国文艺复兴时期作曲家、歌手、鲁特琴演奏家，曾出版歌曲集三部。《流吧我的眼泪》（*Flow My Tears*）即是他所创作的歌曲之一。

——有谁是亚当和夏娃呢？’‘还有，’胖的那一个说，‘若无视原罪的玄义，你就蔑视了耶稣代人赎罪的玄义——因为，那人类还没有丧失救赎，又有什么意义呢？’

“‘不，不，’我说，鼻子开始哼哼起来，‘哎呀，大师们，这不过是闲聊罢了！请求你们可别认真！’

“‘闲聊！’第一个导师抓着我的胳臂，答道，‘咄，孩子！你嘲弄教会的两大玄义，这仿佛是基督教整个大厦的一对支柱；对于十字架，你甚至管它叫做伦敦上流社会的炫耀；到头来，还把你那说不出口的亵渎言辞说成是闲聊！这可是更叫人害怕的罪过呀！不过，你是从什么地方到这里来的呢？’

“‘从贝德福德，’我回答道，吓得简直不知所措，‘是跟一群吉卜赛人来到这里的。’听到这话，两位导师都装出震惊的样子，扬言说，每年逢到这时节，吉卜赛人都要路过剑桥，唯一的目的就是对神学家进行某些伤害，因为，对人来说，他们是异教徒。他们说，就在一年前，我的一个同伙鬼鬼祟祟地溜进了圣三一学院酿造房，在一大桶啤酒里放了毒，结果在太阳落山之前，三个高级研究员、四个津贴生和两个减费生就一命呜呼了。接着，他们问我谋划的是什么？我对他们说，自己原来希望投奔他们当中的人，当个仆人，以便更好地进一步修炼心性。可他们认为我是来毒死他们这些人的。这样说着，他们当场就扒得我身上一丝不挂，尽管我力陈自己的无辜，他们还是借口寻找藏着的硫酸小瓶，在我身上戳戳这里捅捅那里，掐我拧我那些要命地方。不，我得承认，他们用淫荡的手摸我，不一会儿就对我实施了强暴，不过他们的胡闹叫另外一个导师给打断了。那俨然圣贤一般的先生颇有些年纪，显而易见是他们的上司。他命令他们站开，斥责他们不该戏弄我。我飞奔到了他的脚下，他把我拉起来，从头到脚望着我，问我为什么给脱了衣服？我答道，我只是唱了一首歌，好让这几位先生高兴高兴，可他们认为那是亵渎的言辞，于是就起劲地在我身上搜查硫酸小瓶，我这一个礼拜大便都不通了。

“接着，那年老的导师便命令我立刻唱唱那首歌，这样他好判断一下歌的亵渎言辞，于是我拿出了吉卜赛人教过我怎么样使用的吉他，又一次尽自己所能地（因为我当时害怕得哭泣起来，身上瑟瑟发抖）唱起了《流吧我的眼泪》。从头到尾，我那救星都微笑地望着我，甜美得像个天使。我唱完后，他对于亵渎言辞没有说一句话，只是亲吻着我的上额，吩咐我穿上衣服。同时，又一次责备了那些折磨我，并由于作恶戏谑受到突袭而感到极为羞愧的人以后，就命令我跟他一起到他的住处去。另外，他还在冗长而仔细地询问了有关我的出身和困境，对我涉猎之广表示了惊讶和喜悦之后，当场让我当了他家仆的一员，成了他的私人侍从，允许我随便取用他那令人叹为观止的藏书。”

“我必须认识认识这个圣贤一般的人。”埃比尼泽说，“我的好奇心一发不可收拾啦。”

伯林盖姆微笑着，伸出了一根手指头。“我会告诉你的，埃本。不过，关于这一点，你可不能再学舌，理由嘛，你马上就会晓得的。无论他有什么弱点，他为我所做的，是一个辉煌的转折，所以我不想看到他的名字被任何人玷污。”

“压根儿不用害怕，”埃比尼泽向他保证，“你讲给我听就像悄悄地自言自语一样。”

“那很好。我只告诉你，他是个极端的柏拉图主义者。他痛恨汤姆·霍布斯，犹如痛恨魔鬼一样，极为专注于精神事物——专注于*要素的密集*和*不可分性*，以及*形而上学的广延性*等诸如此类的事物。对于他来说，这些事物就像岩石和牛肉馅饼那样真实——因而，他几乎根本就没有生活在这个世界上。假如这些线索还不足够的话，那么，最后我们还知道，那时他正全神贯注于撰写一篇反对唯物主义哲学的宏论，第二年，他以《形而上学指南》为题，发表了这篇论文。”

“天哪！”埃比尼泽小声说，“我亲爱的朋友，你歌颂的是亨利·莫尔吧？我倒想说，这是你可以炫耀的事情，而不是什么尴尬的事情。”

“别，等我讲完了故事再说。说真的，跟我一起生活的那个人，就是莫尔本人。谁也不如我更了解他那高贵的品格，而且谁也不如我更受惠于他的慷慨。那时，我大约十七岁的样子。我就自己所知道的，尽可能地想做一个聪明、规矩和勤奋的榜样，过了不久，老人就不让别的仆从接近他了。从跟我的交谈当中，他得到了很大的喜悦，先是谈我出海以及跟吉卜赛人在一起的冒险经历，后来又谈哲学和神学问题，我也非常努力地使自己熟悉这些学科。不言而喻，他对我产生了巨大好感。”

“你可是个幸运儿呀，说真的！”埃比尼泽叹了一口气。

“不，还是听我说完吧。随着时间的推移，他不再叫我‘亲爱的亨利’或者‘我的仆人’，而是叫我‘我的孩子’和‘我的宝贝’；在‘心肝宝贝’以后，终于轮番叫起了‘小东西’、‘宝贝小伙儿’和‘我的吉卜赛人’等。简而言之，我不久就觉察到，他对我的感情跟他的哲学一样，也是雅典式的——我是不是敢告诉你，他不止一次地爱抚我，把我称做他的小亚西比得[①]呢？”

“我真惊愕！”埃比尼泽说，“这个无赖把你从别的流氓那里救出来，只是为了自己那违反自然的色欲呀！”

“哎呀，这根本不是一码事儿，埃本。别的那些人都是三十多岁年纪，（正如我的大师所说）因为**身体那肮脏不洁的特点**，充斥得要爆裂开来啦。但是莫尔快六十岁了，是个最温和的人，我敢说，他几乎没有意识到自己那激情的特征，我根本没害怕他。这里，我得坦白地说，埃本，我也干了一件丢人的事儿：由于自己急于进入剑桥大学，所以我利令智昏，不但没有及时停止侍奉亨利·莫尔，反而抓住一切机会怂恿他那可耻的溺爱。我像个无耻少年，坐在他椅子的扶手上，或者趴在他肩头看书，或者捂着他的眼睛取闹，或者猴子般地在房间

---

① 亚西比得（Alcibiades，前450—前404），雅典将军、政治家，苏格拉底的学生。据传两人之间有同性恋之嫌。

里跳来跳去，心里明白他羡慕我的活力和优雅。而最多的，还是弹着吉他给他唱歌，有许许多多个夜里——我真羞于说出这一点！——我让他袭击自己，仿佛出于偶然一般，这时，我就会红着脸哈哈大笑起来，接着开玩笑似的拿起吉他，唱起《流吧我的眼泪》来。

“还用得着我说，这可怜的哲学家简直是欣喜若狂了吗？他的激情驾驭了他别的才能，他完全迷上了我，于是，我只要让他略微猥亵猥亵，他便差不多倾其微薄积蓄，把我打扮得像个伯爵的公子，录取我进了圣三一学院。我知道，这些猥亵是他早已垂涎但又几乎是没存任何希望的。”

说到这里，伯林盖姆又点燃了烟斗，回忆之中叹了一口气。

“我明白，对于自己这个年纪的男孩子来说，我的广泛涉猎非同一般。同莫尔在一起的两年里，我掌握了拉丁文、希腊文和希伯来文，通读了柏拉图、图里乌斯[1]、普罗提诺[2]和其他各色古人的全部论著，并且起码研读了大部分被奉为圭臬的自然哲学著述。我的恩人毫不隐讳，他期盼着我成为一个像切伯里的赫伯特[3]、约翰·史密斯，或者像他那样令人瞩目的哲学家——假如情况顺利的话，谁知道我现在是什么样子呢？可是，天哪，埃本，就是我借以达到自己目的的那种可耻行径，决定了我的毁灭。真富有诗意呀。”

“发生了什么事儿，请问？”

“我数学不扎实，”伯林盖姆说，“因为这样，我的学习大半用在

---

① 马库斯·图里乌斯·西塞罗（Marcus Tullius Cicero，前106—前43），古罗马雄辩家、政治家、哲学家。公元前51年出任西西里岛总督，“内战”期间追随庞培反对恺撒，后热衷于共和政体，成为元老院中有影响的人物。三头政治（联盟）结成后，遭到杀害。在哲学上是折中主义者，其主要贡献在于将希腊哲学思想通俗化。著有《论善与恶之定义》、《论神之本性》、《论国家》和《论法律》等。

② 普罗提诺（Plotinus，约205—270），古罗马哲学家，据说生于埃及。244年在罗马创立新柏拉图学派。著有《九章集》。

③ 即爱德华·赫伯特。

攻读这一科目上，尽可能多花时间学习数学——特别是跟从一个才华横溢的青年学习。他只不过在两年前的一六六九年，才接替了巴罗[①]的位置，成为卢卡斯数学教授[②]，而且还在这个位置上……”

“牛顿!”

“是啊，就是那个令人惊叹的牛顿！那时，他跟我现在一样，二十九到三十岁，长着一副纯种马的脸膛。他瘦削结实，充满惊人活力，但又喜怒无常。他有着天赋非凡的人常有的那种傲慢，不过，除此之外却又十分羞怯，少有蛮横无理的时候。对别人的理论，他可能毫不留情，但自己对于批评又格外敏感。对于自己的天才，他那么没有信心，因此如果发表他的什么发现，就很不情愿；然而又是那么虚荣，只要稍稍暗示某某人的发现居先，就会叫他愤怒嫉妒得发狂。这个杰出而不可思议的人!”

“哎呀，他真叫我害怕!”埃比尼泽说。

“喏，你想必知道，那一阵子，莫尔和牛顿彼此毫无爱慕可言，他们之间的憎恨，就起因于法国哲学家勒纳图斯·笛卡儿[③]。”

“笛卡儿？那怎么会呢?”

“你是怎么样留意自己导师的，这我不知道。”伯林盖姆说，“不过，你大概知道，在基督学院和伊曼纽尔学院，所有那些柏拉图主义的先生们，习惯于赞颂笛卡儿，因为他跟伽利略一样，在数学和天体运动方面都小题大做地很是炫耀了一番，然而又跟汤姆·霍布斯不同，他肯定真的存在着上帝和灵魂，这使他们感到了没完没了的喜悦。另外，他们这些人还是新教徒。在《方法谈》里，勒纳图斯所吹嘘的、

---

① 艾萨克·巴罗（Isaac Barrow，1630—1677），英国数学家，1664 年任剑桥首任卢卡斯数学教授，1669 年举荐牛顿继任。

② 卢卡斯数学教授（Lucasian Professor of Mathematics），数学界最负盛名的教授名衔，1663 年由剑桥大学设立。

③ 即勒内·笛卡儿（René Descartes，1596—1650），法国著名哲学家、科学家和数学家。勒纳图斯是勒内的拉丁文转写。

在他的时代对于学识的那种夸夸其谈的拒斥，那种为了公理而搜肠刮肚，不正是新教教义的第一准则？这样，在整个剑桥所传授的正是笛卡儿体系，莫尔跟别人一样，赞颂并信仰他，就像赞颂并信仰近代贤哲似的。告诉我，埃本，你认为，行星在它们轨道上运动，是怎么一回事儿呢？”

“哦，”埃比尼泽说，“这是因为，宇宙里充满了旋涡似的移动的微粒，每一微粒都以一颗恒星为中心；这是因为，在我们太阳系旋涡中，这些微粒之间那微妙的排斥和吸引，使行星沿着它们的轨道移动——不是这个样子吗？”

“笛卡儿就是这样说的，”伯林盖姆微笑起来，“你大概记得光的本质吧？”

“假如我没有记错的话，”埃比尼泽答道，“它是这些微粒的一个方面，也就是在它们里面，那些向外和向内的力量所发出的压力的一个方面。通过这种压力，天火被送入太空，天火又给予发光小球以迁移性运动——”

“这是勒纳图斯为了这一现象而好心杜撰出来的。”伯林盖姆打断他的话头说，“还有，他承认小球既做直线的运动，又做旋转运动。这些小球刺激我们视网膜的时候，如果只发生第一种运动，我们就看见了白色的光；如果同时发生两种运动，我们就看见了色彩。仿佛这还算不上魔法——天赐奇迹——似的，当旋转运动超过了直线运动的时候，就看见了蓝色；情况如果相反，就看见了红色；两者如果相等，那么，就看见了黄色。真是捕风捉影，胡言乱语！”

“你的意思是说，这并不是真理？我得说，亨利，这一点我听起来是有道理的。说真的，这里面含着诗意的萌芽，具有某种庄重典雅。”

“是啊，它具有一切优点，但却有一个小小的缺陷，也就是宇宙并不是以那种方式运行的。天哪，我认为，传授那人的怀疑论哲学或者解析几何学，根本不是犯罪——这是两项伟大的成就——但他的宇宙观却只是一些奇思怪想，他的光学理论也稀奇古怪。而第一个证明这点的，正是艾萨克·牛顿。”

“于是他们就生出了憎恨？”

伯林盖姆点了点头。“待牛顿当上卢卡斯数学教授时，他已经借助自己的三棱镜实验，破坏了笛卡儿的光学理论——他的那些讲演，我仍记得非常清楚！而且，他正在运用数学批驳微粒学说，虽然他还没有发表自己的宇宙假说。然而，他对笛卡儿的厌恶，来得还更深远：它来自各自脾气的不同。你晓得，笛卡儿写文章很聪明，拥有某种天赋，用举例说明来增加最任性假说的力量。在把宇宙扭曲得适于自己的理论上，他是个大手笔。牛顿呢，却是个耐心而卓越的实验家，对自然界的事实怀着神圣的敬畏。不过，自从他论运动的讲演，以及其他论述光本质的论文可以为人们所读到以来，批评他的人向他举出的人又一成不变地是笛卡儿。

“所以，在牛顿和莫尔之间根本没有爱慕可言；事实上，他们几年来一直是不声不响地敌对着。但是当我成了事情的焦点时，他们的对立就沸腾起来啦。”

“你？可你那时只是个学生，不是吗？两个这样的天才，自然是不会为了他们的学生来屈尊打仗的呀。”

“难道一定要我详细描绘吗，埃本？”伯林盖姆说，“我要跟从牛顿学习宇宙的本质。可是，他知道了我是莫尔的门徒，便对我冷冷的，不言不语。我于是使尽了浑身解数来排除这一障碍，可是，天哪，赢得的比自己所求的还要多——明说吧，埃本，牛顿就像莫尔一样，迷恋上了我，所不同的只是，在他的激情当中绝对没有柏拉图式的爱。”

“我简直不知道该做何感想啦！”埃比尼泽说。

“我也不知道哇，”伯林盖姆说，“只有一件事我知道得很清楚，那就是，除了我对两人所抱的无关个人的尊敬以外，他们谁的屁事儿我都不管。不把一种情感同另一种混淆起来，埃本，是件聪明的事儿。喏，先生，一个月一个月地过去了，我的情郎都认识到了对方的激情，两人变得非常嫉妒起来，如同塞万提斯笔下的‘嫉妒的埃斯特雷马杜拉人'[①]。他们行事就这样无耻，每个人都威胁我说，要是不放弃对方，就毁掉我上大学的前程。至于我自己呢，除非必要，根本不去注意他们哪一个，只是在各个学院图书馆里翻腾，就像海豚在海浪上翻滚一样。对我来说，光记住吃睡已经足够，再去完成他们认为我对他们负有的那些无数的琐细义务，就远远顾不上啦。真的，这可是漂亮的一对！"

"请问，到头来怎么样了呢？"

伯林盖姆叹了一口气。"在两年多的时间里，我戏弄他们，叫这一个跟另一个作对，直到最后牛顿再也无法容忍为止。那时候，皇家学会出版了有关他的三棱镜实验以及反射望远镜的书，却遭到了有自己的光学理论的罗伯特·胡克[②]的猛烈抨击，遭到了致力于棱镜望远镜研究的荷兰人克里斯蒂安·惠更斯[③]的猛烈抨击，还遭到了法国僧侣帕底斯[④]和比利时的利努斯[⑤]的猛烈攻击。由于批评和嫉妒的夹攻，他就在同一天发誓说，永远不再公开自己的发现，并且来到莫尔的房间向他提出挑战，要用殊死的决斗永远了结他们的怨怼！"

---

① 《嫉妒的埃斯特雷马杜拉人》（*El celoso extremeño*）是塞万提斯的一篇短篇小说，讲述一个水手在印度一带做生意成功后回到家乡埃斯特雷马杜拉，爱上了一个虽为贵族却家境贫寒的女子。他用尽一切方法保护她，使其远离外面的世界和所有的男人。最终，一个年轻人引诱了他单纯的妻子，而他也为自己对待妻子的方式感到羞愧，在离开妻子后不久便离开了人世。

② 罗伯特·胡克（Robert Hooke，1635—1703），英国物理学家、天文学家。他在力学、光学、天文学等多方面都有重大成就，设计发明了许多仪器设备，被某些科学史家称为"伦敦的莱奥纳多（达芬奇）"。

③ 克里斯蒂安·惠更斯（Christian Huygens，1629—1695），荷兰物理学家、数学家、天文学家。土星光环和土卫六的发现者。其最重要的贡献则是建立了光的波动说，并发现双射光束的偏振性，利用光波动说作了理论解释。

④ 伊尼亚斯-加斯东·帕底斯（Ignace-Gaston Pardies，1636—1673），法国科学家，曾反对牛顿的折射理论，但在得到牛顿的回信后收回了反对意见。

⑤ 指列日（比利时东部城市）的利努斯（Linus of Liège，1595—1675），耶稣会士及科学家，发明了磁性时钟。与牛顿同时代，对其理论提出了批评。

“哦，且不管它是什么问题，对这个世界来说，是怎样的损失啊。”埃比尼泽说。

“发生的情况是，并没有流血。”伯林盖姆说，“对于他们两人，故事结尾很圆满，如果说对讲故事的人不是这样的话。牛顿经过不少推理发现，对手跟自己一样，处境并不稳固，而且，我对他们两个，看起来同样冷淡。这一结论，就关涉他们心目中的特别问题而言，与《原理》[1]中的无论什么原理相比，都一样清楚明白。另外，莫尔也让牛顿看了自己的《形而上学指南》，他在书中表达了对笛卡儿日益增长的不满；牛顿则对莫尔言之凿凿地说，驾驭行星沿着轨道运行的，即便是万有引力而不是什么天使或者微粒，然而作为将宇宙之轮旋转起来的第一动力，需要用神来解释，正如老勒纳图斯所宣称的一样。最后，他们不仅没有殊死决斗，还在几个钟头的谈话末尾，让彼此信服了对方——那时，由于埋头于图书馆，所有这些我都没有听到——于是他们含着眼泪拥抱起来，决定不给我分文就同我断绝关系，把我从圣三一学院开除出去，并搬到同一个住所去住——在那里，他们可以宣称把物质世界的壮观同理念的辉煌结合起来，欣喜地聆听天体的音乐！事实上，后一桩事情他们从来没有去做，可是他们的联系却延续到今天，而且就我所闻，莫尔已完全不再染指老笛卡儿，牛顿愚蠢地迷恋上了神学，想利用自己的流数法来解释《启示录》。至于头两桩事情，他们完全付诸实行——把我赶出去挨饿，各色人等也受到了很大影响，跟我过不去，我连一先令都乞讨不到，也不能赊账吃上一顿饭。我离开了，去的是伦敦，此时我距离学士学位只有不到一年的工夫。这样，就在一六七六年，你父亲见到了我。于是，我对知识缪斯变化无常，把以前对研究所保留的全部热情，转移到你和你亲爱的姐姐身上。你们的教育，成了我的第一美事，我的第一推动力。这给

---

① 即牛顿的《自然哲学的数学原理》一书，出版于 1687 年。其中包括了他的物体运动理论，以及对万有引力理论的讨论。

所有别的事情都赋予了形式秩序。我的变化无常完全又彻底，对于自己的生活方式，我连一刻也没有后悔过，也没有渴想过剑桥。”

“亲亲爱爱的亨利!”埃比尼泽哭泣起来，“你讲的事情多么叫我感动，多么叫我羞愧，你这么努力而没有实现的东西，我却在无所事事当中让它溜掉啦！但愿上帝再给我一次机会!”

“别这样，埃本，恐怕你根本不是当学者的料。也许你有学校教师对知识的热爱，可是却没有那种耐心，没有那种技艺，恐怕也没有那种对关联性的感知能力，没有对世界的把握能力，这是把思想家和古怪人区分开来的东西。即便是把欧洲所有图书馆的书籍都在你头脑里蒸馏一遍，你身上仍然有一种东西，也仿佛是一系列特征，能够保持你的率真。别这样，去它的学士学位吧。我到这里来，不是劝告你再去尝试一次，也不是斥责你荒废学业，而是要带你到伦敦待一阵子，直到你看清楚了自己的方向。这是安娜的主意，她爱你甚于她自己，我也觉得这十分聪明。”

“我珍爱的安娜！她怎么知道了你的行踪呢?”

“喏，喏。”伯林盖姆大笑起来，“这又是另一码事儿啦，再找个时间说不迟。跟我一块儿到伦敦去，我在马车上给你讲讲。”

埃比尼泽迟疑了一下。“这是迈出的一大步哇。”

“可这是个广阔的世界啊。”伯林盖姆答道。

“我害怕父亲说什么，他听说了没有?”

“我亲爱的伙计，”伯林盖姆说，“我们正坐在一块从太空胡乱飞来的岩石上，我们大伙都在奔向坟墓。你觉得，蛆虫很快拿你当一顿饭吃的当儿，它们会在意你是在房间里叹着气度过时光，还是劫掠蒙提祖玛[①]的辉煌城邦吗？你瞧，白日将要过完，它即将永远倾倒进时间中去了。我们用午饭填满自己的肚子后，还没有讲完一个故事，它们

---

① 蒙提祖玛（Montezuma II，约1470—1520），墨西哥最后一个阿兹特克皇帝，被入侵的西班牙人所杀。

就已经又咆哮起来，再要东西吃啦。我们是会死的人，埃本，说真的，除了大胆的决定，对什么来说都没有时间啦！”

“你给了我勇气，亨利。”埃比尼泽说着，从桌子旁边站了起来，“咱们走吧。”

四、埃比尼泽第一次逗留伦敦，以及随之而来的问题

那天夜里，伯林盖姆就睡在埃比尼泽的房间里。第二天，他们乘马车离开剑桥出发到伦敦去。

“我看，你还没有告诉我，”路上，年轻人说，“你是怎么突然离开圣贾尔斯，安娜又是怎么知道你行踪的。”

伯林盖姆叹了一口气。“如果说这是个叫人伤心的秘密，那么也是个简单的秘密。事实上，埃本，你父亲认为，我对你姐姐打着主意。”

“不！这难以置信！”

“哦，喏，说到这个，并不那么难以置信，安娜是个可爱的聪明姑娘，可爱得不同一般。”

“可是，就想想你的年龄吧！”埃比尼泽说，“父亲也真荒唐！”

“你觉得荒唐？”伯林盖姆问，“你可真是个率真的人。”

“哦，请原谅我，”埃比尼泽说，“说得无理了。不，这根本不荒唐，你如今三十多岁，安娜二十一岁。我敢说，你当时是我们的老师，才叫我觉得你老一点儿。”

“叫我看，这种猜疑根本就不荒唐，无论是谁都会带着爱意来看待安娜的。”伯林盖姆说，“我多年来就爱你们两个人，现在也还爱你们，我当时并没有隐瞒事实。叫我伤心的不是这个，而是安德鲁认为我对姑娘不怀好意的看法。天哪，如果有什么事情不可能的话，那就是像安娜那么了不起的人儿，竟然垂青一个身无分文的教师。”

“不，亨利，我常常听安娜断然说，与你相比起来，她认识的人没有一个值得礼貌相待。”

“安娜那么说来着？”

“是啊，在一封不到两个月以前的信里说来着。”

“哦，好吧，无论情况如何，安德鲁把我对她的关心当成了淫邪念头。一天下午，他威胁我说，如果第二天早晨以前我不走，他就像打狗那样一枪把我打死，另外还要用马鞭子鞭打安娜。我并不替自己担心，但是害怕会给她带来伤害，于是马上离开了，虽说这都把我的心撕碎啦。”

埃比尼泽坐在车上，对这种坦露十分诧异。“那天上午，她哭得多厉害呀！然而，不管是她还是父亲，什么都没有向我透露！”

“你也不该对他们哪个人谈起来，”伯林盖姆告诫说，“因为这只能叫安娜感到窘迫，不是吗？而且，还会重新激怒安德鲁，因为在家庭里，根本不存在对追诉时效的法律规定。别以为你能劝说他改变观念：他对这一点是深信不疑的。”

“我想是这样，”埃比尼泽不无疑惑地说，“那么说，从那以后，安娜一直和你有书信来往？”

“没有我所希望的那样经常，老天，我多么渴望听到你的消息！我在泰晤士大街住过，就在比令门和海关大楼中间——和圣贾尔斯凉亭截然不同，你会看到这点。而只要可能，我就让自己受雇去当指导教师。有两年多的工夫，我无法跟安娜通信，怕你父亲听到风声。不过，两个多月以前，我凑巧在李树街受雇当了布罗姆利小姐家的法文指导教师，她记得你家搬到圣贾尔斯以前你和安娜是她的玩伴。通过她，我能够告诉安娜自己住在什么地方，虽说我不敢给她写信，但她有两三次设法给我送来了信。就这样，我知道了你的情况，她建议我把你从剑桥带出来，我简直太高兴去办啦。她是个可爱的姑娘，埃本！”

“我渴望着再见到她！”埃比尼泽说。

“我也渴望着呢，”伯林盖姆说，“因为我就像尊重你那样，深深地尊重着她，而且，有三年没有见到她了。”

“你觉得她可能到伦敦来看我们吗？”

“不能，恐怕绝无可能。安德鲁绝对不会允许的。”

“可是，再也见不到她，我自然不甘心！你能吗，亨利？”

“我不习惯看得那么远，”伯林盖姆说，“咱们姑且考虑一下你在伦敦干什么吧。你不能无所事事了，否则你会再一次陷进苦恼和麻木当中去。”

“天哪，”埃比尼泽说，“我可没有什么要去为之努力的长远目标。”

“那就按照我的样子干，”伯林盖姆劝告着，“把胜利完成你所有的近期目标当成长期目标吧。”

“然而，我也没有什么近期目标。”

“哦，不久你就会有的，你肚子咕咕叫着要吃饭，钱也花光时，就有啦。”

“那可是个不幸的日子！”埃比尼泽大笑起来，“不论什么手艺和买卖，我都一窍不通。我甚至连用吉他演奏《流吧我的眼泪》也不会。”

“那么，你显然该当个教师，就像我一样。”

“胡说！那可像盲人骑瞎马了！”

“是哇，”伯林盖姆微笑着说，“要理解失明的艰辛，有谁能比得上没有眼睛的人呢？”

“可是教什么呢？我不少东西都略知一二，可哪一桩也不精通。”

“那么，说真的，大路就为你敞开了，你愿意教什么就教什么呀。”

“教自己一无所知的东西？”埃比尼泽惊呼道。

“还得迈步赶上去，”伯林盖姆答道，“因为教你了解的东西并不是什么累活。可教一无所知的东西，就要求一定的勤奋了。挑选一个你非常喜欢学的科目，然后直接扬言自己精于此道。”

埃比尼泽摇了摇头。“这还是行不通，我对世界总的来说都好奇，从来都无法挑选。”

“很好，那我就授予你世界本质学教授，我们就这样给你做做广告。学生想学什么，你就教他们什么。”

“你在开玩笑，亨利!”

“如果是开玩笑的话，”伯林盖姆回答道，“我敢说，也是个惬意的玩笑，因为三年来我就是这样填饱肚子的。不过，我相信自己所教的东西。教给一些人一些东西，总是件了不起的事情，教的是**什么**或者教的**什么人**无所谓，都是微不足道的。这绝不是欺诈。”

对于这一建议，无论埃比尼泽作何想法，他都没有办法予以拒绝。于是，他一到伦敦就搬进伯林盖姆在河边的住所，完全充当了伙伴安顿下来。几天以后，伯林盖姆给他带来了第一个雇主，一个在克拉奇德弗莱尔当裁缝的蠢家伙。凑巧，他只是快乐地渴望学习认字，并不要求什么深奥的东西。接下来的几个月里，埃比尼泽便靠教书来糊口。他要么在自己的房间里，要么在学生的房间里，一天忙活六七个钟头，间隙里大半时间用来拼命学习第二天的功课。要有空闲，也都同伯林盖姆那一小圈熟人消磨在酒馆和咖啡馆里。他们大都是百无聊赖的诗人，表面上露出一副对自己天赋的自信。这给了埃比尼泽深刻的印象，于是他也有几次绞尽脑汁写起诗来，但因为没有东西可写，每次都放弃了努力。

由于自己的坚持，他通过布罗姆利小姐——伯林盖姆的学生——迂回曲折地同姐姐建立了通信联系。两个月以后，安娜设法到伦敦来看他们，借口是住在伦敦肉类市场附近的未婚姑姑生了病。可以想象，这对孪生姐弟再次相见，可谓大喜过望，因为虽然三年前埃比尼泽就告别了圣贾尔斯，谈话一时无从说起，但起码从道理上说，彼此依然怀着巨大的亲谊和眷念。对于伯林盖姆呢，安娜再次见到他也表示出了相当大的而又是端庄得体的喜悦。与埃比尼泽最后一次见到她时相比，她有了一些变化：棕色头发不那么闪光了，虽说依然光彩照人，但和他记忆中相比少了一些少女的稚气，人也消瘦了一些。

“我亲爱的安娜，”他不是第四次就是第五次这样说，“听到你的声音多好啊！告诉我，你是怎样离开父亲的？他还好吗?”

安娜摇了摇头。“恐怕快要气疯了，或者说，快要把我气疯了。都是因为你的失踪，埃本，这既叫他生气，又叫他害怕。他不知道事情的起因，不知道是到处寻找你好，还是跟你脱离关系好。他查问我你的下落，或者以为我瞒着他什么事情而责骂我，每天都不下十来次。他对我产生了巨大怀疑，然而有些时候，又是那样悲伤地提到你，感动得我都会流泪。这几个礼拜他苍老了不少，不像从前那样吹胡子瞪眼，一副心不在焉的样子，体力也逐渐衰竭了。"

"哦，上帝，听到这个真叫我心酸！"

"也叫我心酸，"伯林盖姆说，"因为尽管老安德鲁不大喜欢我，可我对他没有恶意。"

"我的确觉得，"安娜冲埃比尼泽说，"你应该干个什么行当，让自己安顿下来，一找到位置就跟他联系。因为尽管他确实骂了你一大堆话，但得知你很好，你事业有成，还是可以安慰他的灵魂的。"

"而且，安慰了他的灵魂，也就安慰了我的灵魂。"埃比尼泽说。

"天哪，可这是你自己的生活呀！"伯林盖姆不耐烦地嚷嚷起来，"活见鬼的孝顺！看到你们这一对让那个傲慢的无赖给吓住了，真叫我心疼！"

"亨利！"安娜斥责道。

"这你得原谅我，"伯林盖姆说，"我没有什么恶意。可你瞧，安娜，并不是安德鲁一个人的健康受到了损害。你自己瘦削苍白了，而且我还注意到你的神情也十分严肃。你也应该从圣贾尔斯逃到伦敦来，好给你姑姑做个伴儿什么的。"

"我苍白严肃吗？"安娜柔柔地问道，"也许只是年纪的关系吧，亨利。二十一岁，不再是个无忧无虑的孩子啦。不过，你可别叫我离开圣贾尔斯，那等于叫我父亲去死。"

"恐怕她在那边有个求婚的呢，"埃比尼泽对伯林盖姆说，"不是这样吗，安娜？"他挖苦地说，"也许是什么村夫情郎，夺走了你的心吧？二十一岁不再是孩子，而是合格的好妻子，不是吗？说话呀，亨利，你看姑娘脸红哩！依我看，我说到点子上啦。"

“我相信，是个幸运的土包子。”伯林盖姆说道。

“不是，”安娜说，“别笑话我啦，弟弟。”

显然，对她的取笑过分了一些，埃比尼泽马上请求她原谅他的揶揄。

安娜吻了吻他的脸颊。“当我深爱的男人正是我弟弟时，我怎么出嫁呢？剑桥的书上是怎么说的，埃本？姑娘是不是永远少有吉相？”

“不是，真的。”埃比尼泽大笑起来，“你想找着我这样的，那你到死都要做姑娘了！不过，我建议你眷顾一下我这个朋友，虽说事情过去了几年，但他的言谈话语仍然可靠，是不幸者的好伙伴！”

埃比尼泽话刚出口，便想到几个礼拜以前伯林盖姆跟自己提到的安德鲁的怀疑，意识到自己说得不得体。两个男人立即涨红了脸，不过，安娜却打了圆场。她像亲吻弟弟那样，轻轻亲吻了伯林盖姆一下，从容地说：“如果说的是实话，倒算不上什么促狭的揶揄。那么，他明白他的意思吗？”

“有什么关系？”伯林盖姆凑趣地问，“无论我有什么不足，我身边的这个家伙可以教我，他起码这样自夸来着。”

“咄，这叫我想了起来，”埃比尼泽跳起来说，“这会儿，我得跑着到塔山①，去给小法姆斯雷上他的第一节竖笛课啦！”说着，从壁炉架上取下了一支中音竖笛，“快点儿，亨利，这玩意儿怎么个吹法？”

“别，别太快，慢一点儿。”伯林盖姆说，“一项技艺学得太快，可是个严重错误。这个乐器，法姆斯雷不摆弄上一个钟头，无论怎么说连一个音符都吹不出来。得先拿对了，能把它拆开来，还能再装起来。除非学生明白要走很长的路而失去了勇气，否则，老师是永远、永远不能炫耀自己的能力的。今天晚上，我教你左手音符，你明天就能给他演奏《小丑》啦。”

“你得走了吗？”安娜问。

---

① 塔山（Tower Hill），位于泰晤士河北岸，著名的伦敦塔位于山上。

“是的，不然的话，这个礼拜天的面包就得泡汤。这个礼拜亨利没有学生教。我回来前就把你交给他关照啦。”

安娜在伦敦逗留了一个礼拜。只要可能，她就从姑姑床边溜出来，看望埃比尼泽和伯林盖姆。那个礼拜末尾，姑姑已经康复，能够自理，她说打算回圣贾尔斯去。使伯林盖姆非常吃惊和痛苦的是，埃比尼泽也说打算同她一起回去，无论怎样苦口婆心地劝告，也不能叫他回心转意。

“这什么好处都没有，”他摇着脑袋说，“我不是当老师的料。”

“如果你不是在逃避责任，”伯林盖姆大声说，“我就遭天谴!”

“不是的。要是我逃跑的话，那我是朝着责任逃跑。躲避父亲的盛怒是懦夫行为。我想得到他的宽恕，他叫我干什么，我就干什么。”

“他那怒气，真该死！我所说的，根本不是对他的责任，而是对你自己的责任。从表面上看，乞求他的宽恕，像男子汉那样挨一顿棒打，是高尚的行为，可这恰恰是个借口，来丢掉驾驭自己生活的缰绳。见鬼，确立自己的目标，自己吞下苦果，才更像男子汉哩!”

埃比尼泽摇了摇头。“对这件事儿，不管你脸色怎样，亨利，我一定得走。当儿子的，能够站在一边，眼看着父亲烦恼得早早去世吗?”

“别往坏里想，亨利。”安娜央告道。

“你不会也相信这是聪明的举动吧?”伯林盖姆难以置信地说。

“我不能判断这事儿是不是明智，”安娜答道，“不过，这么做当然不是一件错事。”

“天哪，我跟你们这一对到头了!”伯林盖姆大叫起来，“谢天谢地，我并不认识自己的父亲，如果说这就是他们怎样束缚人的话。”

“可我祈祷着你有一天能找到他，”安娜平静地说，“或者起码，能听到有关他的什么话。一个人的父亲是他同过去的联系，是他与自己所降生到的世界的纽带。”

“那么，我要再次感谢老天，我摆脱了自己的过去，”伯林盖姆说，“这让我无拘无束，获得了自由。”

“好也罢，坏也罢，亨利，”安娜不无动情地说，“实际上就是这样。”

到了动身那一刻，埃比尼泽问：“我们什么时候能再见到你呀，亨利？你会叫我思念得很苦的。”

然而，伯林盖姆只是耸了耸肩膀，说：“如果让你这么痛苦，那就待在这里吧。”

“我尽可能常来看望你。”

“别，别冒险让你父亲不高兴啦。再说，我可能会离开。”

“离开？”安娜露出淡淡的惊讶，问，“离开去哪儿，亨利？”

他又耸了耸肩膀。“这里没有什么东西叫我待下去啦。学生们我一点儿都不在乎，除非是为了打发时间，等着别的事情来吸引我。”

同自己的朋友道别——后者的怨恨弄得道别的情景十分尴尬——以后，埃比尼泽和安娜雇了一驾马车，送自己到菲尔兹镇圣贾尔斯教区去。短短的旅途虽说风平浪静，却也叫两人十分高兴。尽管安娜让伯林盖姆的态度搅得到了偶尔流泪的地步，埃比尼泽展望同父亲面面相对的前景，心里也一英里一英里地变得焦急起来，然而，乘坐马车旅行，却是很长时间以来这对孪生姐弟第一次有机会私下长谈。最后到了库克庄园，他们却惊讶地发现，父亲三天前就遵从医嘱卧病在床，正像个病人似的由特维格太太护理着。

“上帝呀！”安娜哭叫起来，“可我还一直待在伦敦！”

“这不是你的错，宝贝，”特维格太太说，“他嘱咐过我们，别把你叫回来。不过，我肯定，他看见了你仍然会高兴的。”

“我也去。”埃比尼泽说。

“不，先别去。”安娜说，“让我看看他情况怎么样，会给他带来什么冲击再说。最好让他有所准备，你不这样想吗？”

埃比尼泽不大情愿地同意了，因为倘若这一行动推迟得太久，他害怕自己会失去勇气。不过，就在同一天，安德鲁的医生又出诊到庄园上来。他得悉了情况，向埃比尼泽说，他父亲非常虚弱，没精神发脾气，便自告奋勇尽量巧妙地告诉安德鲁，他的儿子回到了家。

“他希望马上见到你。”之后，医生告诉埃比尼泽。

“他非常生气吗?”埃比尼泽问。

“我看没有。你姐姐回来振奋了他的精神，我还给他讲了浪子回头的故事。”

埃比尼泽来到楼上，走进父亲卧室，一个他生平进去不过三次的房间。他发现，父亲绝非自己所害怕的那副模样，只见他躺在床上，瘦骨嶙峋，没戴假发，看起来与其说是接近五十岁，倒不如说是接近七十岁；两颊深陷，眼神暗淡，头发灰白，声音里透着埋怨的语气。埃比尼泽一望见他，就把自己拼凑的一篇难为情的说词完全忘记了，泪水涌出了眼睛，接着跪在了床边。

“起来，儿子，起来吧。”安德鲁叹了口气说，“让我看看你。又能看见你可真好，我敢发誓。”

“您不生气，这可能吗?”埃比尼泽的问话难以出口，“对我的所作所为，您应该生气的。”

“说真的，我没有这份心思啦。无论怎么说，你都是我儿子，我的唯一儿子。我如果盼着儿子好，你也会盼着父亲好。当个好儿子好父亲，可不是一件小事情。”

“我得向您做不少解释哩。”

“听着，怨债一笔勾销了。”安德鲁说，“再说，我心力也不济啦。不成器子女的好处，在于忏悔；不称职父亲的体面，在于宽恕。这种事情没有个完。喏，等一下，我有好多话要跟你说，要用虚弱的声音说一说。那边桌子上，放着一个文书，是我昨天起草的，那时，这世界看起来比今天更加暗淡无光。请拿到这里来吧。”

埃比尼泽遵照吩咐拿了过来。

“喏，”父亲把文书挪开，不让埃比尼泽看到，接着说，“我让你看到文书以前，你老老实实说一声：你准备好了不再到处流浪，像男子汉那样，开始肩负起一个人的命运了吗？如果还没有，那在哪里拿的，就放回哪里去好了。”

“您愿意怎么样我就怎么样，先生。”埃比尼泽的话说得一本正经。

“天哪，这简直大大出乎预料！特维格太太常说，英国孩子永远不该吃法国奶，还说你放荡的根苗，就出自英国血统和法国奶水之间的争夺。然而，我却一直希望，现在仍然希望着，自己迟早能看到你成为一个男子汉，说真的，成为我们家族的一个真正的**埃比尼泽**。”

“请原谅，先生！我得承认，关于法国奶水和埃比尼泽们这番话，我没有明白您的意思。自然啦，我母亲并不是法国人吧？”

“不，不，你原是英国人生、英国人养，这你放心。不管怎么说，那个医生，可真见鬼！给我拿烟斗来，你也坐下，孩子，这回我决定向你公开一下你家的历史。这也是我最关心的事情。”

“您会累着吗？”埃比尼泽问道。

“哎呀，”安德鲁不无嘲讽地说，“如果这也累，那活着也很累呀。不累，反正我很快就要入土了。”他在床上略微抬起身来，从埃比尼泽手里接过烟斗，高兴地吸了一口，讲起了往事：

“一六六五年夏天，”他说，“我从马里兰来到伦敦，在贝纳德城堡附近，跟商人彼得·佩根去处理生意。就在那时候，我遇到了巴辛肖镇的安妮·鲍厄尔，也就是你的母亲，跟她结了婚。求爱过程很简短。为了逃避那场大瘟疫，我们立即乘坐装载谷物、干货、五金器材的‘多面堡号’双桅船，朝马里兰行驶。从离开利泽德[①]那天起，就遭到了暴风雨的袭击，从弗洛雷斯岛到好望角，又遇上了逆风。我们跨洋航行了十四个礼拜，最后，于十二月到达圣玛丽城的时候，可怜的安妮已经有了三个月的身孕！生活条件十分艰难，你肯定明白，每一个新到种植园的人，必须经受一段适应时期，过上几个礼拜才能习惯

---

① 利泽德（Lizard），英格兰最南边的一个半岛。

那里的天气，有些比安妮还坚强的人都死去了。她是个小小的弱女子，习惯于身居绣房，而不习惯于在甲板上面。到圣玛丽城不到一个礼拜，她在船上感染的风寒便转成了一场可怕的疟疾。我马上把她从河湾送到莫尔登去，我给她修建的洞房于是成了她的病房——在那里，她憔憔悴悴，等待分娩日的到来，身上发着烧，十分虚弱。”

埃比尼泽非常动情地听着，却想不起来说什么好。父亲又吸了一口烟斗。

“家里上上下下，”父亲接着说，“连我在内，由于她的健康原因，都以为安妮会小产，或者生个死婴。尽管如此，但我怕万一孩子活下来，所以还是着手寻找奶妈，因为我明白，可怜的安妮永远也不能哺育孩子了。凑巧，二月的一天，我正站在现在是剑桥①的一个码头上，跟一些种植园主讨价还价的时候，突然间听到从背后乔普坦克河里传来了巨大的扑通声。我转过身去，刚好瞥见一个年轻女人的脑袋，钻到了冰块下面。”

“可怜见的！”

“那些日子，我游水不错。看来似乎谁也不愿意去凉水里洗澡，于是我假发都没摘，就冒着危险随她跳了进去，把她举了起来，直到别人把我们捞上来。然而，你认为我的劳苦得到感谢了吗？那少女一苏醒过来，便开始为自己的获救叹息，严厉责骂我没有让她淹死。这叫我们大伙无比吃惊，她还是个漂亮的小东西，大约不出十六七岁的样子哩。

“‘你一生几乎还没有开头，怎么就想结束了它呢？’我问她，‘不少快乐的故事开头都很不幸呀。’

“‘不管是什么原因吧，’她答道，‘说真的，对你，我可几乎没有什么可感谢的。你救了我，让我不能溺水一死了之，还得受冻挨饿慢慢死去。’

---

① 此处指位于马里兰多切斯特郡的剑桥城。

“我正想进一步追问原因，可是，凑巧看到了以前没有注意到的东西——她脸庞和胳臂虽然瘦骨嶙峋，肚子却实实在在鼓胀了起来。

“‘啊，我明白啦。’我说，‘也许，是你家老爷让你去看看烟草是不是干得可以装桶了，结果哪个农场工人在加工坊干了你吧？’

“我是为了挖苦才说这话的，因为从她那褴褛的衣服和污秽的肌肤，我猜出她是个使女。她没有答话，只是摇了摇头，哭得更厉害了。

“‘哎呀，’我说，‘要不是在地里干活的人，那么就是老爷他自己，要不是在加工坊，就是在桌布毛巾储藏室，或者牛棚里喽。你这个大肚子，反正不是在教堂里弄的，我敢说！可这会儿，我打赌，那种植园主没留下来储藏自己的丰收果实吧。’

“经过进一步询问，那姑娘承认，在牧师感恩祷告以前，自己确实叫别人**尝过鲜**，年轻人都是这样的；不过只有一次，但是，这一次也不是因为暴力落到了男用人手里，而是由于种植园主儿子的乞求，他信誓旦旦地表白自己爱她。不过，说实在的，他弄到手的，并不仅仅是一个挤奶的傻姑娘的处女膜。原来，她叫罗克珊·爱德华，是了不起的法国绅士塞西尔·爱德华的遗孤，住在库克岬上游的爱德华城堡。父母去世后，她由乡下教会河镇的富有叔叔抚养。他极为在意她的高贵血统，绝不允许她接受当地年轻人的求婚。也是她命运不济，爱上了叔父的邻居，一个种植园主的长子，那年轻人对她非常迷恋，乞求她嫁给他。她是个孝顺孩子，不想违拗保护人的意愿嫁给一个年轻人，可是，她孝顺得又不够，不知怎么的，在河上一只独木舟仓底里，还是让他第一个上了身。此后，她拒绝再见到他，可那个年轻的傻瓜却非常沮丧，以至于放弃了祖传家产，出海当了普通水手，从此杳无音信。不久，她发现自己怀上了孩子，便直接向叔叔把事情统统交代出来，她叔叔立即把她赶出了那地方。”

“哦！”埃比尼泽叫了起来，“他对她的关心也真算好！但愿老天保佑，可别让孩子蒙受这样的关怀！我简直无法想象！”

“我也揣摩不透，”安德鲁说，“可是事情就是这样，或者说我听说是这样的。还有，如果有谁接纳她，她叔叔就以暴力相威胁，于是可怜的罗克珊很快就沦落到了极为悲惨困窘的境地。她想签订契约当个家佣，虽然她对家务知道得很少；可是，对于一个在几个月前连自己都需要用人侍奉的人，主人们并不怎么心甘情愿。人人都认识她，都了解她的困境，有不少人由于以前对她略微表示过诚心，而叫她叔叔赶出门来，现在见到她命运多舛，向她提出了污秽不堪的求婚。”

“见鬼！那些卑鄙的家伙，难道对她的处境就没有怜悯吗？”

“没有，即便是现在她的肚子毁了自己，他们也没有。这非但没有叫他们泄气，反而随着她肚子越来越明显更加激发了他们。难道你自己没有见过——”他瞥了儿子一眼，“无论怎样都没有。简单地说，展望前景，除了一方面是卖淫和耻辱，另一方面是遭到强暴和忍饥挨饿以外，她什么都看不到。而她又羞于前一种遭遇，害怕后一种遭遇，于是选择了第三条路，那就是跳到乔普坦克河里去。”

“请问，您救了她以后，她又怎么样了呢?”埃比尼泽问。

“唔，除了使尽力气再跳进去，又能怎么样呢?”安德鲁回答，“最后我想起来，她的生产似乎比可怜的安妮只早一个礼拜，便约她到家里来；我同意好好照顾她，为她做好准备，条件是万一我们的孩子活下来的话，她要一块儿奶她自己的孩子和我们的孩子。她表示同意，签了字据后，我就把她带回了莫尔登。

“那阵子，你母亲——愿上帝让她安息——情况却越来越糟糕。她是个令人惊叹的清教徒，沉湎在阅读《圣经》里面，无论什么时候，只要我对她表示同情，她都习惯地回答：‘别害怕，丈夫，主会帮助我们的。’”

“上帝保佑她!”埃比尼泽说。

“出于幻想，”安德鲁接着说，“她还认为自己的几种疾病，都是敌军之主，不断地叫我给她朗读《旧约》里有关上帝用以色列人的名义来进行军事仲裁的段落。所以，每当疟疾发作过去，没有致她死命的时候（虽然这使她虚弱得十分可怜），她便十分骄傲，像个看到了敌人侧翼撤退的将军，还像先知撒母耳那样，宣告了非利士人的溃散，说：‘主就这样帮助了我们！’[1]终于，到了时间，她经过可怕的阵痛生下了安娜，有八磅半重。她用自己母亲的名字给她起了名，再一次对我说：‘仁慈的主这样帮助了我们！’当时，没有一个人不认为对她的考验结束了，就连既不是天主教徒也不是新教徒的我，也为她的分娩感谢上帝。然而，她生下安娜不出一个钟头，阵痛就又一次开始，经过了不少号啕叫嚷，才把你带到世上来，几乎和你姐姐一样重。她身上掉下来的孩子一共有十七磅重，从一个——唔，从一个这么脆弱的身子里，只是胀气，就能叫她痛苦呀。毫不奇怪，你的肩膀还没有露出来，她就休克过去，从此压根儿没有苏醒过来！就在同一天夜里，她死了。由于五月的天气不合时令地热，第二天，我就把她抬到岬角的河湾一边，掩埋在了一棵大火炬松树下面。现在，她还躺在那里。”

“上帝保佑我！”埃比尼泽哭泣起来，“我不配这样！”

“这正是我当时的想法，”安德鲁说，“不承认，就是不诚实，上帝宽恕我。即便是念完了葬礼悼词，我仍然听得见你们这一对在上房里哇哇哭叫的声音。在泥水匠刻好墓碑以前，我把一块磐石压在了坟头的沙砾上，这叫我想起了《撒母耳记》里的那些诗篇，诗篇描写了上帝打击非利士人，以及撒母耳为上帝的援助所做的题献——希伯来人叫做‘埃比尼泽’[2]的石头。就这样，孩子，我在怨恨之中，亵渎了圣物，给你起了这个名字。趁罗克珊还来不及叫我住手，我自己用一大壶梨酒的渣滓为你洗了礼，朝莫尔登那群人说：‘主就这样帮助了我们！’”

“啊，亲爱的父亲，别再责备您自己了。”埃比尼泽乞求地说——虽然安德鲁并没有表露出什么特别的情绪，“我明白，我宽恕！”

---

① 撒母耳（Samuel），希伯来人预言家，以色列人被非利士人击败后，曾号召以色列人重振旗鼓，大败非利士人，并成为他们的统治者。上文所说“敌军之主”即指非利士人。见《圣经·旧约·撒母耳记》。

② 又译“以便以谢”。见《圣经·旧约·撒母耳记上》，第7章第12节。

安德鲁把烟灰磕在床边的痰盂里，休息了一会儿，重又讲起了往事。

“无论情况如何，”安德鲁平静地说，“你和你姐姐从来不需要照看。八天以前，罗克珊姑娘也生了自己的孩子，是个女儿，不过孩子还没有哭出第一声，就给脖子上套着的脐带勒死了。所以，尽管是你们俩而不是一个，她两只乳房也只要喂两张小嘴，而且对你们来说，乳水还十分丰足。她一旦再次自立，就变回了一个健康的少女——红红的面颊，丰满的乳房，虽说血统高贵，却仍然生气勃勃得像个挤奶女工。四年契约期间，她像对待自己的孩子一样拉扯着你们。特维格太太声称，法国奶水同英国血统混合起来，绝不会有什么好结果的，然而，你长得胖乎乎的，活蹦乱跳，跟多塞特任何一个孩子都一样。

“一六七〇年，罗克珊当女佣的最后一年，我决定离开莫尔登到伦敦去。一则，我厌倦了代理经营；二则，也看不到自己的烟草债券有什么起色。在世界上所有地方当中，库克岬虽说是我心里最珍贵的，是我第一处也是我最大的田产，然而，一个鳏夫住在为自己新娘修建的房子里，一直是我的心病。再者，我还得承认，自打可怜的安妮死去，自己同罗克珊的关系变得十分微妙起来。她认为我没有什么恶意，这在我是理所当然的，因为她和我在一起不仅是由于法律手段，也是出于感恩。反过来，我对她，也不仅是心存些许感激而已，因为同法律上的义务相比，她喂养的我的孩子数目多了一倍，而且是以母亲的慈爱来喂养的，还纯粹出于对你们的疼爱，接过了特维格太太当家庭教师的大部分义务。我已经说过，她是个非同寻常的尤物，我那时是个三十一岁的魁伟男人，前途无量，可能算不上不漂亮。可我，由于可怜的安妮的苦恼和去世，从到州里来就势必孤身一人睡眠，得不到安慰。因此，毫不奇怪，有些好事之徒难免认为罗克珊不仅在育婴室里，而且在卧室里也代替了安妮的位置，特别是由于他们自己也曾经垂涎于她，情况就更加如此。我明白，人们都是这样的，都相信，自己没有胆子或者没有办法去犯的罪孽，别人也会去犯。”

“可是，天哪，这是多么恶毒的流言呀！”

“唉，”安德鲁说，“不过，**人们所说的罪人和真正的罪人，都是一样的**。一个人在上帝眼里怎样，对于世俗小人是无所谓的。思量过一切之后，我觉得还是叫她离开为好；然而，我绝不能把她送回去死，或者去卖淫。所以，当有一天，在头一回遇到她的地方，有个人走过来对我自我介绍说自己是罗克珊的叔叔，热切地打听他侄女的时候，可真叫人喜出望外。”

“但愿那家伙那个时候平息了自己的怒火。”

“平息啦，”安德鲁说，“还到了一想起自己先前的残酷就会流出眼泪的地步。我把罗克珊其后的困境以及她那孩子的死亡说了以后，他后悔得差一点儿把头发撕下来。对于我救她、关爱她，他表示了没完没了的感激；声称急于弥补自己的严重过失，请求我敦促罗克珊回到他家去。我提醒他说，在他侄女求婚者的事情上，是他的不可理喻才逼得她受到了先前的羞辱。他回答道，自己不但不再坚持那种不可理喻，那一刻心里反而替她找了一个，是个跟她非常般配的邻居的阔少，那人一直垂青她。

“你不难想象，罗克珊得悉这一切的时候，有多么吃惊。听到叔叔改变了心意，她很高兴，然而离开你和安娜，就仿佛丢弃了自己孩子似的。像面临境况发生巨变的女人们一样，她哭泣，她号啕，请求我把她带到伦敦去。然而，对我来说，倘若保持我们之间的联系，对我们俩从情理上就说不过去了，再者，她叔叔已经为她安排了殷实的人家，就更说不过去了。于是，就在同一天，我把自己那张契约给了她，说明她的佣期已经结束，她叔叔赶着四轮马车来到莫尔登，带走了她。事情就是这样。不出两个礼拜，我也最后告别了莫尔登，永远离开了马里兰。可别以为这是不费吹灰之力的事情：生活向你提供明确的选择，的确是绝无仅有的，真的！生活更习惯于把事情安排成这个样子：你选择了道路，可它会叫你痛苦。**呜呼！**我东拉西扯了一通，都快喘不过气来啦。喏，给你。”安德鲁说着把文书递给了埃比尼泽，讲述这一切的当儿，他一直摆弄摩挲着它，“念念吧，我也好喘口气。”

埃比尼泽好奇而又忐忑不安地接过文书，念了起来：

> 米德尔塞克斯郡菲尔兹镇圣贾尔斯教区安德鲁·库克先生，特立其生前托付和遗嘱如下……首先吾将吾之所有所属……之所有位于马里兰州多切斯特郡乔普坦克河口称为库克岬之田产遗赠与吾子埃比尼泽及吾女安娜……由彼平均分割……

“明白吗，孩子?”安德鲁追问道，“领悟了吗，见鬼？说的是库克岬，是我最金贵的莫尔登。你们俩就是在那里来到世上的，你们的母亲还躺在那里！虽然还有这所房子，以及李树街上那个去处，不过，我的心却在库克岬；莫尔登是我所心爱的，是我在荒野中营造起来的。这是给你的遗赠，埃本，由你来继承；这茫茫世界上你个人的一片田地，你要耕耘，让它结出丰硕果实。没错，这也是一笔显赫的遗产！‘平均分割’，不过，经营田产是男人的事情，不是女人的事情。就是为了这个，我才生你，养你，教育你；就是为了这个，你这个混账东西必须做事，磨炼自己，撑得起家业来。别再骗我了，行不行!”

埃比尼泽脸色绯红。“我明白自己不检点，也没有什么可辩解的，除了一点：在剑桥我一事无成，倒不是因为愚笨，而是缺乏明确的目标。但愿当时老天叫伯林盖姆来指点我就好了!”

“伯林盖姆!”安德鲁高声说，“啐！他那学士学位，比你还摸不着边儿。再说，依我看，就是你那个流氓成性的宝贝伯林盖姆不教你做事，才把你给毁了。”他挥了挥遗嘱，“你以为，你的伯林盖姆有朝一日会继承一个莫尔登吗？咄，那个下流坯！别再提起他的名字，求求你，免得叫我犯病!”

“对不起。”埃比尼泽说，他有意提到伯林盖姆的名字，是为了看看父亲的反应，现在他得出了结论：无论怎么样详细描绘之前在伦敦的逗留，都是不明智的，“我简直不知道用什么办法来表明，您的宽容让我为自己的不成器而羞愧。把我送回剑桥去吧，假如您愿意的话，我发誓不再重犯以前的过错。”

安德鲁涨红了脸。“**马里兰**才是你的剑桥，烟草地就是图书馆！文凭呢，如果你想申请的话，也许你能用一万奥仑烟草[1]成交一张汇票！”

“那么，您的意思是送我去马里兰？”埃比尼泽十分不自在地问。

“是啊，去耕种生养你的土地，不过，你现在还绝对没有办法适应；剑桥大学恐怕已经把你弄得糊里糊涂，无力处理事情，既没有经营田产的头脑，也没有耕耘土地的脊梁骨了。想把伯林盖姆和念大学丢到脑袋后边，是费力气的，不过，**想学会跑，必得先学会走**。你所需要的，只是老老实实学学徒，所以，我的意思是把你送到伦敦去，给那个经商的彼得·佩根当店员。就像我和以前我父亲那样，学习一下种植园交易的进出手续。我敢说，到了你去莫尔登接手的时节，这样比你在剑桥听的东西还有益处！”

那时，这样的生活道路并不是埃比尼泽自己愿意选择的道路——不过，也没有别的道路可选。再者，琢磨起来，对自己设想的种植园主生活的某种吸引人之处，他又不是看不见。他瞥见他骑在心爱的坐骑背上，去视察田间的劳作；瞥见他嘴里吸着让自己富有起来的烟草；瞥见他跟两三个好友啜饮着自家酒厂里的榅桲酒或者梨酒；瞥见他在自己宅邸的游廊上消磨无所事事的傍晚，指点着外面河里的野鸭，也许间或写上几行表现安逸和体面生活的诗句。对于任何一种生活的吸引人之处，嘿，他也不是看不见的。而说得近一点儿，问心无愧地回到伦敦去，这一前景又叫他欣欣然。

于是，他半心半意但又不是毫无兴致地说：“就听您吩咐吧，父亲。我一定尽心做好。”

“哦，这得感谢上天啦！”安德鲁说，甚至还露出了一丝微笑，

---

① 此处原文是Oronoco，是烟的一种变种。

“‘主总算帮助了我们！’这会儿，趁我还没有累散了架子，暂且离开我吧。”

安德鲁躺回床上，脸冲着墙壁，没有再说什么。

五、埃比尼泽开始第二次逗留伦敦，生活得不事声张

那时节，由于詹姆士二世[①]和奥兰治的威廉[②]之间发生了冲突，举国上下极度动荡不安，埃比尼泽遵照父亲的忠告，直到一六八八年冬天才回到伦敦。至此，威廉和玛丽的英国王位已奠定得十分稳固。[③] 虽说埃比尼泽当时绝对没有意识到，但是，在圣贾尔斯闲散的那一年，也许他最接近于尝到了幸福。那时，他除了读书、在乡下和伦敦墙外地区[④]散步以及跟姐姐长谈以外，根本无事可做。虽则他无法怀着热情展望将来，但起码来说，也不必承担责任，说是自己做出了这一选择。春夏两季，天气转好，他变得坐立不安，连书也读不下去，只觉得无可名状的潜在冲动在心里胀满，就要爆裂开来似的。时常，他整个上午都坐在房屋后面的梨树荫下，用自己从伯林盖姆那里学会的诀窍，拿一根中音竖笛吹奏歌曲。他什么运动都不喜欢；除了安娜，他甚至

---

① 詹姆士二世（James Ⅱ，1633—1701），英国国王，1685—1688 年在位。是最后一位天主教英国国王，在光荣革命中被剥夺王位。

② 即威廉三世（William III，1650—1702），奥兰治亲王，荷兰执政，妻子为詹姆士二世之女玛丽。光荣革命后与妻子共同加冕为英国国王。

③ 此处指 1688—1689 年间发生的光荣革命。其间，詹姆士二世政权被推翻，而代之以威廉三世和玛丽双君主的统治。所通过的《权利法案》标志着国会权威超越了斯图亚特王朝君权神授论。政变之后，英国逐渐建立起君主立宪制度。

④ 原文是 London-without-the-walls。罗马人在公元二世纪环伦敦城修建了防御工事“伦敦墙”。后来，在伦敦墙外建起了新城，便以“墙内”和“墙外”区分原来的伦敦城与新城。十八、十九世纪，该墙被大规模拆除，现在仅保留下一些残余部分，在现在的伦敦博物馆附近可觅其踪迹。本书主人公所在的圣贾尔斯教区即属于墙外地区。

什么人也不想见。充满阳光和苜蓿香味的空气让他轻飘飘的。有几次，他感情急剧迸发，于是心里害怕如果不能倾诉出来，就会昏厥过去。然而，当他坐下来写诗，又常常无从下笔：他的想象落实不到什么视角和比喻上去。他忐忑不安，又得意扬扬，度过了那温暖的几个月份。在当时，这种心情并不叫人愉悦，倒叫人心烦意乱，但也在一天末尾给他嘴里留下了一丝甜味。夜晚，他常常眺望着流星从天空划下，一直看得脑袋晕眩。

那时他无法明白，在这个闲散的季节，他与姐姐做了往后多年之中最后一次真正的交心。即便如此，大半心里话还是难以言传的；不知为什么，他们失去了彼此促膝交谈的窍门。对每人无疑是最为重要的事情，如埃比尼泽在剑桥的荒废学业，他即将成行的出游，安娜过去和伯林盖姆那若即若离的关系，她目前同无论什么样的求婚者的隔膜，以及她对他们兴趣的缺乏，等等，他们根本不谈。但是，他们一起散步的时候却不少。就在八月一个灼热的上午，在穿过庄园的、布满岩石的小河支流附近，坐在一棵无花果树下的时候，安娜握住他的右臂，上额贴在上面，抽泣了好几分钟。埃比尼泽没有问她为什么流泪，只是尽其所能地安慰着她。他以为是一种因他们的成熟而产生的感觉叫她心里沮丧。那时，他们都是二十一岁的年华，安娜却显得比弟弟还要老一些。

安德鲁一俟儿子的事务似乎得到确定，便逐渐强壮起来，到了秋天，又强健如初，虽然他后半辈子看起来都比他的年龄老一些。十一月里，他宣布说，政局稳定下来，孩子可以起程了。于是，一个礼拜后，埃比尼泽便向家里道了别，动身到伦敦去。

他在布丁巷给自己找到落脚地点后，头一件事就是到伯林盖姆的住处，去看看老朋友过得怎么样。但他出乎意料地发现房子住上了新住户——一个布商的全家，街坊谁也不知道亨利的去向。于是，当天晚上，他叫人把东西安排好，便来到洛吉特酒馆，心想在那里如果找不到伯林盖姆本人，起码能找到他俩都认识的人，他们也许有他的消息。

埃比尼泽找到了伯林盖姆给自己介绍的那一伙人当中的三个。一个是写诗的本·奥利弗，大块头，鬈头发，肥肥胖胖，小眼睛亮晶晶的，是个地道的浪荡公子，还有人说他是犹太人。另一个是汤姆·特伦特，个头矮小，脸色灰白，他也写诗，正在基督学院念书。送他去那里念书，是想叫他跻身内阁，可他非常厌恶这一想法，于是出于蔑视自己前程的缘故，在房间里养起了情妇，从她身上感染了梅毒，又把病传染给了同他过从甚密的导师，至少还有两名教授，因此后来给学院开除了。从那以后，他便寄浓厚兴趣于宗教，除了但丁和弥尔顿外，什么诗人都不喜欢，保持实质上的独身，常常跟同伙端着酒杯，瓮声瓮气地吟诵《圣经》诗篇。第三个是迪克·梅里威瑟，尽管姓氏这样，他却是个悲观的人，经常考虑到自杀，写的诗也只是有关自己命丧黄泉题材的挽诗。[①] 不过，虽说脾性各有不同，三个人却住在同一所房子里，人们几乎总是看到他们在一起。

“老天哪，这不是学问家埃本·库克嘛!”瞧见他的本喊叫起来，“咱们喝一瓶，伙计，再指点指点真理。”

“我们还当你死了哩。”迪克说。

汤姆·特伦特什么也没有说，他对问候和道别无动于衷。

埃比尼泽回答了问候，跟他们喝了一杯，解释了自己返回伦敦的原因以后，询问起了伯林盖姆的情况。

“我们有一年没有见他人啦。”本说，“你走了不长时间，他也离开了。我还想说你们俩一块儿出去寻乐子了哩。”

“我记得听人说他又出了海。”迪克·梅里威瑟说，“这会儿，也许沉到了海底，也许在鲸鱼肚子里游泳呢。”

“停，停，”本说，“现在我想起来了，我不是听汤姆说过，亨利是回三一学院挣学士学位去了吗?”

---

① 梅里威瑟（Merriweather）是“好天气”的意思，故云。

“我是听琼·托斯特说的，她是亨利离开的前一天夜里听他自己说的。”汤姆不冷不热地说，“我承认，对什么人来去踪迹的传言，我不大留意，可我又不可能听错了她的话。”

“那么，请问这个琼·托斯特是谁？我能在哪里找到她呢？”埃比尼泽问。

“没有必要去找她。”本笑了起来，“她只是这地方一个快活的婊子罢了。不一会儿，她来找上床的人时，你想问她什么都行。”

埃比尼泽一直等到那姑娘来，可只是得知，伯林盖姆提起过，他想花半个月把剑桥大学图书馆翻个底朝天，可为了什么目的她不知道；不管怎样询问酒馆的人，对他的目的也了解不多，也说不出他的下落。下一个礼拜里，埃比尼泽对打听自己朋友的机会一次也没有放过，不过还是压根儿找不到什么线索。这一点眼看明白无误的时候，他很不情愿地放弃了努力，沮丧地给安娜写了一张便条，告诉她这些消息。在接下来的年年岁岁里，他几乎忘记了亨利的存在，虽然说实在的，每逢想起这个名字，心里便确实感到怅然若失。

与此同时，他来到商人彼得·佩根的办公室，拿出父亲的信函，于是给安排到了一个大房间里，在许多写字台中间的一张小写字台上，跟小学徒们合拢账目。心照不宣的是，如果他自己勤勤恳恳，在工作上表现出某种能力，个把礼拜以后就会被提拔到一个更便于观察种植园交易的职位上去（佩根先生在马里兰和弗吉尼亚都有广泛的交易）。不幸得很，这一提升永远没有落到他头上。其一，无论埃比尼泽干得多么卖力气，却无法全神贯注于账目。开头，他总是想把一栏完全没有意思的数字加在一起，可是五分钟以后却发现，自己正盯着面前那小伙子颈上的粉瘤，或者在心里重演着他和伯林盖姆之间的真实的或是想象的谈话，又或者在一块草稿纸上画着迷宫。出于同样的原因，虽则他绝无惹是生非的脾性，他那驯服不了的幻想却不止一次让人们说他不负责任。比方说，有一天，几乎浑然不觉之间，他就跟在账册上东奔西走的一只小黑蚂蚁忘情地嬉戏起来。他以自然法则的冷酷所赋予游戏的规则是，每逢蚂蚁无意间踩到3字和9字，埃比尼泽就闭上眼睛，用鹅毛笔尖狠狠地捅三次账册，想捅哪里就捅哪里。虽则他**上帝自然公民**[①]的身份中排除了仁慈之心，但他的恻隐却毫不暧昧地还是在蚂蚁一方。他使出让额头上冒汗的力量，试图以意念的力量叫那可怜的生命离开危险的数字；一连捅几下以后，就睁开眼睛，颇为害怕地望望账册。游戏深深令人激动。大约十分钟或一刻钟以后，蚂蚁不幸在离9字不到半英寸的地方引发一场攻击，身上落了一滴墨水，又盲目挣扎着，把一丝墨水拖到9字上。这一回，它经受两次轻击后，第三次被不偏不倚打在身上。埃比尼泽低头看见，墨水圈里的蚂蚁蜷缩身子，面临着死亡。于是一掬同情泪水涌上了眼睛，其中还夹杂着对于生命整体以及宇宙不可改变法则的广泛理解和接受，生殖器也硬了起来。终于，蚂蚁死去了。埃比尼泽难为情起来，环顾着四周，看有没有什么人注意到。房间里的人都大笑起来，他们目睹了整个演出。从那一天起，人们便以为他多少有些疯癫，而不是单纯的奇怪；不过，对埃比尼泽来说幸运的是，人们认为他跟顾主佩根先生有什么特殊关系，因此除了在自己人中间流传外，那件事并没有引起什么后果。

然而，要说埃比尼泽应对自己的难堪负全责，也是不公道的。在头一年当中，有几回他一连几个礼拜努力把差使干得令人满意，甚至干得勤奋，但是却根本没人提到把他升迁到答应过的职位上去。只有一次，他鼓足勇气问了问。佩根先生回答得含糊其辞，他为结束谈话，急切认可了那一答复，从此再也没有提起。事实上，除了良心上的偶尔阵痛，埃比尼泽在小学徒中间瞎混，还是相当知足的。他学会了这种行当，想到要再学另外一种，心里不免嘀咕。还有，他觉得这座城市也适合自己的懈怠，空闲下来就跟朋友在咖啡馆、酒馆或者戏院里打发时光。间或，他徒劳无功地花上一个礼拜天，趴在写字台上写诗。总之，他渐渐忘记了要他来伦敦究竟做什么。

---

① 原文为拉丁文。

此外，这在他生平中还是一段奇异的时光。即便事实上不令人满意，但无论怎么样说也并非叫人不愉快，萦绕于温暖梦境里面的埃比尼泽，仿佛时睡时醒似的，飘忽于例行公事之间。他常常像条变色龙，只是自己处境的一个映像——倘若同伴夸口他们自己职位的微妙，他可能会爆发出一阵同志情谊，宣告说："要是老安迪[①]发现了**我的**处境，我就会到马里兰去了。先生们，绝对没错！"同样，他还常常特意有别于他们，暗自向往种植园那富于刺激的生活。还有些时候，他则像只塞饱了的鹳，一声不吭地坐一个下午。所以，头一天独断自信，第二天又胆小羞怯；头一天无所畏惧，第二天又胆小如鼠；时而是机敏的谄媚者，时而是窝囊的诗人——那一刻让他的脸变红的颜色可真见鬼，他已经查看了光谱里别的色彩。对于彩虹来说，红色意味着什么呢？

倘若你愿意的话，这一切都说明，由于活着本质上就是昨天的我变成了今天的我，那么，这个埃比尼泽·库克就根本算不上个什么人物。安德鲁呢，想必他要么是对自己儿子在伦敦的生活不甚留意，要么是相信好位置值得长期等待。这种田园牧歌式的生活，持续了不是一年，而是五六年，或者说持续到一六九四年。三月里，一个令人悲伤的赌注突然结束了这种生活，而我们的故事也随之开始。

---

① 安德鲁的昵称。

六、埃比尼泽和本·奥利弗之间的大赌注及其不同寻常的结局

在埃比尼泽的圈子里，有个拉皮条的，叫约翰·麦克沃伊。此人红头发，雀斑脸，二十一岁的年纪，长得瘦长结实，虽没有念过书，但精力和心计的富有程度，正如他钱财和地位的困窘程度。他白天消磨在床上，晚上替自己要好的朋友拉拉皮条，夜里大半时间给鲁特琴和长笛写写曲子，在人们看重的世俗事物中，他独独珍惜三件东西：他的情妇琼·托斯特（她是个婊子，同时又是他的爱恋和生计所在）、他的谱曲和他的不羁。在这群人当中，除了埃比尼泽，人人都知道琼压根儿不屑于伸手索要一个克郎[①]，而是索要两个基尼[②]，而花上这些钱跟她睡上一觉，还是很值得的；人们还知道，尽管约翰是给她拉皮条的，但她仍然爱着他，而他也真心地爱她，尽管她是个婊子。因为，无论哪个男人都不会永远只是个皮条客，无论哪个女人也不仅仅是个婊子。事实上，他们倒像忠实的一对，唯恐失掉对方似的。

这个琼·托斯特，虽然脸上毛孔粗糙，头发打着绺，也没有什么好看的牙齿，但却棕眼妖媚，乳房丰满，身材苗条，肌肤紧致，充满了热情和想象力。谁愿意出两基尼要她，就随着意儿折腾她，那一夜她就成了他股上之物，她也会按着金钱所值来回报他，而且还物超所值，因为她在自己这一行当里能获得一种快乐，就仿佛她自己是买主，而那个男人却是卖主似的；然而一旦到了早晨，她又冷若冰霜，回到约翰·麦克沃伊身边去，而且，到了白天，如若那位当夜的情人哪怕

---

① 旧时欧洲通用的一种硬币，按英国旧币制，一克郎折合五先令。

② 旧时英国金币，最早合一英镑，后来合二十一先令。1813 年停止流通。

敢对她飘个飞眼，那么他以后无论花什么代价，也再买不来他的琼·托斯特。

就在她与埃比尼泽的伙伴们出出进进、卖淫嫖娼的时候，埃比尼泽自然也观察了她有些年头，还间接从咖啡馆里的闲谈中，详细得知了有关她的几桩事情，而在原先，个人的潦倒则妨碍了他了解到这些。有时，他雄性勃发起来，想到她的时候也仅仅当她是个妓女，有朝一日，如果他觉得自己非常需要她，就花钱弄了她来，带他领略领略那些秘密，也许是桩美事。因为事情凑巧是这样的：埃比尼泽虽然已届三十岁，但仍然是个童贞之身——个中原因前面几章已经做了解释——也就是说，他根本不是个男人。男人，无论是纯真幼稚、没有经验的小伙子，还是有了年纪、从不扑空的好色鬼，他们玩弄女人的情景，他都描绘得出来；几种情况中不管哪一种，适合两种男人的言辞，他心里也想象得出来。但是，由于他在两者之间，发现自己既不同于此，也不同于彼，而是对于他们同样羡慕，这样，一旦出现机会，他无法从他熟悉的角色以外选择一种角色。于是，情况往往以拒绝机会，或者更为经常的，以笨手笨脚、心慌意乱的撤退而告终——如果不总是以窘迫而告终的话。所以，一般来说，女人不会再看他第二眼，这倒不是说他长得不清秀——他看得十分清楚，有些玩弄女人的高手，脸像山羊，举动像蜥蜴——而是因为，女人一旦接近了他那笨拙的躯体，她就再也没有别的想法了。

的确，他很可能到入土都保持着童贞，因为要么以这一种方式，要么必然以另外一种方式敦促人们留意的是，他那双写出双行体诗的骨节嶙峋的手，从来没有为了做一次露水夫妻而求过爱。然而，就在一六九四年三月那一夜，他叫琼·托斯特像下面这样瞧上了眼：那时，在洛吉特酒馆里，猎艳的人按照惯例围坐成一圈喝酒聊天，写诗的也好，不太起眼的私通的也好，都在夸耀着自己情场上的种种得意。迪克·梅里威瑟、汤姆·特伦特和本·奥利弗醉意醺然，约翰·麦克沃伊和琼·托斯特在招揽嫖客，埃比尼泽则没人理睬。

“唉——咳！”他们谈话停顿的间隙，迪克叹了一口气，“要是智慧产生财富，人们就能在这个世道上活下去了。金钱可是引诱可爱的小兔子上钩的食饵，那我们这些诗人也就叫人害怕，全都成了捕猎的人。”

“只要上帝教女人稍稍看清什么对自己有好处，”本回答道，“就根本用不着金钱。要不是热情和幻想，那叫你变成称心情人的，又是什么东西呢？再说，储备的这种热情和幻想货色，若不是给我们这些诗人准备的，又是给谁准备的呢？以这十分清楚的一点看，无论在什么人当中，我们这些诗人才是最最值得期盼的情人。要是他的情妇有美色，那他的眼睛就是最为这种美色而愉悦的眼睛；要是她没有美色，那他的想象力就是能够掩盖美色缺乏的想象力。要是她叫他不快活，那他很快就会抛开她，反正她一度拥有过女人能够得到的最好的东西；要是她取悦了他，他或许会让她永葆美丽，而且是在所有的诗里面，不管是年纪还是梅毒，都不能有损于它。而且，在这一方面，由于诗人这个阶层必然比别的家伙更值得艳羡，最好的诗人也就是最好的情人；如果女人在自身利益方面足够明智的话，就会把寻觅到他当成自己一生的任务，找到了他，就会叫她一下子在他膝头——在他写字台上——颤颤巍巍地表示默许，乞求他慈爱地看看她们！”

“咄！”迪克对琼·托斯特说，“本说得不错，今天夜里，要给我两个基尼的是你！嘿，这个礼拜，要不是我穷得身无分文，又没有多少日子活头，你是不会这么便宜就永葆美丽的！依我看，趁着交易还在，就抓住别放，诗人是不可能长期忍受这个世道的。”

对此，琼·托斯特不温不火地答道：“啐，若是你们有谁写诗就像说话那样轻巧，或者干起那事儿来那么雷厉风行，那么，我发誓，在伦敦，你们的诗就会人人背诵，屁股也会挨到不管什么人床上去！可吹牛不纳税啊。除了甜蜜的约翰，我对你们谁都不想乖乖地听话，叫你们上身。他一不摆谱，二不说大话，只是省下话来唱歌，省下力气来用在床上。”

"嗨！"本拍起巴掌来，"说得好哇！"

"要是时候不对头，"约翰·麦克沃伊补充道，一面朝她微微皱了皱眉头，"今天夜里可别让这些情绪夹杂进你和两基尼中间去，亲爱的，不然，你甜蜜的约翰就既没有力气，也没有歌声，只能明天早上饥肠辘辘跟你上床了。"

"见鬼！"汤姆·特伦特不动声色地说，"如果琼女士说得在理，咱们中间就有个人，比你更值得她侍奉喽，麦克沃伊。你要是跟我们俩说一句话，那你就该跟他说十句话。我指的是埃比尼泽，他不大说话，可在这个酒馆，或者不论哪个酒馆里，都是为首的诗人，都是领头的，他一个人既是约翰·弥尔顿，又是唐璜·特诺里奥[①]！"

"说实在话，也许他是的。"琼信誓旦旦地说，她凑巧坐在埃比尼泽旁边，于是拍了拍他的手。

"不管怎样说，"麦克沃伊微笑着说，"由于他所作的诗我连一行都没有听到过，我没有证据说他是个诗人。"

"我也没有别的证据说他不是个诗人，"琼·托斯特机警地补充道，"是，还是不是，我都说好话，我可不说你们别人的好话。"接着，她脸上爬上了一层红晕，说，"我得承认自己听人说过**嫁胖子，爱瘦子**这话，因为你们胖人都是高高兴兴的、耐心的丈夫，可你们瘦骨伶仃的人，却全身细长，在床上也轻快。虽说我证明不了这件事。"

"要死，你就会证明的！"本·奥利弗叫道，"不光是细长，还能胀大呢。如果手里攥着的东西就是做爱工具的时候，那你可别小瞧了直径这个问题，对于那种事来说，直径才是做爱工具重要所在，不管是手里攥着，还是那东西本身！不，姑娘，我愿意胖下去，就跟胖离不开我似的。**胖公鸡就是母鸡窝里的调味品**，所以人们说：它们是雄

---

① 唐璜·特诺里奥（Don Juan Tenorio），西班牙传说中的人物，以英俊潇洒及风流著称，一生中周旋于无数贵族妇女之间，在文学作品中多被用作"情圣"的代名词。

赳赳地去踩母鸡的。”

“这是个要紧的问题，不能不了了之，”麦克沃伊说道，“你怎样看呢，汤姆?”

“对于皮肉买卖，我根本没有兴趣。”汤姆说，“不过，我一向认为，女人跟男人一样，对于禁止得到的东西，最喜欢尝尝滋味，不会像看重赢得牧师或者圣徒那样看重情场上的得意。再说，我估摸着，首先，只要战利品难以到手，她们就会觉得猎物加倍的甜蜜，而且，一旦弄到手，就像有了年头的白兰地那样，由于装了瓶、塞上盖子很久而醇香浓烈。”

“迪克?”

“我根本看不出这有什么意思，”梅里威瑟说，“不是人的体重，而是他的处境，才叫他成了情人的。我倒以为，在所有情人当中，最最甜蜜的是就要结束生命的男人，他想借着做爱向人世告别，在热情热烈奔放的时刻到另一个世界去。”

“唔，那好，”麦克沃伊说，“你们对这一点做出了回答：应该归功于英格兰。我的打算是，你们都得尽上最大的力量，今天夜里，让琼从被她叫做输家的人那里拿到八个基尼。这样，赢家就给自己和自己那类人争得了体面，还能干一场好事；输家也能干一场好事——噢，是干两场好事！我的好女人和我呢，一天下来，也就能弄到排骨，而不是小肠了。干不干?”

“我才不干哩。”汤姆说，“玩这一套把戏，心里哪能好受呢。叫男人搂抱情妇时像猪狗一样奴颜婢膝，事后又像木头疙瘩似的无精打采，不就是色欲嘛。”

“我也不干，”迪克说，“假如我有八个基尼，就干脆弄上三个婊子，再来一瓶马德拉葡萄酒[①]，这辈子临终之前最后玩个痛快。”

“天哪，这我全干了，”本说，“还是诚心诚意地干。过去这两个

---

① 一种白葡萄酒，因产于葡属西北非洲的马德拉岛而得名。

月来，你的琼一点儿都没有尝到我老本的滋味。”

“可我再也不愿意啦，”琼兴冲冲地发着誓，“你是个出汗篓子、臭气包，先生。我还记得咱们最后一次的情景，那就能说明你那副德性啦。那时，我受了虐待，身上青一块紫一块的，就像一条讨好人的母狗，从公猪圈里走出来，需要涂点药去去痛，洗个热水澡去去味什么的。这个赌注没别的，只下给库克先生，不下给你，要不，什么人也不下给。”

“那好哇，”本耸了耸肩膀，“那时，我如果知道是用种马来衡量我，你就会发现，我与其说是公猪，不如说是公牛，也许还是弥诺陶洛斯[①]哩。你怎么说，埃比尼泽？”

当时，埃比尼泽全神贯注地听着这场戏谑，或许也想插插话，只是衣着太过华丽，一时轻易找不着讲究的口吻说话。接着，当琼·托斯特碰了碰他的时候，那只叫她碰了的手，便仿佛触电一般震颤着，就在那一刻，埃比尼泽觉得，为了做出答复，自己的灵魂都膨胀起来了。电吸引力产生于真空之中，波义耳[②]不是演示过，伯林盖姆也教过这一点吗？喏，这就是波义耳从我们空虚的诗人身上所算计出来的东西：那个泼辣的女人，在他身上产生了奇异的吸引力，从他性格的真空中引发出了火星，突然使他毕毕剥剥燃烧起来。

不过，这种刺激能叫这个男人认识到自己的身份吗？相反，随着他看清这种揶揄的发展方向，听到麦克沃伊说出了赌注，他只是毕毕剥剥地燃烧得更加厉害；内心也心猿意马，没完没了疯狂奔突着，但却不能置身于其内。他全部情感都在警戒着，觉察得出那一刻即将到来，所有的人眼睛都看向他，带着某个希望他回答的问题。正是这种等待，加上琼·托斯特碰触的震颤，以及想找到某种神情来面对赌注的那种匆忙，

---

① 弥诺陶洛斯（Minotaur），古希腊神话中的怪物，牛头人身。它吞噬犯人和每年由雅典送来的七对童男童女。

② 罗伯特·波义耳（Robert Boyle，1627—1691），英国化学家，提出了“波义耳定律”：在密闭容器中的定量气体，在恒温下，气体的压力和体积成反比关系。

他才在听到本说“你怎么说，埃比尼泽?”的时候，才在自己两眼看到十只眼睛望着他，等待他回答的时候，心里感到一阵厌恶。

怎么说？怎么说？由于过多的非此即彼的答复，他嗓子眼里梗塞着；然而，如果他像打个小嗝那样，强要做出一种答复的话，别人咂嘴的声音就会止住它。人们的眼睛异样起来，微笑也改变了性质。埃比尼泽脸色涨得通红，不是由于尴尬，而是由于内心的压力。

“你身体不好吗，朋友?”是麦克沃伊的声音。

“说话呀，伙计!”是本·奥利弗的声音。

“咄！他要死了!”是迪克·梅里威瑟的声音。

库克一条眉毛抖动着，一边嘴角勾动着。他手掌和嘴巴合上又张开来，克制几乎叫他作呕，但也只不过是干呕，假性阵痛[①]而已：并没有吐出什么话来。他张开大嘴，汗流浃背。

“啊。”他说。

“该死!”是汤姆·特伦特的声音，“他出了毛病！瞧那些冷汗！这家伙得灌灌肠啦!”

“啊!”埃比尼泽又“啊”了一声，接着，他浑身木然，不再说话，连筋肉都一动不动。

那会儿，酒馆里别的顾客也注意到了他的表现，一些好事之徒走过去，把僵硬得木雕石塑般的他围了起来。

“嗨！喂，说话呀!”有个家伙在埃比尼泽脸前打了个响指，命令道。

“是葡萄酒伤了他，大概。”一个丑八怪猜测道，一边徒劳地捏了捏诗人的鼻子，“是啊，”他肯定地说，“这孩子是让酒给灌坏了。你们听我说，等着咱们大家的命运就是这个。”

---

① 假性阵痛（false labor)，指孕妇在分娩前二至三周时发生的阵痛，持续时间很短，阵痛的间隔时间也不规则，并不是临产前的阵痛。此处指埃比尼泽痛苦过后却什么话都说不出来。

“你愿意怎么说就怎么说吧，”本·奥利弗龇牙笑着说道，“叫我说，很明显，就是副受惊吓的样子。不用说，就当我是赢家，这事儿也就了结啦。”

“我说，你这能捞到什么好处呢?”迪克·梅里威瑟问。

“除了捞到琼·托斯特，还有什么，今夜?”本大笑起来，啪的一声丢到桌子上三个基尼，“你是裁判，得依你的名誉担保，约翰·麦克沃伊，你还想拒绝我吗？看看我那些金币的成色，伙计，敲起来绝不会有假，跟哪个都一样，而且还是三个呢。”

麦克沃伊耸了耸肩膀，询问般朝琼看了看。

“才不跟在猪屁股后头哩。”她哼唧着说，又猛地从椅子上站起来，朝人们眨了眨眼，一下子搂住了埃比尼泽的脖子，抚摩着他的脸颊。

“哦，我的小鸭子，我的小鸽子!”她喃喃地说，“你想把我丢给那桶肥肉，像可怜的鹧鸪一样给涂上肥油吗？救救我吧，先生!”

然而，埃比尼泽不为所动，身子也一动不动。

“你打交道的可不是块肥肉，”本说，“是把烤肉叉子!”

“啊，啊!”琼仿佛受了惊似的叫起来，爬上埃比尼泽的膝头，脸颊埋到他脖子里面，“我都打哆嗦啦!”

人群兴高采烈，吆三喝四起来。琼一只手抓住埃比尼泽的一只大耳朵，把他的脸拉得跟她鼻子对着鼻子。

“抱我走!”她哀求地说。

“到烤肉叉子那里去，”一个看热闹的冲她打了个响指，“给她加加油!”

“我说，”本也冲她打了个响指，说，“干吧，小亲亲。”

“你是个男子汉，还是个诗人，埃本·库克，”琼站了起来，冲他耳朵责骂地喊道，“你得用自己的金币，跟这个无赖的金币较量较量，了结这事儿。这得靠你了，要是你还不说话，像男子汉那样行事，我就属于本，那你就见鬼去吧!”

埃比尼泽略一惊诧，突然站起身来，眨着眼睛，仿佛刚刚起床似的，开口说话时，五官抖动着，脸色时而涨红，时而苍白。

“今天上午替我父亲送信的人，才给我带来五个基尼。”他有气无力地说。

“你这个笨蛋，”迪克·梅里威瑟说，“她只要三个基尼，而且，你要是早开口的话，才花费你两个基尼！”

“你想叫他多拿两个吗，本？”麦克沃伊问。方才，他一直不动声色地观望着事件进程。

“他当然不会！”琼抢白了一句，“这么说来，这是在拍卖马匹，我是匹母马，由出价高的来骑了？”她柔情地抓住埃比尼泽的胳膊，“只要与本的三个基尼相配就行，小鸭子，别再多说。这一夜快过去了，我讨厌这种不三不四的斗嘴。”

埃比尼泽痴呆呆的，吞咽着口水，变换了一下姿势。

“我现场拿不出来，”埃比尼泽说，“我钱包里只有一克郎。”他不管不顾地朝身边看了看，“钱在我房间里，”他又说了一句，哧哧地笑着，好像就要晕厥过去似的，“跟我到那里去，钱全都归你。”

“好呀，这小伙子压根儿不笨！”汤姆·特伦特说，“还懂一两点儿门道！”

“啐，十足的犹太人！”迪克·梅里威瑟随声附和道。

“**逮住一只鸟，总比看着两只鸟飞好**。”本·奥利弗大笑着，把那三个基尼摆弄得叮当响，“把正派女人诱骗得身败名裂，这是愚弄，是欺诈！你父亲会怎么说，埃比尼泽？这种事儿他听到过吗？真丢人现眼！”

“别理睬这头大蠢驴。”琼说。

埃比尼泽又一次迟疑着，人群中有几个人偷偷笑了起来。

“我可以跟你起誓——”他开口说。

“真丢人现眼！”本又喊起来，一边向他挥动着一根胖胖的手指头，逗得人群十分开心。

埃比尼泽想说什么，但也只是抬起手又垂了下去。

“离远点儿！”有人不安地提醒着人们，“他身上又僵硬了！”

“丢人哪！”本咆哮着。

埃比尼泽冲琼·托斯特瞪了一会儿眼睛，接着蹒蹒跚跚，快速走过房间，走出了酒馆。

七、埃比尼泽和妓女琼·托斯特之间的谈话，包括大大的公医蛭的故事

照例，经过这样一番羞辱之后，埃比尼泽会躲在自己房间里一动不动地沉思默想上几个钟头。他的习惯（因为在洛吉特酒馆里的这些呆板举动，对他来说还从来没有过）是恢复过来以后，便坐到写字台前，手里拿着镜子，用怀疑的眼光瞪着自己的脸，也只有在这些时刻，脸上才十分安详。不过，这一次他虽然跟自己面面相觑了好一会儿，所见到的那张脸却无论如何也说不上开朗。恰恰相反，在原来完全像是家禽一般的呆板脸色之处，这会儿却看到了仿佛烟囱周围的燕子那样焦急不安的神色；另一方面，在从前有一回听到脑袋里有一种洪亮的飒飒声，好像头盖骨变成了搁浅的梯螺之处，这会儿却大汗淋漓、脸色涨红，瞥见了几十个支离破碎的幻景。他端详着琼·托斯特碰过的耳朵，仿佛端详之下会恢复它们的刺痛似的，不过，他惊异地发现，她现在触摸的却是自己的心脏。

“哦，上帝，”他大声喊道，“赌注叫我上了当！”

声音中那男子汉的气势让他停顿下来。再说，大声自言自语，而又不为此感到难堪，在他也还是第一次。

“只要再有机会，”他对自己说，“抓住时机就不费事！主啊，那双眼睛叫我心里多么骚动！那双乳峰叫我多么热血沸腾！”

他又拿起镜子，朝自己做了个鬼脸，问：“你现在是什么人，怪家伙？嗨，你的血液在汹涌，我望见——你的灵魂不安顿！只要这个琼·托斯特尝到他的滋味，那荡妇就算尝到了该尝的雄性男子汉的滋味！”

他心里想着，只要她还没有屈从本·奥利弗的乞求，自己就该回

到洛吉特酒馆，把她找出来。不过，一来他不愿意逃跑以后这么快就跟朋友们照面，再则说——

“我他妈的真无知!”他抱怨道，一拳打在写字台上几张空白稿纸上面，“这些事情，我到底知道什么？假使她愿意跟我来呢？该死！那又怎么样呢？

“然而，这会儿再不去，就压根儿别去了。”他对自己严厉地说，“这个琼·托斯特，在我身上见到了以前别的女人没有见过的东西，见到了我自己也没有见过的东西：跟别的男人一样的男人。就我所知，是她叫我成了一个男人，不然，我什么时候自言自语过呢？什么时候觉得这样有力量过呢？到洛吉特酒馆去，”他给自己下了命令，“要不，就得把童贞带到坟墓里去!”

然而，他并没有站起来，而是陷入了错综复杂的色迷迷的白日梦：营救和感恩的白日梦；沉船或者灾难和双双幸存的白日梦；诱拐、逃亡和暴力骚扰的白日梦；而最美妙的，还是盖世英名和放荡不羁的白日梦。最后，当他明白自己绝不会到洛吉特酒馆去的时候，自厌自弃淹没了他，于是，他又回到镜子前面去。

他瞥见里面那张脸的样子，便平静下来。

“喏，真是个怪人！呜——呜！哎呀，哎呀！啐——咄!”

他恶狠狠地盯着镜子，装腔作势地对着镜子说话，直到眼里充满了泪花，后来，筋疲力尽了，便埋头枕在细长的胳膊上，很快进入了梦乡。

说不清过了多长时间，楼下门口传来了敲门声，埃比尼泽还没有完全清醒过来感到诧异的时候，自己的房门就被仆人伯特兰打开了。几天前父亲才派来伯特兰，他瘦脸庞，大眼睛，年纪四十多岁。埃比尼泽几乎不认识他，安德鲁在年轻人在剑桥念书那阵子雇用了他。他从圣贾尔斯来的时候，随身带来了下面这张安德鲁的便条，用蜡封在信封里。

埃比尼泽：

递信人伯特兰·伯顿，系吾一六八六年来之贴身男仆，尔若见纳，即可留下调遣。该人虽不免冒失，但为人勤勉，只要嘱其恪守本分，即可令尔做人圆满。特维格太太同其反目，以至非失特维格太太，则辞伯特兰·伯顿，而无前者，吾又几乎无法理家。然念及辞退此人实为不易，故荐其由吾处转而去尔处随侍。盖其唯一过错乃常忘记自己身份，虽则从未玩忽职守。吾将付其第一季度工薪，其后，倘尔留用，尔在佩根处任职之所得想可敷用。

埃比尼泽从彼得·佩根那里领到的薪水，如今虽然和一六八八年完全一样，连他自己也几乎不够开销，但他还是欢迎伯特兰的服侍，至少在不让他支付分文的头三个月里，他还是欢迎的。幸运的是，那时同他房间相连的房间没有房客，于是，他跟房东安排好让伯特兰住了进去，这样也好随叫随到。

这会儿，穿着睡衣戴着睡帽的伯特兰，眨巴着眼睛，笑容可掬地来到了房间，说："一位夫人来看您，老爷。"接着，大大出乎埃比尼泽的意料，琼·托斯特本人闪了进来。

"我马上走开。"他说着，又眨了眨眼睛，趁埃比尼泽还没有完全醒过神来表示反对便离开了他们。单独跟琼·托斯特待在一起，埃比尼泽吃惊不小，非常尴尬，然而琼却根本没有慌乱。她走到他坐的写字台那里，轻轻在他颊上亲吻起来。

"一句话也别说，"她一边摘下帽子，一边吩咐道，"我明白我来晚了，请你原谅。"

埃比尼泽坐在那里，目瞪口呆，惊异得说不出话来。琼兴冲冲地走到窗户跟前，拉上窗帘，动手去脱衣服。

"是你那个拿什么三个基尼、四个基尼、五个基尼的朋友本·奥利弗的错。他攥着两只大手，还想把我弄到手！可除了你出的那五个基尼的价，他连多一个先令也拿不出来，也许是不愿意拿。既然你第一个出了价，我就拒绝了那个畜生，讲良心嘛。”

埃比尼泽直勾勾望着她，脑袋上冒着火。

“来吧，宝贝儿。”琼立即说，接着，一丝不挂地冲他转过身来，“把你那些基尼放在桌子上，咱们上床。说真格的，今天夜里，天还冷飕飕的哩！哦呀，冷啊！跳上来吧，这会儿。”她跳上床，钻进床罩，把床罩拉到了下巴。

“来呀!”她又说了一遍，语气也更加兴致勃勃。

“哦，上帝，我不能!”埃比尼泽说。他喜形于色，眼光慌乱。

“你什么?”琼大叫一声，甩开床罩，吃惊地坐起来。

“我不能给你钱。”埃比尼泽说。

“不给我钱！我抛开了本·奥利弗，还有他的五个金基尼，你拿我当笑柄，先生，到底玩的什么把戏？这会儿，拿出你的钱，库克老爷，脱下裤子来，别跟我玩把戏了!”

“没有玩什么把戏，琼·托斯特。”埃比尼泽说，“我拿不出五个、四个或者三个基尼。一个先令也拿不出。不，一分一文也给不了你。”

“什么？那你是个穷光蛋?”她抓住他肩膀，好像想摇动他似的，“哎呀，先生，睁开你那牛眼看看，我能从眼眶里把它们抠出来！还想耍弄我?”她甩开两腿，跨过了床沿。

“不，不，夫人!”埃比尼泽跪在她面前，喊道，“不，我有五个基尼，还多一些哩。可无价的东西，怎么能估价呢？只是金钱又怎么能买得到天堂呢？啊，琼·托斯特，别叫我把您看得这么不值钱吧！银脚的忒提斯同阿喀琉斯的父亲珀琉斯①上床，难道是为了金钱吗？你竟然认为，维纳斯跟安喀塞斯②做爱，是想到了五个基尼吗？不，亲爱的琼，男人不在买卖场上寻求女神的垂青!”

---

① 珀琉斯（Peleus），古希腊神话中特萨利亚的英雄，与海洋女神忒提斯成婚，生阿喀琉斯。

② 安喀塞斯（Anchises），特洛伊将领，维纳斯的情人，二人生埃涅阿斯。

"外国婊子怎样做皮肉生意我不管。"琼冷静了一些，说，"跟我过夜得要五基尼，拿了钱才能玩。你算算，够便宜的了，成交以后，你就享受欢乐吧：可对我来说都一个样。你那句**一分一文也给不了**，把我都气成了什么样子！差一点儿朝你跳起来！喏，来呀，留着你那些幻想等明天早晨写首十四行诗吧。"

"啊，老天，琼，这难道你还看不出来?"埃比尼泽仍然跪在地上，说，"我向您渴求的不是像别人那样逢场作戏，这样的贪色我只能留给本·奥利弗那样的饕餮嫖客去做。我所渴求的，是买不到的。"

"啊哈，"琼微笑起来，"这么说，是口味不一样，对吗？从你那诚实的眼神里，我真没有猜出来，不过，可别急着觉得这是不可能的呀。嘿，**入森林不止一条路**，这我都晓得。要是伤害不大，或者伤害的时间不长，那么，这对我来说只是个出价的问题，先生。说说你的玩法，我来定个价。"

"琼，琼，别这样说！"埃比尼泽摇晃着脑袋，说，"你看不出来这叫我心碎吗？过去的就让它过去吧，想起来我真没法忍受，但愿尽量少从你那甜蜜的嘴里听到这些话！亲爱的姑娘，我向您起誓，我现在还是处子，正像我洁身不染地来到你面前，你在我心里也是那个样子的。不管以前有过什么事儿，都别说了。别！"眼见琼张开了嘴巴，他于是告诫道，"别，一个字也别说，都过去了，都结束了。琼·托斯特，我爱您！啊，这叫您害怕了！是的，我向苍天发誓，我爱您！我愿意您到这里来，就是想说明这一点。你那些可怕的事情就别再说了，因为，我对您身段的爱无法言喻，我对里面珍藏的灵魂的爱，也无法想象！"

"不，库克先生，你说自己是处子，简直是开了个不合时宜的玩笑。"琼颇为怀疑地说。

"上帝作证，"埃比尼泽发誓赌咒地说，"到今夜为止，在肉体上，我什么女人都没有亲近过，也根本没有爱过。"

"可怎么是这样呢?"琼追问道，"哎呀，记得当初我还是个小不点儿，不到十四岁，不懂得世上的肮脏事儿。有一次我在餐桌上流开了血，大叫起来，不知道自己得了什么病，于是急忙叫人找医师医治！人人都大笑起来，开着莫名其妙的玩笑，可是，谁也不告诉我是怎么一回事儿。后来，我单身的叔叔哈罗德悄悄地来到我身边，亲着我的嘴唇，抚摩着我的头发，对我说：我需要的不是平常的医蛭[①]，因为我已经失血过多了；不过，一止住血，我就得偷偷去找他，因为他房间里养着一条大大的公医蛭，我还从来没有叫它叮过。它的功效是，美美地注入一点儿东西，就能恢复我失去的血。二话没说，他的话我就全信了，要知道，他是我非常喜欢的人，对我来说，他不像叔叔，倒更像哥哥，所以我跟谁都没说起过，月经一过，我就照他说的直接去了他的卧室。'大大的公医蛭在哪儿？'我问他。'我准备好了，'他说，'可它怕光，只能在暗处叮你。'他又说，'你准备好，我要叫医蛭到它必须去的地方去。''那好，'我说，'但你得告诉我，怎样才算准备好，哈罗德，叫医蛭叮的事儿，我可什么都不知道。''你脱下衣服，'他说，'躺到床上去。'

"于是，我把自己脱了个精光。那时，我脑子太简单，竟然在他眼皮子底下，照他吩咐的躺在了床上。我，一个瘦骨伶仃的小东西，奶子没有发育，底下也没有长出毛来。接着，他吹灭了蜡烛。'哦，亲爱的哈罗德！'我叫了起来，'求求你，到床上来，躺到我身边。黑暗里我怕你那个大大的公医蛭！'哈罗德没有答话，但很快在他床上跟我躺到了一起。'怎么回事儿？'我触到了他靠在我身上的皮肤时，叫道，'你也想叫医蛭叮叮？你也失了血吗？''没有。'他笑起来，'这只是使用我的医蛭的方式。我准备好了，我的姑娘，你准备好了吗？''没有，亲爱的哈罗德。'我高声说，'我害怕！它要叮我哪儿？疼不疼？'

① 上文琼·托斯特说"找医师医治"，"医师"英文为leech，此词在古时可指医生，又有水蛭的意思，还有以水蛭叮咬为人治病之意。哈罗德一语双关地替换为"医蛭"或"医用水蛭"。

‘要叮它必得叮的地方，’哈罗德说，‘只是叫你疼一会儿，然后你就高兴得不得了啦。’‘哦，那么，’我出了一口气，‘咱们让疼痛过去，尽快高兴高兴。不过，请你握住我的手，我怕万一医蛭叮的时候我叫出声来。’‘你不会叫出声来，’哈罗德接着说，‘我会亲吻你的。’

“他一下子搂住我，结结实实地亲起我的嘴来。我们这样亲吻的当儿，只觉得他那大大的公医蛭突然可怕地叮起来，我于是失去了贞洁！开头，我幽幽啼哭起来，不仅是因为他告诫过我的疼痛，还因为我明白了医蛭是怎么一回事儿。不过，就像哈罗德所说的，疼痛飞也似的过去了，他那大大的公医蛭叮了一下又一下，一直叮到出了太阳。到了那时节，虽说我自己根本不讨厌这种叮咬，可我的哈罗德再也没有医蛭来医治我，只变成了个可怜的小蟑螂，变成了个不起眼的蚂蚁，再也不能叮咬；见到第一缕光线时，它就萎缩了回去。就是那时候，我明白了那东西的用处。就像叫虱子咬了一下，越搔痒，就越想搔。所以，那东西一旦叮了自己，就巴望着再让叮几下，就再也离不开可怜的哈罗德和他那医蛭了，像抽鸦片烟似的巴望着他那小瓶瓶。打那以后，虽说尝遍了各式各样、大小不一的叮咬，谁都不如我的好约翰的那么可怕、那么贪婪。然而，这种渴望仍然烦恼着我，我一想到那个大大的公医蛭身上就颤抖！”

“别说了，求求您！”埃比尼泽恳求说，“我听不下去了！你说什么，‘亲爱的叔叔’，你管他叫‘可怜的哈罗德’！哦，这个流氓、恶棍，他这样欺骗你，你还那样爱他，信任他！那根本不是什么**水蛭**，而是**睡侄**[①]，而且，还让你那清白的身体永远躺在卖淫的床上！我诅咒他，还有他这类人！”

“你说起来可真津津有味，”琼微笑起来，“就好像什么人只要找

---

① 此处原文又是“leechery”和“lechery”的双关语。前者系作者由“leech”一词杜撰而来，后者则是“好色”的意思，姑译为“睡侄”（即强暴侄女），以彰原文的含义。

到我这样的傻孩子，都想眼里冒着火，背上流着汗，做出同样事情来似的。不，埃比尼泽，别责骂可怜而又可爱的哈罗德了吧。他因为在冰冷房子里做爱，得了疟疾，前些年已经入了土。可我想说，医蛭的天性就是叮人，让医蛭医治的人的天性就是挨叮，而既然有那么多热切的医蛭，还有最棒的医蛭，都轻轻松松沉溺在里边，但是你的医蛭却像你说的那样饥渴了三十年。这对我来说，简直没法理解，又叫人惊讶！哎，你是个彻头彻尾的不能举事的吧，先生？要不，你也许是那种怪人，除了跟自己一样的男色，对谁都没有色欲吧？反正是件没法弄明白的事儿！"

"既不是这样，也不是那样。"埃比尼泽回答，"在肉体和精神上，我都是男子汉，我的不解人事并不完全是自己的选择。我以前就已经准备充分，可是，做爱需要臼和杵，谁也不会自己一个人跳莫里斯舞①的，今天夜里以前，还没有一个女人垂青于我哩。"

"哎呀！"琼高声笑道，"难道叫母羊追公羊，母鸡追公鸡吗？难道叫田地来耕犁耙，剑鞘来插剑柄吗？你眼里的世道简直乱七八糟！"

"这我承认，"埃比尼泽叹了一口气，"可勾引的手法我什么都不会，再说也没有那份耐心。"

"啐！弄女人上床根本费不了劲儿！我敢说，男人要是解风情，他所要做的，只是直来直去、客客气气地问一问就行。"

"为什么？"埃比尼泽惊讶地喊道，"女人就这么淫荡？"

"不，"琼说，"别当我们总是跟男人一样，时时刻刻只惦记着干那事儿——对我们来说，这常常是一种快乐，但很少是一种激情。可是，一方面，男人像猎狗追逐骚母狗一样跟我们套近乎，乞求我们放

---

① 莫里斯舞（morris dance），起源于英格兰北部的民间舞蹈，原为欧洲传统节日五朔节（每年5月1日）的欢庆舞蹈。每年五朔节，所有的村民，尤其是青年男女都围着"五月柱"翩翩起舞。五朔节还会选出"雄鹿王"和"五月王后"，并将他们象征性地绑在一起，代表男女结合，此仪式被认为是现代婚礼的非基督教版本。

弃贞洁，跟他们上床，可要是我们上了床，他们又瞧不起我们，说我们放荡，管我们叫婊子；不然，就嘱咐我们忠于丈夫，而又不失时机地让他们最可靠的朋友戴上绿帽子；不然，就告诫我们维护自己的贞洁，而又在大街小巷马车客厅里，从各个方面来袭击它；再不然，我们如果干那事儿没有热情，就会很快厌弃我们，如果表露出热情，就板起脸来训教，说我们作了孽。一手制定道德法则，一手又施加暴力。总的来说，他们又给我们宣教贞洁，又引诱我们犯罪。另一方面，叫我说就是由于所有这些指手画脚，女人简直糟糕透顶，总是无事自扰，心怀忐忑，在我们应该做的和想做的事情之间受煎熬，于是便非常惶惑，永远不明白我们对这件事有什么想法，也不明白随着时刻的不同，该应允到什么地步。所以，一旦男人招摇过市，动手又摸又扭的时候，要是他不把我们压在地上，花大力气得到我们的话，我们也许会一下子推开他；要是他不骚扰我们，我们就会为这种迟疑感到非常高兴，连动都不敢动。然而，一旦男人满腔真诚，亲切地接近我们，用跟种马不同的眼光把我们看成同类，而不是累赘和皮肉的时候，而且在客气交谈后，像人们相邀打一把惠斯特牌[①]那样（而不是满怀淫欲，像邀我们上床那样邀我们打牌），诚恳请求作乐的时候——我是说，一旦男人学会了以这种方式提出这样请求的时候，他的床板就会被感恩女人的体重压断，他不久就会变得德高望重！不过，说真格的，永远也不会有这种事儿，”琼最后说，“因为，这意味着接受一个伙伴，而不是收养一个奴才：男人渴望的并不仅仅是寻欢，而是**征服**——不然的话，猎艳的男人就会像瘟疫那样少见，也就不会像天花那样普通。只要你掏出心来，埃比尼泽，客客气气请求一声，好像请好朋友帮个小忙一样，你所请求的就不大会遭到拒绝。但是，你**必须**请求，不然的话，既然没有强求令心里感到坦然，我们就会不理睬你。”

“的确如此，”埃比尼泽摇着脑袋，承认道，“女人的命运真是不

---

① 惠斯特牌，一种牌戏，是桥牌的前身。

济，可这以前并没有给我留下什么印象。我们简直是群禽兽！”

“哦，是啊，”琼叹口气说，“可除了有时想起来外，这在我是无关紧要的；一个妓女在这些微妙问题上，不大会睡不着觉。只要男人钱包里有我出价的钱，身上比制皮厂的气味好闻一点儿，第二天早晨又叫我安静安静，我就不会拒绝他，也不会叫他不痛快，拿着钱把他打发走的。我喜欢处子男人，就像孩子喜欢新养的小狗一样，喜欢教他站着乞求，要不就躺下装死。那么，别跪着了，我跟你上床去，免得穿堂风让你得了三日疟！我有好多玩法要教教你哩！”

她这样说着，朝他伸出了胳膊，而埃比尼泽由于挣扎于自己的热情与在其中跪了一刻钟的三月份那冷森森的穿堂风之间，身上立即汗水淋漓，起了鸡皮疙瘩，狂热地拥抱起她来。

“老天哪，这当真吗？”他高声说，“突然得到实际上不知道在睡梦中渴望了多久的东西，简直叫人惊愕！我的心哪，多么慌乱啊！说不出话来！连胳膊也不中用了！”

“你那钱包可别不中用啊，”琼说，“剩下的事儿，就看我的吧。”

“可是，凭上帝起誓，我爱您，琼·托斯特！”埃比尼泽呻吟着，“你不可能还想到那臭钱包吧？”

“一定得先给我五个基尼，才能动手干，”琼说，“那样，凭上帝还是凭人起誓爱我，对我都没有什么两样。”

“你那五个基尼要把我逼疯了！”埃比尼泽喊道，“我起誓，我爱您，绝不像男人爱女人那样，我宁愿爱死您，或者叫您爱死我，也不能把我的爱被那该死的五个基尼变成嫖娼！我愿意变成您的奴仆，随您飞到天边；我愿意为了爱，把身心交到您手上；然而，只要我还有口气，就不愿意把您当成妓女。”

“哎，得啦，说到头还不是欺诈和骗局嘛！”琼大声说，一边扑闪着眼睛，“你当是你那些您啊您的，还有你那爱呀童贞呀什么的，就能欺骗了我呀！我说啦，给我钱，埃本·库克，要不，我这会儿就永远离开你；我那约翰·麦克沃伊听到信儿的话，那你诅咒自己吝啬的时候可多着哩!”

“我不能给。”埃比尼泽说。

“那你要晓得,我不待见你,你这个恶棍、傻瓜!”琼从床上跃起身,一下把衣服抓了过来。

“您也要晓得,我爱您,您是我的救世主和灵感!”埃比尼泽回答,“因为,直到今天晚上你来到我身边,我才成了男人,不过,也只是个小呆子和花花公子而已;直到我拥抱了您,我才成了诗人,不过,也只是个纨绔子弟和打油诗人而已!有了您,琼,还有什么业绩我无法完成?什么样的诗写不出来?不,即便是您错误地蔑视我,从此不再看我,我还是爱您,从我的爱中,汲取力量,树立目标。因为,爱是如此强大,即使没有得到酬报,也会支持我,激励我。然而,倘若上帝赐您睿智,理解它,接受它,就像您必然做的那样酬报它,自然,世上就能听到从未吟诵过的诗歌,我们的爱情也就成了万世的榜样和表率!蔑视我吧,琼,我甘心做个了不起的傻瓜,做为了天真无知的达西尼娅[①]而斜刺长矛的堂吉诃德;不过,我在这里向您挑战——假如您有十足的活力、热情和机智,就像我爱您那样爱我吧,我就会跟真正的巨人比赛马术,把他们拉下马!爱我吧,我对您这样起誓:我将是英格兰的桂冠诗人!”

“叫我看,你已经是个疯子了。”琼一边扣上衣服,一边抢白道,“说到我的无知,我宁愿当个傻瓜,也不当坏蛋,而且,宁愿当个坏蛋,也不当疯子,说真格的,我看你是三位一体[②]的呀。也许,我太迂钝,理解不了你宣称的了不起的激情,可是,我还不缺常识,叫人愚弄欺骗了,是看得出来的。我的约翰会听到这一点的。”

“哦,琼,琼!”埃比尼泽恳求道,“你就当真是个贱货吗?我向

---

① 达西尼娅(Dulcinea),西班牙作家塞万提斯的小说《堂吉诃德》主人公堂吉诃德想象中的情人。

② 指埃比尼泽集傻瓜、坏蛋与疯子三者于一体。

您庄严宣布：这样的爱，什么男人都不会给予您。”

“脂粉钱，该多少就得给我多少，这样，我就压根儿不跟约翰提起。说到你的别的赐予，那就留着自己受用吧。”

“看来，”埃比尼泽叹了口气，心里仍然十分激动，“你可真是个贱货了！如果非这样不可，那就这样吧。不过，尽管如此，尽管我因您的名誉承受了苦难，我还是一样的爱您！”

“但愿你承受到了花柳病的苦难，你这头蠢驴！”琼回答完，就气冲冲地离开了房间。

埃比尼泽满怀爱恋，几乎没有注意到她的离去；他倒背着手，兴高采烈地大步在卧室里徘徊，思考着自己这一新感受的深沉和浓烈。“我当真从三十年大梦中醒过来，懂得了人事吗？”他扪心自问，“不然，就是从现在起，我才开始了梦想？自然，感觉不到这种令人晕眩的力量，谁也不会醒过来，或者说，谁在睡梦中也不会如此生气勃勃的。嗨！写一首歌吧！”

他跑到写字台前，拿起鹅管笔，没有费什么力气，写成了下面这首歌：

无论是普里阿摩斯对特洛伊颓城[1]，
　　安德洛玛刻对自己活泼的子嗣[2]，
还是尤利西斯对他贞洁的珀涅罗珀[3]，
　　都没有我对您所怀抱的爱，亲爱的琼儿！

---

① 普里阿摩斯（Priam），特洛伊战争时期的特洛伊国王，后特洛伊城被希腊人攻克，他也成了特洛伊的末代国王。

② 安德洛玛刻（Andromache），赫克托耳的妻子。她在文学作品中是忠贞妻子的典范。特洛伊城陷落时，其子阿斯提阿那克斯为希腊人所杀。

③ 尤利西斯（Ulysses），即奥德修斯的罗马名，珀涅罗珀（Penelope）是他的妻子。

正像冷若冰霜的塞墨勒珍视恩底弥翁[①]，
　　菲德拉爱上醉人的继子希波吕托斯[②]，
热恋着您的他呀，还是童身，所以，
　　乞求您，就爱我白璧无瑕的童贞。

我的浑然无知，绝不是吝啬的天赋，
　　而是上天赐予，无法赔偿；
不是金碧辉煌珍藏里撷取的珠宝，
　　一旦失去，将万劫不复。

保存童贞，童贞就保存了我，
　　不受生与死、时间与历史的折磨；
没有它，必将沦为凡人度日：
　　开始生活，也开始死亡。

起草以后，他又在稿纸下面写道：埃比尼泽·库克，绅士兼英格兰桂冠诗人。端详之下，感到十分满意。

“只不过是个时间问题罢了，”他欣喜雀跃起来，“有自知之明的聪明人真不多见。倘若跟琼·托斯特没有把持得住的话，就永远发现不了这些见识。那么，我是不是做出了选择呢？不，当时做出选择的根本不是我，而是选择决定了我。是珍视所爱，而摒弃肉欲的崇高选择，是彪炳崇高选择者的选择。我是什么人？我是什么人？是处子，先生！是诗人，先生！我是处子，是诗人；低于凡夫俗子，却又高于

① 塞墨勒（Semele），宙斯的情人。但与下文互鉴，此处疑有误，似应为塞勒涅（Selene）。后者系希腊神话中的月神，传说她曾向恩底弥翁（Endymion）求爱，为恩底弥翁生了五十个女儿，象征希腊每年五十个星期。

② 典出希腊神话，菲德拉（Phaedra）系弥诺斯之女，忒修斯的第二个妻子，爱慕继子希波吕托斯（Hippolytus），求爱遭到拒绝而自杀身亡。

凡夫俗子；不是单独的人，而是全人类！我把我的童稚，看作自己力量的象征，自己天职的明证。她要当得起，就让她从我身边拿走吧！”

就在这时刻，仆人伯特兰轻轻地敲了敲门，手里拿着蜡烛，没等埃比尼泽来得及说话就走了进来。

“我现在该休息了吧，先生?”他问，一边用力眨了眨眼睛，“要么还有客人?”

埃比尼泽涨红了脸。“不，不，休息去吧。”

“很好，先生。做个好梦。”

“怎么回事儿?”

然而，伯特兰又用力眨眨眼睛，关上了门。

“说实在的，”埃比尼泽想，“这家伙*真是*放肆!”想着又回到那首诗上，皱着眉头重新念了几遍。

“简直玲珑剔透，”他不由自主地想，“不过，也还要最后润色润色……”

他仔细地逐行琢磨着，念到*都没有我对您所怀抱的爱，亲爱的琼儿*那里，他停顿了一下，瘪起嘴唇，皱着浓密的眉毛，斜眯起眼睛，一边用脚踏着节拍，一边用鹅管笔的羽毛搔着下巴。

“哼。”他说。

冥想片刻之后，他拿起鹅管笔蘸了墨水，勾掉*琼儿*，换上了*心儿*这个词。然后，他又把全诗重读了一遍。

“真是精巧!”他满意地宣称，“完美的作品。”

八、正直人之间的对话及其结局

埃比尼泽修订完诗，将其放在床头桌上以后，便宽衣就寝，很快继续睡起让琼·托斯特打断的觉来，因为那天发生的事情叫他疲惫不堪。然而，他的睡眠还是时断时续——这一次，却是心情激动，而不是困扰着他的失望——而且像之前一样没有睡多久。躲在被子下面不出一个钟头，就又给一阵吵闹的敲门声惊醒。原来，琼离开的时候，他忘记了把门闩上。

“是谁?”他叫了起来，“伯特兰！有人敲门!”

他还没有来得及掌灯或者从床上爬起来，门就哐啷一声打开，约翰·麦克沃伊手里提着灯笼，大步走进房间。他站在床边，把灯光凑近了埃比尼泽的脸。显然，伯特兰睡了觉，没能来到现场，这叫埃比尼泽稍微有些沮丧。

“请把那五基尼给我。”麦克沃伊伸出另外一只手，不事声张地索要着。

顷刻之间，埃比尼泽冒出了一身大汗，不过，又变着法子哑着嗓子问：“我怎么欠你钱呢？记不得买过你什么东西呀。”

“这只证明你不谙事理罢了，”麦克沃伊道，“嫖妓的第一要义，与其说是男人买了妓女的屁股，倒不如说是买了她的意愿和时间；你雇了我的琼，只要出了脂粉钱，至于你怎么样她，她不理会，我也不理会。凑巧，你偏偏不做爱，只是聊天，傻瓜才这么干，不过，你愿意的话，你是有权当傻瓜的。喏，先生，给我那五基尼!”

“啊，我的朋友，”埃比尼泽郑重提醒自己，不能忘记了自己的身份，说，“也许琼还没有告诉你，那我对你说说也好：我是出奇地爱她的！”

“都一样，反正得拿脂粉钱。”麦克沃伊答道。

“钱我不能拿。”埃比尼泽说，“在这件事情上，你自己讲的道理，就排除了拿钱的事儿。像你所说，租用女人的意愿和时间，就会让她变成妓女。这样说如果没错的话，那么，虽然我并没有在肉体上动过她，为她在这里花费的时间拿钱就会让她变成妓女。可我绝不会让她成为我的妓女的——不，即便是我为此受到折磨，也不会的！我对你什么恶意都没有，约翰·麦克沃伊，你也不必觉得我吝啬。我有的是金钱，也不怕跟它分手。”

“那就拿钱来。”麦克沃伊说。

“好伙计，”埃比尼泽微笑起来，“你别要五个基尼——不，你要我六个基尼，当做礼金吧？”

“拿五个基尼的脂粉钱。”麦克沃伊重复着。

“如果我管这叫做礼金，而不是付费，这对你有什么不同？在市场上，买的东西也不会少，我保证。”

“要是没有不同的话，那就管它叫做嫖琼·托斯特的费用吧。”

“对于我，可别以为没有什么不同，”埃比尼泽说，“对于我来说，这全然不同。男人谁也不会叫自己爱的女人变成妓女的。我对琼·托斯特的爱，什么男人对女人的爱都赶不上。”

“得啦！”麦克沃伊嘲弄道，“你说的都证明你压根儿不懂得爱情。快别当你是爱琼·托斯特的吧，库克先生。你所爱的，是你自己的**爱情**，这只是说，你所爱的是你自己，不是我的琼。不过，不管怎么说——爱她也好，跟她做爱也好——你得拿脂粉钱。除了我，对什么男人来说，她都是一文不值，只是个妓女。我是个好嫉妒的男人，先生，虽说你可以像嫖客那样买下她的意愿和时间，但不能像情人那样去献殷勤。”

“该死，这种转眼即逝的嫉妒，简直莫名其妙，我敢说！”埃比尼泽说，“我还从来没有听说过这样的事儿！”

“那就是说，你对爱情一无所知。”麦克沃伊说。

埃比尼泽摇了摇头，说：“这我就不懂了。我的天，伙计，这个圣洁的人，这个集女性娇艳于一身的美人，这个琼·托斯特，竟然是你的情妇！那你怎么能够容忍男人们的眼光在她身上瞟来瞟去，更不用说——”

“更不用说好多别的事儿了？这非常清楚地说明，你不爱琼，而只爱你自己！琼什么圣洁的东西都没有，我的朋友。她是个凡胎，跟别人一样，也有自己失意的地方。至于你所谓的*美人*，只是你所爱的美人，而不是这个女人。不可能是别的样子，除了我，甚至谁也不理解这个女人。”

“可是，你还给她拉皮条！”

麦克沃伊大笑起来。“我想讲一件你自己的事儿，埃本·库克，往后，你也许会不时想起来的。你一无所知的，不单单是爱情，而是*整个真实的大千世界*！你那感觉叫你无知，你那忙碌的幻想欺骗了你，叫你头脑里充斥着愚蠢的想法。情况并不像你所见到的那样，朋友——世道纷乱一团，事事都比你想象的更加盘根错节。你根本不了解人生，这我就不多说了。”他从口袋里掏出一纸文书，递给埃比尼泽。“快点儿看看，拿钱来吧。”

埃比尼泽展开纸头，越来越惊愕地看着。抬头上写：*致安德鲁·库克二世阁下*，正文开头是这样的：

敬爱的阁下：

关于令郎埃比尼泽·库克举止中某些令人遗憾之事件，在下不快之中又负有义务让您知悉……

便笺接着宣示：无日无夜，埃比尼泽都在酒馆、咖啡馆和戏院里度过，酗酒、嫖妓、涂鸦打油诗，而且，本该遵照吩咐谋取于己颇有教益的职务，却根本没有做出任何努力。结尾是：

在下所以将此可悲状况提请俯览，不特因为您，青年库克的父亲，有权了解此事，亦因所说之青年另有恶行：彼曾慷慨许诺重金，引诱年轻女子入其卧室，事后又未能付清报酬。

在下既为此受到欺骗女士之代理，便是库克先生五基尼数额之债权人。无论恳请如何合于情理，先生均拒绝承兑债务。在下坚信，作为这位绅士的父亲，您肯定寄兴趣于债务的了结，或直接将年轻女士之脂粉钱转于在下，或劝说令郎了结，否则事情将遍传昭著矣。企盼您就此事回函。吾乃，阁下之

最卑微、最谦恭之仆人
约翰·麦克沃伊

“该死，这真要命！”埃比尼泽看完便笺，喃喃说道。

“是啊，要是寄出去的话。”麦克沃伊随声应道，“只要拿钱来，你就可以把它撕掉。不然，我立刻把它寄出去。”

埃比尼泽闭上眼睛，出了一口气。

“事情对你还挺要紧吗？”麦克沃伊微笑起来。

“是啊，对你很要紧吗？”

“是啊，这是嫖妓的脂粉钱啊。”

灯光下面，埃比尼泽瞥见了那首诗。他脸上的五官习惯性地颤动起来，接着，镇静了一下，朝麦克沃伊转过脸来。

“不可能的。”他说，“我没的可说了。你要愿意，就把那封无聊的便笺寄走好了。”

“当然要寄。”麦克沃伊说完，便起身告辞。

“如果你愿意，再附上这个。”埃比尼泽又说，一边把埃比尼泽·库克，绅士兼英格兰桂冠诗人的落款撕去，一边把诗递给麦克沃伊。

“胆子真大。”来访者微笑着，瞥了诗一眼，“怎么？菲德拉爱上

醉人的继子希波吕托斯？你让恩底弥翁跟继子押韵？①”

埃比尼泽根本不理睬这个批评者。“这起码说明，你指责我写打油诗是不符合事实的。”他说。

“恩底弥翁和继子，”麦克沃伊重复着做了个鬼脸，“你说不符合事实，天哪，先生，这符合事实，毫无疑问！处在你的位置，我就会拿出嫖妓的钱，把信连恩底弥翁、继子什么的，统统给烧啦。”他把诗又递给了埃比尼泽，“你不再想想了吗？”

“不。”

“你要为了一个妓女到马里兰去？”

“为了妓女，我连大街都不过，”埃比尼泽坚定地说，“可是，为了道义，我愿意漂洋过海！对你来说，琼·托斯特也许是个妓女；而对我来说，她意味着道义。”

“对于我，她只是个女人，”麦克沃伊回答，“对于你，却是个幻想。”

“那叫我热血沸腾的刻骨铭心的爱，你都看不出，”埃比尼泽鄙夷地说，“还算什么风月场老手？”

“你连这个都参不透，”麦克沃伊回敬道，“又算得上什么风月场老手？再说，你真的像琼·托斯特发誓说的那样，还是处子？”

“而且还是个诗人。”埃比尼泽重又露出宁静的神色，宣布道，“喏，请走开，干你缺德透顶的事儿去吧！”

麦克沃伊颇感兴味地搔了搔鼻子。“我就走。”他答应着走出去，把主人留在了一片漆黑之中。

谈话的当儿，埃比尼泽一直待在床上。这有三层原因：第一，琼·托斯特离开以后，他睡了觉，身上除了白皙的皮肤，并没有穿着

---

① 恩底弥翁（Endymion）和继子（Step-Son）在英文中最后两个字母相同。

暖和的睡衣，而且，他与其说是出于礼貌，不如说是出于羞涩，还不愿意在别的男人面前袒露自己，虽则在女人面前并不总是（这立即就会看到）这样。第二，即便情况不是这样，麦克沃伊也没有给他什么机会起床。第三，不幸的是，埃比尼泽生就的神经系统和推理才能，是相互独立发挥作用的，就仿佛两个脾性完全不同的伦敦人，凑巧住在同一屋檐下，却又快快活活，分别有自己的行事方式，而置邻居于不顾。所以，就琼·托斯特以及自己新发现的真髓而言，无论他多么决绝，任何强烈的情绪都会叫他身上冒汗，叫他肌肉无法动弹，如果不是叫他说不出声音的话，就是叫他身上不自在。就算有决心和机会，他几乎仍然无法坐立起来。

他床上的被褥叫汗渍浸得透湿，心口里翻江倒海。麦克沃伊离开以后，他从床上跳起来，想拉上门闩，不让别的客人进来。可是，刚刚站直身子，一阵恶心攫住了他，他不得不穿过房间朝便桶跑去。他一披上睡衣，便招呼伯特兰前来。这一次，伯特兰几乎立即就出现在了眼前。他身上穿着睡衣，却没有带上假发，一手拿着光秃秃的蜡烛，一手拿着沉甸甸的锡镴烛台。

“那家伙走了。”埃比尼泽说，“没事了，出来吧。”他双膝仍然发软，坐在写字台边，用手抱住了脑袋。

“还算走运，他没有发脾气！”伯特兰挥动着烛台，严肃地说。

埃比尼泽微笑起来。“你躲在墙角不出声，就是怕他发脾气？”

“躲着他那傲慢的嘴脸，先生！我一直在您门外边，恐怕他冲您扑过去，只是他离开时，我才恐怕他瞧见我，赶紧藏到房间里去了。”

“好一个恐怕！难道你没有听见我招呼你吗？”

“我得说没有听见，先生，请您原谅。要是他像别的先生那样敲门，我敢说，他就压根儿不能为了那种事儿而逃过我的手掌了。您的声音惊醒了我，听到您说话的大意的时候，我不敢闯进来，恐怕冒冒失失的；也不敢离开，恐怕他跟您找碴。”

“天哪，伯特兰！”埃比尼泽说，“你可真是个模范仆人！那你什么都听到了?”

“我心里从来也没有想要偷听,”伯特兰分辩道,“不过,我不能不听到主要内容。那个拉皮条的,为了您跟妓女在一起待了不到两个钟头,竟然要五个基尼,真是个骗子,真无赖!我能给您弄一床婊子来!”

“不,不是骗子。麦克沃伊跟我一样,是个正直人。不是讨价还价,只是不同原则的摩擦而已。”他说着去拿睡袍,“生上火,伯特兰,再给咱们俩沏一壶茶,好吗?今夜要想睡觉,希望不大了。”

伯特兰用蜡烛点上灯,在壁炉里新放上几块木柴,吹旺了格栅里的余烬。

“这个坏蛋怎么能伤着您呢?”他问,“一个拉皮条的强要打官司,不可能的!”

“他没必要打官司。只要把事情告诉了我父亲,那我就得到马里兰去。”

“仅仅是为了婊子的事儿,先生?哎呀,您不是孩子,安德鲁老爷也不是传教士!请原谅,先生,您的家乡,如果我可以这样说的话,也绝不是个天主教的女修道院!出了好多事情,可安娜小姐和您个人什么都不知道,连特维格太太也不知道,尽管她瞧不起人,还打听人家的事儿。”

埃比尼泽皱起了眉头。“这怎么会?你到底什么意思,我说?”

“别,别,您别生气;唉,考虑到您父亲,我跟谁都没有提起过,先生!我什么别的意思都没有,只是说您父亲也是个常人,如果您理解的话,跟您我一样;尽管上了年纪,还是个有血有肉的人,而且——这绝不是不敬——他早就是个鳏夫了。当仆人的有时也能看清真相,先生。”

“仆人看清得很少,想象得倒不少,”埃比尼泽尖刻地说,“你的意思是说,我父亲滥嫖娼妓?”

“得,先生,绝不是这样!他了不起,为人敦厚,是安德鲁老爷,多年来，我得到他的信任，我觉得自豪。他选派我到伦敦来侍奉您，并不是偶然的。以前，我替他办了些比较重要的事儿，尽管特维格太太那么神气，但她压根儿不知道。”

“喏，伯特兰，”埃比尼泽颇感兴味地追问道，“你是说你给我父亲拉过皮条？”

“这我不再说了吧，先生，求求您，您看来心情不好，误会了我说的话。我的意思只是，在这个世道上，要是我处在您的地位，就根本不理会那个流氓给您父亲的信。谁说自己压根儿没有买过笑，如果他不撒谎的话，那要么是个精灵，要么就是个阉人①。想必是这样，可在这三种情况里，安德鲁老爷哪样都不是。让那个流氓说是您的罪孽去吧，我敢发誓说，就我所知道的，这是您第一次嫖娼。没有什么丢脸的。”说着，他递给埃比尼泽一杯茶，自己站在壁炉旁边也喝起来。

“即便是真的，或许也没有什么丢脸的。”

“这我得说没错儿，”伯特兰增添了自信，说，“您跟别人一样，也可能有自己的妓女，这不完了嘛。她那皮条客要的钱，她不值，所以您叫他滚了蛋。我倒想劝您，别看他吹胡子瞪眼，一个子儿也甭给他，安德鲁老爷也会同意我的看法的。”

“你从门缝里听到我说的那些话，恐怕听错了，伯特兰，”埃比尼泽说，“我没有睡过那个姑娘。”

伯特兰露出了微笑。“啊，啧啧，想到拉皮条的趁您没有时间考虑考虑就惊动了您，这样做真是呱呱叫；可是，他怎么也糊弄不了安德鲁老爷。”

“不，可这完全是事实！再说，即便是我睡了，连半个子儿也不会给他。我爱那个姑娘，不会把她当做妓女来买的。”

“喏，这样说就有点儿了不起了。”伯特兰宣称，“称得上是伦敦聪

---

① 原文为 castrato，指十七至十八世纪时意大利被阉割的歌手。阉割男童可以使其保持女音。

明透顶的年轻人！可是以您指点人的身份说——”

“我的指点人！你是我的指点人？”

伯特兰不安地动了动。“哎，先生，从一方面说，这您是明白的。像我方才说的，您父亲信任我，我觉得自豪——”

“家父派你到我这里来是当家庭教师呀？我做的事，你给他汇报了？”

“没有，没有！”伯特兰奉承地说，“跟刚才讲的一样，我的意思只是说，他指名叫我，不叫别的人来侍奉您，很清楚，并不是偶然的，先生。我十分自豪，这是他相信我的判断能力的证明。我的意思只是说，告诉那个拉皮条的，您爱上了他的婊子，不愿意贬低她的身价，这很聪明；不过，您要是跟安德鲁老爷也说这一套，聪明的办法是说明白，这只不过是一种招数，免得惊扰了他。”

“你不相信我说的？也不相信我还是处子？”

“您真会取笑，先生！我只是说不准您父亲懂不懂逗趣。”

“我明白你是不会相信的了，”埃比尼泽摇了摇头，说，“这也毫无关系，我看。不管怎样，叫我不安的不是这个五基尼的交易，而是另外一个。”

“另外一个？哎哟，真有你的！”

“不，不是另外一个女人，而是另外一场交易。你这个我的**指点人**，也许会有兴趣的。麦克沃伊那封饶舌的信，描述了我在彼得·佩根那里的地位，说是五年来没有什么改善。”

伯特兰放下茶杯。“我亲爱的先生，给他那该死的五个基尼得啦。”

埃比尼泽微笑起来。“什么？让这个坏东西敲我的竹杠？”

“我攒了两个基尼，放在箱子的按钮盒里，先生，为了还债，就算您的了。只是得让我趁他还没有把那封乱七八糟的信寄出，赶快还他去。”

“你的善举叫我高兴，伯特兰，还有你的关心，不过，原则是一样的。我就是不还。”

“噢，先生，那我得去找个借高利贷的，把其余的三个基尼弄来，我亲自去还，虽说他把主仆看成是连带关系。安德鲁老爷会要了我的命！”

“这对你什么用处也没有。麦克沃伊要的不是五个基尼，而是要从我手里拿出五个基尼的脂粉钱。”

“也真是，那我算完了！”

“怎么会呢？”

“安德鲁老爷听说您这么不遵从他的指点，他一定会辞了我来惩罚您的。指点人到底有什么好处？事情办得顺利，是受指点的得到奖励；办得不顺利，就是指点人的错。”

“也真是个费力不讨好的差使，”埃比尼泽不无同情地说，他打着呵欠，伸了伸懒腰，“现在，咱们下半夜睡会儿觉吧。你说的话可是一剂奇妙的催眠剂。”

对这话，伯特兰没有表露出什么理解的迹象，只是站起身走开了。

“这么说，您想不还债，就眼看着我给辞掉啦？”

“我不相信这样一个宝贝指点人会给辞掉，”埃比尼泽回答，“恐怕他要把你跟我一起送到马里兰，去指点我哩。”

“多谢了，先生！您这是开玩笑哪！”

“绝对没有。”

“老天哪！去死在蛮人手里呀！”

“哦，说到这一点，咱们俩跟他们交手，总比一个人好哇。喏，一夜平安。”埃比尼泽这样说着，把魂不附体的伯特兰打发回房间，想平静下来睡一觉。然而，在他想象当中，充斥着在自己同家父之间那即将到来的对抗的不同情景，又以艺术家冷静的考虑，变幻和完善着不同情景的细节，无法让自己稍稍远离辗转反侧的失眠。

然而，到头来，虽则从圣贾尔斯到他住的地方坐马车十分从容，却什么对抗也没有出现。麦克沃伊来威胁的第二天晚上，一个信使携十二英镑和一封安德鲁写的便笺，来到了埃比尼泽的房间（他离开了彼得·佩根，两天来几乎足不出户）。便笺上写道：

吾儿：俗话说得对，儿女当然是祸，而不一定是福。不用多说，你的不端恶行吾已知悉；但不愿首先目睹这一点来玷污自己。你须受褫夺继承权和脱离父子关系的处罚，乘四月一日由普利茅斯[①]至皮斯卡塔韦之“波塞冬号”[②]帆船赴马里兰。由彼径往库克岬，承担莫尔登庄园之经营事宜。或许年余后，吾欲至各种植园小住，届时企盼见到一座繁荣的莫尔登，以及一个新生的儿子；一处值得遗赠之财产，以及一个配得此遗赠的儿子。此为尔最后之机会。

父手书

看了来信，埃比尼泽与其说是诧异，倒不如说是麻木，因为他事先已经期待过诸如此类的最后通牒。

“哎哟，只有一个礼拜了！”他惊异地回想着。在他刚刚醒悟到了自己人生的要义，自认为准备好与同伴们开始享受生活的时候，离开他们的想法，叫他心里沮丧。殖民地那与世隔离的诱人之处，在真正去那里的前景面前烟消云散。

他把信让伯特兰看了看。

“哦，这跟我想的一样，您那些原则叫我完蛋了。信上，看不到叫我到圣贾尔斯去干老差使的吩咐。”

“也许还来个信使召你哩，伯特兰。”

然而，男仆似乎并没有得到安慰。“说真格的！再回到老特维格那里去！简直还不如跟野蛮的印第安人冒险交交手呢！”

---

① 普利茅斯（Plymouth），英格兰西南港口城市。

② 波塞冬（Poseidon），希腊神话中的海神。其宫殿建在海底，常常用三叉戟呼风唤雨。此处，疑利用这一典故暗示埃比尼泽命运多舛。

“我可不愿意眼见你为了我受委屈。”埃比尼泽说，“我给你四月份的薪水，今天，你就动手再找个差使吧。”

男仆几乎无法相信如此的慷慨大度。“上帝保佑您，先生！您是个地地道道的绅士！”

埃比尼泽打发他走开，又考虑起自己的难题。该怎么做呢？那天，他大半时间望着镜子，焦灼不安地端详着自己的种种神色；第二天，又用了大半的时间，模仿《幽思的人》① 的风格，写了几节忧郁悲切的诗，虽则单薄一点儿，但他决定以立意取得一种不同的效果；第三天是在床上度过的，只是起来吃点儿东西，或者方便方便。伯特兰偶尔自告奋勇的服侍也被他谢绝。他身上起了某种变化：不刮胡子，不换衬裤，连脸也不洗。既然知道自己成了诗人，而且准备好以艺术把伦敦弄得如火如荼，又怎么能乘船到那荒凉的、没有开化的殖民地去？然而，身无分文、孑然无助地待在伦敦，又怎能冒犯家父，以失去继承权为代价，使事情有所改变呢？

“我该怎么办呢？”第四天，他蓬头垢面地躺在床上，自言自语地问。这是三月里一个雾蒙蒙的早晨，虽然十分温暖，洒满了阳光，外面眩目的薄雾仍然叫他头痛。被褥早已不甚干净，睡衣也不整洁。昨夜的炉火冰冷冰冷，一片灰烬。过了八点钟，九点也过去了，他还是下不了决心起床。仅仅有一次，他只是试着屏住呼吸，看能不能让自己死去，因为他看不到别的出路；然而，半分钟以后，他又拼命地吸起气来，再也没有去试。肚子咕噜作响，肛门括约肌发出了不适的信号。起来的原因，他一个都想不出，但也想不出待在床上的理由。十点钟来了也去了。

将近中午时分，他一个上午滴溜溜绕着房间转了上百次的眼睛，终于看到了以前逃过视线的什么东西：原来，在写字台附近的地板上丢着一张纸头。认出来以后，他便不假思索地爬下床捡起来，在刺眼的光线中，斜起眼睛凝视着。

---

① 《幽思的人》（*Il Penseroso*），系英国十七世纪诗人弥尔顿的诗作。

埃比尼泽·库克，绅士兼桂冠诗人……

称号的其余部分已经撕掉，然而，尽管没有了其余的部分——或者也许正是因为这一点——埃比尼泽突然受到了如此欢快决心的鼓舞，情绪刹那之间高涨起来，像三月的熏风驱走了风暴一样，把三天来的闷闷不乐横扫一空。他，脊梁战栗着，脸上闪着红光，拿起信笺，直接上书巴尔的摩勋爵三世和马里兰第二任领主查尔斯·卡尔弗特①。他用同数夜前一样稳健的手，写下了勋爵阁下这样的称呼：

几天后，我拟乘"波塞冬号"船赴马里兰，目的在于经营家父在多切斯特郡被称为库克岬之田产。登船前，倘蒙阁下召见，于阁下或许并无大碍，而对我则不胜荣幸。如此，一则可以进一步探究在下之某些计划（冒昧说一句，这些计划绝不会使阁下全然不悦）；一则可以从阁下处得悉（完全值得这样说），在贵地何处方可觅到高贵华胄、旨趣相投之人，以便切磋诗歌、音乐和谈锋等最为风雅之韵事，伴我度过闲暇时光。无此，生活将了无趣味，鲜能忍受者耳！匆此恭候阁下之回音。您的，

最最谦卑恭顺之奴仆

埃比尼泽·库克

稍一思量之后，他又在姓名前面，加上了诗人两个字，心里以为，否认或者隐瞒自己身份，都是一种无谓的谦虚。

"老天哪！"他回顾自己近来的抑郁心情，独自大声说道，"差一点儿又一次陷进泥潭！我看，这不是想把自己置于危险境地嘛。这简

① 查尔斯·卡尔弗特（Charles Calvert，1637—约1714）的祖父乔治·卡尔弗特和父亲塞西尔·卡尔弗特先后是巴尔的摩勋爵，父亲又为马里兰领主，故曰。

直是涅墨西斯女神[1]对我的惩罚，像复仇女神对可怜的奥瑞斯忒斯的所为一样，[2] 想把我同别的人区分开来！尽管是这样，我起码明白了我那厄里尼厄斯[3]究竟想干什么，因此也会及时看到她们的到来。再说，还得感谢琼·托斯特！如今，我知道怎样保护自己，不受她们的骚扰了。”他端量了一下镜子，几次装做吃惊之后，又念起了这一想法：“生活！我必须将自身投入生活，像奥瑞斯忒斯逃往阿波罗神庙那样，逃向生活。行动是我的圣殿，首创是我的庇护！我必得趁着还没有成为齑粉出击，扭住生活的犄角！诗人的恩主啊，让您的神殿变成整个真实的大千世界吧，我将张开手臂奔向那里。但愿它保佑我不至落入陷阱，但愿我的厄里尼厄斯陷入晕眩，我就会逃往温和的欧墨尼得斯那里脱胎换骨了！[4]”

接着他又念了一遍信。

“哎，”他说，“念念高兴高兴吧，巴尔的摩勋爵！你治下的州并不是经常有诗人幸临的。不过，也真是！已是这个月的二十七号了，得马上亲自送去。”

这样决定以后，埃比尼泽便传唤伯特兰，发现仆人不在家，于是脱掉臭烘烘的睡衣，自己动手穿衣服。他没有费心用水去骚扰皮肤，接着就穿上最好的亚麻衬裤和上好的粗亚麻布洁白衬衣。短短的衬裤，不带马镫带，洒着浓重的香水；宽大柔软、围颈狭窄的衬衣，长袖腕处用黑缎带系着，袖口不大，褶边折得恰到好处。然后，穿上紧贴大腿、后臀宽松、没有镶边的黑色天鹅绒短马裤，接着穿上一双白色针

---

① 涅墨西斯（Nemesis），希腊神话中惩恶扬善的女神。

② 奥瑞斯忒斯（Orestes），阿伽门农之子，其父被其母和埃癸斯托斯杀害。成年后的奥瑞斯忒斯在别人帮助下，把两个仇人杀死。复仇女神追究他的弑母罪，于是他经阿波罗神庙辗转逃往雅典，在那里受到审判，最后被宣告无罪。

③ 厄里尼厄斯（Erinyes），希腊神话中复仇三女神的统称。

④ 由于希腊人对复仇女神厄里尼厄斯十分敬畏，认为直接说出她们的名字会给自己带来厄运，因此厄里尼厄斯又被称为欧墨尼得斯（Eumenides），意为“仁慈的人”。这里疑用此意。

织丝袜，按照最新时尚卷到膝盖以上，以便露出黑色的吊袜带子。随即又蹬上刚刚买了两个礼拜的、柔软至极的西班牙黑皮鞋。带褡扣的皮鞋，方头高跟，弓形的皮舌朝下翻着，闪现出引人注目的红色衬里。鉴于天气暖和，也为了穿着入时，他让马甲随意垂下来，外面罩上一件银灰色普鲁涅拉薄呢衬里的梅子色上衣。没有领子的上衣，肩部紧收，下摆宽大，硕大的袖口向后卷着，时而露出梅子色条纹，时而露出灰色条纹。上衣从脖颈到褶边都没有系扣，露出了衬衣和领巾。领巾用白色细布做成，下垂的长长的一端上面镶嵌着花边。埃比尼泽的领巾系得并不很紧，只是把领巾饰物像绳索那样盘绕起来，穿过敞开上衣的左上方扣眼。可谓司坦克式的装束①。接下来又佩上他那柄短剑，剑插在点缀着缎带的剑鞘里，挂在精制的腰带上，低垂在左腿旁边。随后，又戴上紧紧卷曲着的长假发，他毫不吝啬地在上面扑了粉，小心翼翼地扣在脑袋上。原来他脑袋上毫发皆无，仿佛鸡蛋一般。此时，除了在假发上套上圆顶宽边羽毛饰边的水獭黑礼帽，戴上小鹿皮长手套，找到修长的手杖，以及对着镜子端详所取得的效果之外，他就无事可做了。那手套是用金银丝线缝制而成的，镶着白色丝带，衬里是黄色的丝绸；手杖也像剑鞘那样，周围环以红白相间的缎带。

“见鬼！”他欢喜雀跃地说，“可真是个坏家伙！小心了，伦敦！欢快起来吧，生活！总算捉住了你！”

然而，却没有什么时间欣赏这一光景了。埃比尼泽匆匆忙忙来到街上，找了理发师和擦鞋童侍奉自己，痛痛快快吃了顿饭，乘出租马车直奔巴尔的摩勋爵的伦敦府邸而去。

---

① 司坦克原文为 Steinkirk，现一般写作 Steenkerque，是比利时布鲁塞尔附近的一座村庄。所谓司坦克式的装束，是指故意将领巾打成不整齐的样子，源于十七世纪战争时期士兵们在行动前往往来不及打好领巾。

九、埃比尼泽拜晤巴尔的摩勋爵，并向勋爵提出聪明建议

使埃比尼泽极为高兴而又十分意外的是，他来到巴尔的摩勋爵伦敦府邸，请仆役转达致意后，不出几分钟就传下话来，说查尔斯准备在书房里晤见造访者，不一会儿，埃比尼泽就被领到了这位了不起的人物面前。

巴尔的摩勋爵坐在炉边一张硕大的皮制椅子里，虽则没有起身迎接来访者，却诚恳地示意埃比尼泽在他对面椅子上落座。勋爵身材不高，又上了年纪。然而，尽管年事已高，皮肤却并不松弛，突出的鼻子，稀疏花白的上髭，棕色的大眼睛射出不同寻常的光芒。那眼神，埃比尼泽心中暗想，仿佛上了年纪又受了爵位的亨利·伯林盖姆一般。与埃比尼泽相比，他的衣着庄重而又华贵，不过，马上被看出，并不大入时。实际上，落后了时代大约十年左右。头戴社交界的假发，浓密却不太长，紧束的发卷长不及肩，向下垂着形成螺旋状的发束；松拔的亚麻领巾上镶着丝绦；玫瑰色的织锦上衣，衬着白色薄黑绸里子，同时下的偏爱相比，腰身太宽，下摆太短，无袋盖的口袋与其说是垂直剪裁，倒不如说是水平剪裁的，而且低低地靠近褶边。两袖几乎到了手腕，又朝后卷了几英寸，露出银线缝制的白色衬里，袖子后面有圆圆的狗耳形角饰。边缝开得很高，缀着银色纽扣和假扣眼，右肩上炫示着一簇环形丝带。上衣底下衬了一件靛青丝绸马甲，纽扣扣得严严实实，与它相配的是一条丝绸马裤。除了讲究的袖口，看不到他那网格薄麻衬衫。再者，吊带也藏在翻转的长袜底下，方方的鞋舌高耸起来。他手拿埃比尼泽的信，透过厚重窗帘的暗淡光线斜眼瞅着，仿佛在重新查看信的内容。

在历史尘埃中湮没了呢？春天里，许多海伦英姿勃发，而又喂食了蛆虫被人遗忘，但是，荷马在他宏伟诗歌里点缀渲染一番以后，她那丽质就让血液燃烧了二十个世纪！公侯的伟大又来自什么地方，请问？来自他在沙场上的武功，还是他在温柔乡里的情爱？哦，不过一代，人们就永远忘得一干二净！不，我看他的伟大不在于功勋业绩，而在于对它们的讲述。可是谁来讲述呢？不是历史学家，尽管他对于伊巴密浓达[1]击溃斯巴达人时有多少装甲步兵，或者查理大帝理发师的教名是什么，精确到见鬼的程度，然而，除了他的同行和学生，谁也不看他的书。他们一个是出于嫉妒，一个是出于必要，才看他的书。可是，假如功勋业绩和建功立业者到了诗人手里，情形又怎样呢？哟嗬，那弯曲的鼻子就会变直，瘦瘠的胫骨就会变得丰满，梅毒就会变成褥疮；阴险勾当就会晦暗无光，磊落作为则更加灿烂；而所有这一切又都会谱写成奇思夺人、韵律铿锵的和谐诗歌，仿佛《绿袖姑娘》[2]那样印进脑海，经文那样动人心弦！”

“那就像青天白日一样清楚，”查尔斯微笑着说，“诗人是随侍公侯的有用的一员嘛。”

“而且，对于一个公国来说，正如对于一个公侯一样，”埃比尼泽由于自己的雄辩，而颇为激动地接着说，“倘若希腊没有荷马，罗马没有维吉尔来讴歌它们的辉煌，又是什么情形呢？英雄身死，雕像破碎，帝国倾颓。然而，《伊利亚特》却笑傲着时间，维吉尔的歌声仍然像当年那样不绝于耳。有谁像诗人那样，把美德酿得香甜，把邪恶化为憎厌？看来，只有诗人才能烘托出对两者的知觉，拈出两者的例证。

---

① 伊巴密浓达（Epaminondas，前 418—前 362），希腊城邦底比斯统帅，曾率部在留克特拉击败斯巴达人。

② 《绿袖姑娘》（*Greensleeves*），英国民谣，相传为英王亨利八世所作。亨利八世偶遇一个穿绿袖子衣服的姑娘，一见钟情，但姑娘却选择了逃离。亨利八世对姑娘念念不忘，便命宫廷里所有人穿上绿衣，唱他所作的这首歌谣，以解相思。

有谁变通造化，靠想象把人们描绘得或善或恶，来符合自己的目的呢？又有什么像抒情诗那样高唱，像颂辞那样讴歌，像挽歌那样悲叹，像休迪布拉斯式诗歌那样刺人呢？”

“谁的名字我也说不上来，”查尔斯说，“你快说服我了，诗人真是人们最有用的朋友和最可怕的敌人。喏，年轻人，快别再来开场白，简简单单给我说说你的目的吧。”

“太好啦。”埃比尼泽说，一边把手杖放在两膝中间，用手牢牢地握着杖柄，“阁下，您能说马里兰的诗人太多吗？”

“马里兰的诗人太多？”查尔斯重复着，若有所思地吸了一口烟斗。“唔，嗯，既然你问起来，我看不多。是啊，真的，当着咱们两个我得说实话，马里兰的诗人不多。压根儿就不多，我敢打赌，找个五月的下午，绕着圣玛丽城兜上一圈，也碰不上一个诗人的影子。他们少之又少啊。”

“依我来看，”埃比尼泽说，“您索性再设想一下，我一旦在马里兰安顿下来，要想在种植园主同行中间找到四五个人，跟我赛赛诗，或者和上首诗，恐怕很难吧？”

“那是不可能的。”查尔斯并不讳言。

“我原来就是这么想的。喏，阁下，如果允许的话，要是假设我也许是踏在马里兰土地上第一个重要的、史无前例的、真正匠心独具的诗人，是头一个向马里兰的缪斯奉献爱心的诗人，这对于我，不能说仅仅是专横和虚荣吧？”

“我是不会否认的，”查尔斯答道，“若是那里生活着个像马里兰的缪斯那样的姑娘，你也可能把她的处女膜弄到手哩。”

“真的！”埃比尼泽快活地说，“想想吧！一整个州，所有的人民，都没有人来歌唱！忘记了怎样的业绩，时间又湮没了多么勇武的男男女女呀！见鬼，这真叫我眼花缭乱！砍伐树木，兴建城镇，一个民族在荒野里树立起来！创业，奋斗，胜利！哦，这是维吉尔的事业！想想吧，我的主啊，只是想一想巴尔的摩勋爵卡尔弗特那高贵的家族吧。

他们是民族的奠基者，光明的携带者，蛮荒的征服者！一个光辉的家族和一段光荣的历史，仍然没有谱写成诗歌，给世人以愉悦！呜呼，这可是一片处女领地呀！”

“关于马里兰，有很多美好的事情需要诉说，”查尔斯附和道，“不过，说白了，恐怕那里的处女跟诗人一样少哩。”

“请别开玩笑！”埃比尼泽乞求道，“这是从来没有形诸笔墨的史诗！叫《马里兰纪》，我相信！”

“你说什么？”查尔斯尽管口气一贯揶揄，但在埃比尼泽的滔滔不绝之中，也益发沉思起来。

“叫《马里兰纪》！”埃比尼泽又说了一遍，仿佛从封面诵读起来，“一篇超乎史诗的史诗：巴尔的摩勋爵兼马里兰领主查尔斯·卡尔弗特壮丽家族的同该州奠基相关的历史！在同残酷自然和可怕蛮夷的斗争中，她的开拓者的勇气和毅力，从蛮荒中夺取领土，把她变成了人间天堂！她的领主的伟岸和睿智，像侠义的园丁，在他们原始的土壤里抚育了文明的嫩芽，耕耘培育它们，以便让美丽得无法形容的马里兰开花结果；青翠、肥沃、繁荣、文明；居住着勇敢的男人和恪守德行的女人，漂亮、健康而又优雅。简而言之，是一个过去美好、现在壮丽、未来辉煌的马里兰，是英格兰瑰丽王冠上的一颗最耀眼的宝石，由全世界历史记载的独一无二的家族，为了马里兰和英格兰两者的利益所拥有、所管辖。整首诗都使用英雄双行体，烫金小牛皮封面——”说到这里，埃比尼泽炫耀地晃动着水獭礼帽鞠了一躬，“而且，是题献给勋爵阁下的。”

“落款呢？”查尔斯问。

埃比尼泽站起身，朝主人微笑着，一手握住手杖，一手搭在臀部。

“落款是**马里兰桂冠诗人**，”他回答，“**绅士埃比尼泽·库克！**”

“哦，”查尔斯说，“如今是**桂冠诗人**了：这是你加到名字上的一个新名号。”

“就想想这会怎样扩大勋爵阁下的英名吧。”埃比尼泽说道，“这种任命会一举证明您的治理的权威和恩宠，因为，拥有一个真正的桂冠诗人讴歌马里兰，用诗歌记录她的重大事件，会赋予它王国的风范和宫廷的雅致；至于《马里兰纪》本身，它将使巴尔的摩的诸位勋爵不朽，使他们全都成为埃涅阿斯[①]！再说，它还把今天的马里兰，用耀眼的色彩加以描绘，吸引更多的英格兰望族到那里落户；激励居民勤奋、道德，使我描绘的画面名副其实。总之，它既能加强殖民地的特色，又能提高它的价值，从而相应地让拥有并管辖她的人高贵、威严和富有！这，难道不是一连串的丰功伟业？”

听到这里，查尔斯一阵大笑，抽着的烟斗呛了嗓子，眼睛流出了泪水，失去了耆宿的风度，需要站在旁边的两个贴身仆人奋力捶背，才能使他恢复平静。

“哦，天哪！”他用手帕擦着眼睛，终于喊叫出声来，“让拥有并管辖马里兰的人高贵和富有，当真是一桩丰功伟业！不过，我不无遗憾地说，诗人大师，那人已经有了讴歌自己的桂冠诗人！不可能再使他比现在的地位更高贵，说到使他富有，我敢说自己已经尽了本分，超过了本分！哦，天哪！哦，天哪！”

“这是怎么一回事？”埃比尼泽迷惑不解地问。

“我的好伙计，你是不是昨天出生的？世事真相什么都不知道？”

“现在它当然是您的州！”埃比尼泽喊道。

“*以前*它当然是我的州。”查尔斯苦笑着纠正道，“而巴尔的摩的诸位勋爵过去是她真正的绝对领主，而且，甚至可以这样说，是从她经特许建起那一天直到三年前为止。我领到了退租金，还有一点儿可怜的口岸税，但是，至于其余的，如今那里却是威廉王的领地，先生，是玛丽女王的，不是我的啦。干吗不把你的建议提到国王那里去呢？”

“哎呀，这我什么都不知道！”埃比尼泽说，“请问，阁下是出于什

---

① 埃涅阿斯（Aeneas），特洛伊英雄，在神话中被视做古罗马的神，维吉尔为其写《埃涅阿斯纪》，描述其从特洛伊城逃出，建立罗马城的故事。

么原因退出了管辖呢？也许是出于您安度晚年的愿望？或者只是出于您对王上的忠心？天哪，多么宽广的胸怀呀！”

“停停，停一下，”查尔斯叫道，又高兴得颤抖起来，“不然的话，我又得叫仆人捶打捶打，除去眼前的金星了！嘿！哈哈！”他深深叹了一口气，用手心捶打起胸脯来。再次镇静下来以后，说：“看得出，你对马里兰的历史什么都不知道，就想投身到一个不明其根苗原由、由谁代表着的地方去。正像你说的，你是来帮我忙的，还要——天哪——让我富有，让我高贵。很好嘛，那就让我反过来也帮你个忙，这有一天也许会叫你不再浪费时间。如果你允许的话，库克先生，我想约略讲讲马里兰的来龙去脉。它像蛮人的礼物一样，是先赠予后夺回的。你愿意听吗？”

“我很高兴，很荣幸。”埃比尼泽答道。不过，他颇为垂头丧气，不能深深品味历史的教训。

十、主人讲给埃比尼泽的马里兰领地的简短故事：它的来龙去脉及其生存斗争

“常言说得对，”查尔斯开口说，“*嫉妒贪婪永无餍足，忧虑也叫君王上当*。从法律和权利上说，马里兰是属于我的，然而，她的历史却是我们家族维护她，以及多少恶棍密谋从我们手里把她夺去的故事。在他们中间，主要有黑比尔·克莱本[1]，还有一个极端反基督派叫约翰·库德[2]的，这个人到今天还叫我苦恼。

“我的祖父乔治·卡尔弗特，你也许知道，是以罗伯特·塞西尔[3]爵士私人秘书的身份被引荐到詹姆士一世[4]王朝的；这位要人去世以后，被委任为枢密院文书，曾两次出任爱尔兰行政长官。一六一七年，

---

① 比尔·克莱本，即威廉·克莱本（William Claiborne，约1600—约1677），英国拓荒者，弗吉尼亚和马里兰的早期殖民者，也是殖民争端的核心人物。原因在于，他的贸易点设在切萨皮克湾肯特岛，而根据1632年颁发的特许状，肯特岛位于马里兰界内，但比尔·克莱本拒不承认卡尔弗特家族的特权，曾数次企图用武力夺取肯特岛，但未能成功。

② 约翰·库德（John Coode，1648—1709），英国新教牧师，参与了四次马里兰新教徒起义，并最终带领起义者推翻了马里兰的天主教统治，成为马里兰第一任新教统治者。

③ 罗伯特·塞西尔（Robert Cecil，1563？—1612），即索尔兹伯里伯爵，英国政治家，伯格里男爵威廉·塞西尔之子。他继承父位任伊丽莎白女王秘书，成功地安排了詹姆士一世的和平继位。在詹姆士一世统治时期，他实际上统揽了一切大权。

④ 詹姆士一世（James Ⅰ，1566—1625），英国国王，1603—1625年在位。对内加强君主专制，迫害清教徒，对外与夙敌西班牙修好。其政策招致资产阶级和新贵族的不满。

他加封爵位。国务大臣托马斯·雷克爵士[1]（由于夫人口风不严）被解职后，祖父又被委派来接替他，尽管詹姆士的宠臣白金汉公爵[2]想替他的朋友卡尔顿[3]谋到这一职位。有理由相信，白金汉公爵当时把这视为冒犯，成了我们家族第一个举足轻重的敌人。

“出任国务大臣太不逢时啦！那是一六一九年，还记得吧。三十年战争[4]刚刚打响，詹姆士王耗尽了国库，我们没有一个强大的盟国！只能在西班牙和法国之间选择，而选择此国就疏远了彼国。白金汉公爵倾向西班牙，祖父支持他。有什么比这更明智呢，请问？让查理王子同玛丽亚公主婚配，就把西班牙同我们永远拴在一起；玛丽亚的妆奁会充盈国库；借助支持国王和白金汉公爵，祖父既表现了对国王的忠贞，又羞辱了公爵的怨怼！当然，在新教徒当中，联姻并不受欢迎；于是，祖父便被赋予了那件可憎的差使，被敦促在仇视此举的国会面前为联姻辩解。[5] 在我看来，这是白金汉公爵的主意。然而，也算是老谋深算吧：谁都猜不到腓力王[6]和他的贡多马尔大使[7]的倒戈。他们诱

---

① 托马斯·雷克（Thomas Lake，1567—1630），詹姆士一世时期的国务大臣，国会成员。

② 白金汉公爵（Duke of Buckingham），即乔治·维利尔斯（George Villers,1592—1628），英国政治家，1614 年被任为詹姆士一世私人秘书，1618 年加封爵位，权倾一时。

③ 达德利·卡尔顿（Dudley Carleton，1573—1632），英国外交官，第一任多切斯特子爵，国务大臣。

④ 三十年战争（Thirty Years' War），指 1618—1648 年间由神圣罗马帝国内战演变而成的席卷欧洲大多数国家的大规模国际战争。

⑤ 查理王子，詹姆士一世之子，即后来的查理一世。他由于与天主教法国公主亨丽埃塔·玛丽亚结婚，而同新教徒结怨，导致国王和国会之间的矛盾，从而引发了英国革命。

⑥ 腓力三世（Philip III，1578—1621），西班牙国王，1598—1621 年在位。

⑦ 贡多马尔伯爵（Count of Gondomar），即迭戈·萨缅托·德阿库尼亚（Diego Sarmiento de Acuña，1567—1626），1613—1618 年和 1619—1622 年间任西班牙驻英国大使，劝诱詹姆士一世放弃同法国和新教徒的关系。

惑我们疏远法国，疏远信奉新教的日耳曼诸王公，甚至疏远詹姆士王的驸马腓特烈[①]以及我们自己的下院，到头来只弄得谈判破裂，弄得我们实际上孤立无援！”

“贡多马尔，这个卑鄙的家伙。”埃比尼泽客气地附和道。

“自然啦，这一点，连同皈依罗马教一起，结束了祖父的政治生涯。尽管国王恳留，他还是从公务上引身告退。为了表彰他的忠贞，詹姆士赐封他为爱尔兰王国巴尔的摩男爵。

“从那时直到去世，他一直致力于向美洲移民。一六二二年，詹姆士又把纽芬兰东南半岛特许给祖父。父祖由于听信有关该地虚假报告的谎言，将相当一部分财产投入到一个叫阿瓦隆的新拓地，自己也到那里居住。可是，那里气候非常恶劣。再说，法国人——那时，由于白金汉公爵的政治手腕，我们正在同他们打仗——还在一直不停地劫掠我们的船只，骚扰我们的渔民。而且，仿佛这些麻烦还不够似的，某些清教大臣又在枢密院散布传言，说教皇的神甫正在给偷运到阿瓦朗，去颠覆那里的英格兰国教。最后，祖父请求查理王在南方弗吉尼亚领地给他封赐。国王复函称祖父应该放弃计划，返回英格兰，然而，信还没有收到，祖父已经携带家人和四十名殖民者南下来到詹姆斯敦[②]。他在那里遇到总督波特，还有他的地方议会（包括无赖威廉·克莱本）。他们人人都像蛮人那样仇视祖父，一心想把他赶走，怕万一查理把整个弗吉尼亚在他们眼皮子底下给了他。于是，他们虽然明白，身为善良天主教徒的祖父会严词拒绝，却仍然逼迫他发誓尊重领权。这连国王都没有要求过他，但他们这样做了，而且，在他拒绝发誓的

---

① 腓特烈五世（Frederick V，1596—1632），普法尔茨选侯。1613 年与詹姆士一世之女伊丽莎白结婚。信奉新教加尔文宗，积极参与德意志新教诸侯反对神圣罗马帝国天主教至上的活动。三十年战争中曾被推举为波西米亚国王。

② 詹姆斯敦（Jamestown），英国在北美建立的第一个永久殖民地，属于弗吉尼亚。

时候，他们还纠集地痞流氓袭击他。”

“真不公正！”埃比尼泽说。

“真是无法无天！”查尔斯纠正道，“他们还没来得及利用他，他就被迫把妻子家人留在詹姆斯敦，在考察了沿海一段时间后回到英格兰，向查理索要卡罗来纳。特许状起草好了，可是还没有认定由谁代表英格兰，克莱本大人就直接动手策划反对。为了避免纠纷，祖父豪爽地放弃了卡罗来纳，继而要求弗吉尼亚以北、切萨皮克湾两岸的土地。查理想劝他在英格兰过过安宁日子，别再拿殖民地和体恤金劳神，却没有奏效。而这样的赋闲，祖父哪一样都不要，他终于说服国王颁布了特许。他想把领土叫做**克里桑萨**，然而国王却按照王后亨丽埃塔·玛丽亚的名字，管它叫**特拉·玛丽亚**，或者叫**马里兰**。[①]”

“干得真漂亮！”

“当时就拟好了特许状，像这样既有主权，又能增加幅员的特许状，英国国王还从来没有起草过。特许状把南起波托马克河，北到北纬四十度，东起大西洋，西到波托马克的第一源头的土地，都赐给了祖父。让马里兰高于领地其他地区的是，人们称它为州，是行使王权的领地，上有敕封的巴尔的摩男爵充任真正的绝对管辖者和领主。我们受权管辖教会；拥有制定法律，并设立庄园主法庭以及领地民事法庭来加强法律的权利；我们惩治恶棍，甚至能够砍掉他们的肢体或者把他们处死；能够授予荣誉和爵位——”

“哦哟。”埃比尼泽说。

“——我们可以装备军队，进行战争，征收赋税，分封土地，对外贸易，兴建城市和进口港口——”

“老天哪！”

“简而言之，”查尔斯宣称说，“除了每年缴纳两套印第安人弓箭的

---

① 特拉·玛丽亚，系拉丁文 Terra Mariae，意即玛丽亚的土地；马里兰，原文是 Mary-Land，意思同上。

贡品之外，马里兰就是我们完完全全的自由封地，愿意怎么管理就怎么管理，再说，特许状里还规定：如果里面有什么措词、语句和条款存在着争议，在大多数情况下，其理解必须符合我们的利益。”

“天哪，真叫我眼花缭乱！”

“是啊，是个强有力的特许状。不过，还没有递交给大法官，祖父就过世了。他心力交瘁，只活了五十二岁。于是，特许状传到了仁爱的家父塞西尔的手里。这样在一六三二年，刚刚二十六岁的他就成了巴尔的摩勋爵二世和马里兰第一任领主。他立即着手装备船只，召纳殖民者，惹得比尔·克莱本好一阵聒噪！由于弗吉尼亚公司[①]的特许状早已撤销，公司中有些人极尽咬牙切齿怒发冲冠之能事！他们在莱姆豪斯[②]信誓旦旦地说，‘方舟号’和‘鸽子号’已经装备好要把修女运到西班牙去，又在肯辛顿[③]发誓说，家父装备船是想运渡西班牙士兵。对手为数很多而又极端狡诈，家父势必得留在伦敦维护自己的权利，把航运托付给伦纳德叔父和乔治叔父。一六三三年十月，他们从格雷夫森德[④]出发去马里兰。然而，‘方舟号’刚刚起锚，克莱本的一个间谍想摧毁我们，就跑到星室法庭[⑤]报告，说我们没有报完出关手续，水手也没有进行忠诚宣誓。库克大臣于是派了信使，前往桑威奇[⑥]附近的海峡去找海军司令潘宁顿，我们就又给送回了伦敦。”

“这简直是纵容啊！”

---

① 1606 年由詹姆士一世特许建立的英国股份公司，目的是在北美的海岸建立殖民地。

② 莱姆豪斯（Limehouse），系伦敦东部一地区，以肮脏污秽闻名。

③ 肯辛顿（Kensington），伦敦中心西南部一繁华地区。

④ 格雷夫森德（Gravesend），位于肯特郡西北部一泰晤士河港口。

⑤ 星室法庭（the Star Chamber），十五至十七世纪英国最高司法机构。1487 年为惩治不效忠国王的贵族而设立，后职权逐渐扩大，到资产阶级革命前成为迫害清教徒的工具。直接受国王操纵，以暴虐专断著称。资产阶级革命后于 1641 年撤销。

⑥ 桑威奇（Sandwich），肯特郡东部一城镇。

“在费了一个月的唇舌，家父澄清了那些指控都是恶意的，没有事实根据以后，我们又一次动了身。为了不再给克莱本把柄，我们在格雷夫森德盛载上新教徒，在蒂尔伯里[①]附近海域上让他们进行了忠诚宣誓，接着沿英吉利海峡南下，在怀特岛[②]盛载上天主教徒和两个耶稣会士。[③]”

“还真聪明。”埃比尼泽说话时，已不再那么充满信心。

“后来，老天哪，我们终于起程朝马里兰驶去，家父叮嘱我们说，别当着众人面做弥撒，别跟新教徒争论宗教上的事情，可以在东海岸阿科马克[④]附近逗留，别在康福德港弗吉尼亚人枪炮底下停泊，还说，头一年，别跟克莱本上校和他的人有任何来往。

“至于蛮人，我们跟整个皮斯卡塔韦部落根本没有争斗过，他们非常高兴应募参加我们的防御，来反对他们的仇敌散尼克人和苏斯克罕诺人。[⑤] 是恶魔克莱本给我们带来了麻烦！这个克莱本，是克洛伯里公司的经纪商，查理一世十分轻易地上了当指派他为领地外交大臣。克莱本所感兴趣的，主要是到切萨皮克湾中途的肯特岛，那里有他的贸易点。虽说肯特岛显然在我们赐封地之内，但是，他宁愿丢掉一只胳膊，也不愿意放弃这个岛。”

“那他是怎么做的呢？”埃比尼泽问。

“啊，克莱本自言自语地说，巴尔的摩的特许状不是把**迄今没有开垦的土地**赐予了他吗？那么，他就得放弃肯特岛，因为，我的商人叫他不得不这样。[⑥] 他就是这样向种植园事务王室代表托称的。不过，你

---

① 蒂尔伯里（Tilbury），埃塞克斯郡一港口城镇。

② 怀特岛（Isle of Wight），英格兰南部海域一岛屿。

③ 耶稣会士（Jesuit），耶稣会神甫。耶稣会是天主教主要修会之一，成立于1535年，主要任务为传教和教育。

④ 阿科马克（Accomac），英国在弗吉尼亚殖民地东部建立的一个郡。

⑤ 皮斯卡塔韦人、散尼克人和苏斯克罕诺人，均系印第安人的不同部族。

⑥ 此处两句话中三个“他”。均指查尔斯的父亲。

得留神了，这个遭诅咒的迄今没有开垦的土地的意思，只不过是对土地的一种描述而已，是特许状里通用的措辞，原意并不是作为赐封的一个条件。而实际上，克莱本的商人没有耕耘过这个岛，他们用货物交换赖以为生的玉米，以及为克洛伯里公司交换皮毛。各位王室代表驳回了他的要求，可是肯特岛，他不愿意放弃。一六三四年三月，也就是从本月算起的五十九年前，马里兰人登陆，在圣玛丽城居住下来，并通知克莱本说，肯特岛是他们的。他没有宣誓效忠领主，也没有从领主那里取得拥有肯特岛的资格，而是询问弗吉尼亚议会该怎么办。你听我说，他没有把王室代表的裁决告诉议会，而且，消息从枢密院到美洲传得很慢；因此议会叫他挺住，于是他按兵不动，还在能找到的反对父亲的人耳根底下煽风点火。

“身在圣玛丽城的伦纳德叔父，终止了克莱本的宽限期，接着命令他或者承认父亲的权利，或者进监狱，没收岛屿。查理王命令弗吉尼亚总督哈维保护我们不受印第安人的侵扰，允许开拓地之间自由贸易，同时，由于受到克莱本代理人的欺骗，相信肯特岛在我们权限之外，便命令家父不要骚扰克莱本！喏，哈维可是个非常正直的基督徒，自己活，也愿意让别人活。所以，长期以来，我们的克莱本领着一个小派系，目的是让可怜的总督下台，从殖民地滚出去。这样，哈维遵从国王的命令，宣布愿意同马里兰进行贸易的命令时，弗吉尼亚人愤怒地起来反对他，扬言宁可砸死牲畜，也不卖给我们。

“于是，战争便公开化了。在帕图克森特河上，伦纳德叔父截获了克莱本一艘帆船，把船主托马斯·史密斯拿下，因为他进行贸易并没有取得家父的许可。克莱本装备了一条小舟，命令船长攻击所遇到的一切马里兰船只。伦纳德叔父派遣出两只小帆船与他周旋，伯克莫克河一次战役后，克莱本的小舟便缴械投降。两个礼拜以后，克莱本的另一艘船，还是由那同一个托马斯·史密斯指挥，在伯克莫克港口要跟对方决一雌雄。可怜的哈维总督，这时已处在议会火一般的抨击之下，为了安全潜逃到了英格兰。

“同时呢，伦纳德叔父完全孤立了肯特岛，上面的土地也完全变成**无人开垦的**，人们开始饥肠辘辘。家父对克洛伯里公司指出了这一点，说服他们不再觊觎对肯特岛的权利，再新派一名有权接替克莱本的代理人到马里兰来。那个魔鬼到底屈服了，只是请求新来的人乔治·伊夫利，别把肯特岛交割给马里兰人；可是伊夫利拒不允诺，克莱本于是龟缩回伦敦。在那里，他受到克洛伯里公司的起诉，受到哈维总督对他叛变的指控。再者，伊夫利还把克莱本在弗吉尼亚的全部财产归属在克洛伯里公司的名下。”

“这是他罪有应得！”埃比尼泽说。

“他看到眼下我们占了上风，便使出了新招数：他从朋友苏斯克罕诺人那里购买了帕默岛。由于岛在切萨皮克湾北端，也就是河流交汇的地方，他于是设立了一个新贸易点，假设自己处在我们的特许地以外。接着，吁请查理禁止家父骚扰他，进而请求——留神了：还是大言不惭的样子——把沿海湾南到大洋，[①] 北到加拿大大湖区苏斯克罕诺河两岸十二哩各[②]的土地，全部赐封给他！”

“当真啊！”埃比尼泽惊异地喊道，虽然他对所说到的地域什么轮廓也勾画不出。

“是啊。”查尔斯点了点头，说，“那家伙可真疯啦！这就把宽二十三哩各，长将近三百哩各的一条新英格兰，再加上整个切萨皮克湾和四分之三的马里兰，全都给了他！他打算像从前那样，再欺骗国王一次，可是，诸位王室代表把他那请求扔了出来。伊夫利承认了家父对马里兰的权利，伦纳德叔父也指定了岛上的指挥。克莱本企图说服岛上居民，向家父讨回对自己土地的权利，而且，若不是流氓成性的托马斯·史密斯跟克莱本的妹夫还未在那里站稳脚跟，就会赢得那里的居民了。那时，除了把他们永远降伏，别的什么都不成。伦纳德叔

---

① 此处指从切萨皮克湾至太平洋一带。

② 哩各（league），相当于三英里或三海里。

父亲自领导了两次远征，降伏了他们，囚禁了克莱本的亲属，没收了他在马里兰的所有财产。”

“我看，这就惩戒了那个恶棍！”

“有段时间是这样。”查尔斯回答，“一六三八年，他在巴哈马群岛弄到一块地方，有四五年我们压根儿没有见到他。他的亲属呢，我们囚禁起来了，可由于议会根本没有召开过，我们没有陪审团来定他们的罪，没有法庭来审判他们！”

“你们是怎样对付他们的呢？”埃比尼泽问，“快别跟我说，已经把他们给放了吧！”

“哦，我们以提起控诉的重大要求召集了议会，神不知鬼不觉地把他们带上法庭，来审判这一案件，而且确定囚犯有罪。伦纳德叔父判决犯人绞刑，法庭于是又变成了议会，通过他的判决，使之成为法令（当时，还没有法律来审理这一案件），伦纳德叔父又减轻了刑罚，以保证完全公正。”

“这一招可真漂亮！”埃比尼泽说道。

“也是我们痛苦的开头。”查尔斯说，“议会刚刚召开，他们就要求制订法律的权利，虽说特许状上明文规定保留领主的该权利，只消征得自由民的认可就成。父亲抵挡一阵子后，很快就让了步，起码是怕惹起骚乱，暂时让了步。从那一天起，议会就跟我们不和，欺骗我们，抓紧一切机会削弱我们的势力，增强他们自己的力量。”

说着他叹了口气。

“而且，好像还不够糟糕似的，大约就在这时，我们听说，耶稣会士让皮斯卡塔韦人几十个、几十个地皈依天主教，反过来又以教会的名义，弄到了大片大片土地。在一个好日子里，他们向我们宣布了让这片广袤领土独立于领主的企图！他们知道父亲信天主教，于是宣布州内以宗教法典为准绳，根据宗教修持的教皇圣谕[①]，他们以及他们欺诈占有的土地，不受普通法律的制约！”

“哦，上帝！”埃比尼泽说。

“可他们不知道，”查尔斯接着说，“祖父皈依天主教前，詹姆士王曾经派他去爱尔兰调查不满情绪，那时他完全明白了他们的阴险狡猾。家父一则为了在耶稣会士强占整个州以前，或者说，一则也为了在新教徒利用这一事件作为借口掀起反教皇暴乱以前，捻碎这些意图的萌芽，于是请求罗马召回耶稣会士，另派普通神甫。经过几年的争论，传教总会[②]下了相应的训令。

“接下来便是印第安人的骚乱。北部苏斯克罕诺人，还有东海岸的南梯库克人，由于从事游猎而不是农耕，总时不时地袭击别的部族。但是，一六四二年以后，他们开始攻击州里各处的种植园。还听说，他们在鼓动我们的朋友皮斯卡塔韦人与他们一道进行大规模的屠杀。有的说，背后有法国人在；有的扬言，是耶稣会士起的作用；不过，依我看，起作用的还是比尔·克莱本的策划。”

“克莱本！”埃比尼泽说，“怎么是这样？克莱本藏在巴哈马群岛，你的话我不会听错吧！”

“他是藏在那里。可是，一六四三年，由于耶稣会士惹的麻烦，也由于印第安人的骚乱，还有殖民地对查理王和国会之间的内战所产生的分歧，伦纳德叔父回到伦敦，跟家父讨论州里的事务，而他一离开，克莱本便动身偷偷溜到海湾，挑拨肯特岛居民叛乱。大约就在这个时候，有个叫理查德·英格尔的船长，一个叛徒和无神论者，把名叫‘宗教改革号’的商船停靠在圣玛丽城，喝得酩酊大醉，还向各色人等宣布：国王根本算不上什么国王，保皇党谁要胆敢否认他的话，他就

---

① 此处指于1363—1779年期间多次公开发布及修订的一系列被称为*In Coena Domini*的教皇圣谕，其目的在于以宗教法则代替欧洲君主发布的法律。

② 传教总会（Propaganda），由红衣主教组成的罗马天主教海外传教组织。

把谁脑袋揪下来！”

“这简直是叛国！”埃比尼泽大声说。

“我们的人，伦纳德叔父回来以前出任总督的贾尔斯·布伦特，也是这么说的。他于是囚禁了英格尔，没收了他的商船。可是，刚把那个无赖给铐上镣铐，我们自己的议员康华利斯上校一道命令，他就给放了出来，退回了船只，大摇大摆获得了自由。”

“可真叫我吃惊！”

“喏，这个康华利斯是个军人，刚刚指挥了几次远征，去跟南梯库克人议和，又把苏斯克罕诺人赶走。我们控告他的时候，人们替他辩护说：他强迫那个流氓答应给我们提供一桶火药和一百担子弹，来保卫马里兰。果不其然，那坏蛋不久就返回来，无论碰上什么事，都是又骂又打，发誓说那笔军火就是免去将来审判的保释金。然而，军火连个毛也没有见到，他又炫耀着已经报了关，交了出港税，开船走了，船上还载着他的朋友康华利斯。

“很快真相就大白了：原来，我们两个不共戴天的仇敌英格尔和克莱本，是在利用英国内战作为契机，纠集在一起来中伤我们。克莱本在肯特岛上岸后，拿出一张伪造的羊皮纸告示，信誓旦旦地说，国王给他的使命就是号令肯特岛。与此同时，圆颅党[①]的英格尔，也拿着他的假告示，用一艘武装船只袭击了圣玛丽城议会，镇压了圣玛丽城政权，赶得伦纳德叔父逃往弗吉尼亚，凭着克莱本的援助，把整个马里兰据为己有。于是，有两年的时间，马里兰混乱不堪。他这里抢劫，那里掠夺，霸占财产，挨家挨户破门撬锁，甚至抢走了马里兰价值四十磅上好白银的印玺。连他救命恩人康华利斯的家产也不放过，跟别人一起将其洗劫一空，还把他当成债务人和叛徒监禁在伦敦！他拿出最后一招，对上院说，自己这样做是出于良心发现，因为，康华利斯和其他受害者都是天主教徒，是不怀好意的人！”

---

① 圆颅党（Roundhead），十七世纪反对国王的议会派分子，与保皇党相对。

“这我不明白。”埃比尼泽承认道。

“一六四六年，伦纳德叔父依靠总督伯克利[①]的帮助，聚集起一支力量收复了圣玛丽城政权，不久又收复了整个马里兰，肯特岛是最后一个投降的。伦纳德叔父一年后去世，因而没有得到应有的酬劳，不过整个州毕竟又成了我们的。”

“嗨!”埃比尼泽说，“打心眼里说，但愿你们没有再受到克莱本之流的骚扰，州里享受到了和平与安宁!”

“我的天，也是该着，还不到三年，纠纷和骚乱就又如火如荼起来。”

“听到这点，我很难过。”

“主要还是克莱本。这一次，虽然他那时已是大言不惭的保皇党，却跟奥利弗·克伦威尔以及新教徒联了手。几年以前，英国圣公会教徒把清教徒赶出弗吉尼亚的时候，伦纳德叔父曾经答应他们，在塞文河畔建造一座叫普罗维登斯的城镇，因为在马里兰，谁也不能由于信仰原因受到折磨。可是，新教徒们蔑视我们天主教徒，不愿效忠于父亲。查理一世上断头台，查理二世被迫流亡时节，父亲承认了国会的权威，没有表示抗议，甚至还责成一个新教徒和国会的朋友威廉·斯通[②]来接替叔父死后天主教徒托马斯·格林的总督职务，以便不给普罗维登斯不满分子反叛的借口。他这种明智做法的回报，就是让在泽西岛流亡的查理二世宣布他是个圆颅党人，并把马里兰政权交给诗人威廉·达文南特爵士[③]。”

“达文南特!”埃比尼泽喊道，“啊，喏，这可是个高尚的前景，诗人国王！然而，那家伙拿到了一项不公平的奖赏，我都觉得脸红。”

---

① 威廉·伯克利（William Berkeley，1606—1677），1646—1660 年任弗吉尼亚总督。

② 威廉·斯通（William Stone，1603—1660），1649—1655 年任马里兰总督。

③ 威廉·达文南特（William Davenant，1606—1668），英国诗人、戏剧家。英国内战期间支持王权。

“可他这奖赏拿得并不长，因为他刚刚起航去马里兰，一艘国会的巡洋舰就赶到海峡的兰兹角[①]去拦截，把他镇压下去。那时节，你知道，弗吉尼亚到底成了保皇党人的，而且，查理一世一被斩首，弗吉尼亚就拥戴查理二世，国会于是装备了船队，前去平定弗吉尼亚。那时候，也就是一六五〇年，我们的总督斯通因贸易前往弗吉尼亚，并指派前任托马斯·格林在他返任以前治理马里兰。这是个愚蠢的决定，因为格林由于遭到替换，仍然心怀懊恼。他一得到指派，就立即同弗吉尼亚一道，宣布拥戴查理二世，尽管我们的总督斯通急忙返回把他赶走，但后果已经造成！那时，懦夫迪克·英格尔[②]还自由自在地待在伦敦，他听到消息，便立即赶往弗吉尼亚平定委员会，让他们把马里兰增列进托管名单。不过，家父听到了风声，趁船队没有起航，他陈情说格林的宣告没有经过他授权或认可，因而马里兰的名字得以从托管名单中去掉。家父觉得有了足够的保证，便告老退休。紧接着，狡猾的比尔·克莱本重又出现。像以往那样，他以为委员会对美洲地理一无所知，重写了托管名单，把*切萨皮克湾以内所有种植园*都包括进去，就是说，包括了整个马里兰！而且，他自己又设法被指派为国会候补专员，随同船队一同出航。共有三个专员——他们如果说受了蒙蔽，但却还是通情达理的绅士——和两个候补专员：克莱本，还有一个坏蛋理查德·贝内特，他在弗吉尼亚驱赶清教徒时，在我们普罗维登斯城避过难。”

“哦呀，”埃比尼泽大声说，“还从来没有听说过这样的背信弃义哪！”

“别急，”查尔斯说，“克莱本和贝内特并不满足于当候补，还在航程中一手造成了两个专员的失踪，于是肩负着管辖弗吉尼亚和马里兰

---

① 兰兹角（Lands End），位于苏格兰西南端，康沃尔半岛的顶端，三面环海，英文意为“陆地的尽头”，也被称为英国的天涯海角。

② 即理查德·英格尔，迪克是理查德的昵称。

的全权，在康福德港上了岸!”

“那家伙可真是个马基雅维里[1]!”

“他们平定了弗吉尼亚；贝内特自命为总督，克莱本当了国务大臣；接着，他们赶赴马里兰，在那里，受到了普罗维登斯那帮坏蛋的热烈欢迎。善良的总督斯通遭到罢黜，天主教徒的权利被剥夺净尽，家父的全部权威也被褫夺。克莱本和贝内特还使出最后一招，煽动原来的弗吉尼亚公司起来请愿，要把马里兰从地图上一笔勾销，恢复早先弗吉尼亚的边界！家父就自己的情况，向种植园专员提起辩诉，就在事情混乱不堪的时候，他又提请克伦威尔注意：马里兰面对着保皇党的相邻州，却一直效忠于共和政体。克伦威尔听完了家父的话，后来他解散国会，自任护国公时，便向父亲保证他的恩宠。

“同时，斯通也设法恢复了公职，家父命他拥戴摄政，宣布专员的权威无效。克莱本和贝内特纠集了自己的一支军队，又一次把斯通赶下台，扶起了普罗维登斯的清教徒威廉·福勒。家父向克伦威尔呼吁，克伦威尔给克莱本和贝内特下达了住手的命令，家父也命令斯通征募军队，讨伐普罗维登斯的福勒。然而，福勒枪炮很多，因此，他强迫斯通士兵投降，承诺饶他们不死。他刚刚收缴了他们的武器，便当场杀死了斯通的四个副手，把遍体鳞伤的斯通关进了监狱。接着，福勒的坏蛋取走了印玺，抢夺劫掠，把天主教神甫从州里赶了出去；克莱本和士兵们又向种植园专员喧哗叫嚣。然而，一切都无济于事，因为，在一六五八年，该州终于归还给家父，交由乔赛亚斯·冯道尔[2]治理，家父在斯通被囚之后，指名由他代表自己。”

---

① 马基雅维里（Machiavelli，1469—1527），意大利政治思想家、历史学家、作家、政治家，鼓吹为达到政治目的可以不择手段（即“马基雅维里主义”）。

② 乔赛亚斯·冯道尔（Josias Fendall，约1628—1687），马里兰州第四任私有总督。出生于英国，后移民马里兰，是美国冯道尔家族的祖先。

"谢天谢地!"埃比尼泽说，"**皆大欢喜**[①]!"

"是皆大伤悲，"查尔斯回答，"就在那一年，冯道尔叛变了。"

"太过分啦!"埃比尼泽喊道。

"千真万确。有人说，他是福勒和克莱本的工具。无论怎么说，克伦威尔过了世，他的儿子又懦弱无能，冯道尔劝服了立法会议，叫他们宣布脱离领主独立，又推翻州里的整个宪法，篡夺父亲的一切权力。要不是查理二世不久恢复了王位，对我们来说，那段日子一定会不好过的。天知道是怎么一回事，反正家父同国王议和，拿到了御函，上面号令所有人都支持父亲的统辖，嘱咐弗吉尼亚的伯克利援助家父。于是，叔父菲利普·卡尔弗特被指名出任总督，那阴谋也完全破产。"

"我能不能说，你们的劫难到这里就结束了呢?"埃比尼泽问。

"有一段时间，我们没有遇上叛乱。"查尔斯坦然承认，"我一六六一年以总督身份来到圣玛丽城议会，一六七五年家父过世，我成了巴尔的摩勋爵三世。其间，我们唯有的一些麻烦，就是印第安人的骚扰，以及荷兰人、瑞士人，还有别的民族妄图借着**迄今没有开垦的土地**的老话题，抢掠我们地盘。荷兰人已经非法在特拉华河落了脚，新阿姆斯特丹[②]总督迪诺约萨挑动约纳多人、琴纳哥人和明格人[③]反对我们。我想跟他打仗，又否定了这一想法，怕查理二世（他已经使我的特许权力变得支离破碎）可能趁机把特拉华全部领土拿走。可不管怎么说，我还是在一六六四年丢掉了这些领土，它们被转到国王弟弟约克公爵名下，而我连一句反对的话都说不出来。

"我当上巴尔的摩勋爵那一年，琴纳哥人（法国人管他们叫散尼克人）袭击苏斯克罕诺人，接着，又转而蹂躏了马里兰和弗吉尼亚。

---

① 此处原文为 All's well that ends well，为莎士比亚一戏剧名，中译名为《终成眷属》，直译即为"皆大欢喜"。

② 即今纽约。

③ 约纳多人、琴纳哥人和明格人均系印第安人的不同部落或者部族。

由此所引起的愤怒情绪，成了弗吉尼亚培根叛乱[1]的借口以及马里兰极为动荡的原因。不久以前，为了在立法会议上钳制不满分子，我把选举权局限于上层公民，又为了避免新的选举，还长期把握着立法会议；然而即使这样做，也没有让事态平息下来。敌人从四面八方密谋策划，同我作对。就连老克莱本，尽管早已过了八十岁的年纪，也重又出头露面，以保皇党的姿态，吁请国王唾弃我，而所幸的是毫无作用，其后不久，就听到这个坏蛋在弗吉尼亚死去的消息，我喜悦得难以形诸笔墨。”

“现在听到，也是我的喜悦，”埃比尼泽宣称，“因为，我真怕那个恶棍是个老不死哩!”

“不管什么事儿，天主教都要非难我，说我诈骗国王的税收，”查尔斯接着说，“在弗吉尼亚，纳特·培根[2]的私家军攻打伯克利总督那阵子，有两个叫戴维斯和佩特的流氓，也想在卡尔弗特郡搞一次类似的叛乱——依我看，是受了叛徒福勒和冯道尔的蛊惑，他们俩就在州里诡秘地游荡。那时我正在伦敦，不过，听到这事儿后，立刻派代表前去制止两人。然而，四年以后，叛徒冯道尔又伙同另一个坏蛋，想重新掀起叛乱：我说的是冒牌牧师约翰·库德，这样一来，连比尔·克莱本也望尘莫及了。我及时镇压了他们的谋划，把冯道尔永远驱逐出去，虽则姑息养奸的立法会议开释了库德，让他逍遥得什么似的，日后只会招来更多的麻烦。

“这以后，阴谋和忧患急急忙忙蜂拥而来。一六八一年，查理王

---

① 即培根起义，指1676年种植园主纳撒尼尔·培根（Nathaniel Bacon，1647—1676）所领导的大规模起义。原因是不满总督伯克利对印第安人的友好政策以及未给予袭击边境的印第安人以还击。培根将伯克利从詹姆斯敦驱逐出去，然而他的因病死亡却使起义夭折。

② 纳特·培根，纳撒尼尔·培根的昵称或简称。

为了结一段债务，将马里兰以北的大片土地赐给威廉·佩恩[1]——但愿他那贵格会[2]教徒的皮囊给打到了地狱里去！顷刻之间，我就不得不保卫北方边疆，以防他的诡计。特许状里规定马里兰北部边界是北纬四十度，为了标出那条直线，我很久前就吩咐建造了碉堡，以便应付苏斯克罕诺人。佩恩同意我的意见，认为他的边界应该位于碉堡以北，然而，他的赐封令到来时，根本没有提到这一点。相反却是一片胡言乱语，不管什么法学家都感到迷惑，佩恩为了自己阴谋得逞，又派出骗人的测量员，携带着破烂的六分仪[3]，替他测量数据。结果，他宣称说，自己的南方边界在碉堡以南八英里处，而且，规避、托词无所不用其极，以免就这一乖戾行径和我交换意见。我们终于被逼到死角，提出相互测量时，他借口六分仪损坏；而当我们的仪器表明了边界的真实位置时，他又指责我损害了国王的权威。他处心积虑，想叫边界位于自己所希望的地方，于是使出各种见鬼的花招来达到目的。一会儿说，从岬角向北测量，到纬线少六十英里；一会儿说，把你南部边界朝南推三十英里，就占去了弗吉尼亚的土地；一会儿又说，最好从沃特金斯角向北丈量两纬度。于是我问他：'干吗这样测量，来占去土地呢？为什么不拿六分仪一劳永逸地找到四十度纬线呢？'最后他同意了，只是有个条件：边界倘若位于他所希望地方的北面，我必须把差额土地按'体面价格'出卖给他。"

"这我弄不清楚，"埃比尼泽坦然承认，"六分仪和纬度线这一套说

---

① 威廉·佩恩（William Penn，1644—1718），英国贵格会领导人，宾夕法尼亚贵格会殖民地的奠基者，费城即是在他的指导下规划与发展的。

② 贵格会（Quaker），又称教友派或公谊会（Religious Society of Friends），基督教的一个派别，成立于十七世纪的英国，因一名早期领袖的告诫"听到上帝的话而发抖"而得名。Quaker，中文意为"震颤者"。

③ 用来测量远方两个目标之间夹角的光学仪器，通常用它测量某一时刻太阳或其他天体与海平线或地平线的夹角，以便迅速得知海船或飞机所在位置的经纬度。

丰厚嫁妆是铺满荆棘的床，这您是知道的。水火不是好邻居，或者，君主之恩是掺假的宠幸。”

“够啦，我明白了你的意思。那么，这就是你的马里兰，伙计。你觉得写《马里兰纪》合适吗?”

“说真的，”埃比尼泽回答，“这更适合于悲惨的故事。我在生活或文学里，还从来没有像您讲述的往事那样，遇到过这一连串的阴谋、诡计、结党、谋杀!”

查尔斯微笑起来。“这或许叫你妙笔生花吧?”

“啊，上帝，我贸然来到这里，异想天开，想讴歌联句，勋爵阁下想必认为我是粗鄙愚蠢之人了哩！我敢向您发誓，我为此感到难过，我马上告辞。”

“别，别。”查尔斯说，“我得向你承认，你那《马里兰纪》，我并不是没有兴趣的。”

“不，”埃比尼泽说，“您只是为了惩罚而责骂我呢。”

“我上了年纪，”查尔斯说，“在世上的时间很少了——”

“这么说老天不容!”

“不，这是明摆着的，”查尔斯坚持道，“我的青春年华，还有别的，都奉献于政治清明、繁荣昌盛的马里兰圣坛。它是慈爱的家父交给我的，又是家父慈爱的父亲交给他来耕耘治理的，我也曾经梦想过，经过自己的治理把一份富裕强大的财产传给儿子。”

“哎呀，我流出了眼泪!”

“如今，我到了晚年，发现这一点是做不到了，”查尔斯接着说，“再说，我年事太高，身体不好，不能越洋航行，所以，见不到心里珍爱的如同结发妻子似的那片土地，就得死在英格兰了，而他们对她的诱骗和强暴，又叫我像失去海伦的墨涅拉俄斯那样心痛啊。”

“我受不了啦!”埃比尼泽呜呜咽咽，优雅地用手帕擤着鼻子说。

“我没有权势，”查尔斯最后说，“所以，不能像以往那样给人高位和头衔了。不过，我要对你声明这一点，库克先生：赶快到马里兰去，从心里忘记她的历史，但观察观察她那些绝世无双的美妙。体味体味，看看清楚吧！然后，要是能够的话，就把你所看到的写成诗，写成合辙押韵的音乐，叫世人聆听吧！给我写一首这样的韵文，埃本·库克，替我创造时间和阴谋都不能从我手里夺去，可以传给儿子、儿子的儿子，以及世世代代的一个马里兰吧！把这首歌唱给我听，先生，那我相信，在查尔斯·卡尔弗特的眼里和心里，在所有热爱美与正义的基督徒的眼里和心里，你真的就是马里兰的桂冠诗人了！万一有这种事——这些希望和期盼之事是我夜夜向圣母玛利亚和诸位圣贤乞求着的呀——万一有一天，整个情况发生了变化，我那可爱的马里兰再一次回到她主人手里，那时，老天哪，我就在事实上授予你这个称号，还要书写在系着缎带的羊皮纸上，由我亲笔签名，再盖上马里兰印玺，叫全世界的人都目瞪口呆！”

埃比尼泽心潮澎湃，说不出话来。

“同时呢，”查尔斯接着说，“如果你愿意，我至少要委托你来写这首诗。不，还是给你撰写一张桂冠诗人委任状草稿来得好，倘若上帝把马里兰赐还给我，它的生效须回溯到今天。”

“天地良心！真叫人难以相信！”

于是，查尔斯吩咐仆人呈上墨水、纸张和鹅管笔，带着娴熟于官方语言者的神气，奋笔草拟了如下委任状：

马里兰不容置疑的领主和所有者兼阿瓦隆领主，巴尔的摩男爵查尔斯，向亲爱的值得信赖和尊敬的多塞特郡库克岬绅士埃比尼泽·库克致敬，我们企盼上述马里兰之种种秀美形诸诗文传之于后世，我们深信你的禀赋华赡，足以胜任此项使命，凭借我们对你之信任极欲并责成你草拟撰写如此史诗宏伟之诗文，将马里兰居民之倜傥，其良好教养和锦绣家园，其法律之煌然，其客栈酒舍之舒适等等等等一一记录在案，鉴于此种目的，我们授予你上述马里兰桂冠诗人之称号。我们治理上述马里兰第十八年三月

廿八日，此状在伦敦市签署，适逢耶稣纪元一千六百九十四年也。

“拿着去吧。”他大声说着，把拟好的草稿交给埃比尼泽，“好啦，祝愿你一路顺风。”

埃比尼泽读了委任状，猛然跪倒在巴尔的摩勋爵面前，感激涕零地把这位大人物的上衣荷边凑到唇边。接着，一边喃喃自语，一边踉踉跄跄，把文书装进口袋，辞谢出来，跑出府邸，来到伦敦熙熙攘攘的大街上。

十一、埃比尼泽回到同伴那里时，发现缺少一人，离开时又缺少一人，于是思考了一番

“到洛吉特酒馆！”埃比尼泽冲马车夫喊叫着，仿佛牵线不当的木偶那样两腿猛然一跨，跳进了出租马车。突然之间，他就爬上了帕纳塞斯山[①]，而同伴们还在山脚下跌跌撞撞！他掏出委任状，又念了一遍**桂冠诗人**这个甜蜜的字眼，以及列举马里兰种种秀美的说法。

“可爱的土地！”他喊道，“孕育着歌的土地！您的助生者来了！”

这里面有个值得保留的比喻，比方说，既有接生婆，又有救世主双重含义的**助生者**一词里面……他悲叹着除了巴尔的摩勋爵的委任状，手头没有笔也没有纸，而委任状也在亲吻后，塞进了上衣里。

“我得买个笔记本，”他下定了决心，“这样的野花不采，终究是个遗憾。也不能再认为这是我个人的快乐，因为，桂冠诗人属于世界。”

不久，出租马车驶到了洛吉特酒馆，奖赏了赶车人，埃比尼泽急忙去找他自从下赌注那夜以来，就没有见面的同伴。不过，一旦进到里面，为了与自己的地位相称，就大模大样放慢了脚步，一边越过拥挤的桌子，一边朝瞥见自己朋友的地方挥起手来。

迪克·梅里威瑟第一个看到了他。“该死！”他叫道，“你们瞧哇，那边有什么过来啦！我是不是昏了头，要不就是拉撒路[②]从坟墓里出

① 帕纳塞斯山（Parnassus），位于希腊中部，古时被认为是阿波罗和缪斯的居住地，因而转义为“诗坛”。

② 拉撒路（Lazarus），《圣经·约翰福音》中的人物，死后四日耶稣使他复活。

来啦！”

“喏，怎么啦！”汤姆·特伦特插嘴，说，“春风把你解冻了吧，伙计？原来还怕你永远成了僵尸了哩。”

“解冻？”本·奥利弗眨了眨眼睛，说，“不，汤姆，这样的一个情人怎么就会受到冷遇呢？我琢磨着，这会儿他是从咱们下赌注那天夜里的比试当中缓过劲来，又来应付所有来的人啦。”

“轻点儿，本。”汤姆·特伦特申斥道，一边瞥了身旁约翰·麦克沃伊一眼，只见他全神贯注，凝视着埃比尼泽，好像没有听见这话似的，“一条好汉，不该为了这么点儿小事，就你恩我怨的。”

“不，不，”本不愿意让步，“除了从做过的人嘴里听到那些了不起的事儿，我问你，还有什么更叫人高兴，更叫人受益的呢？过来，埃比尼泽。一块儿喝一壶，像男人跟男人那样，明明白白告诉我们：你干过的那个琼·托斯特，你这会儿觉得怎么样？她在床上怎么样，我是说，为了你那五个基尼，你是怎样拼命讨价的？整整一个礼拜就没见过你的面，也没见过她的面了。嗨，多了不起的男子汉！”

“闭上你那臭嘴。”埃比尼泽坐下来，干净利索地说，“事情你跟我一样清楚。”

“嘿！”本喊道，“脸皮也真厚！什么，叫一个贱女人不放在眼里，你就什么也不想说明或者辩解？”

埃比尼泽耸了耸肩膀。“跟从前一样，她快要变得了不起啦。”

“老天哪！”汤姆·特伦特大叫道，“这个新来的厚着脸皮答话的人是谁？我熟悉脸面，也熟悉声音，不过，说真格的，这可不是从前的埃本·库克！”

“不是，”迪克·梅里威瑟附和地说，“是个大言不惭的骗子。我认识的库克，向来为人腼腆，行动拘谨，不是个挖苦人的老手。你知道他的下落吗？”他问埃比尼泽。

“是啊，”埃比尼泽微笑起来，“他我很熟悉，就是我一个人眼瞧着他死去，还写了挽歌的。”

“那请问，先生，是什么让他走了呢?”本·奥利弗询问道，脸上带着从他上次失利中所尽量挽回来的讥讽神色，“也许是没有春风一度的痛苦吧?”

“事实是，先生们，”埃比尼泽回答道，“他是在下赌注的那天夜里，生孩子死了的，压根儿不知道他经受的是分娩的痛苦——比那疼得更厉害，他从小就坐了胎，到了最近才倒在了床上。尽管如此，他却走了普天下的大运，找了个能干的接生婆，她接生了一个就在你们眼前的发育成熟的男人。”

“真的!”迪克·梅里威瑟宣布道，“你用想象建起来的汉普敦宫[①]的树篱已经让我看不见你了！实话实说吧，劳驾，哪怕就一句话也行，什么死呀接生婆呀的这一套比方，说的都是什么意思。”

“我是想说说，”埃比尼泽微笑起来，“不过，我倒希望琼·托斯特也在这里听听，正是她浑然无知当中扮演了接生婆的角色。找她来吧，麦克沃伊，这样人们就明白，我对你们俩谁都没有恶意。虽说你是出于歹意行事的，但正像常言说的那样：**无心插柳柳成荫**，或者甚至是**小人的嫉妒，君子的财富**。自然是你的叵测，结出了我做什么了不起的梦也想象不到的果实了！你有一次说我对人生一无所知，这也许没错；不过，你还得进一步承认：**聪明人害怕而退避，傻瓜却要挤上去**，还有**城堡毁于风暴，而不毁于围兵**，等等。事实上是，我有大妙的消息要告诉人们。请你叫她来，好吗?”

自从埃比尼泽在酒馆露面，麦克沃伊一直静静地坐在那里，甚至带着一副闷闷不乐的样子。这会儿，他从座位上站起身，咆哮道：“你自己叫去吧，你他妈的!”说着，悻悻然离开了酒馆。

“他出了什么毛病?”埃比尼泽问，“这家伙以为我伤害了他——他没有运气，难道叫他受了委屈？——这可是个礼貌的请求啊。要是我知

---

① 汉普敦宫（Hampton Count），伦敦西部泰晤士河上一座花园宫殿，是英国历史上最优秀的名胜之一。

道琼·托斯特在哪里，我自己当然会去叫的。”

“所以，我看他不会去叫啦。”本·奥利弗说。

“你说什么？”

“难道你没有听说，”汤姆·特伦特问，“这三天来，我们连琼的人影人毛都没见到过？”

“我看这是犯傻，”埃比尼泽说，“她当真走了？

“是啊，”迪克证实道，“那个荡妇从人们眼前消失了，不论是麦克沃伊，还是别的谁，都什么也不晓得。最后有人看见她，是打赌的第二天。那时她非常烦躁——”

“说真格的，”本插嘴说，“简直没法跟那女人说话！”

“咱们觉得这是生气了，”迪克接着说，“要是你想——也就是说——”

“朋友们，从埃比尼泽·库克那里来的消息，”埃比尼泽最后说，那消息他再也无法保密下去，“就在今天，他由巴尔的摩勋爵指名为全马里兰的桂冠诗人了！你们从那以后就没见过那姑娘了，是吗？”

可是，没人听见这个问题。他们你看看我，我看看你，又看看埃比尼泽。

“天哪！”

“了不得！”

“有这回事儿？你是马里兰桂冠诗人？”

“正是，”埃比尼泽说，事实上，埃比尼泽只是说了他被**指名为**桂冠诗人，可是，现在解释一番——别的事姑且按下不提——以澄清误解，已经为时过晚了，“我就要乘船去美洲，料理我出生地那边的房产，同时执行巴尔的摩勋爵的命令，在殖民地那边履行桂冠诗人的职责。”

“你有委任状什么的？”汤姆·特伦特很是惊讶。

埃比尼泽毫不犹豫。“桂冠诗人受委任，就在于创作。”他解释说，“实际上，我受委任替他创作一首诗。”他装腔作势地在衣袋里摸了一会儿，掏出一纸文件，让全桌的人都看一看，很有气派。

“我的天，一点儿不错！”汤姆一肚子佩服。

“马里兰桂冠诗人！太让我震惊了！”迪克嚷道。

“我得承认，”本说，“我连猜都没猜到会有这档子事。可白纸黑字，一清二楚呀！来杯酒，桂冠诗人大师！喂，酒吧伙计，给每人一杯酒！嘿，汤姆！喂，迪克！我们干一杯，嗯！大伙都干一杯！我想，就这样才对。”他一口气往下说，手臂搭在埃比尼泽的肩膀上，“一个晚上接一个晚上，我对埃本又是奚落又是嘲讽的，可他从来不计较，要是换了哪个心胸狭窄一点儿的家伙，不大动肝火才怪呢。因此，朋友，敬你一杯酒，公平又公正，正如我请客又清债一样。请容许我说，这是我表示敬佩你天才最恰当不过的举止。”

“你这样抬举我，我更不敢当呢，”埃比尼泽说，“我对你还不了解——太了解了——你可不是什么马屁精。那就喝吧，祝你身体健康！”

这个时候，酒吧招待已经把酒端上来了。四个人举起杯子。

“嘿，整天泡在酒里的烂诗人们！”本冲着屋子里所有的人嚷开来，一边蹿到桌子上。

“别瞎唠叨了，像往常一样，敞开肚皮喝吧！”

“不要这样，本！”埃比尼泽说，一边拽一拽本的大衣。

“本说的好。”好几个主顾一起嚷，本可是他们心目中的大红人。

“撂开花花肠子，让酒杯挺起来！”有人嚷。

“上来吧。”本嘴里说着，一把将埃比尼泽拽到桌子上，埃比尼泽不愿意也没办法。

“干杯，干杯，不要屈了埃比尼泽·库克的天才。”本倡议道，屋子里的人也都举起杯子，“我们这些下三烂的家伙，可着劲儿地扯东拉西，他可不动声色，才不会像乌鸦一样哇哇叫呢，因为他知道自己是雄鹰，才不管什么鸟怎么看他呢。我们这些小肚鸡肠的小公鸡，拉屎撒尿的，他呢，早就雄鹰展翅搏击长空了。鬼才晓得，他原来是只雄鹰呢！伙计们，我们过去没少折腾埃比尼泽·库克——自然是我打头阵，现在，埃比尼泽·库克你听我说，我是服了你了！”

整个房间里回荡起了喃喃细语，接着是客客气气祝贺的喧嚷鼓噪，仿佛葡萄酒似的浸入埃比尼泽的脑袋，这在他，毕竟是有生以来头一遭尝到这种滋味呀。

“感谢你们，”他冲着房间瓮声瓮气地说，“我再也说不出话来了！”

“听着！听着！”

“做首诗吧，先生！”有人高声叫喊。

“是啊，来一首诗！”

埃比尼泽克制住自己，打着手势止住了喧嚷。“不行，”他说，“缪斯可不是游吟歌手，唱唱酒馆里的酒壶什么的。再说，我现在连一行诗也想不出来。这地方是祝酒的，不是作诗的。我会高兴的，如果你们跟我一起祝酒，祝雅量大度的恩主巴尔的摩——”

有几只酒杯举了起来，但不多，因为那时在伦敦，反天主教的情绪十分高涨。

“为了马里兰的缪斯——”埃比尼泽瞥见没有多大反应，补充说，于是，由于他的不惮烦，又举起了几只手。

“为了诗歌，为了艺术当中最美的艺术。”又有不少酒杯举了起来。“也为了酒馆里的每一个诗人和好人。他们为了快活，为了天才的恩主，在这个半球再也找不出类似的酒馆来！”

“听啊！”人群祝贺着，为了一个人干了杯。

将近半夜时分，埃比尼泽才回到住房。他呼唤伯特兰，见没人答应，便歪歪斜斜地脱衣服，仍在为自己的成功心潮起伏。不过，在洛吉特酒馆热闹过后，见到自己房间里十分寂静，也许是看到早晨离开后床铺仍然没有整理，亚麻床单因了自己四天的绝望，或是因了某种更加微妙的东西，弄得肮脏起皱，心里便不痛快起来。欢快心情随着脱去的衣服，也似乎离他而去。他脱掉鞋子、内裤，摘下假发，形销骨立、赤身裸体站在房间中央的时候，心情木然，两眼无神，行动迟钝。第一次出手取得的伟大胜利，依然叫他兴奋得咂摸着滋味，但不再完全是令人愉快的激动了。他肚子里觉得很不受用。查尔斯给他讲的有关马里兰的全部历史，仿佛噩梦浮现在记忆当中，于是，他熄了灯，急忙走到窗户前面透气。

尽管天色已晚，窗下的伦敦还在周围一片漆黑之中蠢蠢欲动，不时地，这里传来醉汉的号叫，那里传来马车夫的诅咒，耳听到街头妓女的荡笑，还有马儿的嘶鸣。一阵潮湿的春风从泰晤士河上升起，在他身上喘息。河上，锚锭正拉起来往锚架上放，风帆完全展开，确定了方位，测明了深度，于是，乌黑的大船顺潮而下，驶向昏暗的海峡，由那里开往无边无际的大洋，月光下，在波涛上颠簸。深渊之中，硕大的生物在跃动滑行；浅灰色海鸟尖叫着随夜风盘旋而下，伴着飞云奋力翱翔。难道说，外面星光底下，当真有个马里兰，那黑色的海洋在它长长的沙岸上泛着泡沫？也许就在这一刻，正有个印第安人，赤着身子，徘徊在长满芦苇的沙丘旁边，或者，在林中窃窃私语的通道上尾随着猎物？

埃比尼泽战栗了一下，从窗户旁边转过身来，把窗帘拉得严严实实。他觉得肚子里很不舒服，便躺在床上想睡一会儿觉，然而睡不着。晋见查尔斯·卡尔弗特的孟浪，以及其后发生的一切，让他辗转反侧，而他身上的肌肉早已作痛，眼睛也早已渴望着睡眠。威廉·克莱本、理查德·英格尔、威廉·佩恩、乔赛亚斯·冯道尔和约翰·库德等人的幽灵——他们那不知道从哪里来的可怕精力，他们那些阴谋与叛乱——叫他胆寒恶心，但又绝不至于丧失理智。他甚至也无法不去回想和念诵自己的头衔，虽然由于重复，已经把愉悦和意义从这个称号当中除去，只剩下了一串梦魇般的声音。他口水肆意流着，眼看要生起病来。**马里兰桂冠诗人！**再也没有什么办法躲避了。外面夜空下，马里兰和自己那孤独的尘世命运在等待着他。

“啊，上帝。”他终于流出了眼泪，身上冒着冷汗从床上一跃而起，跑到夜壶那里，一把掀开盖子，一阵恶心，冲里面吐进了胜利的美酒。一旦呕吐出来，便立即觉得平静了一些。接着回到床上，用膝盖顶住胸膛，让肚子里的不适平息下去。如此一来，无数次叹息以后，总算进入了梦乡。

第二部　前赴莫尔登

一、桂冠诗人得到了笔记本

无论是在深夜折磨着桂冠诗人安眠的恐惧，还是阴冷夜晚的疑惑，第二天清晨，当太阳从伦敦上空升起来的时候，便都随泰晤士河雾霭而烟消云散。九点钟，他身上充满活力，精神抖擞地起了床，想起前一天发生的事情，以及自己的新头衔，他满心喜悦之情。

“伯特兰！我说，伯特兰！”他叫着从床上跃身而起，“你在吗，伙计?”

仆人立即从隔壁房间走过来。

“睡得好吗，先生?”

“好得像个傻小子。多么美好的早晨！令人陶醉。”

“我记得，夜里听到您呻吟来着。”

“天地良心，也许是在洛吉特酒馆喝了一品脱糟糕的啤酒。”埃比尼泽轻描淡写地说，“或者是喝了一杯淡啤酒的缘故吧。拿我的衬衣来，好吗？乖乖地听话。上帝呀，跟刚刚烫过的亚麻衬衣相比，还有什么闻起来更新鲜，摸起来更干净呢?”

“可您那样脱下衬衣，也真叫人吃惊。您还那样呻吟，那样号叫来着!”

“当真?”埃比尼泽大笑着，悠然自得地动手穿起了衣服，“不，不是那些，今天穿针织棉布衬衣。号叫，你刚才说来着？是做了个噩梦，没错，我记不得了。用不着找外科医生或者牧师什么的。”

“牧师，先生?”伯特兰脸上带着十分惊诧的神色，大声说，“那他们说的是真的啦?”

“也许是真的，也许不是真的。他们是什么人，又都说了些什么话？”

“有的说，先生，”伯特兰顺口说，“您受到了巴尔的摩勋爵的雇用，可人人都晓得，他是个有名的天主教徒，还说，只是由于您皈依罗马，他才给了您这个位子。”

“老天哪！”埃比尼泽不无疑惑地冲仆人转过身来，“多么卑鄙的中伤啊！你是怎么听到的？”

伯特兰脸色涨得通红。“请您原谅，先生，在这以前，您可能已经注意到，虽说我是个单身汉，但对女士也不是没有兴趣的。实话实说吧，我跟楼下的一个女佣已经有了您叫做——”

“理解，”埃比尼泽颇不耐烦地提示说，“这我知道吗？你这个坏蛋。以为我睡着的当儿，你们这一对在你房间里吱吱嘎嘎、乒乒乓乓地过夜，还当我没有听到呀？说真格的，连死人也能给吵醒的！昨天夜里，如果说我呕吐得耽误了你一个钟头的觉，那连我应该对你做的百分之一还不到。这种荒诞无稽的说法，是不是她告诉你的？”

“是啊，”伯特兰承认说，“不过，不是她编出来的。”

“那么，究竟是从哪里听来的？别拐弯抹角啦，伙计！一个诗人得到荣誉，就免不了立即受到嫉妒的诽谤，或者说，手下人不大喊罗马教义，他就构思不出与人无害的比喻来，真是件遗憾的事情！”

“乞求您的宽恕，先生，”伯特兰说，“可这不是指责，是关心您哪；我觉得，把您的仇敌说的话告诉您，是我的责任。事实上，先生，我那贝茨，那个热心肠的好姑娘贝茨也真算倒霉，她嫁了人，嫁给了一个平凡而又无情无义的家伙。那人只是满脑子贪婪，一副野心勃勃的样子。他虽说也愿意有个健壮的儿子，给家庭带来额外的回报，但在温柔爱抚上面，又像花几个铜板那样割舍不得。他就是这么个钻到钱眼里的人，在海关当职员的学徒，做了一天的事儿，还要在洛吉特酒馆拉上半夜的小提琴，好额外积攒个把克郎，还借口说，要是哪一天她怀上孩子，也好有点儿应变的钱。不过，说来该死，这占去了他不少时间，从今儿个到明儿个天天不怎么见她，就凭他这一点，他和她在一块儿的时候，也没有办法跟她睡觉！一则，眼见贝茨孤零零的、需要丈夫耕耘的那副烦躁样子，在我来说，好像是作孽，是浪费；再则，她丈夫拉尔夫又无缘无故地积攒钱财。所以，我就完全跟乐善好施的撒马利亚人[①]一样，为他们两个做了自己所能做的事情。拉尔夫弹琴，我就谈情。[②]”

“那算什么，你这个坏蛋？还是对他们两个！让丈夫戴绿帽子，又算得上什么好事！作天大的孽呀！”

“哦，正好相反，先生，要是我可以这样说的话，我对他做的事儿，可有双重的益处，我不光耕种了他那不然就会荒芜的田地，而且播下了种子，从种种迹象上看，来年秋天会有个顶呱呱的收成。您瞧，先别把我看成恶棍，先生。以前，除了拿薪水叫那家伙满意以外，他对那件事儿什么都不知道，也没有兴趣，只知道操劳和白白辛苦。当他回到家来，家中是因为缺少爱而总找碴吵架的妻子，一个决心永远离开他的妻子，那样，他就玩完了。如今，他干活比以前更卖力气，有个娘胎里的儿子，他就好比孔雀那样骄傲，当职员、拉小提琴也从仅仅是操劳，变成了了不起的运动项目。贝茨呢，从前常常跟他抱怨吵闹，现在也成了哄孩子的甜奶头，不管他有什么奇思怪想都顺着他；宁愿留他在身边，绝不到约克公爵那里去。夫妻之间，也比以往更幸福了。”

“而你不花一文钱养个情妇，也就更富有了，”埃比尼泽补充道，“靠了她，你就可以泰然处之地生下一屋子杂种来！”

伯特兰耸耸肩膀，一边正了正主人的领结。

---

① 撒马利亚人（Samaritan）在基督教文化中常指乐善好施者，源于《圣经》中“好撒马利亚人”的比喻：一个犹太人被强盗打劫，受了重伤，躺在路边，有祭司和利未人路过但不闻不问。唯有一个撒马利亚人路过，不顾隔阂，动了慈心照应他，在需要离开时还自己出钱把犹太人送进了旅店。

② 此处原文是谐音词“fiddle”和“diddle”，前者意思是“演奏小提琴”，后者则指性交时的“快速动作”。汉语无以传达，姑译如上。

“巧啦，先生，是这样的，”他没有讳言，“虽然我听人们说，对美德的酬谢就是美德本身。”

“这么说，这件事是那个戴着绿帽子拉琴的家伙说出来的了?”埃比尼泽追问道，“我要把那个倒霉蛋送到法庭上去。”

“不，他昨天夜里说给贝茨听的，只不过是传言罢了，今天早上贝茨又告诉了我。他是从在洛吉特酒馆喝酒的人那里听来的，那会儿，他们不少酒落了肚，您也离开了那里。”

“简直是无法理喻的嫉妒和恶毒!”埃比尼泽叫道，“这你难道相信?”

“哦，先生，您追寻什么信念，这不关我的事儿。我得承认，贝茨跟我说了以后，我还奇怪，您昨天夜里那些干号大叫，是不是您和您良心之间的自由表露，要不就是什么奇怪的罗马天主教仪式，因为我知道，一天当中，他们时时刻刻都有一大堆仪式。不过，说真的，相信他那些子虚乌有的赌咒发誓，叫我看，也是不错的买卖，如果这是得到那个位置的条件的话。早早晚晚，我们都得跟世人讨价还价。样样东西都标着价，您的价格根本就不高，因为不管是巴尔的摩老爷，还是哪个别的耶稣会士都看不清您的心思。您所要做的只是，不管他什么时候想听，都跟他念叨一下他那些念念有词的话；至于别的人，您身居什么位置，或是您付出了多少代价，又是谁替您搞到手的，就都不是他们关心的事儿。别说话，拿您的钱，忘掉教皇和人们吧。”

“老天，听听这个玩世不恭的人的话吧!”埃比尼泽说，“相信我，伯特兰，我根本没有跟巴尔的摩勋爵做过交易，也没有为了什么补偿讨价还价过。今天早上，和上个礼拜那样，我不是个罗马天主教徒，至于薪水，我那职位连一个先令也不给我。”

“这可是顶顶万全的做法，”伯特兰会意地点了点头，“要是有谁问起您的话。”

“明摆着嘛！我的意思是，不再保密任命，而是向所有的人宣布一下——当然啦，也不能超越合适的尺度。”

"哦，这您会后悔的！"伯特兰告诫道，"如果您宣布了职务，要再否认为了得到它，您变成了天主教徒，就没有用了。人们总是乐意相信什么就相信什么。"

"除了恶意中伤和捕风捉影以外，难道人们什么也不喜欢了吗？"

"这可不是个多么捕风捉影的事儿，"伯特兰说，"虽然，您听我说，我并没有说这是真的：**历史多半是由幕后握手写成的，而不是由打仗、议案和公告写成的。**"

"不对！"埃比尼泽并不服气，"这些诽谤不过是平庸反对天才的武器而已。那些花花公子在洛吉特酒馆诽谤我，是为了安慰他们自己！至于你那愤世嫉俗的道理，把所有晋升都看成阴谋的道理，依我看来，只不过是一相情愿，是心灵懦弱的标记罢了。这种心灵，把自己活动中找不到的戏剧性变化和阴暗的躁动，都归咎于一般人们。"

"我不明白这种大道理，"伯特兰说，"只晓得人们说什么话。"

"说什么天主教！上帝呀，我厌烦了伦敦！把我外出的假发拿来，伯特兰。这种地方，一天也不能停留啦。"

"您去哪儿，先生？"

"去普利茅斯，坐下午的马车。归置归置箱笼，装到车上，你料理一下好吗？天地良心，在这个城市里，还怎么能待一上午呢？"

"这么快就去普利茅斯，先生？"伯特兰问。

"越快越好。你找到去处了吗？"

"怕还没有，先生。这不是找去处的季节，我那贝茨说；再说，也不是哪儿我都想去的。"

"唔，好吧，问题不大。这些房间是租到四月底的，你随便用吧。你的薪水事先付过了，我的箱子如果能及时装到去普利茅斯的马车上，再给你一个克郎。"

"我谢谢您了，先生。但愿您别走，我起誓，不过，相信吧，您的衣物定准放到马车上。哎呀，再找个这么斯文的主子，可不是一会儿半会儿的事儿了！"

“你这人很不错，伯特兰，”埃比尼泽微笑起来，“倘若不是津贴捉襟见肘，我会带你一块儿去马里兰的。”

“说实话，我对狗熊和蛮子可没有胃口，先生！放心，我留下来，叫贝茨为了失去您来安慰我吧。”

“那么，祝你好运。”埃比尼泽离开的时候，说，“愿你儿子是个健壮的小家伙。我不会再回到这里来了。我想为了这次出航，花整个上午买个笔记本去。希望在驿站见到你。”

“再见，先生。”伯特兰说，“一路平安！”

假情假意朋友们的诽谤虽然令人讨厌，但是一旦出得门来，便从埃比尼泽心里溜之大吉。天气非常美好，心情如此高涨，他也就不再闷闷不乐地去掂量那些简单的嫉妒之心。“把小人的想法留给小人之心吧。”他自思自忖，于是忘掉了这件事。

更重要的是手头上的事情：选购一个笔记本。前一天他想笔录下来传之后世的出色比喻，已经从记忆中逝去；过去这些年来，又有多少别的比喻，好像可爱的女人穿过房间一样，匆匆穿过脑海，一去不返了呢？不能再发生这种情况了。让蹩脚诗人和偶尔舞文弄墨的人，去假装不经意而多产，去讥笑笔记和普普通通的笔记本吧，成熟敬业的艺术家才更明白事理，才积蓄他从想象力母矿里发掘出来的珠玑，才在闲暇时从贫矿石中筛选出钻石。

在派特诺斯特街乌鸦招牌附近，他走进一个名叫本杰明·布拉格的人开的商店——一家印刷厂、书店兼文具店，他和不少同伴经常光顾这里。商店是文学人士交流闲谈的场所。实际上，布拉格——四十多岁的年纪，眼睛闪亮，嗓音甜蜜，是个生性尖刻的矮小男人，有谣言说，他酷爱男风——熟悉城里每一个附庸风雅的人，虽则说到底他只不过是个普普通通的商人，但人们还是仰慕他的垂青。埃比尼泽从几年前初次结识主人和客户以来，就一直心里不大自在。直到前一天，他还像对别的事情一样，对自己才分的估计，起码来说尚在两可之间

——一方面，（由于有多少次产生叫羽毛竖起来的狂喜！由于有多少次体味到灵感的迷狂！）对自己赋有从失明的约翰·弥尔顿以来的最高禀赋，命中注定只手抓住文学的领子，让它倒立起来这一点满怀信心；另一方面，（由于有多少次处于忧郁的泥潭，处于无能为力的空虚时刻，彻头彻尾无所事事的时刻！）对自己甚至没有资质，更不用说天才这一点，又同样犹豫不定。他像不少别的人一样，只是个踉踉跄跄、步履不稳、呆头呆脑、装腔作势的人——而且，他到商店来时，布拉格那些泰然自若的常客，又能在半个时辰之内，叫他语无伦次，从来不会不让他同意后者的意见，虽说处在别的场合，他能把他们的聪明，朝有利于自己方面解释。无论如何，他习惯了用缺乏自信的面具来憎恨自己那巨大的局促不安，而布拉格却很少注意到他。

因此，他这次进到商店，谨慎地请学徒拿些笔记本给他看，而布拉格把学徒打发走，离开正在跟他闲聊的那个没戴假发的矮小顾客，亲自来照应他时，叫他非常非常满意。

“亲爱的库克先生！”他喊道，“您一定得接受我对您殊荣的祝贺！”

“什么？哦，是啊。”埃比尼泽谦逊地微笑着，“你是怎样这么快就知道的？”

“这么快！”布拉格颤声说，“这是全伦敦的话题了！我是昨天从亲爱的本·奥利弗那里听说的，今天，又从另外几十个人那里听说来着。**马里兰的桂冠诗人！**告诉我，”他故作正经地问，“像有人说的那样，是巴尔的摩勋爵指派，还是国王钦定的？本·奥利弗宣扬说，是巴尔的摩勋爵的意思，还发誓说，他打算当个贵格会教徒，好从威廉·佩恩那里得到同样的宾夕法尼亚桂冠诗人的称号！”

“是巴尔的摩勋爵给我的荣耀，”埃比尼泽自若地回答，“他虽然是罗马教徒，但与我所见到的绅士一样斯文，拥有欣赏诗文的奇妙耳朵。”

“这我敢说，”布拉格附和道，“尽管我没见过其人。请问，先生，他是怎么样知道您的作品的？我们大伙儿都急不可耐地想读到您的诗，可是，不管我怎样找，连您发表的一首诗也找不到，问问认识的人，也都没有听到过您一行诗。哦，明说吧，我们不大知道您写过什么诗。”

“**人喜欢房子，可不骑到房梁上去**，”埃比尼泽说，“再说啦，不在每一个酒馆和客栈宣布，或者不把作品印出来，像在伦敦桥上卖栗子那样兜售，同样也是诗人哪。”

“说得好！”布拉格哈哈大笑，又是拍手，又是跺脚，“哦，说得深刻！在洛吉特酒馆，人们会念叨上半个月！啊，要命，说得真到家！”他用手帕擦了擦眼睛，“库克先生，要是不太冒犯的话，请告诉我，巴尔的摩勋爵给予您这种荣誉，是提请威廉王和马里兰总督恩准的推荐形式呢，还是说，派人充任公职仍然是巴尔的摩勋爵的权限呢？昨天晚上，有人在这里议论来着。”

“没有才怪哩。”埃比尼泽说，“万幸，我没有听到。你是说巴尔的摩勋爵任性越权，施行了他没有的权力吧？”

“哦，天可怜见，我不敢这样说！”布拉格睁大眼睛，叫道，“这只是个出于礼貌的问题，真的！没有一点儿别的意思！”

“就算这样吧。别再问了，我怕万一错过了去普利茅斯的马车。拿笔记本来看看，好吗？”

“没问题，先生，马上就拿！您想要什么样的笔记本？”

“什么样的？”埃比尼泽重复了一遍，“那么，还有不同的笔记本？我倒不知道。没关系——什么样的都行，我说。只是记记笔记用。”

“长笔记，先生，还是短笔记？”

“怎么说？这问的是什么话！我又怎么知道。都要，我看！”

“哦，您想在家里做这些长的和短的笔记呢，还是旅行的时候？”

“咄。那对你有什么不一样？两种都要，我看。我所想要的，只不过是个混账笔记本而已。”

“稍候，先生；我只是想除了合适的东西，什么也不卖给您罢了。**知所需**，人们说，**才能得所想**；不过，不晓得心里怎么想的人，意见总是乱七八糟，还要怪罪没有过错的人。”

“够了，求求你，别卖弄小聪明啦，”埃比尼泽不自在地说，“卖给我一本做长笔记或者短笔记，能在家用也能出门用的笔记本，就完了。”

“很好，先生，”布拉格说，“还有一件小事儿得弄明白。”

“我的天，这是剑桥考试啊！那么，什么事?”

“您的习惯是不管在家和出门，都在写字台上记笔记呢，还是不管漫步、骑马或者是休息，想到什么就匆匆忙忙记下来呢？如果是后者，您是从来没有当众记过呢，还是不管它众人不众人的，愿意在哪里记就在哪里记呢？如果是后者，您想叫他们认为，您是个旨趣由您全部内涵所表露出来的人；您可能说，是个恋世的人？是杰弗里·乔叟再世？是威廉·莎士比亚再世？又或者，您想叫他们认为您是斯多葛派[①]再世，对那些成堆的缺陷毫不在乎，眼睛一直盯着精神那永恒的魅力？我是说，您是柏拉图再世，或者是约翰·邓恩[②]先生再世？晓得这些，最最需要。”

埃比尼泽用拳头敲打着柜台。“见你的鬼，伙计，你捉弄取笑我！是不是和那边的人下了赌注，叫我出洋相给他看？天哪，是对骂人者和伪君子恨得牙痒的仇恨，才逼得我到这里，躲开人们，仿佛士兵在军械库，水手在船具商店那样，在自己技艺的工具当中，度过在伦敦的最后一个上午；可是，甚至在这里，也没有找到庇护所。老天哪，据我想，即便是尼禄的狮子，也没有放进殉难者进行祷告和自我防御的地牢里，而是只好忍着饥饿，等那些可怜的人给安置到竞技场上

---

① 斯多葛派（Stoic），古希腊一哲学流派，崇尚恬淡寡欲等信条。

② 约翰·邓恩（John Donne，1572—1631），英国玄学派诗人。

去。[①] 在我登船去蛮荒地方以前，难道你连一点儿慰藉都不给吗？"

"忍一忍，先生，忍一忍，"布拉格请求道，"别觉得那边的人有什么恶意，我根本不认识他。"

"那好。不过，你得马上解释清楚你的意思，卖给我一本普通的笔记本，就是对既是斯多葛派，又是伊壁鸠鲁派[②]的诗人有用的那种。"

"我想做的也正是这个，"布拉格宣称，"不过，我得晓得，您要对开本的，还是四开本大小的。可以说，对开本对诗人很合适，因为一整首诗常常可以写在对着的两页上面，您能看全了。"

"说得有道理，"埃比尼泽并不否认，"那就要对开本的。"

"另一方面，四开本的比较容易掏出来，特别是走着路，或是骑着马的时候。"

"对，对，没错。"埃比尼泽承认道。

"同样呢，硬纸皮的便宜，显得简朴率真；可皮革皮的旅行时用起来结实，看起来舒服，易于保存。再说，我还可以卖给您不带格的，能让想象力不受一般的约束，不管多大字体都合适，写上去页面很漂亮；也可以卖给您带格的，这节约时间，乘车坐船便于书写，页面顶顶整洁。最后，您还可以挑薄一点儿的，便于携带，很快就写满了；也可以挑厚一点儿的，旅行时累赘一点儿，可能够在一本里保留下几年的想法。桂冠诗人想要哪种笔记本呢？"

"见鬼！我全糊涂了！普通的笔记本，竟然有八种？"

"是十六种，先生，十六种，要是可以这样说的话，"布拉格骄傲地说，"您可以买

一本普通硬纸皮的薄对开本的，

---

① 尼禄（Nero，37—68），古罗马皇帝，以暴戾荒淫知名。后穷途自杀。在罗马时代，斗士决斗至死等残酷行为是人们的一种娱乐。这里指尼禄等统治者为镇压基督教徒，往往让狮子把他们吃掉，但必须等殉难者从地牢里到达广场时，才能叫狮子吃掉，以娱众人。

② 伊壁鸠鲁派（Epicurean），古希腊一哲学流派，鼓吹感官口福之乐。

一本普通硬纸皮的薄四开本的，

一本普通皮革皮的薄对开本的，

一本带格硬纸皮的薄对开本的，

一本普通硬纸皮的厚对开本的，

一本普通皮革皮的薄四开本的，

一本带格硬纸皮的薄四开本的，

一本普通硬纸皮的厚四开本的，

一本带格皮革皮的薄对开本的，

一本带格硬纸皮的厚对开本的，

一本普通皮革皮的厚对开本的，

一本带格皮革皮的薄四开本的，

一本带格硬纸皮的厚四开本的，

一本普通皮革皮的厚四开本的，

一本带格皮革皮的厚对开本的，或者

一本带格皮革皮的厚四开本的。”

“闭嘴！”埃比尼泽摇着头，嚷道，“简直活见鬼！”

“再跟您说，一个礼拜以内，还有半摩洛哥皮的不错的货进来，要是需要，我能弄到比库存好点儿或者价格便宜点儿的。”

“你就留着吧，没有人性的东西！”埃比尼泽说着，拔出了短剑，“不是你死，就是我死，你再胡说怎样挑选，我就完了。”

“咱俩别动手！咱俩别动手！”印刷商喊叫着，一边躲到柜台下面。

“我刺到你，咱俩就不会动手，”埃比尼泽威胁说，“也别再咱俩咱俩了，不错，数数一共有十六种呢。”

“手下留情，桂冠诗人大师。”那没戴假发的矮小顾客劝道，说着从自己兴趣盎然地聆听谈话的地方走过来，一只手搭在埃比尼泽剑柄上，“请息怒，不然，你的雅号就糟糕了。”

“嗯？哦，好吧。”埃比尼泽叹了口气，有些尴尬地把剑放回剑鞘，“士兵的任务才是打仗，不是吗，而诗人的任务是讴歌他们。不过，我说，那不为自己的理智进行反抗的，能叫做男人吗？”

“可那为暴怒所左右，拿起武器攻击一个软弱店主的，”陌生人答道，“又能说自己有理智吗？这些笔记本各有好处，又都有不足，因为你各种目的相互抵触，所以这是你为难的地方。我说得对吧？”

“你说得千真万确。”埃比尼泽承认道。

“那么，这个可怜的恶棍让你挑选，就绝对不是他的过错，你看呢？为了这，他该受到褒扬之奖，而不是受到胯下之辱。收起你的怒气来吧，因为**怒始于愚，而止于悔**；它叫富人为人痛恨，叫穷人为人蔑视；它使问题越来越多，却远远解决不了问题。但愿顺从恬静的理智之光才好。它像北极星，指引着聪明的舵手，穿过激情的难以驾驭的大海，平安到达港口。”

“你这是在教训我，朋友。”埃比尼泽说，“出来吧，本·布拉格，再别害怕了。我又能够克制自己啦。”

“天地良心，说到诗人，您可真是生气勃勃呀！”布拉格从柜台底下露出身来，大声说。

“原谅我。”

“是条好汉！”陌生人说，“**怒窥视着聪明人的胸怀，却只能停留在傻瓜心内**。除了理智，什么都不要听。”

“告诫得好，我承认，”埃比尼泽说，“不过，所罗门[①]是怎样调和敌对各方，是怎样把一本普通的书，写得非常典雅，把一部很厚的书，写得非常简练，我得说，是我所理解不了的。阿奎那[②]的全部推理也无能为力！”

---

① 所罗门（Solomon），古代希伯来人国王，在他治下，希伯来与埃及和腓尼基等国结成联盟，一片太平盛世景象。见《圣经·旧约·撒母耳记上》。此处所指的书即《圣经·旧约·雅歌》，又称《所罗门之歌》，全书仅有十余页，故云。

② 托马斯·阿奎那（Thomas Aquinas，约1225—1274），意大利中世纪经院哲学的哲学家和神学家。

“那就不要管他，”陌生人微笑着说，“去找亚里士多德吧。在他那里，你看到各个相反的极端，而又总是寻觅保险的中庸之道。理智要求调和，库克先生，调和呀。再见。”

埃比尼泽还没来得及感谢，甚至也没有问清他的姓名，那人就说着话走了。

“那位绅士是谁？”他问布拉格。

“是个叫彼得·塞耶的人，”布拉格回答，“刚刚委托我印些大张单页[①]——除此以外，我一无所知。”

“不是伦敦本地人，我敢打赌。好一个聪明伶俐的人！”

“还不戴假发！”印刷商叹了口气，“对于他的告诫，您是怎么看的？”

“当得起个大法官，”埃比尼泽宣称道，“而且，我想立刻照着去做。给我拿一本不太厚、不太薄，不太大、不太小，不太简朴也不太典雅的笔记本。从头到尾，都按亚里士多德的办法来做。”

“请原谅，先生，”布拉格辩解道，“全部存货，我都说了一遍啦，里边没有什么保险的中庸之道的那种。不过，我看您可以买一本，改得合用就行了。”

“比起出售诗歌的书商来，我知道得不多，”埃比尼泽问，一边望着塞耶走出去的那扇门，“那又怎么改呢，请问？”

“别动手！别动手！”布拉格劝阻道，“请记取理智的声音。”

“就算这样吧，”埃比尼泽说，“正像理智所说的：人人都精通自己的本行。给你一镑钱，购买和改造笔记本。马上动手，眼睛甚至一刻也不能离开理智的北极星。”

“好，好，先生，”布拉格揣起钱来，答道，“喏，长木板锯得短，短木板拉不长，是这个理儿，是不？同样，厚笔记本能变薄，薄笔记本变不厚，是不？”

---

① 指大张的单面印刷品。

“无论哪个基督徒都无法否认你这一点。”埃比尼泽表示了同意。

“那么，所以说，”布拉格从架子上拿下一本漂亮的、不带格的、皮革皮厚笔记本，说，“咱们拿了一个了不起的大家伙，这样把它摊开，叫它**调和**一下！”他把笔记本用力在柜台上摊开，一把撕下了好些页子。

“哟嗬，别动手。”埃比尼泽叫道。

“然后呢，”布拉格没有理会他，接着说，“既然理智告诉咱们，精致的封面磨得坏，便宜封面变不好，咱们就在这里、那里叫摩洛哥皮封面调和一下——”他抓起身边一把开信刀，动手又切又割起来。

“住手，喏！老天，这是我的笔记本！”

“这些页子呢，”布拉格把开信刀换成了鹅管笔和墨水瓶，接着说道，“您可以按照理智指导，随意地划：斜着划——”他在五六页上不经心地涂抹着，“竖着划——”在那些页子上，他又急忙划上了竖道道，“要不，您愿意怎么划，就怎么划！”说着，在整个笔记本里面任意乱划起来。

“哎呀！我的那镑钱！”

“这样，就只剩下大小的问题啦，”布拉格最后说，“必须比对开本小，比四开本大。这会儿，请您留意，依我看，理智的声音是命令——”

“**调和**！”埃比尼泽喊着，用剑击打到支离破碎的笔记本上，砍的力量很大，倘若布拉格那时没有后退一步去端详自己的杰作，肯定见到了造物主。封面裂了开来，装订散了架，纸页也到处飞扬。“**这**给你那保险的中庸之道一点儿颜色看看！”

“疯子！”布拉格喊叫着跑到大街上，“哦，天哪，救命啊！”

再也没有迟延的时间：埃比尼泽于是剑入了鞘，抄起第一眼瞥见的笔记本——恰巧，笔记本就在附近，放在盛现金的抽屉上面——跑到书店后面，穿过印刷车间（里面的两个学徒放下活计，惊讶地望着），从后门蹿了出去。

二、桂冠诗人离开了伦敦

起程之前剩下的几个钟头里，埃比尼泽直接从布拉格的店铺来到驿站，早早吃了饭，等伯特兰带自己箱笼来的时候，心情不安地啜着淡啤酒。到马里兰去的前景，似乎从来没有这样叫人愉快：他期盼着离开！一则，经过在布拉格店铺里的冒险，他更加憎恶伦敦；再则，由于对布拉格提到过普利茅斯马车的事，他很害怕布拉格会派人来追赶自己，虽然他敢说，付两个笔记本的账，那一镑钱都绰绰有余。不过，还有一层原因：想起一个钟头以前挥剑的事，他的心仍有余悸，脸色也涨得通红。

“举动多么威武!”他不无得意地想，“这给你那保险的中庸之道一点儿颜色看看！说得好，干得漂亮！把那个无赖吓得什么似的，说真的，开头开得好哇!”他把笔记本放到桌子上：四开本大小，大约一英寸厚，硬纸皮封面，皮子书脊。“这不是我挑选的，”他悔恨地思忖，“可也是像男子汉那样弄到手的，行，挺合用。招待，”他喊道，“请拿笔墨来!”文具拿来了，他打开笔记本想题题词。出乎意料，他发现第一页上已经写上**本·布拉格，印刷商、书店兼文具店主，伦敦派特诺斯特街乌鸦招牌，于一六九四年**的字样。而且，在第二、第三、第四页上，写着**班格尔父子公司，玻璃商，安装窗玻璃，计：十三镑四先令**，和**约翰·伊斯特伯里，手稿印刷，计：一镑三先令九便士**等项账目。

“见鬼！这是布拉格的账目！是普通的账本!”又检视了一番，只见笔记本只用了四分之一。最后一项账目日期就是今天：**彼得·塞耶**

上校，二镑五先令零便士，其余各页还没有动过。“就这样吧，”他微笑着，撕掉了那些页，“我的目的，难道不是严格记载自己和缪斯在一起的旅程吗？”他用鹅管笔蘸了蘸墨水，在新的第一页上题写了**埃比尼泽·库克，马里兰桂冠诗人**以后，又看到（由于这是印有两个项目的那种账簿），自己的名字写在了**借方**一栏，头衔写在了**贷方**一栏。

“不行，这可不行，”他决断地说，“因为，把头衔叫做自己的资产，只不过是把自己看成欠头衔的债而已。”他撕掉那一页，颠倒了一下行文。“可是，**桂冠诗人埃本·库克**，跟刚才的写法一样不真实，”他思忖着，“因为，我虽然希望是自己职衔的贷方，然而，职衔又的确没有欠我的债。这最好沿着贷方线斜着书写，来表示称号和人之间的互惠。”不过，还没有撕下第二页，他又想到，除非是某人的贷方，否则**贷方**就没有意义，然而，无论他写进什么去成为贷方，又都成了债务。一时之间，他忙乱不堪。

“停，停！”他冒着汗，给自己下了命令，“事理并没有错，是布拉格的分类出了错。只需要把委任状贴死整个封面就成了。”

他接着要了胶水，可是，在口袋里摸索巴尔的摩勋爵的委任状时，不论哪个里面都找不到。

“该死！放在昨晚在洛吉特酒馆穿的上衣里，可伯特兰又替我收拾打点起来了！”

他于是到驿站四处去找仆人，但毫无用处。可就在大街外边，在即将准备就绪的马车附近，他却出乎意料地偏偏看见了姐姐安娜。

“哎嗨！”他喊着疾步上前拥抱她，“近来对于我来说，人们像德鲁里街①的喜剧人物似的去了又来！你怎么到伦敦来啦？”

“给你去普利茅斯送行呀，”安娜说，声音里不复女孩子的稚气，却平添了一丝单调冷峻的口吻，人们会以为她的年纪不是二十八岁，而是三十五岁，“父亲不准许来，自己也不来，所以我偷偷溜出来了，

---

① 德鲁里街（Drury Lane），伦敦一条街道名，也是一家剧院的名字。

要挨他骂的。”她往后站了站，端量着弟弟。“哦，真的，你瘦了，埃本！听说越洋旅行还是胖起来好一点儿。”

“要胖起来，也只有一个礼拜啦。”埃比尼泽提醒她说。他在佩根家小住期间，一年不过看到安娜一次，这会儿见她外表上有所改变，他十分动情。

她垂下眼睛，他脸上也涨得通红。

“我正在找我那个很不正经的仆人，”他说着转过头去，欣欣然的样子，“你没有看见他吧，我猜？”

“你说伯特兰？不到五分钟以前，他把你全部行李放到车上，我就把他打发走了。”

“啊，遗憾。我原来答应为了这件事，给他一个克郎的。”

“我从父亲的钱里给了他。他得回圣贾尔斯去，我看，特维格太太得了血液燥淤症，活不长了。”

“不！可爱的老特维格！没了她，可叫人心里难受！”

他们站在那里，十分尴尬。埃比尼泽回过头去，想避开她的眼光，却瞥见书店里不戴假发的那位仁兄彼得·塞耶，正无所事事地站在角落里。

“关于我的发达，伯特兰说什么来着？”他快活地问。

“啊，他提到过。我很骄傲。”安娜一副心烦意乱的样子，“埃本——”她抓住了他的手，“那信上说的是真的吗？”

埃比尼泽笑起来。安娜对自己桂冠诗人头衔缺乏兴趣，他有些悻悻然。“这些年来，我在彼得·佩根那里，什么起色都没有，是真的。有个女人到了我房间里，也是真的。”

“你骗她，和她胡混来着？”姐姐焦急地问。

“没错。”埃比尼泽说。安娜转过头去，叹了一口气。

“慢着！”埃比尼泽叫道，“事情根本不是你想象的那样。我骗她，只因为她是个妓女，想赚我五个基尼；但我非常爱她，我不会跟她上床，也不会给她钱的。”

安娜擦了擦眼睛，望着他。“这是真的？”

“哎，”埃比尼泽大笑起来，“为了这，也许你不把我当男人看，安娜，可我敢发誓，我现在还是处子，就同我们当初刚刚生下来一样。怎么，你又哭鼻子了？”

“不过，不是因为悲伤，”安娜说着拥抱了埃比尼泽，“你知道吗，弟弟，从你到马格达林学院念书以来，我越来越觉得，我们彼此不了解啦——不过，也许我错了。”

为了这句话，埃比尼泽十分动容，然而，当安娜在放开他之前，又紧紧抱了他一下时，他有点儿不大自在。过往的人，连角落里的彼得·塞耶，也都转过头去望着他们：毫无疑问，他们看起来仿佛久别重逢的恋人一样。不过，由于不自在，他又羞怯起来，于是朝马车靠近了一点儿，好避免过多误会，同时，为了阻拦——起码是部分地阻拦——姐姐再次拥抱他，又一把拉住了姐姐的手。

“你想没想过从前？”安娜问。

“想过。”

“那会儿，我们的时光多好！特维格太太熄了灯，还常常再说上好几个钟头的话，记得吗？”泪水涌上了她的眼睛，“说真的，我想念你，埃本！”

埃比尼泽拍了拍她的手。

“我也想念你，”他由衷地，但又不大自在地说，“我记得，我们十三岁那年，有一天你发烧躺在床上，我和亨利闲逛了西敏寺①。那是我第一次离开你一整天，到了吃晚饭的光景，我想你想得要命，就求亨利带我回家。可是，我们却去了圣詹姆斯公园②。吃了晚饭，又去了

---

① 西敏寺（Westminster Abbey），又译威斯特敏斯特大教堂，伦敦主要名胜之一。十一世纪以来，几乎所有英国国王均在这里加冕，不少诗人和作家均安葬于此。

② 圣詹姆斯公园（St. James' Park），伦敦最古老的皇家公园之一。

林肯律师学院大街[1]的公爵戏院，到家已是大后半夜。经历那一天，我觉得长了十岁，事情的前前后后一辈子也讲不完。我第一次在外面吃饭，第一次看戏，第一次喝白兰地。有好几个礼拜，我们除了那一天，别的什么也不谈，可是，我仍然记得有些小事忘记了告诉你。想起这些，心里就不痛快，最后，悔不该当初出去，还告诉了亨利，因为我觉得，那一天你永远补不回来了。”

“这些事我记得就像上个礼拜的事一样，”安娜说，“有多少回，我都觉得你可能忘记了。”她叹了口气，“可永远没有补回来！虽说我好打听，也不可能知道事情的原委了。要命的是，*我没有亲眼看见！*”

埃比尼泽笑着没让她说下去。“哎呀，就是现在，还有些事忘记告诉你啦！那天，在帕尔马尔街[2]的酒馆吃完饭，我一个人在饭桌旁边等了半个钟头，亨利到楼上去了，也不知道为什么——”他没有说下去，脸色紫红。过了十五个年头，突然之间，他明白了亨利·伯林盖姆到楼上很可能去干什么。不过，叫他放心的是，安娜并没有露出明白个中含义的神色。

“葡萄酒上了头，在我看来，人人都十分奇怪，我自己也一样。就是那时候，我脑子里构思了第一首诗，小小的四行诗。不，我得说，我没有记错，可我谁也没有告诉，天晓得到底是为了什么。现在，我还能背下来：

> *身影，奇怪的身影，*
> *上帝造不出来的人类身影，*
> *而调皮的造化……*

---

① 林肯律师学院是英国伦敦具有授予律师资格的四律师学院之一，此处指该学院所在的街道。

② 帕尔马尔街（Pall Mall），伦敦市中区一街道，因俱乐部众多而知名。

“哦，其余的我忘记啦。见鬼。”他说，得意扬扬地决定，到得车上立即把小诗记录下来，“从那以来，我们就不在一起，各自度过了怎样的岁月！每个人又遇到了彼此不了解的怎样的艰难险恶呀！尽管这样，那天你发烧，仍然是个遗憾！”

安娜摇了摇头。“我也有个秘密，埃本，这特维格太太晓得，亨利·伯林盖姆猜到了，可你和父亲从来不知道。我不是发烧，是头一回来月经的不便，才躺在床上的！那天上午，我从孩子成了女人，同她们一样痉挛似的疼痛。”

埃比尼泽握了握她的手，心里不知道说什么好。已经到了上车的时候，仆人和车夫正忙着最后扫尾的活儿。

“再看到你还要过很长时间，”埃比尼泽说，“很有可能，你会成为一个看管着五六个孩子的胖舍监！”

“我不行，”安娜说，“特维格太太的命运才是给我准备的。等她死了以后，当个管家婆。”

埃比尼泽嘲讽地说：“你是给出色男人捕获的猎物！但凡能找到你这样的人，那我的处子或者光棍身份，也就保不长了。”他说着和她吻别，请她向父亲致意，抬腿上车。

“等等！”安娜冲动地说。

埃比尼泽犹豫了一下，不清楚她是什么意思。只见安娜从指头上褪下一只银制纹戒。这只戒指，诗人非常熟悉，因为这是他们从来没有见过面的母亲的唯一纪念物；当初，是安德鲁在短暂求爱期间买下来的，几年前又赠给了安娜。纹章周围，均匀排列着 ANNEB 几个字母，代表他未婚妻安妮·鲍厄尔，中央是一根线条串联叠合起来的两个花体字母 A，象征着安妮和安德鲁的结合。整个纹章是这样的：

“请收起这枚戒指吧，”安娜恳求地说，一边望着戒指，一脸若有所思的样子，“改变一下它的意义，是——是我的习惯……没有关系的。喏，让我给你戴上。”说着抓住他的左手，一下套在他小指上，“你得跟我发誓……”她开口说，不过没有说完。

埃比尼泽笑起来，同时，为了结束尴尬场面，他发誓说，由于她的嫁妆大半是她在莫尔登那一份财产，他一定叫庄园兴旺发达。

到了分离时刻。他又亲吻了她，上车坐到能够朝她挥手的座位上面。就在最后一刻，那没有戴假发的人彼得·塞耶也上车坐到他对面的位子上。一个仆从关了门，跳到他的座位上——显而易见，并没有其他乘客。车夫扬鞭赶马，埃比尼泽冲站在驿站门口的孪生姐姐那孤零零的身影挥了挥手，马车行驶起来。

“离开你所爱的女人，可不是件轻而易举的事。”塞耶主动开口说，“也许是你太太，还是你情人？”

“都不是，”埃比尼泽叹了口气，“是我姐姐，我什么时候再见到她，上帝晓得。”他转过脸面对着同伴。

“我看，是你把我从本·布拉格那里救了出来——塞耶先生？”

塞耶脸上浮现出一丝惊讶。“啊，你认识我？”

“只知道你的姓名，听本·布拉格说的。”他说着伸出了手，“我叫埃比尼泽·库克，到马里兰去。”

塞耶谨慎地握了握手。

“普利茅斯是你家乡，塞耶先生？”

那人端量着埃比尼泽的脸色。“你当真不知道彼得·塞耶上校？”他问。

“哦，不知道。”埃比尼泽无所适从地微笑着说，“和你在一起，十分荣幸，先生。”

“马里兰托尔伯特郡的？”

“马里兰，真是无巧不成书！”

“也不算怎么巧，”塞耶说，“既然斯莫克船队一号起航。这年月，到普利茅斯来的，可能都是到种植园去的。”

“好哇，这一路非常愉快了。托尔伯特郡离多切斯特郡很近吧？”

“说真的，先生，你在嘲笑我！”

“不，不，我保证，对于马里兰，我什么都不知道。从四岁后，这是我第一次去。”

看起来，塞耶仍然心存疑惑。“亲爱的老兄，你我是邻居，只隔着大乔普坦克河。”

“哎呀，世界真小，真奇妙！那你可得不时来看看我，先生。我在库克岬经营我们那块地方。”

“还写些诗，我听布拉格先生说的没错吧？”

埃比尼泽涨红了脸。“唉，能够的话，是想写上一两行的。”

“啧，收起你那谦恭吧，桂冠诗人大师！巴尔的摩勋爵给你的荣誉，布拉格对我说过。”

“哦，嗨，说到这，他很可能弄错了。我是受命撰写一部马里兰颂辞，不过，实际上，巴尔的摩勋爵本人再一次统辖全州的那一天，我才能当上桂冠诗人。”

“我说，你和你的詹姆士二世党人期盼的，”塞耶说，“是那一天？”

“喏，住嘴！”埃比尼泽惊讶地说，“我可跟你一样效忠国王。”

塞耶微微一笑，用严肃的口吻说：“然而，你却期盼着威廉王把他的州拱手让给一个天主教徒？”

“我是诗人，”埃比尼泽宣称道，差一点儿由于习惯使然加上**也是处子**几个字眼，“什么詹姆士二世党人，什么天主教徒，我都不知道，更不上心。”

“对马里兰，你好像也什么都不知道，”塞耶说，“那对你恩主又知道什么？”

“除了他了不起、他慷慨以外，什么都不知道。我只和他谈过一次话，然而，他领地的历史使我深信，他受到了不公正的待遇，令人怜悯，是的，那些流氓欺诈诽谤他！我敢说，威廉王并不知道全部详情。”

“可你知道？”

“我没有那么说。不过，说到底，下流坯就是下流坯！最近闹叛乱的，我听说有个家伙叫克莱本，还有英格尔，还有库德——”

“为了信仰，他不是狠狠打击了天主教徒们吗？”塞耶厉声问。

埃比尼泽觉得不自在起来。“我不知道你同情哪一方，塞耶上校；也许，你是库德民兵的上校，我们在马里兰上岸那天，你就把我关到监狱里去——”

“那么，难道谨慎的作用，不就是小心自己的言辞吗？记住，我不是说我**是**库德的朋友，不过，就你所知，我有可能是的。”

“是啊，这确实是谨慎的作用。”埃比尼泽不无吃惊地说，“你可能会说，坚持正义，就不能总是谨慎；而我可能会说，要想谨慎，就不能总是坚持正义。我不是罗马天主教徒，先生，也不是反天主教的，我想知道，在马里兰，是不是新教徒同天主教徒之间的问题，或者下流坯同高尚者之间的问题——无论他们的信仰是什么。”

“在那边，这样说话可以把你弄到监狱里去。”塞耶微笑起来。

“那就证明他们是邪恶的，”埃比尼泽宣称道，丝毫也没有露出焦虑神色，“因为我哪一派都不是。巴尔的摩勋爵给我的印象是，他的人格十分高尚，这也就无话可说了。要么，也许是我说错了。”

塞耶大笑起来。“不，你说得没错。我只不过是考验考验你的忠诚而已。”

“对**谁**忠诚呢，请问？你的结论是什么？”

“你是巴的摩勋爵的人。”

“我要为此蹲监狱吗？”

“可能吧，”塞耶微笑起来，“可不是在我的手里蹲的。眼下，在马里兰，我由于反对库德的煽动演说受到了拘捕，从去年六月起，情况一直这样。”

“不是吧！”

“是这样，我同查尔斯·卡罗尔、托马斯·劳伦斯爵士、爱德华·伦道夫，还有五六个出色人物一道口诛那个坏蛋。我也不是天主教徒，不过，查尔斯·卡尔弗特是我的一位挚爱的故友。但愿自己不敢对那些胆小鬼说个不字的那种日子，一生不再会有了！”

埃比尼泽犹豫了一下。“你刚才不是考验我，而是这会儿在考验我，我又怎么知道呢？”

“有些事情，你什么时候也搞不明白，”塞耶回答，“特别是在马里兰。在那里，朋友们就像雨蛙，会变颜色的。噢，托尔伯特郡大律师鲍勃·戈尔兹伯勒，我多年的朋友和邻居，竟然当着科普利总督的面作证反对我，这你知道吗？我怎么也想不到他变节！”

埃比尼泽摇晃着脑袋。“**人要活命，不要良心**。世事太险恶了，当真是这样，我相信！”

“不过，还有种说法，”塞耶说，“这叫你何去何从十分清楚：除了天良，你必须使用所有手段保持沉默，不然的话，就大胆直言，承担后果——谨慎没有立足之地，调和也没有。”

“这是理智的声音吗？”埃比尼泽问。

“不，这是行动的声音。两个极端都不能让你得其所欲得的时候，调和最能满足你。不过，有些东西是人们所不应该欲求的。请问，灵魂受伤死去了，发肤无损有什么用？是我给巴尔的摩勋爵写信，首先向他综述了库德的叛变，与其活在他同伙手下，还不如离乡背井，到英国来。”

“你怎么又返回去呢？你会被戴上手铐脚镣的，是不？”

“可能会的，”塞耶说，“然而，我看不会。九月里，科普利死了，巴尔的摩勋爵插手，委任弗朗西斯·尼科尔森[①]接替他。你认识尼科尔森吧？”

埃比尼泽承认不认识。

“唔，他是有自己的短处——主要是脾气太大，还喜欢发号施令，可是，他并不偏听偏信，对于库德那类人，派不上什么用场。就任这个职务前，他在新英格兰和埃德蒙·安德罗斯[②]共事，是莱斯勒[③]在纽约的叛乱——也就是库德在马里兰叛乱的榜样——把他赶出去的。不，我不怕他加害于我。”

“尽管如此，这个决定还是大胆了些。”埃比尼泽冒昧地说。

塞耶耸了耸肩膀。“人生短暂，除了大胆决定的时间，什么也没有。”

埃比尼泽吃惊之余，狠狠凝视着同伴。

“怎么回事？”

“没什么，”埃比尼泽说，“只有我的一个朋友才常常跟我这样说。可近六七年来，再也没有见过他的踪影。”

“可能，他自己也做出了大胆决定吧，”塞耶推测道，“虽然说起来比做起来容易。你从前听从他的告诫吗？”

埃比尼泽点了点头。“所以，才有了这次航行，以及桂冠诗人的头衔。”埃比尼泽说。同时，由于他们前面路途漫漫，于是便跟旅伴讲述了自己在剑桥的学业荒疏、跟伯林盖姆在伦敦的短暂逗留、在彼

---

① 弗朗西斯·尼科尔森（Francis Nicholson，1655—约1727），英国军官、殖民地行政官。曾在新英格兰任埃德蒙·安德罗斯的军队指挥官，1688年任弗吉尼亚副总督。后任马里兰总督。

② 埃德蒙·安德罗斯（Edmund Andros，1637—1714），英国北美殖民地行政官，曾先后统治新英格兰、纽约、弗吉尼亚和马里兰等地。

③ 雅各布·莱斯勒（Jacob Leisler，约1640—1691），出生于德国的美国殖民者。曾任纽约副总督，1689年领导了一场纽约的叛乱，夺取了该殖民地的控制权，后在纽约城被逮捕并以背叛威廉王及玛丽王后的罪名处决。

得·佩根商号的长住、酒馆里的赌注，还有同巴尔的摩勋爵的晤见等往事。想必是马车的颠簸启动了他的舌头，他讲得非常详细。最后讲到挑选笔记本问题的解决方法，让塞耶看了布拉格账簿的时候，塞耶笑得捂起了肚子。

“哦！哈哈！”他喊道，“**这真是你那保险的中庸之道！**哦，真的，你可真是贵导师的荣耀啊，我敢说！”

“作为桂冠诗人，这是我采取的第一个行动，”埃比尼泽微笑起来，“我当时觉得是个危急的时刻。”

“哎呀，而且干得蛮好！于是，你就坐到了这里：既是处子，又是诗人！你认为，这两者同住一个屋檐下，日日夜夜都不会吵嘴的吧？”

“不会，他们不仅和谐相处，而且相互激励。”

“可是，一个处子到底有什么好讴歌的呢？你账簿里写的什么？”

“除了名字，什么也没有，”埃比尼泽并不否认，“我原来想把委任状——巴尔的摩勋爵草拟的委任状——贴在上面的，可是打点到箱笼里去了。不过，有空的时候，还有两首诗想凭着记忆抄到上面去。一首我已经说过，是我下赌注那夜写的，主题是写我的纯真无邪的。”

在旅伴要求下，埃比尼泽背诵了那首诗。

“妙极了。”背诵完毕时塞耶说，“依我看，这首诗把你的所想所思，表达得恰如其分，虽说我不是什么评论家。然而，除了童贞你还能歌唱什么，这在我仍然是个谜。请背诵一下另外一首吧。”

“别啦，那只不过是我毛头小伙子时候写的一首不成器的四行诗——是我头一回赋的诗。而且，只记得头三行了。”

“遗憾，遗憾。桂冠诗人的第一首诗，将来有一天，到了你在全世界知名的时候，我敢打赌，可以卖个好价钱哩。就用那三行诗以飨鄙人，好吗？”

埃比尼泽犹豫了一下。“你别是戏弄我吧？”

“不，不！”塞耶让他放心，“雏鸟想知道雄鹰是怎样飞翔的，只是出于自然的好奇心，不是的吗？老普鲁塔克[①]讲述的年轻的亚西比得迎着战车奋勇向前，德摩斯梯尼[②]光了半个头颅，以及恺撒辱骂西利西亚[③]海盗的故事，难道我们不羡慕？听到莎士比亚或者伟大荷马赤子般的诗行，你自己难道不感到愉悦？”

“我愉悦，说得很是。”埃比尼泽并不否认，“不过，你判断一个人，是不是从小看到老呢？只有现在这首诗，依我看，才至关重要，而不是其来源。它必须抛开其制造者和时代，以其自身的长处，要么站得住脚，要么站不住脚。”

“无疑，无疑，”塞耶说，心不在焉地挥起手来，“虽则**长处**一词，叫我捉摸不透。我说的是**旨趣**，好坏倒无所谓，你的《童贞赞美诗》，比起根本不了解它所产生之环境的人，其旨趣自然是对了解作者经历的人更为昭彰。”

“你的论点颇具长处。”埃比尼泽还是承认了这一点。从一个烟草种植园主处听到如此一番妙论，不免令人印象深刻。

塞耶轰然大笑。“你的**长处**顶个屁用！也许，对于了解论辩者，以及了解自柏拉图时代以来的争论的人来说，我的论点也有它的**旨趣**吧。”

“然而，《赞美诗》的确具有某种程度的长处，无论读的人是剑桥大学老师，还是愚蠢的男仆，对于他们都是一样的——对愚蠢的男仆来说，无论是读了，还是没有读，也是一样的。”

“也许是吧，”塞耶耸了耸肩膀，说，“这很像是烦琐哲学家的问题：荒岛上的树倒地时，是发出了声音，还是没有，由于没有人听到，

---

① 普鲁塔克（Plutarch，约46—约126），古罗马希腊语作家，著有《希腊罗马名人传》，计五十卷。记载从半神话人物一直到罗马皇帝的生平。书中保留了许多典故轶事，后人研究古代思想，多从中征引。

② 德摩斯梯尼（Demosthenes，前384—前322），雅典政治家、雄辩家。

③ 西利西亚（Cilicia），古代位于小亚细亚地中海岸一古国，十五世纪被土耳其人征服。

又都是一样的。我个人对此没有什么看法，虽说我承认这种争论存在着某种旨趣。这是一种古老的争论，意蕴非常丰富。”

“这种旨趣是你说话的基础，”埃比尼泽说，“正像长处是我说话的基础一样。”

“这起码叫人们有话可谈，”塞耶微笑起来，“请问，是谁从你的《赞美诗》当中，得到了更大愉悦呢？是分不清普里阿摩斯和好国王瓦茨拉夫[①]的男仆呢，还是叫着古人绰号的老师呢？是从来没有听说过贞洁的野蛮印第安人呢，还是学会将纯贞和没有破裂的处女膜联系在一起的基督教徒呢？”

“嗬咿！”埃比尼泽大声说，“你说的情况很重要，我的朋友，不过，坦白地说，如果承认缪斯为教授们展开了最亮丽歌喉的话，那叫我恶心。我当初写这首诗，心里想的不是他们。”

“不，你误解了我。”塞耶说，“这不是念书不念书的问题，虽说谁受点儿教育也不至于就学坏了。我指的是人类经验：是有关世界的知识，蕴涵在书籍里的知识，还有从生活这本无情教科书里学来的知识。你的诗是甘泉，桂冠诗人大师——天地良心。就这一点来说，我们的所见所闻，样样都是甘泉，不是吗？带到甘泉旁边的杯子越大，我们得到的就越多，喝的甘泉越多，我们的杯子也就越大。倘若我反驳了你的观念，那是因为这种想法掠夺了人类经验宝库，而本人在里面的储存还是相当大的。谁使我扔掉杯子，我就不跟谁一起痛饮。一句话，先生，我不是诗人，也不是评论家，甚至也不是普通文学学士，只不过是个粗浅的烟草种植园主，书嘛，抽空看过一两本，大千世界，也见过一点点儿，然而，我确信，你的诗对我的蕴意，较之对你来说，要更大。”

---

① 指瓦茨拉夫一世（Wenceslas I，907—935），波西米亚国王，以非同寻常的仁慈而闻名，死后被尊为圣人，并被视为捷克的主保圣人。后人据其故事写就圣诞颂歌《好国王瓦茨拉夫》。

“什么！对既非处子，又非诗人之人？”

塞耶点了点头。“说到头一桩，我当年也是处子，如今，可以从经过历练的优势角度来省察了，而你却没有。第二桩，也只不过是你以作者的身份，所得到的**不同**看法而已。可我也不是读者当中最索然寡味的呀。比方说，你第一个四行诗节里的文字游戏，我就十分欣赏。”

“文字游戏？什么文字游戏？”

“噢，**贞洁的珀涅罗珀**就是一个例子，对于一个二十年来受到求婚者困扰的妻子来说，还有什么更好的双关语呢？选词选得妙！”

“谢谢你了。”埃比尼泽喃喃地说。

“还有安德洛玛刻那**活泼的**子嗣，”塞耶接着说，“就是被从伊利昂城墙上扔出来的①——”

“不，这太不可思议了！”埃比尼泽争辩道，“我根本不是那个意思！”

“并非那么不可思议。它有着莎士比亚的辛辣。”

“你这样看？”埃比尼泽又把那行诗揣摩了一番，“也许确实是这样的吧。尽管如此，你悟出来的，还是比我构思进去的多。”

“只能承认这一点，”塞耶说，“我悟出来的，比你悟出来的多。这就是我想说的。对我来说，你的诗蕴涵更为丰富。”

“说真格的，我无法反驳你！”埃比尼泽说道，“在我们当中，先生，你如果是个好样的种植园主，那么，马里兰必然是缪斯的乐园，诗人的天堂！而你恰恰是理智的声音和呼吸，当你的邻居，我十分荣幸。我的杯子溢出来了。”

塞耶微笑起来。“大概需要大点儿的吧？”

“这会儿，已经比离开伦敦的时候大了。你这老师非同一般。”

---

① 伊利昂是特洛伊城的拉丁文名。安德洛玛刻与赫克托耳之子在特洛伊城破时被从城墙扔下摔死。“活泼的”原文为 bouncing，又有“跳跃的”之意，语带双关。

“那么，是要付报酬的，如果我是你的导师的话。你可以用诗来支付，”塞耶回答，“念念引起我们争论的那三行诗吧。”

“那就遵命了，”埃比尼泽笑着说，“虽说你能从中发现什么，只有天知道！有一回，在帕尔马尔街一家酒馆里，我第一次喝了杯马拉加酒[①]，觉得整个世界都奇异陌生起来，于是写了这首诗。”于是，他清了清嗓子：

> **“身影，奇怪的身影，**
> **上帝造不出来的人类身影，**
> **而调皮的造化……**

“实际上只有两行半；我也不知道思路由此是怎样展开的，不过，总的题旨是说，我们人过于荒诞，不能为崇高的智慧争光。就我所知，绝没有什么文字游戏和双关语。”

“这就是小孩子一时之间愤世嫉俗的看法了。”塞耶说。

“只是我从自己那杯苦酒里看待世事的一种方法罢了。哎哟，最后一行却叫我的记忆十分难堪！”

塞耶捋了捋胡子，斜眼望着车窗外面。只见一个十二三岁的乡间孩子，满身灰尘，正沿着大路闲逛，马车驶过去的当儿，闪在一旁，朝他们挥了挥手。

> **“身影，奇怪的身影，**
> **上帝造不出来的人类身影……”**

塞耶恶作剧地朝埃比尼泽转过身来，朗声唱道：

---

① 马拉加（Malaga）是位于西班牙南部海岸的城市名，是西班牙第二大地中海港口，盛产葡萄酒。

“而调皮的造化，永不懈怠，

嘲弄地铸造了这易碎的泥胎。

“我吟诵得对吗，埃本？”

三、桂冠诗人得悉了彼得·塞耶上校的真实身份

“不是吧，上帝啊。”埃比尼泽眼睛忽闪了一下，摇晃着脑袋，伸长了脖子，仿佛想从同伴脸上发现什么似的。

“没错，就是我呀。这你都没看出来，可真丢脸；而且安娜也没看出来。”

“可是，天地良心，亨利，你变化很大，现在也看不出来！没戴假发，长着胡子——”

“七年当中，人会变的，”伯林盖姆微笑起来，“我现在四十岁了，埃本。”

“连眼睛都变啦！”埃比尼泽说，“还有你说话的方式！你的声音不同，举动也不同了！你是塞耶装扮成了伯林盖姆，还是伯林盖姆伪装成了塞耶？”

“不是伪装，凡是认识真塞耶的人，都会证明的。”

“然而，我认识的是真亨利·伯林盖姆，”埃比尼泽说，“而且，如果不是你知道那首四行诗，我不敢说你就是他！除了亨利，这首诗我谁也没有告诉过，而且，只说过一次，如今过去了十五年。”

“那时，我带你从圣詹姆斯公园回家，”亨利又说，“已经过了半夜，马拉加酒让你舌头油滑了。不过，我们还没到圣贾尔斯，你就头靠着我的肩膀昏昏大睡，是不？”

“哎，是这样！我都忘记啦。”埃比尼泽伸出手，隔着车厢抓住伯林盖姆的胳膊，“哦，上帝，没承想找到了你，亨利！”

“这么说，你相信我就是？”

“请原谅我的怀疑；我从没见过一个人有这么大改变，也从不认为

有这种可能。”

伯林盖姆导师似的伸出了一根手指头。“这世道可以把人完全改变，埃本，或者说，他可以改变自己，直到他本质的改变。从那一刻起，你不是想凭借自己来证明，你是不是**曾经是**处子和诗人，而是**将要做**处子和诗人吗？是啊，一个人在飞向坟墓的过程中总得改变的，不管他愿不愿意；他就像条汇入大海的河流，时时刻刻都有所不同。马里兰的桂冠诗人，我从马达格林学院找回来的小伙子变成的诗人，有什么变化吗？”

“但愿变化越小越好！”埃比尼泽回答，“然而，我还是那个埃本·库克，尽管也许不是那**同一个**埃本·库克了，就像泰晤士河不管流得多快，还是泰晤士河一样。”

“留下来的，仅仅是称谓而已，对不？从造物那天起，不就是管它叫**泰晤士河**吗？”

“天哪，亨利，你一直让人摸不着头脑！是形体塑造了人，正如堤岸形成了河流一样，称谓和内容又有什么相干？噢，我已经知道了怎样反驳：形体并不是永恒的。人随着岁月长得粗壮或者驼背，湍流的河也冲决并塑造堤岸。”

伯林盖姆点了点头。“这却是人们难以察觉的变化，除非回过头来思量一番。乖戾的老人回想起少壮时代，记载告诉他——或者岩石告诉懂得其语言的他——从前河在哪里流，现在又怎样流。只是出于粗糙的领悟，我们才说**泰晤士河**和**底格里斯河**，甚或是**法兰西**和**英格兰**，特别是说**我**和**你**的，就仿佛，在过去时间里，发生于这些称谓和其他称谓的情况，同现在的客体有什么联系似的，不是吗？是啊，就这个问题而言，倘若不是短浅的视力失于察觉到变化，我们怎样讨论**客体**呢？正像赫拉克利特所说，世界的确是一种流动，宇宙不是别的，而只是变动不居。”

埃比尼泽听着这番议论，一直很不耐烦的样子，但这会儿脸上闪出了光彩。“你朝悬崖望过去的时候，不是迷了路吗？”他问。

“我不明白你打的比方。”

“既然形体和称谓一样，都发生了变化，那你怎样叫我相信你是亨利·伯林盖姆呢？对我们的眼睛来说，那些过于细微的变化，我们是怎样知道的呢？”他大笑起来，十分得意于自己的敏锐，“不对，你大谈特谈的流动和变化，无论多么迅速或者缓慢，倘若不是我们记得它们以前是什么样子，我们又从何谈起呢？你的**记忆**是自己的凭据，是吗？而记忆是身份的驻地，是灵魂的居所！你的记忆，我的记忆，还有种族记忆等，都是我们用以测量变化的恒量；是太阳。没有了它，一切就无序得一塌糊涂。”

“那么，总而言之，你是自己的记忆了？”

“是啊，”埃比尼泽表示同意，“或者不如说，我不知道我的存在是**什么**，但知道我存在**在那里**，并且一直存在着，因为有记忆。穿过每颗珠子，而且使其成为项链的是那根线；或者，像阿里阿德涅[①]把线团给了忘恩负义的忒修斯一样，它标记了我走出生活迷宫的道路，把我同起始点连接了起来。”

伯林盖姆笑了起来，埃比尼泽看到，他那副原来洁白的牙齿，如今龋蛀发黄——起码有两颗全掉了。

“你把这种**记忆**当成了不起的事情啦，埃本。”

“我得承认，在这以前，自己并没有考虑它有什么要紧。不过，这可以用来写一两首十四行诗哩，不是吗？”

伯林盖姆只是一耸肩膀了之。

“得啦，亨利，我躲开了你的陷阱，当真没有激怒你呀！”

“但愿上帝叫你激怒了我，”伯林盖姆说，“不过，恐怕你是受了比喻的引诱，就像以前的笛卡儿一样。”

---

① 阿里阿德涅（Ariadne），希腊神话中国王弥诺斯的女儿，她给危难中的忒修斯一个线团，助他走出迷宫，但后来忒修斯却抛弃了她，娶其妹妹菲德拉为妻。

"怎么会呢，请问？你能驳倒我吗？"

"记忆这个神祇，除了你忘记了什么事情以外，我还犯得上再用它来进行反驳吗？"

"什么——"埃比尼泽停顿下来，意识到朋友话里的弦外之音，脸色涨得通红。

"从帕尔马尔街回家的路上，你睡在我肩膀上，这你没有想起来，"伯林盖姆提醒他说，"这表明，你那救命之线的第一弱点，就是说，它里面有些漏洞。另外，还有三个呢。"

"是这样啊。"埃比尼泽叹了口气，"那对自己的论辩，我就有些惶恐了。"

"你说，那夜我们喝的是马拉加酒。"

"是啊，这我清楚地记得。"

"可我喝的是马德拉酒[①]。"

埃比尼泽大笑起来。"说到这个，我宁愿相信自己的记忆，不相信你的，由于那是我第一次喝酒，不可能忘了酒的名字。"

"对极了，"伯林盖姆附和道，"如果你当初没有弄错的话。不过，我也完全注意到，那是你喝的第一杯酒，并且完全清楚马拉加酒和马德拉酒的不同，但对于你，这些新的称谓毫无意义，因此容易混淆起来。"

"那也可能，但是，无论如何，我敢说是马拉加酒。"

"这也不打紧，"伯林盖姆说，"事实上，凡是记忆不一致的地方，往往没有办法解决争端，这就是第二弱点。第三，大致说来，我们回忆起来的，都是愿意回忆的东西，其余的便给忘掉了。比方说，如果不是你背诵了这首诗，我还想不起来，你写诗的时候我溜到了楼上一个妓女那里。我不像话，把你一个人那样留在那里，但这也就是把它丢出脑海的原因。"

---

① 马德拉酒（Madeira），产于葡萄牙马德拉岛的一种烈性甜酒。

“说真的，我那北极星把我领到岩石上去了！”埃比尼泽悲叹道，“第四点反驳是什么呢？”

“那就是，即使这些事情是真的，也容易受到影响，”伯林盖姆回答，“就仿佛忒修斯每逢走到拐角的地方，都缠紧线团，然后摆成更美的图案一样。”

“恐怕你的反驳击中了要害，”埃比尼泽说，“它们就像吃掉格莱特[①]豌豆的那四只乌鸦一样，而格莱特原来是用豌豆在树林里做路标的。”

“不，这些只不过是些弱点而已，不是致命伤，”伯林盖姆说，“它们没有淹没道路，只是弄乱了道路，因此，无论多么努力，我们对这一点都没有把握。”他微笑起来，“然而，还有第五呢，仅凭这一点就能解决问题。”

“要命，索性都说出来，叫我们心里亮堂亮堂也好啊。”

“像你所说的，我的记忆就是我的凭据。”伯林盖姆说，“由于使用不当，尽管我的记忆模糊欠缺，你的记忆也一样，但是，两者在某些方面还是一致的，足以让你满意，认为我就是伯林盖姆，虽然要想证明这一点，我再没有别的办法。不过，正像时而发生的情况那样，比方说，那条线完全中断了的话，比方说，我完全忘记了过去的话，又怎么样呢？”

“那无论怎么样，你还得是塞耶上校，”埃比尼泽回答，“或者说，你可能宣称自己是我的亨利，而又别无所知的话，那我永远不会相信你的说辞。不过，这种完全丧失记忆，是很少发生的，没有一个人身份的其他证明，就更少发生，难道不是这样吗？”

“毫无疑问。不过，再比方说，我看起来好似那个把你带到伦敦去

---

① 格莱特（Gretel），童话《亨舍尔和格莱特》里的人物。继母两次将亨舍尔和格莱特骗到森林里，让他们饿死。聪明的格莱特却用豌豆撒在经过的路上，作为路标，但豌豆被鸟吃掉了。一说是用面包屑作为标志。

的人，说话和穿戴好似那个人，甚至连特伦特和梅里威瑟，还有本·奥利弗都管我叫伯林盖姆，比方说，我在证人面前签署过伯林盖姆习惯于签署的名字呢？再比方说，我有一天发誓，说自己根本不是伯林盖姆，他的下落也什么都不知道，自己只是个乖巧演员，学会了模仿他笔迹的窍门，为了逗乐，把自己伪装成了亨利呢？”

“你这些‘比方说’，都叫我头晕了！”埃比尼泽大喊起来。

“无论你的信念多么坚定，”伯林盖姆接着说，“你也无法证明我就是他。”

“我得承认这是真的，虽然心里难受。”

“喏，还有一种情况——”

“就别情况、情况的啦，求求你！”埃比尼泽说，“我从头到脚都给‘框’[①]了。”

“不，我说得还是在理的。比方说，尽管有这些变化，今天我仍然自称为伯林盖姆，写了句话来续你那首四行诗——不，来续你一生的经历——又同你自己的记忆不一致。而当你诘问的时候，比方说，我对你的身份又提出质疑，让你变成一个伶俐的、冒名顶替的人，从好处说，你也就是没有证明，你现在能证明吗？”

“除了我自己相信以外，”埃比尼泽并不否认，“我承认不能。不过，我觉得，你倒负有证明的义务。”

“这样说来，是的。可是，我说的是*从好处说*。不过，假使我知道你过去的什么情况，那么，差异就该由你那蹩脚的姿态来负责，而且，假使我进而找到外表很像你的人，那么可能你就负有证明的义务了。在这场游戏中，假使把你的几个朋友，甚至老安德鲁和你姐姐带来否认你，我敢打赌，就连你也会怀疑自己的真实性。”

“哎哟，我的天，”埃比尼泽大喊起来，“别再来这些空洞的假说啦，

---

① “框”与前面的“情况”，原文均是case一词，既有“情况”，又有“被装入……箱子”之意，系双关语。汉语难以传达，姑以“框（住）”译之。

不然我的脑袋会发昏的！得，我满意啦，你是亨利，我也向你发誓，我是埃比尼泽，事情也就完啦。这些诡辩推测，只能通往陷阱里去。”

“也的确够啦。”伯林盖姆快活地说，“我只是想说明，关于**你**和**我**的所有断言，即便对自己来说，也都是信念行为。不可能证实的。”

“这我承认，这我承认。你的说明就好像——”埃比尼泽不知所措地挥了挥手，“天哪，你讲的话叫我连比方都打不出来了：我不知道有什么东西是确定而不可改变的！”

“这只不过是到达天国的第一步。”伯林盖姆微笑起来。

“可能是这样的，”埃比尼泽说，“也或者说，是到达地狱之路。”

伯林盖姆扬起了眉毛。“这是同一条道路，不然的话，出色的但丁就是说谎了。我是伯林盖姆，这你满意了吧？”

“十分满意，我发誓！”

“而你就是埃比尼泽了？”

“我从来没有怀疑这一点，而且，就像这次乘马车旅行所表明的一样，我仍然是你的学生。”

“好的。下一次我要问你**我**和**你**指的是什么，可现在不问。”

“别，别，说真的，现在别问，我有上千件事情问你呢！”

“我也想告诉你上千件事情。”伯林盖姆说，“不过，话说起来叫人难以置信，我所关心的，首先是你的轻信，因此觉得有必要来上一套诡辩式的谈话。”

不久，马车在奥尔德肖特镇停下，因为早已过了晚饭时间，而旅客们还没有吃饭。于是，伯林盖姆按照习惯，推迟了那个题目的一切谈话，和埃比尼泽吃起了冷阉鸡、马铃薯。之后，车夫告诉他们，接下来驱车前往索尔兹伯里、埃克塞特和普利茅斯的马匹和车夫，还要等两个钟头才能到达，他们于是按照伯林盖姆的提议，坐在炉火旁边，边抽烟斗，边啜着一夸脱布里斯托尔雪利酒。外边，天黑下来，又下起了细雨。埃比尼泽不耐烦地等着朋友开口说话，可是，点燃烟斗、倒满酒杯的伯林盖姆，舒舒服服出了一口气，只是问了一句：“你老父亲近来怎么样，埃本？”

四、桂冠诗人聆听了伯林盖姆最近的历险故事

“父亲，去他的吧！”埃比尼泽大喊，“我连他活着还是死了都不知道，听到你讲的事之前，也根本不放在心上。”

“然而，不管他是死是活你都明白他是什么人，对不？就这一点说，如果不是别人的话，那你是谁呢？”

“眼下，我们别提老安德鲁了吧，”埃比尼泽请求道，“他跟我断绝了关系。你到了哪里，做过什么，见过什么？为什么叫彼得·塞耶，变化又这么大？讲讲往事吧，安德鲁算得了什么！”

“怎么能不谈他呢？”伯林盖姆问，“因为他我才有了这番经历，从他赶我出去的时候。”

“什么？不就是你提到的关于安娜的那段扯淡吗？这和你的经历有什么相干？”

“那是怎样的雷霆般的怒火呀！”伯林盖姆说，“多么叫人吃惊啊！老天，他对我的仇恨——即便现在我还畏怯哩！”

“这我从来没有原谅他。”埃比尼泽很快说。

“你是他儿子，这是你的特权。可是，我，埃本，我当即原谅了他，宽恕了他——不，为了这，甚至敬佩他。他要是叫人杀死我——啊，唔，不过那也没有什么关系。”

埃比尼泽摇了摇头。“这无法理解。不过，我说，我肯定没有希望听你的故事了？”

“你正听着嘛。”伯林盖姆说，“这是整个经历的舞台，是引发歌曲的鲁特琴前奏。”

“就算如此吧。不过，恐怕这段历史是只蝌蚪，脑袋比身子大得多。

这么说，你宽恕了他?”

“还不仅此，我为此爱上了他，羞愧得急忙走掉了。”

“然而，他对你的指责，是一种虚假的恶意指控!”

伯林盖姆耸了耸肩膀。“说到这，叫我敬畏的，不是他的凛然，而是他对孩子的关心。”

“他对我们的关心好极了，说得对呀。”埃比尼泽说，“他那关心会毁了我们的！如果他用桦树条把她抽得鲜血淋漓，就像你对我说的，他有一次曾经恫吓过的那样，你难道不敬佩并崇拜这种关心吗?”

“假使这样，看我不杀了他，”伯林盖姆回答，“但尽管如此，我还是爱他。”

“哎呀，你从伦敦起，走过了一条奇特的道路，我就是在那里离开你的。你既然明白我决意和安娜回家纯粹出于子女孝心的使然，还为什么不赞同呢?”

“你误解了我。”伯林盖姆说，“现在，我仍然反对，安娜对他的什么脾性都伏伏帖帖，我也反对。假如我是他儿子，早就由于在他的关心下逃走而给断绝了关系；不过，这又是多么可笑的奖赏啊，埃本！丢掉了这件珍藏，我这个人会多么富有！他躺在床上，由于失去你的悲伤而抱怨；他规定你的生活道路，为了让你配得上你的家世！有谁替我悲伤，或者关心我呢，请问，不论我是个花花公子，还是个哲学家？有谁替我定下自己拒绝接受的目标，或者有谁替我定下自己嗤之以鼻的价值？说实在的，先生，我在世上能干什么，能从哪里逃跑，又能蔑视什么信任?假使我有家，就很可能离开它；假使我有家室，不管是活着还是死了，就都可能不屑一顾，而且很可能来到陌生城镇里，像陌生人那样流浪。可是，在大千世界上当个陌生人，与历史毫无联系，又是怎样的一种负担和绝望啊！我像是**又一次**[①]从肉里爬出来，或者从天上掉下来的蛆虫。我即使有天使的巧舌，也永远给你说不明白是一种什么样的孤独!”

---

① 原文为拉丁文。

“这我揣摩不透，”埃比尼泽说，“难道这就是站在泰晤士河大街，为对祖先毫无所知，而赞美上苍的那个人？”

“那是绝望的说法，”伯林盖姆微笑起来，“就像叫花子诅咒财富的罪孽一样。你们孪生姐弟走后，我感到从来没有过的孤独，好长时间都在想念养大了我的撒尔芒船长和温柔的梅丽莎。还记得那天你在剑桥问我，是怎样叫亨利·伯林盖姆三世这名字的吧？”

“哎，你回答说，那是你从出生就有的名字。”

“我在卧室里抱怨了好几个钟头，”伯林盖姆说，“最后，明白了这个浮夸的名字，原来是我拥有的最宝贵的东西。是谁给我的呢？为什么叫伯林盖姆*三世*，不仅仅是伯林盖姆呢？”

“天地良心，我明白你的意思！”埃比尼泽说，“是名字把你同祖先联系了起来；毕竟，你还不完全是*无根无源*[①]的。这也是这个谜的某种线索！”

伯林盖姆点了点头。“我没有承认过自己是个学者吗？”他重新斟满布里斯托尔雪利酒。“就在那时，也在那个地方，我自己发誓，”他说，“要弄清父亲的名字和身份，弄清自己出生的情况，也许还会弄清父亲是在什么地方，又是怎么样死去的；别的，什么我都不会这么珍视，只是在寻觅中搜遍这个星球，直到找到答案，或者在寻觅中死去。而且，七年来——真的——寻觅过。这是我一生的事业。”

“那么，天哪，我就得听听来龙去脉了，已经等了好长时间啦。干了雪利酒就讲，讲完之前，我不会插嘴的。”

“那随你的便，”伯林盖姆说着，喝干酒，又装上烟斗，接着讲了下边的故事：

“一个人不晓得是从哪里来的，怎么样来的，甚至连名字可靠不可靠也不晓得，又怎能发现父母的经历呢？我的愿望，很可能是个虚假愿望，这一点别以为我看不出来，埃本。我有什么证据证明，这个名

---

① 原文为拉丁文：ex nihilo，意为：无中生有。

字，也许还有别的监护人——那些把我从襁褓中奶大，直到撒尔芒船长碰巧接过手去的监护人——都不是开开玩笑，或者赶巧了的事情呢？这需要的，只是矢志建立一种联系的勇气，可是，勇气永远建立不起这种联系来。我于是寻求第一步做法，来到了布里斯托尔，心想，也许在那里能找到什么人，起码认识船长，想得起来受他监护的孤儿——我承认，心里也暗暗企求着，碰上他的什么可靠的老朋友，或者亲属，可能了解自己的全部身世。自己也推究过，他讲出事情原委也并不是匪夷所思的，假如不是散布出去，也至少给一两个人讲过，除非这件事还有很大的罪孽在里边。”

埃比尼泽皱了皱眉头。“比方说呢？可是，你给我描绘的这个人，怎么也不会下流到拐骗地步呀。”

伯林盖姆瘪瘪嘴唇，抬起两手，又耷拉下来。“就我所知，他没有孩子，而对儿子的盼望，能让男人和女人远远离开正道。再说，要做到这一点，也没什么大不了的：**晚抛锚，早起锚，都是平平常常的事情**。可是，我主要想到的，还不是拐骗，虽说我并不想排除这一点——更可能的是，他是不是用不道德的方式得到的我，就是说，在他常去的地方，让一个婊子生下了我。”

“不会。”埃比尼泽说，“我确实在书上看到过，说水手由于其职业的原因，爱玩弄女人，有时候还会重婚，但是撒尔芒船长，就我推想，他既没有精力，也没有兴致来干这种荒唐事情，他又不是普通水手，而是一船之主，就更不可能了。就仿佛所罗门不可能讲空话，犹太人不可能公平交易一样，这样的一个人，是不可能背上私生子的累赘的。”

伯林盖姆微笑起来。“这只不过是说，并非没有可能。你作诗时，愿意的话，就模仿模仿贺拉斯[①]，写写**忧伤的伊诺**[②]、**奸诈的伊克西翁**[③]等人，可是，不要以为现实中的人们都是这样单纯的。不少犹太人赔得精光，不少圣哲背着人跟书童狎昵过。**吝啬鬼有时慷慨，连蚂蚁都会复仇**。再说，撒下野种虽则不像撒尔芒船长做的事情，可也并非完全不像，假如他那一小块地不结果，他就会有意识地找块肥沃的土地。也许，梅丽莎还怂恿他来着。”

“做妻子的鼓励丈夫不忠？”

“处在这种情况下，我看，这并非有悖信念。尽管如此，这也没有什么大不了的。头一件，我觉得，他很可能不是用这种罪孽方式得到我的，只是像所有有基督仁慈之心的人一样，为自己收养了个婴儿；第二件，对于出生，我根本不在乎，只是想知道底细，找到生养我的人。”

“找到了吗？”

伯林盖姆摇了摇头。“找到三四个老人，认识撒尔芒，还记得他抱怨人的忘恩负义。我透露出姓名时，一个人对我说，是丢失我的悲痛，叫船长一命呜呼，是痛心他的死，才叫梅丽莎一命呜呼的。我急于相信这一说法，不然良心就会谴责自己是在逃避这可怕而严肃的责任。然而，也有人生性习惯于把往事弄成戏剧，把不无道理的事情，错误

---

① 贺拉斯（Horace，前65—前8），古罗马奥古斯都时期主要诗人和文艺批评家。在其代表作《诗艺》中有“写伊诺要写她哭哭啼啼，写伊克西翁要写他不守信义”的说法。

② 原文为拉丁文。伊诺（Ino），希腊神话人物，皮奥夏的国王阿塔马斯的第二任妻子，原为凡人，死后作为海洋女神的化身之一在地中海沿岸许多城市受到崇拜。

③ 原文为拉丁文。伊克西翁（Ixion），希腊神话人物，拉庇泰人的国王。他向邻国的公主求婚，允诺岳父五大笔聘金，却违背诺言，将岳父推入火势凶猛的大坑烧死。

地当成历史事件，就仿佛拉达曼提斯[1]一成不变地坐在那里审判一样。此人，我真不愿意告诉你，就是那种生性。不管怎么说，除了撒尔芒船长从什么地方把我带到家里、带到船上，对我的身世，无论谁都一无所知。我后来问，船长最要好的朋友是谁，梅丽莎最要好的朋友是什么人？他们当中，每个男人都说自己是前者，每个女人都说自己是后者。最后，我问谁还记得，在那些岁月里，谁是撒尔芒船上的副手；可是，布里斯托尔是个繁忙的码头，人们每一次出海都更换船只，就算不是三十年，而是一年以前，他们也不可能记得。不过，巧事常有，又问了个人，我自己倒找到了答案，或者说，如果不是答案，那起码是新的希望：有个叫理查德·希尔的，我跟撒尔芒船长五次出海，都是他做大副，我的印象是——不是明明白白说出来的，而是从相互之间的举动得出来的——他和船长一连当过好几年的船友。十年前出海，他很可能当过副手，虽说希望不大；假如他当过，喏，这件事他肯定知道得比我多。自然啦，就我所知，这个理查德可能早死了，或者说，找到他，就同找到家父一样难办——"

"你说的我同意，我同意！"埃比尼泽插嘴说，"请相信我，障碍不必一一说明，我也明白。这些不说，快讲讲你的经历，障碍都克服了没有。你找到希尔本人了吗？都跟你说过什么？"

"那你得晓得事情的过程，"伯林盖姆说，"不然，就像皮奥夏人[2]一样，读《伊利亚特》只读开头那段把结局全都说明白了的祷文。说来凑巧，告诉我情况的人，谁也不能清楚地记起理查德·希尔来，不过，有两个习惯在码头上闲逛的人却言之凿凿，说在烟草船队里，当年是有个理查德。然而，虽说他有时来到布里斯托尔，可他们对我说，他根本不是布里斯托尔人，连英格兰人也算不上，只是从马里兰来的，

---

① 拉达曼提斯（Rhadamanthus），希腊神话中冥府三判官之一，是铁面无私的法官。

② 希腊中东部皮奥夏（Boeotia）地区（古代隶属底比斯）的居民，常指愚笨之人。

要不就是从弗吉尼亚来的；也不是大副，而是在自己船上当船长。

“这，我倒觉得是个好消息，不是坏消息。那时节，当我相信无论是希尔船长，还是进一步的消息，在布里斯托尔都找不到的时候，便急忙赶回了伦敦。”

“没去种植园？”埃比尼泽装出一副失望的样子，问，“这可不像你，亨利！”

“没有，我准备过海到美洲去的，”伯林盖姆回答，“不过，**与其一路追杀，还不如问问过路人**。伦敦是烟草业的根基，不出半天，就能知道希尔船长不是是真从马里兰来的，是不是‘希望号’的船长。当时，那条船就跟船队的船只一起在泰晤士河上抛锚卸货。我一下子跑到船停靠的码头，费了一番周折（因为我没钱），设法与希尔船长见了面。可是，根本用不着我来提那个重要问题，一听到我的名字，他就问我是不是艾弗里·撒尔芒的孩子，是不是在利物浦离船出走的。我们摇着头，叹息我当时年轻荒唐，念叨了撒尔芒船长的好话。他对我说，船长不是因为悲痛，而是长瘤子去世了。此后，我告诉他自己这次找他的目的，请求他就他所知道的，说些船长的情况。

“‘哦，那时节，我没有给艾弗里当副手，亨利。’他说，‘我知道的，就这些，没有别的了。’

“‘请问，你都知道什么？’

“‘除了你已经知道的，什么也不知道。’他说，‘你就像只蓝蟹似的，是从切萨皮克湾里给搭救上来的。’”

“停，停！”埃比尼泽喊道，“这我从来没有听你说过，亨利！”

“当时，我就你像现在一样，也没有听说过。”伯林盖姆说，“所表现出来的惊讶，也有你的十倍，还一个劲儿地盘问希尔船长。最后，我终于让他相信对这件事我一无所知以后，他解释说：就他所记得的，那是一六五四年或一六五五年初的事情。当时，撒尔芒船长的船沿着乔普坦克河上行，从皮斯卡塔韦到肯特岛去，途中遇上一条叫风刮得乱转的独木舟。水手当它是从印第安野人那里刮来的，也没有上心，不过，靠近一点儿跟它擦肩而过的当儿，只听得里面传来奇怪的哭声。于是给撒尔芒船长传了话，他命令大船驶过去，并差遣小艇前去查看。”

“天哪，亨利！”埃比尼泽上气不接下气地说，“就是你吧？”

“是啊，还是个两三个月的婴儿，赤裸着身子，眼看就要冻死了。只见我手脚用生皮绑着，皮肤上像水手文身一样，用红色的小写字母写着**亨利·伯林盖姆三世**的名字。他们于是把我抱到了大船上——”

“求求你，等一等！我得琢磨琢磨这些奇迹，可你说得这么轻描淡写！赤裸着身子，还文着身，当真呀！还能看出来吗？”

“不能，早就褪色了。”

“那你是怎么样到了小船上的呢？自然是见不得人的勾当了！”

“这有谁晓得。”伯林盖姆说，“独木舟和用来绑我的皮条，显然是蛮人的东西，但就我所知，那一带，所有蛮人都不识字，再说我身体发肤又完整无损。”

“老天！”埃比尼泽喊叫道，“对无知的孩子，能忍心下这样的毒手，不想一下弄死他，而是用这样残酷的手段，叫他死不了，又活不成，到底是什么人呢？”

“直到今天还是个谜！反正，撒尔芒船长把我带到他舱里，很快给我裹上床单，又喂我鲜山羊奶吃。我半死不活，过了十天十夜。终于，我的热度退下去，恢复了健康；撒尔芒船长喜欢上了我，船还没有回到布里斯托尔，就决定叫我当他儿子。除此之外，希尔船长就什么也不知道了。虽说这比我以前知道的多得多，可不但没有平息我的好奇，还勾起了他的兴趣。当场当地，我就主动表示加入‘希望号’水手行列，回航马里兰去。想在那里弄个天翻地覆，寻找线索。”

“这一招可算孤注一掷了，不是吗？”埃比尼泽微笑起来，“你不知道独木舟从哪里刮来，也不知道大船在什么地方赶上它的，那就更铤而走险了。”

“确实是这样，”伯林盖姆附和道，“虽则孤注一掷的决心有时还是能够成功的。但无论如何，不那样，我就得放弃查寻。离‘希望号’起锚还有半个月的工夫，我仿佛地道的学者那样，翻遍了海关的档案。这一回，我的目的是找出在马里兰的所有姓伯林盖姆的人，想一旦到了那里，就通过或正当或不正当手段，去接触每一个人，打听出所需要的东西来。”

“唔，”埃比尼泽说，“找到什么了吗？”

伯林盖姆摇了摇头。“就我所知，那时，甚至从设州以来，就没有一个姓这个姓的男人或女人在那里住过。接下来，又从马里兰开始，由南到北，同样去查阅所有其他州的档案。由于岁月流逝中领地的转让和特许状的易手，这件事比较难办，又由于害怕内战而更加棘手，因为，内战极大破坏了海关人员对自己同胞的信任。我是从弗吉尼亚入手的，从当年往后查阅，然而，还没有查阅完克伦威尔时期，那半个月就已经过完，于是便起航前往马里兰了。”伯林盖姆微笑着，磕掉了烟斗上的烟灰，“当时，风向假如再有半个月的不顺，就能找到什么线索，大大煽起我的希望了。可实际上，我等了两年才找到这个线索。”

“什么线索？你父亲的消息？”

“不是，埃本——关于那个绅士我现在知道的不比以前多，关于我母亲或者我自己也一样。”

“哦，你最好别告诉我这个吧，”埃比尼泽舌头啧啧作响，说，“不然，就把故事弄得索然寡味了。既然在出发之前就知道此行徒劳无获，那还有什么人会在这样的行程中，或在关于这一行程的讲述中，发现乐趣呢？”

“那你究竟还让不让我说下面的事儿？”伯林盖姆问，“只是我祖父的消息，或者说我自认为是他的消息——起码来说，我慢慢了解了一些此人的情况。”

“啊，那你是在逗弄我呀！”

伯林盖姆点了点头。“关于家父，现在了解的不比以前多，但这又不是说离了解并没有前进一步。不过，这番经历现在还不能说。”

“什么？没有冒犯你吧，亨利？”

“没有，没有。”伯林盖姆回答，“不过，我听到车夫正在院子里套马。伸伸腿，伙计，上路以前放松放松。”

“你的经历肯定还要讲下去的吧？”埃比尼泽请求道。

伯林盖姆耸了耸肩膀。“能睡你还是睡点儿觉的好。睡不着，那么，听听我的经历，等着天明也好嘛。”

就在那时，新换的车夫闯了进来，一边诅咒着下雨，一边叫旅客们准备好出发。于是，人们来到外面，三月的大风扑打着细雨，泛起了一片雾气。

五、伯林盖姆接着讲述故事，一直讲到入睡

在第二段行程的马车上，埃比尼泽和伯林盖姆一旦安顿下来，就想睡上一觉。然而，却发现路面非常崎岖不平，尽管十分疲惫，半个钟头的颠簸还是说服了他们：觉睡不成，不睡也罢。

“去他的吧。”埃比尼泽叹了口气，“正如家父所说，日后入土，有的是时间休息。”

“一点儿没错，”伯林盖姆表示同意，“尽管说，拖得越久，去得越快。”

按埃比尼泽的提议，他们装上烟丝，点燃了烟斗。接着，诗人宣称：“就个人来说，迟早我都喜欢。不过，即使肚子里灌满的不是布里斯托尔雪利酒，而是忘川[①]的甘露，我仍然永远忘不掉你跟我讲的经历，听不完就不想睡觉。”

“没有让你厌烦吗？”

“厌烦！多年以前，你在剑桥给我讲过同吉卜赛人旅行的经历。除了那些，我还从来没有听到过这样叫人惊异的事情！真好，我晓得你这个人不会支吾搪塞，不然的话，很难叫人相信这样奇怪的事情。”

“那么，依我看，还是不讲的好，”伯林盖姆说，“理解别人的心，谁也没有把握，我到目前所讲的，也许不过是弦歌的起音罢了。”

“那就求你把弦歌弹奏起来，别耽搁啦，放心，我是相信你的。”

“好吧。说起来呢，并不算太长，不过也得承认，还是特别曲折的，一忽儿说到这里，一忽儿说到那里，心里还得记上一大堆姓名。”

---

① 忘川（Lethe），希腊神话中冥府河流名，饮其水即忘掉一切。

“**曲折藤蔓上葡萄多。**”埃比尼泽回答。于是，伯林盖姆没有再来什么前奏，重又讲起了自己的经历。

“假若迪克·希尔[①]能把我留在水手当中，”伯林盖姆说，“他自然特别高兴。十五年来，我没有显露过当水手的匠艺；可在船上待了一个礼拜，就又给唤醒了。不过，一到马里兰，我就离开了他的船，由于不愿意给禁锢在一个地方教书，便在希尔的种植园里找了个差使。”

“那不是同样约束人吗？”埃比尼泽问。

“但时间并不太长。开头，我给他记账——在那边，没有多少种植园主能写会算。没过多久，就赢得了他的极大信任，他便将塞文河畔的烟草田全部委托给我管理，说虽则业务很大，不能放手不管，然而他并不太喜欢它，觉得还不如把时间花在出海上面。”

“真的，你在我之前就是马里兰的烟草种植园主啦！得听听你是怎样管理的。”

“另找时间吧，”伯林盖姆回答，“经历就从这里扬帆起锚了。那是一六八八年，关于天主教和新教，各殖民地都如同英格兰一样动荡不安。马里兰和新英格兰的骚乱更为普遍：巴尔的摩勋爵本人和大部分马里兰议会议员都是天主教徒，而且人们知道，新英格兰总督和副总督——埃德蒙·安德罗斯爵士和弗朗西斯·尼科尔森——也不是詹姆士王的敌人。马里兰乱党的首领，是个叫约翰·库德的人——”

“是啊，从巴尔的摩勋爵那里，我也听说了这个名字，”埃比尼泽说，“他就是夺走政权的那个假牧师。”

“是个不同寻常的家伙，埃本，我敢说！也许你能见到他，他还逍遥法外呢。他在纽约的同伙叫雅各布·莱斯勒，他对尼科尔森心存杀机。那年冬天，凑巧莱斯勒为同库德共谋，来到了马里兰，就有消息传来，说威廉王到了英格兰，他们的图谋是共同起事。一个在圣玛丽城议会，另一个在纽约。长话短说，希尔船长听到了风声，派我前往

① 迪克是理查德的昵称。

纽约，在莱斯勒返回之前，提醒尼科尔森。”[①]

“那么说，希尔船长是天主教徒了？”

“并不甚于你我。”伯林盖姆回答，“在马里兰，这不是个信仰问题。老库德既支持詹姆士，又支持威廉。只是，他厌恶那个政权以及无论什么样的秩序！莱斯勒则是他身边的一个花花公子。”

“但愿我不要见到这个库德！”埃比尼泽说，“你到了纽约没有？”

“到了，尼科尔森听到我带去的消息，像炮手一样火冒三丈。他本人是爱尔兰天主教部队的船长，一六八六年来到安德罗斯身边，在纽约又庆贺了詹姆士儿子的出生；乱党把他当成罗马天主教徒，想不失时机把他赶出去，这他非常清楚。他想把这个消息隐瞒起来，但没有用处。由于迪克·希尔叫我给他当差，他便差遣我到波士顿去告诫安德罗斯。我取得了两人的信任，后来的几个月，在我自己的请求下，是在给他们之间充当私人信差中度过的——我沾光的地方，在于不是他们官宦家族的一员，因而能够在乱党中自由来去。不过，也得承认，我冒充过他们当中的一分子，也不止一次了。这样，就能偶尔向总督汇报他们的行动了。”

“可是，亨利，你是天不怕地不怕的呀！”

“呃？哦，嗯，不管是不是天不怕地不怕，我对维持秩序的事业的贡献都不算大。那年冬天，乱党一听说威廉取得了进展，就抓住安德罗斯，投进了波士顿监狱。在纽约，他们散布谣言，说尼科尔森打算纵火焚烧全城，凭着这一点，莱斯勒纠集起足够武力，接管了卫戍区。”

“尼科尔森怎么样？他逃了吗？”

“逃啦。”伯林盖姆说，“六月，他坐船逃往伦敦，尽管莱斯勒管

---

① 以上和以下几段均指英国光荣革命前后，在美洲殖民地支持詹姆士二世的天主教派，如新英格兰总督埃德蒙·安德罗斯和副总督弗朗西斯·尼科尔森等人，同支持威廉三世的新教派，如约翰·库德和雅各布·莱斯勒等人之间的斗争。

他叫私掠船船长，他还是平平安安回去啦。”

“平平安安?”埃比尼泽喊叫起来，“避开莱斯勒，投到威廉的怀抱里，还不是才离虎口又入狼口吗?”

伯林盖姆哈哈大笑。“不，埃本，老尼克[1]可不是那样的傻瓜，等等你就知道啦。”

“唔，那你呢，亨利? 你赶回马里兰没有?”

“也没有，那才真叫又入狼口哩! 七月里，库德采取了行动，派人在马塔帕尼硐堡团团围住了总督议会。我没有回去，留在了后方的新英格兰——先在纽约，后来，等尼科尔森平安突围后，又去了波士顿。我的计划是，把埃德蒙·安德罗斯爵士从城堡岛监狱营救出来。”

“我的天!”埃比尼泽说，“这简直像是埃斯奎默林渲染的故事!”

“而且，还不只一方面像，”伯林盖姆微笑着回答，“在波士顿港，停泊着‘玫瑰号’三帆护卫舰，用以保卫当地的手工行业。船长约翰·乔治是安德罗斯的好朋友，乱党于是把他扣为人质，怕他为了释放总督而炮轰纽约城。假如需要的话，我想做的也正是这个，以及鼓励他乘‘玫瑰号’到法国去。”

“你是怎样做到这一点的呢?”

“我没有做到，虽说这并不是自己计划的失误。在乔治的人当中，我交了个当领航员和绘图员的朋友，名字叫托马斯·庞德，他急于表现对安德罗斯的效忠，获得奖赏。总督脱了身，五天后，我们溜出海港，来到马萨诸塞湾，装扮成海盗，着手袭击打鱼船队。”

“天哪!”

“我们的目的就是这样，想把他们骚扰得打发‘玫瑰号’船长乔治出来平息我们；然后，便乘船去罗得岛接出安德罗斯，再踏上赴法国的旅程。可是，在叫他们处于这种困境之前，消息传来，说安德罗斯已经再次遭到缉拿，正在前往英格兰的途中。”

---

① 尼克是尼科尔森的昵称。

“不管怎样，”埃比尼泽说，“这是很有价值的尝试。”

“开头也许是这样，”伯林盖姆回答，“可是，结果却是，等汤姆·庞德[1]得知一无所获的时候，他也陷入了逆境：除非他给当成海盗绞死，否则，就没有办法驶进波士顿港；再者，因为缺少给养，也无法渡海到法国去。到头来，以前的假戏，我们如今却真的做了起来。”

“不，老天!”

“是啊，我们真做了起来：当了海盗，在北部海岸游逛着寻找猎物。”

“可是，哎呀，亨利——你当时跟他们在一块儿?”

“是这样，不然就葬身鱼腹了，埃本。是啊，我与其余的人一起战斗，我不能实话实说，说自己讨厌这样做，虽然也觉得这样不对。逍遥法外，有一种好人梦想不到的魅力……是醇酒——”

“但愿你没有老是这样不清醒!”埃比尼泽说，“这仿佛是在自酿苦果。”

“绝不是能够吸吮的醍醐，我得承认。庞德抢夺劫掠了足足有两个月，虽说除了腌猪肉和淡水以外，很少弄到抵偿他辛劳的东西。十月，他在马撒葡萄园岛[2]外，遭到一艘波士顿护卫船的袭击，船上伤的伤，亡的亡。我呢，谢天谢地，几个礼拜前就在弗吉尼亚溜之大吉。在新英格兰逗留时期，我自始至终都使用化名，所以也不害怕别人刺探。我使尽浑身解数，回到马里兰，在安妮·阿伦德尔城同迪克·希尔会合，他早以为我死了，而不再找我。我离开庞德，是因为心里更着急的是，约翰·库德知道船长希尔跟他作对，过不多久肯定就会加害于他。另外，还有一个原因，也许自私一些，但同样急迫：我得到消息说，在弗吉尼亚有伯林盖姆的族人!”

---

① 汤姆是托马斯的昵称。

② 马撒葡萄园岛（Martha’s Vineyard），位于马萨诸塞州东南海岸的小岛。

“哦，太不可思议了！”埃比尼泽喊道，“你的亲人？”

“这我说不清楚，也不清楚还有什么人活着没有；只是听说，有个叫伯林盖姆的——说实在的，是有个叫亨利·伯林盖姆的——是头一批在那个领地定居下来的人，所以打算找个借口，到那里去打听打听。”

“是怎么样听说的，你当时不是正在听天由命，漂流在海上吗？真算得上奇迹了！”

“无所谓奇迹，也许是奇异上帝的所为吧。我这经历，可没有简短的奇迹可言呢，埃本。”

“然而，还是得讲下去。”埃比尼泽坚持道。

伯林盖姆耸了耸肩膀。“那是同庞德在一起，他大肆在海上劫掠的时候。我们的猎物，一般都是些小商船和近海商船；搜查一遍，再随意劫掠，然后放了他们，声称除非抵抗，谁也不会受伤害。不过，有一次，猛烈的东北风把我们刮到弗吉尼亚海域，遇上一条舢板船。为了劫掠，把水手赶出来后，发现船上载着三个旅客，一个粗鲁家伙，年纪在五十岁上下，还有比他小几岁的妻子以及他们的女儿，还是个不到二十岁的姑娘。看她外表，乌黑的头发，充满活力，是道不同寻常的美味，她母亲也并不太逊色。当时，我们的人一看见她们，就把抢掠的念头一股脑抛开——实际上，也没有什么可抢的——打算当场奸淫了她俩。庞德船长不敢说个不字，虽然他本人反对暴行。因为这就是他们的残暴之处，或者说，自打我们从波士顿起航以来，他们连女人的毫毛都没有见过，说不好能当场激起哗变。假若我稍稍采取行动制止他们，他们会即刻把我丢下海去喂了鱼吃！

“转眼之间，他们剥光了她们的衣服，弄到桅杆那里。把俘虏弄到桅杆旁边，或者叫她们躺在上面，或者一下子把手脚捆在上面，是海盗的习惯做法，这你是知道的。有一次，我的副手看见过，一个姑娘给十三个歹徒用前一种方法强暴了。姑娘的腰背靠着桅杆，他们折腾着，直到弄断了她的脊梁，把她推下海去。依我看，他们这样干，只不过是把事情做得更加残忍。希尔船长曾经跟我讲过他在马提尼克岛[①]遇见的一个法国流氓的事情。那家伙声称，强奸女人的时候，除非盯着一条要吃她的鲨鱼，否则哪个女人都不能取悦他，还说，由于品尝过这种快乐，就再也不能在岸上接纳情妇了。”

“别说啦，求求你！”埃比尼泽喊道，“我想听的不是野人的故事，而是不幸牺牲品的消息。”

“那么说，你是太性急了吧，”伯林盖姆轻轻地说，“要想有见识，坏事也得知。不过，那些女人我刚才讲到什么地方了？”

“讲到在桅杆旁边，她们的贞操处于危险之中啦。”

“哦，是啊，当女人，那可是糟糕透顶的时刻，十六个人排着队等着糟蹋她们。那丈夫一直为自己求饶，连一句好话都没有替女人说，妻子使尽力气反抗；可那个姑娘看出海盗的图谋，却用法语急速地跟母亲说着什么。船上除了我，谁也听不懂。姑娘根本没有反抗，而是用一种适合她声音的法语冲水手问：她的贞洁，或者一人拿一百镑钱，哪一样对他们更有用？起初，水手没有理睬她，被她脱掉衣服后的样子迷住了。不过，到桅杆去的这一路上，姑娘不断为自己求情——或者不如说，不断提出自己的条件，声音冷冷的，仿佛商人一样。她宣称自己是法国贵族，她母亲也是，她们倘若受到伤害，全船的水手肯定都会为此被绞死；不过，如果不伤害她们，把她们放了，不出一个礼拜，船上每一个人就都能得到一百镑钱。

“就在这时，我看出帮助她们的机会来了，假使我能够叫海盗的情欲稍稍推迟的话。为了这，我跟他们一起胡闹起来——甚至把几个人推到旁边，自己把她逼到桅杆那里，好像要拔头筹似的——接着，迟疑了一下。这时，她又提出了条件，我于是大叫：‘等一下，伙计们，咱们听完了这个丫头的话，再干她吧。一百镑，咱们能弄到不少娘儿

---

① 马提尼克岛（Martinique），法国的海外大区，位于安的列斯群岛的向风群岛最北部。

们哩。’我接着进一步提醒他们说，我们的计划是，等抢掠够了，要跨海到法国去。然后又问他们，把在那里受到的接待就这样毁了，是不是明智。我主要的意图是，起码让他们晚一点儿动手，叫他们思考思考，思考可是暴力的知名敌人哪——经过三思再施暴的人，那真是衣冠禽兽了！谋略还算奏效，人们对这一条件讥笑嘲讽起来，不过暂时没有再动手。

“‘你们皇室贵妇，怎么会这样秘密出海呢？’其中一个问。那女儿回答道：她们虽然不算阔绰，但是从财产里拿出允诺的赎金还是足够的，往后也就沦为乞丐了。另一个人嘴里不干不净地问母亲：一个贵妇干吗不好好想想，就将自己高贵的屁股嫁给懦弱愚蠢的丈夫呢？这一问，尖酸刻薄之至，因为从丈夫的外貌看，他的确是个粗俗普通的商人。但女儿却用法语很快地说起话来，夫人也答道：她丈夫出生于弗吉尼亚的一个名门大家。她女儿说：‘如果你们必得知道的话，这桩婚姻只是权宜之计。’接着又讲了些话，大意是说，父亲用自己的庄园买了母亲的名誉，现在，她还是愿意用那同一所庄园，从我们手里买回母亲的名誉来。人们抓住这一点，嬉笑着对丈夫没完没了地嘲讽起来。丈夫也由于在甲板上的惊吓，而宁愿人们把自己说得狗屁不值。这会儿，人们又想弄女人，又想拿到那一百镑钱，几乎不知道该不该相信女人们讲的事情。

“喏，你想必明白，我的习惯是，无论什么时候遇到生人，都得向他打听，认识不认识一个叫伯林盖姆的人？还会解释说，自己有个叫亨利·伯林盖姆三世的朋友，希望证明自己不是个私生子。这，船上的人都已经习惯，还在他们中间当成笑话，把亨利·伯林盖姆三世说成如何如何了不起，人人都得认识。出于这一原因，姑娘讲完了话，我们当中一个爱说笑话的人就说：‘要是他是弗吉尼亚来的绅士，那个在烟草业胡说八道的、那个最最高贵的弗吉尼亚人亨利·伯林盖姆爵士，他自然是认识的了。’那人又说，要是她们认识，她们就必然不是骗子，也不必跟他们到桅杆那边去了。如此，我心里想，戏快演完了，因为这不外是一个愚人的试验，只看他们能不能找到玩女人的借口。可是，姑娘却回答说，自己的确认识詹姆斯敦一个叫亨利·伯林盖姆的，是随第一批移民到那里定居的，还宣称是个骑士。为了证明这是实话，她又接着说，在自己圈子里，他当真是贵胄与否，还有很大怀疑。

“听了这话，人们十分诧异，我自己更为诧异。于是决定，如果需要，甘愿舍弃自家性命，也要保全她们的性命，好进一步问问这个人的情况。我向众人宣布：关于那个伯林盖姆，姑娘说的话全是真的，就我来说，她讲的事儿我都相信，愿意要一百镑钱还她贞洁。大多数人似乎也非常愿意这样做，他们那热情平息了下来——由于此前的劫掠没有多大收益，就更加愿意。接着，庞德船长提出了人质的问题，决定拿到赎金前她们得留下个人，要是不给赎金，那就用荣誉性命抵偿。听到这些，女儿同母亲用法语简单地说了几句话后，两人谁都恳求留下做人质，以便放了父亲。”

“天地良心，就这么牵肠挂肚的呀！”埃比尼泽大喊起来，“那家伙根本当不起这样的呵护！”

伯林盖姆张口笑了。“除了我，对其他所有水手来说，似乎都应该是这个样子的，于是，他们完全照着说的去做了。知道吗，埃本，那两个美妇人是不折不扣的骗子。这一招是女儿想出来，用法语告诉母亲的。提出人质问题的时候，母亲曾说：‘求上帝把哈里留下，那样，我们一定能摆脱开他，一个子儿也不用花。’姑娘回答得十分大胆：‘他们肯定会奸淫您或者我的，除非叫他们相信他有身价。’‘咄！’母亲喊叫起来，‘那畜生是 *bouc-merde*[①]！’——也就是雄狗排泄的粪便。对此，姑娘说这也正是她的想法，可唯一的出路，就是利用我们容易受骗，自告奋勇，恳求把他放走。

“开头，人们并没看透这种诱饵，后来，我问两位妇人，眼见着他

① 法语，意为狗屎。

这样懦弱寡情，我们想亵渎她们时，他一直对她们漠不关心，只是为自己号啕大哭，那么，干吗还这样忠心呢？对此姑娘回答，虽说他当真一点儿不牵挂她们，宁愿离开她们也不愿丢掉十个克郎，然而，她们还像没有头脑的女人那样敬重他，宁可自己死了，也不愿意他受到伤害。听到这一番话，丈夫极端惊讶，恼也好，怕也罢，反正起初是说不出话来，还没有等他镇静下来，我便说，显而易见，他上岸去是靠不住的，必得留下来当人质，送两位妇人去拿赎金，她们对他的忠心，保证她们能够回来。人们很不愿意放走两个女人，不过，庞德船长听出了我话里的缘由，命令照此办理。于是，那家伙戴着锁链给送到舱下，两位妇人从箱子里找出了新衣服，载她们上岸的小船也准备就绪。不过，小船开船前，我私下和船长说话，求他把我跟她们一起送走，好保证她们回来，因为我听得懂她们的话，可他们不懂，这样，有什么奸诈之处我就能事先知道。他不愿意让我走，不过最后我还是说服了他，便划着大艇跟妇人们离去。计划是这样的：庞德劫掠几个礼拜后，九月底再到海角来，我同他们在那里汇合。再说，为了打消水手们的疑虑，不让他们嫉妒我的好运，我又在旁边对他们说，我打算叫两个女人自己把赎金带上船来，一旦钱拿到手，他们就可以玩她们，直玩到桅杆断了为止！”

“亨利！”埃比尼泽叫嚷起来，“那怎么成——”

“等等，”伯林盖姆打断了话头，“等讲完了再说。我们在弗吉尼亚东岸，阿科马克附近的地方登了陆，从那里再起程往女人家里去。我们上岸时，天黑了下来。由于害怕受监视，决定黎明前不再赶路，就在海滩上生起火来暖暖身子。月光下，望着海盗扬帆离去，两个女人高兴得啼哭起来，母亲用法语说：‘愿上帝保佑你，亨丽埃塔，你一动指头，就让我们摆脱了海盗和你父亲！’姑娘回答：‘还不如保佑跟我们在一起的这个家伙呢，他傻得可爱，相信了我的谎话。’‘是啊，’母亲说，‘他白披着一张体面的人皮，看起来却是这样一个呆子！’说到这里，她们为自己的勇气大笑起来，做梦都没有想到我能明白她们的每一句话。为了进一步炫耀，姑娘又说：‘是啊，他这个人可真俊俏，母亲，无论是您，还是我，谁都没有跟这样的人睡过一宿。’‘要是咱们摆脱不掉哈里，’另一个说，‘压根儿就不可能。我得承认，他要是单独威胁，我会叫他强奸，节省下金钱来。不过，我是不会让他动你的。’‘哦，嗯，’姑娘回答，‘也别以为我愿意丢掉一个便士：这个英俊的小子不一会儿就要入睡，咱们要么逃走，要么把他弄死。说到贞洁的处女膜，对于我，不过是香槟酒的瓶塞子，嬉戏以前，总得砰的一声起开的。’她望着我的眼睛，又挖苦道，‘喂，你说怎么样：*Veux-tu être mon tire-bouchon? Eh? Veux-tu me vriller avant que je te tue?*[①]’”

“我不懂这种话，”埃比尼泽说，“不过，听声音也远非正经。”

“那可真丢人，你没有学过这种话，”伯林盖姆责备地说，“对于求偶，这是一种很妙的语言。很难给你说明，听到用这样的甜美声调所吐露出来的如此淫声浪语，是多么迷人。‘*Poinçonne-tu mon petit liège*’[②]——说真格的，我听到这个，还身上流汗发抖哩！我当时觉得没有必要欺骗下去，便用准确无误的巴黎发音做了回答：‘很荣幸，*mademoiselle et madame*[③]，事后也不必把我弄死，你们摆脱那些匪贼所得到的快乐，超不过我的快乐。’听到我说话，她们——特别是那个姑娘——都惊异羞愧得要死。不过，我解释过自己是怎样与海盗为伍，所寻觅的又是什么以后，她们也就平静下来——不，是变得诚挚起来，而且，还不仅诚挚而已，嘴里几乎离不开感恩戴德的话。眼见已真相大白，我们于是就在沙滩上嬉戏了一夜。”

“好一个经历，如果算不上有德行的话。”埃比尼泽说，“可是，那个老伯林盖姆，既然你为他救了两个妇人，就没有再打听到什么吗？”

---

① 法语，意思是：你愿意当我的螺丝起子吗？嗯？你愿意赶在我弄死你以前，给我钻个孔吗？

② 法语，意思是：你在我的小软木塞上钻个洞好吗。

③ 法语，意思是：小姐和夫人。

“打听到了，”伯林盖姆说，“那一夜，我问过她们，说到伯林盖姆，是不是她们编造的呢？姑娘却回答道，根本不是编造的，还说，她父亲非常喜欢冒充显贵，虽则是私生子，却很想夸耀自己的家系，不断到处跑来跑去，找寻过去的记录，再由女儿从中寻找族姓。就是这个原因，他们才到詹姆斯敦旅行，在无数发霉的纸张里，她发现了由一个亨利·伯林盖姆手写的几页纸头，好像是什么日志上的。然而，由于没有看见提到自己的家族，她只是粗粗看了一遍。只记得，上面说的是从詹姆斯敦动身的某一次航行；说领头的是约翰·史密斯[①]船长；还说，在他和日志作者之间，仿佛有什么芥蒂。此后，她没有多看，什么都不记得了。不一会儿，我满足了自己的爱欲——三十五岁的年纪，在这些事情上，没有了过多的精力——在火边进入了梦乡。清晨，太阳唤醒我的时候，发现两个女人不见了，从那以后再没有见过。我心里想，是出于微妙的想法，她们才在我醒来以前走的——好多事情，夜里十分甜美，太阳照耀下却散发着恶臭。再说，她们的名誉也已平安无事：自从我们追赶上那只船，她们根本就没有透露过姓甚名谁，除了说住在马里兰东海岸边，也没有说出住在什么地方。”

“你从那里去詹姆斯敦没有？”

“没有，去了安妮·阿伦德尔城希尔船长那里。我急于想知道，库德有没有加害于他，再说，身上一文不剩，吃饭的钱都没有了。我打算给希尔当一段差，然后再打听也不迟，同时也得承认，自己对当地政务也并非漠不关心，愿意再奉命执行任务，就像刚刚从中抽身回来的任务那样。”

“你喜欢冒险呀。”埃比尼泽说。

“也许是的，或者不如说，贪恋大千世界，所见所闻永远没有

---

① 约翰·史密斯（John Smith，1580—1631），英国殖民者，詹姆斯敦第一批定居者，于1614年绘制了新英格兰海岸图。著有《弗吉尼亚通史》。

个够。”

“希尔船长见到你，肯定很高兴，而且感到意外！”

“说实在的，他高兴。自莱斯勒在纽约叛乱以来，他都没有听到过我的消息，怕我不在人世了。他说自己处境极为危险，因为库德和手下人天天焚烧敌人庄园，之所以没动他的庄园，或者是出于乖戾无常，或者是由于对希尔在英格兰的影响还没有把握。库德仿照那不勒斯叛乱[①]，骄傲地自称为马萨涅洛[②]；他的主要副手，卡尔弗特郡的亨利·朱尔斯上校，充当斯坎姆堡伯爵；尼尼安·比尔上校，充当阿盖尔伯爵；议会发言人凯内尔姆·切泽尔丹，充当发言人威廉斯。他们这样在宫廷里扮演以及在圣玛丽城自夸和劫掠期间，我却把那个冬天用来料理希尔的庄园。只要用得着，我就到州里巡回，目的是在几个郡里煽动对立情绪。春天，库德听到风声，便决定清剿我们。他大肆宣扬对叛乱讲演的控诉，派遣了不下四十余人来歼灭我们。他们夺走了‘希望号’船——那是希尔船长以七百镑的代价修葺一新才能够航行的；他们还洗劫了庄园，而我们也只是由于走运，才逃进树林，保全了性命。

“开头，我到别的各位船长那里去，他们是希尔的朋友，库德上校的敌手。”

“上校？”埃比尼泽插进来，问，“我记得他是个牧师！”

“那人愿意自称什么人，就是什么人，”伯林盖姆回答，“他除了自己，什么权威都不承认，对人和对上帝一样，都是叛逆。不管怎么说，我从这些人那里得悉，由莱斯勒以詹姆士二世党人罢黜的弗朗西斯·尼科尔森，现在是弗吉尼亚副总督——也就是说，既然总督住在

---

① 1504 年西班牙人占领了当时的那不勒斯王国，在西班牙统治时期，这个国家仅被视为财政来源，其经济不断衰落。中下阶层由于捐税负担沉重，于 1647 年 7 月爆发了起义，即马萨涅洛起义，但遭到镇压。

② 马萨涅洛（Masaniello，1622—1647），那不勒斯渔夫，1647 年那不勒斯起义的领导者。

英格兰，他就是首席长官，而且还是威廉王任命的！看起来，国王并不在乎一个人被其敌人称做什么，只要能当好差就成。说实在的，老尼克尽管有种种不是，总督却非他莫属。听到这些消息，我心里很受用，因为尼科尔森保护我们最为得力，詹姆斯敦也正是我愿意去的地方。我带着希尔的朋友写给尼科尔森的信，上面描述了库德的残忍，要求给予船长及其家庭以庇护，六月还没过完，我们就来到了詹姆斯敦。'马萨涅洛'和手下人对尼科尔森时而乞求，时而威胁，想把我们弄到手，可是，见他的鬼，却没有捞到一点儿好处。从马里兰逃亡出来的人，都能在弗吉尼亚找到避难所，这既是它的失误，又是它的美德。"

"可是，你找到你所要的那本宝贵的日志了吗?"埃比尼泽问，"要不，就是那个困境中的姑娘给你编造的荒唐说辞？这件事，请别再跟我转弯抹角了；这样长期的冒险旅行有没有结果，我得知道!"

伯林盖姆笑了起来。"结尾先别着急，埃本；那样会打乱步调，把人物混淆起来。有谁见过冒险旅行有结果的?"

"别再取笑啦!"埃比尼泽喊道。

"那好，桂冠诗人大师，残余的日志我的确弄到了手；还抄了一份，除了有一两页文字无味而做了摘要，其余一字不差。就放在上衣口袋里，明天早晨你可以看看。我相信，是亨利·伯林盖姆爵士真正的日志。不过，他是不是我的先人，还有待证明。"

"说真格的，你找到日志我很高兴，我几乎等不到明天黎明了！不过，还好你讲的经历并没有结束，不然，这几个钟头很难熬过去。后来，你又遇到了什么奇异的事情?"

"今夜不讲了，"伯林盖姆说，"这里路面平坦了一些，这一夜也快过去了，剩下的经历等到了普利茅斯再讲吧。"他这样说着，全然不顾埃比尼泽的抗议，尽其所能地伸了伸腿，立即进入了黑甜乡。不过，诗人没有那样的福气，虽说他疲惫得脑袋里砰砰直跳，竭尽全力还是闭不上眼睛，更谈不上让自己入睡。他心里又一次充满了姓名和人物：

那些先从巴尔的摩勋爵那里听来，如今又由于伯林盖姆的讲述而有血有肉的姓名，还有那些以其精力和目标而令人生畏的人物，在他幻想中逡巡着——其中，第一个就是他的朋友和导师。

六、伯林盖姆的故事又向前推进一步，桂冠诗人阅读亨利·伯林盖姆爵士私人日志，并讨论天真之本质

黎明后，旅客们在约维尔停下来吃早饭，埃比尼泽要求立即看到伯林盖姆说的那本日志，但是，导师在吃完饭以前，拒绝听到此话。太阳升起来，温暖而明亮，他们躲到外边抽烟，伸展腿脚，伯林盖姆从外衣口袋里掏出了几张折叠着的纸头。在第一页上方，诗人看到了标题：**亨利·伯林盖姆爵士私人日志**。

“我解释一下，题目是我加的。”伯林盖姆说，“你看得出，日志残缺，但它所描述的那次旅行，却可见于约翰·史密斯的《通史》[①]。那是一六〇七年的一月，也是设立殖民地的第一个冬天，他们沿奇卡哈默尼河逆流而上，寻找印第安国王波瓦坦[②]的都城。那时，在詹姆斯敦，人们对史密斯船长颇多怨怼：有的为他策划罢免了温菲尔德和拉特克利夫总经理感到吃惊；另一些指责他炫耀伦敦公司[③]的指示，一刻不停地寻找金矿，寻找通往东海岸的水路；还有的只是着急，认为他该安排好同波瓦坦的交易。很明显，逆奇卡哈默尼河上行的航程是一次愉快的远征，它有可能消弭所有这些牢骚。一则，船长可以暂时脱

---

① 即《弗吉尼亚通史》。

② 波瓦坦（Powhatan，约1547—1618），北美洲印第安酋长。十六世纪末和十七世纪初，在弗吉尼亚东部建立了有三十个部落的印第安部落联盟波瓦坦，本人也作为波瓦坦酋长而为人所知。

③ 伦敦公司（London Company），系詹姆士一世于1606年特许成立的两家殖民地公司之一。它在南方，特别是弗吉尼亚詹姆斯敦，创建了殖民领地。另一公司即弗吉尼亚公司，它创建了普利茅斯殖民领地。此处即指这段历史。

离政治；一则，有人言之凿凿地说过，奇卡哈默尼河向西通往远东。无论怎样，几乎可以确定的是，国王的都城就在上游不出多少英里的地方。在《通史》中，史密斯还讲述道，他是怎样叫波瓦坦的一个叫奥皮坎坎诺[①]的偏将俘虏了去，怎样用罗盘变化手法逃离了死亡的。他又接着信誓旦旦地说，自己是一个人给带到波瓦坦那里，宣布处死，由于国王女儿[②]的说情才得救的。他对此事的说法，我在标题下面写了下来。”

埃比尼泽看了正文顶上的文字：

他们手持木棒，准备把他打得脑浆迸裂，国王至爱的女儿波卡洪塔丝，见哀求无用，为救他不死，一把将他脑袋揽在怀里，自己脑袋也靠在了上面；这当口，国王怒气也消了，觉得应该留下活口，让他为自己打造斧头，为女儿制造风铃、串珠和铜币；因为他们都将他视作同他们所有人一样的能工巧匠。

“当真，”埃比尼泽说，“真是奇妙的拯救！”

“是奇妙的罗曼史，”伯林盖姆纠正说，“因为，《日志》的主要内容是这个伯林盖姆所目睹的整个过程，事实毕竟并不那么英勇悲壮。我不再说了，你赶紧看看《日志》吧。”

这么说着，伯林盖姆走进客栈，埃比尼泽在阳光下找了张板凳，看到了《日志》中如下文字：

亨利·伯林盖姆爵士私人日志

---

① 奥皮坎坎诺（Opecancanough，约 1554—1646），波瓦坦弟弟及继任者。1622 年曾反对英国人。1646 年遭谋杀。

② 即下文所说的波卡洪塔丝（Pocahontas，约 1595—1617），据说她与英国人友善，曾经救约翰·史密斯一命。

我……有好几次提醒［史密斯］，说我们的那个野蛮的流氓向导，更乐意偷你的钱包，而不是光看着你，因此，相信他是不明智的，他无疑拿到了国王［波瓦坦］的犒赏。可是，他说什么都不相信，当河水变浅，我们无法行船，那野人建议我们由陆路步行去国王都城，说就在眼前的时候，船长立即同意，根本不管我给他所指出的那一点：那里的树林像所有丛林一样茂密，敌对野人袭击我们，是易如反掌的事情。船长跟往常那样粗鲁答道，他从来不让人说自己无知和迂腐。也就是说：我是懦夫、食客、胆怯的孩子，还可能是给阉割了的。最后一个说法，在他看来，是能骂出来的最侮辱人的话，因为他为自己的生殖力感到过分的骄傲。说真的，我们船长就是这样一个维纳斯的仰慕者，他在全欧洲大陆，在摩尔人、土耳其人和非洲人中间那些情场上的征战和业绩，不去公开地、措辞猥亵地夸口的时候并不多见。他自以为是性爱大师，吹嘘自己跟世上所有女人都以各种各样的姿势有过肉体关系。除此，他在航行时，还搜集了大量春宫图，常常私下里用全然鉴赏家的骄矜，拿出来给我们一些人看。这过会儿再说，但这里可以指出的是，从船长津津乐道于这些东西——这往往是自然或不自然的恶习——来看，我听说他的体验比普通淫棍有过之而无不及，丝毫也不觉得奇怪……

［此处作者讲述了这一班人怎样上岸，怎样由那个奸诈向导带领，走入了印第安人手心。］

正像比船长老到的人所说的那样，野人们朝我们扑了过来，我们竭尽全力把他们打回去，但彼此距离很近，攻击者又在我们上方，因此收效不大。我们领头的那位，却狡猾地把向导加尼隆拉到身前挡住，一边急忙撤退，一边激励我们像男子汉那样抵抗。幸好，他的脚绊在了柏树根上，于是倒着飞离岸边跌进了泥沼和冰窟里去。此时，野人已抓住了我们，便朝他扑过去，紧紧抓住了他的脊背。为了回应他们的质问“哪个是我们领头的?”，我们对他们说，就是他。他们的首领奥皮坎坎诺，还有他的几个副手，便按级别高低轮番往他身上泼水，毫不掩饰地感到高兴，我们私下里也十分高兴。

[共计五个俘虏，都被带至空场，一次一个绑在枫香树上用箭射杀，最后除了史密斯和伯林盖姆，无一人幸存。]

……接着轮到了船长，他们似乎要抓住他，带他走向别人所遭遇的同样命运。自始至终绅士派头的他［史密斯］……提议说，我应该在他之前。尽管说，在这类事情上，我的慷慨比起谁来都毫不逊色，倘若必要，我会谢绝船长的举动。不过，奥皮坎坎诺根本没有理会，亲手抓住船长的胳膊，拉到那棵鲜血淋漓的树旁。就在这一刻，船长（后来，他跟我推心置腹地说，那是在找自己的非洲救命符）掏出了一叠花花绿绿的小卡片，仿佛无意似的掉在地上。顷刻之间。野人们激起了兴致，你挤我、我压你地抢了起来，看谁捡到的最多。他们细看了看才发现，卡片上栩栩如生画着的男男女女，赤身露体，正在相互以各种姿势做爱，两个一对，三四个一伙，甚至有五个一堆的，看得出来，是在玩淫荡的把戏，除了那不同寻常的放荡、颇为可观的想象力，以及叫人刮目的体操天赋以外，就如同实际生活中我们想做的一样。

可以想见，野人们拿到这些色情艺术家的作品，欢欣得是怎样呼啸号叫。他们是堕落的种族，不比猎获的野兽开化多少，因此仍然同白人一样烙着性爱的印记，尽管它龌龊淫秽。不过，起码来说，他们好在还从来没有见过穿着衣服的白种女人，更没有见过一丝不挂的白种女人，更没有像现在展示给他们看的那些古怪东西那样放纵。

[他们] 问 [史密斯]，还有没有 [卡片]? 他趁此机会从口袋里拿出了一个小罗盘。它的奇异（让我羞愧的是，以前也曾经见过）不仅在于可以看到罗盘指针（在我看，仅这一奇异之处，就足以叫野人们萌生敬畏）……还在于里面镶嵌着的碎玻璃片上画着精微的画面，凡是从旁边的窥孔往里瞧的人，其堕落的眼睛，都会叫那些同卡片类似的画面所愉悦，那见鬼的制作者非常灵巧，竟然赋予画面以纵深感，于是就产生了从钥匙眼里偷窥的感觉（那种堕落的喜悦感），看到了男人种马似的举止，和女人如发情的牝马……

不过，得用某种方式拿着这个作孽的物件，让镜片在适当角度照进阳光才成。野人们，特别是奥皮坎坎诺，由于无法把握这一简单的技巧，那就有必要给我的船长这个家伙留下性命，据说这是为了永远让他上演这种梅费尔[①]的好戏。他们对这些宝贝如此兴高采烈，不管我所以为的船长的建议是什么，他们只需要他来演示罗盘的奇迹，而野人们把我们俩都带到奥皮坎坎诺的城里。他们告诉我们，小城紧连着国王的都城……全然忘记了要将我乱箭穿心……

[两个人给带到奥皮坎坎诺的城里，从那里又带到波瓦坦的都城，最后，带到了国王本人面前。]

[这一转机] 仿佛使船长极为兴奋，因为他屈尊跟我说话的时候，别的什么也不谈，只说自己策划出了最有效的办法，一旦来到国王面前，怎样赢得这个大人物的垂青。我……进一步提醒他，这我承认，请他保全我不愿意丢掉的皮肉，再就是保全他的

---

① 梅费尔（Mayfair），伦敦西区高级住宅区，系贵族居住区，由于贵族生活荒淫，因此，这里暗指那些方才提到的淫荡画面。

皮肉，就我所见，我们还是俘虏，不是国王的特使，这样，就我来说，告别即将到来的召见时，只要脑袋还在肩膀上面，没有乱箭穿心，也就心满意足，也不再管什么国王的垂青，或者什么交换协定了。像往常那样，船长的回答只是没头没脑地作践了我一顿。

给领进这个波瓦坦的府邸时，我心里的恐惧翻了几番。我敢说，国王是我所见到的相貌最邪恶的人。他看起来快六十岁了，棕色皮肤干燥起皱，好像放在太阳底下很久的苹果，脸上的神色也酸酸的，仿佛舌头舔到了那只苹果。在那张脸上，我根本没有看到善意……他的眼睛，比什么东西都更引起我的注意，尽管含着一丝古老燧石般的冷酷，但在我看来，其最明显的特色，就是那年代久远的好色，就像人们在纵欲无度者或者别的老淫棍眼睛里所留意到的那种东西。可以说，船长已经开始有了这种眼神，到了六十岁，就会很像这个波瓦坦了。想到这里，我心里很是高兴。

再者，国王身边的人也印证了我的判断：除了护卫，还有好多野人姑娘在室内走来走去，打扮得仿佛夏娃夫人，在人类之母习惯用树叶来遮掩的地方只披着一点点儿兽皮。一个递给老爷一点儿烟草，一个用火点燃了烟斗，再一个用熊油或者别的臭烘烘的药水给他擦背……对所有人，他都轻快地拧一下，或者开开类似的玩笑，而这一切，对年事已高的他来说，很应该是愉快的回忆，而不是别的。对此，姑娘们竟没有怨言……实际上，她们似乎在争夺老色鬼的宠爱，用万种风情履行自己那些简单的职责，仿佛以此挑逗国王来采取更适合于我这个年龄的人，而不是他那个昏聩年龄之人的行动……船长看到姑娘们，特别感兴趣，在他眼睛里，我望见了过分的注意，若只是要把这场景搬到他那自吹自擂的《通史》中去，这是大可不必的。当其时，我自己只是尽力忍住小便——在紧要关头，这件事十分糟糕——顾不得看那些异教徒淫妇给国王献上什么娇媚，或者，国王用怎样的猥亵来回答了……

……这里，我得提一提，波瓦坦落座在一张高床上，面前的地板上，坐着一个真的动人心魄的野人姑娘。她大约十六岁的样子，从衣着的华丽，以及别的野人对她的驯顺恭敬来看，我以为她就是王后。我们到达府邸后的整场宴会中，这位年轻夫人的视线几乎没有离开过我们，我虽与船长不同，是一个不以自己的潇洒同女人胡混的人，也只能说，她眼里的神色，超过了初次看见皮肤白皙的男人所可能流露出来的那种自自然然的好奇。依我看，波瓦坦是察觉到了这一点，所以随着宴会的进行，脸色也益愈酸腐起来。为此，我诚恳地躲避着王后的凝视，以免情况进一步恶化。船长那里……却对她投以多情的秋波，报以情思昭然的眼神，倘若我是国王，就会当场把他打死。我那颗可怜的心，为脑袋的不保而颤抖着。

[接下来，是对招待两个俘虏的宴会的描述。这是一场饕餮豪宴，不过，作者一点儿食物也吃不进肚子。相反，史密斯却狼吞虎咽，仿佛屠宰场里的猪猡。]

船长……觉得自己应该简短地说几句话，其要点（这时，我也稍稍领略出了那种异教徒的深奥）是，他随身给国王带来了一件独一无二的礼物，然而，十分不幸，已经让国王的副手（早些时候杀死我们同伴的、那个恶名昭彰的奥皮坎坎诺）从身上拿了去。波瓦坦于是宣奥皮坎坎诺进府，说如果他拿走了，就拿出来。奥皮坎坎诺虽说舍不得，还是拿出方才说的那个该死的罗盘，交给了头人，后者便叫人用桦树条鞭打副手，因为他截留了礼物。这无疑很不公平，因为奥皮坎坎诺压根儿不知道罗盘原来是想赠给波瓦坦的。其实船长也不知道，当时他只是为了免得皮肉受苦，才给了奥皮坎坎诺。尽管如此，野人奥皮坎坎诺还是给带出去，用桦树条鞭打。我也随之看出，在这里对我们不会有什么好处……

使我大吃一惊的是，船长随即动手给波瓦坦演示罗盘的秘密，把小镜头对准火苗，以便照亮里面那些罪孽的画面。我敢说，我们的末日已经临头，便准备像绅士般去死，因为无论是谁，即便是其品质能使其成为亲王，甚至统辖了一国愚蠢异教徒的野人，无疑都只能憎恶这样的景象，而现在，这些景象正给照得剔亮，展现在国王眼前。我骂船长是十恶不赦的呆子。

然而，我这里没有把野人波瓦坦的堕落考虑进去，他那野兽般的心性，什么时候都对邪恶的东西感到快乐。他看到那小小的绘画，非但没有恼怒，反而他那淫邪的腰胯像是快要爆裂开来似的，口涎汩汩流过皱纹斑斑的嘴唇。过了好久，眼睛才离开那肮脏的窥视孔，接着又三番五次朝里面瞧着，每一次都快活得号叫着。

最后，船长告诉大家，也有礼品馈赠给王后。听得这一宣布，我闭上眼睛，念叨起上帝来，由于完全知道船长这一次所赠礼品的底细和觉察出国王嫉妒心的加重，我于是等待着印第安人斧钺搁在脖子上的感觉。不过，王后却由于这种期待，而高兴得什么似的。我猜得出，船长为她留下了给人印象最深刻的礼品。只见他从那取之不尽的口袋里掏出来一本可以勉强称之为书的小书，有几页小小的纸头，上边牢牢订在一起（这一奇迹，我在詹姆斯敦也见过）。每页画着一幅画，是人们不愿意给妻子看的那种，每幅画与相邻的稍有不同，各幅前后相续，因此，如果握着淫书顶端，稍稍折着，让各页迅速在眼前翻动，结果就是上面的人物便像真的一样，来来回回干着淫亵勾当。

呜呼！显而易见，王后也和国王一样的堕落。她知道了小书的妙处，便一遍遍地让里面的人动作起来，每次都为看到的东西哈哈大笑……

[又上来了食品，还有一种印第安酒。史密斯大口吃着喝着。作者却由于方才的同一原因谢绝了。这时，王后自告奋勇，亲自侍奉史密斯，替他洗手，又拿来一簇野火鸡羽毛替他把手擦干。]

第二次宴饮正在进行之际，我努力鼓足勇气来观察国王，希望从他脸上看出接下来会发生什么情况的先兆。我之所见，并没有使我缓过神来……国王的视线压根儿没有离开过王后，而王后也压根儿没有让视线离开船长，眼睛流露着所有邪恶的默许。她立即围绕在他前前后后，拿这个端那个，举止张张扬扬的，除了与德鲁里街的处女[①]相配，同谁都不相配。船长或者出于典型的无知，或者更加可能的是，出于自己非分追求的盘算，对她的风骚都是投桃报李。这什么都没能逃脱国王的眼睛，他，在我看来，由于观察着他们，而无法鲸吞下丰盛的食物。后来，国王招了三个狰狞不堪的手下来到坐席前面，只见他们都涂着煤粉，抹着油彩，打扮得俗里俗气。他们用异教徒那咕噜沙哑的声音，含义又模糊不清地开口长谈的时候，我又一次把自己托付给了上帝的仁慈，因为我不久就能跟他面面相觑了。可是船长却毫不留意，依然盲目地嬉戏着。

很快便证明，我的……恐惧不无道理。国王打了个信号，三个硕大的野人便抓住了船长。尽管他表示反对，那声音也极其低微，接着给抬到波瓦坦坐席前，强行让他跪下。三个野人把他脑袋放在一对为此而设置的石头上，抄起了军棍，若不是王后亲自求情，会把船长所认为属于自己的所有脑浆打得迸裂。这我万万没有想到，只见她飞奔到祭坛那里，一头扑在船长身上，对波瓦坦说，她宁愿丢掉自己的脑袋，也不愿意叫他们把他的脑袋砸扁。

---

① 此处疑为反语，即指妓女。

我承认，假设我是国王，我就会把他们两人处死，因为这样明显的结盟，不久只能导致通奸。可是，波瓦坦却停止了威吓；人群给驱散开来，只剩下国王、王后、船长和我自己（谢天谢地，大伙仿佛把我给忘记了），而且目前看来，我的心还能在胸膛里跳动着。

［接着是］国王讲话，就我所能领悟的，讲话非同寻常，正如其有欠得体一样。有些，我承认没有听懂，波瓦坦说话很快，还从牙缝里吐字。不过，我听懂的大意是：王后根本不是王后，也不是他的妃子，而是他的女儿，名叫波卡洪塔丝。在他们的话里，这个名字的意思是‘老小’，或者‘她小而无法贯穿’。这似乎不是指她那少女的身材，虽然那身材实际上非常小巧；也不是指她的头脑，想看透她的头脑不费吹灰之力。毋宁说，这尽管粗俗，却表示出孩子的一种身体上独特的不足。也即：她的私处十分狭小，里面的隔膜更为坚固，使它无法受到侵犯。这使国王非常不安，在他的国家有这样的风俗习惯：姑娘无论许配了谁，想同她结婚的野人必须首先撕裂那层薄膜，由此判断求婚者同他的未婚妻是否相般配，接下来便举行婚礼。我们被告知，由于在各种场合，波瓦坦都选择过自己人民中的武士同波卡洪塔丝婚配，但是他们眼见使出了全身力气，却谁也没有办法夺去她的花蕾，而且实际上他们的努力还给他们造成了很大伤害，所以每次婚礼均放弃了。有鉴于此，正确的做法是，尽量痛苦地把少女弄伤，伤害程度的大小，则是男人生殖力的尺度。野人的习惯是女儿年近十二岁就要嫁出去，国王竟然还有个十六岁的当处女的女儿，就应该视为一件有辱体面的事情了。

谈话接着进行下去，［波瓦坦］说，既然国王乐于砸烂船长脑袋的时候，他女儿觉得乐于救船长一命，那么，船长就必须认为自己与她定了亲，他自己就应该同以前的求婚者那样使出一番力气（也就是说：试着打开通向维纳斯女神岩洞的大门）。不过……不同的是，她的野人情郎办不到，只是受到耻笑，被辱骂成老妇人，但船长干不好，脑袋就会再被放到石头上，毫不耽搁地给砸出脑浆来。

听到这一番话，波卡洪塔丝非常高兴，尽管谈话性质会让一个英国女士窘迫，船长也欣然接受（说实话，在这件事上他没有别的选择）。我呢，又一次从屠夫的断头台上得到缓刑，虽说十分短暂，还是高兴的。但是，既然野人魁梧高大，船长身材瘦小，我看不出在野人做不到的事情上，船长能有胜算，除非在人们眼睛乍看之下可见之尺寸与不可见之尺寸之间，有什么奇妙的失衡才成。看起来，我的命运系在了船长身上，因而，我祝福他成功，宁愿听到他没完没了的夸口（他的夸口肯定会继成功而来），也不愿把自己脑浆涂到野人大棒上去，而他一旦失手，这命运就会等待着我。肉体的攻坚定于日出时分，在国王府邸前面勉强可以称为公共广场的场所里举行，全城的人都受命出席。仅这一点，我明白，就能叫一般人包括我自己身上发软，我习惯（用自己的方式）在昏黑床第的隐秘处，来崇拜维纳斯女神；可是，船长却似乎一点儿没有恼怒，事实上，反而急于当众一试枪法。这在我看来，正好用来衡量他那下流脾性，一个正人君子被逼着去做什么自己所讨厌的事情时，会尽量不招人耳目赶快办完，而恶棍无赖却闹出动静，把世人的眼光吸引到他的荒唐和放纵上去，不让人们观看他的恶作剧，就永不得安生……

[所存日志到此为止。]

“真要命，怎么就没下文了呢？”埃比尼泽看完手稿，急急忙忙去找伯林盖姆时，叫道，“没有了吗，亨利？”

“多一个字也没有了，我敢说，为了找到其余的部分，我走遍了整个城镇。”

“老天，可得知道结果如何呀——是这个可恶的史密斯兑现了海口呢，还是你那可怜见的祖先丢了性命呢?”

“哦，唔，”伯林盖姆回答，“我们只知道，两人都逃了出来。那一年，史密斯接着去切萨皮克湾考察，伯林盖姆起码是把这一段故事写了下来。再有就是，倘若我不是私生子的话，他得在后些年找个妻子，可这里什么都没有提到。天哪，埃本，我简直无法跟你说清楚，我多么盼望知道其余的情况!”

“而我呢，”埃比尼泽大笑起来，“虽说她也许根本不是诗人，可这个波卡洪塔丝的童贞却是我的两倍!”

使埃比尼泽吃惊的是，伯林盖姆脸色涨得通红。“我不是这个意思。”

“你不是这个意思，我完全明白；你关心的是你的祖先。不过，说说另外一种情况也并不粗鄙：童贞的堕落总能教给人什么，人们也从来不会厌倦这种故事。堕落得越彻底越好。”

“当真吗?”伯林盖姆又恢复了平静，微笑着说，“请你说说，这能教给人们什么?”

“我当起了老师，你却当起了学生，也真奇怪。”埃比尼泽说，“不过，我承认这是个贴近内心的话题，还是个我非常属意的话题。我的结论是，人类从中得出了两种教训：天真的堕落，还有骄傲的堕落。第一种的原型是亚当，第二种的原型是撒旦。单单是第一种，就不如第二种带有悲剧的灼痛：像波卡洪塔丝那样，纯真的童贞，对她的处女膜来说，既不美好，也不邪恶，她只是像亚当似的受到堕落者的嫉妒。他们看到她叫人糟蹋而暗自高兴，正如穷人看到富人被盗而露出笑容一样——即便是有道德的堕落者，也只是为她感到抽象的遗憾罢了。第二种正是诗剧素材，因为骄傲者常常激起我们的崇拜；我们仿

派真言。[1] 我承认，它只不过仿佛是基督徒的符号，然而，它并不指向伊甸园或者伯利恒[2]，而指向自己的灵魂。我之所以珍视它，不是因为将其当作美德，而是因为当作自己的标志，我自称处子和诗人，并不是自夸，这就与说我是男人，是英国人一样。请别再为此责备我，咱们结束这场对你少有乐趣的谈话吧。”

“尽管如此，”伯林盖姆宣称，“你跌了一跤倒下去的时候，还是值得一看的。”

“我不是说倒下去。[3]”

伯林盖姆耸了耸肩膀。“向上爬的人又是怎样做的呢？就你的情况看，更可能的是你仿佛一路睡着了似的——你的朋友麦克沃伊尽管冷酷，可绝不是个蠢物。倒下去也许能让你睁开眼睛。”

“我倒认为你是我的朋友，亨利，不过，就这一点来说，你与当年在伦敦时一样唐突，就是我和安娜到圣贾尔斯去的那时候。你忘记了在剑桥那一天，忘记了你发现我所处的处境吗？或者，忘记了我在酒馆里经常发作的、昨天我还提到的病态吗？你认为我没有为向上爬，”他接着说，情绪越发激动起来，“而真的感到高兴，觉得跌一跤会叫人陷入恐惧和怜悯吗？我不是向上爬，而是走了一段路，跌跤永远不会完全堕落，只是停止走路，或许是无路可走的、随波逐流的小船，也或许是长满青苔的石头。在这样的堕落中，我既没有看到壮观场面，也没有得到教益。”

伯林盖姆不再提这件事情，只是为自己的草率向埃比尼泽道

---

① 上文中所说“意义”、“没有意义”、“一派胡言”和“一派真言”，原文分别是：sense，senseless，nonsense 和 essence（本质）。这显然是作者的游戏笔墨，汉语姑译如上，庶几传达原文笔调于万一。

② 伯利恒（Bethlehem），即耶稣诞生地，位于耶路撒冷之南。

③ 这里“倒下去”原文是“fall”，前文的“堕落”（fall）和“堕落者”（the fallen）均由“fall”一词化出，而下句中“向上爬的人”原文是“climber”，又是“the fallen”的反义词。因此，此处以及下文均可以视为作者的游戏笔墨，但汉语无法译出，只好作注说明。

歉。然而，接下来有好几个钟头，他也像诗人那样一直闷闷不乐。实际上，直到抵达普利茅斯前不久，他们的心情才完全恢复，由于埃比尼泽的询问，伯林盖姆才又讲述起由于他发现日志残章而中断了的冒险经历。

七、伯林盖姆的故事讲述完毕；旅客抵达普利茅斯

“你看的那部分《私人日志》，”伯林盖姆说，“你可以想见，非但没有冷却我的热情，反而越发点燃了它，因为上面说**有亨利·伯林盖姆这个人**，可是，既没有告诉我他有子女，也没有说他子女中间就有我父亲。不过，我抱着希望进行遐想还是有根据的，也就是说：就在那年夏天，约翰·史密斯船长动身去考察切萨皮克湾，于是，将近半个世纪以后，我又到了那里漂泊。然而，他在《通史》里没有一处提到伯林盖姆，也没有把那个可怜的人列在那群人里面。我遍搜这块殖民地的古旧文档，打听了整个詹姆斯敦，但这件事再也打听不出什么来。我不揣冒昧询问尼科尔森本人，对领地档案还掌握什么别的情况。他回答说自己在那里时间很短，几乎不知道机密材料放在哪里，但是又说，不幸的是，当时各州纸张极端匮乏，政府官员搜遍过去的档案，想找到**正面**有文字记载、自己好使用**反面**的纸张这种事是屡见不鲜的。连致力于学术事业的他，也对这种做法感到悲哀，不过，在各州开设自己的造纸厂以前，这是没有办法的事。

“在我看来，我的《日志》似乎也遭受过同样的命运，因为记载《日志》的是英国的上等纸张，而且只书写于**正面**。到底能不能找到其余部分，我感到绝望。一六九〇年秋，我同希尔船长返回伦敦，用意是提起诉讼，洗雪对他发表煽动性演说的指控，如有可能，清除掉库德上校和他的同党。那时刻，天从人愿，库德自己和他的发言人凯内尔姆·切泽尔丹，也扬帆赶往伦敦，他们并不想用威吓替自己辩解。我便这样做了安排，让他的几个对手也于秋天在英格兰露面。我想，如果我们提出一大堆证言控告他，就可能置他于死地，或者，至

少在我们做出进一步策划之前，来掣肘他们。为了这个目的，起程前我秘密去了马里兰一趟，打算悄悄进入圣玛丽城，窃走库德法庭的刑事卷宗，或者贿赂别人去偷盗卷宗，要证实库德的腐败，这是最清楚不过的证据。然而，像以往那样，这家伙抢在了我计划的前头，我得悉他和凯内尔姆·切泽尔丹已把卷宗随身带走。

"不管怎么样，我们还是把计划付诸实施。十一月，我们刚刚停靠在伦敦船坞，贸易和种植园王室代表就传唤库德，命他当着他们的面同巴尔的摩勋爵对质，就勋爵阁下对他的指控作出答复。同时，肯特郡的亨利·库西上校也起诉库德和凯内尔姆·切泽尔丹，还有托尔伯特郡圣保罗教区长约翰·利利斯通以及另外十个人都实行了起诉。他们都是新教徒，因为库德替自己叛乱辩护的主要辩护词，就是他正在平息野蛮的天主教徒。最后，希尔自己也提起诉讼，甚至我们的朋友，'亚伯拉罕和弗朗西斯号'的伯福德船长，也在普利茅斯宣誓证明，库德当着他的面谴责过巴尔的摩勋爵，发誓要把从州里挪用的税收挥霍一空。伯福德船长曾经帮助我们逃到尼科尔森那里，歹徒们最近刚与他的船交错而过。

"一时之间，仿佛制伏他已经十拿九稳，可是见鬼，这恶魔诡计多端，对我们的攻击躲避得滴水不漏。就在叛乱的前一年，一个在帕图克森特河征收皇家关税、名叫约翰·佩恩的人遭到枪杀，他当时就在尼古拉斯·休厄尔少校的单桅游船上，或者是在船的附近，库德于是策划指控尼克·休厄尔①还有游船上的四个人蓄意谋杀。叛乱前，尼克·休厄尔是马里兰代理总督，更重要的是，他是查尔斯·卡尔弗特的外甥，巴尔的摩命妇的亲生儿子。叛党把他作为人质拘押在圣玛丽城，随时可以递交库德老友尼密尔·布莱基斯顿的法庭，后者自然能够将他处以绞刑。这样，我们的手脚给捆了起来，计划受阻，加之手里没有刑事卷宗作证，情况就更加如此。十二月，王室代表宣布希尔

① 尼克是尼古拉斯的昵称。

船长和巴尔的摩勋爵的代理人亨利·达纳尔上校无罪，后者曾被控发表叛国言论，煽动乔普提考印第安人在东海岸屠杀新教徒；可是，由于巴尔的摩勋爵的吩咐，他们触动不了，或者说不愿触动库德。

“同希尔在一起，我看不出对自己还有什么用处；他可以回到塞文河畔去，对政治已没有了兴致。我对约翰·库德的兴趣，几乎替代了以前的仿佛死胡同般的寻求。他的大胆狡诈，他又是官员又是牧师的不断变换的角色，而最重要的是他的动机，激起了我的兴趣。他似乎无意于官职，除了负责圣玛丽城团练，别的什么职司都没有；他劫掠的目的，与其说是贪婪，不如说是消遣，为了叫聪明招数得逞，甘愿冒一切风险。我敢说，他喜欢的是计谋本身，愿意以推翻总督取乐。最后，我想同他较量一番心计，为此，我主动做了巴尔的摩勋爵在马里兰业务的总代理人。贸易和种植园事务王室代表也倒向了巴尔的摩勋爵，他们完全明白，约翰·库德是个恶棍，威廉王同你我一样没有权利夺取马里兰。所以，应该任命皇室总督时，他们在大人遴选时在一旁当说客，他挑选了那个分不清坏蛋和贤者的大傻瓜莱昂内尔·科普利爵士。这时，我听到谣言说，库德趁科普利还没有离开伦敦，就出于怨恨向总督耳边递了话，告诉他弗吉尼亚的弗朗西斯·尼科尔森要被提拔来接替他的位置。我肯定，他这样说只是想在总督们之间引起摩擦，他怀恨尼科尔森，想在马里兰有个软弱的行政官，自己可以为所欲为。这个计谋引发了我的计谋，于是向巴尔的摩勋爵建议：在詹姆斯敦，既然传说接替尼科尔森的不是别人，恰恰是埃德蒙·安德罗斯爵士，那么，事实上应该委任尼科尔森为马里兰副总督；另外，还应该提名安德罗斯为马里兰总司令，如遇尼科尔森身死或者科普利不在时，他有权发号施令。这是个不可思议的安排，因为科普利不信任尼科尔森，尼科尔森不喜欢安德罗斯，库德又谁都讨厌！我的目的在于，安排得这样不和谐，他们的治理就是一场闹剧，也许有一天，威廉王会把管辖权交还巴尔的摩勋爵。

“我作了解释以后，勋爵同意了这项计划，联想到我既受到安德罗斯又受到尼科尔森的信任，他同意按我希望的任命，只是一条：保守机密。一六九二年，尼科尔森和安德罗斯得到委任。库德一听说，心里吃惊起来：他非常清楚，科普利愚蠢透顶，发现不了自己恶行的证据，即便发现，也软弱得伤害不了自己；安德罗斯在弗吉尼亚忙得不亦乐乎，也顾不上他；但是，尼科尔森既不迂腐，也不软弱，早已知道库德是个恶棍。他于是连忙给他在圣玛丽议会里的一个耳目写信，指使他盗窃出一六九一年立法会议记录来加以销毁。因为他当政时的全部情况，里面写得历历在目。又听朋友说，一个叫本杰明·里科的也上了船队，我知道他是库德的信使，便动身追赶。也算我走运，他乘的是'贝利号'船，船主塞西尔郡的佩里格林·布朗，是希尔和巴尔的摩勋爵的朋友，我也非常熟悉。我们几个人于是设法搜查里科的私人物品，拦截下那封信，转呈巴尔的摩勋爵。

"我立即决定去马里兰，说服巴尔的摩勋爵让我和科普利一同乘那只船前往。在政府里，我们有强大的同盟者托马斯·劳伦斯爵士，他是国王陛下的驻马里兰大臣，所有印鉴和文件都能接触到。我的打算是，叫他在销毁前盗出会议记录，偷偷递送给尼科尔森，后者又会将其送到伦敦供我们使用。我则更急于把它弄到手，因为在那个文件里，自己的不同目的似乎融合了起来：寻找父亲和寻找镇压库德的方法，现在成了同一件事情！"

"怎么是这样呢？"埃比尼泽问，他聆听上述一番话时，诧异得说不出话来，"我一点儿也听不懂你的意思。"

"是因为我们拦截下来的那个便笺，"伯林盖姆回答，"乍看上去，并不明白它的含义，上面只是说：**埃宾顿：诸如约翰·史密斯船长之书这样的秽语宜付之一炬**。我们知道，'埃宾顿'是安德鲁·埃宾顿，是圣玛丽议会的一个家伙，约翰·佩恩被害后，库德把帕图克森特河收税的差使交给了他；可其余的看不明白。最后，我们贿赂里科那个诡诈的家伙，他告诉我们，'约翰·史密斯之书'，指的就是一六九一年立法会议记录，写在一份古老手稿的背面。也许这只是自己所看过的印行成书的《通史》的草稿，但尽管如此，我听到这些，还是喜悦得简直难以自控，但愿里面提到和我同名的人。我的好运气还不仅此，便笺写在陈旧纸张上，和詹姆斯敦的《私人日志》有些相似，还听里科说，库德常常到弗吉尼亚旅行，那里有他的亲戚，叛乱后，还给了切泽尔丹和布莱基斯顿一批旧纸，以供立法会议和圣玛丽法院使用。也许《私人日志》的其余部分就在马里兰某地编档保存着！

“我一到圣玛丽城，就通知托马斯·劳伦斯爵士，挑明了巴尔的摩勋爵的策略。要他把立法会议记录偷来，交给尼科尔森，后者再立即找到借口造访伦敦。另外，我还想让库德的同伙丧失名誉，人数越多越好，为此，说服劳伦斯引诱他们腐化堕落。比方说，亨利·朱尔斯上校是总督议会成员和团练上校，我们就为他提供方便，使之利用卡尔弗特郡文书职务往腰包里塞满不义之财。巴尔的摩勋爵的朋友查尔斯·卡罗尔，是圣玛丽城天主教律师。他的所作所为，同库德的妹夫、科普利的得力助手尼密尔·布莱基斯顿一模一样。那些人当中，最叫人讨厌的，是国王陛下皇家监督官爱德华·伦道夫，他喜欢引诱中伤可怜的老科普利，公开为詹姆士王张目。最后，我们恐吓住了这一堆人，说加拿大的法国人和赤身印第安人正准备一场大屠杀。我们抵达后不足一个月的六月，科普利已经在向贸易和种植园事务王室代表控告伦道夫；七月，劳伦斯偷来记录，可是，我还没有来得及看一眼，尼科尔森就很快送往伦敦。十月，我们揭发朱尔斯上校，他原来又是上校，又是议会成员和文书。十二月，科普利再次控告伦道夫，并向王室代表信誓旦旦地说，尼科尔森在伦敦不可告人的差使——那封书信——叫我们非常高兴，因为，尼科尔森本人一旦出任总督，我们就打算利用它。

“就这样，我们搅得老科普利不得安生，一直到第二年二月，王室代表指控布莱基斯顿贪污受贿，他还不大了解发生了什么事情。他看清我们的计划时，已经很晚了，于是，去年春，他逮捕了卡罗尔、托马斯爵士、爱德华·伦道夫，还有别的很多人。其中，就有托尔伯特郡的彼得·塞耶，就是我在本·布拉格书店伪装的那个人。托马斯爵士还有卡罗尔给送进了监狱，并被控叛国；伦道夫在弗吉尼亚东海岸由萨默塞特郡长官逮捕，可是，在递解出阿科马克前，我捎话给威廉斯堡的埃德蒙·安德罗斯——他从波士顿的那些往昔岁月起，就是伦道夫的酒友——于是，为了安全，安德罗斯把他送回了家。”

“尽管这样，你的事业还是蒙受了损失，对不?”埃比尼泽问。

“我的事业?”伯林盖姆微笑起来，“既然我们给一个主人干活，这也是你的事业，不是吗？还是说我们的事业一时受挫吧；我们很清楚，老科普利不可能长期扣押这些人，但我们希望他们出狱，这不但是为了他们自己好，也是担心他们在狱中时，约翰·库德出来同老科普利接触。也巧，我们白白担心了一场，九月里，总督和夫人二人就死了——叫我看，他们在马里兰从来就水土不服。对于我，他的死暗示了一场奇妙的恶作剧——”

“老天哪，亨利，你自己就是老谋深算的库德呀!”

“你记得的，我说过巴尔的摩勋爵选安德罗斯为州总司令，万一尼科尔森死去和科普利离任，委任赋予了他全部权力。所以，我认为，纵使是科普利归天，尼科尔森离任，我也能制造一场大乱，于是急忙赶到威廉斯堡，把消息告诉安德罗斯，劝他实施委任。他也许有疑虑，但也知道我是巴尔的摩勋爵的代理人；再说，虽然他没有提到过，但对于假借尼科尔森的名声，来挽救法律和马里兰的秩序，他并不反感，他自己就有在弗吉尼亚追随尼科尔森的切肤之痛。简单说来，他朝圣玛丽城进军，质问马里兰政府，解散立法会议，让布莱基斯顿停职，释放了劳伦斯，带他同自己一行人回到威廉斯堡，把马里兰州交到一个叫格林伯里的小人物手里。用意是今年春天再回去，叫劳伦斯出任议会主席，不过，这样做了没有还不得而知。

“那以后，我看不出自己在州里被即刻任用的可能，所以在即将到来的一月份越洋来到伦敦。不到两个礼拜前，我到了伦敦，叫我失望的是，听说无论是尼科尔森，还是巴尔的摩勋爵，为了防备库德的密探，都没有保存立法会议记录。巴尔的摩勋爵反而说，他为了安全保管，把它分成了几部分，有些放在了马里兰，可我刚刚从那里来！我请求知道托管人的姓名，但他不愿意说出来——看来，在这件事情上，尼科尔森知道的也不比我多。不过，过了几天他又说，他想叫我做一件事，任务非常重大，别的人他都不相信；我答道，如果他不敢指出会议记录保管者的姓名，我自然不值得如此重托。听到这里，他微笑着说：我对待他十分公正；他承认，记录各个片段，在对'史密斯'这个姓氏忠实的各色人等手里，原因嘛，我就不必问了。他还极为信任地把他们的名字告诉了我。我谢过了他，说我已准备好，叫我干什么都行，他这才说，那天下午，一个年轻诗人拜访了自己，他嘱他撰写一部讴歌马里兰和其归属的作品，认为如果写得出色，他要夺回马里兰，从中的获益将胜过十番谋划。"

"天地良心，世界可真小，妙，妙！"埃比尼泽喊道，"知道他这样看重诗歌，我多么高兴啊！不过，请问到底是什么任务，叫他那一方做出这样的让步？"

"他问我，认不认识诗人埃比尼泽·库克？我心里扑腾了一下，七年来，还从来没有听到你或者安娜的一点儿消息，不过，只是回答道：听人们说过一个叫那个名字的诗人。接着，他把你的造访和建议，还有他的委任都告诉了我，说我应该陪你去马里兰——因为你以前还从来没有离开过英格兰——既为你指路，又保护你。我怎样欣然接受任务，怎样直接找到你，就由你去想象吧！"

漫长叙述的前半部分，从埃比尼泽嘴里引出了不少**哦**、**老天哪**、**天地良心**和**我敢说**等赞叹，听后半部分时，他却大半时间咧嘴蹙眉坐在那里无言以对，随着接踵而至的惊愕而处于永恒的**哦，上帝！**的诧异当中。最后，他非常感动，忘情地拥抱起伯林盖姆来——发现七年来的冒险给朋友带来的诸多变化又加上了口臭：无疑，这是蛀牙所造成的结果。

"啊，上帝，"他喊道，"但愿安娜能知道你给我说的话！彼得·塞耶这角色又是为了什么呢，亨利？起码来说，我们在伦敦动身前，你为什么不亮明身份，让她分享我找到你的快乐呢！"

伯林盖姆叹了口气，稍一沉吟，答道：“出于种种原因，我习惯了用别的名字，或者是借用的，或者是杜撰的，而不用自己的名字行事。让库德知道我的名字，甚至我的存在，没有什么好处。再说，我也想迷惑他和他的密探。比方说，我在布拉格书店里伪装成彼得·塞耶，以他的名义出现，原因只是库德以为其人还同船队一起待在普利茅斯。同样，我为了推进他的事业，既冒充巴尔的摩勋爵的朋友，又冒充他的对手。有一次，我得承认，在佩里·布朗[①]的‘贝利号’船上，为了拦截那些信函，还在本·里科[②]那个呆子面前装成过库德本人。事实上，埃本，自从一六八七年我开始玩弄权术以来，除了理查德·希尔、巴尔的摩勋爵，还有你自己外，谁也不知道我的姓名；而权术本身又大大改变了我，以前认识我的人，如今谁都不认识我，我自己也不想让他们认识我。叫他们以为我失踪了倒好。”

“可是，安娜自然——”

“这只是我对你第一个问题的回答，”伯林盖姆竖起指头，插嘴说，“第二个呢，别忘了有不少人从伦敦去找船队，有自己人，也有库德的人，或许还有库德本人。在那场合，拿下面具是非常愚蠢的，甚至是危险的。再说也没有时间，你离开前我差点儿没有赶上你，别忘了，我用了多长时间向你表露自己呀。我们没有上去，船队就起航了。”

“哦，这倒没错，”埃比尼泽并不否认。

“还有，”伯林盖姆笑了起来，“即便是你应不应该了解真相，我也没有拿定主意。”

“什么！你以为我能出卖你的信任？你就这样无情无义，竟然让我失去唯一的朋友？你这是伤害我！”

“对第一个问题，我装成彼得·塞耶来盘问你——人人都随岁月改变哪。本·布拉格说，你只是个投机钻营的人；连你的仆人也一样没

---

① 即佩里格林·布朗。

② 即本杰明·里科。

有相信你的动机，尽管他对你那么景仰。还有，我怎么了解你对伯林盖姆抱什么感情呢？你对彼得·塞耶说的一席话，证明你可以信赖；我听到后，就马上出来了，不过，假若你是另外一副腔调，那么，指点你的就是彼得·塞耶，而不是伯林盖姆了。”

“好啦。这我相信，也高兴得什么似的。然而，你讲的事情叫我替自己的糟糕和懒惰感到害羞，就像你的智慧叫我替自己的禀赋感到害羞一样。你是一个比但丁还优秀的维吉尔。”

“哦，噢，”伯林盖姆嘲弄道，“你聪明绝顶，也善解人意。另外，马里兰也不是地狱或者炼狱，只是伟大英格兰天下的一角——所不同的也许是，那里土地辽阔，土壤鲜活，烟草还没有耗尽地力。还有，限制和阻力也不强，好作物和野草同样能长高。如果说那里的人粗犷奇怪的话，千万记住：满足于欧洲的人，很少有越洋漂泊的。事情十分明显，大多数都是被欧洲遗弃的人，或者是他们的后裔：反叛、潦倒的人，囚犯和冒险的人。这样的种子撒在这样的土地上，要想收获正人君子，太轻信了！”

“可是，你说起话来，就像个热爱那地方的人，”埃比尼泽说，“单单这一点，对我来说，就保证了我也会热爱的。”

伯林盖姆耸了耸肩膀。“也许会这样，也许不会。那里有既是福祉又是祸苗的自由。这不仅仅是政治和宗教上的自由——它们年复一年来而复去——而是我所说的哲学上的自由，由于历史的匮乏而产生。那种自由使得人人都像我一样成了孤独者，既使人振奋又使人沮丧。不过，别说啦，我望见那边普利茅斯的船桅和塔顶了。很快你就会了解马里兰以及它给你的印象的！”

就在伯林盖姆说话的当儿，大海的腥味刮进了马车，触动了埃比尼泽心灵深处。不一会儿，他第一次望见大海从眼前绵延到远处的地平线时，浑身颤抖了两三次，差一点儿遗下小便来。

八、桂冠诗人写下一首四行诗，并污了马裤

“记好，”马车辚辚驶进普利茅斯时，伯林盖姆说，“我不是亨利·伯林盖姆，也不是彼得·塞耶，真塞耶跟船队在某个地方呢。我看，弄清情况前，最好什么名字也别给起。”

因而，一俟箱笼放下来，他们便在码头上打听“波塞冬号”，人们告诉他们，船已经随船队而去。

“什么!”埃比尼泽喊道，“这么说，到底错过了它!”

“噢，”伯林盖姆微笑起来，“这不是司空见惯的嘛。船队正在利泽德锚地那边集结；晴天可以从这里看到的。”

进一步查看后，他发现一小舟在锚地和港口之间摆渡，便安排好午后乘小舟渡过去。

“索性在岸上最后吃顿饭吧，”他向埃比尼泽解释道，“再说，我得换换衣服，我想扮成你的仆人——他叫什么来着?”

“叫伯特兰，”埃比尼泽喃喃地说，“可你非得扮成仆人不行吗?”

“是啊，要不就设想一个地道的绅士同你做伴。我当伯特兰，陪着你就可以不惹人注意，还能从路上游人那里听到更多的消息。”

这样说着，他带路穿过大街，从码头来到一个酒馆，上面画着两个大写的字母“C”，相向连接，嵌一顶三簪皇冠的图案，以广招揽。

“这是海王酒馆，”伯林盖姆说，“就是在这儿，我第一次染上了轻微的淋病，那时，我还在撒尔芒船长船上当水手。从威尔士来的一个瘦骨嶙峋的荡妇，利用我没有见过世面，索要了清白姑娘的价钱，到欺骗露馅时，我已经从普利茅斯开拔，前去里斯本好几天了。淋病很快消失，可对那个女人我却一直耿耿于怀。在里斯本，我看到一艘

开往普利茅斯的船，在水手当中打听了一番，最后找到一个独眼的葡萄牙人，患着可怕的非洲淋病，仿佛就要死去一样，相比之下，我们英国人的淋病小巫见大巫而已。我把撒尔芒船长给我买来学习航海的全新象限仪给了那个可怕的人，条件是他一靠岸就直接去海王酒馆，把自己的淋病传染给那个威尔士婊子。不过，谁也没有因为吃的死在这里。”

半晌午光景，酒馆里空荡荡的，只有一个年轻女佣在擦石头地板。矮矮胖胖的她，头发粗糙，脸上长满雀斑，但眼睛里闪现出一丝醉人的光线，鼻子透着傲慢。伯林盖姆让埃比尼泽去挑选桌子的当儿，狎昵地走过去，跟她攀谈起来，虽然声音很低，埃比尼泽听不清楚，但很快就叫她晃动着指头，哈哈大笑起来。

“小鸭子发誓说，食品柜里除了鱼，什么都没有，”伯林盖姆立刻走回来，说，“不过，我跟她说她侍奉的是桂冠诗人，能用休迪布拉斯式讽刺诗把酒馆说得很糟糕以后，她同意用烤牛肉让你停停笔。这就端上来。”

“你这是挖苦我哩。”埃比尼泽谦和地说。

伯林盖姆耸了耸肩膀。“等上牛肉的工夫，我看还是换换衣服吧。”

“可行李还在码头上呢。”

“这没关系。从朴素衣着到绫罗绸缎常常要走一生一世，可从绫罗绸缎到朴素衣着即刻就能走完。”说着，他又朝女佣走过去。女佣见他回来脸上露出了微笑。他轻轻地对她说着什么，同时又狠狠拧了她一下。她尖叫起来，一只手捂着屁股，笑着用手指着壁炉旁边的一扇门。伯林盖姆于是拉住她的胳膊，仿佛领着她往前走去似的；她朝后退的当儿，他冲她的耳朵一本正经地悄悄说了些什么，她气喘吁吁地摇头的当儿，他又悄悄说了些什么。她冲埃比尼泽瞥了一眼，后者立刻面红耳赤，装做整理自己围巾的样子；伯林盖姆第三次悄悄说了些什么，接着从示意的那扇门走出去。姑娘明亮的眼睛里露着羞怯，在房间里逡巡了一两分钟，直直瞪了埃比尼泽一眼，鼻子里不屑地哼了一声，转身也从那扇门走出去。

这场不大不小的戏，虽说叫诗人很是吃惊，但单独待一会儿，也是很高兴的，不仅能思量思量朋友的不可思议的冒险经历，还能审度一下自己的处境。

“我光顾着望着亨利喘气了，”他自言自语道，“几乎忘了自己是什么人，还有即将去从事的事业。打从伦敦起，没有写过一行诗，也没有想到记记旅行日记。”

于是，他在桌上摊开复式分类账簿，翻到记录自己官方生涯的第一首四行诗那一页，从售酒柜台旁边墙上的架子上取下鹅管笔和墨水，思考着怎样使对面这一页与之珠联璧合。

“一路上的行程，在《马里兰纪》里可以只字不提，”他自忖道，“所见极少嘛。再者，诗从普利茅斯开篇来得更好：人们大半都是从那里告别英伦三岛，驶往马里兰的；也可以激发读者，使之直接进入航海状态。”他沿这一线索又进而思考了一番，决定以幻想的漂流记形式来创作史诗《马里兰纪》，认为这样才能以新颖和出人意料的笔触，向读者揭示马里兰的赏心悦目，而读者也会以同样的新颖和出人意料，向航海家一诗人来展示他们自己。于是，他以一种敬畏的心情，愉快地回想起了航船的名号。

“波塞冬号！”他想，“是个好兆头，真的！还有一个维吉尔般的同伴，撼动大地者本人是到这个极乐世界去的渡手！”[①]

他在心里思量了一下这个恰当比喻，最后写道：

让大海掀起那最可诅咒的狂飙，
船板不会漏水，桅杆不会弯腰。
有了不起的波塞冬在我们身边，

---

① 波塞冬系希腊神话中的海神，又称撼动大地者或统治大地者。在这段文字中，维吉尔指亨利·伯林盖姆，埃比尼泽则自比为波塞冬。

他不偏也不倚。

他在末尾缀上**绅士埃·库，马州桂冠诗人**等字样，满意得咧嘴笑起来。就在他这样忙活着时，有两个男人走进酒馆，哗啦一下把门关上。看外表，他们是水手——但不是一般弄海的人——举止和仪态又很像是双胞胎：两人都矮矮胖胖，红鼻斜眼，蓄着黑络腮胡子，顶着没有梳理的头发；都穿着黑色上衣和马裤，头上炫耀着同样颜色的双峰礼帽。每人腰带右边挂着一把手枪，左边佩一柄弯刀，另外，手里都拿一根粗重的黑色手杖。

“我请你喝啤酒，斯卡瑞船长。”其中一个吼叫着。

“不，斯莱船长，”另一个吼叫着说，“我请你。”

他们说着话，站在那里，用手杖敲打着配酒柜台。“拿啤酒来!”一个喊道。“拿啤酒来!”另一个喊道。见喊叫没人应声，他们面露不悦之色，怒目而视，抱怨起来。他们面容狰狞，举止粗暴，埃比尼泽断定他们是海盗船长，但又没有勇气离开房间。

“**拿啤酒来!**”他们又叫了一声，又徒劳无功地用手杖敲着柜台。埃比尼泽埋头于桌上摊开的笔记簿里，但愿他们注意不到自己在那里。

“我怀疑，斯莱船长，”其中一个说，“咱们得自己动手了，要不，就得干着喉咙找伙计。”

“那咱们自己去汲啤酒好了，斯卡瑞船长，”另一个回答，“那坏小子走不远。我去汲两品脱啤酒来，也许喝不完他就回来了。”

“也许，也许。”头一个附和道，“不过，**我**该去汲酒，你是我的客人呀。”

“见鬼!”第二个喊道，“是我第一个说的，你是**我的**客人，你这个天杀的!”

“我看你得先下地狱，”一号说，“请客的是我。”

“是我!”二号说，口气更加咄咄逼人。

“你请客算狗屁!”

“我去汲啤酒来，斯莱船长，”二号说着掏出了手枪，“要不汲你点儿血也成。”

“我汲你的血，”一号依样画葫芦，“还要让你去喂蛆！”

“两位，两位！”埃比尼泽说，“看在老天分儿上，消一消火！”

说完，埃比尼泽便后悔不该说话。两个人转身瞪了他一眼，手枪仍然相向着，神色益发吓人。

“这不干我的事儿，”见他们冲自己走过来，埃比尼泽连忙说，“根本不干我的事儿，我明白。我的意思是，我十分高兴给二位买酒，要是告诉我怎样汲酒，也愿意给二位汲酒，这是我的荣幸。噢，没有关系，我敢打赌，不说我也能马上汲酒的，在洛吉特酒馆见过多次了。是啊，”他一边抽身后退，一边接着说，“也没有什么技巧和诀窍，也就是：要是酒桶流得快，就叫杯子边靠着龙头，让酒慢慢流进去；要是不快，就留点儿时间叫它流满杯子，这可不太好办，会起更多泡沫——”

“住嘴！”二号命令似的说，砰的一声手杖击在桌子上，埃比尼泽的笔记簿跳了起来，“老天哪，斯莱船长，你听没听到过这样的空话？”

“也没有见过这种莽撞的举动，斯卡瑞船长，”另一个回答，“这个坏蛋不光乱管咱们的事儿，还想完全按照他的意思办。”

“不，不，两位，你们误会了我的意思！”埃比尼泽喊道。

“那就请闭上嘴坐着别动，”斯卡瑞船长用手杖指点着诗人的椅子，说。接着，冲同伴说：“我叫这个傻瓜眼里吃个花生豆，你得原谅我呀。”

“那我会很高兴，”另一个回答，“那样咱们就能清静地喝酒啦。”现在，两只手枪都瞄准了埃比尼泽。

“我的客人没有俯就这种小事儿的。”第一个说。埃比尼泽站在椅子后边，瞅着伯林盖姆和女佣走出去的那扇门。

“这正是我心里想的，”斯莱船长咆哮道，“不过，请记住谁是主人，要不，我就得放两枪了。”

“看在上帝分儿上，诸位善良的船长。”埃比尼泽嘶哑着嗓子说，可是两腿和括约肌却叫他露了馅；他无法说下去，身上散发出奇臭无比的味道跌倒在地上，脸也埋到了椅子座位里。就在那一刻，后门开了。

“住手，酒馆女招待来了！”斯卡瑞船长叫道，“给我来两杯啤酒，丫头，我先把这个臭家伙丢出去。”

“去它的啤酒！”能够看到前门的斯莱船长吼叫起来，“我敢说，那边大街上走的，就是我们的桂冠诗人！”

“真的，那咱们追他去吧，”另一个说，“要不他又会从栖身地溜掉了！”

他们没有理会啤酒，也没有理会诗人，转身来到街上。不久，从那里传来了枪声和渐渐远去的吵闹的诅咒声。埃比尼泽什么都没有听到，一听到他们说起的猎物，他便晕倒在酒馆的石头地板上。

九、进而于海王酒馆马厩里所作的咏海诗

埃比尼泽清醒过来，发现自己在海王酒馆马厩里，躺在干草堆中；老友伯林盖姆穿着苏格兰布衣，正跪在地上用那本复式分类账簿朝他脸上扇着。

“我不得不把你抬出来，”亨利面带微笑说，“不然，你会把顾客赶跑的。”

“长大疮的顾客！”诗人有气无力地说，“是他们的一对顾客才把我弄到这种地步的！”

“你现在好了吧，还要扇吗？”

“不用了，起码别从你站的地方扇，不然我就全完了。”他动身想坐起来，脸上现出苦相，又叹口气躺了回去。

“是我的不对，埃本；要是知道你紧急，我就不会在那边厕所里耽搁那么长时间了。你怎么不用这些干草呢？这可不是低劣的次等品啊。”

“我可没小瞧了它们，”埃比尼泽说，“你跟那个娘儿们嬉戏的时候，有两个海盗船长想叫我眼里吃颗花生豆，什么也不为，就为我想平息他们的口角。”

“海盗船长！”

“是啊，这我说得准，”埃比尼泽坚持道，“埃斯奎默林的书我看了不少遍，见到海盗能认出来的。他们像双胞胎一样，两个都很凶狠，都一身黑色衣服，蓄着黑胡子，拿着黑手杖。”

“那你怎么不自报家门和职衔呢？”伯林盖姆问，“那他们就不敢伤害你了。”

埃比尼泽摇了摇头。“谢天谢地，我没有，不然，我的性命当场就完了。他们要找的正是桂冠诗人，亨利，他们想谋杀他！”

“不，不！可是为什么呢？”

“那只有主晓得；我能活下来，只感谢一个可怜的人，那时，他正从窗户旁边路过，他们把他当成了我，追了过去。感谢上帝，他们没有追上他，也没再回来！”

“他们模样差不多，”伯林盖姆说，“**海盗**，你说！唔，这倒并非不可能的，毕竟——可话说回来，你满身是屎啊。”

埃比尼泽呻吟起来。“丢人，丢人！这种情形，怎样蹒跚到码头，去取干净马裤呢？”

“哎咦，我没说到码头去呀，先生，”伯林盖姆用乡村用人的口吻说，“现在，只要脱下内裤和马裤，让小多莉洗洗，我再给你拿干净的来。”

“多莉？”

“是啊，是海王酒馆那边的琼·小雀斑。”

埃比尼泽脸涨得通红。“尽管她卖淫什么的，可她还是个女人，而我是马里兰的桂冠诗人！我不能让她听说这个。”

“**听说**这个！”伯林盖姆大笑起来，“你差一点儿叫她喘不过气来！看见你躺在地板上，帮着我把你抬到这里的，你以为是谁呀？脱下来，桂冠诗人大师，别跟我虚套啦。你出娘胎，有女人给你擦屁股，你老了，还有女人给你擦屁股；中间擦一次又有什么呢？”于是，埃比尼泽不得已解开了纽扣，他的朋友大着胆子猛地一拉，诗人就赤身露体了。

“哦哟，”伯林盖姆暗笑起来，“身材长得不错，就是有点儿脏。”

“我羞得要死，由于污秽，连遮羞也不能了。”诗人抱怨着，“快一点儿，亨利，别叫人看见我这副尊容！”

“好的，不管是给男人还是女人，我敢说，你的童贞长不了啦，看你多么迷人。”看见埃比尼泽的狼狈，伯林盖姆又大笑起来，一边收起了沾了粪污的衣服。“再见，喏：你的用人一会儿就会回来，如果没有给海盗逮住的话。在这当儿，你将就着把身上弄弄干净。”

“可怎么弄呢，请问?”

伯林盖姆耸了耸肩膀。“朝旁边瞧一眼就成，好先生。**聪明人不会给尿憋死。**”接着，他走出院子，叫多莉来拿他的奖赏。

随即，埃比尼泽朝周围望去，想找到什么东西，来改变一下糟糕的现状。稻草，虽说马厩里绰绰有余，但他立即予以否定：抓在手里也不舒服呀。接着，他想到自己的细亚麻手帕，记得是放在马裤口袋里的。

“不行，”他心里又掂量了一番，“上面缀着一排法式大扣子呢。”

他也不能牺牲自己的上衣、衬衫或者长袜，一方面他没有多少衣服乱丢，一方面也没有勇气让酒馆女招待洗更多的衣服。“**聪明人不会给尿憋死。**”他自言自语重复了一遍，又望着身后厩棚里一匹栗色大阉马的尾巴，也给否定了，理由是它的高度和方位，他无法即刻接近而没有危险。“如果这不是在告诉我们一个人的智慧十分可怜，”他瘪着嘴唇思忖起来，“又能教导我们什么呢? 傻瓜和野兽靠天生智力生存，从经验中学习；聪明人则向智者学习，靠他人生存。哎呀，我花了两年的工夫在剑桥念书，还跟亨利在父亲的凉亭里花了三倍于两年的工夫，不是一无所获吗? 如果天生资禀救不了自己，那么教育能够救自己!”

于是，他由记着的历史知识开始，从所受教育中寻觅救援。“倘若不是把过去的记录当成现在的教训，”他问道，“那么，人们为什么要珍视它呢?”然而，他对希罗多德、修昔底德、波里比阿[①]、苏埃托尼

① 希罗多德（Herodotus，约前484—约前425），修昔底德（Thucydides，约前460—约前395），波里比阿（Polybius，约前200—前118），皆为古希腊历史学家。

乌斯[1]、萨鲁斯特[2]以及其他古今编年史家虽然并不陌生，但在他们那里，却找不到解决他现在的尴尬的先例，也得不到什么忠告，最后只好放弃这种打算。“显然，”他下结论说，“历史所训导的不是个人，而是人类；这位女神的学生是民族及其领袖。不，再者说，”码头吹来的风叫他微微战栗着的当儿，他又进一步作了推论，“克利俄[3]长着蛇的眼睛，除了运动什么也看不到，她观察各民族的兴衰，但对于不变的事物——永恒的真理和万古不变的事理——自然是唯恐僭越哲学的领地而熟视无睹。”

因此，他接下来尽其所能地在内心回忆着亚里士多德、伊壁鸠鲁、芝诺[4]、奥古斯丁、托马斯·阿奎那和其余的人，也没有忘记他那些柏拉图学派的教授们，以及他们一度的朋友笛卡儿；不过，虽然他们对于他的困窘是真实的还是想象的，以及这种困窘是否值得在**永恒的相下**[5]加以关注，他与困窘相关的未来措施是已经确定，还是全部掌握在他手里，都寄予无限兴趣，可是，谁也没有提出具体建议。“难道他们只是胡说八道那些既没有臭味也没有污渍的三段论，”他琢磨着，“别

---

① 苏埃托尼乌斯（Suetonius，约69—约122），古罗马历史学家、传记家。

② 萨鲁斯特（Sallust，前86—约前35），古罗马历史学家。

③ 克利俄（Clio），希腊神话中九个缪斯女神之一，司掌历史。

④ 在古希腊有两个芝诺，一为埃利亚的芝诺（见第11页注释①）；一为基提翁（塞浦路斯一城市名）的芝诺（约前334—约前262），古希腊哲学家，斯多葛派的创始人。此处应是按时间顺序列举，应指后者。

⑤ 哲学术语，原文为拉丁文sub specie aeternitatis，最初由荷兰哲学家斯宾诺莎提出。斯宾诺莎认为宇宙间只有一种实体，即作为整体的宇宙本身，上帝和宇宙就是一回事，而人的智慧则是上帝智慧的组成部分，上帝是每件事的“内在因”，通过自然法则来主宰世界，所以物质世界中发生的每一件事都有其必然性；世界上只有上帝是拥有完全自由的，而人虽可以试图去除外在的束缚，却永远无法获得自由意志。如果我们能够将事情看做是必然的，那么我们就愈容易与上帝合为一体。因此，斯宾诺莎提出我们应该“在永恒的相下”看事情。

的什么都不说吗？或者，难道就没有恐惧侵入他们的理智，由此玷污了他们的马裤？”他朝院子里瞧着，见找不到亨利，便决断道，问题的真相是，哲学正如莫尔[①]的**永恒的浓重**[②]一样，只处理普遍性、范畴和抽象概念，仅仅在用个人问题阐明普遍问题的时候，才提到个人问题；但无论怎么说，就他记忆所及之处，对于像自己的困境这样普通而又实际的困境，哲学是提不出答案的。

出于同样理由，他甚至没有考虑物理学、天文学，以及自然哲学的其他领域；也没有搜索关于造型艺术的记忆，他完全明白，菲狄亚斯[③]也好，米开朗基罗也好，尽管专注于人类的苦难，却不会屈身俯就，使他这样的状况得到永恒的表现。不，他终于断定，自己所应转而求助的是文学，而且，应该尽快求助于文学，因为，在所有艺术和科学中，只有文学才把人的经验和行为——由出生至死亡，自帝王到下等妓女，从城市的焚毁到放屁——的方方面面，以轻重缓急不同的种种人类问题作为自己的领域。只有在文学当中，才能发现诺亚的祖先，亚该亚人[④]的船只，等等，都同样给小心翼翼地罗列了下来——

“罗列下来的还有卡冈都亚[⑤]擦屁股的东西！”他大声说，“我怎么到现在没有想起来呢？”他愉快地回想着拉伯雷写的那一章，或者说小卡冈都亚试验各种擦拭屁股的东西的那一章——自然，他并不是气急败坏地，而是以一种纯粹的试验精神，想找到永远最为壮观的方式——最后把它奖赏给了活着的白鹅的脖子；可是，马厩旁边的院子

---

① 托马斯·莫尔（Thomas More，1478—1535），英国政治家、作家，早期空想社会主义学说的创始人，著有《乌托邦》等作品。

② 疑出自莫尔的《乌托邦》，原文系拉丁文 eternal spissitude，后一词与“愚蠢”谐音，故为游戏笔墨。

③ 菲狄亚斯（Phidias，约前480—前430），古希腊雕刻家。

④ 亚该亚人（Achaians），曾在伯罗奔尼撒北部创造了迈锡尼文明的古希腊人。

⑤ 卡冈都亚（Gargantua），又译高康大，法国作家拉伯雷（Rabelais，约1494—1553）所写讽刺小说《巨人传》中的人物。

里虽说有不少母鸡和珍珠鸡，埃比尼泽连一只鹅也看不到。“除了在滑稽或者讽刺书籍里，”一会儿之后，他又垂头丧气地断定，“这样不遗余力地使用可怜的禽类也不合适，不久必然会倒我们胃口的。当然啦，好心的拉伯雷的意思只是开个玩笑罢了。”同样的，虽说他心里愈发惊惶起来，却又在读过的文学作品里，考虑起所能记得的其他与自己处境相似的例子来，接着，或者认为它们不适用，或者认为它们不相关，又一个个地放弃了。他带着沉重的心情得出了结论：对于他，文学也没有用处，虽然它就生活给人们提出了某种诡辩，就人们独特的无常命运提出了一种解脱，但是，除了偶然情况之外，并没有提出解决实际问题的方法。除了文学，还有什么呢?

他想起了麦克沃伊对他的指责：他对整个真实的大千世界和世上活生生的人一无所知。他问自己，换了别的不了解整个大千世界的人处于他的位置，又会怎样做呢？不过，在这样有知有识的人当中，他只熟悉两个——伯林盖姆和麦克沃伊，他们中的谁会处于自己的位置，都是不可思议的。然而，他十分明白，世界的奥秘远甚于个人认识。世上的野蛮游牧人和异教徒，从来都找不到合适的擦屁股的东西，是怎样过活的呢？沙漠里的阿拉伯人，没有树叶，没有纸张，又是怎样过活的呢？自然，他们都以什么方式发明了清洁方法，不然，每一个人都必得离群索居，而那个种族不出一代就会消亡了。可是，在他从伯林盖姆那里听来，以及年轻时在关于航海历险和游记的书中读到的所有那些风俗和异国习俗中，他能够记起的只有一件事切中要害：伯林盖姆有一次对他说，印度农民只用右手抓饭吃，因为左手习惯上是用于个人清洁的。

“这根本不是解决办法，只是延宕我的困境，”诗人叹了口气，“一个智慧和世人都背离了的人，还有什么希望得到别人的帮助呢?”

他一下子跳起来，尽管他那处境十分不舒服，但当他发觉那是首双行体诗的时候，还是高兴得满面红光。“尽管困窘，我仍然是处子和诗人！**一个……人，还有什么希望**……老天，倘若有墨水和鹅管笔，我就趁热打铁，把自己描绘一下！”无论如何，他还是决定在笔记簿里折一下角，提个醒儿，好以后把这首双行体诗笔录下来；直到把笔记簿在手里摊开，翻动着空白纸页的时候，他才从中弄明白了该怎么办，可这又不是他先前任何努力的结果。

“不错，是个吉兆！”他十分敬畏地说，一边后悔不该在伦敦驿站把本·布拉格记下账目的那几页账簿撕掉，不仅仅是因为他跟着彼得·佩根的那些年，让他对**借方**和**贷方**之类的事务倒足了胃口，还因为他想起来在那些州纸张如何匮乏，因此连一张纸都不愿浪费。的确，他非常不愿意，一时间，他反而郑重其事地想把已经写上诗的那几页撕下来。那上面有自己的《童贞赞美诗》和伯林盖姆让他回忆起来的那首不长的四行诗，还有自己对“波塞冬号”的初次礼赞。只是那种全然的不得体，那种实际上的亵渎神灵的行为，才让他住了手，最后，为了那件事，使用了新鲜洁白的两页纸张，接着又用了两页。那件事的完成，由于微风吹干而效果欠佳，很是费了一番力气，而他又把那件事变成了这样一则寓言：没有用过的书页是尚未诞生的歌曲，就仿佛**在子宫里**①一样，还有力量使他洁净而体面，而到时候他又会生歌曲——一句话，是他迄今为止所事生涯的经历。或者说，是他自己双重本质的象征，虽则来得太晚未能使他免于现眼，但依然能够擦掉自己恐惧的残余。再或者说——然而，他兴趣盎然的寓言勾画，却被从海王酒馆后面出来的、脸上长满雀斑的、手里拿着他的内裤和马裤来晾干的多莉所打断。尽管他十分尴尬，还是朝马厩入口伸出脑袋，打听着伯林盖姆，后者离开差不多快一个钟头了；不过，对伯林盖姆的下落，女人声称一无所知。

“可他只是往大街对面去了呀！”埃比尼泽心有不服。

“这我什么都不知道。”多莉十分倔犟，说着转身要走。

“等一等！”诗人叫道。

---

① 原文为拉丁文。

“嗯？”

埃比尼泽脸色通红。“外边有点儿凉——你能从楼上拿条毯子，或者别的东西给我盖盖，好等我伙计回来吗？”

多莉摇了摇头。“酒馆里没有这种招待，先生，除了过夜的人。你的伙计除了洗马裤的一先令钱，毯子的事儿什么都没有提。”

“你这个遭瘟病的！”埃比尼泽喊道，暴怒之中几乎忘记了遮盖自己，“难道弥达斯[①]的贪婪正是同女人一样？我伙计来了，你很快就能拿到那个肮脏先令的！”

“**没钱就别拜主**，”女人语带傲慢，“他来不来，我可保不了险。”

“你家老板会听到这些鲁莽言辞的！”

她像伯林盖姆一样耸了耸肩膀。

“那么，就来杯加热水的威士忌，老天，或者来杯咖啡吧，免得我说出难听的话来！天地良心，姑娘，我是——”想起海盗船长，他没有说下去，“问你话的是位绅士，可不是一般水手！”

“就算是威廉王本人，在海王酒馆也不能赊账喝半口东西。”

埃比尼泽不再劝说。“要是我得在这个肮脏马厩里死去，”他叹了口气，“你起码给我弄点儿墨水和鹅管笔来吧，难道说，酒馆里也没有这种招待？”

“谁用墨水和鹅管笔都随便。”多莉应允道，不一会儿就把笔墨拿到了马厩门口。

“你得在自己的本子里边画，”她说道， “纸张很贵，不能乱丢呀。”

“可我刚才用你家老板吓唬你来着！哎呀，你可真是他的运气呀！”

又剩下了一个人，他便把那首帮了自己大忙的、警句式的双行体

---

① 弥达斯（Midas），希腊神话中的佛律葵亚国王，以巨富著称，且能点石成金。

诗写在账簿折着角的那页上面，还想试试手再写点儿诗，可是，处境的不适使得他不可能进行创作。时间的流逝叫他惊诧：太阳越过了子午线，开始朝西方落去；不一会儿，就到了登上小舟、把他们摆渡到“波塞冬号”船的时刻，可是，伯林盖姆仍然不见踪影。风改变了方向，直接从码头刮来，吹到马厩里面，叫诗人浑身透凉。后来，他不得不在附近空隔栅里找了个躲避的地方。一坐下去，成堆的新鲜干草就把他的腿和屁股都埋了起来。是啊，最初的厌恶之后，只觉得身上暖融融的十分舒服，虽说仍然有点儿担心——既为了伯林盖姆的境遇，也为了自己的境遇，因为他毫不费力就能想象出，朋友撞上了海盗船长。他决定用快乐的念头使自己高兴起来（同时克服那相对的舒适所立即引起的睡意），再次翻到写着四行诗《波塞冬号》的那一页。尽管自己从来没有见过那条船，略略构思之后，还是在第一首四行诗后面又加上了第二首。其中，他把船坦率地称做：

一艘壮丽的船，从甲板到桅峰，
和往昔岁月荷马的希腊人
从东方驶往特洛伊的舻船相同，
正如我们现在驶往**马里兰**海岸。

在这里，要表达对船长和水手的赞颂，还是不费力气的，虽说他一生中，除了伯林盖姆和那两个可怕的海盗船长以外，实际上没有遇见过一个从事航海的人。他全身心地依附于缪斯，放弃了四行诗节适于史诗的长度的做法，接着写道：

我们船长，犹如海神一般，
舵轮旁的步履缓慢而沉重，
冲着天空发号施令，
那里，我们桅顶上勇敢的水手，

伸开又卷起那强大的船帆，
乘上风儿，却躲开狂飙。
哦，神武而刺激的小特里同[①]的赛跑，
他勇于面对狂野的大西洋哦，
战胜了大风和浪涛：少年英俊，
上帝保佑你，美丽骄傲的英伦！

他在一种白日梦中，见到自己当真登上了“波塞冬号”，马裤干爽，十分舒服，衣服牢牢地掖在下面。天空灿烂，从东吹来的劲风，在粼粼的大洋上掀起朵朵白浪，眼看吹落了自己和那些站在船尾跟他交谈的热诚绅士的帽子，吹得他们烟斗里上好烟草的余烬由红变黄。上方，水手们在以怎样的优雅伸开风帆！锚锭，又是和着怎样的合唱队从海底滴着水升上来，威武的大船为它让路！众绅士手扶帽子，俯视斜杠下面的浊浪，仰望绕帆桁盘旋而去的海鸟，冲着太阳和浪花眯起眼睛，不无敬畏地朝攀登的水手朗声笑着。不一会儿，一个从下面上来的侍者毕恭毕敬地打着手势，快活的人群于是来到船长舱房进餐。埃比尼泽坐在要人右首，谁也没有他那样机智敏锐，也没有他那样饥肠辘辘。可是，摆在他们面前的又是怎样的盛宴！于是，他蘸了蘸鹅管笔，写道：

你问，我们快乐的人儿吃什么，
在前往可爱的**马里兰**的途中？
那我告诉你：餍足航海的强烈胃口，
我们还从来没有尝过这样的珍馐，

① 特里同（Tritons），希腊神话中海之信使，波塞冬之子，系海上狂暴自然力的化身。

是武尔坎[①]和伽尼墨得[②]

对丘夫和朱诺[③]的供奉。

还有要交代的话，不过，梦境的甜蜜胜于叙述，而且，他浑身疲倦，几乎提不起精神，签上**绅士埃·库，马州桂冠诗人**的字样，就完全闭上眼睛，脑袋朝前点着，什么也不知道了。

他仿佛只睡了一小会儿；可是，马夫牵着一匹马走进马厩的时候，他惊讶地见到，太阳已经到了西边的天空。门口射进来的那方阳光移到了他正坐在里面的稻草附近。他记起自己还半裸着身子，便一跃而起，抓起两把稻草盖在身上。

"厕所在院子对面，先生，"马夫丝毫未显出吃惊地说，"虽然并不比马厩味道好闻，我敢说。"

"不，不，你误会了，小伙子——不过，没关系。那边铁丝上，你看到挂的内裤和马裤了吗？劳你大驾，摸摸干了没有，干了的话，赶快拿到这里来，我得赶上到锚地去的渡船。"

年轻人按照吩咐做了。不一会儿，埃比尼泽终于离开马厩，尽量急速地朝船坞跑去，一边跑一边搜寻伯林盖姆和那两个海盗船长，恐怕朋友落到了他们掌心。他气喘吁吁地跑到船坞，却沮丧地发现，虽则伯林盖姆的箱子还放在早上他存放箱子的地方，小船却已经载着自己的箱子离去。他的心往下沉去。

附近，一个上了年纪的水手坐在小船的一卷绳索上，抽着长长的黑色烟斗。

---

① 武尔坎（Vulcan），希腊神话中赫淮斯托斯的罗马名，为宙斯与赫拉之子，是火神和煅冶之神，热爱劳动，并不耽于口腹之乐。

② 伽尼墨得（Ganymede），又名伽尼墨得斯，原为特洛伊人，因美貌绝伦而被宙斯选为天上的侍酒官，因而后转义为饭馆侍者。

③ 丘夫即朱庇特，即希腊神话中的宙斯，朱诺为其妻，即希腊神话中的赫拉。

“我说，先生，小船什么时候起帆的？”

“不到半个钟头以前，”老人说，连眼睛都没有转过来，“你还能瞧见它哩。”

“乘客当中，有个个头不高的人，他——”埃比尼泽正准备好描绘伯林盖姆一番，又立即想起，朋友是化了装的，“他自称叫做伯特兰·伯顿，是我的——仆人？”

“根本没有看见。我压根儿就没有看见什么仆人。”

“可你干吗把这个箱子留下，把旁边的给运走了呢？”埃比尼泽问，“这些箱子是要一块儿乘‘波塞冬号’的。”

“这根本不是我干的，”水手耸了耸肩膀，说，“库克先生动身时带走了他的箱子，另外那个人今天夜里坐另一条船走。”

“库克先生？”埃比尼泽喊道。他正想发作，说自己才是马里兰桂冠诗人埃比尼泽·库克，但细想之下还是不说为好。首先，那些海盗船长或许还在找他——而老水手，就自己所知，也许受了他们的雇用；再说，**库克**也绝不是个不常见的姓氏，整个情况也许不过是一时的混乱。

“可是，自然啦，”他最后说，“那人不是埃比尼泽·库克，马里兰的桂冠诗人吧？”

然而，老人却点了点头。“就是那位先生，是个吟诗的人。”

“咄！”

“他穿着跟你一样的黑马裤，”水手主动地说，“还披着一件紫色外套——虽说架势高傲，却一点儿也不干净。”

“是伯林盖姆！”诗人气喘吁吁起来。

“不，不，是**库克**。是什么诗人，坐‘波塞冬号’过海的。”

埃比尼泽揣测不出其中的奥妙。

“那么，请问，”埃比尼泽问，说话有些吃力，很是担心的样子，“第二位先生，这个箱子的主人，今天夜里坐另一条船走的人，又可能是哪个呢？”

老人舔了舔嘴唇。“他没有穿着绅士的衣服，”老人终于说道，“也没有绅士的长相，只是跟所有水手一样，外表是海水泡日头晒的样子。别人管他叫**船长**，他也这样叫他们。”

埃比尼泽脸色苍白起来。“不是斯莱船长吧？”他颇为害怕地问。

“是啊，既然你提起来啦，”老人说，“他们中间，还有个斯卡瑞船长。”

“还有斯卡瑞？”

“是啊，他们是斯莱和斯卡瑞，就跟双胞胎一样。那个会吟诗的先生走了不足五分钟，他俩，还有第三个人来找过他，就跟你想找到他们一样。可是，他们只不过走到靠近这里的房子那边喝朗姆酒去了，你也许能在那儿找到他们的。”

埃比尼泽身不由己地喊道：“千万别找！”说着惊惧地朝街对面瞥了一眼。

老人又耸耸肩膀，冲海湾里吐了口痰。“在岸上，也许还有比水手更合适的伙伴，”他并不否认，“不过，他更叫人高兴——有啦！”他打断了自己，“您只要念念他行李上的名字就得，写了还不过五分钟。我自个儿不识字，要不，我这会儿就想起来啦。”

随即，埃比尼泽检视了朋友的箱子一番，手把上有块写着下面字样的纸板：**约·库德船长**。

“不，不！”他两腿发软，不得不坐在箱子上，不然，又会污了刚刚晾干的内裤，“别跟我说是黑约翰·库德吧！”

“黑也好，白也好；约翰也好，吉姆也好，他叫库德，”老人肯定地说，“是斯莱船长、斯卡瑞船长，还有库德船长，他们在那边海王酒馆里呢。”

猛然间，埃比尼泽恍然大悟，虽则这并没有使自己的恐惧平息下来。伯林盖姆在马厩里从埃比尼泽口中得悉海盗及其猎物以后，监视过他们，也许还监视了酒馆附近的库德，发现一项正在策划中的针对埃比尼泽的密谋——后者作为巴尔的摩勋爵的桂冠诗人，毕竟是他们妨害治安阴谋的大敌，甚至是潜在的致命对手。而若想揭露这一阴谋，除了锋利的休迪布拉斯式的讽刺之外，就没有更好的手段了。所以，他换上埃比尼泽原来的衣服，自称为桂冠诗人（显然，他们根本不知道自己猎物的真面目），给他们放出风去，仿佛自己已经带着箱笼什物前往“波塞冬号”去了。除此，还有什么更为高尚的做法，或者说，还有什么更加符合忠于护卫精神的做法呢？这是一种既与朋友的勇气，又与他的足智多谋相配的韬略，是同他逃离海盗托马斯·庞德，或者拦截本杰明·里科的信函一样的冒险！再者，这是以自己的东西为代价完成的，现在，库德好像已经盗取了这些东西。诗人心里暖烘烘的：这种关怀，朋友那英勇放弃自我的行为，让他眼里湿润了。

“再想想吧，”埃比尼泽思忖道，“我还一直平平安安地躲在马栏里，错误地猜疑他哩！”

那好吧，埃比尼泽下了决心，他要表明自己当得起这种崇高的敬意。“你怎么叫库德认了我的箱子呢？”他质问又抽着烟斗、沉思起来的老水手。

“**您的**箱子，先生？”

“是**我的**箱子！今天上午，你难道跟不识字一样，就看不见桂冠诗人和我从伦敦马车上放下我们的箱笼？”

“哎呀，我压根儿不晓得呀，”老人说，“是约瑟夫驾船，我儿子约瑟夫，我只是照料照料泊位，等他回来罢了。”

“那就叫不管什么骗子来认顾客的箱子？你这个摆渡的可真好，还有你的约瑟夫也真好，说真格的！那个流坏水的约翰·库德，连假冒都不假冒，借着你帮忙，光天化日之下就用他自己的名义公开抢夺！我要叫地方长官来！”

“请别这样，先生。”老人喊道，“我孩子什么都不知道，我敢发誓，我也不想帮一个强盗！那些快活的船长们厚着脸皮走过来，先生，打听吟诗的绅士，还说：‘箱子是库德船长的，日落以前，得放到开往马恩岛的“摩菲迪斯号”船上去。’”

“而且，用一基尼堵住了你的嘴，这我没怀疑错吧?”

“是两先令。”水手谦恭地回答，“我怎么能晓得行李不是他的呢?”

“不管怎么说，这加重了罪孽。”埃比尼泽说，“在监狱里活到头，就值两个先令?”

不久，凭借这一点，以及类似的威胁，埃比尼泽就说服老水手承认了错误，但他仍然询问道：“可是，您这会儿问起来，我怎么晓得是您的呢，先生？也许，你就是个贼，库德船长不是，那谁能把我从监牢里救出来呢?”

“箱子只是委托给我，”诗人回答，“负责安全运给我家老爷的。”

“你一个伺候人的，这么责骂我?”水手绷住了长满络腮胡子的下巴，“你老爷是什么人，把手下人打扮得像圣保罗教堂里的花花公子?”

埃比尼泽没有理会这种诋毁。“是随身拿走第一个箱子的那同一个吟诗绅士——埃比尼泽·库克，马里兰的桂冠诗人。他要是找个合适地方提起你那些胡说八道来，你和你那粗野儿子约瑟夫，就够受的了。”

“老天哪，那就把这个倒霉箱子从我这里拿走吧!”那可怜人喊道，同时答应说，等小船一回来，就把箱子和仆人一起送到“波塞冬号”上去。“可是，劳驾，您的差使有什么证据或者标记，还是拿出来叫我看看，”他乞求道，“也好叫我安心呀。要您是贼，那三个船长是主人，叫我在他们手里可怎么过呢?”

“别害怕，”埃比尼泽说，“不出两分钟，我就叫你看到足够的证据：桂冠诗人写的一页一页的东西。”他心里交织着焦虑和释然，一下子想起来，笔记簿还在马栏里面。可是，老人摇了摇头。“要不是用红字儿在你屁股上烙着、刻着，就像法典那样，是骡子是马，我可分不出来。”

“你可别叫我发火，老头儿!”诗人告诫道，“不管懂不懂意思，天大的傻瓜也能一眼就看出什么是诗来。我把合于上帝听的诗拿出来，你就不会这么挑刺啦!”他一边声色俱厉地责令水手看好伯林盖姆的箱笼，说一旦小船回来，就准备好立刻起程，一边绕个硕大弧线穿过大街，远远躲开海王酒馆入口，拐到通往酒馆后院的小巷，心里扑腾扑腾跳着，又到了那熟悉的马厩里面，时时刻刻提防着撞上三个狰狞的船长。他连忙来到自己写作航海诗的马栏，就在他在匆忙尴尬中离开的地方，放着那本宝贝账簿，便一把抓了起来。也许，那个看马厩的家伙弄脏了账簿，或者偷了几页去吧?没有，账簿完好无缺。

“**战胜了大风和浪涛，**”他从上面引用了一行，同时，对自己的造诣又快活地赞叹了一番，“它发出了震荡和风暴的声响!”

不过，当时没有时间让他如此高兴；小船那一刻就可能回来，而且，歹徒们也不会总是在酒馆里喝朗姆酒。他尽快掠了一眼上午还没写完的那节诗——描绘船上宴饮的七八句双行体诗，接着又叹了口气，把笔记簿夹在腋下，急急忙忙从马厩来到院子里。

“站住，诗人大师，要不就要你的命!”一个声音从他身后传来，埃比尼泽嗖地回身，与两个黑色装束的地狱恶魔撞个正着，每一个都左手拄着乌木似的手杖，右手端着手枪瞄准诗人胸膛。

“要你两回命!”另一个又说。

埃比尼泽说不出话来。

“我给他天主教的黑心来颗花生豆吃，斯卡瑞船长，省了你的火药好吗?”

“不，谢谢你了，斯莱船长，”对方回答，“库德船长想先看看，咬住食饵的到底是什么怪鱼，然后再掐他的喉咙。不过，到时候乐事还是归你的。”

“听你吩咐，斯卡瑞船长，”斯莱船长说，“见鬼，库克，不然，我那颗花生豆就到了你肚子里啦。”

然而，埃比尼泽动也动不了。后来，押送他的人每人抓住一只胳膊，推推搡搡，把半昏迷半清醒的埃比尼泽带到了酒馆后门。

“看在主的分儿上，放开我!”埃比尼泽眼睛紧紧闭着，嘶哑地说。

“这位先生说了算，”逮住他的一个人说，“我们带你去见的人，才是你要跟他讲价钱的那个。”

他们走进了似乎是食品贮藏室或者仓库之类的房间，逮住他的一个人——叫斯莱的那个——走上前打开了另一扇门，门通向海王酒馆热气腾腾的厨房。

“哦嗬，约翰·库德！”他吼道，“我们给你逮住了你要的诗人！”

于是，埃比尼泽给人从后边狠劲一推，脚在瓷砖上一滑，顺势匍匐在房间中央的桌前，恰恰跪在坐在旁边的人脚下。所有的人都哄笑起来：有推了他的斯卡瑞船长；有站在附近的斯莱船长；还有个女人，不过，由于她双脚在埃比尼泽面前耷拉着，所以，埃比尼泽便猜想她正坐在库德大腿上；还有库德本人。颤颤巍巍的诗人抬起头来，却见那女人正是雀斑多莉，她用手搂着主凶的脖子坐在那里。

接着，埃比尼泽害怕得仿佛面临着路西法[①]一样，转过眼来望着约翰·库德。可是，他之所见如果并不那么可怕的话，也同样叫人诧异：他瞥见了伯林盖姆那微笑的脸庞。

---

① 路西法（Lucifer），早期基督教作品中对堕落前的撒旦的称呼，后即与恶魔同意。

十、桂冠诗人当真受到批评，登上了“波塞冬号”

“亨利!”

朋友伯林盖姆的笑容消失了。只见他一下把酒馆女招待从膝头推开，蹙着眉头站起来，扯着埃比尼泽衬衣前襟把他拉了起来。

“你这个笨蛋!”趁诗人没有再说什么，伯林盖姆悻悻地说，“谁叫你溜到马厩里去的？我跟你交代过，到码头上查一查，看有没有那个破诗人来着!”

埃比尼泽惊讶得说不出话来。

“这是我的用人亨利·库克，”伯林盖姆冲两个身着黑衣的船长说，“你们就分不清诗人和一般仆人?”

“你的用人?”斯卡瑞船长喊道，“说真格的，就是上午拉了屎叫我们讨厌的那条狗崽子——不是吗，斯莱船长?”

“嗯，就是就是，”斯莱船长说，“还有，他当时正在你说的诗人的笔记簿里划拉着什么呢。”

伯林盖姆又朝埃比尼泽转过身，举起了一只手。“你不听话，我真想扇你个耳刮子！我叫你到码头上去，可你到酒馆里去闲逛！我们没有抓着桂冠诗人，这还有什么奇怪的！你怎样弄到那本笔记簿的?”他追问道，见埃比尼泽（虽然开始明白，朋友伯林盖姆是在保护自己）仍想不出答话来，又说：“我看，你是在我们的人放在码头上的行李里面找到的，觉得是值得喝一杯的宝物吧?”

“哎，哎，”埃比尼泽好不容易说出话来，“就是呀——哎哎。”

“哦，上帝，愚蠢透顶!”伯林盖姆冲其他人说，“没有一刻能离开酒瓶，他端起朗姆酒来，还不如个祭台助手。我看你是喝醉了，所以，”他挖苦着埃比尼泽，“到马厩把肚子吐了个干净？”

诗人点了点头，终于，他对自己说话声音放了心，就坦白说：“我醒过来不过半个钟头，跑到码头一看，不见了桂冠诗人的箱笼。接着，又想起来我把笔记簿丢在马厩里了，就回来取。”

伯林盖姆冲船长们摊开两手，仿佛十分绝望似的。“可在你们看来，这家伙的相貌像是马里兰桂冠诗人？我身边尽是些傻瓜！拿两杯烈酒，再拿点儿吃的来，多莉，”他命令道，“除了我可爱的傻瓜，你们都给我走开。我有话跟他说。”

垂头丧气的斯莱船长和斯卡瑞船长退了下去，无动于衷地目睹了这一场戏的多莉，也出去斟酒。埃比尼泽几乎要倒向椅子里，便一把抓住伯林盖姆上衣袖子。

“老天哪！”他喊喊喳喳地说，“究竟是怎么回事儿？你干吗冒充库德，又干吗让我一天都在马厩里打哆嗦呢？”

“小声点儿，”亨利回头望了望，告诫道，“我们现今的境地虽说有利，但也不好对付。相信我，可能的时候，我会公开说清楚的。”

酒馆女招待端着两杯朗姆酒和一盘冷牛肉回来了。“叫斯莱和斯卡瑞去码头，”他吩咐她道，“跟他们说，日落时我到‘摩菲迪斯号’上去。”

“你信得过她？”多莉离开后，埃比尼泽问，“过了一上午，她当然知道你不是库德。”

伯林盖姆微笑起来。“她晓得自己的角色。吃吧，现在，我来告诉你你的角色。”

埃比尼泽按照吩咐吃了起来——而且，由于朗姆酒的缘故，心里镇静了一些，不过酒也叫他身上有些战栗。透过通往海王酒馆大厅的门缝，伯林盖姆往里面瞧了瞧，没有什么人偷听，他显然十分满意，便这样解释自己的处境道：

“上午，我一离开你，就直接去码头取干净马裤，心里一边琢磨着你跟我提到的那两个海盗船长。当时，我估计他们根本不是海盗，想到他们要找的是你，就更是如此——对海盗来说，诗人能派上什么用场？然而，从你形容的他们的外表、举止和搜索之物来看，我另外产生了同样令人吃惊的想法，而且，很快就看清楚，这种想法是对的。你说的两个穿黑衣的恶棍，就在存放我们箱子的码头上，于是我立刻猜出，他们是斯莱和斯卡瑞，是以前给库德干过活的两个走私犯。很明显，库德得悉了你的任命，对你心怀叵测，虽然他的用意我只能揣摩。还有，逮你的人并不知道自己猎物的面相，可以轻而易举地受骗，这也十分明显。当时，他们正跟驾船的小伙子说话；我大着胆子蹲在箱笼后面，只听摆渡的说，你，还有你同伴，正在海王酒馆里面——幸好，我没有对他说出姓名。斯莱说这不可能，因为，他们不一会儿前还在海王酒馆里待过，看见猎物在大街上来着，只是没逮住他罢了。”

“是啊，就是这个样子的。”埃比尼泽说，“我最不想回忆的就是这一点。不过，他们跟踪的是谁，我猜不出来。”

“我也猜不出来。然而，那摆渡的还是坚持己说，最后，斯莱建议再搜查一遍酒馆。可是，斯卡瑞不同意，说是到了把约翰·库德从船队叫来的时候了。”

“库德跟船队在一起！”

“是啊。”伯林盖姆说道，“这一点，还有他们说的别的事情，都叫我相信，库德伪装，同总督及其手下的人一起乘那条战船从伦敦越洋来了——他们是上午跟船队会合的。毫无疑问，他担心自己干的事情，想首先了解一下对手从尼科尔森那里得到了什么好处。所以我想，斯莱和斯卡瑞打算在锚地迎接他，把他弄到自己船上来。今天夜里，他们的船要驶往马恩岛，再从那里转道马里兰。”

“老天，那家伙也够大胆！”诗人大声说。

伯林盖姆微笑起来。“你觉得他大胆？这又不是从伦敦到普利茅斯去。”

“可是，就在尼科尔森的鼻子底下呀！跟被他从马里兰赶出去的那些人在一起!”

“可是，我蹲在行李后面的那阵子，”伯林盖姆说，“心里又想起了个更大胆的念头——不过，我得先给你讲讲所听到的另外一件事情。斯卡瑞问斯莱，他们甚至没有见过他们首领的真面目，化了装又怎么能认出来呢？斯莱提议使用库德手下人革命[1]前用过的口令，以便弄明白第三方是不是自己人。喏，凑巧我非常熟悉两条口令，是我往日冒充叛乱者时记得的。一条是，头一个问同谋：‘你朋友吉姆最近怎样骑马？’这就是说，詹姆士王维持王位有多大把握？第二个回答：‘恐怕要摔下来，他需要匹好马。’第三个如果参与了叛乱的话，就说：‘也许是马需要个好骑手。’另一条的用处是，一个人如果想让一伙不认识的人知道自己是叛乱者的话，就得在大街上或者酒馆里，说：‘见到我围橘红色[2]领巾的朋友没有？’这就是说，说话者是奥兰治家族的朋友。另外一伙人就嚷：‘妈呀，你能认出伟人吗？’‘妈呀’和‘伟人’是‘玛丽’女王和‘威廉’王的谐音。

“听到他们的打算，”伯林盖姆接着说，“我立即决定挫败他们。我最初的念头是，你和我冒充斯莱和斯卡瑞，把库德从战船上截过来，设法羁留住他，弄清他的计划，以及他干吗要把你弄到手。”

“咄！这永远办不到!”

“也许吧，”伯林盖姆并不否认，“无论如何，我虽说知道了斯莱和斯卡瑞不认识库德，但这并不意味着他不认识他们——是啊，他们是一对出了名的恶棍。因为如此，我决定再一次冒充约翰·库德，就如同从前有一次在佩里格林·布朗船上一样。我绕过箱笼，去打听围橘红色领巾的朋友。”

埃比尼泽表露出了惊讶，又问：既然伯林盖姆身穿用人服装，而

---

① 此外指英国资产阶级革命。

② 此处原文是 Orange，指下文的奥兰治（家族），但在英文中，又有“橘红色”的意思。

库德据信在战船上，这一步尽管果敢，但难道不是有欠明智？他的朋友回答道：人们知道库德穿上了不同一般的服装——比方说，神甫的袍子、牧师的长袍以及各种军队服等——而且，他神不知鬼不觉地出现在同党当中，又同样出人意料地销声匿迹，这实际上是他的特点，在容易轻信的人里，很有几个还以为他掌握了隐身法力。

"至少，他们相信了我，"伯林盖姆说，"他们又一次平静下来之后，我也没有给他们多问什么的机会，只是由于假装他们行动迟缓而不悦，当他们说出桂冠诗人从罗网中溜走的时候，我就勃然大怒起来。于是通过足智多谋的盘问（因为，装得比他们知道的多，很有必要），我就拼凑出了一段至今我还无法完全理解的诡谲公案。斯莱和斯卡瑞是从伦敦来的，同行者是个自称埃比尼泽·库克的人；按照库德的吩咐，他们装做马里兰种植园主，护送假桂冠诗人前往普利茅斯。依我看，他们是出于某种罪恶目的，想从那里把那人押上'摩菲迪斯号'——可能的是，他们认为他是巴尔的摩勋爵的奸细。不过，无论那人是谁，他肯定察觉了这个阴谋，于是，便在上午某个时候摆脱了他们的控制。

"喏，别以为我忘记了你，"伯林盖姆接着说，"我怕你找到了别的衣服，随时都会出现在大庭广众之中。因此，我引着斯莱和斯卡瑞到街头酒馆去喝朗姆酒，尽量拖延他们，想找到个给你送信的计策。每隔几分钟，我就朝码头望望，假装寻找自己的一个用人，最后，我看到你的箱笼不见了时，我想你一个人登上了'波塞冬号'。不久，我们朝这边走过来时，码头上那老头证实说，埃本·库克带着箱子坐小船走了。"

埃比尼泽惊愕地摇了摇头。"可是——"

"等等，先听我说完话。我们于是来到这里打发时间，而且一直待到晚上；我十分肯定你没有出什么事，只是打算叫小船船夫给你送个信，免得你认为我出卖了你，或者遇上了危险。多莉跟我说你的笔记簿在马厩里时，我发誓说，我们会抓住你的，因为为了自己的笔记簿，一个诗人下地狱也愿意，便安排他们守着马厩等你回来——事实上，我是想过一会儿把笔记簿和信一块儿给你送过去，所以用这个计策，只是想摆脱那两个夯货一段时间。他们把你带进来时，就别提我有多惊讶了。”

埃比尼泽不大舒服地想起他进来时的那一幕。

“太难以置信了，语言简直无法表达。”他说，“你以为我走了，可我以为是你走了——我是说，是披着你的外套的那个家伙！”

“什么？不可能的！”

“不对，这我说得准。码头上那老头儿描述过：是一件纯紫色外套和一条黑马裤。就是因为这一点，我才猜想是你的。”

“上帝！简直不可思议！”他大声笑起来，“真是一场喜剧！”

埃比尼泽承认，自己对这场闹剧一无所知。

“想想不就明白了嘛！”他的朋友说，“今天上午，斯莱和斯卡瑞来找桂冠诗人，他们取笑挖苦你，不知道你就是诗人那工夫，我和多莉到那边马栏里玩耍。在我们去的头一个马栏里，看见有个可怜的人在那里睡觉。看样子，是个用人，我当场从他那里交换了衣服。他呢，也乐得交换！”

“天地良心，你是说那个假桂冠诗人？”

“如果你听说那人穿着我的衣服，还有谁呢？也许，他刚刚从斯莱和斯卡瑞那里逃出来，正在躲避他们。”

“那么说，是他后来从窗户旁边走过去，救了我一命！”

“自然是这样的；而且，听说你有箱子，他想必是带着箱子走掉了。那家伙也真大胆！”

“可他走不远，”埃比尼泽冷冷地说，“我们一登上船，我就叫他走人。”

伯林盖姆瘪了瘪嘴唇，什么话也没有说。

“有什么不对头的地方，亨利？”

“你打算乘‘波塞冬号’走？”伯林盖姆问。

“当然啦！趁着斯莱和斯卡瑞在船上等我们，现在干吗不能溜掉呢?”

“你忘记了我的职责。”

埃比尼泽扬起了眉毛。“忘记的到底是你还是我?”

“你看，亲爱的埃本,”伯林盖姆热情地说，“我不了解那个骗子是什么人，不过我敢说，他只不过是伦敦的一个可怜的花花公子，想出来用你的盛名捞好处。在‘波塞冬号’上，就让他当当埃比尼泽·库克好了。说不定，船长会看出骗局，给他戴上铁镣，库德也或许会谋害他，或者贿赂他，他们同在船队里嘛。就算他把骗局带到马里兰去，我们可以同地方长官一起找他，事情也就完结了。同时呢，你的箱子存放在货舱里——他动不着它。”

“那么，上帝，你想怎么办呢，亨利?”

“我不明白约翰·库德葫芦里卖的是什么药,”伯林盖姆说，“也不明白巴尔的摩勋爵，或者别人到底卖的是什么药。说得准的是，库德对尼科尔森的任命十分惊讶，同时，还害怕自己那些肮脏勾当暴露出来；依我看，他打算赶在船队之前登陆，不过，是去掩饰他以前的劣迹呢，还是再去惹麻烦，我就猜不准了，也猜不准他打算对你干什么。我打算继续扮演库德的角色，同我的心腹用人亨利·库克乘‘摩菲迪斯号’到马里兰去。”

“哦，不，亨利！这太荒唐了!”

伯林盖姆耸了耸肩膀，往烟斗里装上了烟丝。“我们得出其不意，赶在库德之前,”他说，“并且粉碎他的阴谋。”

伯林盖姆接着解释道，斯莱和斯卡瑞船长所从事的，是通过二次出口的手法免税走私烟草到英国来；也就是说，他们在英国找个进口港报关货物，交纳税款，然后，重新出口烟草到附近的马恩岛将税款退回——从技术上说，该岛是外国领土——从那里再将烟草销往英格兰或者爱尔兰就很容易了。“我们还能一登陆就罢免他们，把他们置于死地。这对巴尔的摩勋爵，难道不是个很大的胜利!”

埃比尼泽敬畏之中摇了摇头。

“喏，得啦得啦！”他的朋友过会儿喊道，“你自然是不怕的吧？关于那个无聊的骗子，你心里没有怎么烦躁吧？”

“说实话，由于他的缘故，我是很烦躁，亨利。倒不是他以我为代价，改善了自己的处境——假如他抢劫了我，我根本不会大惊小怪。可是，他侵犯了我的自我存在！这我不能允许。”

“哦啊，”伯林盖姆嘲弄地说，“来学究那一套了。你的**自我**这枚硬币又怎么样，他又怎样占有了它呢？”

埃比尼泽提醒朋友，别忘了在伦敦的马车里他们的第一次谈话。在那儿，他说出了自己既是处子又是诗人那双重属性的本质。在他与琼·托斯特约会后，那种属性的实现，如果没有使他真正进入存在状态，也使他进入了聚焦状态，因此，这种属性的保持和张扬就是他首要的价值所在了。

“我不会再一次逃避自我的，或者说，不会用任何方法来掩盖自我。”他最后说，“今天上午，叫我羞惭的正是这种懦弱，而且，它仿佛也是我回归这种使自己经受住一切的真实自我的一个预兆。我被尚未诞生的歌曲所净化，同缪斯一起度过了焦虑的时刻。”

伯林盖姆并不否认，自己无法理解这一隐喻。于是，诗人便用深入浅出的语言解释道，他用笔记簿里的两个空页来净化自己，又以咏海诗写满了另外两页。

“我发誓永远不再背弃自己，亨利。只是由于自己的惊讶，我当时才欺骗了人。假若斯莱和斯卡瑞现在来到我们面前，我会直接宣布自己的真实身份。”

“而且，直接叫你那愚蠢的脑袋吃颗子弹？你可真是个傻瓜！”

“我是诗人，”埃比尼泽鼓起渐渐萎缩下去的勇气，回答道，“谁想否认，就让他否认好了！此外，即便是根本没有那个骗子，也必须到‘波塞冬号’上去，我所有的诗都提到了那艘船。”接着，他打开笔记簿，翻到上午的诗作。“喏，听听这个：

让大海掀起那最可诅咒的狂飙，
船板不会漏水，桅杆不会弯腰。
有了不起的波塞冬在我们身边，
他不偏也不倚。

用‘摩菲迪斯号’就破坏了音步，更不用说那险喻了。”

“险喻已经给破坏了。”伯林盖姆语带尖酸，“第三行把你弄到了船外边，最后一行既可读成是大海，也可读成是波塞冬。至于音步，虽则你行驶在‘摩菲迪斯号’上，但什么都无法叫你不提‘波塞冬号’的名字。”

“不，不，这不一样，”埃比尼泽强调地说，同时由于朋友的恶意而有点儿伤心，“我所认的只是真正的‘波塞冬号’：

一艘壮丽的船，从甲板到桅峰，
和往昔岁月荷马的希腊人
从东方驶往特洛伊的舻船相同，
正如我们现在驶往**马里兰**海岸。”

“你朝西颠簸。”伯林盖姆说得更加尖刻了，“‘波塞冬号’是个老鼠窝。”①

“对于我，乘着它还有更重要的理由，”诗人说，语气仿佛受到了伤害，“不然，我也许会描绘得不确切。”

“啐！你所申辩的不是那么回事儿，对不？依我看，你在‘摩菲迪斯号’上描写‘波塞冬号’，对于你来说不费吹灰之力，既然你能在马厩里来描绘它。”

埃比尼泽合上笔记簿，站起身来。“我简直不晓得你干吗一定要伤

---

① 此处系伯林盖姆对埃比尼泽的戏谑和调侃。

害我。”他沮丧地说，“你有权蔑视巴尔的摩勋爵的训令，可是，你为了想干什么就干什么，难道就愿意作践我们的友谊吗？好像我并没有求你跟我一起去，虽说我需要你的指点！可是，不管库德不库德的，我要坐‘波塞冬号’到马里兰去，好跟那个骗子周旋到底。假使你想什么都不顾，一味展现你那没有头脑的谋划，那就再见吧，上帝保佑，但愿我们能在莫尔登见面。”

听到这里，伯林盖姆有些动情。虽然他不愿意放弃同斯莱和斯卡瑞一起航行的计谋，还是为自己的尖酸道了歉，看到埃比尼泽同样决绝地想乘坐“波塞冬号”，便热情地——如果并非不情愿地——向他告别，信誓旦旦地说，自己绝没有存心蔑视埃比尼泽从巴尔的摩勋爵那里接受的命令。

“无论我做什么，心里都想着你。”他说，“我想挫败的，是库德算计你的阴谋。别以为我会抛弃你，埃本。以这种方式也好，以那种方式也好，我都指点你，救援你。”

“那莫尔登见？”埃比尼泽眼里含着硕大的泪珠，问。

“莫尔登见。”伯林盖姆肯定地说，最后握了手，诗人急匆匆穿过食品贮藏室，由海王酒馆后门出来，唯恐船队不等他就起航。

幸好，他见小船在船坞里，准备摆渡。直到看见船上别的货物中有伯林盖姆的箱子，他才想起自己是假冒桂冠诗人用人的，虽说讨厌把这种骗局维持下去的想法，但又叹了口气，意识到此时此刻暴露真实身份是十分荒唐的，因为因此而出现的争论，完全能叫他误了小船。

“嗨，停一下！”见老头儿放开了系泊缆绳，他喊道，“等等我！”

“啊哈，是诗人那年轻的公子哥，是不？”站在船尾的男人约瑟夫说，“我们差一点儿把你留在岸上。”

沿着码头冲刺、跑得气喘吁吁的埃比尼泽，终于登上小船。“等一下，”他吩咐道，“先把缆绳系紧。”

“什么话呀！”水手大笑起来，“已经晚啦！”

可是，埃比尼泽说，他刚才出了个错，现在真是后悔莫及。由于急于侍奉老爷，他把库德船长的箱子误当成了交给他看管的那一只。他们费力装到船上，他很乐意付摆渡费用；不过，箱子得在库德知道之前，送回船坞。这让父亲和儿子都非常厌恶。

“弄这样的傻瓜伺候自个儿，那老爷也太放纵了。”约瑟夫说。但尽管如此，船还是伴随着难免的抱怨和诅咒返回来，拿到额外的一先令赏钱后，两个摆渡人又抛开了缆绳——这一趟，老头儿也在船上，因为从下午起，风渐渐刮了起来。儿子约瑟夫用竿撑开小船，顺风升起小帆，用力把主帆全部张起来，又走到前面固定小帆；父亲把舵柄狠劲压下去，于是风帆涨满了，小船加速朝锚地驶去，缓缓朝左抢风行驶。诗人兴奋得心里颤抖着；带着海腥的风使他头脑热血奔涌，腹中鼓荡。几分钟以后，他迎着西下的太阳望见了船队。五十只三桅船、双桅船、纵横帆双桅船以及索具齐备的大船，全都抛下锚锭，三三两两簇拥在护送它们穿越海盗水域、抵达弗吉尼亚海角的战船周围。从那里，再驶向各自的目的地。靠近一点儿望去，可以看见所有船只忙得不亦乐乎，各式各样的驳船和渡船，穿梭往来于船与岸、船与船之间，运送最后的乘客和货物；水手们配备索具，把风帆朝帆桁翻转；船长们站在高处低声叫着。

“哪艘是‘波塞冬号’？”埃比尼泽高兴地问。

“右舷那边就是。”老头儿用烟斗柄指着，只见一艘船迎风停靠在他们右方四分之一英里的地方；再顺风行驶一程，就会把他们带到那跟前了。那艘大约两百吨重的宽头方尾船，就是“波塞冬号”了。它那高踞于主甲板上方的船楼和船尾、船头、船身、纵帆，还有后桅和中桅等，外表上同船队别的和它一类的船只并没有多大差别。是啊，如果说有什么不同的话，那就是它并不那么引人注目而已。对于阅历颇丰的人，它那磨损的升降索、焦油弄脏的护桅索、锈迹斑斑的链盘、“爱尔兰三角旗”以及全身的肮脏不堪，都说明它的年久失修。可是，对于埃比尼泽来说，同邻船相比，它却远远出色。“非常壮观！”他喊道，一边急不可耐地想登上去。最后，他们这一程走完，紧紧靠上去时，他便一下子爬上了绳梯——照常理，这是他所不具备的技艺——朝着甲板上的大副致意问好。

“我可以问问您的姓名吗，先生？”那位要人问。

“当然，”诗人微微点头，客气地回答，“我叫埃比尼泽·库克，马里兰桂冠诗人，订了舱位的。”

大副冲在旁边站立的两个高大水手打了个手势，接着，埃比尼泽便觉得自己的两只胳膊给紧紧抓住了。

“这是什么意思？”他喊道。“波塞冬号”甲板上所有的人都转过身来望着这一幕。

“我们看看，他游起泳来是不是跟他撒谎一样大胆啊，”大副说，“把那家伙从旁边丢下去，伙计。”

“住手，”诗人下了命令，“我要叫船长用鞭子抽你们这伙人的！我是埃比尼泽·库克，我说过；奉巴尔的摩勋爵之命，我是马里兰桂冠诗人！”

“我明白，”大副淡淡地说，“可是，桂冠诗人阁下，有没有什么人能证明您的身份呢？乘客当中，那些绅士淑女自然认识桂冠诗人了！”

“我当然拿得出证据来，”埃比尼泽说，“虽说你们应该负有这种麻烦！岸上有我一个朋友，他——”他想起伯林盖姆乔装的事，接着停顿下来。

“他会就这件事发誓的，因为你贿赂了他。”大副说。

“他说瞎话。”小船上的年轻人约瑟夫说，他是跟着埃比尼泽爬到船上来的，“他刚才跟我说，他是个用人，这会儿，连这个我也不信了。假装成主人，可主人就在附近，这算什么用人？”

“不，不，你误会了我！”埃比尼泽并不服气，“自称埃比尼泽·库克的那个人是个骗子，我发誓！把那个坏蛋带出来，我能盯着他的眼睛，骂他搞这套骗局！”

“他正在舱房里写诗，”大副回答，“不该打搅他。”他又冲水手说:“给我把他从旁边丢下去,叫他见鬼去吧。”

“等等!等一下!”埃比尼泽尖叫起来,满心盼望着但愿自己正同伯林盖姆一起待在海王酒馆里,“我能证明那家伙骗了你们!我有巴尔的摩勋爵亲自颁发的委任状!”

“那就请拿出来看看也好,”大副面露微笑劝诱着,“那我就把另外那人丢下去。”

“我的上帝!”埃比尼泽明白了事实之后,咕哝了一声,“可我放错了地方。也许在下边我的箱子里呢。”

“也许是的,可箱子是库克先生的呀。不管怎么说,不是放错了地方——请求桂冠诗人的时候,他拿出来过。把这个夯货丢下去!”

然而,埃比尼泽看清了自己的困窘,一下跪倒在甲板上,抱住了大副两腿。“不,不,我求求你,好心的先生,这只是说说笑话,是愚人节骗人玩的。我是桂冠诗人的仆人,就像这位先生所说的那样,有桂冠诗人的笔记簿作证。把我带到主人那里去吧,求求你,我会请求他的原谅。这只不过是玩笑罢了,我发誓!”

“你觉得呢,先生?”一个水手问。

“他说的可能是实话,”大副说,一边望着手里的纸头,“库克先生是订了仆人舱位的,不过,在码头上什么人也没有带来。”

“依我看他不过是个投机的坏家伙。”约瑟夫说。

“不是,我发誓!”埃比尼泽想起来,装扮成仆人伯特兰的伯林盖姆,上午替埃比尼泽和他自己订过铺位,于是喊叫起来,“我是菲尔兹镇圣贾尔斯教区的伯特兰·伯顿,先生,是库克先生的用人,也是他父亲的用人!”

大副把这件事情思索了一番。“那好,把他送到下面去,等他主人来认领。”

尽管十分不幸,埃比尼泽还是给放了出来。无论付出什么代价,他的计划就是待在船上,一旦开船,他就能提出自己的情况,最后说服他们相信他的真实身份,看清那个神秘陌生人的骗局。

“哦，上帝，我谢谢你了，先生!”

水手们于是领他到前甲板下面去。

“没什么,”大副鞠躬，说，“一个钟头以后，我们就到了海上。要是你主人不认领你，想游回家路就长了。”

十一、告别英伦：桂冠诗人出海

于是，不久以后就出现了这样的景象：当水手们吊起锚锭放入锚架，抛出帆脚上升索，张开船帆，固定住帆布、升降索、转帆索等的时候，当“波塞冬号”借着船后舷风势越过利泽德，朝大海行驶的时候，埃比尼泽并没有同后甲板上的大人先生们一起目睹这一景观，而是一个人忧郁地躺在前甲板下面的吊床里，水手们正在上面忙碌着。说实话，那位大副最后说的话，虽然极为令人恐惧，可是他也不再当真盼着回到海王酒馆里去了。自然，那骗子也有可能吓不倒，那他无疑会拿出最后一个招数：让真桂冠诗人当仆人，而不是把他淹死；在伯林盖姆的计策当中，埃比尼泽所看到的，只有死路一条。于是，在权衡了方方面面之后，他相信，自己的行动计划事实上是十分谨慎的，也许，在这种情况下，还是所能想象出来的最明智的计划；然而，假使自己听从伯林盖姆的劝告，默许了他的计策，而身边的这位朋友又在即将到来的会面中，从道义上支持他的话，那么，他可能依然会担惊受怕，但却不会心情抑郁。叫他糊里糊涂、掌心冒汗、英雄气短的是，他自己决定化装成伯特兰·伯顿，登上“波塞冬号”，向大副表明自己真实身份，结果又推翻了这种说法，冒着生命危险前往莫尔登。在头顶甲板上方，他听到叮叮当当的锚链声，熙来攘往的脚步声，听到大副发号施令的大叫声，还有爬到绳索上面的水手们的歌声；觉察出大船在轻轻地侧向左舷，加快了航速，可他心里十分忧郁——几乎像生了病似的，就仿佛在伦敦的最后一个夜晚，他待在自己房间里时那样。

这当儿，一个上了年纪的水手从通往前甲板小舱房的扶梯上下来，正走到一半。那人头发和牙齿已经脱落，一双燧石般的眼睛衬着下陷的脸颊，显得十分严厉；黄色皮革似的皮肤，没有血色的嘴唇，鼻子旁边挂着一道长长的伤口。

“高兴起来吧，小伙子！”他站在扶梯上尖叫着，“船长要在船尾见你呢。”

埃比尼泽一下从吊床上跳起来，笔记簿仍然抓在手里，因为不适应甲板倾斜，哐一声撞在附近一面舱壁上。

“咳咳，天地良心！”他嘟嘟囔囔地说。

“嗨，嗨！走起来快活一点儿，孩子！”

“船长找我干什么？”诗人在扶梯脚下稳了稳神，问，“他可能知道了我是谁，明白我受到了怎样的侮辱吧？”

“好像，他想把你吊起来。”老人高声说，一边不怀好意地在埃比尼泽脸上狠狠拧了一把，弄得他流出了眼泪，“我们的钳子不少，能剥下大鲨鱼的皮来。跟我走吧，你！”

除了爬上扶梯到主甲板上，跟随叫人不悦的向导向后面船尾走去，埃比尼泽别无可做。船长就站在那里。只见他没长胡子，是个红脸膛、双下巴的胖大个儿，就同加尔文教徒①一样严厉，然而，两眼中那淫荡的血丝，还有那对鲜红而滋润的嘴唇，就连阿米尼乌斯②也会嗤之以鼻。

埃比尼泽摩挲着疼痛的脸颊，穿过后甲板上各位人士时，不着边际地嘟囔了一句，就低下头去。经由梯道朝船尾走的当儿，老水手一

---

① 加尔文教徒（Calvinist），加尔文教派为基督教新教主要宗派之一，是十六世纪瑞士宗教改革的产物，由法国人加尔文于1541年创立于日内瓦城。以加尔文的宗教思想为依据，在教义上强调“因信称义”，强调圣经权威至上，相信极端的预定说。

② 雅各布斯·阿米尼乌斯（Jacobus Arminius，1560—1609），荷兰神学家，阿米尼乌斯教派的创始人，其教义与加尔文的宿命论截然相反，推崇自由意志。他的神学与加尔文的神学形成新教阵营的两大神学体系。

把抓住了他的外套，把他拉了回来。

“给我在这儿站着！船尾不是你这号人去的地方！”

“好啦，内德。”船长说，又挥挥手叫他走开了。

“你想干什么，先生？”埃比尼泽问。

“什么也不干。”船长兴趣盎然地低下头望着他，“是你家主人库克先生要见你，不是我。还说你是他的用人吗？”

“是的。”

“偷渡者有时候落得个什么下场，晓得吗？”

埃比尼泽瞥着傍晚时节东方昏暗下来的天空，西方那堆堆乌云，那冒着白色泡沫的海水，以及那渐渐远去的英格兰列岛，心里不禁冷飕飕的。

“是的。”

“把他带到我舱房里去，”船长命令内德，“不过，记住进去以前先敲敲门。库克先生正忙于写诗呢。”

这给埃比尼泽以很深刻的印象：他自己是不敢要求这样的特权的。无论这个骗子是什么人，却显露出了他所向往的地位的气派！

水手牵着衣袖领他往后甲板后端的升降梯走去。升降梯通往船长在船尾下面的舱房。他们从一排短梯上下去，到了一个仿佛海图室的舱房，老内德敲响了一扇通往后面的门。

“干什么？”里面的人问。声音尖刻而自信，还稍微带点儿愠怒。这自然不是害怕叫人看见的人。埃比尼泽又想起了外面那漆黑的大海，不禁战栗起来：到达海岸是没有机会了。

“请您原谅，库克先生。”内德请求道，显然他自己也害怕了，“我把那个自称是您仆人的家伙带来了，先生；就是那个想说自己是您的人，先生。”

“啊哈，叫他进来，你就离开别管我们好啦。”那声音说，就仿佛喜欢这种情景似的。诗人取胜的念头一股脑抛到了九霄云外，于是心里决定，除了恳求那人怜悯之外，什么也别再要求。可能的话，也得要求那骗子答应，他们到了马里兰后，就把他利用这种或那种办法弄到手的、巴尔的摩勋爵的委任状还给自己。也许，还得要求对方道歉，因为，他毕竟正在蒙受极大的耻辱！

内德打开门，狠狠拧了埃比尼泽一把——这一次在他的屁股上——帮着他走了进去，一边奸佞地笑着。诗人不由自主地跳了起来。当内德在他身后关上门的时候，他眼睛里再一次噙着泪水，两膝发软，发现自己来到大船最后面的一间面积不大，但摆设讲究的舱房里面。地上铺着地毯；船长那张嵌进舱壁的床铺，罩着干净的亚麻床单，十分舒适。一盏黄铜做的大个油灯已经点亮，挂在天花板上，摇摇晃晃，照亮了下面硕大的橡木桌子。舱房里甚至还放着一个玻璃书橱，四壁上用装饰铜钉挂着提香、鲁本斯和柯勒乔[①]风格的肖像油画。那个骗子，身穿伯林盖姆那件深紫色上衣，炫耀地戴着社交界的假发，背朝埃比尼泽站在远端舱壁前面——实际上就是大船尾部——正透过镶着铅条的小小窗玻璃，眺望着“波塞冬号”的尾浪。埃比尼泽对内德的离去感到十分满意，他急忙绕过桌子在那人脚下跪倒在地。

“哦，尊敬的先生！”他喊叫着，不敢抬起头来，“相信我，我根本没打算揭穿你的伪装！根本没有打算，先生！我知道你是怎样在海王酒馆看到这身衣服，怎样在码头上糊弄摆渡的约瑟夫和他父亲的——虽然说，巴尔的摩勋爵不到一个礼拜前亲笔签署给我的那张委任状，老天哪，我猜不透你是怎样弄到手的。”

头顶上，那骗子发出了轻微响声，朝后退了一退。

“可这没什么！我并未因此愤怒不已，也不打算报复！我不求别的，只求你让我在这条船上当你的仆人，我对谁都不说，这你相信我！眼看着我给淹死，对你有什么好处呢？我们到马里兰的时候，唔，我绝不会起诉你，而只是过去了就算完，不再想它。不，我要在自己的

---

① 提香（Titian，1490—1576），鲁本斯（Rubens，1577—1640），柯勒乔（Correggio，1489—1534），三者皆为意大利画家，其风格为巴洛克式风格。

迟疑疑的，是想把我逼疯，叫我保证你没事。很好，我不会在你身上弄脏了自己的手，我答应。现在，明明白白说出来吧！”

“我扛着您行李到了那里，”仆人说，“只见他们你搂着我、我搂着你，很快地亲嘴说情话。安娜小姐瞧见我，就涨红了脸，想镇定下来，可就在这当儿，她和那个先生还一个劲儿地跟我说，就是要了命，他们也不能老实待着，得弄点儿甜甜蜜蜜的东西吃，得抚摸拥抱——您不舒服，先生？”

埃比尼泽脸上泛白，一屁股坐在船长椅子里，两手抓着脑袋。“没什么。”

“唔，就跟我说的一样，先生，他们的手没法——”

“想说就说完吧，”埃比尼泽插话说，“不过，既然你看重你的命，别再说他们两个了，他们给了你钱，是吗？”

“他们给了，真的，先生，是为替您扛行李给的。”

“可那是一镑钱哪！为这件事，奖赏得也真慷慨！”

“哦，喏，先生，说到底，我可是个老心腹——”埃比尼泽面色如此严厉，仆人一句话说了一半，便停顿下来。“还有，”他最后说，“这会儿，我明白这给您留下什么印象啦，他们可能不愿意我把自己看见的说出来。我告诉您说，先生，我才不愿意误了您动身哩！要不是安娜小姐和那位先生坚持叫我马上离开——”

“别再给我说你的忠心耿耿吧。”埃比尼泽说，“当时，你都干了些什么，又干吗装成我？快说，不然我就叫船长来。”

“事情很糟糕，先生，说出来叫我羞愧。我求您记着，要不是您给逮起来，还有自己的小命怕也要玩完这些伤心事，搅乱支配了自己，我压根儿不会擅做主张的。”

“我给逮起来了？”

“是啊，先生，就在驿站里。您怎样跑出来，又怎样这么快就从伦敦赶来，如今我还是琢磨不透。”

埃比尼泽一拳打在桌子上。“正经讲话，伙计！讲人能听明白的话！”

“好的，先生。”伯特兰说，“那我就从头说起，要是您允许我的话。”他这样说着，一边面对着埃比尼泽冒失地坐在桌子上，一边补充着应有尽有的旁白说教，夹杂着别的评头论足，在接下来的半个钟头里，讲述了下面这段往事：

“从驿站那里起，我心里就蒙上了两重伤心，先生，我失掉了可怜的用人所能伺候的最温柔敦厚、心眼最好的主人，他坐马车到普利茅斯去，连送送他，最后祝他一路顺风的权利都得不到。所以，为了这我受到了双重伤害。我拿着那一镑钱，就是安娜小姐和她的——我是说，自己藏到了附近一个酒馆里去，喝了不少五味酒，那个当男招待的坏蛋，在酒里面搀进去很多有毒的甜朗姆酒，差点儿叫我当场变成瞎子。三杯下肚，我就会分不清好坏，可是失去了您，我非常痛苦，就喝干了七杯，另外，又给贝茨·伯索尔带了一夸脱果酒。也就是说，伦敦那些装到瓶子里的酒，不是都能跟我喝的相比的。最后，为了舒服舒服，我跑回布丁巷您的房间里去，先生。可是我明白，您走了，那些房间会显得空空荡荡的，一个人干坐着，只能叫我的痛苦增加十倍。为了这，我到楼下时就停下脚步，叫来贝茨·伯索尔——您回想一下那个贴身女佣，先生，就是有个奇怪丈夫、带着迷人笑容的那个女佣。我们一起爬上楼梯，可天地良心！您那些房间，不但没有空空荡荡的，反而叫人快挤破了，先生！一个叫布拉格的就在里面，就是看起来还不如贝茨丈夫有男人气的那个人，还有五六个治安官暴徒同伙；他们找的是您，先生，假装说找个什么账簿——我压根儿没有弄明白到底是什么意思！

“他们一见我，就叫起来，一定要讨个说法，我害怕贝茨落在他们手里，坏了名誉。后来，我答复了他们的询问，对他们说，我主人在驿站里，他们接着就跑出去抓您——不，不，别露出这样的脸色，先生！这跟您想的不一样，我发誓。要不是我晓得您的马车走了有会儿工夫，我压根儿不会吐露半点儿实情——我倒愿意在他们手里死掉或者坐牢去！可我完全明白，他们这是傻狗撵鸟儿，我也好解脱解脱！

“后来，我们喝起酒来，那个女人和我，她喝果酒，我呢，喝朗姆酒，我们不缺火来烘暖床单，干完事，我们是那么疲倦，所以，虽说是大白天，我们还是流着汗相互搂着睡了几个钟头。不一会儿，凭着确实迹象，我晓得自己做那事的欲望又强劲不安地震颤起来，可是，一时之间，还是装着沉沉大睡的样子。（事实上是，在愿望和技能上，姑娘和我虽说是半斤八两，可我的年纪是她两倍，气力只及她一半，而且，不只一次在想走的时候，却犹犹豫豫地慢跑起来。）我是说，有了那些我不愿意有的迹象，后来，贝茨呻吟一声，钻到被子底下。接着，我睁开眼睛，立刻看清了原因，她的手并没有放在我身上，原来是职员学徒先生的手，就是那个酒馆里的小提琴手！是啊，我敢发誓，就是贝茨的丈夫拉尔夫·伯索尔。以前，他已经习惯了不耕种自己的田地，可是自从我在他地上撒了种，却长出了一个这么嫉妒的农夫，一天要看五次自己的田地。他回到家来，是想跟往常那样再垦一垄地，是听了楼下那个厨子的儿子蒂姆——那个垂涎贝茨很久的家伙——的话，才上来堵我们的。

“见他妈的鬼，这可是个要命的时候，先生！我好像吓得想尿裤子，只等着挨刀子和枪子儿。同样，贝茨虽说像鸵鸟似的埋着脑袋，也受了惊吓，从她盖起来的屁股就看得出来。可是，伯索尔也好像同样痛苦似的，他像打呵欠的猫一样打着战，气也喘不匀。不一会儿我看出来，他手放在我身上，不是因为发怒。大滴眼泪从他脸上流下来，他那脸颊光滑得跟姑娘似的；他鼻子里喷着气，咬住了下嘴唇，可就是不说话，也不揍我。

“‘哦，说吧！’我后来大叫道，‘我就躺在这里，你老婆也躺在这里，整个的叫我睡了：你刚好逮住了我们。那么，就了结了吧，要不，你就走开！’他接着镇静了一下自己，说：虽说他有权勒死我们俩，可是不喜欢见到流血，再说他还爱自己的老婆。他说，自己脑袋上戴着的绿帽子，短刀也去不掉。再说，跟贝茨上床，就是跟他上了床，因为婚姻叫他们成了一回事；因为这一点就证明，贝茨对我有什么看法，他也只能有什么看法——长话短说，我是她的情夫，同样也就是他的情夫，这是上帝个人的看法！

“喏，听到这些奇谈怪论，我十分惊奇，可没给逮起来，又十分高兴，便大着胆子，让他想想那个叫人心里踏实的古老名言：**除了乌龟，谁也不知道自己戴了绿帽子**。听到这里，那倒霉蛋一下搂住我，见鬼，对这，我根本没有胃口，这就是说，要么叫他含着那话儿，要么叫我含着那话儿。这时，贝茨眼见到情况这样，便很快叫大腿也平静下来不再战栗，一把掀开被子，哭喊着她根本不愿意心里像打鼓似的做这样的事，也不明白满床的女人是怎样怀上孩子的。听到这话，拉尔夫·伯索尔着实吃了一惊，声音颤颤巍巍地问，是他还是我叫她生下孩子的？于是，贝茨嚷道：‘是他！是我亲爱的伯特兰！’我当时想，我是叫她出卖了，便骂她撒谎。我对拉尔夫发誓说，直到半个月以前，我压根儿没有动过她一指头，又过了整整一个礼拜才和她睡过，可她肚子里那孩子足足三个月啦。‘他撒谎！’贝茨指天明誓。‘我也发誓！’我发誓说。‘不对！’她发誓说，‘他嫖了我六个月，丈夫根本没有把我当老婆亲近过！他爬到我身上有一百回，给我撒种，弄得我肚子大了，成了他的玩物！’拉尔夫·伯索尔于是抽出剑来，做不做职员，他都在屁股上挂着剑。‘这可是真的！’他接着嚷叫起来，仿佛害了疟疾一般浑身战栗着。我当时还是把贝茨看成叛徒，便说道：‘凭上帝起誓，你老婆说了他妈的谎，先生，但尽管是这样，她绝不是个婊子。孩子要是别的什么人的，而不是你的，那我就到地狱里下油锅。’

“哎呀呀！一个能了解自己同类的人，又能说什么话呢？后来，我叫伯索尔相信，叫她婊子可以缓和他的怒气——还有，激怒他的并不是他戴绿帽子的事时，谁又不会赌咒发誓呢？可是，我说完了话，他‘阿门’一声，神气地站在那里，蹙了蹙眉。‘婊子！’他喊叫道，一边用剑背一捅，叫她旋转着啪的一声撞在座位上。他并没有住手，又冲我扑过来，只是我腿脚伶俐，才保住了脖子。我提起马裤，朝门口冲过去，小提琴手急速追在我后边，直到跑到他前面的街区时，我才敢在身上遮遮羞。就跟人们说的那样：**宁丢脸面，不丢皮肉**，先生。说到我那大嘴巴的贝茨，我最后见她，她正沿着屋子东跳跳西跳跳，先生，手捂住屁股，像英雄那样大喊大叫，从那以后，我再没见过她。事实是，就像我后来猜想的那样，贝茨肚子里那孩子，只要小提琴手认为自己是父亲，就说明他是个男子汉；只要把他囫囵剥开来，我们就会发现的。那女人说出事实来，只是为了救我，可是，见鬼！我说她撒谎，也真该死，可虽说那乌龟见不着我的踪影，但他发誓追我到天涯海角，自己戴着绿帽子，还要把我打个不亦乐乎！

“那时，除了撒丫子逃跑，什么办法也没有；可我马裤里只有三镑钱，也不敢回去拿衣服和积蓄。凑巧有个男孩子在我藏着的巷子里路过，我便把钱给他叫他去拿衬衣、长袜和鞋子；那时，我在巷子里转悠了一个钟头，思量着怎么办。

“也巧，那条路是通到驿站的，见到这，我不由想起了您那比我稍微好一点儿的难处。就在那儿，我一下子想出办法来，先生，主要的意思就是，尽管我没有力量帮您忙，可您虽说不幸，却还能把我赎出来。也就是说，您预订了到马里兰的舱位，可动不了身；可谁又晓得您也预订了到普利茅斯去的座位呢？可别当是我想骗您，先生！我只是想逃命到普利茅斯去，还发誓可能的时候报偿您。我当然能冒充诗人，虽说他妈的我一点儿诗都不懂，我有自己的天分，先生，要是能这样说的话。是啊，在圣贾尔斯那阵子，我学老特维格太太的样子，学她颤颤巍巍走路，学她那像五金商的声音，能叫人们大笑好几个钟头！还有一次，在布丁巷，先生，我学得完全像是拉尔夫·伯索尔，我的贝茨笑得哭了起来，不由高兴得一下躺在床单上。唯一的难处是，要是有人问起来，什么证明身份的东西都没有。就为了这，虽说我非常讨厌这样做，还是在驿站要了鹅管笔和纸张，先生，就自己所能记起来的，把您的委任状抄了一份，就是您离开时叫我看的那个——”

听到这里，埃比尼泽喊了起来。他听伯特兰和盘托出那段遭遇时，一直极为艰难地克制着自己那越来越深的惊讶和恼怒。“活见鬼，该死的，下作的事儿，你哪样没有干过？偷坐别人马车，假借别人名义和地位，甚至假造委任状！让我看看！”

“只是个有点儿相仿的破烂货罢了，先生。”仆人说，“识文解字上，我没有什么天分，也没有印玺盖印。”他从上衣里掏出一张纸，不情愿地递上去，“谁都骗不了的，我敢说。”

“这不是巴尔的摩勋爵的手笔，”埃比尼泽审视着那张纸头，断然说。“可是，说真的！”他一边念着，一边又说，“措辞从头到尾都是一样的。你说是根据记忆写下来的？那就给我背诵一遍！”

“噢，先生，我背不下来；过了一段时间啦。”

“那就背诵第一行吧。你当然记得第一行的？背不下来？那么说，你撒了弥天大谎？”他一下把纸头丢在地上，“我的委任状在哪里，你照着来抄这玩意儿的委任状？”

“我主在上，先生，我不晓得。”

“那你就是在驿站抄的了？”

“您一定要我说出真相啊，先生。”伯特兰满脸羞惭地说，“这的确是从原件抄来的，不是根据记忆，也不是在驿站抄的，是您离开那天，先生，在您房间里抄的。委任状就在您书桌上，您忘在那里啦；我归拢您的箱子时见到了它，它的了不起把我感动得什么似的，便抄了一件，想告诉我的贝茨，自己丢了多么好的一个主人。原件我放到您箱子里，提到驿站去了。”

“那么，干吗还鬼鬼祟祟来这一套？”诗人问，“为什么不一开始就承认了呢？谢天谢地，东西并没有丢失！”

伯特兰没有回答，只是比以往更加愁眉苦脸起来。

“嗯？那么，这会儿肯定在我箱子里了？你干吗要撒谎？”

“我把它放在您箱子里，先生。”伯特兰说，“放在最上头，就带着您的行李到驿站去；也没再想到它，直到我用到它的那一刻，也就是当我为了活命，决心化名到普利茅斯去的时候。那时，我想到了我抄的那一份，幸好还放在原来那地方，从我把它造出来就一直放在的地方——折了四折，放在口袋里。为了试试，我大步来到驿站，冲看见的头一个人说：'我是埃比尼泽·库克，伙计，马里兰桂冠诗人，请领我去开到普利茅斯的马车上去。'"

"无耻，无耻!"

伯特兰耸了耸肩膀。他穿着伯林盖姆紫色外套所表演出来的那种伯林盖姆式的举止，更加令人吃惊不止。"也真够大胆的，"他供认不讳，"那人只是盯了我一下，嘟嘟囔囔地说马车走了。我怕他看穿骗局，一个穿着黑衣服的、恶狠狠的大块头打后边走上来时，就更怕得要命。他说：'你是诗人库克?你这个撒谎的坏蛋，两个钟头以前，他们就把诗人库克关进监狱去了。'"

"关进了监狱?"埃比尼泽嚷叫起来，"什么，说关进了监狱，你这个该死的，你又回来了?"

"这就是我害怕的事儿，先生：害怕那个布拉格，他为了什么假账簿的事儿，想叫您吃官司。就我晓得的，这只是说您没有救了，就像我说的那样，先生，我这才假冒您去坐车的——"

"等等！等等！停一下，喏!"埃比尼泽争辩道，"这里面，矛盾得奇怪!"

"矛盾，先生?"

"这不需要律师就能看出来，"诗人说，"你在我房间里见到了布拉格，是你叫他追我的，不是吗?可你说，那时你知道我早就离开了。那后来又怎么——"

"请让我说完，先生，"伯特兰恳求道，显然，他脸上涨得通红，"故事就像馅饼一样，表面上难看，可里头还是挺不错的。那个人，喏，说您在监狱里——他是个可怕的家伙，穿着一身黑衣裳，留着大胡子，腰里还别着手枪。在他后边不远的地方，还有一个人，真是天生的一对。他跟头一个会齐的时候，我问话的那个人害怕得跑走了。那时，我只剩下了害怕。"

“看样子，他们是斯莱和斯卡瑞！”

“他们，先生，就是这样你叫我、我叫你的，是一对我压根儿不再想见到的坏蛋！那时，我不认识他们，可他们跟我找碴，我就直通通说了出来，关进监狱的是个骗子，是行骗才关进监狱的，我可是真正的埃比尼泽·库克。为了证明，我拿出了假委任状，心里不敢希望他们相信。可是，他们相信了，叫我看，还十分谦恭；他们悄悄说了一会儿话，一定要我跟他们一块儿到普利茅斯去。眼见马车走了，我十分愿意接受这种恩赐，心里随时随刻都害怕见到拉尔夫·伯索尔和他那把剑——”

“所以就跳到他们手心里了，”埃比尼泽兴趣盎然地说，“老天，可真是报应！”

伯特兰战栗了一下。“别这样说，先生！嗨，简直是一对小鬼！一上路，他们的意图就清楚了：他们是马里兰一个叫库德的上校的副手，库德打算揽政，就派他们拦截埃本·库克，他们害怕猎物万一叫别的猎人捕获，就更愿意相信我就是他。他们打算拿您干什么，先生，我猜不出来，可自然不是求您写诗，因为他们都端着手枪，显然我就是他们的俘虏。一直到普利茅斯，我才逃出来；这一对当中，一个去看船准备好了没有，另一个走了几码远，把海王酒馆看马厩的叫醒，我跃过拐弯处，钻进一堆干草里面，我在那里藏着，一直到他们不再搜查，走进酒馆喝朗姆酒为止。”

“别再说了，”埃比尼泽说，“其余的事情我知道。这么说，伯林盖姆找到你，是在草堆里啦？”

“是的，先生。当时，我听到有人说话，心里怕得要命，听见脚步声朝我走来，就更害怕。不一会儿，我觉得有个很重的东西压到我身上，当是遭到了斯莱和斯卡瑞的偷袭，便大喊一声，为了活命使尽力气打斗起来。可我发现，压在身上的原来是酒吧里的女招待——上衣掀得老高，裤子拉得很低，准备好挨那话儿——还有安娜小姐的情人站在一旁，笑着观看这场打斗。”

“够啦，够啦！既然你说在驿站看见过他，那你们怎么互不认识呢？”

“不认识他？我马上认出他来，先生，他也认出我来，也说不清是谁更吃惊了。可是，我到那里去有什么事儿，他什么都没有问，只是说要马上跟我换换衣服——我敢说他怕我跟安娜小姐学舌——”

“够啦！”埃比尼泽再一次下了命令。

“没有什么坏心，先生；也没有什么恶意。不管怎么说，我很高兴换，不光在交易中我有好处，还能避开斯莱和斯卡瑞。可是，还没有走到海王酒馆门口，他们就从里边看见我，追了出来；只是我躲在船坞上一堆行李后边，才避开了他们。接着，别提我多吃惊了，先生，救我一命的正是您的行李，是我不久前打点的行李！我知道——唉！——您不在那儿不会来认领，便决定把自己糟糕的骗局再往前演一步，拿着您的委任状，先生，去坐您的船，藏到自己觉得安全了再上岸。为了这，一上船我就打开了您的箱子——”

“你说什么？”

“在伦敦，我给您打点行李时，您留给了我一把钥匙。可是，我发现委任状没有了，先生。”

“没有了！老天哪，你这个该死的，上哪儿去啦？”

“没了，丢了，给偷了，先生。”伯特兰说，“我是放在顶上头的，可箱子里哪儿都没有。我不得不用我那个假委任状，也巧，尽管没有印玺，还是叫他们相信了。我叫船长监视着追我的人。剩下的您都知道啦。”

埃比尼泽在舱房里狂怒地踱着步子，手指尖掐着太阳穴。

“听到说有个陌生人到了船上，先是自称桂冠诗人，后来又说是诗人的伙计时，”伯特兰最后焦急地望着主人，说，“我不敢离开房间。万一是斯莱，或者是斯卡瑞，或者是库德本人，我就当场给杀死了。没别的办法，只好心里惴惴的，站在这里眼看着开船。后来船长说我得审查审查您，可我觉得我是死定了。听见您的声音以前，我一直盯着舷窗。您没有在监狱里呀，先生?”

“监狱?”埃比尼泽不耐烦地说，“我从来没进过监狱!”

“那么，是谁顶替了您呢？斯莱发誓说，他和斯卡瑞搜索驿站抓您时，他们听说十分钟以前，有个人给活活捉去，丢到了监狱里去。谁也不知道那人犯了什么罪，可人人都知道，他叫埃本·库克，他曾经迈着大步，冲大伙宣布姓名和职位。”

“无疑还有第二个骗子，”诗人回答，“存心想玷污我的职位，达到自己的目的。但愿他永生烂在枷锁里面，但愿！至于你呢，既然你并没有出海计划，那你就别再往前走了——”

“您打算叫他们把我弄到岸上去?”伯特兰感激涕零，跪倒在地上，“啊呀呀，您在天上的位置是多么的高啊，先生！我对您多么的不公平，真怕您不体谅我的做法哩!”

“正好相反，也许，还有一件对我不公平的事情你没有做哩。”

“先生?”

埃比尼泽转过身，冲着船尾舷窗。“你站起来以前，还是祈祷祈祷吧，我是说你得游回去。”

“不，不！那我就完了，先生!”

“至于我呢，”埃比尼泽说，“你不是拿着——”

他突然停顿下来；主仆二人相互打量了一会儿，接着双双跳起来，去抢地板上的那张假委任状——又都在同一刻抓在手里，不一会儿假委任状就在争抢中毁于一旦。

“这不碍事，”埃比尼泽说，“无论哪个傻瓜，只需一分钟就能判断出来，我们俩谁个是诗人，谁个是撒谎的无赖。”

“可要想仔细了!”伯特兰告诫道，“不是我存心想害您，先生，要是到了那一步，就没什么判断可言了；只要我把那个带您到这里来的人叫来，说我不认识您就行了。”

“什么！你已经叫我犯了法，把我的名义和舱位抢了去，让我差一点儿没了命，你还想威胁我？你真好!”

不过，尽管埃比尼泽火冒三丈，眼睛还是明亮的，看得出自己身份的模糊不定；便没有再说叫船长来在他们之间做出判断，也没有询问伯特兰进一步的情况，虽然有几个细节，他并不十分满意。比方说，男仆刚才声称，只是因为肯定主人动了身，才心安理得地叫布拉格去驿站恫吓的；然而，也正是他自己肯定埃比尼泽遭到逮捕，才使他自己在到驿站之前，想起了冒充桂冠诗人的主意。然而，如果说只有主仆拿着钥匙，那么，委任状是怎样丢失的呢？这个该死的，竟然撒谎说安娜和亨利在驿站待在一起，可这又有什么好处呢？然而，如果说他根本没有撒谎——就在这点上，埃比尼泽那不清不楚的想法理不出所以然来。

"你是当不起仁慈的，"埃比尼泽声音平静了一些，"不过，到现在为止，我还不想光讲公平，也讲点儿怜悯，不再说把你丢到海里去了。既然你害怕这样，也许让你在马里兰度过余生，那惩罚也就足够了。剩下来的，就是马上向全船坦白道歉，以便用将来的功德来补过去的过失。"

"您是个明辨是非的所罗门，"伯特兰叫嚷起来，"还是个慈悲的基督教圣徒！"

"那我们就去吧。"

"马上去，马上就去，先生，"男仆附和道，"要是您觉得安全——"

"怎么会不安全呢？"

"很明显，先生，"伯特兰解释道，"您这个职位的意味，比人们看到的更加深长。您和巴尔的摩勋爵之间是怎么一回事儿，我并不知道，要打听您到底发誓进一步效忠什么秘密事业，也不是我的事儿——"听到这里，埃比尼泽一迭声辱骂起来，男仆停顿了一下才接着往下说："我是说，全部情况是，先生，您这个普普通通的田园桂冠诗人，并没有像我那样，受到了各处的恶棍和杀手的袭击，依我看，也不仅仅是讨厌诗，才叫库德这个坏蛋想抓到您。就我所知道的，他可能就在这条船上；可以肯定他在这个船队里，还有斯莱和斯卡瑞——”

“没有，他们没有，”埃比尼泽说，“也许库德在。”他简要地叙述了伯林盖姆的计策。“伯林盖姆以你的名义订了舱位，”他解释道，“把那个坏蛋甩在船队里了。”

“这只会叫他更加光火，”伯特兰说，“再说，有谁知道他身边跟着什么同谋没有呢？也许，他在每条船上都安插了耳目哩！”

“从我听说的有关他的情况来看，这不是不可能。”埃比尼泽并不否认，“可是，干吗说这些呢？你想说服我，叫我小心翼翼，一声不吭，不向人们说明自己的身份？你是想逃避惩罚和坦白吗？”

伯特兰信誓旦旦，不承认对他的动机的这种误解。“我愿意坦白，”他宣称道，“这就坦白，可对我行骗的惩罚并不重——请记住，我所做的，并不是为了什么邪恶的目的，而是为了使一个人成为一个人罢了。可是，惩罚什么时候也治愈不了伤痕，先生。”他接着说起了自己少爷那仁慈宽恕的天性，责备自己以怨报德——也没有忘记再一次说明自己行骗的理由，又无缘无故地提起了老安德鲁对自己的种种器重和信任。最后他说，他所寻求的，不仅仅是惩罚，而是报答；是要消弭自己全部的无辜骗局，给自己这个可怜的仆人所服侍的最高尚的主人所造成的屈辱。

“哦，那你心里是怎么想的？”诗人谨慎地问。

“只是用我命来换您的命，”男仆说，“您效忠的到底是什么事业——”

“够啦，你这个挨千刀的！我所效忠的是诗，别的什么都没有。”

“我是说，先生，是巴尔的摩勋爵——也就是说——”

“见鬼，你说！”

“既然我做的事伤害了您，”伯特兰说，“就让我做对您有利的事。让我以您的名义面对库德这个坏蛋吧，先生。要是他杀了我，那就是我活该，也就是您得了救；要不是这样，等咱们靠岸了，总有时间忏悔的。您看怎么样?”

这个计策使埃比尼泽极为诧异，一时间他找不到有利的言辞来惩戒策划者的厚颜无耻，而且——天哪——一等他说出话来就又发现，这个计策有其长处。说桂冠诗人的身份的确非常危险——这一点，到现在他已经有了足够的证据，虽则究其原因他还不太清楚；不可否认，约翰·库德是在船队里，也无疑应该受到欺骗；伯林盖姆，尽管他异想天开觉得最后是有把握的，但是，并没有在身边保护自己。最终，也最令人信服的是，上午他在海王酒馆从斯莱和斯卡瑞手里逃跑一事，叫他身上战栗，只是伯特兰在大街上出现，才救了他的性命。

“如果你想叫良心安稳，”埃比尼泽最后说，“我也不能说不，起码当前——这会给我些时间在下面写点儿诗。不过，管他库德不库德，伯特兰，我想告诉你说，我不当埃本·库克，而当无论什么人，这可是最后一次了。你听见了吗?”

“很好，先生。”伯特兰点了点头，“要我给船长递个话吗?”

“递个话？哦，好的——我是你的伯特兰，是个冒充煊赫的花花公子。是啊，把话传出去吧!”

十二、桂冠诗人演义幸运机遇，论说男仆和桂冠诗人之相对的文雅。伯特兰剖析诡辩，展示自己的论点

顺着从东北吹来的熏风，“波塞冬号”从利泽德背后绕过，随同船队其他船只朝西南方向亚速尔群岛行驶，船上的生活复归了往常的秩序。除了每天三顿饭，以及随身携带着茶点的人喝喝茶之外，乘客少有事做或者根本无事可做，唯一的事情是，按部就班地宣布过去二十四小时所航行的大概里程。听到这样的宣布以后，大人先生们之间便有不少钱易手，下人们无所事事，同主人一样无聊，手里有钱的便也打起赌来。

由于旅程从头一天中午到次日中午算起，赌注通常是在第二顿饭时下的。清晨，起得床来，每个人就找到水手，打听夜里行船的情况；整个上午，人群观察风向，最后做出自己的估计。中午，船长手拿象限仪来到船尾，听大副报告是十二点整后，开始例行经度“午测”；返回舱房，通过“航位推测法”估算纬度，即根据罗盘的轨迹和自上一次对北极星黎明前的仰角进行计量后所走的约莫的行程——这一至关重要的数字本身，又是以大船航海日志所记载的数据测算出来的：诸如风向和风力啦，海水高度和流向啦，风帆的张、合、收啦，再加上船长自己对这一带海水在每年这一特定时间里，其流向和力度的知识，以及他的副手让手下人努力观测和大船本身的能力，等等。由于“波塞冬号”即使张满风帆，每个小时的航程也很少超过六英里，最多不超过八英里——换句话说，这就算是急速前进了——其每日航程，假设风平浪静，（否则，遇上暴烈逆风，甚至会出现有退无进之类情况）从零英里到一百九十二英里不等——这还是它理论上

的最大速度，不过，从来没有达到过。计算过纬度和经度，船长就能够用纬度仪和分线规在海图上标志出“波塞冬号”的约略位置，而且，把风力、海流、船的偏移特点，以及罗盘的变动考虑在内，还能让舵手矫正舵轮航向，除非有另外的通知。最后，他就走进主舱，同旅客中的先生太太们吃午饭。就在这时候，先生太太们也下起赌注，写下他们的估计，他就会吩咐大副在折叠起来的赌票里，找出最接近者，认定为赢家。

基本的赌博就是下赌注——一般说来，先生太太每人五到十先令，仆人一先令或者不到一先令——不过，很快心气颇大的赌家，就想出了各式各样增加赌注的办法。比方说，大注或者小注的数目，只要愿意，实际上不管几番注都可以赌；再比方，还可以在这一天和下一天航程的最大和最小差额上面博彩。随着五天过去和厌倦情绪的增长，赌注提高了，赌法也纷繁多样起来。有个叫乔治·塔布曼的年轻牧师，别的乘客都怀疑他是个化了装的职业赌徒。他脑筋真可谓花样百出，想出了一套赌注来回翻番的办法，为了提高对到达弗洛雷斯和科尔武——也就是亚速尔群岛西边的岛——的日期所下的赌码，人们每天都得响应别人的赌注。本着这个办法，每天所宣布的航程，根据这位聪明的年轻人所熟知的原则，以及他的计算，就都会改变对再次望见陆地所做出的每一个估计而定下的那几番赌注。考虑到每日的里程，也可以重新下注，以便加强或者补偿原来就这一点所下的有可能赢也有可能输的赌注。这一办法，好处在于所赢数额能够积累，易于以几何级数增加赌金，因为如果由于一日航程长得不同一般，或者短得不同一般，眼看危及自己以前的全部冒险赌资，那自然会凭着当时更有可能到达的日期再下注挽回来，其金额或者相当于或者超出以前赌注的金额；自然，由于每过一天，“波塞冬号”就越接近陆地，猜想的余地就越小，最可能到达日期的差异也就越小，结果在下注的时候，一个人可能就当时有希望到达日期下出五镑钱，来赢回以前就眼下不可能到达日期所出的那十先令赌资，可两三天后却仅仅发现，还需要下第三次大注，来挽回第二次赌注，或者把第一次和第二次赌注一块儿挽回来，如此等等，不一而足。于是，激动也在相应地增长，即便是对这种倾家荡产规模的赌注摇头的船长，也以不加掩饰的兴趣关注着博彩。水手们自己呢，自然是不被准许参与博彩的，纵然输得起也不被准许参与，但却在下注的人们中间有所选择，向感兴趣的各方提供，或者在可能的时候，私下里出卖有关大船航程的“机密”消息。他们自己也对哪个乘客赢钱最多小闹小赌起来，到最后，为了维护自己的赌资，便主动地，或者在受贿以后，给自己没有用钱押注的赌客提供假消息。

就埃比尼泽来说，航海第一个礼拜的头几天，他的注意力就给吸引过来，但他刚开始并没有在这项活动上耗费多少兴致。四月，一个灿烂的上午，他正快活地站在船头望着海鸥戏水捕鱼，伯特兰走上前来，用毕恭毕敬的语气问他对赌博的总的看法。由于天气晴好，而且吃了一顿可口早饭的缘故，埃比尼泽兴致很高，也十分高兴给人这样恭维，于是心情愉快、长篇大论地谈论起了这一话题。

“要问人对赌博作何感想，就等于问他对生命作何感想一样。”这是他试验过的一种说法，“瞧那鲭鱼每次跃起来，不也是在赌博吗？赌旁边的海鸥不去捉它，而海鸥下了赌注要去捉它？我们在木制船只上同大海斗智，不也都是赌徒吗？是啊，生命本身就是一场旷日持久的赌博，不是吗？从受孕那一刻起，我们的生命就上了套；一顿饭、一抬腿、一转身都是对死亡的挑战；所有的人，除了自杀的以外，都是机运的玩偶，就是那自杀了的，也得下注赌根本没有煎熬人的地狱。所以，谁热爱生命，也许就是热爱赌博，因为，他也是机运女神的俘虏。再者，一切赌徒都是乐观的，因为，谁也不会在认为会输掉的地方抛出赌注。”

伯特兰咧嘴笑了起来。“这么说，您赞成冒险的赌博了？”

“哎，哎，”桂冠诗人警示地说着，昂起脑袋，晃动着一根手指头，引用了一句谚语，莫名其妙地使他脸上涨红起来，“**入森林不止一条路**。也完全可以说，赌徒是悲观的无神论者，因为他把人的意志视为乌有。下注就是承认机运在所有事物上的权威，这就等于说，上帝在什么事情上都插不上手。”

“这么说，你对它毕竟没有好看法了？”

“等等，别说得这么快。也可以轻而易举地从反方面说——你这个霍布斯式唯物主义者，是永远不该变成赌徒的，因为不相信运气的人，谁也不会去赌博；而相信运气，就是否认机运和冷冰冰的宿命，以及否认事物的唯物主义秩序。简而言之，谁对运气称是，谁就是对上帝称是，反过来也是如此。”

“看在老天分儿上！”伯特兰喊叫起来，语气远不如起初那么恭敬，“您到底怎么看待赌博——好还是不好？”

不过，埃比尼泽并没有觉得着急。“这是个具有许多面的问题。”他愉快地说着，又转而注意起那些海鸥来。出乎意料，他在“波塞冬号”上的情况，绝非一无令人高兴之处。他想方设法让自己不以一个普通仆人出现，而是以桂冠诗人文书助理一类人出现，利用这种身份，他就获准到后甲板上去，待在伯特兰身边，获准同大人先生们说上不多的几句话；既然他冒充的这类身份，常常由一贫如洗的学者充任，就没有必要隐瞒自己所受的教育。他让伯特兰表现成那种高尚的、不苟言笑的人，希望自己能够常常代表伯特兰来说话，这样也好保护他们的乔装打扮。再者，他花在笔记簿上的时间，就任凭自己喜欢，甚至能跟绅士乘客借书，也引不起猜疑；文书助理原应忙着摆弄墨水、纸张和书籍的，何况雇主又是个桂冠诗人。简言之，随着航程日进，他也越来越清楚，自己的角色带来了自己真实身份的大多数特权，却没有带来半点儿危险，因此认为这次乔装属于自己最恰当的灵感之一。仆人们用博彩、闲聊老爷和夫人们，以及同先生太太赌博或者相互聊天来打发倦意的时候，埃比尼泽却伴着自己的作品以及过去赫赫有名的作者的作品，愉快地消磨着时光，而对这些作者，自从受命以来，他感觉到有一种浓郁的亲缘关系。

是啊，一旦忘记了最初的尴尬，逐渐习惯了自己的地位，他发现，真正叫人不痛快的，唯有吃饭时间。一则，吃食不如他想象的，就仿佛在海王酒馆的马厩里，他临睡前在笔记簿里所写的那样：

你问，我们快乐的人儿吃什么，
在前往可爱的**马里兰**的途中？
那我告诉你：餍足航海的强烈胃口，
我们还从来没有尝过这样的珍馐，
是武尔坎和伽尼墨得
对丘夫和朱诺的供奉。

对此，在充当伯特兰文书助理的第一天，他又附了一节：

那是来自两半球的佳肴，
有烤牛肉，还有大块鹿狍；
古今风味的山珍海味，
油煎松鼠和咖喱羊羔。
一股脑吞下，就着玉液琼浆：
有巴国朗姆[1]，也有英伦佳酿。
再也难找更丰盛的筵席，
在传奇的西方，还是传说的东方，
都赶不上**巴尔的摩勋爵**的赐赏
我们大船上的储藏。

虽然说，无论在早饭还是晚饭上，除了鸡蛋、新鲜小牛肉以及烧得蹩脚的青菜之外，他什么都没有见过，还是写下了这样的文字。然

---

① 此处巴国，即西印度群岛的巴巴多斯；朗姆，即朗姆酒。为行文简洁计，故缩略如上。

而，头三天的工夫，“波塞冬号”上储存的每一样新鲜食品便都消耗殆尽；第四天端上来的，只是水手和出海人的普通饭食，这使埃比尼泽不悦而且惊讶。一个礼拜的配给，长官水手都是七磅面包或者航海饼干，黄油也少得增加不了面包的滋味；一个礼拜当中，除了天气恶劣，大师傅无法生火烧饭，有五天是每人每顿饭一磅咸猪肉，另外两天则换成咸牛肉。遇上天气不好，船上每人一天就将就着吃一磅英国奶酪，怀念一下家乡。

不过，所有这些，只是失意而已，不能归咎于巴尔的摩勋爵，不能归咎于“波塞冬号”船长，也不能归咎于社会秩序，而只能归咎于埃比尼泽的天真，或者，像他自己所隐约感受到而又不屑于形诸言辞的那样，只能归咎于那没有实现自己期望的现实的性质。无论怎样，吃食虽则依然没有滋味，埃比尼泽却很快就完全适应下来，两顿饭之间也不再感到失望。但更叫人不痛快的是，他得等先生太太吃完，同仆人一起吃饭。这叫他在一天午后，坦然向伯特兰道出了自己的不满。

“别以为这只是屈辱，”他气冲冲地对仆人说，“虽然实际上说，他们是群没有教养的人，总想取笑我。可我怕的是你；你在船长餐桌上，可能会卷进谈话，叫人看出来你是头蠢驴。一天三次，我等着你出洋相的消息，对把骗局带到马里兰去感到绝望。”

“哦，喏，先生，没什么可怕的。”他们正在船的中腰，看上去，伯特兰对埃比尼泽的抱怨不大放在心上，只是望着船尾栏杆附近，同船长站在一起的那个年轻女士，“依我看，绅士之间的事儿也没什么了不起的窍门；只要有才，就可以逢场作戏。但要眼明耳灵才行。”

“确实是这样！也许对于自己的伪装我已经说得够多了；而同你吃饭的那些人并不是傻瓜，而是家产多、出身好的人。”

然而，仆人并没有被这句话吓到，反而对这句话叫了板。而他说话的时候，与其说是望着主人，倒不如说是望着那个姑娘。

“哦哟，先生，谁也不如您的仆人更了解财产和出身的好处，”他心怀仁慈地说，“可是，谁要是因为其中一样就聪明，就有德行，那我就去上吊。”他接着发誓赌咒，说起了他同阔绰太太和先生们相处的情形，作为他们的仆人也好，作为他们的同侪也好；而在同埃比尼泽一起吃饭的、可怜的刷盘子洗碗的姑娘当中，谁也没有，比方说，像在船尾的那个姑娘来得轻佻，看得出，她就是露西·罗博特姆小姐。“不管她穿得多么华丽，说得多么优雅，先生，可中午船长在桌子底下拧她的时候，她连脸都没有红一红，还大大方方拧了他一把！半个钟头以后，我牵起她的手扶她上舷梯的当儿，她没有挠我的手心才怪！*荡妇总归是荡妇，不管她地位多高，*”他最后说，“*傻瓜总归是傻瓜，也不管他家产多少。*”

埃比尼泽对这种看法的普遍真实性，没有表示怀疑，但是否认与这一问题有关。“使你成为绅士的东西，并不是个性和天赋，伯特兰，”他说，又叫了一声伯特兰的名字，想让他把目光从露西·罗博特姆小姐身上收回来，“而是举止和教养。绅士通过上千种举动来证明高贵——一句话、一酌饮、一挥笔——而且，也可以通过同样多的举动，来揭示骗子和暴发户。尽管你没有怎么去实地模仿他们，但是，识别出你来，只是早晚的事情。说错一句话，掉一次叉子，无论什么琐事都能叫你暴露无遗。”

“嘿嘿，”伯特兰笑起来，“暴露了什么呢，请问？”

“哎呀，就是说暴露了你‘与生俱来的举止’不是绅士！”埃比尼泽对伯特兰有增无减的傲慢，心里感到不安，再说，原来他也并非不是自以为是的，“你胸无点墨，怎么样引经据典，回答他们的问话呢？你没有念过大学，又怎么样长篇大论，讨论伦敦上演的新戏，或者说，怎么样讲述大陆上的事情呢？真真正正的绅士，是时髦青年而不是花花公子，他聪颖而不贫俗，为人严肃却不是枭鹰，渊博而不迂腐——总之，他的种种品行既不矫情也不委琐，而恰恰是中庸的品行。”

对这番话，仆人只是挥了挥手，报之以微笑。“也许是，天哪，也许是的！”倘若不是埃比尼泽由于他的激怒激起了对这一问题的兴趣，而立刻演讲下去的话，他还可能再说些什么。

“而且，正如绅士讲话之于盲流讲话，就像百灵鸟的歌唱之于野鸡的聒噪，而诗人的歌声就仿佛天使的歌声之于百灵鸟的歌声一样。因此，绅士就是人的王子，而诗人就是绅士的王子了！”

“也许是，先生，也许是这样的！”伯特兰又说了一遍，接着回过头来对主人说，“但这您相信吗？我的记性真糟，虽说我白纸黑字，一字一句抄下了您的委任状，像看经书那样明白了是什么让一个绅士成了桂冠诗人，可是什么才华叫桂冠诗人成了绅士的，我又想不出来！我眼不明、耳不灵，骗得我觉得一切所见到的诗人——比方说，伦敦那边的奥利弗、特伦特和梅里威瑟等大师，不再多提了——所有写诗的人中间，并没有什么蒸笼，也没有黄铜和铜锅什么的呀！[①] 该死，说明白点儿，他们像莽汉那样谨慎，像孔雀那样谦逊，像山羊那样贞洁，像喜鹊那样不饶舌，像教堂里的耗子那样大胆，像热锅上的猫那样文雅！[②] 可每天侍奉您的一般仆人，要是能这样说的话，就可能成了两倍于您这样的诗人所梦想成为的绅士了。不，就像人们所晓得的那样，他往往是比自己身为绅士的主人还要高尚的人，在怎样给假发扑粉，怎样安排客人座位上，没有人能跟他相比。是他，而不是您这样的诗人，我想说，才是绅士的绅士！”

听了这一串连珠炮，埃比尼泽大吃一惊，除了朝伯特兰斜睨着眼睛，大喊一声“住口！”外，做不出任何反应。可是，伯特兰却没有气馁。

“可说到这一点，”他接着说，“我那绅士的见闻几乎没有给我带来好处，可现在我又成了桂冠诗人！啊嗬，我见到的先生太太，没有把他们的诗人看成绅士的，而是把他看成圣徒、弄臣、玩杂耍的和吉

---

① 蒸笼，系“中庸”的谐音。其原文为“Golden Mean”，第一个词是“Golden”，即“黄金的”，故无知的伯特兰，就错把上文埃比尼泽所说的“中庸”误解成“蒸笼”，同时，又由“黄金”联想到了“黄铜”和“铜锅”等。

② 这句话均系反语，因为莽汉不懂谨慎，而孔雀只会炫耀，如此等等，依次类推。

卜赛占卜者揉在一起的什么东西。您那些太太跟我说的事情，没有一个天主教神甫听说过，她们逗弄我像逗弄巴儿狗一样，冲我打着连男宠都会红脸的手势；她们一会儿崇拜我，一会儿谴责我，就像对待一半是神，一半是走乡串户的小丑似的。那些绅士呢，老天！他们动不动就把我看成疯子和傻瓜；因为，除了您这样的疯子，除非傻得想用诗来赚钱，有谁动手写诗呢？总而言之，言而总之，先生，他们根本不叫我诗人，充其量叫我个蹩脚诗人，要是我能说出什么聪明话，更不用说什么斯文的话了——可是，别当是我喜欢这个！”

埃比尼泽的五官激荡起来，最后定格成为一种蹙额。现在，两个人都完全沉湎在争论里面，而争论又必须低声进行；他们面向大海，肘腕靠在栏杆上，背冲着罗博特姆小姐。她在船对面从船尾高处下来，已经到了主甲板上。

“我同意你这一点，”埃比尼泽说，“喋喋不休、花花公子似的诗人，可指责为粗鄙，正如仆人可指责为自大一样，而两者又都可指责为矫情。我还可进而同意你，最优秀的诗人，从本质上讲，并不是个绅士——”

“这跟您最好的仆人可不一样。”伯特兰插嘴说。

“说到这，”埃比尼泽厉声说，“在礼仪和时尚的见闻上超过主人的你这样的仆人，就像个比神学家还能背诵经书的乡下人。他那唯一的天赋，就暴露了他的局限性。诗人似的仆人和绅士似的诗人所共同的是，他们的绅士风度，对他们每一个人来说，都是一副面具。不过，仆人的面具是一个仆人，而诗人的面具，则是一位神灵！”

“哦喃，先生！”

“让我说完，”埃比尼泽眼睛发着亮光，弯曲的棕色眉毛怒张起来，“是谁比诗人更需要神灵一般的天赋？诗人有画家般的眼睛，音乐家般的耳朵，哲学家般的心灵，律师般的雄辩；他仿佛神祇，看得见事物的奥秘灵魂，看得见它们形式下面的本质，它们最秘密的关联。他仿佛上帝，洞察善与恶的源泉；洞察凶手心灵里那圣徒的种芽，修女心中那淫荡的蛆虫。不，还有，正如绅士当中的诗人，就像磨光滑了的石子当中的珍珠，桂冠诗人必然是珍珠当中的钻石，是诗人当中的王子，是诗人的花朵和样板——甚至是王子当中的王子！国王把自己世俗的无常交付给他，正如诗人把灵魂交付给上帝一样！这样，正如人们所说，天下第一首诗是宗教的，最早的诗人是异教徒的祭司，或者，柏拉图管诗的源泉叫做诸如男女先知那样的**神圣的**癫狂，就没有什么神秘的了。如果说真正的诗人，偏离了典雅风度的大道，这只不过是他行业的标志，是亲近缪斯的进阶；然而，桂冠诗人，虽则实际上有必要深深地浸润着这种癫狂，但也必须行使神灵般的自我克制，因为对于人们来说，他是自己艺术的使者和象征。他不仅要感谢缪斯，还要感谢诗人同行。”

“那么，您的意思是，”伯特兰最后问，“在所有方面扮演绅士？”

“在方方面面。”

“还要把他们的行为当做自己的模范？”

“一点儿不差。”

“噢，那么我得向您要点儿钱了，先生。”他大笑着说，又解释道，就在那天中午，自己不多的积蓄当中剩下的那十先令，已经奉献给关于航程的赌博，而作为绅士，毫无疑问，他是不得不参加的。

“哦，就是为了这，你刚刚才问我对赌博的想法吧。”

“这我得承认。”伯特兰说，同时提醒主人，与不赞同赌博的话相比，赞同赌博的话他也说了不少。“再说，先生，我既然开了头，就得赌下去，一是为了维持我们的伪装，二是为了捞回我的损失呀。”

且说埃比尼泽，他自己的积蓄也只是随商人彼得·佩根那几年所积攒的那一点点儿钱，总计不超过四十镑；可是，由于伯特兰的坚持，数额小了是不成的，于是从箱子里拿出二十镑，回到他的代理等着的栏杆旁边，给以恰如其分的警告与命令，偷偷摸摸地把钱递给他。

就在这时，他们的谈话叫那个为伯特兰所诟病的罗博特姆小姐打断了；他们觉得肩膀上给狠狠打了一下，回过身来只见她紧贴在后边站着，埃比尼泽想，她也许听到了谈话，于是脸上泛出了苍白颜色。

“女士！”埃比尼泽一下子摘下礼帽，说，“为您效劳！”

“我找你家主人。”姑娘说着，朝他背过身去。她二十岁上下，是个乳峰姣好的姑娘，但是举止和肤色中都带有一丝粗俗，所以尽管穿着雅致，还是露出了乡野人，或者起码是殖民地人的品质，然而，对埃比尼泽来说，与其说她淫荡，不如说她贞洁。事实上，从第一次在开往普利茅斯的马车上给亨利描述自己的劫难起，他就想起了琼·托斯特，他对她的微妙关心，加速了他动身离开伦敦。她们之间，在眼神、肤色和率直举止上，有些类似的地方。

伯特兰并没有照搬主人的殷勤，只是倚着栏杆，用粗野的评头论足的眼神打量着来者。姑娘一点儿没有气馁，冒失地拍着手，顿了几下脚，说：“我有个文学上的问题要问您，库克先生。”

“啊哈，”伯特兰说着，在她颌下摸了一把，“像你这样棒的年轻丫头，干吗扯到文学上去，请问？”

这一提问，还有自己仆人的那种粗鄙，都使埃比尼泽十分惊慌。他连忙表示愿意效劳，又说不该用这些鸡毛蒜皮的问题，去打扰桂冠诗人。

“那么，他到底有什么用呢？”姑娘装得撅着嘴，追问道。接着，又瘪起嘴唇，弯起眉毛，依然快活地冲着伯特兰那边说：“我就白白叫他淫荡地瞪着我？他得说说，是哪个诗人写的*去，去，命运之神啊，你是娼妇*，眼下就说出来，要不，我父亲就会知道有什么诗人中午拧了我，羞得我不愿意提起这件事儿，可又给我留下了一块青块，叫我现眼！”

“这个的寓意是，”伯特兰说，“*谁穿着稻草做的裙子，就得离开火盆子*。”

“寓意！你可是个说教寓意的好牧师！喏，够啦。是谁说的*去*，去，命运之神啊，你是娼妇，是莎士比亚还是马洛[1]？我跟米奇船长为这押上了两个先令，他觉得自己是个大学问家。”

埃比尼泽恐怕仆人由于回答或者举动露出真相，正打算插嘴回答，可是，伯特兰并没有给机会。

“米奇船长，是吗？”他挖苦地皱起眉头，又斜着眼瞟了一下，“我自己也押上两个先令，要是我说错就拧我个青块，他说错就得拧他三个。”

罗博特姆小姐和埃比尼泽两人都不表同意，但后者的不同意却是出于真心。

“不行？那就押上一镑，”伯特兰笑着说，“我一镑抵你一先令。可是，我得亲自看到证据才行！”接着，他又问她押的是哪个诗人，还赌咒发誓说一定是那个人写的那行诗。

“桂冠诗人侠肝义胆，无与伦比，”埃比尼泽站在年轻的罗博特姆小姐背后，如释重负地说，“说真的，如果享受到了殷勤，那还有何妨呢？也就是说，是不是威廉[2]——”

“哦，别说，”姑娘一下打断了他的话，“我不想叫你来献殷勤。桂冠诗人先生，我非常清楚这到头来会让我付出什么代价！再说，我知道确实的答案，只是想确定一下罢了：

去，去，命运之神啊，你是娼妇！
你们一切的神祇啊，请你们开会集议，
剥去她的一切权力，
敲碎她的“法轮”的辐辋。

---

① 克里斯托弗·马洛（Christopher Marlowe，1564—1593），英国诗人、剧作家。革新了中世纪的戏剧，为莎士比亚的创作铺平了道路。

② 即威廉·莎士比亚。这是埃比尼泽唯恐伯特兰回答不上来，才说出来提醒他，但接着就被罗博特姆打断了。

把那圆毂从天山上滚到地狱里去。[1]

“妙极了！妙极了！”埃比尼泽拍手赞道，“伶人是叫哈姆雷特高兴来着，可远不如你——”

“妈呀，是这么一群恶棍和娼妇呀！”伯特兰大声说，“要是谁写了这个，谁就是一个性欲旺盛的人，不是吗？说实话，年轻的女士，就我所知道的，我自己就可以胡乱写出来的。”

“请听我说，女士。”由于伯特兰的无知以及情况的危机，而弄得瞠目结舌的埃比尼泽大声说，这一次，他尽力走到他们之间，握住了她的胳膊，仿佛想领她走开似的，“请务必宽恕我的莽撞，不过，我不能再让你打搅桂冠诗人了！”

“打搅他！”罗博特姆小姐猛然挣脱了胳膊，“**我**打搅了**他**！”

“我十分欣赏你对诗歌的兴趣，这在伦敦姑娘中也很少见，”诗人急速往下说着，一边望着周围，看有没有别人在观看，“虽说看你是从种植园来的，但你对这位伟大人物侠义的冲撞，绝没有考虑到你的出身；然而，我得解释一下——”

“听听这个家伙的话。”罗博特姆小姐想得到人们的同情了，她先冲着一群想象出来的听众，后来专门冲着她看到正从船尾走近的米奇船长，“我问库克先生一个斯文问题，可这家伙说我是没有教养的乡巴佬！”

“别理他，”船长愉快地说，刹那间，脸上不无对冒犯者的不悦神色，“谁赌赢了？”

“哦，人人都晓得是莎士比亚写的，”她说，“可库克先生跟你一样，最能戏弄人。他发誓说是他自己写的。”

“大人物是惯于用警句说话的，”埃比尼泽拼命解释道，“表面看

---

① 见莎士比亚《哈姆雷特》第二幕第二场。此段系伶人的台词。汉译从梁实秋译文。

起来，这也许只是戏弄，可骨子里，却是极为深奥的想法：桂冠诗人的意思是，在侍奉缪斯时，伟大的诗人相互之间感到这样亲近，就仿佛威廉·莎士比亚和埃本·库克完全是同一个人一样！”

“那我输了。”船长叹了一口气，这与其说是答复埃比尼泽，倒不如说是答复罗博特姆小姐的话，“所以，”他向罗博特姆小姐保证说，“我什么时候都不会变通，学乖只能留给有学识的人啦。”

“可不敢这样说！”伯特兰笑道，根本没有留意到埃比尼泽方才的惊讶神色，“在你们航海术上，我没有跟你下赌注，少赢了好多钱哩！”

米奇船长眨了眨眼，说钱都放在自己舱房里，罗博特姆小姐于是由船长搀着，去敛她赢的钱。

伯特兰嫉妒地望着他们的背影。“哦，主啊，是个漂亮的妞儿！”

“我们全完了！”两人刚刚走远，听不到他们说话，埃比尼泽便咕哝了一声，“你弄得我们的招数全不中用了！”说着背过身，朝着大海用手捂起脸来。

“什么？一点儿都没有！您没有看见我摸她下颌，她哼哼唧唧来着？”

“你把她当成了只值两个先令的贱货！”

“她也就是那块料，”伯特兰说，“您看，她这会儿是不是正跟米奇玩纸牌呢？”

“可是，她父亲是托尔伯特郡的罗博特姆上校，以前经常在马里兰议会里当议员的！”

伯特兰不为所动。“我可知道他。然而，我得说，要是听女儿唠叨恶棍和娼妇，听她在餐桌上背诵那些淫秽的诗歌，那个父亲就怪了。”

“愿上帝保佑我们！”桂冠诗人大喊道，“如果说你的大错没有暴露我们，那么也会由于你的行为，叫我们吃马鞭子的！别再谈论仆人如何如何优雅啦，看在上帝分儿上；这我看够了，也看够了他的无知！”

“啊，喏，请您镇静，”伯特兰说，“我这会儿装的是桂冠诗人，不是仆人，要不，您就看到优雅举止什么的啦。我晓得自己在干什么。”

“你晓得——”

“说起您那些个优雅人等这么珍视的笑谈和咬文嚼字的谈话，”他暴躁地接着说，“像我这类绅士的绅士站得远、看得清，能够把这种谈话的目的明白告诉您。那就是：摸清楚别人对什么事儿的看法，再把您自己漂亮的看法说出来。说白了吧，粗人和聪明人在这儿的不同就是，朴实的人所关心的，是您得到的是什么，不是他妈的您干吗要得到；可您那些聪明人，却不会管您的想法，倘若您想自作聪明，来进行辩解的话。还有，不管哪个仆人，所能够告诉您的，大半都是人们所谈到的，而且在它们名下都有两层意思的事情，在智慧的阶梯的每一阶上，您会听到像教义一样讲出来的一层意思，还有一层在上面和下面。”

“智慧的阶梯！这简直是发疯！”埃比尼泽厉声说。

“根本就没有什么发疯不发疯的，除非世道发了疯，先生。喏，就说您那假发的事儿吧，戴卷曲的短假发，还是戴长假发，在伦敦就是件大事儿。朴实的做买卖的，不喜欢时髦，戴个卷曲的短假发干活更好；可要是给他十镑钱，还有半个月的空闲，他就会到商店里弄一顶大大的法国式的粗毛假发，扑上半啄粉，就他妈觉得不是自己伙计那样的人了！喏，您若是弄上一打这样游手好闲的人，他们中间那最精明的，会给自己买一顶卷曲的短假发，还得来上一大套高尚的道理，痛说**时髦的暴虐**——我听说过他们的德性！——就觉得自己远远超过了戴长假发的伙计，就像那些伙计超过了生意人的儿子，超过了留鬈发的学徒。可是，再往上爬一阶，就又回到道貌岸然的人头上戴的长假发，他见过不少装模作样的戴短假发的人，虽然他晓得这样做只不过是为了方便，但还是把他们的装模作样抖搂在光天化日下面，给自己弄了个最最聪明的人的名义。可是，他上面一等就又是一些哲学家头顶上戴的卷曲的短假发了，再往上就又是长假发了，等等等等。要不，再说说您那法国假发的事儿吧。粗俗的人都称赞英国，觉得每一个法国人都活像个魔鬼，可要在伦敦待上一年，他们就会把自己村民的淳朴说法不放在眼里。接着，已经走过了这条路的人会说：‘这种张扬的矫情真该死，说到底、做到底，到头来还是英国好！’再靠后就是您那出过国的人会说，对于一个游历过法国的人，这可不是个**矫情不矫情**的事儿。谁也不如聪明的法国人聪明，相比起来，您那英国同胞不过是傻南瓜罢了。可是，接下来还有不光见过法国，还见过地球上所有神圣地区的人，他会说：初次旅行的人才打着手势那样颂扬巴黎——那见过这一切的人回到英国家乡，心里是装着所有这些好处。不过，接着就是您那了不起的、心存疑问的哲学家，两边他都不承认是对的；在他以后还有更大的人物，晓得哪一边都不对，可不管怎样，又站在聪明的胡言乱语一边。而再以后就是您那世故的圣徒，他会说：自己以后不会再谈论帝王和战争了，以此给自己弄了个美德的名字。而在他以后——”

“够了，你！”埃比尼泽叫喊起来，“我脑袋都晕了！看在上帝分儿上，你到底什么意思？”

“就是我刚才说的，先生：您在这世界上走过一些地方，您用书模糊了自己的眼睛，靠聪明的同伴历练了自己的智慧，无论您管什么叫做**是**，那淳朴一点儿的人，还有那聪明一点儿的人就都管它叫做**否**，所以，聪明人不在意您想什么，而在意您为什么那么想。就是这救了我。”

埃比尼泽不明白为什么。“就是这才叫你完了蛋，我看！傻瓜能模仿聪明人的判断，但永远别指望替它辩解。”

“可只有傻瓜才想辩解哩。”伯特兰伸出一根手头，说，“您这样的诗人犯不上。”

埃比尼泽的五官跳动了一下。

“我的意思是，先生，”伯特兰解释道，“他们问我一个要紧的问题——就是昨天晚上，比方说，他们叫我靠着魔法说出了自己的话，不管我信不信它——哦，我只是冲自己微笑了一下，说：‘干吗不呢？’接着就完了！赞同我话的，非常高兴；而那些怀疑的家伙，他们也说不上我是鬼魂附体的傻瓜，还是比他们聪明两倍的神秘所产下的东西。您这样的诗人根本犯不上劳烦您的脑袋来解释：人们还当他有通往真理女神卧室的钥匙，在朝堂上嘲笑等级不同的学者哩。您张扬的文雅和意识，是他最大的仇敌；他必须拧女士们的胸脯，拽冬烘老师们的胡子。好像，他的一举一动，就是所有的论据，一个古怪的微笑就是唯一的反驳。”

“别说了，”埃比尼泽厉声道，“我什么也不听了！”

伯特兰露出了自己那古怪的微笑。“可这不当然就是简单的真理吗？”

“有点儿真理的皮毛，是的，”桂冠诗人承认道，“可是，这仿佛疯子脸上那个意识的面具，滑冰池塘上那一层薄冰——这只使处于下面的东西更加凶险。”

就在这时，铃响了起来，催先生太太们去吃晚饭。

“我们这回完了，”埃比尼泽抑郁地说，“过会儿你就听到罗博特姆小姐说你无知了。”

“也许是吧，”伯特兰微笑着说，“可我想赌您那最后一个小钱，她觉得我忒像个聪明人。谁对谁错，一会儿就见分晓。”

事实上，过了差不多四个钟头，桂冠诗人才再次能够同仆人在私下里说话，因为仆人们吃完以后，很长时间体面的人们还在主舱里流连于打牌喝酒。自然，他们那寻欢作乐——站在前桅附近望着大海沉思默想的埃比尼泽，清楚地听见了他们那寻欢作乐的声音——仿佛说明并没有铸成什么大错；尽管如此，直到最后看见伯特兰同米奇船长本人一起出现在主甲板上时，他恼怒的心情才释然缓和下来。伯特兰仍然为什么浑话大笑着，在点烟灯上点燃了烟斗。诗人心里砰的一声有些嫉妒，然而，扰乱了他心情的，不仅仅是伯特兰的举动；实际上是，他发现伯特兰那玩世不恭的辩解，同他所做的回答一样吸引人，

并没有激情。只是他听说，罗博特姆上校原来是和约翰·库德一起在一六八九年推翻巴尔的摩勋爵政权的阴谋家，尽管当前一切在尼科尔森总督保护之下，但他也许仍然同叛乱者有着秘密盟约。“要是老罗博特姆把女儿当做钓饵，”他说，“也不会让我奇怪的。要不，他干吗一言不发地观察着我们这样做呢？哎，老天哪，我要叫他搬起石头砸自己的脚！”

面对这一新的情况，以及仆人显而易见的密谋才能，埃比尼泽的决心开始动摇，愤慨变成了急不可耐。“你富有诡辩家的天才，能用美德的色彩勾勒邪恶，”他说，“显然，你是想充分利用我的名义和职位。”

“那么，我得到了您的准许，先生？”

“这年月你根本用不着问，我看。”

“哦，谢谢您，先生！”伯特兰声音里露出了明白无误的放心，“您骨子里就是绅士，有船上不管什么人的颖悟的两倍！当初，安德鲁老爷叫我在伦敦照料您的起居时，我一眼就晓得您是个好人。不管什么事——”

“够了，你叫我讨厌。”诗人说，“看在上帝分儿上，你现在又想干什么？我明白这些阿谀是会叫我付出很大代价的。”

“请别生气，您，先生。”伯特兰的语气与方才谈话相比十分不同，他当前又完全是仆人了。他最后重申他对埃比尼泽颖悟的信心，以及他们保持伪装的互利，并申明在以绅士派头保证伪装方面他们一心一意之后，他坦然承认，为了维护体面他需要额外的资助，而且马上需要。

“上帝呀！”桂冠诗人喊道，“你不会这么快就输掉二十镑钱的！”

伯特兰点头认可，并解释说，为了捞回以前的损失，他在前一天的航程上重重押了旁注，然而尽管他细心推算过，却还是由于差了微不足道的一英里左右的航程，输给了罗博特姆小姐，而他又怀疑她能从船长那里弄到机密。

“可那是我积蓄的一半！你竟还胆敢索要余下的继续把它扔掉！”

“才不是这样，先生，”伯特兰说，“相反，我是说不光赢回您的钱和我的钱，还要用五倍的钱来偿还。就是为了这，就跟为了别的什么事情一样，我才需要那个罗博特姆姑娘的。”他说，“波塞冬号”朝西南航行的第二个礼拜即将结束，谨慎押上的钱赌的是到达亚速尔群岛只有两天还是三天的路程。而两三天看见陆地很有可能，所以应赌的牧师塔布曼先生要求，在那两个日期上每押上一个先令就得付一镑钱，提前或者错后一天就会得到最有利可图的几番赌注。所以，伯特兰的计划就是征服罗博特姆小姐，那她就会使自己对米奇船长的影响有利于他：要是他私下对到达或者看见陆地的日期的估计与大多数意见不一样，就把所有的钱押在新日期或者前后日期上面；要是船长的猜测与乘客巧合，罗博特姆小姐就想方设法劝诱他行驶得缓慢一些，使到达群岛的日期晚一点儿。

“咄，你没有给我什么选择！”仆人说完话，埃比尼泽一副悻悻然的样子，“你先装成把姑娘弄到手并不是犯傻，然后装得非常谨慎，这会儿又装出十分必要的样子，虽然骨子里你我都明白，这完全是奢华和好色。把那个姑娘和我的钱都拿去吧！不给我弄个好赌的嫖客的名义就不算完！”

埃比尼泽这样表露了自己的情绪，便从箱子里拿出剩下的那二十镑钱，带着极大疑惑把那笔钱交给伯特兰，最后呼吁仆人要检点一些。仆人于是像绅士那样，为了小小的借贷谢了对方，便出去找露西·罗博特姆。

这项交易以后，诗人的抑郁几乎变成了热病。一整天，他待在舱铺上，或者懒懒散散、不雅观地斜倚栏杆望着大海。第二天一早，伯特兰骨碌碌地转着眼睛发布消息说，勾引罗博特姆小姐这一事业已完成，而这只换来了他主人的摇头；为了让主人高兴起来，仆人接着宣称自己愿意拿命运之神娼妇怎么样就怎么样时，桂冠诗人又无精打采的回答是：“谁跟娼妇打交道，谁就是喜欢花柳病。”

正如埃比尼泽不动声色所承认的那样，自己的心境就仿佛又一次给伯林盖姆拯救出来，又仿佛无意中给麦克沃伊拯救出来似的。这一次，拯救他的是实际上同他的心情相吻合的事情：在那“谨慎押上钱”的两天的头一天里，船队破天荒遇上了真正恶劣的天气。风向从北突然变到西南，风速也在增加，带来一场持续了五天的暴风雨。波涛汹涌的海面上，“波塞冬号”歪歪斜斜，翻滚着偏离了航线；一天的大半时间，乘客们都躲在甲板下面。船底的污水渗进舱房，连水手也恶心呕吐起来。埃比尼泽非常难受，几乎不能到仆人食堂吃饭；只有内急要他或者去船栏杆或者去便壶那里时，他才离开舱铺。然而，他虽然同别人一起大声诉苦，却不像他们那样热切地希望平静下来。化解一场洪水是一码事，这起码需要勇气；而服从并迎接一场已经存在的洪水，则只需要绝望。

直到暴风雨最后一天的第五天，也是风最暴、雨最狂的那天，他才见到了伯特兰。整整一天暗无天日，卷缩着中桅帆的“波塞冬号”颠簸着前进，风向也转向了东北，但在傍晚时狂飙还是有增无减。埃比尼泽正在主甲板上，不知不觉扒在迎风的栏杆上呕吐起来，难受得忘记了那难闻的气味。就在这里，仆人走到他身边，像往常那样身穿主人衣服，到甲板上来也是为了同一目的，吐得同样狼藉不堪。有一阵，他们在越来越浓的黑暗当中肩挨着肩艰难地呕吐着，过了一会儿，埃比尼泽勉强问道：“塔布曼牧师今夜下了几番注？我不想下注。”

听到这话，伯特兰大吐特吐起来。“要是这条该死的船沉了，大伙儿岂不更好！”他终于回答道，“是死是活，我他妈的根本不在乎了！”

“我是在听桂冠诗人说话吗？”埃比尼泽满意地瞅了仆人一眼。

“别提这话了！”伯特兰呻吟着用手捂住了脸，“我离开伦敦的那天真该死！”

每听到一次抱怨，埃比尼泽腹中就少一分不适。“怎么会呢？”埃比尼泽嘲讽地问，“在伦敦你只不过是个毫不中用的仆人，而不是有情妇、有机运的绅士似的诗人吧？这我可琢磨不透！”

“但愿拉尔夫·伯索尔把我那话儿给割了下来！”伯特兰喊叫着说，“男人的阴囊是个叫女人牵来牵去的倒霉的把手。哦，那个婊子！那个奸诈的婊子！”

这会儿，诗人的满意变成了真正的心满意足。“啊哈，所以说，公鸡就该咕咕叫！[①] 老天哪，那个以叫人戴绿帽子来取乐的姑娘干得好，叫你也戴上了绿帽子！”

“不，不，主啊，别给我夸奖那个浪荡女人！”

“别夸奖她？她得到了我的夸奖和赞同，得到了我的祝福——”

“她还得到了您的钱，”伯特兰说，“那四十镑全给她弄到了手。”见到主人惊愕得说不出话来，伯特兰说出了自己遭遇的骗局的来龙去脉。他说，罗博特姆那丫头发誓爱他，还哭哭啼啼地跟他诉说，就凭着这一点，六天以前她抵押出了名誉，允许米奇船长轻薄自己，换来的是自己能够建议伯特兰，把押钱的日期定得比人们看中的日期晚几天。她听船长毫不隐晦地说，虽然离弗洛雷斯岛事实上只有一天的路程，但南方地平线上正酝酿着一场风暴，可以轻而易举地把他们拖后一百英里。同时，她又告诫他别透露自己的赌注，而是放出风去，说他也在大家说的日期上下注；她发誓说，她会关照叫登记赌注的牧师守口如瓶的——**真心相爱，不计代价！**最后，万一那天“波塞冬号”到不了弗洛雷斯岛，她还有个叫在左舷瞭望的看守深深爱上了的女佣，那看守为了得到女佣的青睐，会发誓说抵达了碧玉般的天堂海岸。

得到了这样的保证，伯特兰从那天一直到今天押了十五比一的赌注——可是，哦嗬，那丫头却施出了多方骗局，他现在看得再清楚不过了！看起来，她真正的情人不是别人，正是塔布曼牧师自己，为了他能赢钱，她害得人们个个都以为她是自己的秘密情妇，都在同一日期下了注。于是，暴风雨按时来临的时候，个个是怎样诅咒叹息自己

---

① 这里“公鸡”的原文是“cock”，又有“阴茎”的意思，疑系“男人一定得找女人”的意思。

的损失，却暗自以为自己占了别人的上风，又是怎样的大笑啊！可是如今，在他们赢钱的前夕；就在很可能是他们最后的主日的这个日子；简而言之，一个钟头以前，瞭望的看守发誓说，他从主桅上边自己的位置上望见了科尔武岛的山脉，虽然别人都没有看到，米奇船长却正式宣布第一次望见了陆地。

仿佛来证实仆人的话一样，米奇船长就在那时来到船尾，命令卷缩着前中桅帆开船。而这一做法，无论科尔武岛处在顺风方向与否，只有狂风才能说明它是不是谨慎的。反正，大副降下主帆和后中桅帆的命令下得为时已晚，就在水手们还在绳梯横索上的时候，一阵风吹来，三张帆都给撕成了碎片，连后桅也断裂开来。接着张开了紧缩着的前桅帆，以免大船横转过来船侧受到风浪袭击，直到再有一张前中桅帆在横桁上升起来；水手们于是急忙前来清理后中桅帆那疯狂抖动着的碎片——然而，个个都措手不及，接下来的一阵强风中，那不牢固帆樯上的护桅索仿佛发出了一声手枪声，砰地一下扯断了。

就是在这一最不幸的时刻，由于自己破产的消息重又恶心呕吐起来的埃比尼泽，再次把身子探到栏杆以外。只见那坚硬的护桅索弹回来，抽得他贴在横梁上，顷刻之间，他发现自己真的坠入了大船旁边的海水里，吓得失魂落魄。甲板上，谁也没有看见他掉下去；长官和水手都在忙着，而在认错时无法盯着主人眼睛的伯特兰，仍然把脸埋在臂弯里，靠着栏杆瑟瑟发抖。他怕呛了海水不敢叫喊，人们也听不到他的叫喊，即便是有人极偶然地听到了，对救出埃比尼泽也无能为力。简而言之，倘若不是原来使埃比尼泽重新呕吐起来的那阵风，这会儿又使接踵而来的浪头大发雷霆的话，那时那刻，他就一切都完了。于是，身在飞溅浪顶上的昏迷的诗人，连同无数吨重的大西洋海水又一起给抛回船上，福也好，祸也罢，桂冠诗人总算平安无恙了。

不过，他并没有立即苏醒过来。尽管对他来说，那可能是一个钟头，也可能是一年，他恹恹于一种欣欣然之中，忘却了周围的情况，忘却了时间的流逝，甚至忘却了自己已经获得安全。那是一种眩晕的梦幻状态，大部分时间里都绝无愉快可言，虽然时而被伴随着淡淡痛苦的盲目挣扎的间隙所打断。时而他也做梦，但那根本不是梦魇，而是平静得出奇的幻影。其中有两个以某一频率反复出现。第一个，也是最为神秘的幻影，是一对雪花石膏似的巨大圆锥体，打磨得十分光滑，高高耸立在那里；有些老人坐在尖顶上，底座周围澎湃着恐怖的涌动，但他说不出是哪一类东西。另一个幻影则用改变得十分奇幻的方式，扼要地说明了自己所发生的事故：他正在“波塞冬号”旁的大海里，可是没有风暴，天气无比灿烂；微温的碧绿海水平静得镜子一般，甚至一点儿不湿；大船虽然帆帆涨满，却一英寸也挪动不了；从主甲板上凝视着他的不是伯特兰，而是安娜和朋友亨利·伯林盖姆，他们面带微笑挥着手，充满诗人胸臆的不是恐惧，而是狂喜！

最后，等他完全苏醒过来，梦的主要内容却无法回忆起来，只有梦的静谧同他一起到达这个醒来的世界。他睁着眼睛，安详地躺了好长时间，逐渐接受了现实，但一次只有一件事情渗入意识而已。首先，他还活着——脑袋的晕眩、腹部的虚弱、臀部的疼痛在证实这一点，虽则他尽可能超然地感触它们，就仿佛疼痛的器官不属于自己一样。他毫不惊异地想起了那场事故，可是不知道那是怎样发生的，也不知道是什么救了自己。即使那接踵而来的、对伯特兰把自己的钱输掉的记忆，也没有在他的平静上激起涟漪。渐渐地，他明白了自己正躺在前舱的吊床上。他以前被拘禁在那里过，熟悉那地方的外表。舱房里暗淡朦胧，充斥着灯油和烟草的味道。他听见了间或的短促笑声和压低了的诅咒声以及打牌的拍打声。附近什么地方，有个睡觉的人在打鼾。时间正是黑夜，最后他意识到，大船正在像教堂那样稳稳行驶，倾斜的角度很小很小。暴风雨业已过去，远海上的危险时节也已过去，暴风雨之后海上没有刮风。“波塞冬号”正缓缓前进。

他虽然讨厌离开灵魂方才游历过的快乐世界，但还是随即把腿搭在吊床外面，坐了起来。身旁所有别的吊床里，人们都在睡觉，舱房中央的桌子旁边，有四个水手正在打牌。

“晚上好。”埃比尼泽说。他声音微弱，站立起来的时候，两腿摇晃着，臀部再次疼痛起来，便扶住仓壁支撑自己。

“怎么啦，小伙子？”一个微笑的水手问，“瘸啦[①]？”

听到这话，那群人哈哈大笑。虽说埃比尼泽没有听懂玩笑的含义，但自己也笑了起来。毫无疑问，他们是在笑话自己，但他醒来的那份平静，使得这些已经无足轻重。

“我可能要跌倒的，”他客气地说，“这里那里都受了点儿伤。”

“你没有受伤那才新鲜哩！”一个老水手咯咯笑着说，埃比尼泽于是认出了第一次把他带到伯特兰跟前，还狠劲拧了他一把的那个内德。其他人又笑了起来，可是又吩咐同伴保持安静。

第三个显得比别人稍有教养的水手连忙说：“内德的意思是，后桅护桅索打着你的地方，有一两处疼痛没有什么奇怪的。”他示意着附近的一只长颈瓶，“趁大副还在甲板上，喝一点儿镇静镇静自个儿。”

“谢谢你。”埃比尼泽说。喝下朗姆酒身上战栗一下以后，他又轻轻地问：“我怎么到这里来的？”

“在风暴里，我们发现你在主甲板上昏了过去，”那水手说，“你差一点儿从排水孔里给冲下去。”

“那边的齐普斯用你的吊床当木板来着。”内德高兴地补充道，一边指划着第一个说话的水手——一位四十多岁的瘦削结实的老兄。

“可没有什么恶意呀，喂，喂，”木匠说着又打出了一张牌，“我们当时正在船尾挡水，可我的木板都给从甲板上冲走了。我问甲板间的吊床哪个能用，他们指给我的就是你那一张。”

“啊，好哇，少了它们也没有什么，我看。”进一步打听之下，埃比尼泽得悉，自己昏迷了三天三夜，汤水未进。他饥肠辘辘，可是大

---

① 原文为 get a gimp。gimp 既有跛行、瘸腿之意，又有精力、活力之意。此处义有双关，既可指腿瘸了，也可指来了性欲。

师傅以为他就要死了，没有给他留下给养，不过，水手们欣然地把面包和奶酪分给他吃。他们对他三天的休克非常有兴趣，尤其是，难道他就什么感觉也没有吗？他自信地说，看来他没有什么东西可叫他们觉得好玩的。

“说出来吧，喏！”木匠说，“都过去了，都完了，伙计，要是有什么不对，那你得记住，我们把你当成了快死的人。”

“不对？”埃比尼泽没有弄明白。这时，那朗姆酒使得他浑身上下暖洋洋的，也不再那样饥饿。灯光下的前舱里十分舒适安逸。近来，他没有得到过像这些没有教养的水手所给予他的这种殷殷关怀。无疑，他们连自己的假名都不知道，更不用说自己的真实身份。“如果有什么不对的话，”他热情决断地说，“那就是我昏迷的时候，没有对你们的好意表示适当的感谢。但愿上帝叫我有钱来报答，虽说我也知道，打动你们的是人皆有之的好心，不是没有出过海的人那种想捞到黄金的肮脏欲望。可我是个穷光蛋！”

“压根儿别想这个，”一个水手回答，“那是你老爷该注意的事儿。喝酒，喏。”

桂冠诗人对他们的无知感到好笑，接着又喝了一口。他们实际上对谁这么好心，他该告诉他们吗？不，他善意地下了决心，让美德本身成为它自己的奖赏吧。在心里，他记起了国王身穿褴褛的衣服，在自己臣民中间走来走去的情景；记起了基督有时匿名游历的情景。毫无疑问，他们总有一天会从他写的这首诗或者那首诗里知道真相的，那时，这次历险就成了前舱里的传奇，就成了未来的传记里意味深长的逸事。

接下来的半个月里，水手们一直洋溢着的热诚的态度，正像诗人心中氤氲着的恬静那样。而他也越来越明白恬静的含义：第二个欣快的幻影又袭上了他的心头，在里面，他十分兴奋地望见了对自己天职的神秘肯定，就仿佛从前恩赐于诸位圣贤的天职一样。这条船如果不是因为自己的怀疑而遭到报应的命运之船，那么，究竟是什么船呢？

大海如果不是重新献身的圣水浴盆，不是清除他的绝望、重新把他安顿在这条船上的一次道德洗礼，又究竟是什么呢？天机就是不加说明也明明白白，几乎是他无意言中的一个令人毛骨悚然的奇迹！因此，伯林盖姆才到了这条梦之船上，正是他在大海之王（也就是“波塞冬号”）上，嘲笑过埃比尼泽那首四行诗的第三行——

让大海掀起那最可诅咒的狂飙，
船板不会漏水，桅杆不会弯腰。
有了不起的波塞冬在我们身边，
他不偏也不倚。

正是这行诗，他宣称，把诗人放在了大海里面。埃比尼泽满怀着热情，想起了自己的朋友和老师，而就自己所知，他可能早已被斯莱和斯卡瑞认出来，葬身海底了。亨利怀疑过那桂冠诗人身份，这毫无疑问。

“但愿上帝叫他也在这里，能给他讲讲这一奇迹！”

自从望见亚速尔群岛的科尔武岛那一重大时刻起，“波塞冬号”一直按预定的西向航道，沿三十七度纬度的平行线行驶，如果一切顺利，大船就会径直到达弗吉尼亚海角。漫长的风暴把船队吹到四面八方，地平线上看不到别的船只。可是，米奇船长盼望着随时追上旗舰，盘算着它就在他们前方。虽然修理耗去了一些时间，但齐普斯嵌接起帆桅后，“波塞冬号”一连几天涨满帆疾速前进。他们离开普利茅斯屈指已五个礼拜，五月已经来临，望见陆地的话题又爬上他们嘴边。

在这期间，埃比尼泽很少离开前舱：一来，他恢复体力还需要一段时间；二来，他不愿意再看到以前一块儿吃饭的人。自然啦，他免不了同伯特兰见上几次面，不过见面时间很短，也没有什么可说的——仆人的地位岌岌可危，埃比尼泽除了对他的倒霉幸灾乐祸，同他根本没有什么话好说。他虽则无法对大船再持威武庄严的幻想，但对水手们的钦佩却增长了十倍。绝望已经烟消云散，他怀着宁静和欢欣，望着海豚追随在大船侧面和船尾的波涛里跳跃，陷入了包含一切的企盼，于是削尖鹅管笔，拿出常常参阅的弥尔顿和塞缪尔·巴特勒的诗卷，孵化出了下面的双行体诗，渲染那即将到来的了不起的事件：自己第一次瞥见马里兰。

仿佛尤利西斯，褴褛衣衫，
叫伊利昂的风口袋吹着
向西漫游，厌倦了
那十年的狂涛上的漂泊，
终于瞥见了伊塔刻岛，
眼见所有磨难已经消散，
发誓说抵达了上天的海岸，
他凝视着它，如此美丽，
尽管怪石嶙峋，令人悚然。
可我敢说，这片土地更似天堂，
它那金色沙滩和碧绿玉树，
还有恬静港湾，注定减轻
水手的负担，那扑面
而来的，便只有迷人！不，尽管
竭尽全力，诗人的歌曲，
就算不长，就算再甜，
也无法说尽全部**马里兰**的魅力。
当游子终于安然无恙
走出无边大海的凶残，
从他船上那高耸的桅杆
第一次望见她的灿烂！

在写诗的账簿页脚，他不失时机地缀上了**埃·库，绅士，马州桂冠诗人**的字样，又以满意的心情从头到尾看了一遍。这是自从琼·托斯特要命地造访他那一夜以来，所从未有过的感觉。他急不可耐地想结束自己的伪装，在马里兰恢复自己的真实身份；现在，他的体力比事故以前还好，精神也几乎无法再行改善。考虑过几种计划的利弊之后，他终于决定，一俟“波塞冬号”望见陆地，就宣布自己的身份，朗诵最近写的诗歌，来结束这场骗局。显而易见，船上绝没有暗算桂冠诗人的阴谋，旅客们有权知道关于自己和伯特兰的真相。

不过，他并没有把这项令人愉悦的计划付诸实施的运气。随着旅途即将结束，旅客和水手都一天比一天兴奋，虽则明令禁止水手在船上饮酒，但是前舱里同主舱房一样，也成了夜夜狂欢的场所，水手对埃比尼泽的善意也随之减弱。他没有钱花在打牌上面，可他欣然地分享着他们的朗姆酒和热忱。

一天晚上，人人都喝了不少酒，老内德的亲切举动几乎使桂冠诗人吃了一惊。只见他从升降扶梯上下来，向大家宣告，他在主甲板上受到了埃比尼泽先生的接见刚刚回来。埃比尼泽竖起耳朵，两颊烧灼起来，因为他语气里的言外之意是，他是作为这群人的某类代言人给派去的。其余的人都避开埃比尼泽的眼光。

“我跟库克老爷说，咱们待承他的下人怎么怎么好，”内德接着说，令人不快地朝诗人微笑着，“我说，咱们把他给从死亡门口拉回来，把身体弄好，还没有抱怨地跟他一块儿住、一块儿吃。接着我问库克老爷，既然就要看见陆地了，难道他就不愿意为了咱们的辛苦给点儿什么——”

“他说什么来着？”有人问。埃比尼泽这才明白，他们的慷慨起码有一半图的是钱，于是怒目横眉，但同时也认识到自己对他们的义务以及他们要求的合法。

内德斜瞟了他一眼。“可那个撒谎的家伙说他穷！说咱们望见科尔武岛时，他连最后一个小钱也给输掉了！”

“一点儿不错，”埃比尼泽面对着大家由于内德的通知而生出的愤愤不平，说，“他是个挥金如土的家伙，挥霍了他自己的钱不算，还赌上了我的钱，这就是我不能同你们玩牌的原因。不过，既然你们提出了价码，我发誓你们的善意肯定能得到报偿。可务必记下你们的名字来，一到莫尔登我就把钱送过来。”

“我打赌你能给钱，这样我的钱也就输掉了！”齐普斯笑起来，“这样发誓不值钱！”

“请让我解释一下——”埃比尼泽决心当场亮明自己的身份。

“用不着解释。”水手长说，他大多数情况下都是替瞭望的水手说话的，“当水手的照顾受伤的人，可不是想叫人感谢，可是，叫受伤的旅客在前舱里一块儿住，旅途末尾是要得到报酬的。”

“这是海上的成法。”内德予以肯定。

“而且很公平。”埃比尼泽并不否认，“你们只要——”

“停一下，”水手长微笑着命令道，从口袋里掏出了一张纸，“你家老爷哭穷，你也哭穷。那没有别的，你得在纸上签个字啦。”

埃比尼泽不无疑惑地望望文书，念了念书写潦草的文字。

“这是什么东西？”他叫道，抬起头来却发现水手们个个都对自己的不解而龇牙咧嘴笑着。

“这是海上的成法，就像内德说的那样，”水手长回答，“你在纸上签了字，就跟我们一样是个穷光蛋，跟同伴就一文钱不欠了。”

是的，文书上确实说，凡签了字的人就是“波塞冬号”船员当中诚实一类的成员，除了差使和报酬以外，享有一个普通水手的权利、优待和义务。文书上的语言，经过了某种书法艺术的修饰，说明这种表示事实上是对付埃比尼泽所认为的新的困境的一种传统做法，一角上米奇船长的签名代表了官方的认可。

“这么说——你们到头来什么报酬也不要了？”

水手长摇了摇头。“一个水手再想这样就违反了成法。”

“哦，真讲信用！”诗人笑起来，他对水手的尊敬顿然倍增，“我愿意签上我的名字！”他于是拿出鹅管笔，在纸上签下自己的本名和头衔。

“啊，伙计，”齐普斯在他身后望着说，“你拿我们的好意开什么玩笑？签上你的名字，不是你家老爷的！”

“你以前是不是听说过成法的事儿？”内德疑疑惑惑地问道。

“不是，诸位，我可不是开玩笑。你们该知道真相了。”他接着讲了自己伪装的全部经过，尽量简洁地解释了这样做的必要。喝的酒使他舌头抹了油一般，他变得能言善辩，为了证明，还凭着记忆背诵了笔记簿里的每一首双行体诗。“只要一句话，”他最后说，“我就叫仆人来证明这一点。他不能靠记忆背诵一首诗，从书上也读不大出来。”

起初，水手们公开表示不相信，诗人讲完的时候，却显然留下了深刻印象。谁也没有提议把伯特兰叫来验证一下。原来，他们最主要的保留是不相信埃比尼泽甘愿睡在前舱吊床上，而仆人却一直享受着露西·罗博特姆小姐的青睐。桂冠诗人很快解释清楚，提醒他们注意自己那首关于童贞的赞美诗，像伯特兰那样的行为，对于童贞就是其本质的人来说，是无法想象的。

“见鬼！”水手长喊道，“你是说一个诗人就像天主教神甫，他的胡说八道就像个污水泵似的呀。”

“除了我自己，别的诗人我谁也没有说。”埃比尼泽回答，接着又在谦逊容许的范围内，解释教会的独身同真正童贞的区别。前者，他说，尽管是一种非常可取的惩戒，把谈情说爱的时间和精力，转而用于更高尚的事业，使信徒免于羁绊于情妇和妻子之间而虚度光阴，而且一般来说，可以让人们活得更长，更有成果，但也仅仅是一种惩戒而已；然而，这绝不是与真正童贞相似的纯粹境界，事实上，也绝无美德可言——这年月，最大的好色之徒就是失去权势的独身者。简而言之，独身几乎总是一种为人们所采用的消极做法，或者出于玩忽，或者出于外部权威。另一方面，童贞则是一种积极的形而上的境界，是更值得景仰的，因为，它是加于自我的，它本身没有工具性价值，在男性来说，也没有占有或者失去的机体表现。对于他，由于他对它的兴趣是本体论的、审美的，而不是道德的，所以，它甚至不具备基督式美德的那种身后影响。他自由地详细阐释着，与其说是启迪水手们，不如说是启迪他自己，而水手们敬畏地凝视着他。

“你是说想坐在这儿告诉我们，”水手长不等一句话说完，就严肃地问，“你一辈子都没堵过船尾艄？你从来没用老桅栓分开过他妈的船坞上的绞索？[①]”

“我永远也不会。”诗人决绝地说，为了抢先于他们进一步的打探，他回答了他们的惊叹，提议为自己的新身份干杯。“别以为作为桂冠诗人我就不看重你们了，”他让他们放心，“我们为了这干一杯，天明以前，我会用比金银还好的东西交割我的费用的。”是的，他的意思是，看重他们起码要用诗永远赞美他们。

水手们相互凝视着。

“就算是这样吧，”老内德高声说，其他人也表示赞同，“趁着下一班瞭望还没有开始，伙计们，给他点儿朗姆酒！”

人们给了埃比尼泽一瓶酒，让他一个人全喝下去。“这是怎么一回事儿？”他没把握地笑起来，“是入会仪式？”

“不，不，那得等到以后，”齐普斯说，“朗姆酒为的是叫你准备准备。”

埃比尼泽谢绝了那些开场白，表明已经准备就绪来经受那模拟的考验。“我们别来这一套，等到吃饭的时候再说不迟；你会知道我是不怕的！”

这是引起哄堂大笑的信号：于是，诗人的两只胳膊从两边给反剪起来；椅子从他身子底下叫一个水手猛地抽走，他还没有从惊讶中缓过神来，另一个水手就把他按在那神不知鬼不觉出现在桌子中央的枕头上面。埃比尼泽天性中不习惯这种胡闹，困窘地扭动着身子；另外，

① 这两句疑为性行为的隐语。

既出于自己职位的原因，又出于害怕疼痛，他不喜欢在自己背上进行礼仪上的棒喝的主意，他认为，这才是水手们的目的所在。

让他恐惧的是，一会儿之后，鞭打根本不是他们的用意这一点变得越来越清楚的时候，世上就什么力量也无法叫他保持安静；虽然他脑袋给抓得同四肢一样紧，他还是尖叫起来，连主桅上的瞭望也能听见。

“为了这，米奇船长能把你们绞死的！”他能说出话来时，叫道。

“你当他对海上成法什么都不知道呀？”埃比尼泽听出，是老内德在自己背后邪恶地高声说话，“你在文书上是看见了他的名字的，不是吗？”

仿佛是为了证实自己所处地位的孤立无援，他刚刚开口再次喊叫，甲板上的大副就自上往下探着脑袋，高兴地下了最后通牒：“米奇船长说，得叫他住嘴，或者用手枪枪托打得他趴在地上。他惊动了女士们。”

埃比尼泽那唯一的威胁受挫以后，他就仿佛注定了要经受入会的全部毁灭性磨难。不过，甲板上这时传来一声吆喝——半是昏迷的埃比尼泽，全然没有注意——顷刻间，人人都朝升降扶梯跑去，把他这个新手丢下自己照顾自己了。他气得身上没有了力气，朝他们背后咒骂了一声。然后，想方设法把衣服穿起来，心里念叨着报应，想尽量平静一下自己的心情。他仍然没有理会头上的喊叫声和脚步声，自顾自地念出了最后的咏海双行体诗，也是他自此开始几个礼拜内孵化出来的最后一首诗：

地狱里也没有更卑鄙、更龌龊的恶魔：
主啊，请从这些英国水手中拯救我！

此时，甲板上喧闹叫嚣之外，又响起了火枪甚至大炮声。但“波塞冬号”并没有装载着火器——无论发生了什么事情，都再也不能视若无睹了。埃比尼泽朝升降扶梯走过去，可是还没有往上爬，就遇上了穿着睡衣睡帽的伯特兰，他一跃而下，四肢张开跌在地板上。

“埃比尼泽少爷！”他喊叫着，瞥见诗人站在梯子上，于是颤抖着站了起来。

“什么事情，喏？你怎么啦？”

“我们都完了，先生！”伯特兰哭诉道，“我们全完了！有海盗，先生！哦，见鬼，这时候我还当桂冠诗人！这会儿，恶魔们正到我们船上来！”

“不，你喝醉了！”

“我敢说有，先生！我们大家都得蒙上眼，沿着木板往海里跳！[①]”他解释说，那天将近傍晚时分，“波塞冬号”在东南方向接近了另外一只船，米奇船长误认为是船队的一员，便赶忙想在天黑前赶上那条船——路过科尔武岛以后，就不见了负责他们平安渡过海盗水域的战船，两条船在一起，总比单独一条船难以捕获。这么想着直到不久前刚赶上那只陌生的船时，他们一驶入火力圈，海盗就从船头开了火，而发现自己中了圈套时，为时已晚。“但愿上帝叫我跟拉尔夫·伯索尔去打交道！”他最后悲叹地说，“就是骗局给揭穿，也比丢掉性命的好！我们该怎么办呢？”

对于这，与仍然蜷缩着膝盖瑟瑟发抖、站立不起来的仆人相比，桂冠诗人并没有更佳答案。枪声停了下来，可是，喧闹却比以前更大，埃比尼泽觉察出另外那条船船身掠过“波塞冬号”船身所带来的震荡。他往上爬了爬——刚好能朝外望出去。

他瞥见了叫人毛骨悚然的场面。只见那条船在“波塞冬号”右舷桁一边驶过来，带着无数抓钩朝目标急速前进。那是一条前后两面纵帆、比“波塞冬号”小的轻舟，不过，由于就在眼前，也由于长长的几个礼拜里除了大海什么也没有看见的缘故，小船看起来很大。海盗

---

① 此处指海盗处死俘虏的一种办法，即蒙上俘虏的眼睛，逼迫他们沿伸出船舷外的木板前进，掉下海去。

们一手擎着手枪或者火把——火光使他们更加狰狞可怕——一手挥着短刀，正在爬上不加抵御的栏杆，把“波塞冬号”水手驱赶到主桅旁边，似乎米奇船长认为抵抗是不明智的。可以望见，船长本人也和别的同僚一起，都远在后桅附近的船尾，由单独护卫监管着，大多身穿睡衣或者内衣的旅客也已从卧铺上惊醒。男人们诅咒着，抱怨着；女人们魂不附体，尖厉地叫着，或者只是提前为自己的命运呜呜咽咽。海盗船的前桅上方，挂着一轮突现出来的月亮，鼓动着的斜桁顶帆反射出苍白的光；底下的风帆也在夜风中颤抖，在火把照耀下发出橘黄色的光，舞动着硕大的阴影。埃比尼泽竭尽全力靠着梯子，恐怕倒在地上，心里泛起了在埃斯奎默林小说中所读到的所有恐怖场面：罗凯·布拉西利西诺怎样常常在木头叉上烧烤囚徒，或者把柠檬汁和胡椒擦到他们的鞭痕上面；洛洛奈怎样赤手把俘虏的舌头拽出来，怎样生吃他们的心脏；亨利·摩根怎样用颅骨压脉器挤压出人的眼球，从大拇指和大脚趾处把人吊起来，或者抓着私处往高处拉。①

只听身后和身下，传来了伯特兰的悲鸣。

“停停，停一下！”一个海盗下达着命令。他说，他们所要的不是旅客那些臭皮囊，而是钱财和积蓄。只要都规规矩矩的，旅客不会受到任何伤害，除了丢掉他们的金银细软、几桶猪肉和青豆，还有三四个水手。海盗需要他们来补充自己的水手班子，一个钟头以后，他们就可以继续航行了。他接着又派遣一小队海盗，陪同男旅客回舱房去接收战利品，女人留在上面做人质，以便保证搜掠干净。他命令另一分队去劫掠货舱。第三分队有三个荷枪实弹的海盗，他们到前舱去搜索用来添补的水手。

“快！”埃比尼泽跳到地板上，朝伯特兰喊，“把这些衣服穿上，

---

① 罗凯·布拉西利亚诺（Roche Brasiliano，约1630—约1671），荷兰海盗，1671年左右失去了踪迹；洛洛奈（L’Ollonais，约1635—约1668），法国海盗；亨利·摩根（Henry Morgan，约1635—1688），原为英国海军上将，后成为海盗。以上三人都在埃斯奎默林的《海盗史》中出现过。

把我的睡衣拿来!”他于是亲自动手，尽快地把仆人的衣服脱掉。

“干吗?”伯特兰呜咽道，“不管怎么说，我们都完了。”

埃比尼泽已经脱下自己的衣服，伸手去抓睡衣。“不知道还能遇上什么事儿呢，”他严肃地说，“也许他们找的是绅士们，而不是穷人。不过无论如何，还是老老实实地经历这一切好。如果我得死，那我应该作为埃本·库克，而不是作为伯特兰·伯顿去死。给我脱下来，喏!”他最后扯了一下，睡衣于是从伯特兰的脑袋和胳膊上褪了下来。“见鬼，沾上屎啦!”

“吓的呀。”仆人并不讳言，一边找着衣服。

“且慢，女士们!”升降扶梯处传来了声音，“你们瞧，伙计们，简直是个漂浮的蛾摩拉城![①]”

睡衣半套在脑袋上的埃比尼泽和赤身露体的伯特兰转过身来，同三个手持手枪和刀子、站在梯子上的龇牙咧嘴的海盗打了个照面。

“我真不愿意打搅你们的聚会，水手。”领头的说，他是个相貌狰狞的摩尔人[②]，粗颈项，塌鼻子，头发蓬乱，皮肤黝黑，一顶包头巾似的帽子高踞在脑袋上，乌黑的汗毛从敞开着的衬衣里竖立出来，“不过，我们要你们他妈的打扮一下屁股。[③]”

“请别误会，先生。”埃比尼泽回答道，把睡袍的裙边拉下来，他尽量镇静地振作了一下，轻蔑地指着伯特兰，“叫这个家伙自己说吧，我可根本不是水手：我叫埃比尼泽·库克，是陛下之马里兰的桂冠诗人!”

---

① 蛾摩拉城（Gomorrah），罪恶之城，据《圣经·创世记》，该城因居民罪恶深重而被神毁灭。据传此城和所多玛一样，同性恋之风盛行。此处是对埃比尼泽和伯特兰·伯顿赤身露体的讽刺性比喻。

② 摩尔人（Moor）是中世纪伊比利亚半岛（今西班牙和葡萄牙）、马格里布和西非的穆斯林居民。

③ 这里，海盗误以为埃比尼泽和伯特兰正在鸡奸，故有此语。

十四、桂冠诗人面临人格的两种暗杀，海盗行径、几乎失去童贞、几近哗变、谋杀，以及海船船长之间的谈话，而所有这一切都发生在几页篇幅之内

埃比尼泽一番言语，并没有打动令人恐惧的摩尔人和两个同谋。他们驱赶着俘虏到主甲板上去。埃比尼泽只穿着难闻的衬衣，伯特兰穿着急急忙忙提上的马裤。这时，喧嚣已有所减弱，虽则四处还有女人和用人在哭泣哀号，阴郁的长官和水手挤成一团，分别站在后桅和前桅周围，绅士们也在劫掠者的看押下，一个个由主舱回来，紧闭着嘴唇一言不发。直到这时，无论是女人还是男人，都还没有受到肉体伤害；对“波塞冬号”的有效劫掠已接近尾声。海盗声言的目标所剩下来的，埃比尼泽偶然听见说，只有运送给养以及强迫三四个水手为自己效劳。

对于抢劫，埃比尼泽几乎不往心里去，自己仆人已经把他劫掠一空了；让他害怕的，是遭到强迫的前景，因为，他和伯特兰是在前舱给抓获的，谁也没有穿戴绅士装束。捕获者领他们去前桅的时候，他的恐惧陡然倍增。

“不，不，请听我说！”他叫道，“我可不是水手！我是马里兰库克岬的埃比尼泽·库克！是桂冠诗人！”

“波塞冬号”水手，尽管处境危险，还是在埃比尼泽走近的当儿，用胳膊相互捅着，咧嘴笑起来。

“你是个说瞎话的桂冠诗人，老兄。”一个海盗咆哮着，把他推到人群里去。不过，这场戏引起了注意，一个外表和年纪看来都像船长的海盗长官，从船中间走过来。

“怎么回事儿，博阿布迪?”长官的语气缓和，衣着端庄，甚至颇有绅士风度，同手下人衣着的古怪形成对照；到了岸上，人们会把他当成年纪五十岁左右的诚实的种植园主或者船主，然而，那位了不起的摩尔人对他的靠近，显然十分忌惮。

“没什么，船长。我们看到这两条狗在前舱里头玩弄男风，那个瘦高个儿说他不是水手。”

“问问我仆人吧，喏!”埃比尼泽恳求道，一边跪在了船长面前，“问问那些倒霉蛋，看我是不是他们当中的一员！我向您发誓，先生，我出身绅士，是巴尔的摩勋爵亲封的马里兰桂冠诗人!”

为了回应船长的提问，伯特兰证实了老爷的身份，亮出了自己的身份，那个水手长也自告奋勇，提出了补充证明；但是，老内德虽说没人询问他的看法，却不屑地、信誓旦旦地说出了相反的意见，而且，为了证实，还叫诗人毛骨悚然地拿出了在前舱签署的文书，证明埃比尼泽是水手的一员。

“要是你们两个都在船上签了名，那对大伙就更好了。”他又说，“他们是顶顶能干的水手，不过，也是船上运送的小偷跟坏蛋！千万别叫他们的愚蠢举动糊弄了您!”

明白了他们老伙计的用意，其他一些水手也跟着起哄，希望自己这样就能免于被迫与海盗为伍。可是，船长端量了一下内德的文书，就一下把它从船侧丢了下去。

“我懂这些事情，”他藐视地说，“再说，那是马里兰桂冠诗人签署的。”他怀疑地打量着埃比尼泽，“所以说，你就是有名的埃比尼泽·库克?”

“我发誓，先生!”埃比尼泽心里怦怦直跳。他十分激动，感佩于船长的机敏，惊叹于自己名誉的远播。然而，他的麻烦并没有过去，因为虽说那海盗实际上已被说服，但他又命令把他们两人带到船尾让旅客们辨认，于是，他又迷惑地听到了第三种说法——两人当中没有一个是水手，但那个壮实的上了年纪的人才是桂冠诗人；那个皮包骨头的家伙，是他的文书助理。米奇船长也随声附和，又说仆人冒充主人地位已经不是第一次了。

“哦，”海盗船长冲伯特兰说，“那么，你是藏在下人的衬衣里面了！可是，水手们说的又怎么是相反的呢？”

这时，对“波塞冬号”的劫掠已经结束，人们的注意力都转向了这场盘问。对于解释清楚自己的伪装那盘根错节的源由，埃比尼泽已经不抱希望。

“到底是谁撒了谎，这对你们有什么关系？”被一支手枪对准着的米奇船长，从主甲板那边问，“拿了他们的钱，你们就走得啦！”

对此，那海盗不为所动地答道：“我要的不是桂冠诗人的钱——他没有那么多钱，我敢打赌。”埃比尼泽和伯特兰两人担保这种推测的无误。“我想找的是得力的下人，好在船上侍奉我；桂冠诗人就见鬼去吧。”

“您认出我来了，”伯特兰立即说，“我承认自己就是桂冠诗人埃本·库克。”

“浑蛋！”埃比尼泽叫道，“你是个满嘴瞎话的下人，承认吧！”

“喏，我说出实情来吧。”海盗小心翼翼地望着他们二人，说，“我不关心下人，我得到命令把桂冠诗人弄到船上去。”

“喏，喏，那就是您的诗人，先生。”伯特兰厚颜无耻地指着埃比尼泽，“是谁也伺候不了的大师。”

埃比尼泽瞪起了眼睛。“不，不，好心的长官！”他终于说，“就像米奇船长所说的，我冒充主人已经不是第一次了！这个人才是桂冠诗人，真的！”

“够啦。”海盗命令道，朝戴头巾的那个摩尔人转过身去，“把他们俩都戴上镣铐，我们走吧。”

这样，在“波塞冬号”上人们的喃喃声中，那倒霉的一对儿一路上狠劲挣扎着，被带到小船上去了。那些海盗没收了能在猎物船上找到的所有枪支弹药，最后又拧了女士们一把，爬过栏杆，丢掉抓钩，朝公海上驶去，很快就把愤怒的受害者们抛在后面。遭绑架的水手——齐普斯、水手长，还有一个右舷望哨上的小伙子——给带到船长住处签署文书。两个俘虏则被关在船头的绳索风帆储存室里，加上闩住了的门，又戴着牢牢拴在硕大橡木肘管上的脚镣，舱房变成了不见阳光的禁闭室。

埃比尼泽虽说由于仆人的叛卖而气得难受，又为自己命运担忧得难受，也还是给这整个事情弄得迷惑不解，要求弄明白他们被绑架的原因；然而，对所有这些质问，看守——就是首先捉住他们的那个黑大汉——只是答道："庞德船长知道原因，伙计。"而且，直到拴上了脚镣，那个野蛮家伙一边插上那扇沉重的门，一边把这一回答重复到第四、第五遍时，埃比尼泽才认出了那个名字。

"庞德船长，你是说？你们船长叫庞德？"

"是汤姆·庞德。"那海盗吼叫着，不再等着往下询问。

"哦，老天！"诗人大声说。这会儿，只剩下他和伯特兰在那个狭小舱房里，里面伸手不见五指，摩尔人随身拿走了油灯。

"您认识那个无赖，先生？是个有名的海盗吧？哦，基督，但愿我再回到布丁巷才好！那我就会自个儿解决那些倒霉事儿，让拉尔夫·伯索尔要对我做什么就做什么好啦！"

"是啊，我认识托马斯·庞德。"埃比尼泽对于这一巧合——倘若真是巧合的话——的震惊一时间掩盖了自己的怒气，"他就是有一次和伯林盖姆一块儿坐船离开英格兰的那个海盗！"

"伯林盖姆是个海盗！"伯特兰叫道，"还是个海盗，那对我来说就不奇怪了——"

"闭上你那撒谎的臭嘴！"埃比尼泽抢白说，"你是个坏蛋，别对我朋友指手画脚，这会叫我为了换两个便士把你喂了鲨鱼！"

"别，别，求求您，先生，"仆人乞求道，"别对我这么厉害呀。我承认自己背叛了您，可这关乎您的和我的命呀，可不是小小微不足道的两个便士的事儿。"还有，他又说，当那船长透露了自己的真实想法时，埃比尼泽后来也干了同样的事儿呀。

对这一事实，桂冠诗人并没有粗鲁地回答什么，因此，一时之间两人一言不发，各自想着自己不同的悲惨遭遇。他们在地上的船骨上有两叠破旧的风帆作为床铺，由于位于小船船头的顶端，风帆并不平整，而是由龙骨到分水向上倾斜，所以同时也构成了舱壁。这一角度，加上船头波涛的撞击声，即便是不算上恐惧和激动所额外带来的不适，也使得疲倦有加的埃比尼泽无法入睡。他的心绪又回到伯林盖姆身上，后者曾经在如今把他们俘虏了的那个盗贼手下出航，或许现在就在这条船上。

“但愿他这会儿在船上，能替我求情才好！”

他思索着向庞德船长透露自己与伯林盖姆的友谊，可又放弃了这一想法。一则，他不知道亨利是用什么名字出航的；一则，他的朋友同船友分别的方式，在船长眼中，几乎提高不了与其熟识的身价。埃比尼泽记起了伯林盖姆历险的事情，那是在普利茅斯听说的，他救出了母女两人，使其免受蹂躏，而她们对他的报答，是告诉了他第一个有关他祖先的真实线索，此外还有些别的。他多么悲痛地想念亨利·伯林盖姆呀！他连自己亲爱的朋友是什么模样甚至都无法稍微精确地记起来；他脑海中的画面，充其量只不过是伯林盖姆在美洲历险前后，那些音容笑貌的拼凑而已。伯特兰的话再次进入了他的脑海，也一同带来了仆人和亨利相遇的那些令人不安的回忆：朋友从未提到的、他们之间在伦敦驿站的会面，以及他们如何在海王酒馆马厩里交换衣服。伯特兰听说了埃比尼泽为之大为震惊的伯林盖姆的海盗行径后，为什么不感到惊讶呢？

“你为什么这样说伯林盖姆的坏话呢？”他大声问，可是，听到的回答却只是隔着他们的龙骨那边传来的鼾声。

“处在我们这样的困境，这坏蛋还能睡觉！”他叫喊声中交织着奇怪和绝望，但又不想把伯特兰叫醒。结果，他虽然认为不可能睡着，但也被精疲力竭所征服，就在那个最不可能的地方，进入了梦乡。

第二天早晨，那个问题他或者已经忘掉，或者失去了意义，总之，没有再跟仆人提起。随着白天过去，落在庞德船长手里的遭遇，似乎根本没有那样糟糕。等他们吃过有面包、奶酪和白水的早饭——这并不是惩戒，而是所有船员的伙食——便给他们卸下了脚镣，又给了他们一些抢来的衣服，允许他们来到甲板上。在那里，他们发现自己正航行在一片空旷的海域上。那看来像是大副的摩尔人，叫他们干各种各样的简单杂活，比方说捡麻絮啦，打磨甲板啦，等等，只是到了夜里，才叫他们回到那可怜的小舱房里去，而且自从第一次以后，再也没有给他们戴上脚镣。庞德船长向他们明白地讲明了情况：他相信他们或此或彼总有一个是桂冠诗人，但对谁的说法又都不相信，这才想把他们两人拘押起来。至于他们的禁闭，他不愿再说什么，只说是奉命办事，也不愿说出可能的期限，只说一接到命令就放了他们；同时，只要他们小心行事，就不会伤害他们。

从这一切，埃比尼泽只能推断出，从某一方面说，捕获他的人是主谋约翰·库德的探子，他受了库德的指使，才伏击了“波塞冬号”。库德此人不达到罪恶目的是不肯罢手的！见鬼，他让海盗背上罪名，又是多么机灵！由于死亡或者酷刑不再迫在眉睫，桂冠诗人竟然为了自己受到绑架，表现出无边义愤。不过，这一强烈情感，他还是非常谨慎地对绑架者掩盖着。同时，又不能不让敌手对自己的生花妙笔肃然起敬。

“事情清楚得很，”他用世俗语调向伯特兰解释，“巴尔的摩勋爵命令撰写《马里兰纪》的时候，心里所想到的不仅仅是缪斯。他所了解的东西，是没有几个王公敢于承认的，那就是：要进行或者破坏一项事业，一个好诗人能顶朝廷上的两个朋友。自然啦，他对于诗人情感过于敏感，不能直截了当地说出来。要不，你说他干吗派亲爱的亨利来照料我呢？库德如果不像了解巴尔的摩一样了解我的影响的话，他干吗拦截我呢？说真格的，这是两个对头呀！”

如果说伯特兰对此有所动的话，那么，也并没有感到一丝宽慰。“但愿上帝叫他们俩都长上大疮！”

“快别这么说吧。”他主人并不服气，“鸡毛蒜皮的事情，别往心里去才好，不过，这显然是一桩正义对怯懦的事情，谁如果对此耸耸肩膀，那就犯了大罪。”

“也许是吧。”伯特兰耸了耸肩膀，说，“我晓得你那巴尔的摩勋爵是个天主教徒，可是，要说他是圣哲，把天说下来连我自己也怀疑。”埃比尼泽不表苟同的时候，仆人接着重复了一遍在“波塞冬号”上听露西·罗博特姆说的故事。大意说，那时查尔斯·卡尔弗特受了罗马的雇用。“他跟教皇做了他妈的一笔交易，把天主教徒和蛮人联合起来，来反对新教徒，残杀当中的每一个人！接着，他把马里兰变成了天主教城堡，天主教耶稣会士就像蛆虫，在那里的田园蜂拥而过，你连一声‘主啊’也来不及说，整个州就成了罗马的了！”

“这种做法真要命！”埃比尼泽嘲笑道，“巴尔的摩干这样的坏事，是什么原因呢？”

“什么原因！要是他把马里兰罗马化，教皇就会往他脸上贴金，要是他把整个州弄到手，教皇就会封他是圣徒！他要把他自己变成一个他妈的圣徒！”露西·罗博特姆宣称，正是为了阻止这种灾难，她父亲和其余的人才跟随了库德，来推翻马里兰的天主教徒。这恰好跟詹姆士王的罢黜发生在同时，所以也拥戴威廉王和玛丽女王执掌马里兰的政权。“可是，老库德的功劳并没有得到很好的报偿，”伯特兰说，“议会一给整垮，海盗们自己就争吵起来，巴尔的摩就设法给尼科尔森那个家伙弄到了总督的职务。他打着威廉王的旗号，可是人人都晓得他骨子里是个天主教徒：他跟詹姆士在豪恩斯洛荒原[1]打仗时，他跟其余的人一起做了弥撒，可他带到波士顿来的是一支爱尔兰天主教部队。”

---

① 豪恩斯洛（Hounslow），现为外伦敦一自治市。

“亲爱的主啊，”埃比尼泽叫道，“这个罗博特姆婊子真是个谗言篓子！尼科尔森同我一样，可是个正人君子！”

“他是个博尔顿公爵[1]的杂种，”仆人顽固地接着说，“他跟天主教徒搅在一块儿前，就在非洲当了柯克上校[2]的副官。他们确实宣称，他为了讨好姆利·伊什梅尔皇上[3]，在梅克内斯[4]从上校屁眼里喝过一点儿酒[5]——”

“住嘴！”

“有的说是五月酒，有的说是布里斯托尔雪利酒；情妇露西赞同说五月酒的人。”

“我不听啦！”诗人恫吓地说。然而，对于他的抗议，伯特兰也做了同样的回答。“发生的好多事儿，您这样诚实的人是连做梦都想不到的。”或者“**历史是在卧室里创造的，不是在朝廷上创造的。**”

“谁对谁错，和我一点儿都不相干，”他终于说道，“从哪方面说，都是库德叫咱们中了圈套，咱们再也到不了陆地上啦。”

“怎么会呢？”诗人问道，“我在这里活得并不比在‘波塞冬号’上差，只是等待另行通知罢了。”

“当然是啦！”仆人说，“可要是您像查尔斯·卡尔弗特所想象的那样是门大炮的话，库德可能放了您来炸他吗？依我看，咱们还活着就是个谜！”

埃比尼泽只得承认这种见解颇有道理，然而，还是不能猛然叫它

---

① 指查尔斯·波利特（Charles Paulet，约 1625—1699），原为温切斯特侯爵，后因支持威廉王与玛丽政权，1689 被封为第一任博尔顿公爵。尼科尔森早年曾在他家做侍从，受其照顾。

② 珀西·柯克（Percy Kirke，约 1646—1691），英国军人。曾任英属丹吉尔殖民地的行政长官。

③ 姆利·伊什梅尔（Muley Ishmael，1634？或 1645？—1727），摩洛哥阿拉维王朝的第二位统治者。

④ 梅克内斯（Mequinez），摩洛哥北部一城市。

⑤ 此处疑指两人有同性恋行为。

恐吓住。毫无疑问，庞德船长使人望而生畏，但并不蛮横，在伯林盖姆讲述的事件中，虽说他容忍了奸淫，却似乎划清了谋杀的界线，他对“波塞冬号”的劫掠几乎也是文质彬彬的。再者，他甚至不像海盗那样贪婪。一连好几个礼拜，小船悬挂着英国旗帜，从南到北，再由北返回来，显然是在没有目的地游弋；每逢望见天边出现船只，海盗们就会追上去，可是，等赶上那条船的时候，他们又和蔼地跟它打招呼，庞德船长就会像出海的无论什么船的船长一样，询问那条陌生的船驶向什么港口，载的是什么货物。而且，虽说有时回答富有欺骗性——“我们是‘阿德莱德号’三桅帆船，从法尔茅斯[①]起锚一百三十天了，装载着丝绸和银器开往费城”，或者“我们是‘朝圣者号’双桅横帆船，载着朗姆酒从牙买加起航，前往波士顿”——在埃比尼泽囚禁的整整三个月里，他仅仅目睹过两次海上抢劫，而且，也是在八月初的同一天先后像下面所说的那样发生的：

有好几天，虽然天气晴朗，四周什么也看不到，小船还是停滞不前。所说的那天，刚刚吃过午饭，瞭望就瞥见一面向西行驶的风帆，庞德船长用望远镜观看了一段时间后，说：“是‘波塞冬号’，没错。把他们带到甲板下面去吧。”于是，那三个给绑架的水手就接到命令，回到他们的前舱房里去。伯特兰给禁闭在风帆舱房里，于是，忙活了一个上午，显然是在毫无目的地倒换货舱里的货物的埃比尼泽，就给打发到甲板下面去完成这项任务。

“可怜的米奇船长，”他心里想，“这个恶魔在等着把他毁了呀！”他虽然藐视一般的海盗抢劫，不愿米奇同他的旅客受到伤害，但是，对施暴于他的那些水手却无法表示同情；目睹过海盗们的凶残，他倒十分想让他们跟“波塞冬号”船员较量一番。无论怎么说，他不愿意错过甲板上的激烈场面。不到一个钟头的追逐当中，他尽职尽责地在货舱里忙活着，把木桶和箱子搬到船尾，他现在明白过来，是为了给

① 法尔茅斯（Falmouth），英格兰西南一海港。

更多抢来的东西腾出地方；不过，抓钩抛过去后，只有几个海盗蹲在背风处栏杆附近准备上船，他于是爬到后舱口旁边凝视着。

看到那熟悉的大船，他的心怦怦跳：就在那后甲板上，他同伯特兰争论过诗人的得体举止，也是从那里，他给神助般丢进大海；米奇船长正站在船尾，一脸的冷酷，像以往那样告诫船员，不要为了抵御袭击危害了旅客们的安全，尽管他在船头准备好了崭新的八磅炮弹。

埃比尼泽舌头啧啧作响。“可怜的人儿！”

同往常一样，船中央的女士们慌乱地尖叫着，男人们紧张地皱着眉头，给带到舱房里劫掠；水手们畏缩在前桅附近。埃比尼泽望见几个骚扰过他的人，其中就有内德，还望见不少新的面孔。海盗们从上次遭遇大船，起码已经在海上待了六个礼拜，所以，毫不精心掩饰自己对女士和女佣的情欲，说着最淫荡的话语，又拧，又戳，又掐，又摸她们。庞德船长忙着制止全面骚扰，用他那低沉嘶哑的声音咒骂船员，威胁说，如果他们不住手，就捆起他们来拖在船后面。即便如此，黑博阿布迪大副一见到一个青春美少女，便几乎疯狂起来。少女可能是由于晕船，穿着睡衣叫人抱到甲板上来的。黑博阿布迪一把将她背到肩上，朝栏杆走去，显然是想按照海盗的传统方式来糟蹋她；船长用手枪对准了他的太阳穴，才阻止了摩尔人的热情，叫他号叫着、舔着嘴唇走开了。那姑娘恰巧在他刚刚走近的当儿昏了过去，所以，并不明白自己的名誉是这样虎口逃生的。

情况变得糟糕透顶，船长终于命令所有人手都回到小船上去，除去抓钩，虽然掠夺并没有完全结束。他带着米奇船长、两个“波塞冬号”水手和上面的一艘大艇，说出来的理由是，需要咨询一下关于经度的问题，以及八磅炮弹火药可能未被全部没收；他说，小船一旦驶出射程，他就释放他们。他让船员把新的给养存放起来，以备正式分割战利品，接着同人质一起回到海图室去。

如今，海盗回到了船上，埃比尼泽自然离开了观察地点。他们心情非常糟糕，第一桶波尔图酒[①]放下来的时候，他藏到船尾旧货后面，以便躲避他们的愤怒。他藏身的地方是条黑洞洞的宽缝隙，大约三英尺高，在船舱下面由龙骨两侧伸展开去，朝后伸展到承舵柱那里。由于那里通往从甲板经艇架直到承舵柱的操舵缆绳，船底上方便有一面假地板，桂冠诗人就懒散地一声不吭地躺在上面。在他脑袋上方约有两英尺的船尾处，他听到椅子拖过地板的声音，接着是两人偷笑的声音。

“老天哪，那黑子也许想把她劈成两半哩！”其中一个说，埃比尼泽轻易地听出是庞德船长，“我阻拦他时，我还当他会把我丢下去哪！”

另一个大笑起来。“要不是我反对他，他会把她穿透的，汤姆，我敢说。不过，也真遗憾，我保证，她是绅士先生嘴里的肉，不是笨牛嘴里的肉，我们到达兰兹角以前，我想尝尝她的鲜呢。”

埃比尼泽听到米奇船长的声音并不感到吃惊，但是，谈话所流露出来的亲昵却使他大为惊骇。

“你想找麻烦？”米奇问。

“上帝知道，吉姆。博阿布迪想要干个小兔子的时候，脾气非常粗野。他们在岸上需要一个礼拜的时间，要不我就得死了。”

“唔，关于你的诗人我没有接到命令，不过，我确实给你带来这个——他们是在锡达角偷偷把它弄到船上来的。”

米奇拿出他说的那件什么东西的当儿，一阵沉默，接下来是纸张放在桌上的声音。虽然埃比尼泽到那时为止，字字听得十分清楚，但还是竖起耳朵，完全忘记了自己原来藏起来的目的。

“《切萨皮克湾航行秘史》，”庞德高声念道，“这算是什么荒唐的事儿？”

“根本就不荒唐，”米奇哂笑起来，“为了这，老巴尔的摩会割断你的喉管的！瞧瞧背面吧。”

---

① 葡萄牙西北部港口城市波尔图（Porto）出产的葡萄酒。

书页一阵哗哗作响的声音。“上帝！”

“哎，”无论朋友有了什么认识，米奇均表认同，“他们是在卡尔弗特郡从迪克·史密斯那里弄来的——怎么样弄来的，天知道！他是巴尔的摩的总商检官。”

“我能拿它干什么呢？”

“他们说库德过一个月左右就会来取的。依我看，这只是整个会议记录的一部分；他要是在事情敲定以前能弄到其余的，那么，尼科尔森不能碰他。这会儿，那地方简直乱糟糟的，汤姆：你该去圣玛丽城看看！安德罗斯上台又下台，劳伦斯掌了权，亨利·朱尔斯把尼尼安·比尔原来的位子弄到了手，老罗博特姆东山再起。他有个你喜欢的女儿，也就是露西，记得吗？”

“是啊，”庞德说，“从上一次就记得了。她屁股上有个胎记，你跟我说过。”

“不是，汤姆，不是胎记！是雀斑里有个大熊星座，我敢说，那两颗指极星[①]指着——”

“别说啦，”庞德笑起来，“我记得北极星在哪儿，人们的指针都指着它哩[②]。喏，趁你还没有离开，再讲讲马里兰吧。”

“天哪，多妙的丫头！”米奇说，“我讲到哪儿了？我跟你说起过安德罗斯吧？”他于是接着讲起了约翰·库德的舅子尼密尔·布莱基斯顿，说他在已故总督科普利治下怎样怎样的有势力，可是，去年二月，海关税务司从尼科尔森偷偷送给巴尔的摩勋爵的那本伯林盖姆的《日志》文书中得到了证据，控告他贪污受贿以后，他就名誉扫地地死去了。五月，弗吉尼亚的埃德蒙·安德罗斯爵士，同科普利弹劾过的托马斯·劳伦斯爵士一起回到了圣玛丽议会，任命后者为议会主席和马里兰代理总督。这叫叛乱者们十分沮丧，因为，是劳伦斯把一六九一

① 指极星，即大熊星座指向北极星的那两颗并排的星星。

② 此处疑为指露西私处和庞德对她所抱淫秽想法的隐语。

年的立法会议记录偷偷送给尼科尔森的。接着，尼科尔森便前往那里，拥抱了朋友劳伦斯，让爱德华·伦道夫当了马里兰的议员。伦道夫是皇家监督官，是詹姆士二世的拥护者，以对各州权威的恶作剧式的轻蔑，在殖民地远近闻名。然而，尼科尔森非但没有感谢自己的上司安德罗斯在离任时叫自己执政，反而立即称政府为非法，宣布此前一切法规无效，还（迄今徒劳地）要求安德罗斯归还劳伦斯议会为了嘉奖他的政绩而给予他的五百镑酬金！这些叛乱者，米奇说，费尽心机想利用这种冷落，使安德罗斯反对尼科尔森；他们的首领库德还恬不知耻地占着圣玛丽城地方长官的职务，还在劳伦斯管辖的民兵团当着上校，并以这些职务从他处心积虑想推翻的政府那里领取薪俸。自然啦，安德罗斯也答应库德，叫自己的"海岸护卫"庞德船长替他效力，另外，还实际上允诺库德在弗吉尼亚避难，倘若人们担心即将来临的那些发生，尼科尔森开庭控告他、他在立法会议的同党凯内尔姆·切泽尔丹以及老布莱基斯顿的遗孀的话。这些叛乱者，米奇又说，既须自卫，又须进攻，他们洗劫马里兰，想找到那份揭露罪行的会议记录的其余部分，认为它被形形色色的天主教徒和詹姆士二世拥护者藏匿起来，同时，又煽动皮斯卡塔韦印第安人造反，觉得他们也许能同别的印第安部落相联合。

"哎呀，他们玩的把戏可真要命！"庞德说，"幸好我在海上！"

"幸好我正向东朝伦敦航行，汤姆；这个库德会孤注一掷焚毁一个州的。可是，他付出的代价也不小。"

"那就说一说吧——"

"好的。"米奇说着又停顿了一下，"他们叫我把这个给你，把库克控制起来，还有一个人有可能保存着这些文书。"他解释道，尼科尔森听说会议记录不在了，正在把全州搅得天翻地覆，想找到会议记录——因此，造反的人便决定把它从各殖民地转移出来，等事情平息下去再说。庞德应该在现在的纬度上巡弋六个礼拜，或者等到从库德那里派一艘船来取这些文书。那时，他既能拿到报酬，又很有可能接到有关怎样处置自己俘虏的命令。

“好极了，”庞德船长说，“喏，我也把上次旅行你该得的东西给你吧。”

“上次干得还好吧，汤姆？”

“还不错。”庞德并不否认，又说，既然他们的协定是把现金都给海盗，珠宝都归米奇，他在伦敦出手这些东西并不费事，可以预期，在西去的航程上，海盗们能干得一样好甚至更好，那么，在东去的航程上，当不少旅客除了首饰外，什么的都没有的时候，米奇就能得大份子。交易谈成，米奇准备好坐大艇离开时，埃比尼泽惶恐惊讶地听到了全部谈话后，也准备从藏身的地方撤退，因为海盗们早已往货舱里装完战利品。

“还有一件事，”米奇说，于是诗人又爬回来聆听，“要是库德来取这一部分会议记录时，还没有找到其余的，告诉他我知道去什么地方寻找，可是，他如果在那儿找到的话，就得出二十镑钱。这些书页背面都写了些什么，你看到了吗？”

“你指的是《切萨皮克湾航行秘史》吧？怎么啦？”

米奇解释道，凯内尔姆·切泽尔丹是在库德给他的一本装订起来的四开本手稿反面做一六九一年立法会议记录的，这恰巧是造反者藏在詹姆斯敦时得到的一本旧日记。“是个叫史密斯的人写的日记——是你看到的最见鬼的东西！——他们为了安全的缘故，管它叫‘史密斯之书’，天主教徒也好，造反者也好，都这么叫。虽说他们没有几个人瞧见过。”接着，他问庞德：对巴尔的摩来说，还有比把那些部分分给同一姓氏的同谋，以便保存下来更自然的事情吗？

埃比尼泽冒出了冷汗。使他放心的是，庞德嘲笑这种臆测的荒诞无稽，不过，答应拿到应该拿的钱就转告库德。

“那就是二十镑钱，”米奇愉快地说，“来吧，把我逼回到我的船上去，喏，要不他们就看出咱们的把戏来啦。明年开春，也许还早，我就坐斯莫克船队的船回去。”

埃比尼泽爬过木桶和箱子，从缝隙里沿着梯子来到舱口，心里义愤激动得差一点儿恶心起来。他按捺不住，想把自己听到的话告诉伯特兰；就在迎接两位船长到来的高声欢呼中，他人不知鬼不觉地爬到甲板上，朝前舱升降扶梯爬去。那里，也通往他在风帆舱房里睡觉的床铺。

的确，船员当中酝酿着哗变情绪，稍有风吹草动就想惹点儿麻烦。他们不情愿地放了“波塞冬号”上的两个水手。两位船长私自谈话期间，船员一直折磨着他们；眼见米奇在他们的手枪瞄准下，坐着大艇朝北方地平线上的母船急速行驶，他们的脸色暗淡下来。

埃比尼泽穿过前舱溜回了自己的舱房——一般情况下，舱房都是不上锁的——把米奇叛变、库德近来的图谋，以及船长舱房里那宝贵文书的事情，都讲述给伯特兰听。

“我得把那些文书弄到手！”他大声说，“库德是怎样弄到的，我不知道，可是，一定得叫巴尔的摩拿到文书！”

伯特兰摇了摇头。“天哪，先生，这可不是您干的事儿。一个诗人跟这些事情沾不上边。”

“话不是这样说，”埃比尼泽回答，“我发誓投入生活的怀抱，而除了选择立场，那生活又是什么呢？另外，我想弄到日志也还有隐情。”他欣喜地思忖道，伯林盖姆倘若知道了约翰·史密斯船长有一本私人日记，该有多么高兴！谁又知道，那些日记就是可怜的亨利长期找寻的打开祖先之谜的锁钥呢？

“这些理由，我看得非常清楚，”仆人说，“要是把那文书拿来招标，会给您带来大价钱的。可是，咱们在世上只剩下半个月的光景了，就算偷了来对您也没有什么好处。天哪，那个摩尔人是一副什么心情，您看清了吧？要是这个库德不把咱们杀死，那些海盗也会。”

可是桂冠诗人不表苟同。“这种内讧可能是我们的获救，而不是末日。”他描述了一番甲板上那种微妙的气氛。“俘虏我们的是庞德，不是船员，”他说，“如果哗变，他们杀死我们什么也捞不到，可能索性把他也杀死。再说，他们对日志一无所知。也许，他们会把我们变成他们的一员，一旦骚乱平息，我就能找到办法把日志偷过来。然后，我们再伺机逃到岸上去。或者往好里想，我们一旦同别的人一样成了海盗，就能在派我们去抢掠的船上藏身；他们就永远不再想念我们了。叫他们哗变吧，我说，我们跟他们一起干！”

最后一句话就仿佛命令一般。不一会儿，甲板上传来了叫嚣，接着是一阵手枪声。埃比尼泽和伯特兰急忙上去宣布他们效忠于哗变者，欣然认为他们掌控了小船，的确，也见到博阿布迪站在舵旁边，冲着聚集在船腰的人群龇牙咧嘴地笑着。可是，庞德船长不但没有躺在甲板上奄奄一息，反而站在博阿布迪身边，抱着两手，每只手里端着一条冒烟的手枪，脸上露出可怕的笑容，而四肢张开、脸冲下、身上流着鲜血躺在船尾升降扶梯上的，却是一个卡罗来纳的叫帕奇的青年。

“我一吱声，咱们就冲港口里开。”庞德说着，把手枪插放进腰带。两个水手走上前来，把他们受伤的伙伴抬走。

“把他从船边丢下去。”船长命令道，于是，那个卡罗来纳人还没有死去，就给扔进了大海。

“下一个我连子弹也不用。”庞德威胁道，受害者在船尾湍流里挣扎着，他连回头看一眼都没有看。

“那摩尔人干吗那么高兴？”伯特兰冲埃比尼泽小声说，“您说过的，他是所有人当中最怒气冲冲的人。”

初见到有人死亡，诗人目瞪口呆，他摇了摇头，狠劲咽了口气，想克制住自己的反胃。

就在这时，瞭望高声喊道：“帆船，嗨！东边有条帆船！”众海盗于是朝东方望去，只见一条三桅船正朝他们驶来，不过他们经过了历练，并没有表示出多大兴趣。

“喏，瞧！”庞德船长用望远镜端量了一下那条不熟识的帆船，笑着说，“要是帕奇再有十分钟不闹事，他就不会喂海里的螃蟹了！你们谁知道那边是什么船，伙计们？”

他们不知道，或者说，洗劫那条船的期望，让他们心里充满了激情。

“是这两个礼拜你们这些坏种在前舱策划谋反以来，”庞德说，“我一直等着的那条伦敦来的船！你们就没有听说过一条叫‘西普里安号’的船吗？”

听到这个名字，船员们一遍又一遍地奋力高呼，一面相互拍打着肩膀，在甲板上又蹦又跳；听到船长的命令，他们仿佛给绳梯横索、船板、旗绳和转帆索附了体一般。中桅帆和三角帆被砍断了，舵轮猛地转过来，小船疾速朝新猎物迎头冲上去。

“这条‘西普里安号’船，怎么就会叫他们轻易改变了主意呢？”伯特兰小声说。

“我不知道，”主人回答道，心里对哗变一无所成感到遗憾，“不过，它就像和它同名的荡妇[1]一样，是一下子从海里冒出来的，我们真得喜欢它。瞅机会溜到甲板上去；可以的话，我希望偷来那本日志。”

---

① “西普里安”英文为“cyprian”，有“荡妇”的意思，故云。

十五、对“西普里安号”的蹂躏；阿考麦克王西克萄皮克的故事，以及桂冠诗人迄今所经历的最大危险

不出一刻钟的工夫，面对面轻快地行驶着的小船和双桅船，便进入了彼此火力圈以内。双桅船上，几十名乘客簇拥前来观看小船。这或许是好几个礼拜以来，他们所见到的第一艘船，因此，毫无防备地挥动手臂和手帕致意。懒洋洋的海盗个个都同样忙乎着，他们的回答是一声可怕的喊叫，还有一连串的炮击，炮弹落在猎物面前的海水里面。直到别的人尖叫着跑着藏起来的时候，埃比尼泽才大致猜出来将要发生什么事情：他看出来，所有乘客都是女人。

“老天哪。”他长出了一口气。

双桅船船长发觉了小船的企图，转舵趁风朝北驶去，同时朝攻击者开了炮，但是，防卫得太迟了。庞德船长准确地预料到了这一招，已经让手下追上去，小船于是趁双桅船还没有扬起帆来，就沿着新的航道前进。再者，双桅船的几张横帆虽然顺风行驶起来，比追赶者的纵帆来得快，但是后者的尺寸小、重量轻，足可弥补这种差别而有余。庞德船长命令手下不要冲火枪和手枪还击；相反，他自己操起舵轮，抄近路逼向了双桅船的船尾下方，距离非常近，连它横梁上那弓形椽木旗标上雕刻着的“西普里安号”这个名字也依稀可辨。就在船首斜桅就要插进猎物船尾的一刹那，他朝右舷转了几度。船头炮手朝双桅船船舵平射出了一发炮弹，追逐于是告一段落。趁孤立无援的“西普里安号”还没有倾覆，船上的船员匍匐着前去落帆。小船改变方向，朝后撤退的时候，双桅船已经卷起风帆在大浪里翻滚；船员举着手站在上面，大副在主旗绳上挂出了白旗，船长倒背起双手，在船尾等待

着厄运。

海盗们得意忘形，簇拥在栏杆旁边，口里喊着淫荡的言辞，打出猥亵的手势。除了博阿布迪把小船靠过来，他们个个都欢喜雀跃——那摩尔人除了红色的头巾，身上剥得一干二净，恶魔似的站在舵轮旁边。终于拴紧了抓钩，降下了船帆，两条船的横梁猛烈撞在一起，仿佛交配的海鸟飞翔在浪涛上面。接着，海盗们呼啸着越过栏杆，匆忙中叫骂着趺趺绊绊蜂拥而来。恐惧的"西普里安号"船员朝后倒退，然而，谁都没有稍微在意他们。最后，庞德船长只得将手枪枪口冲着三个手下，强令他们把船员绑在桅杆上面。其余的水手顾不上别的，只是砸开升降扶梯和舱门，而惊慌失措的乘客已经在里边落下了门闩。

他们的暴行让埃比尼泽脸色变得煞白。他站在小船前桅附近，身旁是海盗中最老的一个船员，修帆工卡尔。此人委琐干皱，面貌凶恶，年纪不出六十岁，蓄着肮脏的小胡子，没有一颗牙齿。他看到这幕景象，正在摇头晃脑偷偷笑着。

"那船上全是女人吗?"桂冠诗人问他。

老头儿欣然点了点头。"这是从伦敦开出来的一条盛婊子的船。"他解释道，一年当中，有那么一两回，"西普里安号"船长就装运一船境况潦倒的女人，她们愿意到殖民地当上半年的妓女，因为那里女人极为短缺。野心勃勃的船长不要这些姑娘出盘缠；他从妓院老鸨那里不但拿到她们的旅费，而且如果姑娘们具有特殊品格，比方说是处女，又有名望，或者特别年轻，或者具有姿色的话，那么，还能拿到红利。这些老鸨从各州到费城，来补充扩大人员。说到那些姑娘们，有的在伦敦就当过婊子，有的是由于贫困或者其他原因被逼无奈，还有的是难以理喻的女佣，不惜任何代价到美洲来，她们觉得，当半年的妓女，比惯常的签订四年女佣契约更加诱人。

"在一年的这时节，岸上的每一个海盗都瞅着'西普里安号'。"修帆工说，"舱门里头有一百多个丫头哩。你就瞧瞧博阿布迪吧!"

埃比尼泽望见那一丝不挂的摩尔人推搡开船友，举起了在身边找到的，也许是双桅船木匠丢下的一个大槌。只一下，他就砸开舱门，一头钻了进去，别的水手紧紧跟在后面。不一会儿，空气就被尖叫和怒骂撕裂开来。

埃比尼泽两腿直打哆嗦。“可怜的女人！可怜见的女人们！”

“**这！**”卡尔嘲讽道，“一个他妈的祈祷会，**这只是！**你该像我那样跟纽波特的老汤姆·图出过海。头年有一回，我们打利伯泰细亚[1]到阿拉伯海岸去，在红海那里，碰上了大莫卧儿帝国[2]的船只，正载着朝圣者到麦加去；那船上载着一百支枪炮，可是，我们没有搭上一个人就登了上去，你猜我们见到了什么？**有一千六百个丫头，先生！**差不多没有一个有处女膜的！有一千六百个丫头到麦加去，还是你压根儿没有见过的年轻得妙不可言的摩尔丫头，可我们才不到一百人！费了一天一夜的工夫，我们才把她们干完——我们有法国人、荷兰人、葡萄牙人、非洲人，还有英国人——我们还没有干完，甲板上就成了屠场里的断头台。在世上玩女人的历史里，像那一天一夜的还没有过哩，我敢说！”

他啰啰唆唆地说着，可是，埃比尼泽不忍心听他讲完。一则，甲板上的情景叫人关注，使他无法分心：海盗们用手枪逼着或者是主要凭着力气，把昏过去的或者还清醒着的猎物一个个一对对拖出来。他望见甲板上，舷梯上，栏杆上，随处随地，女人们以各种可能想象的方式遭受蹂躏，没有一个幸免。那稍微俊俏的，一次要受到两三个人的糟蹋。博阿布迪出来了，他两只肩膀上各扛着一个又踢又扭但毫无作用的女人。他把其中一个交给后甲板上的庞德船长时，另一个女人挣脱开来，想摆脱厄运，爬上了后桅绳梯横索。那摩尔人就让她先爬了一段，接着慢吞吞地爬着追上去，每爬一步口里便用淫荡的阿拉伯

---

① 利伯泰细亚（Libertatia），据传为十七世纪海盗们在非洲马达加斯加建立的自由殖民地，但是否真实存在过仍有争议。

② 莫卧儿帝国（1526—1857），印度穆斯林帝国，鼎盛于十七世纪。

语啸叫一声。在五十英尺高处，船身只要一摇晃，由于高度使然，实际上都晃荡得非常厉害，女人于是吓破了胆。她把光光的胳膊和大腿插进帆具交叉的地方，悬在那里眼看没了小命，博阿布迪一到她身后，就狠命强奸了她。下面，小船上的修帆工拍着巴掌哈哈大笑；埃比尼泽恶心得转过头去。

他看见伯特兰在身后不远的地方，正毫不掩饰地热切地望着，于是想了自己的计划。时机十分有利：小船船员个个都在忙着寻欢作乐，就连平素凛然躲避狂欢的庞德船长，也发现摩尔人给他的战利品诱人得无法拒绝，已经带着她走进了双桅船舱房。

“小心！”埃比尼泽悄悄对仆人说，“我现在想去把那本日志弄来，然后再想办法溜到‘西普里安号’上去。”他不顾伯特兰那吃惊的神色，小心翼翼地朝船尾庞德船长舱房门口而去。不用搜索就找到了他想要的东西：日志摆在桌子上，很容易看到，那些散开来的书页紧紧压在真菌珊瑚镇纸底下。埃比尼泽一把拿起来，心怦怦跳着仔细看了看第一页。是立法会议记录的抄本，对他来说毫无意义。然而，在另一面——

“哦！”

他却看到切萨皮克湾至弗吉尼亚詹姆斯敦航行秘史：航行由约翰·史密斯船长于我主一六八〇年指挥，分为几部分忠实无误进行笔录者也系此人。下面着手叙述的文字字体古雅而又几乎无法辨认，根本称不上日记，而是事情的简述，或许是作者著名的《弗吉尼亚通史》一部分的初稿：

七个士兵，六位绅士，外科医生罗素和本人，于当今一六八〇年由弗吉尼亚吉考夫坦登船，

以勇武步伐于无路之中踏上征途，
迄今尚没有基督教徒如此求索……

那当口，诗人不敢再往下看，但又忍不住翻检手稿，想找到亨利·伯林盖姆的名字。不一会儿，就有了发现。他在前面一页上读到，**一俟国王入睡，我便直接朝门口走去，而且，倘若伯林盖姆勋爵没有阻拦我，握住我的胳臂，宣称他对我如此做法表示抗议，我必然能满足陛下的每一愿望……**

“伯林盖姆，一个勋爵!”埃比尼泽冲自己喊叫着，兴高采烈地猛然把手稿揣进衬衣，紧紧塞在马裤裤腰里面。他朝甲板瞥了一眼，上面空无一人，可能看到自己的唯有踞在“西普里安号”后桅索具上的那个摩尔人。他往下爬着，想再去蹂躏女人，把先前那个女人丢在绳梯横索上面。太阳正在落下去；那长长的余晖，用玫瑰和金黄色从侧面把这一幕渲染得很不自然。

“嗨，嗬，埃本少爷!”

听到这一声招呼，桂冠诗人畏缩了一下，不过，那是伯特兰的声音。

“这个夯货！他想陷我于不利!”他在小船甲板上徒劳地寻找着仆人，只有修帆工孤零零地站在栏杆旁边。

“过来，埃本少爷！往这边走!”声音是从双桅帆船方向传来的。埃比尼泽惊恐地发现，伯特兰站在船尾，正想糟蹋他逼在船尾栏杆旁边的一个胖胖的姑娘。埃比尼泽拼命打着手势叫伯特兰回来，他却大笑着摇了摇头。“是他们叫我们一块儿干的!”叫着，便回过身去忙活自己的事情。

对于埃比尼泽，面临着这样的背叛行为，回到船上是不可想象的了。整个“西普里安号”上，淫掠还在进行；阳光照耀下，身上金灿灿的倒霉女人们，大半放弃了希望不再逃跑，而是乞求着怜悯或者鸦雀无声地屈服于那些来强暴她们的人。诗人战栗着，飞快回到自己在绳索风帆储存室的舱房里，既然自己没有办法逃跑，还不如索性看看手稿来解闷的好。于是，他从前舱拿来一盏灯，掏出日志，摊在破风帆做的床上，读到了下面的文字：

七个士兵，六位绅士，外科医生罗素和本人，于当今一六〇八年由弗吉尼亚吉考夫坦登船，

> 以勇武步伐于无路之中踏上征途，
> 迄今尚没有基督教徒如此求索……

为了提供给养，我们携带着一条载重三吨的驳船，上面，早已安排好了亨利·伯林盖姆。我不敢把他留下来，以免他用流言飞语败坏我的名誉。然而，我们刚刚离开吉考夫坦朝南航行，那个坏家伙就背叛了我；整个夏天要让三十个人的团体吃上饭，他只准备了一小袋子长满象鼻虫的燕麦片和一桶浑浊的淡水！我问他，他是想把我们饿死，还是想叫我掉头回家呢？我明白，他和他那一伙游手好闲的先生们，都抱着后一种希望。于是，我给他们每人的配给都不够量，让他们在船舷边钓鱼，虽则我心里明白在驳船上根本没有办法烧鱼吃。事实上是，不出两天我们望见陆地时，我就盘算好，把他们钓的鱼丢到海湾里去，不过，并没有吐露口风。接着，我教给所有的人扬帆操舵的本领。这些事情士兵们一下就学会了，那些先生们却抱怨起来——谁也没有伯林盖姆勋爵的声音高——说我走投无路把船底的污水弄了上来。

伯林盖姆对旁边的人说，如果我们遭到不测，船长又有何干系呢？他要是遇到难处，又得如何把他斩草除根，等等，不然，说不定会从哪儿来些赤身露体的野人来搭救他。这样说，他指的是几个月以前救过我的波卡洪塔丝，波瓦坦的女儿。我也看得清楚，他是一路上想跟我作对。

第二天，我们到了吉考夫坦正北的一个海岬，人们十分高兴，因为大家肚子里已经满是糟糕的食物和浊水。于是直接来到岸上，在那里遇到一对拿着骨尖长矛的野人。我大着胆子向他们致意，

使人高兴的是他们操一种类似于波瓦坦人的语言，声称自己是他们国王的臣民。这些人之所以可怕全在于涂着油脂，他们只是在浅水里叉鱼。由于我的恳求，他们带领我们去都城拜谒叫做西克蓟皮克的国王。

这到头来招来了一场无法收入《通史》的奇事，所以便想笔录于私人文书，以昭彰伯林盖姆勋爵同我之间的恩怨。这场恩怨致使我们很快走到死亡的边缘……

“老天哪!”埃比尼泽叫喊一声，翻过去一页。

于是，那个西克蓟皮克叫我们去他的王国——他管它叫阿考麦克——在我们面前摆上了丰盛的宴席。进餐的时候，我观察着，发誓说他是我们遇到的最庄严、得体而又文明的野人。我循着习惯吃得十分舒服，沃尔特医生和士兵们也吃得十分舒服，可是，我们那些绅士先生们对野人的烹调却少有食欲。特别是身躯胖大的伯林盖姆，刚才还那么大声抱怨吃得不好，更没有胃口。用餐以后，西克蓟皮克发表了简短的演讲，再次欢迎我们来他的都城，愿意在我们动身前补充我们的给养。那时，在我看来，他表现出了一种奇特的热切，认为我们应该同他盘桓些时日，不过，我并不知道个中的缘由。

我询问王国地域的时候，他只是回答说，王国相当开阔，通往北方原野，一直到达更加广阔的地带。他治下的领土与其兄弟得比代翁的都城相毗连，而野人管他兄弟叫阿考麦克哈哈大王。我们得悉，得比代翁的都城位于更深的内陆，阿考麦克哈哈大王就同王后居住在一座漂亮邸宅里。我于是问：西克蓟皮克的王后住在哪里？这一问只不过出于礼节而已。可是，看到他脸色阴沉，我就想换个话题，问道：得比代翁为什么叫做哈哈大王？尽管不明白原因，但只见西克蓟皮克的愤怒有增无减，几乎无法克制自己。眼看询问下去没有益处，我于是沉默下来，抽起当时相互传递着的烟草来。

西克莂皮克终于恢复了一些自制时，便命令给我们一伙人找住处过夜。我表示了同意，因为，那时天空低沉下来，说明天气十分恶劣。那些绅士和我在西克莂皮克的邸宅里给安排了住处。虽则他是国王，可他住的只是一座单间的大房子。于是，所有的人立即准备就寝，只有伯林盖姆例外。他一向跟在我屁股后面，我不睡他也不睡。接着，国王和我围着火炉，一声不吭地抽了不少袋烟。我看得出，他想同我进一步攀谈，不过，按照野人的风俗，还是迟疑了好长时间才开口说话。因了这一层原因，我盼望着伯林盖姆去休息，这样我们就可以私下里谈一谈，可是，伯林盖姆置我的暗示和建议于不顾，就是不去休息。

终于，西克莂皮克开口讲话，说了一长串鸡毛蒜皮的事情。这是野人的习惯。接着主要是说（这里，我把他的讲话变成了英语），先生，你肯定在怀疑我是独身，因为我住的房子里或者我吃饭的时候，都没有妻子陪伴我，还有，你问王后在什么地方时，我没有回答你。在这方面你弄错了。实际上我有王后，而且美貌无比，只是最近才不得不叫她做我的妻子。但她又不是妻子，难道说当妻子的第一个条件不就是除了结发配偶，不再为了自己的幸福而寻找别的人吗？可我那王后呢，却觉得我十分无能，虽然我各个方面都表明是个男子汉，但是她还不满足。她也不是王后，难道说当王后的第一个条件不就是除了表现自己国王的伟大，其他什么都不去做吗？可我那王后呢，由于不满足于我的雄伟，一直在房子里跟别的男人寻欢作乐，这样就给我头上带来了晦气；然而，她还是口口声声说自己并不满足。喏，这是件不幸的事情，因为那个女人不仅毁坏了我的名誉，弄得我十分倦怠，还弄得城里所有年轻人和老人疲惫不堪。她就像水蛭，一旦尝过鲜血，就永远没有满足；又像猫头鹰，虽然吃了地里的所有老鼠，还是饥肠辘辘地回到巢里去。我兄弟得比代翁把这件事看得很重，现在还在哈哈哈地笑话我（所以他们管他叫哈哈大王）。他有个妻子，他弄得她心满意足，因此觉得胜我一筹，就跟他的人民觉得胜我的人民一筹一样。（可是，他妻子是只浅尝辄止的耗子，我自己就常常试她，而我兄弟却是全力以赴地干。）所以，我要求你这白皮肤做的是，努力去叫王后欢乐，甚至叫她对已经有的感到满足，为的是我统辖的都城里安宁和荣誉，为的是不叫我兄弟再嘲笑我。因为，我从你的穿着、你那奇特的船只、你那伟岸的举止可以看出，你不是普通人，而是个创造奇迹的人。

西克蓟皮克这样说下去，我听到他的话十分惊讶，因为大多数不能满足妻子的男人，都讨厌向别的男人承认自己的无能。然而，我钦佩他的诚实、率直和慷慨，竟然邀请我试一试他所办不到的事情。我以自己所能表现出来的斯文，接受了西克蓟皮克的赐予。于是，他带我来到房子的一扇门前，说是通向王后卧室的。接着他躺在炉火旁边睡了觉，像一个叫另一个男人躺到自己床上的妻子身边去的男人应该的那样，睡一阵子醒一阵子。

一俟国王入睡，我便直接朝门口走去，而且，倘若伯林盖姆勋爵没有阻拦我，握住我的胳膊，宣称他对我如此做法表示抗议，我必然能满足陛下的每一愿望。我知道他根本不是天主教圣贤，就问他为什么反对。他回答道：不管事情怎样，他有意自己来做那件事，因为我已经得到了波卡洪塔丝的垂青，利用下流的托词把那个姑娘开了苞，而他并没有享用她，而且从伦敦扬帆以来，也没有睡过女人。他还扬言，如果我不给他这件美差（虽说他那下流的性命也亏了我的帮忙），他就把我下种收获的真相传遍整个詹姆斯敦和伦敦城。

我于是对他说，野人王后他愿意怎样耕耘就怎样耕耘吧，我可不在乎。还说如果好心的西克蔔皮克发现她是半个梅萨琳娜[①]的话，那么，就需要十多个伯林盖姆才能叫她安稳下来。说着，我朝门口点了点头，便走到炉火旁边那些鼾声大作的同伴里面。然而，我并没有入睡，而是清醒地躺在那里抽烟，心里想自己这一夜的历险并没有结束。

最后，伯林盖姆走了回来，一副恼火的样子，我问他王后是不是很容易就感到快乐的时候，他放了一个屁，见国王还在睡觉，又骂她是婊子、沿街乞讨的叫花子，等等，不一而足。他说，由于她非常友善地接纳了他，所以他想要进到她体内去，可是，他一切准备就绪来干肌肤之亲那事的时候，她问他钱在哪儿。他除了一包烟草，身上一文不名，她立即脸朝下趴在那里，不再理会他。于是他就离开了她。

听到这里，我大笑起来，冲他说：他在征服女人上，这样轻易地给打发出来，是永远干不好的。还说，以前波瓦坦王叫我而不是他去戳国王女儿下身的器官，对我俩都是件好事。为了回答我的话，伯林盖姆又放了一个屁，说如果我想兑现大话，门并没有落闩，王后还平躺在地上。至于他呢，他不想再找那个婊子的事，无论她是王后还是洗碗的女佣。

我一刻没有耽误，就进到王后住房里面，把伯林盖姆丢在炉火旁边，由着他生自己懦弱的闷气。很快，我习惯了里面的黑暗，看清王后又仰身躺在了那里。看得出，她是个极有姿色的野人，五官姣美，四肢玲珑，小腹十分平坦，冠毛和别的附带的玩意儿，能把随便哪个男人的欲火撩拨起来。她用蛮话吩咐我随着意儿干的时候，我一下像闻到肉味的狗的耳朵那样竖立起来。我自称是弗吉尼亚的约翰·史密斯船长，觉得事先没有调情就干一个女人，

① 梅萨琳娜（Messalina，约17或24—48），罗马帝国皇后，喀劳狄一世之妻，以淫逸放荡闻名。

是件讨厌的事情。可是，她根本不计较这一点，只是比划扭动着表示，这是在浪费时间。我赶紧宽衣解带，立即动作起来，但她制止了我的热情，指着她按野人习俗拔得光光，又胡乱涂抹上紫草颜色的那个地方，要求先得付点儿报酬，说不习惯于白白付出自己的魅力。

这一点没有难倒我，我善于应付婊子和野人，于是提了提马裤，从里面掏出了一把逗得野人眼睛离不开的小玩意儿。我把那些东西递给她，可是她一下丢开了，说还要些东西。接着，我给她一个从死摩尔人身上弄来的，据说具有魔力的小护身符，可这她也不屑于接受。之后，又给了那个荡妇一个象牙雕成的人像，一个镌刻着猥亵阿拉伯文的钱币，还保证给她下一班船就要带来的十二码苏格兰土布，然而一切都毫无用处。她想要六条沃坡皮格[1]项链，她说，或者九条罗阿诺克[2]项链，因为别的情人都给这些东西，她才卖身，她毕竟身为王后呀。我回答说，我身上没有野人的钱，也没有办法弄到钱，不过，她如果满足我的欲望，我会从詹姆斯敦送她一个英镑，送她足够从伦敦面包师傅那里买一打果馅面包的钱。可是，王后根本不要我那一英镑，又趴过来，放了一个曾经给伊丽莎白女王本人带来荣誉的屁。我说，约翰·史密斯船长是不会给轻易打发走的，她同先前一样做出回答时，我发誓说，无论如何也要弄她个不亦乐乎。世故的法国人有句俗话，说是吃不到画眉，也得吃到乌鸦。我不再耽搁，直接在王后身上干起了那个让我主在平原的城镇上空降下火焰的勾当……

我干完事后，便抽出身来，等着王后命自己的卫士抓我，觉得她肯定会这样做。有一会儿，她躺在地上喘气，后来缓过气了

---

① 沃坡皮格（wampampeag），是在许多美国本土印第安部落里流通的一种货币，由颜色各异的各种贝壳组成。

② 罗阿诺克（roanoke），一种白色贝壳。

的时候，她从自己颈项上取下十条沃坡皮格项链送给我，说她那天夜里得到了足够的爱，直到再出新月都不会感到痛苦了。这样说着，她就神魂颠倒似的进入了梦乡，我也到了另一个房间，去数落伯林盖姆没有想象力。这，又习惯地叫他发起了脾气，因为我又一次占了他的上风……

第二天我睡得很晚，醒来发现西克萄皮克坐在国王宝座上，身边簇拥着他所有的副手。我睡觉的时候，他吩咐他们保持安静；我起身的时候，他便走上前来，拥抱着我宣布，我在治理他的都城方面应该占第二把交椅，应该找他部落里最有姿色的野人做妻子，因为我让他的人民恢复了和平。我于是问：怎么会这样呢？他回答道：那天黎明时分王后找过他，请求他饶恕她的不忠，还发誓说，她对我心满意足，不会再从国王床边走开。只是，他说，他怕她的决心不会延续很长时间；肯定是通过某种非同一般的雄性力量，我才使她得到快乐的，而我又不久就要离开他的都城了。

听到这里，我把他领到一边，私下里向他讲述了我所使用的简单手法，保证他也能像我那样把这件事情做得很好。水坑很小，无论什么青蛙在里面都显得很大。西克萄皮克从来没有听说过这种做法（这是我从下流的阿拉伯人那里学来的），他惊讶地聆听着。不过，除了把学到的东西试验一下外，别的什么都不管用，于是他急速走出房间。

他这样去求爱的当儿，我把人们召集起来，让他们做好准备，因为我计划那天上午起航，继续探险的航程。除了伯林盖姆以外，大伙立刻着手准备，他冲着那一大堆绊脚的鹅卵石发起牢骚来；西克萄皮克从他房子里出来时，我们差不多已经准备就绪。他又拥抱了我，这一次比以前更加热烈，央求我永远在他都城里住下来，当他的王子和继位人。他还说，他同王后做了爱，她得三天后才能从床上起来，一个礼拜不需要爱了。不过，我谢绝了他的邀请，说还有别处的事务要去处理。很费了一番口舌，他才打消念头，同意让我离开，送给我和我的人各式各样的野人礼物，还给我们的船上添了食品和淡水。

这样，无论什么在等待着我们，我们终于又动身驶向大海。我不大愿意离开，很乐意再耽搁些日子多去些地方。因为，西克萄皮克向我表示过，想到他兄弟得比代翁的都城走一遭，在那里，用他学会的手法耕耘一下得比代翁的王后，以便让他兄弟永远无所措手足。那样，他，西克萄皮克就成了阿考麦克哈哈大王。这确实值得亲眼目睹。然而，国王的恩宠是不可相信的赏赐，会轻易地给予，也会轻易地收回，因此我觉得，与其逗留盘桓，待在阿考麦克到也许不受欢迎的时候，倒不如及时抽身……

叙述，或者说米奇带到船上来的那部分日志，到此结束。埃比尼泽接着又读了第二遍、第三遍，希望从中找出亨利·伯林盖姆和与他同名的那个倒霉家伙之间联系的蛛丝马迹。可是，件件桩桩都说明，亨利希望证明是他祖先的那个史密斯船长的冤家对头，不但没有子女，而且没有结过婚，他同那伙探险的人的未来处境也并不乐观。桂冠诗人叹口气，把日志散页归拢起来，放在帆床下面，让谁也不可能找到。然后，熄灭灯火在黑暗中坐了一会儿。奸淫的惨叫飘过小船前甲板，勾画出一幅幅清晰得使他心悸的画面。连同手稿里所讲的事情一起——这对他来说，就如同对西克萄皮克一样，是一种启示——这些画面不管他愿意与否，都迫使他的白日梦进入一个渠道，不一会儿，便发现自己的躯体被欲望撩拨起来。他无法诚实地申明，自己毫不含糊地怜悯“西普里安号”上的姑娘，或者真心实意地谴责他们的暴行；如果说他为这一幕所震惊，那也为之激动，为之深深吸引，除了日志上的事情，什么琐屑的事情都无法叫他分心。是的，那个姑娘仿佛落入蜘蛛网的苍蝇一般围困在船索里的景象，博阿布迪好似一只大蜘蛛悠然爬到她身上去的景象，曾经撩拨过他，而对这件事的记忆这会儿也正在撩拨着他。

但他非常清楚的是，自己童贞的价值不是一种道德价值，尽管他曾有一天在“波塞冬号”上对伯特兰解释过。可是，他将其归之于的那种神秘的本体论价值，如今已经不像以往那样令人信服了。比方说，对琼·托斯特到他房间里来的记忆——这种记忆一贯为她离开时自己所讲的话，以及后来写的童贞颂诗所主宰着——这会儿，却在对那个姑娘的记忆面前停止下来，想象中，那姑娘趴在他床上，连动都不动。她俯过身拥抱他，他就跪在她面前。她的乳峰擦过他的前额，就仿佛凉爽的丝绸；他脸颊枕在她那垫子般的肚子上，眼睛紧紧逗留在她那私处！

外面又传来一阵尖叫，一声尖厉的反抗声渐渐形成了哀恸声。里面有古老的余音，有远古的忧伤，让诗人心里想起了菲洛墨拉[①]、卢克雷蒂娅[②]、萨宾人[③]童女和特洛伊女儿[④]，以及整整一批哭喊着遭到强奸者的忧伤。他走到升降扶梯旁边，爬上去仰天望着星星。这对于星星来说，是多么微不足道，它们目睹过人们无数次征战、民族的洗劫，还有在田野和小巷里那数不胜数的单独的暴行！从时间上说，难道有那么一年，它们的光线没有在大地上什么地方燃烧着的城镇的映衬下而暗淡吗？他走上甲板的一刻，又有多少女人——在英格兰，在西班牙，在远方的日本——听见施暴者的脚步踏上楼梯，或者走在身后的小路上呢？遭受蹂躏的各种年龄、各种处境的各类女人，成千上万上百万的女人，多少世纪以来她们的尖叫都缭绕回荡着；这个星球上的污秽都由她们的泪水荡涤着！

---

① 菲洛墨拉（Philomela），希腊神话中雅典王潘狄翁的女儿，被其姐夫、色雷斯国王忒柔斯霸占。

② 卢克雷蒂娅（Lucretia），罗马传说中罗马君王塔奎尼奥斯的妻子，一个贵族强奸了她，她向丈夫吐露真相后用短剑自刎。

③ 萨宾人（Sabine），古代意大利部族。传说罗慕路斯创建罗马城后，将萨宾妇女劫掠来给罗马人为妻。后萨宾人攻入罗马，已成为罗马人妻子的萨宾妇女站出来阻止相互厮杀的两军，使他们重归于好。

④ 此处指特洛伊城陷落后，特洛伊城的妇女遭受蹂躏。

现在，“西普里安号”上的场面虽说根本没有平静下来，但已经不那么暴烈。船员依然被紧紧捆在船桅周围，抑郁地一声不吭地望着狂欢的场面；到那时为止，还没有一个人受到伤害。海盗们第一轮的欲火已经消歇，于是打开朗姆酒，深深沉湎在里面。有些失去了知觉，已然躺在排水孔旁边；还有些跟自己的猎物在甲板上、舱房顶上滚动着，一会儿喝酒，一会儿猥亵，但已经不能做爱；也还有些已经完全失去了对女人的兴趣，手舞足蹈，唱着淫逸的曲子，或者在和煦微风下，就着灯光打起奥伯尔牌[①]来，就仿佛出海的随便哪个夜晚一样。舱房里，又传来了寻欢作乐的声音，但已不是强暴的声音。仿佛有两个姑娘正在被逼无奈，违心地耍着什么花样，埃比尼泽听到有几个女人也参与其中，大笑着鼓动她们。

“她们就这样轻易屈服于命运！”埃比尼泽又一次想起了那些特洛伊寡妇。她们由赫卡柏[②]劝说着要听天由命，去当妓妾和奴隶。

在埃比尼泽看来，最不叫人可怜的，是“西普里安号”上的那七个女人的命运。她们按照经典的海盗方式，屁股对着屁股给绑在右舷栏杆上，脑袋和上身悬在稍微矮一点儿的小船上空；然而，即便是她们，尽管受到屈辱，尽管姿势显然难受，也没有完全被不幸所淹没。诚然，有一个女人似乎正在哭泣，虽然当时并没有受到欺凌；手腕给捆在栏杆柱子底下的另外两个女人，正面无表情地凝视着自己的胳膊；可是，其余的女人事实上正在和修帆工卡尔聊天，而他正站在她们面前的小船甲板上抽着烟斗！

“哦，老天。”其中一个说，佯装着吃惊的样子，“喏，又来了一个！”

“噢，喏，他看起来是个讨人喜欢的小伙子，”她身旁那个年纪大一点儿的女人说，“你不会干不侠义的事儿，对吧，孩子？”

---

① 奥伯尔牌，系一种由三人玩的牌戏。

② 赫卡柏（Hecuba），特洛伊国王普里阿摩斯的妻子。

就在她们笑着的时候，一个喝醉了的海盗蹒蹒跚跚，从她们身后走了上来。

“哎呀，”那个知道他来了的女人尖叫起来，“跟他说，卡尔，没有轮到我！嗨！这家伙把我当成了烤羊肉！跟他说，卡尔！”

由于年纪的缘故，修帆工在同伴当中还有一定的权威。“找个别的女人，伙计。”他劝解道。海盗于是乖乖地到船尾去找那个哭鼻子的小丫头去了。那丫头给海盗一碰，便发出刺破埃比尼泽心肺的尖叫。

“别，你这个流氓，还敢遗弃我！”最开始被骚扰的女人叫道，“到这里来，找个懂得风情的呀！”

“是啊，别碰那个孩子吧。”另一个女人斥责地说，“我来教给你在莱斯特郡[①]怎样干！”她撇开脸对同伴又说，“谢天谢地，不是那个摩尔人！”

“这可是你要的。”那海盗说着，又回到自己第一次挑选的女人身边。

“哎，哎，我的乖乖！”她装出十分快乐的样子，叫道，“天地良心，可真是一匹雄种马呀，姑娘们！”她冲身边的女人小声说，又故意让别人能够听到，“这可不是那个不地道的摩尔人，是格兰瑟姆的米粥：九粒粗谷子加上一加仑的水。[②] 哎！你真行，先生！你真行啊！”

另外那三个女人听得非常高兴。

“你朋友在那边舱房里呢，”卡尔对埃比尼泽说，“跳上去吧，要是你对女人有兴趣的话，我们在这里待不长了。”

“是吗？”埃比尼泽不自在地扭动着身子，女人们正在兴趣盎然地望着他，“也许，我最好去看看伯特兰正做什么孽。”

“啊，挨千刀的，他不把我们放在眼里，”一个女人说，“倒更喜欢他的朋友。”其余的女人也都跟着嘲笑起来，就连那个正给干着的女

---

① 莱斯特郡（Leicestershire），英格兰中部的一个郡。

② 此处疑为那女人淫荡的隐语。

人也这样说，埃比尼泽于是急急忙忙走开了。

“我简直弄不明白。”他自言自语地说。

虽然埃比尼泽完全打消了搭乘“西普里安号”的想法，对仆人目前的所作所为也没有太大兴趣或者根本没有兴趣，但还是从那两个动机当中得到了足够的勇气，来搭乘那条双桅船，因此，不得不先朝船尾走去，好逃避女人们的评论。不过，他不能否认，自己也有意从“西普里安号”甲板上的有利地点，再朝她们方向返回来，起码来说，这是好奇心使然。他爬过栏杆，抓住双桅船后桅的护桅索跳了过去。无意当中，他抬头仰望了一下，只见月光照出了一个叫人吃惊的景象：那摩尔人第一个征服的女人还高高挂在后桅索具里面，被大伙遗忘了；她手臂和两腿穿在里面，仿佛带上了枷锁。人们从下面无法判断她的情形。也许她是由于害怕而栖息在上面的，希望躲避进一步的暴力；也可能是她昏了过去——她所在的位置，让她掉不下来；她因为那黑色大蜘蛛的咬啮而死掉，这也并非不可能。尽管埃比尼泽对自己保证说，只是为了满足好奇心，但又抱着万分情急的心情，两脚没有朝“西普里安号”甲板上跳，而是荡到后桅的第一阶绳梯横索上面，学着博阿布迪的样子，有条不紊地朝悬挂在半空中那姑娘爬去……

他这一向上爬，使得护桅索颤抖起来；姑娘动了动，朝下凝视着，呻吟一声掩住了脸颊。诗人肯定是叫欲火弄得十分晕眩，朝着姑娘发出了浅唱的声音。

“我这就到你身边，姑娘！我就会到你身边的！”

可是，他只爬了一半，庞德船长便从下面舱房里走出来，摩尔人于是命令所有人都回到小船上去。水手们虽然大声抗议，还是服从了命令，一边走，一边最后拼命猥亵一番。埃比尼泽以两倍的速度爬着。

“我这就到你身边！”

可是，博阿布迪的声音从下面传了上来。“你，跑到后桅索具里去了！喏，下来，你！快点儿！”

实际上，已经够到姑娘了。“你这个丫头可真幸运！”埃比尼泽大着胆子叫道。

姑娘朝下瞅了瞅他。月光下，姑娘隔着这段距离有点儿像琼·托斯特，一想到她，埃比尼泽心里便升起了那原始的欲望，可姑娘脸上却露出了一丝恐惧。

激动得身上发软的埃比尼泽，又叫了一声："如果再有一会儿工夫，我就能把你弄成两半了！"

姑娘掩住了脸，埃比尼泽接着爬下来。几分钟以后，海盗们解开缆绳扬帆起航。埃比尼泽回头望着越来越宽的海面。只见"西普里安号"上的女人们正在栏杆旁边给同伴们松绑，把船员放开。头上的后桅索具里，还能依稀分辨出姑娘那白色的身影。埃比尼泽对她的欲望并没有得到满足，所以身上很不自在。但他本质的不期然的获救，又叫他感到释然，然而，这种释然虽说名副其实，却几乎不像自己在索具里那种着魔的感觉来得那么深沉。这，他眼下也无法弄个明白。不过，他仍然认为，这不仅仅是好色的问题。不然的话，他一想起（比方说）那个摩尔人的强暴，为什么几乎嫉妒得不自在呢？为什么他看中了绳梯横索里的姑娘，而没有看中栏杆旁边的女人呢？为什么她同琼·托斯特长相一样（这可能不是他自己的想象），煽起了自己的热情，而没有熄灭自己的热情呢？在这件事情上，对他所有的举动他都无法理解。

埃比尼泽转身朝绳索风帆储存室里自己的舱房走去，一则想把宝贝手稿藏好，叫自己放心；二则想用什么方式来减轻自己那逐渐膨胀的痛苦，如果可能的话。就在他沿前舱升降扶梯下去的时候，一声女人的尖厉叫喊穿越黑暗从双桅船方向传过来，接着又传来了第二声、第三声。

"轮到他们了。"小船上有人说，几个海盗哧哧地笑起来。埃比尼泽脑子里一阵血流奔涌，在梯子上摇摇晃晃起来，不得不停顿一下，把前额靠在上面一阶梯子上。

"她只是个婊子，只不过是个婊子罢了。"他自言自语地说，而且，不得不重复了几遍，才能继续往下走。

无论是由于庞德船长以为在登上“西普里安号”以前就把日志放到安全的地方，还是他回来时酩酊大醉没有注意到日志的不在，总之，直到第二天午后他才透露那部分日志丢失的消息。那时，埃比尼泽已经为它找到了一个更隐秘的地方。他觉得，过分相信仆人有失草率，所以等到那天上午伯特兰到甲板上去的时候，才把战利品从垫子底下转移到一面崭新船帆的帆布折缝里去。船帆就放在附近的大架子上，上面还落着一叠别的船帆。这样，那天午后，他和伯特兰给剥得精光，同船员站在旁边，博阿布迪和庞德船长在船上搜索的时候，把他舱房里的破烂床铺推到一边，他并没有惊慌，对于他们来说，要想把每一张备用船帆都伸开再叠起来，那简直不可思议。搜索了两个钟头也没有发现手稿，庞德船长便得出结论说，是“西普里安号”上的什么人溜到船上把它偷去了。那天一整天，还有第二天，海盗们都在奋力想再赶上那条双桅船，直到望见亨洛彭角和特拉华湾才停止追踪，不得不为了安全回到公海上去。

丢了日志，船长脾气变得日益乖戾暴躁起来。埃比尼泽和伯特兰自然首当其冲受到了怀疑。虽则没有理由相信他们有谁事先知道日志就在船上，也没有证据说他们哪一个把它偷了去——比方说，人们都看见他们在“西普里安号”船上——然而，他还是悻悻然地把他们囚禁在舱房里。同时，又叫那个摩尔人在修帆工衰老的脊背上抽了十鞭子，以示对他没有发觉小偷的惩罚。在绳索风帆储存室就能够听到鞭笞声，埃比尼泽不得不在心里告诫自己，手稿对于马里兰的正义和秩序是极其重要的。搜查他们住处过程中，伯特兰几乎昏死过去。埃比尼泽对他说，由于害怕叫人发现，已经把日志丢进了大海，又说，卡尔毕竟是个海盗，到了岸上，无论哪个法官都无疑会把他绞死。

“尽管是这样，”他决绝地说，“倘若我听说他们为了这就想杀死或者拷打什么人，包括那个讨厌的畜生博阿布迪，那我就都说出来。”实际上能否这样做，他懒得琢磨；所发的誓言主要是为了叫伯特兰听听，以便事先制止他变节。

“您说不说，并没有什么两样。”仆人回答，“不管是哪种情况，咱们的时间不多了。”的确，他心情抑郁沮丧。一开头他就对埃比尼泽的逃跑计划不予置信，更不用说他们被囚禁前有那么多的机会，他也没能逃跑。埃比尼泽却徒费口舌地指出，是伯特兰在“西普里安号”上的举动，破坏了他们逃跑的最佳机会：不过，这些事实永远不是什么安慰。

随着小船预定的集合时间的接近，他们的前景也越发暗淡起来。他们听到前甲板上船员对船长愈发严厉的抱怨：其中三个给减少了配给，他们并没有犯什么大罪，只是庞德听见他们对“西普里安号”上的女人评头论足；第四个由于代那群人问了问他们什么时候靠岸，就受到威胁说，要把他从龙骨一边抛下去，再从另一边拽上来。每天，埃比尼泽和伯特兰这两个囚徒都在担心，庞德说不定会用什么刑罚折磨他们一番。对于埃比尼泽和船员来说，整个期间发生的唯一意外，是听说由于执行船长命令而越来越被他们憎恶的那个摩尔人，叫双桅船上一个给糟蹋了的女人传染上了花柳病的消息。

“是梅毒还是别的，我不晓得，”听到这一消息的人说，“反正他痛得跟着火似的，也没法子走路了。”

埃比尼泽立即猜到是那个挂在绳梯横索里的姑娘，是她得了病，虽说博阿布迪没有禁止别人染指于她，可是，别人谁都没有患那种病的迹象。这一消息的透露，给了埃比尼泽复杂而又有限度的快乐。一则，他高兴看到那摩尔人的强暴遭到了报应，然而，从自己的企图来看，又明白这种情绪十分奇怪。再则，对自己几乎受到感染所带来的释然，正如使自己的童贞得以保持所带来的释然一样，并没有如自己所想象的那样，缓解他的失望。三则，感染疾病说明，那姑娘并不是处女，而这种可能在他内心又引发出下述种种并非和谐的情感：由于没有什么理由来讨厌那摩尔人，以及玩味自己的痛苦所带来的**懊恼**；对他的功败垂成感到**失望**；对于失望的言外之意所产生的**惊讶**（这种失望似乎说明，他想骚扰姑娘的动机，甚至比那个摩尔人更加残忍，因为那摩尔人一开始就没有假定她是处女）；对于双重反常情况所产生的**敬畏**（虽然起码来说，自己的欲火一半是由于对自以为姑娘遭到蹂躏的怜悯所产生的，然而内心又觉得，怜悯之情却发自肺腑。在自己骚扰她的过程中，不但不会冲淡，反而更会加深，而一旦他了解到她实际上并没有在博阿布迪身上失去贞洁时，怜悯却反而冲淡了）；最后是混杂着对一种疑虑所产生的**释然**心情、那种贯穿于始终的**喜悦**（这种疑虑，他每次回想起来，似乎都愈发得到了证实）——是处在别的情况下，他的欲火附身就难以解释清楚的一种疑虑，像事情本来那样，是随着假定她最近受到蹂躏，自己产生了怜悯之心偶然出现的一种怜悯，而这种怜悯，又由于该偶然性之反常的缘故，几乎变得天真无邪，变成了处子之间的事情。纯洁想同自己遭到蹂躏的姐妹在非纯洁之中相融合的这种神秘渴望，从事实上说，难道不是自我蹂躏，因而也是爱的变种吗？

"很可能是的。"他最后高兴地咬着食指的指甲说。

庞德船长怎样解释自己所作出的决定，桂冠诗人永远没有明白。航程持续了六个礼拜，预定的那天傍晚，两个囚徒听到海盗们向另一条船致意，听到大艇把客人带上船的声音。无论谈判属于什么性质，都非常短暂：半个钟头后，客人们告辞离去。全部人都给召到甲板上来，微风中，海盗们扬帆的声音传进了绳索风帆储存室。小船一旦达到舵效航速，代理大副——就是从"波塞冬号"抢掠过来的那个水手长，他很快就完全适应了新环境，所以庞德船长指定他代替那个生病的摩尔人——爬下来到了前甲板附近，打开船桥的门，命令两个囚徒到甲板上来。

"唉！"伯特兰叫道，"这下完啦！"

"什么意思？"桂冠诗人问。

"这下完啦！这下完啦！"

"这下你们的造访完啦！"水手长咕哝道，"我就说这些。"

“谢天谢地!”埃比尼泽喊道,“是不是跟我说的一样,伯特兰?”

“上来,你们,喏。”

“等一下,”诗人执拗地说,“请让我一人待一会儿,先生,然后再跟你走。我得对救世主表示感恩。”没等答复,他便跪下来做出一副祷告的姿态。

“啊,唔,那——”水手长尴尬地扭动着身子,最后闪到舱房旁边,“那么,就一会儿;船长发着火呢。”

埃比尼泽一等剩下他一个人,便把日志的手稿从附近藏着的地方掏出来,揣到衬衣里面。接着,来到伯特兰和水手长跟前。

“我准备好了,朋友,再高兴地向这间舱房道声再见。是有船朝我们开过来,还是快靠岸了?天哪,我的心跳得多欢!”

水手长咕哝一声,催他们沿升降扶梯到甲板上去。正是九月中旬的夜晚,没有月亮,却十分温馨。如盖天空、明亮星光之下,小船静静地行驶着。全部人都聚集在船中央,有几个提着灯笼,喃喃地说着话迎接他们到来。埃比尼泽只觉得,由于在过去的六个礼拜里,说到底他们待承他不错,应该用首诗同他们道别,可是没有时间写,而且,自己手头仅有的(叫他非常伤心的是,他的笔记簿遗忘在“波塞冬号”上了),还是一首在海上构思的、记在心里的欢迎到马里兰去的小诗。可是不巧,并不适合于这种场合。于是,他决定用几句简明而又不失扼要的话,来了却自己的心愿。大意是,虽然自己并不苟同他们的生活方式,却又欣赏他们对自己和仆人的以礼相待。再者,最后还得说,自己能够宽恕人们所不宽恕的事情:**头脑所诟病的不少事情,都能在心里得到赦免**;虽说他仍然坚持他们应该畏惧自己所干的勾当,要求对他们做出公正的审判,但是,也还想从心底祷告,对他们进行惩罚时以慈悲为怀。

可是,他并没有机会发表这些看法,因为他和伯特兰一到集合地点,离得最近的海盗便老拳相向,牢牢抓住了他们的胳膊。人群立即分成两列,一直通往左舷栏杆,在灯笼明灭之中,从照亮的舷梯口,两个囚徒看见一条木板伸到海里有六英尺之远。

“不!”埃比尼泽身上战栗起来，“天上的上帝呀!”

庞德船长不见踪影，只听得他的声音从船尾什么地方说：“动手干哪!”铁青着脸的海盗于是亮出了抓钩抓牢了他们；在船内受到夹道鞭笞的埃比尼泽和伯特兰，面冲着木板被人们放开，同时从后面又被刀剑戳着向前移动。

“打一开头，两位先生，我就不晓得你们谁是埃比尼泽·库克，”庞德船长说，“这会儿，晓得了你们俩都是骗子。真埃比尼泽这会儿在圣玛丽城，这六个礼拜一直待在那里。”

“不是!”诗人叫道。伯特兰则号叫起来。然而，栉比鳞次的钢刃从身后逼过来，很快他们就在木板上蹒蹒跚跚走起来。下面，漆黑的大海汹涌澎湃，冲刷着吃水线以上的船身；埃比尼泽望见大海在灯笼的闪耀下明灭发光，便一下子跪了下来，抓住木板倒好一些。没有时间像阿里翁[1]那样，作一首把海豚召来救自己一命的告别曲了。两秒钟后，伯特兰在舷外失去了平衡，吼叫着跌到大海里去了。

“给我跳!”几个海盗叫道。

“打他一枪!”别的人催促地说。

“老天哪!”埃比尼泽哭泣着说，一面滚下了木板。

---

① 阿里翁（Arion），半传说式的古希腊诗人和歌手，据说生活在公元前七世纪。传说他在乘船游历时，船上水手图谋杀害他，劫取他的财物。他请求允许他唱最后一次歌，唱完即投身大海。但是，一只海豚为他的歌声所动，把他救上了岸。

十六、即将淹死的桂冠诗人和伯特兰假想出自己在天堂万神殿里的壁龛

无论是祸还是福，桂冠诗人发现海水十分温暖；他挣扎着浮到海面上来时，刚刚掉进大海的震惊已经烟消云散，他睁开眼睛，只见已然离自己有几码远的小船船尾上的灯光正在稳稳远去。然而，尽管海水温度适中，他的心里还是冰凉。他几乎无法理解自己的处境，飘荡在他思绪最上层的，完全不是近在咫尺的死亡，而是庞德船长最后说的那句话：真埃比尼泽已经到了圣玛丽城。又是一个骗子！正在进行着一个多么不可思议的阴谋呀！自然，这有可能是善于伪装的伯林盖姆平安抵达那里后，觉得自称诗人对于进一步迷惑库德颇有用处，才这样做的。不过，假如他从“波塞冬号”乘客那里得知埃比尼泽的被捉，像人们将会估计到的那样，他当然明白伪称诗人是会危及朋友生命的；另外，假如他认为他的监护对象和受保护人已经死去，那他还有心思冒名顶替就难以想象了。不，这是库德自己所为，倒是更加可能的。那么，利用自己的名字来干什么罪恶勾当呢？埃比尼泽一想到这里，就战栗起来。他踢掉了鞋子，好浮在水面上；连珍贵的手稿也弃之不顾，接下来就开始尽量轻轻地踩起水来，以便保存体力。

然而，为了什么呢？处境的无望逐渐清晰起来。远方，小船的灯光越来越小，每次浪头打来，都使光线暗淡下来；很快，灯光即将消失，再没有别的光线。他所知道的，只是自己身处大西洋当中；毫无疑问，距离陆地还有几十英里，即使在白天，能够看到另外一艘船过去的机会也非常之小，也简直不可思议。另外，夜幕刚刚降落，到黎明还足足有七八个钟头，虽然大海不太汹涌，但自己几乎没有活到那

个时候的希望。

“是啊，我就要死啦!”他冲自己叫道，“根本没有别的可能!”

而这是他经常沉思的一个问题。实际上，自从在圣贾尔斯的孩提时代，他和安娜扮演圣贤和恺撒，或者伯林盖姆讲过去的事情的时候起，他就一直为死亡的景象所吸引。扒手或者杀人犯走上绞刑架台阶的时候，心里是怎样想的呢？掉下来的攀登者，看到那岩石能撞得他脑浆迸裂、肚子开花时，心里又是怎样想的呢？[①] 深夜，在相隔的卧室里，他和姐姐琢磨着所知道的种种死亡方式，对比着它们各自的痛苦和恐惧。他们试验过死亡：有一次，他们用割纸刀尖放大胆量戳着胸膛，可是谁也没有勇气刺出血来；还有一次，他们相互掐着对方的脖子，看谁到最后也不哭出声来。可是，最好的游戏还是看谁闭气闭得时间长；具体地说，是看谁敢闭住呼吸，一直到失去知觉的地步。不过，谁也没有达到目的，可竞赛却使他们做出的事情叫人吃惊：他们紧咬牙根，脸上憋得发紫，眼睛朝外鼓着，最后透出气来时浑身乏力。这场把戏忒叫人激动；别的什么把戏都不能这样接近死亡，特别是在设想给人活埋了、掉进了水里，或者其他不能随意喘气的情境时，那最后挣扎的时刻。

由于埃比尼泽经历不同寻常，所以对他的想象来说，现在的困境也不是什么新鲜东西。这点原是在意料之中的，即便是考虑到夜里在木板上行走，在大海里透口气，望着那尾灯渐渐远去，也不过如此。埃比尼泽早就明白，结局会是怎样的感觉：海水呛住喉咙，刺痛鼻孔，他痉挛地咳嗽着把水吐出来，又不得不在没有空气的水里喘气，把水吸到肺脏里去；然后是晕眩，是对脑部和肺脏的巨大压力，而最糟糕的莫过于躯体求生的疯狂和焦虑，在最后一刻，那对空气的无意的渴求必然无法言喻地把躯体和灵魂撕裂开来。他和安娜选择死亡的时候，淹死——与烧死、缓慢地碾碎和类似的活活受罪一起——便立即得到

---

① 此处指埃比尼泽和安娜所听到的故事情节。

了认可，而且，若听说有人当真得到了这样的结局，就会让他们兴奋得忘乎所以。但是在心里，死亡以及所有这些具有美感的期待，对埃比尼泽来说，就仿佛生存、历史和地理一样。由于他受的教育和他天生的癖性，他总是从**讲故事者**的角度来看待死亡，也就是在观念上承认它的终结性；总是以旁观者的身份玩味着死亡的恐惧；可是，又永远、永远不能真的欢迎死亡和恐惧。他认为，生存就是虚构；生存的结束——不然，怎么再开始生存呢？不过，讲述者自己必然演绎出一种特殊的生存和死亡故事——他承认是无法想象的！是无法想象的！

即便是现在看不到些微的希望，知道可怕的时刻即将到来，他的绝望仍然是观念上的，他的恐惧仍然是旁观者意义上的，就仿佛他还在圣贾尔斯玩着死亡的游戏，或者是在凉亭里上演着什么故事。他不无嫉妒地想，伯特兰已经叫水呛死，一命呜呼了；也就没有理由不说自己也会很快死去。可是，他继续踩水不仅仅是因为惧怕，也是因为自己天生的缺陷——那种使他不敢刺出血来的缺陷，但愿在心里不承认或者承认**当真**有过一个罗马帝国的缺陷。小船已然远去。除了星星，什么也看不到，除了脖子周围哗哗的海水声，什么也听不到，然而，他的精神却几乎镇静如初。

不久，他听到附近哗啦一声，心便怦怦跳起来。“是鲨鱼！”他琢磨着，对伯特兰的嫉妒也有增无减。这是他所没有遇到过的情况！他为什么不立即淹死自己呢？那东西越扑棱离得越近；再打来个浪头，他们就到了一起。尽管埃比尼泽朝相反方向踩水，左腿还是碰到了那个怪物。

“**哎哟**！”他叫道。“别啊！”另外一个同样惊诧的人叫道。

“老天哪！”埃比尼泽踩着水回来，说，“是你呀，伯特兰？”

“埃本少爷！庆幸，庆幸，我还当是条水蛇呢！您没有给淹死呀？”

他们相互拥抱后语无伦次地说起话来。

“别停，要不我们就淹死啦！”诗人快活地说，就仿佛仆人弄来了一条船似的。伯特兰说，淹死毕竟只是个时间问题，而埃比尼泽说，同一个人死相比，一块儿死并不那么可怕。

“现在，我们就死在一块儿，”他用向安娜建议玩闭气游戏时所使用的同样的心情建议道，“你看如何？”

“不管怎么说，挨不了几分钟啦，”伯特兰说，“我身上没有劲啦。”

“看那边，星星给遮得多么严实。”埃比尼泽指着西方地平线上一片没有光线的地带，“起码来说，我们不用经受那场暴风雨了。”

“我是定准不用了。”仆人由于使劲踩水，呼吸十分困难，“过不了多久我就完啦。”

“不管从前你怎样伤害过我，朋友，我都宽恕你。我们一起走吧。”

“趁那一刻还没有到，”伯特兰气喘吁吁地说，“我有件事儿告诉您，先生——”

“别**先生先生**的啦，”诗人喊叫道，“你还当大海在乎谁是主人，谁是仆人吗？”

“——是关于我在‘波塞冬号’上赌钱的事儿。”伯特兰接着说。

“早就宽恕了你！你赌输了我的钱，但愿你用在正道上！现在我要钱又有什么用？”

“还有别的呢，先生。您还记得塔布曼牧师下的翻番赌注——”

“也宽恕啦！你把我弄得精光，还有什么可输的？”

然而，伯特兰并没有得到宽慰。“我觉得自己是个大坏蛋，先生！我用您的名义跟人应对，在您的位置上吃饭，冒用了您的荣誉——”

“别说它啦！”

“叫我看，**应该由他在床上跟露西干，不该由我来干**，还输掉了您那四十镑钱！可您呢，先生，却在前舱吊床上睡觉，在我的地方受罪！”

“过去就算完了。”埃比尼泽和善地说。

“听我全说出来，先生！那场可怕的暴风雨过去，我们朝西航行的时候，我暗自发誓，要把您的钱捞回来，捞得还要更多，好补偿您吃的苦。那个牧师又在到达弗吉尼亚海角的日期上设下了骗局，我私下里请求露西小姐帮我。那样，我们就能骗一下那个骗子了!”

“这可真是个仁慈的决定，可你做赌注的钱连一文都不剩——”

“还有些上当的人也没有钱呀，”伯特兰回答，“他们打算揍他一顿，管他神职人员不神职人员的。可是，他觉得风声不对，便在到达马里兰的日期上给了他们一个机会，他们只能典当财产或者别的什么——”

“说真的!”埃比尼泽叫道，“他真是个穿长袍的犹太人!”

“他跟所有律师一样，起草好了文书，我们只要签上名，就能用那笔财产的价值当赌注。”

“你画了押?”埃比尼泽难以置信地问。

“画了押，先生。”

“老天哪！典当的什么财产?”

“典当的是莫尔登的财产，先生。我——”

“莫尔登的财产!”诗人非常吃惊，竟然忘记了踩水，一个浪头打来，淹没了他的脑袋。他能再说话的时候，又问：“自然啦，也就是一两镑吧?”

“我不想隐瞒了，先生，多着呢。”

“那么，是十镑? 嗨，说出来呀，伙计！快淹死的人了，四十多镑钱有什么用? 如果你输掉一百镑，与我又有什么相干?”

“我也正是这样想的，先生。”伯特兰有气无力地说，身上几乎没有了一点儿力气，“就是为了这我才告诉您的，眼看我们就要淹死了。您瞧，乌云越来越近啦！我觉得自己听到了那边的大海也在涨潮，可是，我不能待在这里淋雨了。再见吧，先生。”

“等一等!”埃比尼泽叫道，一面抓住仆人的一只胳膊支撑着自己。

“我完了，先生，就让我走吧。”

“我也走，伯特兰。我和你一起走！你输掉的是二百镑吧，请问?”

“只不过是典当罢了，先生。”伯特兰说，“谁能说我输掉了一个子儿？就我所知道的，您这会儿才是个有钱人哩。”

“你发的什么誓，伙计？三百镑？”

伯特兰不再踩水，如果不是埃比尼泽一边拼命踩水，一边抓住他衬衣前襟的话，他就会沉到水底去了。

“那有什么关系，先生？我全部典当上啦。”

“**全部**！”

“土地、房屋、仓房里的烟草——塔布曼全都捏在手里了。”

“竟然典当我的遗产！”

“请让我淹死吧，先生，要是您自己不想淹死的话。”

“我想！”埃比尼泽说，“可爱的莫尔登没有了？那么，再见，愿上帝饶恕你！”

“再见，先生！”

“等一下！我还要跟你去！”主仆二人双双拥抱起来，“再见！再见！”

“再见！”伯特兰再次叫道，于是他们沉到了海水下面。刹那间，他们又都挣扎着上来换气。

“这不行！”埃比尼泽气喘吁吁，“再见了！”

“再见了！”伯特兰说。他们再次拥抱着沉到海水下面，又一次挣扎到水面上来。

“我不能这样，”伯特兰说，“虽说我浑身肌肉没劲，可还是把我带了上来。”

“那么，**再见**！”诗人板着脸说，“你坦白出来的话，叫我有勇气一个人去死了。再见！”

“再见！”

像刚才那样，埃比尼泽吸了一口气才沉下去，所以只是将脸颊沉到了水下面。不过，这一次他下了决心，吐出空气、向世界最后道别后，便真心实意向下沉去。

过了一会儿，他又浮了上来，可是，这次却别有缘故。

“海底！我觉得到了海底，伯特兰！还不到两英寻[①]深呢！”

“不对，”差一点儿把自己淹没了的仆人喘着粗气说，“在大海当中，怎么会呢？也许是条鲸鱼或者别的怪物吧？”

“是硬硬的沙底！”埃比尼泽并不服气，他又钻到下面去，这一次丝毫没有害怕，而且，在不到八英尺深的地方抓了一把沙子，来证实他的话。

“那么可能是一群鱼，”伯特兰说，他丝毫不为所动，“两英寻跟四十英寻不都一样嘛，反正我们都站不住。再见吧！”

“等一下！那边没了云彩，伙计，我们给冲到大海的小岛上来了！遮住了星星的是岛上的悬崖，声音是浪花在拍打堤岸！”

“我游不到那里了。”

“你游得到！离海岸不到两百码了，到能站住的地方还不到两百码！”埃比尼泽怕失去耐力，不等说服仆人，就朝西边没有星光的天空游去，紧接着，听到背后传来了伯特兰喘气和划水的声音。每游一步，他那猜测就越有可能是对的；柔和的浪花声越来越近，也越来越依稀可辨，那黑乎乎的轮廓也越发清晰。

“如果不是个岛，起码是块岩石，”埃比尼泽回头喊了一声，“我们可以等着过往的船只了。”

游了一百码后，他们再也无法往前游，幸好埃比尼泽发现，踮起脚趾自己的下巴刚刚离开水面。

“对您来说不错，您那么高，”伯特兰悲叹地说，“可我瞧见了陆地，也得死在这儿！”

然而，埃比尼泽不想听到这样的话，他吩咐仆人跟在身后浮在水面上，叫他借力用手扶着自己肩膀。他们只能大脚趾沾地，这对于埃比尼泽来说特别的难受。每走一步，后面的累赘就会叫他失去平衡，

---

① 英寻，测量海洋深度的计量单位，1英寻约等于1.8288米。

虽说伯特兰碰不着他，可仆人的重量一直把他拉在水下深处，所以只有在浪头过去之后，他才能喘上一口气。他们是这样前进的：逢到波谷，埃比尼泽才能站稳脚跟，喘一口气；浪头打过来，他就头冲下俯卧着，用两手游大约一两英尺，而由于回流浪头的冲击，站稳脚跟前还得后退一英尺。半个钟头里，他们只游了不到四五十英尺，但这也足以叫他筋疲力尽。不过，海水已经很浅，浅得连仆人也能站起来了。可是，蹚过剩下来的距离，仍然需要三十分钟。倘若再有大浪，他们还会淹死，不过，浪高不过二英尺，大部分不足一英尺。终于到达了满是鹅卵石的海滩，他们累得说不出话来，匍匐着手脚并用地爬到附近悬崖底下，仿佛晕眩似的在那里躺了一会儿。

然而，尽管夜色温柔，尽管有悬崖保护他们不受西风的侵袭，他们仍然发现自己的栖息地冷得难受，不得不另找个背风的好地方把衣服晾干。于是便沿着海滩向北走去，幸运得很，不远处就找到了一个地方。那里，高高的砂岩被延伸到海岸的长满树木的沟壑拦腰砍断，小麦似的野草杂生在矮小松树和月桂树中间。于是两个遇难的人仿佛巢穴中的野兽般挤在一起，黎明之前，他们什么也不知道。

后来，沙蚤弄醒了他们。几十只沙蚤在他们身上爬着、跳着——还好，它们不是由于饥饿，而是由于他们的体温才受到了引诱——叫他们痒痒得醒了过来。

埃比尼泽一跃而起，难以置信地望着周围。“哦，上帝！”他笑起来，“我都糊涂了！”

伯特兰也站了起来，沙蚤——它们并不是寄生虫——疯狂地跳着寻找藏身之地。

“我也糊涂了，”他说，声音由于露宿而有些沙哑，“我梦见在伦敦跟贝茨在一块儿呢。可这些遭天杀的虫子把我弄醒了！”

“可是我们到底是活着哪！这有谁能想得到。”

“谢谢您，先生！”伯特兰在诗人面前双膝跪倒，“只有天主教的圣贤才救那个毁了自己的人！”

“今天，别跟我圣贤圣贤的了，”埃比尼泽说，“不然，明天你就说我是阴险的家伙[①]了。”不过，他仍然感到非常高兴，“当然啦，父亲如果听到这个消息，我还是淹死的好！”

伯特兰双手合十，说：“我好些地方对不住您，先生，就是到了地狱里头也得偿还，还不会久的——在烈火中，我也就不需要做伴的了。可是，我这就起誓：我永远是您的奴仆，要我干什么就干什么，要是我们在这个岛上得救的话，我要豁出命来挽回您的损失。”

被这些声明弄得十分尴尬的埃比尼泽于是答道：“我不敢企求这些，怕你把我的灵魂也给抵押出去！”接着，他建议去寻找食物。那天阳光灿烂，九月中旬的天气还算暖和，但由于露宿他们浑身冰冷，掸去身上沙子，只觉得关节僵硬，肌肉由于夜里的劳累而酸痛。可是，衣服却除了睡觉压着的一侧已经全部晾干，跺跺脚，抡抡胳膊，热血便又流畅起来。他们没有帽子、假发和鞋子，除此，则是全副水手装束。不过，他们得找到食物，虽然埃比尼泽想立即在岛上勘探一番，可他们饥肠辘辘，没有什么力气。烹煮食物并没有太大问题：为了抽烟，伯特兰在口袋里带着个小火绒盒，尽管火绒已经湿透，火石和火镰还和新的一样，海滩上也有漂来的木头和干了的海藻。但找到烹煮的食物却是另一码事。无疑，树林里有很多小小的野味；海滩上，有海鸥、翠鸟、秧鸡和矶鹞疾速飞过；自然，浅水的地方，也可以抓到鱼儿；然而，他们没有渔猎的器具。

伯特兰再次失去了希望。“是那短暂、残酷、恶作剧的命运在捉弄我们，不叫咱们干脆利落地死掉，偏偏叫咱们零打碎敲地去死！”尽管他刚才还感恩戴德，这会儿却鲁莽地拒绝临时准备器具的种种建议，流露出他对埃比尼泽救他一命的憎恨。确实，他很快就不再寻找器具，认为这没有希望，而是到处去捡柴火，声言其用意是，就算饿死，起码来说也得舒舒服服的才好。没人商议的埃比尼泽决定沿海滩朝南走

---

① 原文为Jesuit，指耶稣会士，又常指阴险的人。

一段路程，希望在路上得到灵感。

海滩相当长。事实上，岛屿看起来面积相当大，海岸线虽则弯弯曲曲，两边都望不到头，但在更远的南方，又望到了海岸线。这说明那是个不大不小的海湾，也许是一连串海湾，所以无法精确判定岛屿四周那弯曲的弧线。至于岛屿本身，除了层层悬崖的边沿，什么也看不到。海水侵蚀着悬崖，咬啮出一个个洞穴，风吹雨打，染成了种种棕黄和橘红，崖边上森林的树木，从悬崖那里又折了回来。有些裸露着根须，有些已经倒下来，落在六十或者一百英尺下的海滩上，仿佛锡器一样，让咸涩的海水和沙子冲刷得锃光发亮。爬上悬崖，能够看到什么奇迹呢？

埃比尼泽总共在海上待了将近一年，但还从来没有看到大海如此静谧。没有狂浪，只有微风时而此、时而彼地吹起的涟漪，以及那不到两手宽的浪花。路上，他看到浅水处戏水的鲦鱼和跃出水面几英尺高的成群的白色鲈鱼。还有他从来没有见过的一种螃蟹，当他走近的时候，它们侧着身子躲到安全的地方去；海水里，黄沙映衬下，它们的甲壳发出橄榄绿的光泽，可是，海滩上的甲壳却让阳光晒得像橘子一样发红。

“但愿老天给我一只网！”

在他们上岸地点旁边的一处拐弯处，他瞥见了一幕吓人的景象——海滩前方，就在标志着涨潮的海藻和漂来的木块那条线下，有几张白纸；其余的在海边上折叠起来卷成了一团。想到岛上还有人烟，叫他脸上热辣辣的，自然不完全是出于喜悦的缘故——事实上，看出那些纸头上记载的原来是阿考麦克哈哈大王西克萄皮克的故事时，他觉到了一种奇特的解脱感；但还是说不清楚是什么使他得到了解脱。他捡起了能够找到的纸头，上面墨迹虽然已经变淡，只是偶尔有什么字能够看清楚，不过干了以后，点火还是好用的。

他带着它们朝回走，不经意地琢磨着约翰·史密斯的冒险经历。是不是像史密斯一样，自己这种奇特的喜悦来自*身处异地*，还是有更深层的原因呢？但愿别遇上印第安人，起码别遇上史密斯见到的那些叉鱼的狰狞家伙才好……

“上天保佑啊！”他大声叫着，亲吻了一下那本神奇的日志。

一个钟头后，晚饭已经放在了火上。七条半英尺长的大鲈鱼，清洗后用绿色月桂树烤叉挂着，放在悬崖附近随处可见的页岩上面，还有四只螃蟹，囫囵地烤着，显然是想做个实验。硬壳螃蟹不好叉，不过，伯特兰逮它们时，发现了这些螃蟹——外表差不多，但外壳却长得像西班牙小山羊那样柔软——聚集在海岸附近海草丛里。他们并不缺水；埃比尼泽在悬崖底下发现，有十几处天然泉水从看起来十分坚硬的泥层中流出来，从那里，再沿着柔软的泥地流向大海。每隔几百英尺就能见到这样的泥地。是的，走近泉水时需要小心，因为，正如埃比尼泽所发现的那样，泥床很滑，有些地方还软得非常危险：可能会没有征兆地陷到仿佛岩石般坚硬的地皮里去，一直陷到膝盖。不过，透过岩石渗出来的泉水甘洌甜美，凉得冰人牙齿。

为了充分利用阳光，他们就在海滩上烧饭。由于主人的灵感而重新变得驯顺的伯特兰侍弄饭食；埃比尼泽背靠在一棵倒下来的大树上休息，正满意地嚼着一叶芦苇，望着毕剥作响的螃蟹。

“您看咱们是在哪儿？”仆人问。由于心情很好，他又有了好奇心。

“天知道！”诗人欣欣然地说，“是大西洋里的什么岛，没问题的，可能海图上没有画着，不然的话，我看庞德是不会选择这地方丢下我们的。”

这一猜测让仆人大为高兴。“我听人们说起过幸福岛[①]的事儿，先生；圣贾尔斯的老特维格每逢痛风病痛起来的时候，就总提到幸福岛。”

“是啊，我还记得！”埃比尼泽大笑着说，“我从小不就听到过，

---

① 幸福岛（Fortunate Islands），即加那利群岛。

她怎样站在那里望着从马里兰来的航船吗？她希望能看到幸福岛！”

“您看就是这地方吧？’

“说真的，美极了，”诗人并不否认，“不过，大海里满是岛屿，人们根本就不知道它们。有多少次，我和亲爱的安娜请求伯林盖姆讲讲这些岛，讲讲格罗克兰①、赫鲁兰②、斯多卡菲克萨③和别的岛屿呀？威尼斯的芝诺④、彼得·马特·德昂吉拉⑤和出色的哈克鲁特⑥写的航海书，我愉快地看了多少个钟头呀？即使是在剑桥我有别的事情好做的时候，也为研读古代地图和手稿消磨了不少夜晚。在马格达林学院，我从古代里斯摩尔书⑦里面，看到了对特维格太太向往的幸福岛的描写，读到了圣布兰登⑧怎样发现了它们。也知道了那林木茂密的马克

---

① 格罗克兰（Grocland），传说中极北地区的岛屿，后人认为其即为格陵兰岛。

② 赫鲁兰（Helluland），即加拿大的巴芬岛，系北欧探险家列夫·埃里克森在大约1002年发现并命名的。“赫鲁兰”意为遍布扁平石头的土地。

③ 斯多卡菲克萨（Stokafixa），系探险家虚构的岛屿，在纽芬兰附近。

④ 芝诺家族是威尼斯的贵族，此处疑指芝诺兄弟：尼科洛·芝诺（Nicolo Zeno，约1326—约1402）和安东尼奥·芝诺（Antonio Zeno，？—约1403），意大利航海家。

⑤ 彼得·马特·德昂吉拉（Peter Martyr d'Anghiera，1457—1526），西班牙历史学家，其最早在书信及报道中对“大发现时代”（即十五世纪早期至十七世纪早期，欧洲人探索世界，发现了非洲、美洲、亚洲等大陆的时期）进行了描述。

⑥ 理查德·哈克鲁特（Richard Hakluyt，1552—1616），英国地理学家和探险家，著有航海著作数部。

⑦ 里斯摩尔书（Book of Lismore），是一份中世纪爱尔兰牛皮纸手稿，包含的主题庞杂多样，既有描述古代爱尔兰圣徒生活的，又有爱尔兰古文字的记录，也有翻译而来的马可波罗等探险家的故事。

⑧ 圣布兰登（St. Brendan，约486—约578），爱尔兰修士，酷爱航海旅游，曾远到西班牙的加那利群岛。著有《圣布兰登游记》。

兰[1]，以及弗里斯兰[2]和伊卡里亚[3]。有谁知道哪里是幸福岛呢？也许是从海里冒出来的亚特兰蒂斯[4]，也许是老弗罗比谢发现的巴斯沉陆[5]；也许是女人怀孩子非常痛苦的布拉岛[6]，也许是她们为减轻分娩痛苦而去的有魔力的达居里岛[7]，也就是摇篮岛。”

“这根本没有关系，”伯特兰说，“别给野人杀死就行。咱们一上岸，我就怕这个。您读没读到这些女人有什么样的丈夫？”

“我和你一样，也害怕。”埃比尼泽并不否认，“有些岛屿荒无人烟，还有些就像有名的西波拉岛，有很多奇特的城市[8]；有些仿佛埃斯萄替兰岛上的人一样，擅长艺术，阅读拉丁文书籍；还有些岛屿，就

---

① 马克兰（Markland），加拿大拉布拉多半岛的一部分，系北欧探险家列夫·埃里克森在大约1002年发现并命名的。“马克兰”意为林地。

② 弗里斯兰（Frisland），系探险家虚构的岛屿，但出现在十六世纪与十七世纪的几乎所有地图上。其位置约在格陵兰南部，也有人认为弗里斯兰即是北大西洋的法罗群岛，二者在多幅地图上的位置相近。

③ 伊卡里亚（Icaria），传说中的大西洋岛屿，出现在“芝诺地图”上。芝诺地图相传为芝诺兄弟于十五世纪早期所绘，但后人证明系十六世纪伪造物。

④ 亚特兰蒂斯（Atlantis），传说中沉没于大西洋的一座岛屿。

⑤ 马丁·弗罗比谢（Martin Frobisher，约1535—1594），英国航海家，三次航行至“新世界”。巴斯沉陆（the Sunken Land of Buss），即巴斯岛，相传为弗罗比谢于1578年发现，实际并不存在。后有人提出该岛屿已沉没的看法，因而其作为“沉陆”在航海图上留存至十九世纪。1818年约翰·罗斯完成第一次北极圈探险后，证实这一岛屿系子虚乌有。

⑥ 布拉岛（Bra），又名巴拉岛（Barra），英国外赫布里底群岛（在苏格兰西部）最南端的岛屿，其名据传源自某爱尔兰圣徒之名。

⑦ 达居里岛（Daculi），传说中的大西洋岛屿，十三世纪时的航海图上其位于爱尔兰西北角，巴西岛北边，布拉岛西边。其名在意大利文中，从词源学角度即为摇篮岛（cradle island）之意。

⑧ 西波拉岛（Cibola），传说中的美洲土著聚集地，据传有七座富庶的城市。十六世纪四十年代，西班牙征服者科罗纳多曾率部由墨西哥出发，一直来到堪萨斯，但并没有发现任何城市。

像相邻的德奥吉奥岛[①]一样，芝诺说，那里的野人吃俘虏。”

“老天，但愿这里不是德奥吉奥岛!”

“吃完饭，我们就爬到悬崖顶上去，”埃比尼泽说，“如果能看清整个岛，我也许能叫出名字来。”他接着解释道，虽说每个岛在不同地图上的大小和位置很不相同，但绘图员在它们的形状方面却大体达成共识。“比方说，它如果是新月形，那就必然是美达岛；如果不大的话，就是彼得·马特提到的塌马尔岛。如果是大平行四边形，就是安提拉岛；小平行四边形，就是撒尔瓦吉奥岛。若是长方形，我们就知道是伊拉沃德岛，五角形就是雷拉岛。[②] 假如发现这个岛是正圆形的，那就还得朝里走，才能知道它的内陆特征；如果岛被河一分为二，我们就知道是巴西岛[③]，不过，如果是围着内陆湖的一种环形或环状，内陆湖又包含各种各样小岛，那么，老天就是在朝我们微笑了——他可从来没有朝科罗纳多微笑过哪——那就是有七座黄金城的岛西波拉了!”

“但愿是这样的!”伯特兰说着，把鱼翻过来想烤黄一点儿，“黄金城里的人可不吃生人，您看是吧?”

“对的，他们倒可能把我们视为神灵，处处讨我们高兴呢。”埃比尼泽说。

“哎呀，我真希望是那个有七座城市的岛。那么，我就要三座，其余的归您，把莫尔登的损失补回来！书上说这些城市里的女人来着吗?她们是胖，是瘦，还是脸蛋漂亮?”

“就我能记起的，什么也没有说。”诗人回答。

---

① 埃斯蓟替兰岛（Estotiland）和德奥吉奥岛（Drogio），传说中的大西洋岛屿，出现在“芝诺地图”上。

② 美达岛（Mayda）、塌马尔岛（Tanmare）、安提拉岛（Antillia）、撒尔瓦吉奥岛（Salvagio）、伊拉沃德岛（Illa Verde）、雷拉岛（Reylla），均为传说中的岛屿。

③ 巴西岛（Brazil），传说中的大西洋岛屿，据传在爱尔兰以西。在爱尔兰神话中，其常年被迷雾笼罩而不可见。其名可能源于爱尔兰东北部一古老部落的名称。

“不是，”埃比尼泽说，身上泛起了鸡皮疙瘩。

“要不就是个饿着肚子的野人。走吧！”

叫声又传了过来。

“依我看是痛苦的声音，不是饥饿的声音，伯特兰。什么人受了伤躺在树木旁边。”

“愿上帝保佑他！”仆人叫道，“要是靠近一点儿，他的朋友们就会从后面冲咱们扑过来，拿咱们当晚饭吃的。”

“你就这么轻易地放弃自己的职位？”埃比尼泽挖苦地说，“你不帮助自己的崇拜者，还算哪路神明？”

那凄惨的声音第三次传了过来。仆人虽然吓得站着无法走动，埃比尼泽还是朝倒地大树走去，从上面望着。一个赤身露体的黑人，给捆着手腕和脚踝，脸冲下趴在沙子里。光着脊梁，上面带着痊愈了的鞭痕，腿上挨了无数刀砍和划伤，正在沙地上流血。他是个肌肉匀称的高个子青年，不过显然已经筋疲力尽，皮肤湿乎乎的，滴滴鲜血从他躺的地方流到水边。甚至埃比尼泽从上面望着而又没有被发觉的时候，他仍然使尽力气抬起头，又用蛮语叫起来。

“到这里来！”埃比尼泽冲伯特兰喊叫着爬过了大树。那黑人扭动着侧起身子，狠狠地望着新来的人，朝树干退缩。他颧骨和上颚高高耸起，是个讨人喜欢的小伙子，白色大眼上方覆盖着硕大的眉骨，鼻子在脸上展得平平的，头发几乎都刮光了，头皮上布着奇奇怪怪的划痕，就像他的脸颊、前额和上臂一样。

“老天哪！”伯特兰一看见他便叫了起来，黑人冲着他的方向翻了翻眼珠子，“一个不折不扣的野人！”

“他两手反绑着，在石头上爬的时候受了伤。”

“那就跑吧！他怎么也赶不上我们！”

“才不呢，”桂冠诗人朝黑人转过身，清清楚楚地大声说，“**让我解开绳子！**”

黑人的答复是一连串难懂的外国话，显然，他以为他们要来杀害他。

“别，别这样。”埃比尼泽还是说。

“请您别那样做吧，先生！”伯特兰说，“那家伙一松了绑，就会朝您扑过来的！您还当这些野人懂得感激吗？”

埃比尼泽耸了耸肩膀。“他们和别人一样懂得感激。难道他不是和我们一样，是给丢下大海去死的，只是靠着体力才到岸上来的吗？我是马里兰的桂冠诗人，”他对黑人说，“不会伤害你的。”为了解释，他挥动起一根木棒，仿佛想打人似的，可是，却在膝盖上折断，丢出老远，摇晃着脑袋微笑起来。接着，又指了指伯特兰和自己，热诚地搂住仆人肩膀，说：“这个人和我是朋友。你——”他又轮流指了指他们三个人，“也是我们的朋友。”

看来，那人仍然心存惊悸，不过，眼睛里现在流露出来的与其说是恐惧，倒不如说是疑惑了。埃比尼泽强行走到身后解开他的手时，伯特兰也在主人要求下，很不情愿地过来去解捆着那人脚的绳子，只听黑人呜咽了一声。

埃比尼泽拍了拍黑人肩膀。“别怕，朋友。”

解开绳子颇费了一番手脚。因为绳结叫水泡得胀起来，又由于俘虏的挣扎，绳结拉得很紧。

“您认为他是给谁逮住的？”伯特兰问，“叫我看，他是您说过的一个祭品，是黄金城里的人们在安息日用来代替钱财的。”

“可能吧，”诗人表示同意，“逮他的人果然非常聪明，绝不是野人，不然制不出这么结实的细线绳子，挽不出这么好的绳结来。也许，他逃跑时他们正把他运到屠场上去，或者是祭献给什么海神的。这些绳结，可真见鬼！”

“不管怎样，”伯特兰说，“听说咱们把他给放了，他们不可能高兴。这就好像从教堂里的捐款盘子里偷窃一样。”

“他们不必知道。再说，我们才是他们的神灵，对吧？我们拿给自己的祭献干什么，那是我们自己的事情。”

说实在的，最后这句话只是笑谈。他们解开了最后一个绳结，为了安全往后退了几步，不知道黑人如何动作。

“我们朝不同方向跑，”埃比尼泽说，“他追我，你就从后面追他。”

黑人抖落解开的绳结，仍然小心翼翼地望着周围，吃力地站起身来。于是，他仿佛意识到自己得到了自由，便伸展一下四肢，咧着嘴笑起来，向着太阳举起了两臂，接着又发表了简短的演说，其中，还点缀着朝他们打来的手势。

“看看他那块头吧!”伯特兰觉得十分奇怪，“就连博阿布迪也没有这样!”

听见提到那个摩尔人，埃比尼泽蹙起了眉头。“依我看，他这会儿是朝太阳说话，也许是种感恩祈祷吧。”

“简直是匹法国佩尔什种马!”

接着，使他们不快的是，那家伙结束了演讲，转过身面对着他们，甚至还朝他们迈了一步。

“跑!”伯特兰叫道。

然而，并没有实施暴力；相反，黑人五体投地跪在他们脚下，敬佩地嘟囔着，轮番拥抱他们的脚踝；拥抱之后也不站起来，而是前额点着沙地，跪在那里。

“活见鬼，先生！这是什么意思?”

“我说不准，”埃比尼泽回答，“不过，在我看来是你以前所希望的：他告别了太阳，把我们当成他的神灵了。”

“哎呀，”仆人不自在地说，“咱们并没有想要这个呀！老天，他想叫我们干什么呢?”

“这有谁知道?”诗人答道，“以前我还从来没有当过神祇。我看，我们既然救了他一命，祝福也好，鞭笞也罢，他都是我们的人了。”他叹了口气，“无论如何，我们叫他起来，免得他脊梁痛。什么神祇都不会叫人长跪不起的。”

十七、桂冠诗人邂逅安纳考斯汀王，得悉了他的海上小岛的真实名字

“有一件事是说得准的，”他们重新探索海滩之后，埃比尼泽说，“如果我们当他的神祇，我们必须要求他听命。一则，这是神祇最显而易见的属性，再说，也是万全之策。如果他知道了我们是人，他会杀死我们的。”

他们已经把黑人扶起来，吩咐他把伤洗干净。凑巧，那些伤只是贝壳划出来的；他们又把自己多余的软壳螃蟹——那些口袋装的螃蟹虽然毛茸茸的，并且已经凉了，但还能吃——给了他，站在一旁看着他很快吃完。他们的善心重新激起了匍匐在地的感激。他们答谢后便同他在沙地上蹲了一会儿，想用语言、手势以及树枝画的图画同他交谈。这个岛叫什么名字？埃比尼泽问他。他怎么称呼？他家乡在哪里？是谁把他四肢捆起来丢下大海的，为什么？不甘示弱的伯特兰，也补充了自己的问题：他们待的地方离头一座黄金城有多远？那里的人们有什么样的假神灵，女人的肤色是黑还是白？

然而，黑人虽然崇敬地注意聆听问讯，眼睛里流露出来的却只是依恋，而不是理解。他们只从他那里知道了他的名字。虽然毫无疑问用的根本不是文明语言，对于埃比尼泽，听起来分别像**德赫庞克特**、**德雷庞克特**、**德莱克帕切特**、**德鲁戈贝舍尔**、**德瓦帕克德尔**、**德吕派格尔**、**德赫什鲍德尔**，或者甚至像**德斯帕赫底道尔**，而对于伯特兰，

则一成不变的像德雷克派克。[1] 就这样，也许根本不是他的名字，而是野人拜神的叫声，因为他们一说那个字眼，黑人就屈膝膜拜一番。

“咱们拿他怎么办呢？”伯特兰问，“他好像不想去干他自己的事儿。”

“管他呢，”埃比尼泽回答，“那就叫他来帮着办我们的事儿。俯首听命是臣，发号施令才是君。再说，如果我们叫他累得够戗，他就没精力跟我们恶作剧了。”

他们于是决定，让高大的黑人随侍一旁，又觅食，又拾柴，又做饭，又干杂役；的确，他们没有别的选择，因为很显然，他根本没有离开的意思，而且，倘若被激怒的话，顷刻之间就会把他俩置于死地。一行三人接着朝北走去，埃比尼泽和伯特兰领头，德雷克派克毕恭毕敬，隔着一两步跟在后面。有一两个钟头，他们跋涉于鹅卵石和软沙间，以及红色、蓝色和鸭蛋绿色的海床上，左边一直朝向连绵陡峭的悬崖，右边是那平静得出奇的大海；每一转弯，伯特兰都盼着发现一座黄金城，但每次出现的都是一个小湾，或是海岸线的其他凹口，而大半来说，它们又都直接通往北方。后来，他们腿疼脚酸，在悬崖峭壁上方十到十二英尺处一个天然洞口下面停下来休息。埃比尼泽已经信赖了那野人，叫他拿着他们捕获早餐用的简陋长矛。这时，他舞动着长矛，抚摩着肚子，表示自己想去找饭吃。得到允许之后，他像猴子似的攀上那嶙峋岩石，一下子不见了。

伯特兰望着他去了，便叹口气，说：“咱们再见不到他了。一大解脱呀，我说。”

---

① 德赫庞克特、德雷庞克特、德莱克帕切特、德鲁戈贝舍尔、德瓦帕克德尔、德吕派格尔、德赫什鲍德尔、德斯帕赫底道尔和德雷克派克原文有德语、法语、英语：Drehpunkter（旋转轴），Dreipunkter（三角架），Dreckpdchter（垃圾租赁者），Droguepécheur（吸毒犯），Droitpacteur（权利签约者），Drupègre（大盗），Drêcheporteur（运粮食的），Despartidor（黑人），Drakepecker（公鸭腱），因此是作者的游戏笔墨。

“什么!”埃比尼泽微笑起来，“你这么快就厌倦了充当神明?”

仆人承认自己是厌倦了。“我宁愿自己去干，也不愿意指挥像他这样可怕的人。眼下，他也许在寻思着计策把咱们俩劈成两半，当晚饭吃哩!”

“我看不至于,”诗人说，“他愿意侍奉我们。”

“啊，先生，谁也不喜欢枷锁的呀！要是人人都可以选择，那您觉得还会有仆人？只是由于倒霉、势力和穷困，有些人才去服侍别的人的。咱们三个都是焦急难耐的老爷。”

“那么，习俗和先天定数又怎么样呢?”埃比尼泽挖苦道，“有的人生来就是侍奉人的。”

伯特兰琢磨了一会儿这番话，接着说:“习俗并不顶顶要紧。是惨淡的需要才要紧，不是吗？咱们的腿叫海盗的镣铐弄得起了老趼，可咱们还是想叫他们离开咱们。说到生来想当奴隶，这只是老爷们编造出来的，奴隶们谁也不相信。”

“刚才，你还说自己来干杂务,”埃比尼泽说，“可是，没有说一句由**我**来干的话。然而，提出忘记过去地位的是我，因为荒野之中，根本不知道什么阶级不阶级的。”

伯特兰笑了起来。“所以说，要在我的一系列羁绊上面再加上**责任**，那他就不是个温文尔雅的主人了。”

“把它称做**感激**或者**仁爱**吧,”埃比尼泽说，“看看处在契约里面的人们，是多么快活吧！你叫做德雷克派克的这个人，我们给他自由的时候，他却选择了糟糕的枷锁，只要他想，他是可以一走了之，结束奴役的。所以，我并不怕他，想叫他服侍我们很长时间。”接着，他问仆人，如果他们之间共用一个臣民，就吓得什么似的，那么，又怎样一个人统治一整座城市呢?

“我想当的是神，不是王。”仆人说，“就让别人发号施令和俯首听命，让别人发动和平息内讧吧。我只想叫自己住在神庙里，有吃有喝，躺在黄金床上睡上一个上午！我想要十个年轻的女祭司陪伴着我，在教堂里听人们忏悔，诵读祈祷词，还有一对大太监收拾保护捐款。”

“懒散，恶毒！”

“换了您，或者别的什么人，不也得这样做吗？谁去揽统治的苦差事！人们向往的是**皇冠**，不是权笏。”

“戴上这一顶皇冠的人，必然要去处理另外的人。”埃比尼泽回答，“人们向其鞠躬如仪的人，是移动羊群中的带头羊，必须调整好步伐，不然就会灭亡。”

“那么说，您在您的城市里就会行使统治权力吧？”伯特兰想弄清楚。

“是的。”埃比尼泽说，他们肩靠肩地坐着，背冲悬崖，无所事事地眺望着大海，“而且，我打算建设一个多么好的政府呀！它将是一个反柏拉图的理想国。”

“但愿是这样，先生！您当了神衹，还要教皇干吗？”

“不，伯特兰。这个柏拉图谈到过一个由哲学家治理的国家，除了歌颂政府的，其他诗人得不到接纳。在圣哲和诗人之间，自古就存在着争吵。”

“妈呀，说到这，”伯特兰说，“这跟英格兰和别的什么地方，又几乎没什么不同了；谨慎的国王，谁也不想叫诗人攻击自己。要不是为了歌颂他的政府，那巴尔的摩勋爵还干吗雇用您；要不是为了使诗歌沉默，那库德还干吗想毁了您呢？哦，您说的这个奇妙地方，就跟马里兰一样！”

“你误会了我的看法。”埃比尼泽不自在地说，“禁止臣民写诗是一码事，下命令禁止又是另外一码事。在我的城市里，哲学家也都受欢迎——只要他们不带头骚乱就成——不过，一个诗人是神，还有一个诗人是王，所有诗人都是他们的参事，因此是个**诗人国**。依我看，威廉·达文南特爵士越海来治理马里兰而徒劳无获的时候，心里想的正是如此。诗人一国王，伯特兰——这是个值得深思的想法！这不是蠢行，我敢说。谁更理解人的心怀，是哲学家还是诗人？两者之间，谁更同世界相谐和?”

关于这一话题，他还有话要对伯特兰说。这个话题已经在他幻想当中酝酿了一个上午，然而，转瞬之间，有两个野人仿佛从天而降，手握长矛站在他们面前。两人都是半大小伙子，不过十到十二岁，身穿印第安斗篷和鹿皮裤子；肤色与德雷克派克的棕褐色不同，是悬崖的那种铜褐色，头发既不短，也不卷曲，细长笔直地披在肩膀上。他们尽其可能露出一副最最狰狞的面孔，长矛对准两个白人。伯特兰尖叫起来。

“天地良心!”埃比尼泽喊叫道，一边用胳膊遮着脸，“德雷克派克！德雷克派克在哪里?”

“他叫我们完蛋了!”伯特兰呜咽着说，“那个坏蛋欺骗了咱们!”

两个孩子不可能是从悬崖顶上一跃而下，也不可能不出一丝动静，没有踢动一个鹅卵石，便爬了下来。在埃比尼泽看来，他们可能一直藏在头上的洞穴里面，等待着跳下来的机会。其中一个用听不懂的话严厉地向两个囚徒讲话，示意他们站起来，还用手指着洞口。

“我们一定得爬上去是不?”埃比尼泽问。他等着答复的当儿，觉得矛尖顶住了大腿。

“跟他们说咱们是神灵!”伯特兰催促道，“他们想生吃我们啊!”

命令又重复了一遍。他们于是爬上石头来到洞口。两个孩子向洞里说了一会儿，仿佛在对里面什么人讲话，阴影之中，一个苍老平静的声音答着话。两个囚徒被迫走了进去，由于洞顶不过五英尺高，只好弯着身子。里边，粪便臭烘烘的，还有别的说不出名的臭味。一会儿以后，等眼睛习惯了黑暗，他们瞥见一个大野人，赤条条躺在地上的毯子里。地上满是贝壳、骨头和陶锅。起码来说，臭气有一部分来自他那绑着破布绷带的右膝。他用胳膊支撑起来，瑟瑟缩缩，仔细打量着两个囚徒。接着，使他们惊讶得说不出话来的是，他问：“说英语吗?”

“哦，上帝!”埃比尼泽透不过气来了，“您是哪位，先生，能说我们的话？”

野人又打量了他们那蓬乱的头发、褴褛的衣衫和赤着的双脚。“那么来找夸撒布拉格？是沃伦派你们来找夸撒布拉格的吧？”孩子们握着长矛向前靠了靠。

“我们什么人也不找。”诗人清晰地朗声说道，“我们是英国人，被海盗给丢在海里去淹死的。昨天夜里来到岛上，真是大幸，可我们不知道身在哪里。”

一个孩子兴奋地说着话，舞动着长矛，急切地想向他们动手，可是那老人只一句话，就让他安静下来。

“请放了我们吧，”埃比尼泽请求道，“我们不认识您说的那个沃伦，附近什么人也不认识。”

小伙子又一次仿佛想把他们刺穿似的。受到忤逆的野人比刚才还严厉地训斥了他们，显然是叫他们到外面去放哨，因为他们离开黏湿的洞穴时，表露出了不甘心的样子。

“他们都是好孩子，”野人说，“跟我一样痛恨英国人，所以想把你们杀了。”

“这么说，岛上有英国人了？这岛叫什么名字？”伯特兰仍然害怕得说不出话来，可是，埃比尼泽尽管方才还梦想着诗人国，但一想到能与同胞会面，却高兴得无法自制。

野人仔细地盯着他。“你不知道你们在哪里？”

“只知道是大海里的小岛。”桂冠诗人回答。

“那你们不知道夸撒布拉格，安纳考斯汀王了？”

“不知道。”

有一会儿，捉住他们的人继续端详着他们的脸色。接着，野人仿佛被他们的无辜说服了一般，倚在草垫子上面，眼睛盯着洞顶。

“我就是夸撒布拉格，就是安纳考斯汀王。”

“国王！”伯特兰小声对埃比尼泽说，“您看他是不是其中一个黄金城的国王？”

“这里是皮斯卡塔韦人的土地，”夸撒布拉格接着说，“这些都是皮斯卡塔韦人的田野和森林。海洋是皮斯卡塔韦人的海洋，悬崖也是皮斯卡塔韦人的悬崖。从开天辟地以来，它们就属于皮斯卡塔韦人。在这片土地上，我父亲当过国王，还有他父亲和他父亲的父亲；我也当过一阵子国王。然而，夸撒布拉格不再是国王，我的儿子和孙子也不会再治理它了。”

“问问他到最近的黄金城走哪条路。”伯特兰小声说，可是主人打着手势叫他闭上了嘴。

“那你为什么躺在这个可怜的洞穴里呢?”埃比尼泽问，“依我看，这儿不适合国王居住。”

“这个国家已经不是夸撒布拉格的啦，”国王回答道，“你们的人窃取了它。他们是拿着刀剑和枪炮坐船来的，从我父亲那里夺走了田野和森林，把我们像牲畜一样圈在一起，赶了出来。我说了声‘土地属于皮斯卡塔韦人’，他们就把我丢进监狱。我们的皇帝，奥考陶马卡思，却必须跟野兽一样藏在在深山里面，在他宝座上，坐的是个叫帕索普的小崽子，他对英国皇帝阿谀奉承得很。”

“简直无法无天，”埃比尼泽叫道，“你听到了吗，伯特兰？那个如此张狂，使我羞为英国人的沃伦是什么人？我敢说，是个邪恶的海盗，竟然说岛是他的。哼!”他抓着仆人的袖子，“我想起了修帆工卡尔，他说，在马达加斯加岛上，有个叫利伯泰细亚的海盗城；但愿和这不是一回事!”

“我不晓得那个皇帝的姓名，”夸撒布拉格说，“他是最近才来压迫我的人民的。这个沃伦只是个狱卒，是士兵的头儿——”

就在那一刻，洞穴外面一阵激烈的骚动。

“是德雷克派克!”伯特兰喊叫道。

的确，那个高大的黑人就站在洞口处。脚下，横着他愤愤丢下的那支埃比尼泽临时制作的粗糙长矛。长矛上，穿着两只鲜血淋淋的野兔，两只手各抓着一名哨兵的脖子。他已经用什么办法叫其中一个缴了械，又趁另外那个还没来得及用枪取胜，就把他俩的脑袋碰在一起，丢到下面的海滩上。

“好啊！”埃比尼泽喊叫道。

“进来，德雷克派克！”伯特兰一面叫着，一面扑上去反剪起了夸撒布拉格，“到这里来，把这个坏蛋的脑袋也给砸掉！”

黑人抄起长矛，大吼一声，冲进洞穴，想在自己战利品中再加上夸撒布拉格。

“等一等！德雷克派克！”埃比尼泽命令道。

“刺他呀！”伯特兰从后边拧着夸撒布拉格的胳膊，大声说。野人没有反抗，只是铁青着脸不屑地望着入侵者。

“我不允许这样。”埃比尼泽抓住长矛，说。

伯特兰并不示弱：“是这个坏蛋给咱们设下的圈套，先生！”

“如果是这样，可他并没有露出什么迹象。放开他。”夸撒布拉格手给放开后，又躺回毯子，面无表情地盯着洞顶。“那些孩子是他儿子。”埃比尼泽说，“跟德雷克派克一起把他们找回来，如果他还没有杀了他们的话。”两人于是走了。临走，伯特兰非常疑惑，便毫不犹豫地说了出来。埃比尼泽对夸撒布拉格说：“我的人伤害了你儿子，还请宽恕；他以为我们遇到了危险。我们绝没有伤害你的意思，先生。你在英国人手里已受够了罪。”

然而，野人仍然面无表情。“看到一个有怜悯心的英国人，难道我该高兴吗？”他指着自己那臭烘烘的膝盖，“刺到心脏里去的长矛，还有夜里我像野兔一样逃跑时磕破了中毒的膝盖，哪一样的痛苦少些呢？要是我儿子死了，我就会饿死；要是他们活着，我也会由于中毒死去。你心肠好，所以我要求你，杀了夸撒布拉格吧。”

不一会儿，伯特兰和黑人就用长矛逼着两个孩子回来了。看来他们只是脑袋疼一点儿，身上起了几个包而已。

“我儿子活着也就够了，”夸撒布拉格说，“叫你的人现在把我杀掉吧。”

“不，我还有更用得着他的地方。”埃比尼泽说着，又嘱咐伯特兰，“我们去摸一摸这些英国强盗的脾气，德雷克派克留下，照料一下国王，看他需要什么东西。叫孩子们领我们到他们居住地的外缘去。”

“我没有资格反驳，”伯特兰叹了口气，“我只是希望他们并没有占领所有的黄金城，把自己树成神灵。”

然后，埃比尼泽打着手势让黑人明白，他希望他喂国王饭吃，给国王包扎感染的膝盖；后面一件事，是作为试探而不是命令提出来的。黑人愉快点头答应，还热情地叽里咕噜了一番，意思是说，对于预防或者治疗措施略知一二。他没有再啰唆什么，一把取下了绷带，显然想从手术的角度检查检查那发臭的肿块。然后，为了把自己的命令表达清楚，一面说着自己的土话，一面不断打着手势，叫一个孩子把野兔洗净煮熟，叫另外一个去取两陶锅水来。

“天地良心!”伯特兰谦恭地说，“那家伙还是个医生呀！当他的神祇可是一种荣幸，不是吗，先生?”

诗人微笑起来。“也许他更值得称赞哩，伯特兰。实际上，他真是个造化的杰作。”

没过两个钟头，野兔煮好了，于是他们配着孩子们拿来的生牡蛎，还有一种叫做“洛卡豪米尼”的干烘玉米粉吃起来。国王吃了一大罐子。夸撒布拉格的伤口被用刀切开，挤出脓洗净，敷上了黑人用各种野草树根煎出来的药汁，这是他趁烧烤野兔的时候采集来的。这一手法，连野人也留下了深刻印象。孩子们抚摩着自己的肿块，流露出来的是敬畏而不是厌恶，夸撒布拉格眼里也闪闪发光。“如果那些英国人离这里不远，天黑前我倒想看看他们去。”桂冠诗人说道。夸撒布拉格回答说他们离这里不到三英里的时候，他又对黑人下达了一遍自己的命令，同往常那样，那黑人一听到叫他的名字就跪下来，含着眼泪对这一分离表示默从。

“如果我们发现他们是海盗或是拦路强盗，我们就立刻回来。”埃比尼泽对国王说。

“英国皇帝不会伤害你的，”夸撒布拉格说，“你也不用替我儿子担心，他不认识他们。不过，跟谁也不要提起安纳考斯汀王的名字，除非你想把我置于死地，不想回到洞穴里来了。你对夸撒布拉格的恩惠我是不会忘记的。”他又用土话冲一个孩子说了些什么，那孩子从洞后面给他拿来一只小包。

“他想叫咱们看的是那七个城市的地图！”伯特兰小声说。

“拿着吧。”国王说着，给了每人一个似乎是用大鱼脊椎骨雕成的小护身符。护身符直径半英寸，约四分之三英寸宽，是块像掏空的管子般的水白色骨头，背脊和腹部肋骨割去的地方，还带着小小的突起，那玲珑剔透，是鱼骨所特有的。伯特兰脸色阴沉下来。“这个对你们救我性命的报答似乎太小，”夸撒布拉格铁青着脸说，“不过，沃伦为了这个把我放了。”

“这沃伦也真傻。”伯特兰嘟嘟囔囔地说。

国王没有理会他。“像戴戒指那样戴上吧。”他冲埃比尼泽说，“等有一天死亡降临，这戒指就会把它拒之门外的。”

对于礼物，埃比尼泽也有些失望。那雕刻之粗糙虽然很难称之为装饰，但他还是十分客气地接受了，不过，外径很大，戴上去很不舒服，于是用细生皮条穿起来，挂在了脖子上，放到衬衣下面。相反，伯特兰却没有一点儿感激之情，一把揣到裤袋里边。那天下午时分已晚，悬崖把海滩笼罩在阴影之中，他们于是向大黑人和夸撒布拉格热情道别，由野孩子们指点着道路，朝大约是北边的树林走去。但由于赤着脚，因此走得很慢。

“朝我们的同胞走，你并不高兴吧。”埃比尼泽对伯特兰说。

“能很容易地去搜寻黄金城，却朝海盗巢穴走，我是不高兴。”仆人并不否认，“咱们用德雷克派克跟野人国王交换了一对鱼骨头，这桩买卖也不好。”

“这不是买卖，也不是礼物。”诗人说，“如果他由于保留了性命而感激我们，那么，救了我们一命也就弥补了他的感激。”

然而，伯特兰却并没有那么容易平静下来。

“见鬼，先生，我的意思倒不是小气，也不是亵渎，而是说，一个仆人能当上神祇，是非常罕见而珍贵的呀！可是，要当神祇，好像我还没有来得及采取什么措施，还不大明白的时候，您就把我的教民换成了一对不起眼的鱼骨头！趁还没有放掉德雷克派克，我想当一两天神祇，这您不明白。”

“我可不明白，”桂冠诗人说，“这个角色，我看还是躲避为好。我们发现他时，他孤苦无助，给抛在海里，如今把他放在洞穴里，有人帮忙；他以前是神的奴隶，现在是国王的仆从。至于他从那里到哪里去，那是他自己的事情。我们俩干得很好，让他开始了行程——这不就当足了神吗？再者，”他最后说，“你不像我，你没有叫他干活那种繁杂事情，不然的话，你就不会抱怨了。我很高兴给他找到了那种活计。如果我们到了黄金城，我的城市是共和制，而不是神权制的，也根本不想当它的统治者。这就是德雷克派克所教给我的。”

伯特兰微笑起来。“您这样说，是因为当主人当得不长，先生！您还当我一到了神庙里，就想用教条和教皇敕令将脑袋填满呀？那是嫩手干的活儿，就像牧师呀，教堂执事呀，这一干人等干的。两个神什么也不干，只是坐着闻香火的味道，数钱，再不就是享受姑娘们的妙处。”

“依我看，你在天上的统治长不了。”埃比尼泽说。

“也没有必要长呀。”仆人说。

不一会儿，树林稀疏了。透过树木，他们朝西望见一片相当大的开阔地，上面，整整齐齐种着一垄垄陌生的油绿宽叶作物。看到这景象，埃比尼泽的心跳了起来。

“看那边，伯特兰！那根本不是野人种的庄稼！”他抓住其中一个向导，指划着田野，“你们叫那什么？”他大声问道，仿佛声音大了就能交流似的，“那叫什么名字？英国人种的地吗？”

恰巧，那孩子听懂了这个字眼，于是点了点头。“英国人。英国人。”接着，又接二连三说了一通话。其中，埃比尼泽听到了**烟草**这个词。

“**烟草？**”他问，“那就是烟草？”

“怎么会呢？”伯特兰不明白。

“说到底，也并不特别奇怪。”桂冠诗人说，“庞德船长就常常沿亚速尔群岛的纬度航行。那里通往弗吉尼亚海角，那纬度上的无论什么岛，气候都同弗吉尼亚一样，难道不是？”

伯特兰于是问，一群海盗为什么在耕种上浪费时间。

“我们没有证据说他们是海盗呀。”埃比尼泽提醒他道，“他们很可能是走私烟草的，亨利·伯林盖姆说过，他们为数众多，也可能是诚实的种植园主呢。但愿如此，对不对？”

伯特兰面露截然不同的神色，可是还没有机会形诸言辞，两个孩子就比划着叫他们安静下来。一行四人偷偷穿过最后的树丛，来到树林尽头。这里，北边靠着河岸，向西则是一条铺着光光圆木的道路。透过仿佛仓库似的大圆木结构房子，传来了人们干活的声音，从路边一直传到树林。显然，这是白人在干活；在向导带领下，他们胆战心惊地爬上后墙的有利位置，可以人不知鬼不觉地朝河边望着那条道路。

“老天哪！”埃比尼泽小声说。所听到的那咕咕哝哝，又仿佛唱歌的声音，原来是三人一组的几组黑人发出来的。他们打着赤脚，光着膀子，正往河边码头滚着硕大无比的木桶，一面唱着号子。在由河岸突出去的船坞上，有一群光着脑袋、没穿鞋子、身穿破旧的漂白苏格兰土布衣服的人，脸色尽管叫太阳晒得黝黑，一副没有教养的样子，但显然是出生于欧洲，而不是蛮族。他们没有干什么重活，只是叼着烟斗倚靠在木桩上，来回传递着一只罐子（每喝一口，都用毛茸茸的上臂擦擦嘴巴），望着黑人挣扎着把重荷运到沿河停靠的一对驳船上去。瞥见他们，埃比尼泽心里一阵高兴。然而，更叫人不可思议的——不可思议到，一见到它，他眼里就流出了泪水——是一艘庄严的船尾高翘的三桅船，抛下了锚锭，正在从驳船上装货，主桅上挂着红白蓝三色旗，恰恰是御用颜色。

“这不是强盗，是诚实的英国种植园主！”埃比尼泽大笑起来，“我们来到了西印度群岛的什么岛上！”尽管别人都告诫他不要出声，他还是高兴得又喊又叫，一跃到了道路上，呼啸喊叫着朝码头跑去。年轻的野人躲到了树林里面。满心抑郁惊骇的伯特兰逡巡在仓库旁边观望着。

“同胞们！同胞们！”埃比尼泽喊叫着。黑人不再吟唱号子，丢下活计望着他走过去，白人听见呐喊，也惊讶地回过头来。这是一幕最不平常的景象：在船上度过了严酷的几个月，比以往更加消瘦的埃比尼泽，仿佛毛茸茸的鹳鸟，由圆木路面上一跃而下。丢了鞋子的脚生出了泡，衬衣和马裤撕成了碎片；虽说被绑架离开“波塞冬号”时没有头发胡子，后来毛发却疯狂地长出来，头顶和下巴上都是这副模样。因此，此刻毛发虽则没有多长，却乱蓬蓬，邋遢异常。更有甚者，他被太阳晒得比种植园主还黑，起码是同他们一样肮脏不堪，完全是一副漂泊者的样子；他那急促神色，也由于他两手抓住衬衣前襟的那种姿势，而更加离奇古怪。原来，他拿着的是日志那些卷了角的散页。

“同胞们！”他到达码头时又叫喊一声，“快说话呀，那样我就听到你们说什么话了！”

人们交换了一下眼色，有些挪动了一下身子，别的人不自在地抽着烟斗。

“他是个疯子。”有人猜测道。那人还没有来得及退避，就发现被埃比尼泽搂抱起来。

“你是英国人！上帝呀，你是英国人！”

“回去，喏！”

埃比尼泽欣喜若狂地朝大海指划着。“那船往哪里开，先生？你可是个信基督的英国人呀。”

“开往普利茅斯，跟船队一起——”

“谢天谢地！”他拍着手跳起来，朝身后仓库那边喊道，“伯特兰！

伯特兰！他们全都是正直的英国绅士！到这里来，伯特兰！请问，了不起的英国人，”他抓住了另外一个英国人——那人由于背后靠水，无法躲避——说，“我给冲到的是什么岛？是巴巴多斯岛，还是安的列斯群岛？”

“你脑袋叫朗姆酒泡坏了。”那种植园主吼叫着挣脱了身子。

“那就是百慕大群岛了！”埃比尼泽叫道，一面跪在地上，抓住了那人的裤脚，“告诉我这是科尔武岛，或者是我没有听说过的什么岛吧！”

“不是这，也不是那，也不是别的什么岛，”种植园主说，“是他妈的马里兰，你这个瞎了眼的。”

十八、桂冠诗人渡河交费

“马里兰！”埃比尼泽放开了被纠缠的人的裤子，朝身后自己出来的树林，朝那些烟草地，朝那些在木桶旁边咧着嘴笑的黑人望去，脸上绽出了光彩。仿佛依然没有回过神来，他右手放在心口，朝缓缓起伏的山峦举起了左手。山后，太阳正在落下去。“笑吧，你优雅的青山，金灿灿的树木！”他命令道，“你自己的歌手，你的桂冠诗人，来传布你的荣耀了！”

这是几个月前，他在“波塞冬号”上写的登陆诗。他自认为，身为马里兰桂冠诗人，第一次踏上它的时候，宜于诗意地向自己的领地致意，同时，也想让新结识的同胞们毫不怀疑自己骨子里是个诗人。因此，他看到听众以极大欢欣接纳了自己最初的公开宣示，心情十分激动。听众哄堂大笑，又拍大腿，又捧肚子，鼻子上湿乎乎地沾着酒，用胳膊捣着旁边的人，鳖脚马裤里不断放着臭屁。

桂冠诗人结束了姿势站立起来，弯着长长的金黄色眉毛，瘪着嘴唇，说：“我可不对牛弹琴了，朋友们。小心点儿，不然的话，我就会看到主人用鞭子一个个抽你们的。”他冲他们背过身，急忙走到码头脚下，伯特兰站在那里，几个黑人正瞅得他十分不自在。

“忘掉你那七个城市的梦想吧，伯特兰。你站在马里兰神圣的土地上啦！”

“听说是这样。”仆人酸溜溜地说。

“这难道不是天堂吗？你看那边，落日把树木都染红了！”

“可是，依我看，您马里兰的伙计们在朝廷里是什么地位也赢不到的。”

“不，有谁会说他们无礼呢?”埃比尼泽低下头看了看自己的衣服，又看了看伯特兰的衣服，笑道：“在这里，谁能看得出桂冠诗人来呢？再说，他们不过是仆人罢了。”

“还叫他们下午喝酒，那主人也忒懒惰了，”伯特兰不无疑惑地说，“我不能说夸撒布拉格的不是——”

“咄!”诗人告诫道，“别提他的名字!”

“我只是说，我明白了他的意思。”

“想一想吧!”埃比尼泽赞叹地说，“他竟然是马里兰印第安野人的国王！而德雷克派克——”他敬畏地望了望那些肌肉发达的黑人，蹙起了眉头。

伯特兰顺着这一思路想下去，眼睛里露出了泪花。“那个高贵的人怎么成了奴隶呢？但愿您那马里兰受到天谴!”

“做出判断也不能过分性急呀。”埃比尼泽说着，若有所思地捋了捋胡子。

全部谈话当中，无所事事的英国人都在后面呼哧呼哧地偷笑着。其中有一个瘦削结实、满脸皱纹、耳朵剪去了一块、手掌上烙着金印的坏家伙，鞠躬如仪地拖拉着脚步朝他们走来，带着夸张的口音说：“但愿阁下原谅我们的粗鲁。我们愿意为您效劳，先生。”

“那好，”埃比尼泽立即说，一边会意地望了伯特兰一眼，一边登上码头向那群人讲话，“你们知道，我的好兄弟，我虽说外表粗鄙衣着破旧，可我就是埃比尼泽·库克，是由领主勋爵委以马里兰桂冠诗人头衔的。我和仆人在海盗手里坐过牢，是在大海中死里逃生的。这一次，我不会把你们的行为汇报给你们的主人，不过，从今而后要有礼貌，如果不是尊重我的话，那么，也得尊重诗歌!”

他们声音沙哑地欢呼着，用掌声对这番话表示欢迎。那情景是对桂冠诗人宽大为怀的感激，因此同时引得他仁慈地微笑起来。

“喏，”他说，“虽说我不知道自己是在马里兰的什么地方，不过，我得马上到莫尔登去，到我在乔普坦克河附近的种植园去。我既需要交通工具，又需要指点路程，这个州我什么都不熟悉。你，伙计，”他冲方才说话的、那个掌上烙着金印的老人说，“你带我到那里去，好吗？我肯定，你家主人是不会反对的，如果他知道了旅客的头衔的话。”

“哎，喏，没问题的。”那人说着，朝同伙瞥了一眼，“可我说，诗人大师，您怎样酬劳我呢？因为，咱们得蹚过这条河，漂在水上的可不是金子呀。”

埃比尼泽用更加傲慢的态度，掩盖了自己的懊悔。“也巧啦，伙计，我身上刚好没带金子。无论如何，我敢说，你这样帮忙很值得，你家主人不会让你拿什么钱的。”

“那我要碰碰运气了，”老人说，“要是您付不出钱，您就尽力过河吧。这么个大人物就没有戒指，或者别的值钱的东西？”

“那你要我的吧，”伯特兰咕哝一句，“这可是野人的真正遗物，听说值很多钱呢。”他把手伸到马裤口袋里，“嗨，喏，从窟窿里给丢了——”

“得啦！”埃比尼泽叫道，他对那个马里兰人失去了耐心，“我这个马里兰的桂冠诗人也不是吃白饭的！把我摆渡过去，伙计，你会得到你从来没有想到过的金子，得到纯粹的诗的金币当做奖赏。”

那老人仰起脑袋，仿佛印象十分深刻。“**诗的金币**，对吗？您是说，为了过河，您要朗诵首诗给我？”

“朗诵？”埃比尼泽轻蔑地问，“不，伙计，我不是朗诵，我是要**写诗！即席写诗！**你的金子不是许多人手里拿着的硬邦邦的金子，而是就在你眼前由造币厂磨光了的金子！”

那人搔了搔剪去了一块的耳朵。“唔，我也说不清楚。还从来没有听说这样做交易的哩。”

“啧，”埃比尼泽向他保证道，“在欧洲天天都这样做，而且，还是关乎比摆渡这种看不到眼里的小事重要的事情。塞万提斯不是给我们讲过，在西班牙有个诗人用三百首描绘皮剌摩斯和提斯伯[①]这个主题的十四行诗，给自己弄了个妓女吗?”

“别跟我讲这个!”摆渡人不解地说，“三百首十四行诗？请问，**十四行诗**是什么?”

埃比尼泽对那人的无知微笑起来。“是诗的一种形式。”

“诗的一种形式，喏!”

“是的。我们诗人不仅仅作诗，我们还好作不同类型的诗。就像硬币一样，有法寻，有便士，还有先令和克郎，[②] 在诗歌上，就有四行诗、十四行诗、十九行诗和回旋曲等。”

“啊哈!”摆渡人说，“那么说，这个**十四行诗**就跟先令一样了？或者说跟半个克郎一样？那要过河，我就要一克郎啦。”

“一克郎?”诗人喊叫道。

“不能再少了。阁下——您看，一年这个时候的水流和潮汐。”

埃比尼泽疑惑地望了望平静的河面。

“他是个坏蛋，是个守财奴。”伯特兰说。

“哦，没事，伯特兰。”埃比尼泽朝仆人眨了眨眼睛，又朝那个马里兰人回过脸去。“可是，你瞧，伙计，你得明白，眼前在伦敦市场上，一首十四行诗值半镑呢。”

“那就给我省掉最后一行，”摆渡人说，“我可不找零钱。”

“成交了。”埃比尼泽冲旁边看着讨价还价的人们说：“请大家作证：这人答应以一首十四行诗为条件，不包括最后一行，把马里兰桂冠诗人埃比尼泽·库克摆渡过去——哎，我说，这条河你们管它叫什

---

① 皮剌摩斯（Pyramus）和提斯伯（Thisbe），前者系小亚细亚的河神，后者系河川女神。其恋爱故事，显然是把两条比邻而流但从不汇合的河川改善移植到了人事方面。后来，在奥维德笔下，这段神话的内容成了一对情侣相亲相爱、忠贞不渝的爱情。

② 按英币旧制，四法寻合一便士，十二便士合一先令，二十先令合一镑，而一克郎等于五先令。

么来着？”

“乔普坦克河。”埃比尼泽的船夫立刻回答道。

“你是说着玩的吧！这么说，莫尔登想必就在附近了！”

“是啊，”老人信誓旦旦地说，“过了树林就是。您一过河，不费事儿就走到啦。”

“好极，好极！那就成交了？”

“成交了，阁下，成交了！”老人竖起一根肮脏手指头，“不过，我得先要报酬。”

“哦，得了，走吧！”埃比尼泽不太服气。

“那有什么大不了的呢？”伯特兰小声说。

“您是诗人，可我有什么保证呢？”那人并不让步，“这会儿就付给我报酬，要不就不摆渡。”

埃比尼泽叹了口气。“那好。”又冲着那群人说，“安静，喏，请安静。”

于是，他一根指头扣打着太阳穴，眯缝着两眼，做出一副构思的姿态，一会儿以后朗声道：

如此，在地狱般被遗弃洞穴里，
便诞生了刻耳伯洛斯[①]和最黑暗子夜的
那让人讨厌的忧伤，
伴着可怕的阴影、喊叫和罪恶的景象！
当沉思的黑暗展开嫉妒的翅膀，
当黑夜的乌鸦开始呜咽，
那就去寻觅蹩脚的小房；
在乌木树荫下，在犬牙交错、低矮的岩石下，

① 刻耳伯洛斯（Cerberus），把守冥府大门的三头恶犬。它只准许鬼魂进入，而不准出去。

在西米里族人[1]幽暗的沙漠上苟活。

有一会儿工夫，鸦雀无声。

“喏，来吧，伙计！”诗人催促道，“你拿到了酬劳！”

“什么？这就是十四行诗？”

“以我的名誉担保，”埃比尼泽让他放心，“除了最后一行，的确是的。”

“的确是的，的确是的。”船夫拽了拽残缺的耳朵，“这就是我那值半镑钱的十四行诗了？一首丑陋的十四行诗，还是又喊又叫的。”

“那有什么关系？如果国王的脑袋长得丑陋，你还会不会用鼻子去闻一块黄金呢？十四行诗就是十四行诗。”

“哎，哎，倒也是这样，”摆渡人叹了口气，仿佛头脑不济似的摇着脑袋，“那么，好吧，我的独木船就在那边。”

“我们走吧。”诗人得胜似的抓住仆人胳膊，说。

不过，看见他们过河的渡船时，他差点儿要让摆渡人免费享受那首十四行诗了。“如果我猜到那个猪槽就是渡船的话，我就会把**在西米里族人幽暗的沙漠**放在自己钱包里了。”

“别不知足了，”船夫说，“如果我晓得你那十四行诗那么污秽和微不足道，你就是磨破嘴皮，也得自己泅水过河啦。”

基于这样的理解，摆渡人和乘客双方，便小心翼翼爬上那只凿出来的独木舟，动身朝一平如镜的河面驶去。过了中流很久，他们发现水波仍然不兴，乘客于是怀疑船夫把渡河的困难给渲染夸大了。

“我说，”坐在船头的伯特兰问，“叫这次摆渡这么费钱的恶浪和湍流到底在哪儿？”

“除了在我脑袋里，哪儿都没有，”摆渡人咧嘴笑着，说，“既然

---

[1] 西米里族人（Cimmerian），荷马所描绘的永远居住在一团混沌的黑暗之中的民族。

你们渡河付的是一首诗，我也索性要首大点儿的——这您什么都不用花。”

“哦嗬！”埃比尼泽喊叫道，“所以说，你欺骗了我们！咄，别觉得你就因此富有到什么地步，伙计，那首十四行诗不是我写的，是从天才同我一样出众的人那里弄来的——”

然而，说出这一点，并没有叫船夫有半点儿生气。“去年的金子跟今年一样值钱，这人的诗跟别人的诗一样好。虽说您食了言，我也不会穷到哪里去。半镑就是半镑，十四行诗就是十四行诗。”就在那时刻，独木舟触到了河的对岸。“喏，您到了，诗人大师，糊弄的可是您自己呀。”

“无赖！”伯特兰咕哝道。

埃比尼泽微笑起来：“你愿意怎样想就怎样想，先生。愿意怎样想就怎样想吧。”埃比尼泽同伯特兰迈步登岸，等候摆渡人撑回到河面上去，接着，大笑着朝那人叫道：“可实情是，木脑壳先生，你从头到脚都受了骗！不但我那十四行诗不是我作的，那甚至不是一首十四行诗！再见，先生！”倘若摆渡人追赶他们，他已经准备好穿过树林跑到莫尔登去，可是，那人在划桨的间隙里，却只是啧啧咂着舌头。

“没关系的，疯子先生。”那人回头叫着，“这也不是乔普坦克河。一夜平安，先生！”

十九、桂冠诗人垂顾下流姑娘的往事

埃比尼泽不知道摆渡人把自己放逐到了什么荒野的树林里。于是，不断大呼小叫，希望以此引起对岸的人的注意，前来搭救他；可是，那些穿着苏格兰土布的人显然沉溺在恶作剧当中，他们转身离开，把这可怜的一对丢在原地自己想办法。天色已经暗下来。最后，埃比尼泽不再呼喊，查看起他们周围的林子来。分分秒秒之间，林子变得越发影影绰绰了。

"就想一想吧，"他说，"这里原本就是马里兰呀！"

伯特兰绝望地踢着一截树桩，说："那我要说，就更叫人遗憾！您的马里兰连开化的公民都没有。"

"哎，朋友，你的心还挂在黄金城上面，可马里兰没有这类城市。然而，**在这里你就找得到金子的**，不是吗？不受损失就到达旅程终点，还有比这更珍贵的吗？"

"但愿我跟德雷克派克待在沙滩上。"仆人说，"知道了咱们待在什么地方，有什么好处呢？谁晓得那边阴影里头有什么野兽呢？或者有什么压根儿就恨英国人长相的野人呢？"

"可这是马里兰呀！"埃比尼泽恰如其分地赞叹了一句，"父亲，还有父亲的父亲，就曾经渡过这同一条河，见过这同一片树林。这有谁说得准呢？想想吧，伙计，我们离莫尔登不远了！"

"不管怎样说，就咱们而论，这里已经不再是您的庄园，这难道还是什么叫人高兴的念头吗？"

埃比尼泽脸往下一沉。"也真是，我忘记你下的赌注了！"想到这里，他跟仆人一同抑郁起来，坐在附近的一棵白桦树下。"今夜，无论怎样说我们不敢过这片林子了。升起火来吧，明天一早我们再赶路。”

“这能把印第安人给引来，不是吗?”伯特兰问。

“可能吧，”诗人阴沉地说，“可另一方面，又能把野兽吓跑。随你便好啦。”

是啊，就在伯特兰从火绒盒里拿出火石动手打火的时候——他从海滩上带来不多一些晒干了的海草当火绒用——两个人还听到从河上游没几码远的地方，传来野兽的号叫。

“听!”桂冠诗人胳膊上起了一层鸡皮疙瘩，一骨碌跳起来，“赶快生火!”

树叶婆娑声中，又传来了号叫声。不一会儿，另一声号叫在远方应答着，紧接着是一迭声的号叫，直到林子里回荡起野兽的声音，正在朝他们的方向前进。伯特兰拼命击打火石的时候，埃比尼泽又一次朝河对岸呼救起来，可是没有人听见。

“火星！冒火星啦!”伯特兰一边喊叫，一边用手捂着想把火绒吹着，“准备好点火的木头!”

“见鬼，我们什么木头也没有!”这会儿，号叫声已经近在咫尺，“朝河边跑!”

伯特兰丢下海草，两人一直冲到浅水里面，还没有到膝盖深的地方，只听得野兽冲出林子，在泥泞的岸边尖利地哼叫着。

“嗨，你们!”一个女人的声音尖叫起来，“你们是疯了，还是喝醉了?”

“妈呀!”伯特兰说，“是个女人!”

他们惊讶地转过身，趁最后一缕光线，瞥见土堤上站着一个衣着不整的女人。说不出她的年纪，只见她同码头上那些男人一样，穿着褪色发白的破旧苏格兰土布衣服，拎一根木棒驱赶着几头猪。那几头猪哼哼唧唧，用鼻子拱着河滩，不时停下来恶意地望着二人。

“老天，这是跟我们开玩笑吧!”诗人回头叫着，想尽量露出笑容，“我和仆人新来贵地，叫几个呆子恶作剧给搁在这里啦!”

“那就过来吧，”女人说，“这些猪吃不了你们的。”为了让他们放心，她又用木棒把最靠近的那头公猪赶走，两人便朝岸边蹚水过来。

“谢谢你的善意，”埃比尼泽说，“也许，你有能力再为我做件好事，今天夜里，我需要过夜的地方。我名叫埃比尼泽·库克，是马里兰桂冠诗人，我还——不，夫人，不要害怕有伤你的端庄！”女人喘了口气，趁他们没到面前已经转过身去。“我们衣服虽说破旧湿透，但还能蔽体！”埃比尼泽继续唠叨着，“说真格的，我不像诗人。这我清楚，可这是我经历了许许多多磨难所致，这些磨难就算我告诉了你，你也不会相信。不过，我一旦到了我在乔普坦克河边的住宅里——啊，上帝呀！”

女人朝他转过身，抬起头来。她那黑发没有用肥皂梳洗的痕迹，皮肤也没有遭到过度的洗刷。然而，使埃比尼泽一句话没有说完就停顿下来的是，除去她的邋遢以及她脸上和胳膊上在阴影之中依然清晰可辨的流脓伤口，放猪丫头很可能给当做缠进“西普里安号”索具当中的那个姑娘，而且，很像年轻的妓女琼·托斯特，虽则表面看来，她们的年纪相差十余岁之多。

“我就那么难看？”女人厉声问道。

“不，不，请恕罪！”埃比尼泽恳求道，“恰好相反，看起来，你就像我在伦敦认识的一个姑娘——已经过去好长时间了！”

“别跟我说这个！那个娘儿们有我这样的漂亮衣服，这样的细腻肌肤，你对她的贞洁有一丝怜爱之心吗？”

“哦，请不要说得这样苛刻吧！”桂冠诗人说，“假如我说了什么伤害你的话，我敢说，绝不是故意的！”

姑娘抑郁不乐地转过身去。“我家老爷的住宅绕过那边海岬就是，有一两英里远。你要是愿意，就在那里过夜吧。”没等回答，她就用木棒打了最靠身边的公猪大腿一下，于是队伍朝海岬进发。

“她有点儿像琼·托斯特。”埃比尼泽冲伯特兰小声说。

“就跟蝙蝠像是蝴蝶一样，”仆人不屑地答道，“都用一样的手段在世面上混日子。”

“哦，喏，”诗人并不服气，同时，他在“西普里安号”上的冒险又叫他头晕目眩起来，“她只不过是个放猪的丫头，邋里邋遢的，可又有一种风韵……”

“她不过是迎合咱们罢了，要是您问我的话。”

但是，埃比尼泽并没泄气，反而是赶上前去，问女人叫什么名字。

“哦，我叫苏珊·沃伦，先生。”女人不冷不热地说，“我看你是想嫖我吧？”

“老天哪，不是！只不过闲着没事找乐罢了，我发誓！你当桂冠诗人会玩婊子？”

苏珊·沃伦只是以嗤之以鼻作为回答。

“那么，谁是你家老爷？”埃比尼泽口气中少了一些温和，“和真正的绅士见面，才最有乐趣，我至今所见的马里兰人，不是坏蛋，就是白痴。然而，巴尔的摩勋爵在给我撰写委任状时，那样夸赞他州里的风俗和教化，责成我来描写这些的。”

放猪丫头没有答话，反而大大出乎埃比尼泽的预料，放声痛哭起来。

“哦，怎么回事儿？我说什么话伤害了你吗？”

猪的队伍停了下来，伯特兰从后面嗤笑着赶上来。“是这么回事儿，是这位夫人情感细腻的缘故，先生。您不让她服侍您，也忒没有心肠了。”

“够了！”诗人命令道，回头对苏珊·沃伦说，“我不习惯干嫖娼的事情，夫人。假如我让你想到别处去的话，那就请宽恕我。”

“根本不是你做了什么事，先生。”女人回答，一面又恢复了走路的步态，“事实上，是我家老爷无赖透顶，待承我很不好，连想起来都会叫人流泪。”

“那是怎么回事儿？这么说，他打你来着？”

她摇了摇头，鼻子里哼了一声。“要是时不时地用桦树条抽我，那也犯不上埋怨。鞭打只是我的一种苦楚，还不是多么大的苦楚。”

“他比这还下作来着?”埃比尼泽问。

“说真的，他想必是急于解解闷吧。”仆人说着，只见主人板起面孔瞪了他一眼。

苏珊·沃伦又让自己痛哭哀号了一番后，对天叹了口气，冲着站在她前面撒尿的那只猪踹了一脚，接着如下面所说的那样，向桂冠诗人和盘托出了自己苦难经历：

“我生下来叫苏珊·史密斯，”她说，“我母亲生我时死了。父亲在伦敦帕德尔码头附近开着一家不大的作坊，给船上修补木桶和琵琶桶。我十八岁那年，就出落得你想有多么漂亮就多么漂亮。一天，我穿过鲁德门沿布莱克牧师街闲逛，一个潇洒的男人朝我鞠了一躬，叫我**威廉斯小姐**，还要求跟我一道散步。‘这不行，’我对他说，‘再说，我也不是威廉斯小姐。’‘这是怎么一回事儿?’他喊叫道，‘你不是格里斯教堂街的伊丽莎白·威廉斯小姐吗?’‘不是。’我说。‘那么，请你原谅，’他说，‘你们倒像一对孪生姐妹。’

“我看得很清楚，小伙子讲的是实话，因为他是个彬彬有礼的绅士，知道自己弄错了，脸都红了起来。他说，他爱上了这位威廉斯小姐，可是，尽管小姐说爱他，但她无论如何也不愿意做他的妻子，还说自己的灵魂叫某种不可饶恕的罪过腐蚀了。但是，这位汉弗莱·沃伦（他的名字）表示，就算是她遭了男人一切的罪过，自己也要娶了她。

“那时候，我经常在鲁德门附近见到可怜的汉弗莱，因为威廉斯小姐对他的热情一天少似一天。他把自己因为她所尝的苦头，都一五一十告诉了我，还说，我和她长得很相像，和我说话，好像就在跟她说话。我自己呢，倒是羡慕死了这位威廉斯小姐，认为她真傻，居然看不上如此好的一位绅士。可爱的汉弗莱并不富有，可是，在威廉斯小姐同父异母哥哥米切尔船长的公司里，有一份像样的差事，另外，就其他任何优点来说，也足以讨一个女人的欢心。

“后来，有一天，汉弗莱来到我父亲在帕德尔码头附近开的作坊，哭得死去活来，说威廉斯小姐喝毒药自尽了！我可怜他，尽管内心没一点儿可怜威廉斯小姐。后来，汉弗莱每天都来看我，我高兴得不得了。到头来，他说：‘亲爱的苏珊，你和伊丽莎白长得相像，既要了我的命，又救了我的命！我哭着来见你，心里也明白，她是人死不能复生了。可是，我没法认为她不在了，因为，每天在我眼前的，就是她活生生的形象。’我于是说：‘我倒希望，先生，你看到的多少不只是我们长得相像。’

“听了这话，他顿了一下。不久，他就去我父亲那里说了，我们就结了婚。可是，尽管我尽一切努力要博得他的爱，还是看得出来，他跟我做爱，只不过是跟威廉斯小姐的影子做爱。有一天晚上，他睡得很熟，我上去亲亲他，他在睡梦里却呼唤：‘上帝保佑你，伊丽莎白！’我多么愚蠢啊，我马上唤醒他，逼他在我和伊丽莎白两人中选一个。‘伊丽莎白死了，’我说，‘我是大活人。爱我，爱我本人，而不是伊丽莎白的影子，不然的话，别想我在这床上多待片刻工夫！’

“唉，上帝！要是我再长十年的见识，或者略微明智一点儿，我就不会乱嚼舌根了！何必要介意他叫我什么，叫得好，就爱得深？唉，除了叫我苏珊，他不也叫我*蜜儿甜儿*的，以及一连串好听的名字？我话一出口，就诅咒起自己来，但是已经伤了他的心。‘亲爱的苏珊！’汉弗莱号啕起来，‘为什么要这样？上帝不允许你逼我！’

“我又是乞求，又是哭天抢地，都无济于事。他不容许我说过就算了，他一定要做出选择。他确实做了，虽然连话都没说一句。次日早上，他就病得起不了床，没出四天就去世了。就这样，我十九岁年头上，就做起了寡妇……

“我父亲也有自己不称心的地方……买卖不好做，汉弗莱的丧事，从简是从简，却也动用完了他的积蓄。他只得举债进食品和原料，刚刚脱手卖完，债主们就一个接一个登上门。就在这时候，有一个人来订酒桶，说是月底去马里兰的船上用的。父亲见来了活儿，高兴得什么似的，吩咐我给客人沏茶。没承想，一见到我，那家伙一脸煞白，哭了起来，虽说他是一大把胡子的壮实水手！

“‘怎么回事？’我说，这些星期来，我自己够伤心的了。来人请求原谅，解释说，我长得像他死去的妹子，触景生情，就忍不住落了泪。长话短说，我们了解到，他是格里斯教堂街的威廉·米切尔船长，正是伊丽莎白的同父异母哥哥，我的汉弗莱生前就受雇于他。要是我当时了解一点点儿他是笑里藏着刀，不撵他出门，绝不让他再踏近一步才怪呢！当时的实际情形是，我们三人一起哭了起来：我哭的是丈夫，他哭的是妹子，父亲哭的是这一辈子活受罪，既失去了我们心爱的人——连像模像样地纪念他们都做不到——又要辛辛苦苦地为活着的人讨饭吃。”

说到这里，苏珊不得不打断一会儿，好宣泄一下自己的悲伤。眼泪也顺着埃比尼泽的脸颊往下流。就连伯特兰，也没有先前那么凶巴巴的了，倒是同情地唉声叹气。

“后来，米切尔船长经常来看我们。”她接着说，“父亲和我不知人世的险恶，贴着心对待他。不论他打探我们什么，我们都全盘告诉他，尽管他自己的情况总是对我遮遮掩掩的。但是，我们猜想，他是有钱的人，因为他说到，要带二十个仆人去马里兰，乘船去那里上任政府里的某个美差。

“木工活干完，所有定做的桶都运上了码头，米切尔船长这时候给我父亲提了个奇怪的建议：如果我乐意随他及米切尔夫人一道乘船去马里兰，他就代父亲偿清所有的债务，让他不会再陷入窘境。他会把我当亲妹妹待，他说；而且，还不只这些——正是我长得像他妹妹，他才下了决心的，打算就叫我伊丽莎白·威廉斯，我就做他的妹妹，陪伴他生病的妻子……

“我父亲哭了，感激他的好心肠，但是说，要是我离开了他，他就活不下去了。米切尔一听，立刻建议他卖了作坊——连屋带货一起卖掉——到美洲另起炉灶。当时，我们手足无措，拿来账目和分类账，快活和感激得要晕过去。他用现金打发了我们的债主。‘自然，这番好意是有附加条件的！’父亲说。米切尔船长则说：‘只是我说过的那件事：沃伦小姐现在做我妹妹了。’

“就这样定了，我亦同意。那天晚上，一切都平静下去的时候，我对自己成了伊丽莎白·威廉斯，感觉怪怪的，我对她是既嫉妒，又蔑视，同时合计着，我是不是答应得太仓促。但是话说回来，既然汉弗莱白爱了伊丽莎白一场，这回我顶替伊丽莎白，他的爱可以得到十倍的报答了。

“上了船，我被安顿在米切尔的房间里，父亲给安顿在中间甲板的房间里，与仆人住在一起。米切尔夫人生了某种奇怪的病，卧床不起，对我可好着呢。她叫我伊丽莎白，吩咐一概听她丈夫的，因为他可是个大好人，她片刻离不了他。每天两次，我用米切尔船长从木箱中取出的小药瓶喂她药吃：要是我喂迟了，她会发疯的，可一旦服下药，她马上就睡起来。这些瓶子，米切尔船长可多呢，有一天早上，他叫我也吃一瓶，说是防止晕船的。

“‘谢谢你，’我说，‘我们出海八天了，我没有晕过船。’米切尔船长就靠上来，把手放在我的腰上，就当着米切尔夫人的面，说：‘妹子，你必须照你哥哥吩咐的去做。’米切尔夫人也叫起来：‘哎呀呀，伊丽莎白，照你哥哥吩咐的去做！’

“他于是给了我一只小瓶，为了顺着他俩，我就照吩咐的做了，并嚼下里面的褐色药丸。我的上帝！第一口，可把我苦死了！我吃的哪是什么药，它本身就是病根子，比死亡还可怕：我吃的是*鸦片*，先生们，那一天我是一点儿不知道！”

“妈的！”伯特兰嚷了一声。

“狗东西！”埃比尼泽嚷了一声。

“是鸦片让米切尔夫人卧床不起的，瘾上来的时候，她就发起疯来！是鸦片毁了我，又毁了我父亲，终究把我弄到了你们这会儿见到的境况：一个脏兮兮的妓女，放着脏兮兮的猪！天杀的种罂粟的那双手，我那天吃了它们制作的鸦片！可惜的是，我当时以为不过是药而已，或许是安眠药。苦是苦，我还是全部吃了下去。片刻间，我站着就要睡觉，屋子的大小都改变了。我睡在米切尔夫人的床上，她抓牢我的手，船长俯下身冲着我俩。他的脑袋变得大起来，他的眼睛里冒着火。‘伊丽莎白妹妹！伊丽莎白妹妹！’他喊……

“在梦中，我高高盘旋在船上空，和米切尔船长手拉手。天空像蓝宝石般湛蓝，下面的大海像绉丝。船成了小不点儿，清晰而明亮。直冲地平线的，是太阳。太阳是一个人的眼睛。米切尔夫人说：‘看那边，伊丽莎白：那人就是万能的耶稣，你必须照他吩咐的去做，你可是一个虔诚的基督教女孩。’我们往上升，挨近耶稣伟大的眼睛，他看我们的时候，我们就一丝不挂地站在那儿，等待他宣判。

“‘伊丽莎白妹妹，’他对我说，‘我要你担负一项重大使命。我打算让你怀上孩子，就像我的父亲要玛利亚怀上一样！’我差不多以修女的身份看待自己，而米切尔夫人就是叫我**修女伊丽莎白，耶稣的新娘**。接着，像一阵温暖的大风似的，耶稣的声音在我后面传来，叫着：‘妹妹！妹妹！妹妹！’米切尔夫人按着我，我就被强奸了。

“我醒来的时候，一切都清楚了，耶稣的脸就是米切尔船长的脸。我明白了，伊丽莎白为什么要羞愧地避开汉弗莱，喝毒药自尽了。我明白了，为什么米切尔淫思色欲地叫我妹妹，为什么米切尔夫人帮着他作孽。打那天起，我就堕落了，米切尔船长对自己的恶习，也不再遮遮掩掩的了。他们一次又一次地逼我吃药，直到我白天里做起梦，把耶稣当成我的情人。我的瘾是入了骨髓，要是哪个人抢了我的药瓶子，我会和他拼命的。他每瓶开价五镑钱，我把米切尔船长给父亲的钱都借完了，可怜的人，等到到了马里兰，穷得叮当响了。那以后，实在没有别的法子，只能提前出卖我自己，一瓶药，就是一个月的奴役。我签了一张米切尔的空头契约，一个月一个月地记着我欠他的奴役，心里也知道，这一生是做定了他的奴隶和婊子了。

“整个这段时间，我一次都没见到父亲，也不想见到他。米切尔船长告诉父亲，我生病了，拿他的钱，都是买药的。父亲手头的钱用完了，可怜的人，几乎丧失了神智。他乞求再给他点儿钱，可是，米切尔船长却叫他自己订契约给船上的船长，船到港口，船长就会把契约卖给别人。我父亲一开始订了两年，后来是四年，所有得来的钱，都当我的药费付给了米切尔。

“有一天，船就要到马里兰了，米切尔船长没有像往常一样给我一只瓶子，而是两瓶。接着又加了两瓶，让他的妻子吃下去，我看着她吃药吃死的。没有医生好找，大家也都清楚夫人得的是什么病。她就给海葬了，没有任何人要问个原委。船到圣玛丽城，父亲的契约被卖给了东海岸一位叫斯波尔德斯的先生。码头一别，至今有五个年头了，我未能再见上他一面。米切尔船长搬进圣玛丽城一座上好的大屋子，我也不再扮成伊丽莎白·威廉斯（床上的时候例外），而是苏珊·沃伦，他立了契约的仆人。

“我总是对自己说：‘圣玛丽城，圣玛丽城！’可是，服了鸦片，做起梦来，就成了**圣苏珊城**。在那里，我说了算，耶稣就一夜又一夜地下凡来奸我。一天早上，茜茜利夫人，邻居的女人，说：‘沃伦小姐，你身上有了。’我答道：‘茜茜利夫人，要是我有了，那不是哪个人干的，而是圣灵干的。’可是，茜茜利夫人以为，我是和哪个男仆把肚子睡大的，于是向米切尔做了一通汇报。一听到有这种事情，他就勃然大怒，尽管他就是罪魁祸首。他吩咐厨子马莎·韦布第二天早上煮个鸡蛋，他在里面下了药引子，吩咐我全吃了。接着，他颈上围一条毛巾，对韦布夫人说，他吃了药，拉肚子的时候，不许任何人来打搅。那是副猛药，我在便桶上拉了三天没停。我还被弄病了，全身都塌了皮，又是疖子，又是水泡，头发和下身的毛都落了。我肚子里的胎儿被药死了。我也知道，他是把药下在什么里面让我吃的……

“‘你现在有何感想？’他说，‘还想再试一试那把戏？’我说：‘那孩子有神性，先生；是耶稣借你的身子种在我身上的。’‘可不是，确实是基督耶稣！’他还说，他非常惊讶，世界让一个男人和一个大傻瓜愚弄了这么多年。‘**压根儿没有这个人，妹妹，也无所谓什么圣灵！**’

“韦布夫人和茜茜利夫人经常在门外偷听，这一次也不例外，船长亵渎神灵的话，自然她们是听到了。两个女人都是好基督徒，于是就告上司法大人那里去。米切尔船长被传唤到二级大陪审团[①]面前，指控涉嫌欺诈、谋杀、通奸、强奸、亵渎神灵以及谋杀未遂等罪名。我非常高兴，尽管他手头有鸦片，他完了，我也就完了。

“可是，唉，我小看了那家伙的地位，更不了解马里兰的法庭原来那么邪门。米切尔船长哭丧着脸，判罚五千磅烟草，后来，总督替他减了三分之一。我呢——上帝知道，我挨过了什么罪——我被判扒下后背上的衣服，罚打三十九鞭，就在法庭的大门边上打，罪过是**生活作风淫荡**！他们撤了我主子的职——不是因为他坏事做绝了，而是因为他亵渎神灵——免除了我的契约束缚。可是，这对我并没有多大的实惠，我再要他的小瓶子，又得订他的契约，照样挨他手中的棍棒。

“后来，我们搬来了卡尔弗特郡的这个地方，我的主子种起烟草来。我的境况比先前更糟糕，药毁了我的姿色以后，除了偶尔一两次，他几乎碰都不碰我。他追起另外一个女人，刚打伦敦来不久，一个丫头片子，一张脸蛋与伊丽莎白和我的差不多。我去放猪，她却被捧得王后似的。他照例给我药瓶子，我清楚其中的动机。没多久，我就为他按住她，好让他第一次把鸦片往她嘴里塞，一边还叫她**伊丽莎白妹妹**。打那以后，我绝不愿再碰他的药瓶子：我宁愿跳到帕图克森特河里淹死，一了百了，就让他永远厮守自己的新妹妹吧……

“挨千刀的家伙，这个州也不是好鸟地！”女孩最后叫起来，拄着放猪棍哭起来，“不如一个处女身，干干净净死在泰晤士河畔父亲开的作坊里！”

---

① 陪审团分为大陪审团和小陪审团。大陪审团只适用于刑事案件，由二十三人组成，其主要职责是决定是否起诉；而小陪审团则参加审判，由六至十二人组成，决定被告人是否有罪，在民事诉讼中则是决定被告人是否要赔偿。

二十、桂冠诗人等候女猪倌本人

埃比尼泽和伯特兰听得目瞪口呆，诗人嚷起来："哎呀，你的主子赶得上魔鬼本人了！查尔斯！查尔斯！马里兰法律的威风哪儿去了，一个女人可以遭如此虐待？我行李在这儿就好了，可上帝才知道在哪里，我会拿出剑，看这位米切尔船长多会说话！"

"哎，不，你才不敢。"苏珊警告，"我讲的话，他哪怕听到半句，我们都活不成了。"

"那样的话，"桂冠诗人略一思考，说，"他就不配我去拜望了。哎，那个粗鲁的家伙，得见识见识，正派的人才不与他那样的禽兽打交道呢！"

"千真万确！"伯特兰开口，"您惹来的惩罚可不轻，先生！"

苏珊马上又抽泣起来。"这么说，完了！"她说，"彻底完了！"

"怎么回事儿？"诗人问，"什么完了？"

"我，"年轻姑娘回答，"碰到你们，听说你们了不起的差事，我木鱼脑袋就想出了一个计划。可是，我计划的，就是你们揭穿的；苏珊·沃伦算是完了"。

"计划，你是说？"

猪倌点点头。"跑掉，省得叫我那个不敬基督的主人作践。"

"请你讲仔细，那么，或许我们可以掂量掂量。"

"这我知道，"她说，"已经有一段日子了，米切尔船长又瞄上了哪个迫害的对家，我猜想，我的小瓶子很快就会成为他的负担，于是，我假装把瓶里的东西吃完了，实际上，每次我都扣下一点儿，存在我的鼻烟盒里。每一瓶，我是吃得少，留得多，到今天，我留下够吃一个月的了。我还藏了件套裙，是茜茜利夫人给的。我私下听到，父亲的契约到期了，他的主子斯波尔德斯在东海岸给了他二十英亩地耕。要是我能逃脱开这座邪恶的房子，我就上我父亲农场那儿去，躲在那儿把病养好，再和父亲想办法回伦敦去。”

“计划得不错!”伯特兰说，猪倌的苦难叫他同情起来，“我们能为你做些什么呢?”

“哎呀，先生!”苏珊抽泣，还是冲着埃比尼泽说，“这些计划确实叫人心痒，只是我一定要上了路才行。法律对仆人逃亡可严呢，我的后背也不想再挨鞭子。逃离这座活地狱，我只需要一点儿银子，你们是不缺这类东西的。我找到了一个船夫，就是挨鞭子，也乐意把我渡过海湾，只是船费少不了。两镑钱，大人!”她哭上了，又在诗人面前跪下来，抱起他的双腿，他一时招架不过来。“两镑钱，就能把我带到父亲那儿！咳，先生，不要拒绝我！就当是你爱着的哪个人有难了——你的妹妹，或者别的哪个心上人!”

“上帝作证，我要有能力帮你，不帮你才怪呢，”埃比尼泽说，“可是，我身无分文。我只有这只微薄的戒指，你看在这儿，骨头做的——”

他哭丧着脸，从衬衫里掏出戒指，表示自己实在贫穷得很。苏珊一见戒指，立马跳起身，大叫一声:“上帝保佑我们！戒指从哪儿弄到的?”

“我不能说。”诗人回答，“看到它，你为何大惊小怪的?”

“没什么，”苏珊说，戒指还系在诗人脖子的带子上，她就一手抓住，“在市上价钱会不错，我想，船夫会乐意拿它抵船费的。”

但埃比尼泽有些踌躇。“是人家送我做礼物的，”他说，“我不想失去……”

“基督！基督!”苏珊嚷起来，“你还是拒绝了我？看看这些伤疤，那个魔鬼怎样在这里折磨我！你让我回去再尝尝?”

她把破烂的裙子撩到膝盖以上，露出两条腿，虽说鞭痕累累，倒不至于让药剂弄得像身体其他部位一样一塌糊涂。确实，倒是撩人眼神的一双腿，打那天登上“西普里安号”以来，埃比尼泽还是头一回见到如此一双腿。

“哎，得啦，你毕竟还是个女人，”伯特兰说，一副馋猫相，“一个称职的妓女，总是能说得人到点头的份儿上。”

这一句，呛得苏珊又哭了一场，埃比尼泽冲伯特兰责怪地看了一眼。

“婊子行当，我可没少见，”她说，“可船夫上了岁数，并没有兴致。”

“是吗?”仆人笑笑，“我主子和我，可是年纪轻轻的。”

“住嘴!”诗人喝道。苏珊向他靠了靠，这回，诗人倒越发为她的身世感动起来，再者，她模样又像琼·托斯特。

“你不忍心看我再挨打，是吗，先生?”这会儿，已经能够看到一座房屋了，窗户透出灯火，隔着烟草地，通明彻亮，“那边，就是米切尔船长的家了。你们倒可以轻巧地成为他的座上客，我私下里就只有挨鞭子的份儿，他什么时候打得胳膊酸痛，什么时候才拉倒。”

埃比尼泽说话有些不自在。“是怪可怜的。”声音有些沙哑。

“我不会装蒜的。”女孩轻声说，“如果说，我最讨厌男人想怎么对我就怎么对我，那么，我能拒绝把我从苦难中解救出来的男人吗?”她摸着鱼骨戒指，脸上笑呵呵的，“才不呢，如果我的救世主今晚这会儿不趁我还在这儿乐个够，那可是罪过了。”

“请你不要再说了，”埃比尼泽说，“不帮你们父女团圆，我良心会不安的。把戒指拿走吧。”他从脖子上取下生牛皮带，把夸撒布拉格的戒指递给她。使他多少不太高兴的是，女猪倌并没有立刻显出感恩戴德的样子。实际上，她接礼物的时候，举止有些不自然，她略略一笑，有些苦涩的味道。

“那么，好了。”她说，将戒指连带子塞进裙子里的口袋。他们走到一块烟草地旁的树林边。月亮升起在河口上，照亮他们的脸，绿色烟草地里的一排排致瘾麻醉药植物也依稀可见。苏珊跨步入了烟草地，放猪棒搁在两行植物之间的地上，转过身来，叉着腰看着他们。

“现在，马里兰桂冠诗人，”她说，“下烟草地来干我，了结这笔交易。”

诗人大为惊愕。“见鬼！沃伦夫人，你误解了我！”

“嗯？”她一摇头，把搭在眼前的蓬乱的头发甩向脑后，“那么，是等会儿到谷仓边的干草堆那儿？你自然不是需要床铺的那号人。”

埃比尼泽向前迈一步，要为自己辩解。“求求你，夫人——”

“恐怕是你仆人在场，不好意思，不是吗？”她语带嘲讽，“看上去，你这家伙可是干起来就顾不得光天化日的样儿，谁乐意看就看好了！要不我假装被强奸，是不是更合你的口味？”

“上帝保佑我们。”伯特兰说，“老马也少不了精气！肏他妈的，我把自己的鱼骨戒指给丢了！”

“够了！”桂冠诗人叫一声，“我不想占你的身子，沃伦夫人，也不想有任何回报，只盼你回到你父亲那儿，不要再受糟蹋了。与女人睡觉，有违我的誓言；拿钱来衡量慈善之举，是对我原则的侮辱。”

这可让猪倌顿了一下。她抱起胳膊，转开脸，心事重重，一只脚趾往土里磕。

“我的主子，也算是会作诗的牧师，”伯特兰马上解释，“你不知道，在所有诗人中占魁首呢。可是，哪个不知道，牧师的誓言管不了教堂的司事，我主子的原则也奈何不了我——”

“是不是因为原则，才让你主子瞧不上我？”苏珊打断对方，尽管话是冲着伯特兰，眼睛却看着埃比尼泽，“或者，我可怜兮兮的样子，让他起了道德心肠？要是我身上没有鞭子印，没有猪圈的味道，又像琼·托斯特姑娘，年轻有劲头，我想，他才不至于这样呢。”

“你刚刚提到谁？”诗人惊叫，“我的天！我想，你说的是琼·托斯特！”

苏珊点点头肯定，又要哭了。“我讲的这个女孩，就要成为我主子的新妹子，我也就活不了几天了。”

埃比尼泽要引起仆人注意。“太不可思议了，伯特兰！”

“我也几乎不相信，先生。”伯特兰说，“不过，照她说的，也极有可能。”

“这并不奇怪，”女孩不耐烦地说，“尽管她一副招人喜欢的模样，这个琼·托斯特，不久前在伦敦，还是一个婊子呢，干过她的男人可多了。”

“不好这么说！”桂冠诗人生气，“我倒蛮尊重琼·托斯特的。说来奇怪，我心里总是有着她，除了我和她两人，没有人了解个中原委。她在哪儿，看在上帝分儿上？绝不能让这个米切尔碰了她！”

“我们怎么做得到呢？”伯特兰问，“我们一没家伙，二没钱。”

埃比尼泽抓起猪倌一只胳膊。“你一定要把她一道带到你父亲农场上去！”他说，“把你的故事告诉她，向她解释她所处的危险。我一到莫尔登，就会接她去那儿的——”

“然后娶了她？”苏珊没好气地问，“或者为她拉皮条，好守住你的誓言？”

桂冠诗人脸涨得通红。“这会儿，可没时间猜这猜那的！”

“无论如何，我不能带着她，”苏珊说，“我的钱，只够一个人坐船的。”

“我们就会改变这一点的！”伯特兰笑起来，跳过去剪住她的胳膊，“趁她不能动弹，把戒指抢回来！”

“猪猡！”她尖叫起来，“看我不挖出你的眼睛！”

“不，伯特兰，”埃比尼泽说，“放开她。”

“这个荡妇？”伯特兰叫，只顾笑着看她试图挣扎开，“她只是个见风使舵的婊子，先生！快抢戒指！”

埃比尼泽忧伤地摇一摇头。“不管是不是见风使舵的婊子，我把戒指给她，是出于一片好心。况且，我们也不认识这个船夫，也不知道琼在哪里。放开她。”

伯特兰松开猪倌的胳膊，顺势掐了她一把。她又尖着嗓子骂了一声，捡起赶猪棒，照着他就是一棒，幸亏他躲得快，否则，肋骨就断了。

“让你再叫我见风使舵的婊子！”她恶狠狠地说，撵着他在烟草地里跑了几步。埃比尼泽顾不上他们，心里合计着琼·托斯特的事，若有所思地锁紧眉头，朝屋子方向走去。

“你的仆人是头骚猪。”苏珊说，一会儿就从后面赶上了埃比尼泽。她用手把头发往后一撩，赶起猪来。“请你原谅我撵他。”

“他自找的。”诗人心不在焉地应付一句。

“感谢你馈赠礼物，虽说你也不全部出于善心。你准是很看重这个婊子琼·托斯特。”

“我会不遗余力救她。”埃比尼泽说。

“我想，我可以和船夫合计一下，”苏珊说，“他对我没什么兴趣，可像琼这样鲜嫩的娼妇，倒是有办法打通路子的。”

“不，我不允许！我会另想法子的。她在哪儿？”

女猪倌不清楚琼·托斯特住在哪儿，只是说，她每晚都到米切尔船长这边来。“今天晚上，他打算让我帮忙给她鸦片吃。我会在她赶到之前截住她，要是你乐意的话，吩咐她到哪个私下的地方去等你。”

这个安排，埃比尼泽一肚子满意，尽管想到见米切尔船长腿肚就打战，苏珊还是说服他去和那个种植园主共进晚餐。“那个魔鬼也能做起君子，”她说，“欢迎所有的人到他家做客。打听了你的来历，说不定还会给你换一身衣服。琼·托斯特藏好了，我就给你捎个信，先把你领去见她，然后就上路找父亲。”

“太好了！”诗人惊叫，甚为满意，“我就是琢磨不过来，她为什么要来马里兰。但能在这里见到她，也算是求之不得。”

“可是，你心中有数，她也是这么想的？”猪倌逗起趣来，“无论哪个娼妇，都信得过你还是处子？”

“这无关紧要，”埃比尼泽说，“我这副德性，也没有谁拿我当桂冠诗人看，但我确实是，我也确实是处子。哎呀，苏珊，想见那个女孩，可想死我了！我恳请你，可不要让我失望！”

苏珊从鼻子里哼一声，表示答应。他们挨近了屋子。屋子大是大，保养得不好，盖屋的圆木都开裂了。屋子蹲在绿色的烟草地和杂草包围的园艺植物中间，四周光秃秃的，许多鸡栅发出恶臭味。

“我想，你的主子也够惨的，”埃比尼泽发表意见，“住这么个破烂的屋子。”

“怎么会呢?”女孩吃惊，“这可是河岸上数一数二的房子！给这样一个杂种住，倒是太可惜了!”

埃比尼泽未置可否，倒是一时拿不准，把脑海中赞美马里兰房屋的几句诗是抹去呢，还是留下来呢——以备苏珊见识不周全。女猪倌走开，赶猪进圈。他就唤伯特兰，伯特兰冲着她身后骂个没完没了。他们向屋子正面走去。

“上帝行行好，屋主人有那姑娘说的那副德性。”埃比尼泽说着，敲起门。

“二十步之外，我就信不过那个婊子。”伯特兰嘴里嘟哝，“那家伙会趁我们睡着，宰了我们的。”

开门的是个五十多岁胖墩墩的家伙，红鼻子，八字胡，一副蛮有教养的样子。

“晚上好，先生。”他一边说，一边略略欠一下身子。衣服时髦，除了有点儿脏。声音尤为低沉，埃比尼泽琢磨，一半来自良好的教养，一半是因为喝了酒。尽管埃比尼泽和仆人形容狼狈，却正如苏珊先前所言的那样，他对他们很客气：他自我介绍是威廉·米切尔船长，热诚地邀他们进屋里，并且一再要他们就在他家过夜。

“你们打监狱来也好，打学府来也好，”他说，“在这儿都一样受欢迎，我发誓。已经开饭了，到那边和大家坐一起，喝些苹果酒，提提胃口。”

埃比尼泽谢过主人，就滔滔不绝地诉起苦来——但是，米切尔船长礼貌地表示，不想听，建议到饭桌上给大伙讲。客人们被领进饭厅，那里一直是欢声笑语的。他们被介绍给五六个附近的种植园主。叫埃比尼泽吃惊不小的是，其中有一个就是耳朵短了一截的老渡夫，还有一两个人，是今天穿着苏格兰布衣站在码头上的人。他们高兴地向他打招呼，没有一丝恶意。

“我们找你入伙呢，库克先生。”一个说，“你得原谅吉姆·基奇的小小恶作剧。”

“说真格的，”埃比尼泽说，不知道该坐哪儿，“我承认，我看上去更像个要饭的，哪里还是什么马里兰的桂冠诗人。但话又说回来，你们要是清楚了我和仆人遭了什么罪，你们就会理解我们的狼狈现状。”

“会的会的，我确信，”主人安慰说，“自然会的。”他让伯特兰到厨房里用饭，引埃比尼泽坐上餐桌。上面的食物精美不足，数量有余。埃比尼泽饿极了，狮子大开口，玉米饼、牛奶、玉米粥、猪油和糖蜜调制的苹果酱，一股脑地往嘴里塞，拿起手边篮子里的烈性苹果酒，一咕噜往下灌。他实际上心里嘀咕了一阵，暴露自己的身份是否明智，可是，他既然已经一时冲动，在码头上透露给人了，这会儿大伙也没有什么恶意，索性把自己的经历讲一讲也无妨。饭吃完了，所有客人撤到客厅里油乎乎的长椅上，他就讲了起来。落下的内容是自己被抓所牵涉的政治方面的因素，以及与德雷克派克和安纳考斯汀王的冒险经历，因为他担心，要是讲出他们的事，会对他们的安全不利。大家听得津津有味，尤其是他讲到“西普里安号”上强奸那档事时——客厅里的朗姆酒给他舌根鼓了劲，他滔滔不绝眉飞色舞地讲起后桅帆具上的博阿布迪，以及左舷栏杆边那些毫不在乎的豪爽娘儿们——可到头来，他有点儿懊恼，他本想，自己的故事，最麻木的听众也可以一表同情，并感到恐惧，殊不料，大家并没有太大的反应。这还不算，大家鼓起掌，仿佛看表演。米切尔船长非但丝毫未被打动，倒叫他朗诵一两首诗，作为加演。

“我得拒绝。”桂冠诗人说，大为赌气，“今天累了，我的嗓子也受不了。”

“蒂姆不在这儿，太可惜了，”手心打有烙印的吉姆·基奇说，“要是你渡过湾那边，他会给你作一首诗的。”

“我儿蒂姆，对作诗也小有心得，”米切尔船长向埃比尼泽解释，“但你也许会说，他作的那些，不过是粗制滥造的。”

“他也是个桂冠诗人。”吉姆·基奇肯定，咧着嘴笑，“他叫自己是‘好色桂冠诗人’，他说不过是写淫词秽语的料。”

“真有这回事?”诗人说，多出于礼貌，少出于真正的好奇，“我不知道，我们的主人还有一个儿子。”

实际上，诗人头脑里一门心思想的是琼·托斯特和女猪倌，经基奇这么一提，诗人的心思更重了。米切尔船长抱歉地说，自己有人缘的儿子不在家，去了圣玛丽城办点儿事，应当于当晚或者第二天回来。叫埃比尼泽难以相信的是，面前这位可敬可亲的乡绅，就是苏珊·沃伦故事中的恶棍，可是，她的腿上确实是有鞭印子的，叫人抽的那份惨劲，没哪一块不像德雷克派克背上叫人抽的情形，而且，两个受害者之间还有其他相似之处。

大伙儿这会儿顾不上理他了。照印第安人款式做的烟斗，发给了大家，于是，屋子里乌烟瘴气，一片胡乱闲谈的声音。埃比尼泽呢，一者，对大家谈论的庄稼、鱼、响尾蛇或者什么要人，是一无所知；二者，对自己的苦难居然没有博得更多的同情，感到恼怒；三者，这一天过得太长，太辛苦，乘船出了事，坐到神的位子，解救遇难的国王们和少女们，以及做马里兰的桂冠诗人。他就把注意力从大伙的谈话上移开来，结果，有些焦躁不安地想入非非：话又说回来，琼·托斯特会怎样接受他？她离开布丁巷以后，都去了哪儿？她心里不舒畅是不舒畅，可怎么就来了这里？他急着要想出个究竟，可又不敢回答这些问题。时候不早了：苏珊·沃伦要是没骗自己的话，很快就应当来捎个信，告诉他约会琼的地点。希望在心中冉冉升起。他脑海里呈现起琼在布丁巷里的情形，还有“西普里安号”上他打算强奸的女孩的模样。

“上帝啊!”他心底里大喊一声，骨髓里一阵刺痛。直到这时候，他才看出两者或许有瓜葛，一肚子悔恨和惊恐，琼·托斯特或许在“西普里安号”上呢？他淫声浪语地靠近的就是她？那个叫令人恐惧的摩尔人给……

想到这一难以启齿的可能性，他脸色难看极了，主人马上问他哪儿不舒服。

“没事，先生，请原谅。”埃比尼泽应付着，“只是累了，我敢说!”

“那么，去休息吧，不要在客厅里死撑了。”米切尔船长笑笑，“我领你去房间。”

“不，求求你——”诗人恳请，怕错过了约定的事情。

“滚你伦敦的那一套，库克先生!”主人坚持说，“在马里兰，困了就睡。苏珊！苏珊！你这个懒骨头婊子，快过来!”

“唉，先生，如果不冒犯您以及您尊贵的客人——”女猪倌出现在客厅的门厅。埃比尼泽冲她扫了一眼，她轻轻点点头。她没好气地怒视着种植园主们，因为他们一见到她，就淫声荡语地冲着她打招呼。

“把这位库克先生领到卧室去休息。”米切尔吩咐，并向诗人道了晚安。

“你以为，她会为了你一首十四行诗躺下，”吉姆·基奇在他身后喊，“就像你讲到的那个西班牙婊子?”

“不，基奇，”另外一个搭腔，“苏茜[1]要个诗人做什么？她不是有比尔·米切尔[2]的那头大红公猪找乐吗?”

如果说这些话让埃比尼泽很窘迫，那么，同时也让他心里痒痒的。先前回味的场景，并没有因随后的猜测而荡然无存，残余的滋味这会儿又上了心头。女猪倌穿上下摆挺大的衣服，纵然可能不比其他的衣服优雅，却至少是干净的，同时，她身上的气味也不比先前，她已经

---

① 苏珊的昵称。

② 比尔是威廉的昵称。

洗过澡了。一走上楼梯，埃比尼泽就抓住她胳膊，小声问："琼·托斯特在哪儿？我等不及要见她！"

女人残缺不全的牙齿，在她手中蜡烛发出的光里闪着光。"你等不及去见处女，桂冠诗人先生！我担心，你在房里见了她，你的誓言撑不住……"

"房里？唉，上帝，沃伦夫人，正是在我的房间里，我最后一次看过她，像一个情人做的梦似的，一丝不挂，通体粉红！你是没法相信，她的皮肤，摸起来别说有多舒服，她那整个的小巧身段，紧绷绷的，丰满得很——噢，且慢，不全是这样：我怎么给忘了，她小小臀部上面，是有脂肪块的，就在有青春活力的硬邦邦的肌肉上方？还有，她柔软的乳房，仰卧的时候轻柔地平展开来，可又说回来，她弯下身子冲着我的时候，悬在那里，不就像天堂里的苹果？至今，一想起来就叫人发颤！"

"哎呀，你欲火中烧了，先生！"苏珊说，领路走进楼上的大厅，"我不敢让那可怜的女孩落入你的掌心：听你说话的口气，你倒更像强奸的，不像布道的。"

她说这句话，冷冰冰的，什么都没有真的放在心上，可是，提到了强奸，倒是足以让诗人的热乎劲松下来。"请你原谅我刚才的话，夫人。朗姆酒、疲惫，还有高兴，让我舌头没看紧。请你相信，我从来没下那女孩，尽管她就是我说的那样，或者更好。我可没打算破自己的誓。"

苏珊走到一扇门前，停了下来，转过身来冲着他，蜡烛光在她不像样的脸上闪烁着。"你怎么就知道，她还是如花似玉的模样？"她说，"我也花容月貌过，弄到现在这副模样，时间并没有多长。想当初，我丈夫看到我的身子，快活得流下泪来，我也是那样抓住他的手，他连站都站不住了。要说今天，我这副德性，他会恶心的。"

"你对自己太苛刻了。"诗人为她说了一句。

"你以为我不知道你的心思？你巴不得我赶快离开，好让你尝你做梦都想吃的**天堂里的苹果**。可是，生活让我们所有人都伤痕累累，邪恶的也好，纯洁的也好，都难以逃脱，漂亮的女孩就更是如此了。你也变了，我敢打赌，打她上次见到你以来。”

埃比尼泽捋着不成路数的胡须。“我可不是来求婚的。”他说，“身上满是泥土和木柴烟味，这里哪个地方有大水桶，可以洗一下澡？唉，去它的吧！她愿怎么看我就怎么看我，我可是等不及了！晚安，沃伦夫人，祝你好运。万分感激你帮了我亲爱的琼一把！**再见，一路顺风！**”他从她身旁绕过去，来到门前。

“不慌，等一等！”她恳请。

“一刻也耽搁不起！”他把她往旁边一推，就跨进房间。房间冲着河面，月光多少能照些进来，不然的话，只能是漆黑一团。“琼·托斯特！”他轻声轻气地唤一声，“我的宝贝，你在哪儿？我是诗人埃本·库克，来救你的。”

借着月光可以看到，房间里别无他人，四周黑暗中也没有人应声。女猪倌从大厅走进来，眼泪汪汪的，借着她手里的蜡烛灯光，他的疑虑证实了。

“她在哪儿？”他问，她垂着头，他一个劲地摇她的肩膀，“你也骗了我，忘恩负义的婆娘？这就带我去见琼·托斯特！”

“她不在这里。”女猪倌抽泣起来。她把蜡烛放好，急匆匆就要往大厅赶，埃比尼泽一把将她拉回来，关上门。

“上帝作证，无论你把她藏在哪儿，我都要见到她。”他说着，从后边紧紧抱住她，“要是琼·托斯特有什么三长两短的，看我不杀了你！”尽管很害怕，他还是感觉到，苏珊棉布裤子里什么都没有穿，胸脯也被他的手臂压扁了。他气得直颤抖，呼吸急促起来，勒紧她，直到她不再反抗，停止呼天喊地。他把她扭到床上，一时生气就想叫她吃点儿苦头。从前没有过这路经验，他在她的后背上乱捶一气，一边粗暴地叫喊：“琼·托斯特在哪儿？”没多会儿，他用膝盖抵上她的后背，让她服服帖帖趴在床上，用手掌恶狠狠地扇她，好像她是个不听话的女儿似的。

“她没事！”苏珊啼哭着，“快住手！”

埃比尼泽暂停下来，膝盖还是死死抵着她。“她在哪儿？”

“她已经上路了，渡过切萨皮克湾，去多塞特郡，要在莫尔登等你，”苏珊说，“船夫说他可熟悉那个庄园呢。”

“怎么回事？”埃比尼泽立马松了手，跳起身，可是女猪倌脸蛋痛苦地压在被褥上，没有起来的迹象，“她哪来的船票钱，你又怎么不和她一道走？”

“她身无分文，”苏珊说，“她来向米切尔借钱的路上，叫我碰上了。找那家伙借钱，她的日子就到头了。我好说歹说，直到我说出谁给了我戒指，她应该向什么地方逃，她这才拿了戒指做船票。她明白了过来，立时就要见你。可是，我叫她趁船还没开，赶紧去找船夫。”

热泪涌出埃比尼泽的眼睛。他半个屁股坐在床上，钟爱地揉着女孩的背。“天哪！我还以为你骗我打你呢！原谅我，苏珊，不然，我会懊悔死的！我们要想法子救你，我发誓！”

她摇摇头。“你爱的那个女孩，可是鲜活的角儿，先生，她在伦敦做过婊子，也无妨。她说，她尝够了那些山羊一样的男人的德性，趁还没有被他们彻底毁了，金盆洗手不干了。她看不起你不愿包她过夜，更看不起你非得做什么处子。可是细细一想，你倒显得高尚起来，得知她的软蛋男人害得你来了马里兰，她二话没说，就离开了他，追你来到马里兰，爱你到天涯。”

“我的天！我的天！爱我到天涯！”诗人小声嘀咕，“你是牺牲自己成全她，真是圣人之举。”

“琼·托斯特才配成全呢。”苏珊回答，“苏珊·沃伦没什么好成全的，或者，我自己会上心的。就让可怜的人死了算了。”

“我绝不允许！”埃比尼泽叫起来，一下跳起来，“你太了不起了。”

苏珊在床上坐起身。“你刚才还叫我忘恩负义的婆娘，而且，我想，你打我，是有些乐趣的。”

“我碰了你，简直是禽兽！”埃比尼泽说，“我打了你一下，但愿上帝罚我十下！”

她用手捂住脸。“我太丑了！”

“不是这样！”诗人撒谎，“你仍然还是相貌出众，我发誓！”他朝她跪下去，尴尬而惭愧，但是仍然不自觉地难以摆脱刚刚一场打斗的阴影。“要我说，你是蛮有姿色的。”他说，“我打你，犯了两重罪，不但不应当，而且——唉，上帝！多么邪恶！——我还从中享受乐趣，正如你指责的，这也不是正常的乐趣，而是淫荡的乐趣！摸摸你，看看你——不论我摸了什么，看了什么——我血脉里就起了色欲。这难道不可以说，你还是和往常一样花容月貌的吗，苏珊？”

这番话说得无拘无束，自己倒更来了劲头，但是苏珊并没有得到安慰。“这表明，我的屁股比我的脸漂亮，哪个女人乐意听别人这么讲？”

桂冠诗人把额头压在她的腿上。他跪在地板上，膝盖有点儿疼痛，一刹那间，他颤了一下，想起了上次跪在床边，抓住的正是琼·托斯特的大腿。“你要我怎样做，才能表示我敬重你？”

“你的感觉不是敬重，不过感激而已。”

埃比尼泽没答理赌气的话，因为，甚至苏珊正在说的那会儿，他就似乎灵感触动，想出了如何回答她。

“你乐意叫什么，就叫什么好了，反正是很诚挚的，”他说，“你放下自己的自尊，救了我钟爱的女孩。得了，这样吧，我要牺牲我的身子，还你一个自尊！”

女猪倌看着他，心里好不迷茫。

“你明白吗？”埃比尼泽站起身，呼吸太紧张，说起话来舌头不大好使唤，“我如此的敬重你——所以，纵然我发过誓，要永久守住自己的童贞——为了表示对你的感激之情，你就拿去吧。这会证明，你对一个男人还是有吸引力的！”他把手放在她肩上，浑身都在颤抖。

苏珊吃惊地抬起头，只见他惊慌得脸都红了。“你想干我，先生？

琼·托斯特会怎么看？人家看上你，是因为你是个处子。”

“我把自己的贞洁，看得比命还打紧，”诗人立誓，“不然的话，我也不敢斗胆拿它配你的自我牺牲。我的损失大是大，却很难让人看得出来，不会像破损的处女膜，让人一看就识破。除了你和我，不会有第三者知道，我也不会自己抖搂出去的。快点儿，女孩，”他声音嘶哑，性子上来了，“别磨蹭了！我忍不住了！”

但是，苏珊挣脱开来，退开几步。“你忍心欺骗她，她可是不远万里来寻爱的！或许你已经不是处子了，这么看来。”

“上帝作证，我这会儿还是，”他说，“就算你说的是，这一行径是欺骗，可那也得承认，是为了高尚的事业，不得已而为之！”

她噙着眼泪，转开脸。但是，埃比尼泽提起每根神经，鼓足勇气，从后面一把抱住她的时候，她除了哭起来，并没有什么别的反抗。“叫我怎么想好呢？”

“就想你还是个漂亮的角儿！”对自己的冒失，惊讶归惊讶，他开始在她身上摸起来。到这个份儿上，她还是不反抗，他的勇气越发大了。

“得，咳，瞧，”他叫起来，“上床睡！”干得很顺，就飘飘然起来，舌头也管不住了，“我要用诗人的利剑戳破你，用爱的烟雾笼罩你，用帕纳塞斯山盛产的肥肉塞满你，用诗人的琼浆浇灌你，并且，趁你在颤抖的时候，一口吞下你！”

“别，别，求求你，”苏珊说，“你的意思够清楚了。”

“我还得像圣托马斯[①]那样，左撇右捺的，”埃比尼泽说，“用我尚未用过的笔，不写出个**大全**，决不罢休！”

“出于感激，就弄出这一套豪言壮语，也够你受的，再说，欺骗琼·托斯特，也是作孽！”她这会儿开始反抗了，但是，埃比尼泽就是

---

① 圣托马斯，即托马斯·阿奎那，为天主教圣人，其最著名的作品为《神学大全》。

不撒手。

“给我干完了，再说我坏蛋、作孽什么的！”他把她推倒在床上。

“这和强奸没两样了！”她号起来。

“就算是吧！”

“但不要这个时候在这里！见鬼，不能在这里干！”

“为什么？你说说看。”诗人问，他已经摆好了架势，暂且歇下来。

“有些女人和男人干，无声无息。”女猪倌说，眼神转向别处，“但我做不到。不论是甜言蜜语的求欢，还是你弄出别的什么道道，我绝对会像发情的猫一样嘶叫，又是踢又是蹬的。”

“这才最好不过呢。”埃比尼泽说。

“整屋子的人都会给惊动起来——住手，我警告你！”

“他们又不是假正经的清教徒，我想——别动，别动！”

“那么，就干吧，瞎了你的眼！”苏珊叫起来，索性不反抗了，“破你的誓，骗你的琼·托斯特，让米切尔船长听到我的嘶声来瞧你！他一笑了之，之后就揍我，再之后，就在全州嚷嚷起来。”

这倒叫诗人住了手。他松开女人的胳膊，她趁机移开身体坐起来。

“我恨不得掐死你。”他说，威胁与其说是认真的，毋宁说是为了表达郁闷的心情。

“没必要，”苏珊嘟哝，“放松放松，可别憋坏了，待会儿牲口棚见。”

“快点儿。我可不是好骗的。我们一道走。”

苏珊解释说，要是一道离开屋子，人家准会看到的，那么，谣传会是一样的。

“我这就去，”她说，“你半个小时后过去。那会儿，你想怎么个玩法，就怎么个玩法，再说，我叫天动地的，除了我的那头猪，也没哪个能听见。”

她一边这样不明不白地保证，一边往外走。诗人缓过神来要截住她时，她已经离开了。

二十一、桂冠诗人还是再次等候女猪倌

苏珊·沃伦离开没多会儿，伯特兰走进诗人房间。主人正在屋内团团转，焦躁不安，又是唉声叹气，又是手足无措。

“啧，啧，瞧这些恶棍的吃相！”仆人说，他声音沙哑，步子也不稳，“粗糙是粗糙，我敢说，却蛮丰盛的。”

“我看你不只是解了渴吧，”埃比尼泽不冷不热地说，“说实在的，你在想什么？”

“咦，我可什么也不知道，先生。我只知道，他们说，我得睡在这儿。”

“睡在这儿，睡你的头。床就在那儿。”

“哟，瞧您说的，那是您的，我可不敢受。我只要被子，别的什么都不要。”

埃比尼泽耸了耸肩，向窗户走过去。很不幸，从那儿看不到牲口棚。伯特兰把被子往地上一铺，使劲地拍服帖了，深深地叹口气。“这可不是黄金城里爷们的情形，”他一边用手拍拍肚子，一边说，“不过，天地良心，眼下也能将就着过。不晓得德雷克派克怎样了。”见没谁搭理他，又叹了口气，侧过身去，一会儿工夫就睡得没鼻子没眼。

主人可没他那份安稳劲儿。他把指关节捏得咯咯响，舌头也咂得啧啧响，心里盘算着到底怎么办。一开始，苏珊·沃伦绝不屈从，就叫他一股野性缓了劲儿，等到她一离开房间，那股野性就彻底打了退堂鼓。他心里真是一团乱麻。说起来，他有两次，就差那么一丁点点儿，就登上了云雨巫山——更糟糕的，而且是毫无意义的强奸之举——只是凑巧靠了哪路鬼使神差，才得以保全了自己的正直诚实。

“西普里安号”索具上的女孩，本来就被强暴过了，没人帮得上她的忙。沃伦丫头也早就被人干了，举止又粗鲁，脸蛋也算不上标致。两个人都犯不上唤起人的激情，只能叫人怜悯而已。而她们居然和琼·托斯特有相像之处，可是，这不仅不能为他不可开脱的行为找到开脱，反而使其更为严重。所有这一切，他都看得一清二楚。能够从后桅绳梯上爬回来，算是他的造化。打那以后的两个星期，自己感受到了什么样的欣慰和耻辱，他也同样记忆犹新。那个女孩叫人捉摸不透，为了一个男人的爱，居然赶了半个世界；而那个男人呢，直到如今，除了他自己的姐姐，还没有让任何哪个女人对他莞尔一笑过呢。这会儿去牲口棚，就意味着对不住那个女孩，同时也意味着，要为一个下三烂的娼妇，搭上自己精华的很大一部分。再说，自己与娼妇又谈不上什么爱不爱的，而娼妇也会同自己一样，拼命地数落那行止不检的勾当。但话又说回来，他清楚是清楚，却又搞不明白的是，这个问题，在他心里仍然是个问题。

“太荒唐了！”他心里想，冲着自己向女猪倌拼命求过欢的那张床，一骨碌愤愤躺下去。“绝不要再想这档事儿。”他用嫉妒的眼神扫了伯特兰一眼。睡眠对他来说是不可能的事了，他满脑子都是那个女猪倌的意象：她叫他乱摸一通，胡搅蛮缠；她避开他的眼神，坦陈自己求欢时是如何浪声震天；她届时在牲口棚里等着他。审慎的天平，一只秤盘空无一物，而理性的重荷一下子把另一只秤盘压下来；那么，在选择的天平上，是什么玩意儿支配平衡的？

他躺在那儿，心里一直这样嘀咕着。他的仆人，睡是睡着了，却无论如何也没闲下来。他的五脏六腑折腾起来，发出低沉的吼叫，就像小猎犬冲着逃不开的狐狸狂吠起来一样。体内的玉米片粥和苹果酒，泛起泡沫，鼎沸起来。不一会儿，开始向初升的月亮鸣放礼炮，于是乎，整个房间弥漫开发酵后的酒香。这一切之肇事者，活泼有力地鼾声如潮，但是，他的主子可没有这么走运了。事实上，他终究不得不逃离那个房间，实在是耳鸣头旋，眼睛生疼。这时分，客人们还在客厅狂欢取闹。埃比尼泽就人们说话的风声推测，主人的儿子蒂莫西[1]回来了，正拿猥亵不堪的诗句逗得大伙儿乐不可支。埃比尼泽蹑手蹑脚溜到前面的门廊，呼吸一口河面上飘来的凉爽空气。很快，他从停留的地方向牲口棚方向溜去，顾不上良知审判不审判的了。

院子里有月光，可以看得见路，牲口棚里却是黑洞洞的一片。他打算叫苏珊的名字，但转念一想，还是没叫。

“要不声不吭靠近她，像强盗一样，摸黑紧紧抠住她！”

免不了是扣人心弦的一场戏。牲口棚里的任何风吹草动都立马让他抖起精神。欲火中烧叫他一阵阵受不了，就像孵化中的鸡雏儿一样，渴望冲破禁锢的牢门。更有甚者，黑暗中蹑手蹑脚只迈了六步，也足以打搅了膀胱，叫他不敢片刻懈怠；他不得不立马小解，然后方可继续开路。

“**上帝帮助自助之人**。”他心里想。

但是，可不像俄南，除了大地绝不瞄准更嘈杂的目标[2]，背运的桂冠诗人偏偏瞄上了一只猫，只因为不到三英尺开外的那只半成年公猫，黑暗中看上去像一块灰色的岩石。就像笛卡儿心目中的上帝，用手指轻轻一弹那样——伯林盖姆曾经说到这件事——黑暗中射出的这小小水柱，使偌大一个宇宙活动开来了！那只捕鼠动物“喵”的一声睁开眼，张开四肢，奔着挨得最近的动物就冲了过去——总算不幸中的万幸，目标不是埃比尼泽，而是苏珊的一头小猪仔。小猪仔尖叫了一声，于是，牲口棚里受惊的动物一起叫开了锅。埃比尼泽自己也万分惊吓，首先是因为那些动物，因为他压根儿就没有怀疑过它们的数量和品种，再者，那些喧嚣声——现在连外面的狗也掺和了进来——说不准会惊

① 蒂姆是蒂莫西的昵称。

② 俄南（Onan），《圣经》中人物，犹大的次子。《圣经》中记载，在其哥哥死后，根据“利未拉特婚姻”（若男子死时无后代，其兄弟有义务娶其遗孀为妻，替兄弟传宗接代、流传姓氏）原则，俄南须履行义务为哥哥留下子嗣。其与哥哥遗孀他玛交欢时，却违背原则将精子射到地面上。此处故云。

动临近的庄户。他一只手提着裤子，往后一蹿，正好撞上一根靠在墙上的木棍——或许是苏珊的放猪棍呢。他一把抄起来，嘴里大声叫喊“苏珊！苏珊！”，就向四周抡开了，一直杀得敌人败北逃遁为止——小猪仔蹿进了牛舍，小猫躲到一个角落，惹得家禽呱呱叫。片刻之后，战斗重酣：牲口棚里一片呱呱嘎嘎；鸭子、鹅、小鸡拼命地拍打着空气，好躲避小猫，不断有家禽撞上埃比尼泽，头和腿的四周叫家禽抓呀啄得可不轻。这一轮新的骚动，可叫一对爱闹腾的西班牙猎犬受不了了。它们从院子里蹿进来，非把什么袭击家禽的狐狸或黄鼠狼逮住不可。尽管桂冠诗人手舞木棍奋力抵抗，它们还是照样把他赶出牲口棚，撵上离烟草货棚最近的一棵杨树。它们把他围困在树上有一刻钟的光景，才溜达回狗窝，它们本性就缺乏热忱，一时兴起想有所建树，终究撑不了多久。

诗人却见不到苏珊的影子，于是担心，她压根儿就是耍了自己。他决定从树上爬下来，再去牲口棚看一看。一者，好证实一下自己的疑虑；再者，树上的蚊子实在叮得人受不了，脸上、脚踝上趴了一层又一层。可就在往下爬的当儿，他听到草丛中发出一声嘶嘶声或者咯咯声。只是一只蟋蟀，还是基奇先生在饭桌上谈到过的哪种蛇？从树上爬下来的念头，顿时烟消云散。尽管草丛中的声音已经没有了，蚊子也一如既往地饥饿，他还是在树上又待了好长一段时间，已经吓得连做一行休迪布拉斯式的愤怒诗都不可能了。

事实上，他有可能在树上一直待到日出时分——因为紧随恐惧脚后跟的，他知道，耻辱迟早要拥抱他，就像娼妇会跟在拉皮条的后面一样，而随耻辱一道来的，就是它面容憔悴的婊子妹妹绝望——但是，他到头来听到房屋后面有人说话：“够了，够了，苏珊。晚安，你走吧！”接着，屋子的门关上了，一个披着斗篷的身影穿过远处的院子，进了牲口棚。

“那个杂种米切尔，在门厅里就干了她！”埃比尼泽心里想，脑中一边掠过种植园主唤苏珊的场景，那副亲昵的德性，要叫人呕吐起来，

“她打房间离开后，叫人缠上了，干了一点儿淫荡的勾当，这会儿才脱得开身呢！”

这种推测，才不会让他心里漾起同情感，而是立马叫他激情倍增，正如“西普里安号”的女人们集体遭奸淫的场景当时给他的触动一样。他轻手轻脚、小心翼翼地从树上滑下来，穿过高高的草丛，向牲口棚潜行过去，心里明白，毒蛇随时会咬自己的脚后跟。他总算安全到达了门口，悄悄摸进去，只见一盏带罩的马灯，发出微弱的光亮。

“嗨！”他压低声音说，对方也发出“嗨！”的回声。埃比尼泽听到一声费劲的呼吸声，无疑是人发出的，就从他对面的墙壁那边传来。他于是打算不再说话，要执行发动突然袭击的原计划。他非常谨慎地朝目标爬过去，凭着她粗重的呼吸声和她附近的猪哼哼唧唧的骚动，很容易搞准她在猪圈里的确切位置。只等到了觉得自己着实冲上了她身上的份儿，他才低声哼道“苏茜，苏茜，我的心肝儿，我的小鸽儿！”，一边深情地紧紧贴在她的身上。

他摸到了滑溜溜的大腿，还有屁股，可是——

“他娘的，什么东西？”

“什么东西，哼？”一个男人的声音叫起来。诗人略微挣扎了几下，就觉得自己脸朝下被按在了猪圈里酸臭的乱草上。他原计划突然袭击的对象，这会儿坐在他的背上，反剪了他的两只胳膊。圈远端的老母猪、阉公猪及小猪仔焦躁不安，呼哧呼哧地喘着气。“你想我是你的心肝儿，你的小鸽儿，看着，不是吗？你是哪号浑虫，你这个家伙！”

“饶了我吧，你得让我讲清楚！”埃比尼泽祈求道，“我是米切尔船长的客人。”

“我们的客人！这样报答我们的盛情，是哪门法子？喝了我们的苹果酒，吃了我们的玉米片粥，接下来就盘算奸我们的波希厄！”

“波希厄？谁是波希厄？”

“就是我父亲叫苏茜的。我敢打赌，是他叫你来这么干的！”

桂冠诗人凉了心。“你的父亲！这么说，你就是蒂姆·米切尔了？”

“正是本人。你又是哪号忘恩负义的杂种？”

“我是埃比尼泽·库克，先生，马里兰的桂冠诗人——”

“呸！”米切尔接过话，却显然被触动了，立马松了手，让埃比尼泽大为不解，“阁下，请起，请原谅我的粗鲁之举。这一切，都是出于我对波希厄贞操的护卫之心。”

“我——我完全原谅你。”诗人说。他立马坐起来，心里琢磨着对面家伙的话。蒂姆·米切尔，从说话的声音听得出，至少和埃比尼泽岁数差不多。他何以说起苏珊的贞操呢？“我想你在耍我玩，米切尔先生，难道不是吗？”

“或许你在耍我玩，”对方叹了口气，“得啦，我们让你撞上了，波希厄的小命就握在你的手里哪。”

“她的小命！这么说，她就在这猪圈里？”

“当然了，阁下。就在那边，和别的牲口待在一块儿。我恳求你不要向父亲说出去！”

“我的天啊！”诗人叫起来，“这是作的什么孽，米切尔先生？请你自己说说看！”

对方叹了口气。“我干的就是这些了，你要是打算毁了我们，随你的便，你要是有绅士派头，说不准会让我们平安无事的。”

“你是爱上苏珊了？”埃比尼泽不大相信地问道。

“千真万确是这样，”蒂姆·米切尔回答说，“打我头一天见到她，就是这样了。她真叫波希厄，库克先生。父亲照他一个婊子的名字，称她为苏茜。他把她据为己有，阁下，绝对把她当畜生！他倘若晓得我和波希厄的事，他的怒气就永远没完没了了。”

埃比尼泽脑袋发晕。“好一个米切尔先生——”

“那个下流的坯子！”蒂姆接着说，声音有些发颤，“他一天弄不到新鲜娘儿们，一天就不会中断每天晚上来奸可怜的、甜蜜的波希厄。当年，趁波希厄还是个势单力薄的嫩猪仔，他就肏破了她的处女膜。”

埃比尼泽不得不佩服小猪仔的比喻说法，但是很显然，关于苏珊过去经历的说法，其中有一些不一致的地方。“我实在要说，”他不同意对方的话，“情况不是——”

“那家伙说有多卑怯就有多卑怯，”蒂莫西嘘着声音说，“尽管他是我的父亲，阁下，可我像魔鬼一样讨厌他！不要提这些事，就算我求你吧，因为，凭他的恶性，只要听到一点点儿我和波希厄的风声，他会把波希厄扔给那边圈里的骚公猪。那头骚公猪一向就对她色迷迷的，巴不得在她身上干个透。”

埃比尼泽喘不过气来。“你的意思该不是说——”

就在他开始意识到是怎么回事的当儿，小米切尔喊起来：“波希厄！过来，波希厄！苏——茜！”一只动物从墙的一端瑟瑟缩缩摸黑走过来。

“瞧，多么乖！”蒂姆带着自矜的口吻说。

“我的乖乖！”桂冠诗人嘘了一声。

“就当她是你自己的亲妹妹，阁下。你忍心让她给一头脏兮兮的动物作践吗？”

“绝不会，”埃比尼泽叫起来，“这种比喻，实在让我恶心！老实说，我弄不清奸牲口的家伙和那头骚公猪，哪个更兽性。我从来没见过这等邪恶的行止！”

诗人的发怒，与其说让蒂莫西·米切尔说话时有所收敛，还不如说使蒂莫西·米切尔说话时带有一些失望的调子。“啊，阁下，世上所有的情爱之举，本身都犯不上什么邪恶不邪恶的——作为诗人，你难道真的就看不破？通奸、强奸、诈奸以及一相情愿的诱奸——正是这些勾当才是邪恶的，肉体的交媾无所谓邪恶：罪不在行为，罪在促成行为之环境。”

埃比尼泽真想一睹这位奇妙的道德家的尊容。“你说的也许有道理，可是你说男人与女人——”

“真难为情，一个诗人，连话都听不懂！”蒂莫西用责备的口吻说，“我说的是阳性与阴性，而不是男人与女人。”

“但那种交媾是多么的肮脏。遭天杀的！”

蒂莫西笑起来。“我看，天母娘娘不会有你那份善心肠，阁下。我敢向你保证，一只发情中的捕兔子猎狗，会急于找一只母狗骑上去，难道他会有一点点儿顾得上她是一只转叉狗[1]，还是大驯犬[2]？他才不会呢，老天作证，逮谁是谁，管她是自己的母狗，兄弟狗，还是主子的狗靴子！他的冲动出乎本能，向靶子瞄准，更是天经地义——捕兔子的母狗是十环，姑且这么说。我就见到过，西班牙猎犬与绵羊干起来……”

埃比尼泽叹了口气。“纵使你花言巧语好粉饰，兽奸也难免猥亵淫荡之流波。这些可怜的哑巴畜生，只是一时被糟蹋了，但是，人类有足够的智慧，看懂天母娘娘的安排。”

“还有足够的智慧看穿，该安排除了使物种延续下去以外，并没有什么其他的目标。”蒂莫西接着补充说，“还有足够的风趣，为了寻找消遣，干畜生们乱糟糟地干的勾当。我对女人没有什么好抱怨的理由，大诗人。我爱过许许多多的女子，并且，无疑要一直爱下去。但是，正如《圣经》所云，死亡是智慧树结出的果子，那么，我觉得，无聊就是智趣与想象的产物。一个新相好的女子，深夜仰面躺在一间合适的房间里，她的情人感到心满意足。可不久，这种简单的乐趣就乏了味，于是，他们就忙活开，要给找乐的技术升级。从阿瑞底姆[3]人那里，他们学到五花八门的俯身弯腰和站立姿势。从薄伽丘和其他人那里，学到了大白天在田野上、在大酒桶里以及烟囱的角落里求欢。从

---

① 旧时经训练能用踏轮转动烤肉叉的一种狗。

② 一种体形大的家养犬。

③ 阿瑞底姆（Arretium），系意大利古城。在其出土的陶器上绘有大量性爱场景。

卡图卢斯[1]和淫猥的希腊人那里，学到了**入森林不止一条路**，每一条路，又可以入不止一片森林。倘若他们风趣、有胆识，他们的新发现就会层出不穷，倘若他们同时还博览群书，他们对人类的风流情史就会把玩于股掌之间：中国人的，摩尔人、土耳其人、非洲人的，还有欧洲头等聪明人的。这难道不是众生之道，阁下？像我们这等男人，一旦对哪个女人入了迷，那迷的就是那个女人的每一个部分。不弄清入迷对象隐秘的以及不隐秘的每一个关关节节，我们绝不会甘心，就连这也保不准我们不咬牙切齿，只恨不能入到她的皮下去！我可不像你，做得起大诗人，阁下，就这类热切的渴望，我写过一两句诗，不过涂鸦涂鸦，风格如是：

让我尝一尝你的眼泪，
让我尝一尝你的耳垢；
让我饮一饮你身体内酿造的美酒——”

“嘿！作孽！去你的蛋，别把我恶心死了！”埃比尼泽吼起来，“**你身体内酿造的美酒**！我压根儿没听过这样下贱的诗歌！”

“如此说来，你不晓得巴恩斯[2]大师其人，就是那个十四行诗诗人？他倒是一心想成为情妇酒杯里的雪利酒，好让她用舌头品着玩，温暖她多情骚动的血液，不久还会咝咝地尿下来……”

“你讲的这些话，有点儿道理，”埃比尼泽承认，“我甚至可以向你保证，倘若我没有矢志于自己的贞操——嘿，不要笑，先生，这是千真万确的事，我会找时间向你细细道来——倘若我没有矢志于自己

① 卡图卢斯（Catullus，约前84—约前54），古罗马抒情诗人，尤以写给情人莉丝比娅的爱情诗闻名，其诗作对文艺复兴和以后欧洲抒情诗的发展产生了一定的影响。据传其酷爱男风。

② 巴纳比·巴恩斯（Barnabe Barnes，约1571—1609），英国诗人，擅长写爱情诗、十四行诗及牧歌。

的贞操，我再说一遍，而是与男人们一路货，弄个情妇，我就会体验到你所说的冲动，变着一切法子尝尝她的滋味，但要除掉尝她的‘身体内酿造的美酒’以及类似的什么水货，因为说不定，和我要豪饮它们相反，它们可以待在她的酿酒厂里。这种事，也没有什么好稀奇的：不过是柏拉图说到的情人们亘古以来的愿望，与相好的人，身体合而为一。爱和女人通常是诗歌的材料，诗人们尤其更犯不着好奇。但话又得说回来，从彼特拉克笔下的劳拉[1]，甚至是巴恩斯笔下饥渴的娼妇，到你这里的大肥母猪，可谓是不小的一步啊！”

“恰恰相反，阁下，简直就是原地踏步，”蒂姆说，“你已经为我说的情况申辩过了。你的苏格拉底，虽然有著名的悍妇[2]替他温床，还不是照样和希腊那些年轻小伙子在一起鬼缠，不是吗？你说女人通常是诗歌的材料，但实际上，诗人咏唱的是广阔的世界：上帝的全部造化，就是诗人的情妇；诗人对女人的爱，和诗人对上帝创造的世界的爱，是一样的，又充满着同样永远满足不了的好奇心。诗人爱女人的身子——上帝作证！——爱她留有小小空当的那双大腿，因为，大腿深处可以带来甜蜜的摩擦；爱她屁股上的两个小酒窝，因而一而再再而三亲吻它们。”

“这实在是古来有之，”埃比尼泽说，他的热血重新燃起，“女性的身子，看上去如此的奇妙！”

“但女性的身子就堵了你的眼，看不到男人的美妙之处了，先生？你要是有了柏拉图或者是莎士比亚的眼睛，你才不会呢。一个身材优美的男人，是多么的入眼！那优美的肋骨构造，腿肚和大腿上壮实的肌肉；一双手，突起的筋腱和平实的轮廓，要比娘儿们的看上去过瘾多了；胸膛上的毛发，就是最拿手的雕塑家，也不能夺其天工；尤其

---

① 劳拉（Laura）是彼特拉克所爱之人，他为劳拉写了无数情诗。

② 苏格拉底之妻夏茜帕以泼辣闻名，死后愈加著称于世，盖千古以下，文人骚客乐此不疲，每以其聊充调侃之佐料，或以此自辩者，有喷饭之妙。

了不得的是，他休息时的那种男子气概！这一切，与娘儿们甜蜜蜜的齐齐整整比起来，可谓天壤之别！弄雕塑的希腊人，依我看，最大的纰漏在于，云石雕像上的男子汉清一色的小男童模样：那是鸡奸者的艺术，我对它恶心。要是刻出了古代人们就习惯崇尚的活生生现实，那该多精神啊——那恰恰象征威武之力的棍棒和魔法球！”

“我也时不时地看好男人，”埃比尼泽非常不情愿地说，“但是，一想到皮肉行当，身上就起鸡皮疙瘩！”实际上，对面看不见的家伙的一通话，让诗人想起三个多月前，自己在“波塞冬号”水手舱里所蒙受的羞辱。

“还有更让人扫兴的事呢，”蒂姆满不在乎地说，“关于男人，诗歌应该多谈些才是。妈的，有时候，我倒希望自己有一支生花妙笔，阁下，或者是灵魂中注入些诗才：要是那样的话，关于男人与女人的肉体，还有其他所有的创造物，瞧我会写出怎样的华丽辞章！”埃比尼泽听到他轻柔地爱抚着波希厄，“皮毛拳曲的大母猎狗，皮毛油光光的母马，或者是通身金黄色的母牛——光是在这些了不起的动物身上轻抚几下，男人们和女人们怎么能够心满意足呢？我，我打灵魂深处热爱它们。我想占有它们的身子，想得心都痛了。”

“**性变态**，米切尔先生！”桂冠诗人怒喝道，“你这会儿与柏拉图和莎士比亚分了手，与每一位其他的正人君子也分了手！”

“但没有与人类分了手，”蒂姆说道，“欧罗巴[①]、勒达[②]、帕西法厄[③]，她们都是我的姐妹；我的子孙后代是弥诺陶洛斯、戈耳戈们[④]、

---

① 欧罗巴（Europa），希腊神话中腓尼基王阿基诺的女儿，被宙斯化作白牛劫到克里特，后嫁给克里特王阿斯特里斯。

② 勒达（Leda），希腊神话中的斯巴达王后，主神宙斯化为天鹅与她亲近。

③ 帕西法厄（Pasiphae），希腊神话中弥诺斯之妻，与一头白公牛生下人首牛身怪物弥诺陶洛斯。

④ 戈耳戈（Gorgon），希腊神话中的三个蛇发女怪，面目可怕，人见之，立刻化为顽石，美杜莎为其中之一。

半人马们[①]、埃及人那些长着兽头的众神，以及童话故事中所有风流倜傥的王族成员，他们必须以癞蛤蟆、鹅或者熊的体态才为人们所钟情。我热爱这个世界，阁下，自然也就与它做爱了！我把种子种在男人和女人身子内，种在十几种动物的身子内，种在有树皮的树干内，种在花的蜜巢内。我在大地这头黑兽身上游荡，死死地抠紧她。我还向大海的波涛求欢，让东南西北风受孕，同时，还让我的激情飞向天空的星辰！"

这一席吐露心声的话，说得如此情绪高涨，吓得埃比尼泽朝后退去。能多谨慎就多谨慎，离这些话的创作者好几英尺远，因为他开始担心，这一位走火入魔了。

"这个观点很有趣。"他说。

"一定叫你很开心。"蒂莫西说，"这是一个诗人看待世界的唯一方式。"

"且慢，且慢，我没说我苟同你无所不包的雅趣！"

"得了，阁下！"蒂莫西大笑起来，"你到这里来叫*苏茜*、*苏茜*的，该不是没睡醒吧！"

埃比尼泽嘴里嘟囔了一声以示抗议，一方面，不想叫蒂莫西认为，马里兰的桂冠诗人和他自己一样，对畜生抱有邪恶的情欲；另一方面，也不想吐露自己来牲口棚的真实缘由。

"你这么绅士，这会儿怎么下得了手禽她呢。"蒂姆接着说。埃比尼泽觉察到，对方向自己移步过来，赶紧又朝后退了一步。

"搞错啦！"他简直要哭了，臊得心头难受，"压根儿不是这档事儿！"

"那又是哪档事儿？你以为我诚心要毁你的名声，因为你这回手下留情，并没干我的波希厄？苏珊·沃伦把底都交给我了，我叫她等你。我这就领你去那边，你可以痛痛快快地玩她个通宵。"没等埃比尼泽跑

---

① 半人马（Centaur），希腊神话中半人半马的怪物。

开，他就蹿上来，一把抓牢埃比尼泽的臂膀。

“真是大恩大德，”埃比尼泽识趣地说，“但我一点儿不想去。我真的是个处子，我赌咒，虽然我对苏珊·沃伦有过不轨之心。那只是一时的色迷心窍，我现在是臊得无地自容。”又一次，并且是极其悲愤地，他想起了自己在“波塞冬号”上蒙受的羞辱，“谢天谢地，我没来得及下手，持重的理性就冷却了我高涨的血性，不然的话，我和她两个，都会冤枉死的。”

“这么说，你还是个处子了？”蒂姆一边轻声问道，一边把诗人的臂膀捏得更紧，“并且打算，无论怎样，都要永葆童贞？”

他这会儿说话的语调，与先前截然不同。这激起了桂冠诗人的愤慨，又使诗人惊愕得说不出话来。

“真难叫人相信，”蒂姆用新的语调接着说，“我就要带你去见猪倌姑娘了。”

“我简直不相信自己的耳朵了！”诗人喘着气说。

“米切尔告诉我饭桌上客人的情况时，我也是简直不相信自己的耳朵呢。我们能够因此更相信自己的眼睛吗？”

他把马灯罩整个儿揭下来。昏黄的灯光慢慢地引起了圈里猪的注意力。借着灯光，埃比尼泽看清，站在面前的，不是在普利茅斯蓄胡须、黑头发、化名为“彼得·塞耶”的伯林盖姆——尽管这一直就令人不可思议！——而是着装考究、胡子刮得净光、头戴佩鲁基假发[1]、在菲尔兹圣贾尔斯和伦敦的家庭教师。

---

① 尤指流行于十七至十九世纪的男子假发。

二十二、桂冠诗人迈向最终目标，并没有取得什么进展，但也没有任何损失

“这是一次、两次还是第三次我受骗?”诗人惊叫道，“站在我面前的，是现在的伯林盖姆，还是我在普利茅斯分手的伯林盖姆，还是你的一对骗子身份?”

“这个世道才好行骗呢。”伯林盖姆微笑着承认。

“我上次见到你，你变化是如此之大，现在你却又一如既往了!”

“这只能意味着，我曾经对你说的话是对的，埃本：你真实而不变的伯林盖姆，仅仅生活在你的想象中，正如在你的想象中，世界是秩序井然一样。实际上，你看到的是一个赫拉克利特式的变通：无论是我们在变更、变动或者消融，还是你们棱镜的颜色、视野以及焦距在发生变化，抑或两者兼而有之，其结果总是一样的，你接受它也好，不接受它也好。”

埃比尼泽摇了摇头。“实际上，你就是我在伦敦遇到的那个人，但是，我无法相信，彼得·塞耶竟是个骗子!”

伯林盖姆耸了耸肩，手里仍然提着马灯。“接下来就要说，打那以后，他就剃了头发和胡须——就像我的实际情况一样——*并且不再装神弄鬼地说话了*。”最后这句话的语气，使埃比尼泽想起伯林盖姆在普利茅斯时说话的情形，“活在这个世界上，我的朋友，你必须迎合别人的调子，或者干脆唱自己的调子，努力让别人附和你的调子。”

“这就说明了我为什么讨厌屈服于对方，”埃比尼泽笑了起来，“尽管我今天晚上差一点儿就陷于此境。”

亨利把手搭在诗人的肩上。“我是知道事情原委的，朋友，那个婊

子敲你的竹杠。我不久会让她偿还的。”

“没关系，”诗人苦笑道，“我给她的只是一个不值钱的戒指，她把我那淫荡的计划挫败了，我谢天谢地都来不及呢。”提到计划，使他想起亨利刚才在黑暗中所说的话，觉得不好意思，脸发红，于是又笑了起来。“你是为了逗着玩，才装着对一头猪以及其他的动物有情欲。”

“一点儿不是这样。”亨利大声说，“按你的意思是说，我对她没有**特别的**爱恋，但是，她确实是一道美味的肉，尽管她老了，尽管有许多次——”

“咳，你还逗我呢！”

“随你怎么想，”伯林盖姆说，“实际情况是，埃本，对贞操，我和你持同样的观点。”

听到这种自述，埃比尼泽又惊又喜，忍不住双臂紧紧抱住朋友。但是，对方做出了一个意味深长的反应，诗人惊叫起来，赶忙往后退，不光是惊愕，已经是受到伤害了。

“我要说的意思是，”亨利继续兴高采烈地说，“我曾经也矢志于自己的贞操，是由于同样的原因，你在诗中谈到过。但是不久，我就失去了贞操，因此，我与这个世界就难解难分了。当时我就发誓，既然我已经不再崇高了，我就要崇拜引诱我堕落的伊甸园之蛇，并且，在离开这个世界之前，要尝遍伊甸园里结出的所有果实！你知道我是怎样征服亨利·莫尔的吗？又是怎样征服了不起的牛顿的？我让牛顿爱我爱到了几乎发狂的份儿上。我又是怎样得到巴尔的摩的差事的，又怎样玩弗朗西斯·尼科尔森于股掌之间的？”

“胡诌，你该不是说他们都——”

“不，”亨利说，他准备好对方有反对意见，“实际情况是，他们很少那样认为。但是，我不上二十岁时，对这个世界上人类激情的了解，就已经比牛顿对宇宙空间轨迹的了解还要多了。什么**实验**我都明白。我本可以写出关于肉体**原理**的专著来！牛顿让重物和绳索摆动的时候，人们知道牛顿碰到的是什么力让它们摆动的吗？人们知道的不比牛顿多多少。就拿这里的波希厄来说——我不想举其他的例子——我触动的是怎样的神经和骚动的脉搏啊，引起什么样的反应，我都乐意。”

这一番心声吐露，足以让桂冠诗人大为惊愕，诗人还未来得及消化，亨利就谈起一个很明显更相关的话题：从普利茅斯以来，各自命运的阴差阳错以及他们当前的际遇。他说，他成功地施展骗术，让斯莱和斯卡瑞船长相信他是约翰·库德，并且以库德的身份同他们一路来到马里兰，一路上摸准了，是库德操纵着规模巨大的双边走私活动：比如说，在这个叛乱分子的指导下，无数的船主把马里兰的烟草偷运到纽约，由其荷兰同谋再从那里运往库拉索岛、苏里南[①]或者纽芬兰非法出售；或者运输到巴巴多斯岛，由大桶包装改为外表毫不引起怀疑的大箱子，再私运到英格兰；或者直接运往苏格兰。回来的时候，他们通过更简单的手段，用桶装朗姆酒和箱装的稀罕制造品，贿赂税务官兼地方行政官，就可以从外国港口把货物直接运往马里兰。

“正是使用这一巧妙的手段，”他说，“库德为他煽动叛乱的宏大计划积攒了一大笔钱，尽管毫无疑问，他还有别的收入来源。”他进一步确认说，种种迹象表明，那个阴谋者酝酿发动政变，也许就在一年之内，斯莱和斯卡瑞各自的言论，都几乎让人百分之百地相信了这一点，尽管他们对操纵政变的机构没有暗示一点点儿。

“如此看来，你怎么来到这里，而不在尼科尔森的门前？”桂冠诗人问道，“我们必须让他知道！”

伯林盖姆摇了摇头。“我们还不至于对他的忠诚确信到那样大的程度，埃本，尽管他外表一片诚恳。他对眼下的麻烦倒是有些警觉的，可是，无论怎样，要叫他再上些心恐怕不大可能。请听我把话说完。”他接着说，为了防止他们在圣玛丽城上岸时撞上库德本人，自己如何

---

① 苏里南（Surinam），南美洲国家。曾为荷兰殖民地。

在弗吉尼亚的吉考夫坦，秘密地从斯莱和斯卡瑞的船上登岸，如何用现在这份伪装——或者称装束，如果埃本更乐意的话——仅仅于几个星期前，渡海来到马里兰。在圣玛丽城打听“波塞冬号”的情况时，他惊恐地了解到桂冠诗人被海盗劫持的消息。

“天地良心，我恨死自己当初没能同你乘一条船！”他惊叫起来，“我只能推测你所遭受的厄运，多少有些来头——”

“打住吧，亨利，”埃比尼泽插话说，“难道冒充桂冠诗人的不是你，就在那以后不长时间？”

伯林盖姆点点头。“你必须体谅我。我使用的仅仅只是你的名字，写在一份请愿书上而已。我琢磨着，你来不及开创自己的事业，就如何死去了，而老库德听到这个消息，又会是如何的得意。后来，尼科尔森宣布，他有意把政府机构从圣玛丽城迁移到安妮·阿伦德尔城，好打消原来机构的天主教氛围。圣玛丽城有些人递交了一份请愿书，表示不赞成这一动议。我看到上面有库德的名字，于是就把你的名字也附在上面，目的是要把他弄糊涂。”

“好一个朋友啊！”埃比尼泽的眼泪上来了，“你做得倒算轻巧，却几乎送了我的命！”

伯林盖姆感到惊讶，要问个究竟，但是埃比尼泽要对方先把话讲完，然后才愿意把自己从普利茅斯到这会儿坐在稻草中的不平凡经历和盘托出。

“还有一些事要说的，”亨利说，“他们把你的箱子搁置起来，那会儿，它法律上的价值，可是一直看涨呢。但是，我还是想方设法弄到了你的笔记簿——”

“谢天谢地！”

“读你的诗，我洒了多少泪水啊！笔记簿这会儿还在我的房间里，可我做梦也不会想到，我会再次见到它的主人。”

他说，在圣玛丽城的时候，他了解到库德已经知晓了那个大骗术，大为光火，禁止斯莱和斯卡瑞进行赚大钱的走私活动，以示惩罚。实际上，由于害怕哪个来路不明的间谍会弄些什么鬼名堂，库德不得已暂且终止本州内的一切走私活动：他主子的烟草收入，很少达到过那样高的程度。

“我知道，那个恶棍准会找到别的赚钱途径，”亨利接着说，“因此，我像从前我所能做到的那样，紧紧地盯着他。这么一来，我发现了米切尔船长，他是领导叛变的首脑人物之一，他的住处就是叛乱分子经常聚集的地方。”

“你所说的情况，我一点儿不吃惊。”埃比尼泽说，但是，突然间一脸煞白，“我的天啊，我把名字告诉了他，把自己被抓的经过也告诉了他！”

伯林盖姆摇了摇头，一副惊愕的神情。“怪不得我来的时候，他是这么说的，我敢说，你是整个马里兰最幸运的人。他认为你们一对活宝准是发疯了，这才接受你，让你给他桌子上的客人们打打趣。明天，他恨不得将你撵出去。他哪怕片刻做梦梦到你就是真正的埃比尼泽，我敢确信，你们两个就只有死路一条了。”

伯林盖姆再说起自身的经历。他讲了调查米切尔情况的经历，调查的结果是获得了两条有用的信息：该人是库德某一新的罪恶行径的工具人物；他有一个儿子，叫蒂莫西，四年前被留在英国完成学业，因此，在马里兰无人知晓他。

“我立即打定主意，假扮米切尔的儿子。我看过他挂在房间里的照片，他和我之间的不同之处，不至于大到他四年酗酒的结果解释不了的程度。即便是这样，为了慎重起见，我还在给米切尔的一封信上伪造了库德的名字。信上说，儿子蒂姆先在库德处工作，不日将回家为父亲操持工作。库德的惯例是，发一道神秘兮兮的命令，鬼才知道说的是什么呢！我紧紧地跟随那封信的踪迹，宣称自己是蒂姆·米切尔，打伦敦来。船长是否相信我是他的儿子或库德的手下，在当时，并没有什么大不了。他问我的时候，我只是笑笑，转过脸去，他于是就不再追问了。但是，其阴谋是什么，我还有待了解。”

“也许与鸦片有关。”埃比尼泽提出意见。伯林盖姆目光犀利地冲他看一眼，他于是自我辩解道：“他正是用鸦片毁了那个女猪倌的。他害死自己的妻子，用的也是鸦片。”他简要地重述了一下苏珊·沃伦所讲的故事，包括琼·托斯特的出现以及苏珊舍身相救一档奇妙的事。但是，这边这么说，那边伯林盖姆眉头紧锁，一味地摇头。

“难道算不上神奇吗？”诗人质问道。

“再神奇不过了，”亨利回答说，“我才不疑神疑鬼呢，埃本，或者泼你的冷水。姑娘自己叫鸦片毁了自己，我敢说，还有可能的情况是，她说的话，像《圣经》上所说的一样真实。河那边，有两块挨在一起的坟碑，一块写着**波琳·米切尔**，另一块写着**伊丽莎白·威廉斯**。我敢发誓，这所房子里，从来没哪个提过琼·托斯特的名字——至少就我所听到的情况来说。就我知道的来讲，他追求的唯一的女人，是苏茜·沃伦自己，也就是那个我们所有的人都时不时玩玩的女人。我也从来没见过哪里有什么装鸦片的小瓶子，尽管他有可能私下偷偷地给她服用。以我之见，她是从你仆人的嘴里得知琼·托斯特情况的——你仆人的嘴是够碎的。至于她讲其他故事，不过是想骗你些银子而已。这一招不灵，她于是就杜撰出你提到的舍身救人一事，指望第二次能够得手。你不是说过，整个晚饭时间，她都与你的仆人一起待在厨房里吗？”

“确实是，”埃比尼泽承认，“但是在我看来，她——”

“得了，”亨利笑起来，“话说到底，你上当受骗，也不比苏珊上当受骗严重到哪里去。要是琼·托斯特在这里，我们总是可以找到她的。现在，该讲讲你自身的不平常经历吧。打我上次见到你，一点儿不夸张，你已经苍老五岁了。”

“一言难尽。”埃比尼泽叹了口气。尽管这会儿他的心思仍然放在琼·托斯特身上，他还是尽可能简要地叙述了一下自己如何在“波塞冬号”上撞上伯特兰，仆人如何把自己的钱赌光了，如何遭船员们的折磨，又是如何被托马斯·庞德抓获的。诗人每说到一处新的关节，伯林盖姆都报以摇头的态度，或者嘟哝着表示同情。诗人提到庞德的时候，伯林盖姆惊讶地叫出声来——不只是冲其中的巧合之处，同时也是冲诗人话外的意思，说库德已经有弗吉尼亚总督安德罗斯撑腰，因为是庞德受总督雇用戒备海岸的。

“但就那一点，也并不十分奇怪，”他转念又想了想，“安德罗斯和尼科尔森之间，谈不上有什么投合之处。想一想，你落到庞德手里的情形，那个大黑汉恶棍博阿布迪还在庞德的船员队伍里吗？”

“他是大副，”诗人回答道，不禁打了个寒战，“我的天啊！他在‘西普里安号’上搅起了多么大的恐慌啊！我谈到的那个妓女，也就是我顺着后桅绳索爬向的那个妓女，让他差一点儿像劈牡蛎一样劈开。她要是让那个恶魔染上了梅毒，我才求之不得呢！”

“你自己差一点儿就染上了，”伯林盖姆不慌不忙地提醒他，“并且不只是一次，而是两次。你注意到了苏珊·沃伦皮肤上的疹子吗？”

“可是你自己——”

“和她玩过，”亨利把话接下来，“但是和女人的玩法，我知道的可不只是一种。”他心里有些畏惧，用手擦了擦下巴，“我曾经听说过娼妓之船，还以为是船员们的一个传说。”

接下来，埃比尼泽谈起庞德和“波塞冬号”船长米奇串通一气，故意不急于提及约翰·史密斯的私人日记，要将其推迟至以他们被处死、逃生以及发现德雷克派克和安纳考斯汀王夸撒布拉格结束所讲经历后，再提起。

“太令人惊奇了！”亨利叫起来，“你说的德雷克派克是一个非洲来的奴隶，对此我确信，至于那个夸撒布拉格——你知道他是谁吗，埃本？”

“皮斯卡塔韦的国王，他说。”

“确实如此，而且是个心怀不满的国王！去年六月，他谋杀了一个英国人，叫莱尔，于是受到查尔斯郡沃伦上校监控，该上校一直是库德的忠实朋友。不知道因为什么奇特的原因，这个沃伦一天夜里竟把那家伙给放了，因此被降了职。打那以后，谁都没见过夸撒布拉格。人们传说，他要煽动皮斯卡塔韦人反对尼科尔森。”

“真是这样的话，那就太可怕了。”桂冠诗人说，“但我得为那个人说点儿公道话，亨利。我倒是愿意，我们马里兰种植园主能有他一半高尚的品格。可等一等，我再开口之前，先把这件事告诉我：对你的祖先亨利·伯林盖姆爵士，你有没有什么消息?”

伯林盖姆叹了口气。“不比我在普利茅斯了解得多。那份会议记录被分发给了各种各样的天主教徒史密斯们，还记得我这样说过吗？这些史密斯们中，第一个就是理查德·史密斯，他现在就在卡尔弗特郡，身为巴尔的摩勋爵的总商检官。我一在这里立住脚，并且向尼科尔森推荐了自己以后，就着手收集散落的会议记录，希望将来借此好惩办库德及其同党。但是，我到了迪克·史密斯那里，递交上总督签发的护照时——”

“他告诉你说，库德早就使点子拿走了他手中的那一份。”埃比尼泽笑了起来。

“这没有什么好笑的，见鬼！迪克·史密斯一直让他的一些天主教朋友们担任代理总商检官，好帮帮他们，而且，科普利总督去世以后，库德看到自己的机遇来了，首先惹起罗马天主教的一片怨声，继而把史密斯的财产抄了个底朝天。你听说过人们怎样谈论这件事没?”

埃比尼泽从口袋里慢慢掏出自己剩下的几页折在一起的日记。“有这样一个了不起的导师，我自己怎么会对那个阴谋活动不略知一二?你是看不到什么可读的东西了，但这些可是你说到的文书上的几页。”

伯林盖姆迫不及待一把夺过去，对着灯看起来。“啊，我的上帝啊!”他叫起来，“一个字也没有保存下来!”

“不是立法会议记录。”埃比尼泽同意。他谈起自己是怎样从庞德那里偷来这些资料的，又怎样把它们从小船的木板中取出带走。“我们失去了这些证据，真是马里兰的不幸，”他一锤定音地说，并因为伯林盖姆的悔恨，再次大笑起来，“振作起来，亨利！你以为我在通读**正面**

的宝贝内容之前，能够耐得住哪怕两分钟的性子？”

“感谢上帝！你也学会玩人了？”

尽管天就要亮了，埃比尼泽还是不慌不忙地把约翰·史密斯船长沿切萨皮克湾航行的秘密经历描述了一番，随后，又略显尴尬地把西克萄皮克贪婪的王后的故事，从头至尾讲了一遍。

“太妙了！”亨利听完后叫了起来，“我们知道，亨利爵士捡了条命，从波瓦坦城出来了，沿着大海湾向前进发。不仅如此，从我们所听到的情况来看，两人都互相讨厌，巴不得对方遭殃，而史密斯的《通史》对伯林盖姆只字未提——你认为史密斯把他杀了吗？”

“我们不要抱什么希望，只要亨利还未做起儿子的父亲，”埃比尼泽说，“充其量，他与你亲近的程度，不会比一个祖辈的人与你亲近的程度大多少。”他又想起米奇对庞德提的建议——如果他是巴尔的摩，他会把会议记录分发给名字为史密斯的同僚们。“要不是瞌睡得要死，我会早想起这件事的。也许，庞德没有提起这件事，库德对他十分愤怒。”

“也有可能提起了这件事，以弥补自己的过失。”伯林盖姆站起来，活动一下身子骨，“不管怎样，我们最好立刻把剩下的会议记录拿来。我们现在睡会儿吧，等天亮了再做新的打算。”

桂冠诗人急于想睡觉，顾不上对米切尔船长的恐惧心理。他们回头穿过人们已经熟睡了的房间，来到诗人几小时前差一点儿就失去了贞操的卧室。伯特兰这会儿不在那儿。

“我首先看到的，是你的伯特兰，”亨利说，“几乎怎么也不能相信自己的眼睛！他告诉我你在这里，我就打发他去跟我的仆人们一起睡，这样，我们就可以静静地谈心了。明早，他可以和我们的一个人乘马车去圣玛丽城认领你的箱子。”

“啊，太好了。”埃比尼泽说，但没有完全听清楚亨利的话。不一会儿前，伯林盖姆在牲口棚里提起伯特兰，诗人奇怪地感到有些心神不安，但却搞不清楚是什么缘故。这会儿他想起来，差不多半年前，他们第一次在“波塞冬号”上相遇时，仆人伯特兰对自己谈起一些事情：自己的仆人与导师会过几面——伯林盖姆对此却没有提起——伯林盖姆与安娜还有一些瓜葛。刚刚了解到朋友的风流韵事，这会儿想起这些来，令人十二分不愉快，自然是可以理解的。

伯林盖姆放下带罩的马灯，开始脱衣上床睡觉。“最可取的做法是，让他把箱子直接从大海湾运到莫尔登。这只是一件——”

“亨利！”桂冠诗人插话说。

“什么事？怎么大惊小怪的？”他笑起来，“快点儿吧，天很快就要亮了。”

“巴尔的摩勋爵给我的委任状在哪里？”

伯林盖姆有一会儿显得措手不及，接着他微笑了起来。“如此说来，是你仆人对你讲了委任状在我手里的？”

“不，”埃比尼泽沮丧地说，“只是因为它不在我手上。”

“这样看来，毫无疑问，他忘了告诉你说，我正是不得不从他那儿花钱买下的，”他不耐烦地说，“花了五镑贿赂费，仅仅是为了保证把它带到马里兰？我多么希望，老斯莱和斯卡瑞，趁委任状还在伯特兰手里的时候，把他给逮住了！你不明白吗，埃本？谁持有那张文书，谁就是往坟墓里赶！即使是这样，你忠实的仆人还是为自己复制了一张，对我说，不过在伦敦吹牛派派用场而已。我做梦也想不到，他会在‘波塞冬号’上，代你做起桂冠诗人来！”

他把手放在诗人的胳膊上。“亲爱的伙伴，时间不早，不要吵架了。”

但是，埃比尼泽把胳膊抽开。“那份文书藏在哪里？”

伯林盖姆叹了口气，爬上床。“在离百慕大不远处四十英寻深的海洋里。”

“什么？”

“这就是斯莱和斯卡瑞耍我的那一次。我亲耳听到，他们合计着搜我的船舱找宝石，因为他们以为，法兰西国王给了库德这些宝石。我有一小时的时间，写出带有库德名字的文件，而把其他的文件一股脑扔掉。嗨，别显得那么垂头丧气！我早就在为你起草另一份文书，总希望你还活在世上。”

“但是你怎么会——”

“在这类事务上，行使大人的权利?”伯林盖姆说。他从床上爬起身，从裤子口袋里掏出钥匙，打开放在房间拐角处的一个小箱子。借着灯光，他从许多文书中选出一份，递给埃比尼泽审阅。“这下令你满意了吗?”

“啊，这是原件！你在逗我玩!”

伯林盖姆摇了摇头。“它出于我手，也不过两个星期的时间。要不了五分钟，我可以再复制出一模一样的一份来。”

“天地良心！那么，伪造文书，你可拿手得不得了。”

“我很乐意你这么说，但在这件事上，你对我太恭维了。”他笑着说，“签发那份原本文书的，正是我。”

“不可能!”诗人叫起来，“签发原本文书的时候，我就在场。”

亨利点点头。“我记得很清楚。你一味玩弄剑鞘上的丝带，得意得昏了头。”

“是巴尔的摩本人——”

“你从来就没见过查尔斯·卡尔弗特。”伯林盖姆说，“也没有任何哪个陌生人不经邀请就可以随随便便迈入他家的门。招呼这些陌生人，并询问他们的意图，是我当时的一份差事。你登门求见的时候，我请求大人容许我扮演他的身份，就像我平常对付随时拜访的客人一样。这么干，只需在胡子上擦点儿粉，腿脚装得僵硬一点儿就得了——”他改变语调，听起来活脱脱那个向埃比尼泽叙述本州历史的人的口吻，“模仿声音和手脚，实在是小菜一碟。”

埃比尼泽按捺不住自己的失望和沮丧，眼睛都湿润了。

“哎，这又有什么关系呢?”伯林盖姆挨着他坐在床上，一只胳膊挎在他的两个肩膀上，“出于同样的原因，我还假装了彼得·塞耶，送你出门。不光如此，巴尔的摩听到了并且还肯定了我所说的一切。你得到委任状，完全是托他的福，我敢说。”他捏了埃比尼泽一把。

“跟我说老实话，亨利，”桂冠诗人要求，从亨利身边移开，“你和安娜是什么关系？”

“啊，又是伯特兰伙计在捣鬼，”伯林盖姆平静地说，“你以为会是什么关系呢，埃本？”

“我以为，你是偷偷爱上了她。”埃比尼泽埋怨地说。

“你错了。在这件事上，没有什么偷偷不偷偷的。”

“没有过约会，没有过偷偷会面？没有**尝果脯、喝蜂蜜**？”

“亲爱的朋友，打住吧！”亨利语调坚定地说，“你的姐姐，回敬我的一片好意，使我很有面子。但她很明智，不至于招揽她弟弟和父亲的怨愤。至于我，我怎样爱你，就怎样爱她——不多也不少。”

“哦，这又从何说起呢？”诗人问道，“难道我们不应当加上波希厄，在海王酒馆的多莉，亨利·莫尔，还有**那些毛茸茸的树洞**？我父亲为什么在圣贾尔斯撵你滚蛋？”

“你过分激动了。”伯林盖姆说，仍然坐在床上不动，“我得让你平静平静。”

眼泪顺着埃比尼泽的双颊往下流。“所多玛①的子孙！”他叫起来，扑向他的导师，“你占了我姐姐的处女膜，现在又色迷心窍，也要占了我的去！”

尽管从身材高度和主动权上讲，诗人一方都有优势，可却不是伯林盖姆的对手，因为伯林盖姆块头更结实，动作更协调，而且在搏斗上更富有经验。不出一分钟，他就让埃比尼泽脸冲下趴在床上，手臂反剪在身后。

“实际情况是，埃本，”他宣称，“打你们十二岁那会儿起，我就热

---

① 所多玛（Sodom），因居民罪恶深重而被上帝焚毁的古城，事见《圣经》中的《创世记》。据传该城盛行同性恋之风。

切地想把你们两个都弄到手，我实在太爱你们了。正是这么一点点儿爱，才激怒了老安德鲁，随后才叫我滚蛋的。但是，我敢发誓，无论我干了什么，你姐姐总还是个处女。至于你自己，你以为，如果我乐意，我就做不到强迫你服从吗？可是，我才不干呢，以后也不干。不错，强奸是可以带来乐趣，但总抵不上你的友情，或者你姐姐的爱情。”

他松开手，下了床，背冲埃比尼泽站着。诗人听得云里雾里，弄昏了头，没有任何表示要再次投入搏斗。实际上，他原处趴着动都没动。

“我与安娜之间的爱，究竟会有什么样的结果呢？”伯林盖姆问道，“我一没钱，二没位，连父母也谈不上。你以为，我要是能在安娜·库克身上种下个孩子，我还会在母猪身上下种子？你以为，如果我让她做了自己的妻子，我还会在世界各地东奔西窜？我认为，你的朋友麦克沃伊说的全对，埃本：你对整个真实的大千世界一无所知！”

实际上，对朋友的尴尬处境，桂冠诗人马上就动了恻隐之心，但是，因为弄不清楚自己到底该愤怒到什么程度，朋友关于安娜和巴尔的摩情况的一片心声，又让他真正感到一种极度的感伤，所以，不论是自己的同情之心，还是愤怒之情，他都无法溢于言表。发生的一切，让他对自己怎样再次面对伯林盖姆左右为难，更谈不上与伯林盖姆同榻共眠了。这会儿，两人之间，还有什么好说的呢？他觉得让人欺骗了，让人占了便宜，却一肚子说不出来——不论如何，这种感觉总算不上是完完全全地令人不愉快。他脸埋在枕头下，因为自己可怜兮兮的境况，眼睛湿润了。他想起自己在“波塞冬号”水手舱里不知不觉中做的那些美梦中的一场：伯林盖姆和安娜肩并肩靠在舷档上，朝他在平静的、绿色的、温热的海水里游泳的方向挥挥手。那是如此的叫人动心，他一门心思想象着，紧闭双眼，让海水暖和和地冲擦着自己的下肢。

二十三、桂冠诗人努力了解事情的真相，几乎与莫尔登擦肩而过，非但不能去那里，反而差点儿晕过去

桂冠诗人醒来的时候，已经是一大早了。秋日稀薄的阳光，打在他的眼帘上，他非常窘迫地发现，打童年以来，第一次尿了床。他不敢动弹，怕弄醒了伯林盖姆，叫他逮着了自己的羞辱。怎样才能把这件事遮盖过去呢？一时间，他意外地想到把罐子里的水泼在床上，但认为这样做不会令人满意，于是又打消了这个想法。唯一可以取代的做法是，偷偷地离开房间，因为无论如何，自己与朋友伯林盖姆已经没有什么可来往的了，索性趁大家都还睡着，自己独立闯新路，向莫尔登进发。可话又说回来，首先，他缺少这么做的勇气，再者，对自己和伯特兰的伙食和交通问题，心里也没有章法。

他一面思考并放弃了这些行动的路子，一面又入睡了。再次醒来的时候，已经是晌午时分了。诗人睡觉的时候，伯林盖姆起床穿衣离开了，桌子上除了水罐和碗，还有一块肥皂，一把剃须刀，一整套绅士的服装，包括鞋、帽子、配剑以及奇迹中的奇迹——从乌鸦招牌本·布拉格那里得到的分类账簿！看着眼前的礼物，桂冠诗人十分惊喜，尽管刚刚度过的一夜令他感到惊愕与失望，这回伯林盖姆这么为自己着想，终究让他禁不住内心一阵热乎乎的。他从床上一骨碌跳起来，扒下身上打被海盗抓住以来就一直日夜穿着的冷冰冰、潮腻腻、污秽不堪的破烂，从头至脚好好地洗刷一番。接着，没来得及刮脸，就忍不住把自己笔记本里的诗重读了一遍——尤其是那首礼赞童贞的诗，因为不论苏珊·沃伦是否在撒谎，该诗到底还是由于提及了琼·托斯特以及桂冠诗人后来的奇遇而生色不少。他一边刮脸，一边一遍

又一遍地念叨其中的诗行，一种身心愉悦的感觉越来越强。真是一个重新献身的美妙早晨——尽管时令有别，还是天高气爽，如同四月的天气。胡子刮好了，衣服换上了，不敢说像裁缝亲手做的一样合身，至少质量算得上上品。除了脸和手叫太阳晒得有些发黑，头发还有些零乱外，他看上去，感觉上去，比离开伦敦后的任何时刻都更像一位桂冠诗人了。他片刻也等不及就要往莫尔登赶，何况，琼·托斯特也许在那里等着他呢！

可是接下来，他的眉毛蹙成一团，脸上的表情显得局促无措。如何安全地从米切尔手中逃脱，以什么样的态度对待伯林盖姆，仍然还成问题。前者要比后者简单得多，因为后者牵涉的，不光是就朋友对事情真相的披露做出怎样的反应，而且还有对自己尿湿床的尴尬（这种孩子气，是几乎逃不过亨利眼睛的），再说，自己对朋友馈赠衣物还怀有感激之情。事实上，他越是考虑采用什么可能的态度，问题越是显得复杂，最后，他走到窗台前，出神地向河岸那边的两座墓碑望过去。

不多久，他听到有人上楼梯的声音，是亨利自己把头伸进屋子里。

“快一点儿，桂冠诗人大师，要不就吃不上早饭了！嗨，多么了不起的圣保罗的侍臣！”

埃比尼泽一脸通红。“亨利，我必须承认——”

“嘘，”伯林盖姆警告道，“我的名字是蒂莫西·米切尔，先生。”他走进屋子关上门。“他们在楼下等着，因此我必须快点儿说。我已打发你的仆人去取你在圣玛丽城的箱子。他会赶在我们前面到达莫尔登，并且会为你把事情料理好。听着，多塞特郡有一个叫爱德华·库克的人，是一个烟草种植园主手下的醉鬼加乌龟王八蛋。两年前，他向总督科普利递交了一份诉状，控告他妻子与人通奸，落了人们的笑柄，于是终日以酒自溺。我已经告诉了比尔·米切尔，说你就是那个可怜的浑蛋，喝酒晕了头，居然扮演起桂冠诗人来，他却信以为真。今天早上，行动清醒些，并且觉得有些难为情，没有什么值得担心的。现在快一点儿!”

诗人还没来得及提出反对意见，亨利就拉起诗人的胳膊，向楼梯走去，嘴里还以一种急迫而平静的语调说：

“你的朋友，那个女猪倌，已经突然不见了。米切尔说，是你给了她银子，她才准备跑到剑桥去的。我得立即备马去找到她，把她抓回来。你必须要做的事情是，请求他的宽恕，并主动要求帮助我寻找她，以弥补你的过失。我们可以在去莫尔登的路上，把剩下的文书弄到手，这样一来，我回来的时候，就会把它交给尼科尔森。”他们走进饭厅。“记住，不要忘了：我是蒂姆·米切尔，你是多塞特郡的爱德华·库克。”

对事情的安排，埃比尼泽既没有机会表示同意，也没有机会表示反对，只是觉得自己被带进了饭厅。米切尔船长和前一天晚上的几个客人，早餐喝的是朗姆酒，吃的是伯林盖姆认出是幼熊的烤肉。他们都看着埃比尼泽，有的神情愉快，有的眼光带着某种怨恨——考虑到他是蒂莫西的朋友，他们并没有明显地表露出来。两个后到的人坐下来，别人给端上饭菜后，伯林盖姆当众宣布他已经对米切尔讲过的话——他们尊贵的来访者，并不是什么诗人埃比尼泽·库克，而是那个乌龟王八蛋爱德华·库克。这一宣布，在听众中惹起好一阵粗俗下流的乱嚷嚷，接下来，埃比尼泽为自己的行骗行为以及其他不合适的言行举止，发表了一通漂亮的道歉之词，并主动表示愿意帮助蒂莫西，寻找那个逃跑的仆人。

“你看着办。”米切尔船长咕哝道，随后，给伯林盖姆一些最后的指示，“在老本·斯波尔德斯的地盘要多留神，蒂姆。那可是个贼窝加淫窟，也许，她又逃向那里了。剑桥法庭眼下就要开庭了，她是想和她的那些烂娘儿们乱搅和在一起。”

“我会的。”伯林盖姆微笑着回答。

“路上不要耽搁，一星期之内要把苏珊小姐带回来，我有话要跟她讲。我要让她不再酗酒，不再没完没了地出走，上帝作证！管他哪个蠢货色，只要付她两镑钱，都可以瞧一下她的屁股眼，并且轻而易举地相信她那些瞎编胡造的故事，可每次都是我花钱把她找回家！”

他一边这样说，一边拿责备的眼光怒视着埃比尼泽，诗人不禁脸发红，可让在场的其他宾客好不快乐。诗人于是主动提出要承担蒂姆的旅行费用。漫长的早餐可算结束了，诗人巴不得离开餐桌，尽管他没有多大兴致仔细考虑一下与伯林盖姆一道出发去东海岸的前景。一旦上了路，单独与伯林盖姆在一起，那就有必要对付那天早上他们紧急相会所耽搁下来的问题：他们两人将来的关系会怎么样呢；维持原先的样子，又撂下不提前一天晚上的一番心声吐露，实在叫人难以想象。

但是，接近正午，他们上路的时候——埃比尼泽骑一匹米切尔船长的沙毛老母马，伯林盖姆骑的是自己的活蹦乱跳的三岁大骟马——他想不出什么开场白，用足够的勇气来与伯林盖姆打开话匣子。伯林盖姆呢，丝毫没有谈论个人问题的迹象，只是谈论天气热得不合时令（他说，这种天气殖民地人叫它“小阳春”），谈论一路上偶尔遇到的种植园主或者印第安人，谈论此次上路的主要目的。

“打多塞特穿过切萨皮克湾，就是卡尔弗特郡。”他解释说，“如果我们从这里向正东航行，就会在离库克岬很近的地方上岸。但是，我们要做的是，略微向东北方向偏一点儿，航行到托尔伯特汤姆·史密斯的地面，就在多切斯特的北面；他拥有那份文书的另一部分。”

“你想到的不会错。”埃比尼泽答道。尽管他想把事情挑明，自己却谈起了苏珊·沃伦，说，他真感激她没有对他践约，并且请求伯林盖姆，不要插手她逃向她父亲那档事。伯林盖姆答应决不会去找那个女猪倌，又改变话题，让诗人从一门心思专注的事情上分开神。他们走了两三个时辰，一直走到下午，这时候，马的步伐近乎轻松得散起步来。随着每一次不经意地谈起新的话题，对埃比尼泽来讲，要开始讨论自己正式的话题就显得越来越困难。等到他们马上就要下榻目的地——卡尔弗特郡切萨皮克湾边的一个渡口——他意识到，这会儿才引出自己的话题，自己就显得很好笑了。于是，他叹了口气，铁了心，明天早晨头一件事就是和自己原来的导师谈自己的正题，如果当天晚上睡觉的时候还办不到的话。

伯林盖姆雇了一艘轻型帆船，渡他们和马匹去托尔伯特。十里横渡，一帆风顺。乔普坦克河是托尔伯特和卡尔弗特两郡的分界线。进入开阔的乔普坦克河口的时候，伯林盖姆手指船右边将近两英里开外的一块树木葱茏的陆地岬，说："如果我没有弄错的话，朋友，那边的地方就是你自家的库克岬了，而莫尔登就在那些树林子里的哪块地方。"

"我的天啊！"埃比尼泽惊叫起来，"你没有告诉我，我们会走得这样近！这会儿就让我在那里上岸，你差事办完了再来和我会合。"

"这么干，将会是双重的鲁莽。"亨利回答，"头一件，像我一样，你还不习惯与当地的家伙们打交道。第二件，他们的大人及桂冠诗人居然单身匹马，随从没带一个，实在不合适，你不这样认为吗？"

"那你就随我一道好了，亨利。"埃比尼泽请求说，他一路上说话瓮声瓮气的，因为心里实在憋得慌，这会儿，那种语气终于消失了，"你可以稍迟时候再去拿那份文书，不行吗？"

伯林盖姆摇了摇头。"那也不见得就谨慎多少，埃本。还有两份文书要找。一份在托尔伯特郡的汤姆·史密斯那里，一份在多塞特郡的威廉·史密斯那里。汤姆·史密斯，我面熟，还知道他住在哪儿，我们可以明天从他那儿拿到，然后再去剑桥。但是那个多塞特郡的威廉·史密斯，我是一点儿不认识，我们这边在找他，那边库德会抢劫和杀死他们俩。除此之外，我们得在牛津[①]上岸，叫一个理发师替你修饰一下头发，或者刮一下脸，戴上假发。我付账。"

对这番道理和热心肠，埃比尼泽提不出什么反对意见，尽管感到扫兴的是，他们与库克岬擦肩而过，却又要转头向北，沿着较小的特

---

① 此处指位于马里兰托尔伯特郡的牛津。

里德埃温河[1]，向一个有牛津、塞里德海温以及威廉斯塔特等不同称法的小村庄出发。到了小村庄，下了船，首先造访了理发师。埃比尼泽一时冲动来了热乎劲，吩咐他把自己的发型修饰成当地人的样子，而没有先刮胡子后戴假发。接着，就去了码头附近的一家小客栈，吃了烤绿头鸭冷餐，喝了点儿啤酒，也是伯林盖姆付的账。考虑到他们会在那里过夜，桂冠诗人铁了心，他们一准备就寝，自己就要把亨利和安娜的关系完整地审视一番，好一锤定音地做出决定，自己究竟应当怎样对待这件事情。但是，这一决定却被亨利挫败了，因为亨利晚饭后宣布，趁天还没有黑尽快赶到托马斯·史密斯的家，还建议说，应当争分夺秒地把托马斯·史密斯手中的文书弄到手。

"我发誓，"亨利一边说，一边用大衣袖口擦了擦嘴，"这个证据会要了库德命的。他会无所不用其极地把它弄到手，绝不会轻易放过提及它所在之处的任何片言只语。马上动身。"他从桌子边站起来，就要去拉马；直到他离门口还有一半路的时候，他才转过头来，看到埃比尼泽不但没有跟在身后，反而仍然坐在空碟子前面，磨磨蹭蹭，一味地叹气，舌头咂得啧啧响。

"嘿，这会儿，"他说，一边往回走，"你还忐忑不安的，是不是因为离家门口这么近，却回不了？"

埃比尼泽摇了摇头，一副两可的神态。"那不过是文书的一部分，亨利。你这样匆匆忙忙的，我腾不出时间把应该考虑的事情考虑周全！我甚至安不下神，把我要质疑的所有问题考虑一下，更不用说仔细琢磨你的问答了。我怎么知道我必须做什么？我的位置在哪里？"

伯林盖姆的手臂揽过诗人的肩膀，微笑了起来。"你所描述的，我的朋友，不是人的命运，又是什么？人因其不自觉的情欲而置于险境，又受到莽撞之娼妇的怂恿，从伊甸园里圣洁的子宫，堕落到各色各样的、昏头昏脑的大千世界。他受机遇的捉弄，成了毫无目标的自然的

---

① 乔普坦克河的主要支流。

玩物——不过是混沌界的风刮来的蚍蜉而已。”

“你误解了我的意思。”埃比尼泽说，一面垂下双眼。

伯林盖姆保持着兴致：他的眼睛闪动着光芒。“并没有多大的误解，我以为。很久以前，我们就像这样坐在一起，在马格达林学院附近的一家酒馆里——你还记得吗？当时我说：‘我们正坐在一块从太空胡乱飞来的岩石上，我们大伙都在奔向坟墓。’我们的命运就是寻求，埃本，我们寻求我们的灵魂，我们所发现的，是在其中发达并衰落的同一个混沌宇宙的一小片：宇宙空间刮起的无穷无尽的风……”

实际上，晚风已经起来了，正肆虐着小客栈。埃比尼泽打了个寒战，紧紧抓住桌边。“这么多的问题，没有答案，没有落实！我头都弄晕了！”

“哎呀！”亨利笑起来，“你足够清楚地了解了，你就不会弄晕了头：你简直要发狂了！这家小客栈，看上去就像汹涌的海洋上的一座小岛，不是吗？外面，大自然毫无目的地疯狂怒吼着，这屋子里却很平静——我们怎么敢离开这里？看看你周围这些吃饭和玩牌家伙们的势头，好像天空就是他们母亲的子宫！他们令我想起，我曾经在非洲看到的喂给大蛇吃的小鸡：大蛇出击一只的时候，其他的咯咯乱叫，到处乱扑，但没过一会儿，小鸡们又这里抓、那里扒地寻找谷物，或者站到大蛇的背上，理起自己的羽毛来！这些家伙们要不是实在抵不住瞌睡，他们还会一路沿街胡言乱语瞎折腾呢。”他按了一下诗人的胳膊，“你也和我一样知道，人会干出了不起的事来；远方发生的一切，”他拳头向空中一挥，“那就是疯人院的行当了！哪一方对事态看得更清楚些：站在巨蛇背上清理羽毛的小鸡，还是在斗室里哆嗦的疯子？”

埃比尼泽叹了口气。“可是，我看不出其中有什么瓜葛；一点儿瓜葛都没有，和我的——”

“没瓜葛？”伯林盖姆惊叫起来，“它正是问题的症结之所在！只有两件事可以叫人免于发神经病。”他指了指客栈里的其他主顾，“头脑不清醒是一件，而且是更常见的一件。人发神经的真正原因，必须花番大气力才能寻得出，呆头呆脑或目光短浅的人，是永远办不到的。谁一旦抓住原因——不论是得之于洞察还是教育——谁唯一的对策就是，在它还没有给自己带来灭顶之灾之前，强迫自己一直关注它！你如此看重贞操和作诗，我非得找到我的父亲不可，还要一心打败库德，个中原因是什么？一个人必须创造和抓牢自己的灵魂，然后要坚定不移地忠于它，否则的话，到头来就一定会独处一隅，唠唠叨叨个没完。人在其旅程中，必须选中自己的神灵或魔鬼，把自己的名字织在宇宙中，并且宣称：'这就是我，世界就是这样存在的！'人必须**发奋，发奋，再发奋**，否则的话，就一定会呼天抢地地发疯。还有别的什么选择？"

"有一个，"埃比尼泽红着脸说，"就是我逃避的……"

"什么？啊，见鬼，千真万确！你上大学那会儿，我就看出来了！我在疯人院里见到的类似情况可多着呢——满身臭气，眼睛睁得大是大，对世界却是一无所察！其中有一些人，生命沦落到光会打一个手势的份儿上，不断地重复再重复。另一些人，可谓呆若木鸡，你叫他们待在哪儿，他们就待在哪儿。还有一些人，给自己套上假身份：亚历山大、罗马教皇，甚至还包括马里兰的桂冠诗人——"

埃比尼泽抬起头，拿不准伯林盖姆指的是自己，还是那些骗子们。

"最后的选择是，"他的朋友做结论了，"如果你要摆脱那种命运，要么接受我，要么拒绝我，包括我们承诺过的行动——不论我们以什么角色登场，就像你不顾一切地以诗人和处子的身份接受你自己一样——或者放弃而另寻别的什么来头。"他站起身，"无论哪一种情况下，都不要希望把事情弄得一清二楚——这么干是不会有什么结果的，再说，哪来的穷工夫。现在，是和我一道走，还是留在这儿？"

埃比尼泽皱起眉头，斜眼看了伯林盖姆一眼。"和你走。"他最后说，随伯林盖姆走出去备马。夜很不平静，但不至于令人不快。西南方向吹来温暖而潮湿的风，把河水吹成一浪一浪的，吹得松树像被鞭子抽一样，弯下了腰，又驱赶着云朵掠过星空。两个人抬起头，看向如此美妙的夜空。

“把**天空**这个词忘掉，”伯林盖姆随口说出，纵身跳上小马驹，“它对你的眼睛是一道障眼法。远方无所谓什么天顶不天顶的。”

埃比尼泽眨了几下眼：在伯林盖姆的这番训导下，他平生第一次，抬起眼好好地看了一下天空。黑洞洞的半个星球，挂在头顶上，像遮蔽风雨的屋顶，其中的星辰，已经不再是上面的点缀了。他现在看它们之间的关系，是三维的，其中令人感悟最深的是深度。相比较之下，星辰之间宇宙空间的长度与宽度，就显得微不足道了。他现在深有印象的是，有些更近，有些更远，而有些遥远得难以想象。如此看来，整个的星际就完全没有意义了。它们那些并非名副其实的特征，就像天空探测者那些虚假的假设一样，这会儿露了馅，埃比尼泽于是觉得失去了方向感。他不能上上下下地思考个周全：星辰只是**在那里**，既位于他的上方，同时又位于他的下方；风也似乎不是从大海湾刮来的，而是从天空自身——宇宙空间无尽的走廊——那里刮来的。

“发了狂了！”亨利小声说道。

埃比尼泽的肠胃翻了起来；他在马鞍上摇晃了起来，用手蒙起双眼。刹那间，他还没来得及转开身，就似乎头朝下、脚朝上地跌入了行星的底部，向下看星辰，而不是向上看，仅仅亏了双腿死死地夹住沙色老马的肚带，同时双手紧紧扣牢马鞍桥，才免得自己一头栽进那些巨大的深渊中。

二十四、两个旅行者闻及耶稣会约瑟夫·菲茨莫里斯神甫奇怪的殉身：表面上看来，与自己的事情没有什么瓜葛，而事实将证明情况并非如此

埃比尼泽和亨利·伯林盖姆往目的地赶，虽然迎着风，骑马也要不了一个小时。他们从牛津村上路，向东走了四英里，接着向南走了大约一英里，沿着森林和烟草地里的小路，一直走到小岛湾边的一座小木屋子——小岛湾像较大的特里德埃温河一样，注入大乔普坦克河。

"你要在这里遇到的，是一个非同寻常的家伙，"他们走近的时候，伯林盖姆说，"他有一点儿库德的架势，但却站在天使一边，是一个很值得敬重的人。"

"托马斯·史密斯？"埃比尼泽问，"我认为查尔斯·卡尔弗特对我什么都没有说到——"他停下来，做了一个鬼脸，"也就是说，我从来就没有听人说起他。"

"不，"亨利笑起来，"我也许提过他。他是一个地地道道的耶稣会士，因此，确定无疑的是，托马斯·史密斯不是他真实的名字。尽管如此，他却是一个了不起的家伙，喜欢啤酒和马匹。逢星期五晚上，他都要和利利斯通牧师痛饮一场（亏了这个牧师帮了一把，两年前在普利茅斯港口，我才把库德的信件偷到手）。有一次痛饮之后，两人骑马去托尔伯特法院，称呼它为疯人宫殿！有些人说，这个史密斯从北边加拿大来，是为法国人做探子——"

"是这样的吗？巴尔的摩把会议记录交给他保管？"

伯林盖姆耸了耸肩。"他们的忠诚不是限于对法国和英格兰，我敢说。无论怎么样，史密斯在这里干的，是一些了不起的小偷小摸的间

谍活动，对他的思想状况我们有充足的证据：去年，科普利总督指控他发表煽动人心的言论，从犯还有塞耶上校，差一点儿就坐了牢。”

他们的忠诚不是限于对法国和英格兰之说法，让埃比尼泽觉得很不入耳，但他还是一门心思想着自己的问题，顾不上问一下伯林盖姆，他指的是对法律正义的忠诚，还是（譬如说）对国际上的罗马天主教的忠诚。他们把马拴好，伯林盖姆轻声而短促地在小木屋的门上敲了三下。

“嗨，是谁?”

“蒂姆·米切尔，朋友。”伯林盖姆回答道。

“蒂姆·米切尔，是吗？我听到过这个名字。”门开了，但只开到足以让屋里人提起马灯往外看的程度，门仍然用链条牢牢地扣在门边框上。“夜里这会儿，找我有何贵干?”

“我为主人带回一匹迷途的马。”伯林盖姆回答道，一边对埃比尼泽挤眼睛。

“是吗，这会儿？报酬不大，麻烦挺多的，不是吗?”

“我会把账单存放在天堂里，神甫，一点点儿钱就够了，**主人会重新得到他的母马**。”

埃比尼泽猜想，为了微妙的原因，伯林盖姆是在用比喻的说法谈论苏珊·沃伦逃跑一事，只是到头来才意识到，他们说的是詹姆士二世党人的行话。

“哈!”屋里的人叫起来，一边把门下了锁，甩了个大开，“如果耶稣会还有能耐，他真的就会这样的！进来吧，请进来！如果你们不是两个人，我是不会这么疑神疑鬼的。”

一走进小木屋，埃比尼泽就发觉，主人并不像他那低沉的声音以及关于他的事迹传说所暗示的那样可怕：他的身材，高不出五英尺多少；身材偏瘦，那张红扑扑的脸——在他教士领装的映衬下，与其说具有高卢人的特征，还不如说具有日耳曼人的特征——尽管他已接近五十岁，却仍然带有独身者常有的孩子气色。小木屋本身是非常干净的，没有什么脏东西，除了桌子上一个酒瓶，沿壁炉台有一排小酒桶，整个房间布置得十分庄严，像一个修士的斗室。尽管他耽于狂饮，看上去却多少有一点儿学者的派头：墙壁四周排放的书籍，是桂冠诗人打离开马格达林以来，在一个房间里所见到的最多的，同时，酒瓶的四周也尽是些书籍、充足的纸张以及写字用的工具等。

"这个年轻人是埃本·库克先生，打伦敦来的。"伯林盖姆说，"他是个诗人，我的一个朋友。"

"确实如此，一个诗人！"史密斯握埃比尼泽的手很热情。他有个习惯——无疑，部分是由于他个头小，但却同时表露出他的一些女人气——说话的时候，踮起脚，把那双蓝色透亮的眼睛睁得大大的。"多么令人惊喜啊。先生！他赋诗**赞美上帝最伟大的光荣**[①]吗？他不应当吗？"

对这种打趣，埃比尼泽想不出什么合适而风趣的话来作答，但是，伯林盖姆接过话说："我更要**赞美巴尔的摩的光荣**，神甫：他从查尔斯·卡尔弗特那里弄到了马里兰桂冠诗人的位子。"

"好上加好！"

"至于他的忠诚，尽管放心。"

神甫发出一声低沉的笑声。"我现在不计较这个了，米切尔先生。我才不会呢，撒旦自己有他自己魔鬼般的忠诚！我担心的是**目标**，而不是目标就在眼前。"

伯林盖姆强烈劝解他打消恐惧心理，但是，当伯林盖姆说起他们此次造访的目的之所在，并且拿出尼科尔森总督派他们来取那些珍贵文书的许可令时，耶稣会士的脸部表情，还是显得有些放不开。"我把会议记录藏得很好，"他说，"我知道你是我们这边的人。但是，对你朋友的忠诚，我们又有什么凭证呢？"

"我认为，我的职位就是足够的凭证。"埃比尼泽说。

---

① 原文为拉丁文。

“那只能说有**拥戴之心**，而不能说明就有忠诚之志。你愿意为促进我们的事业而献身吗？”

“他差一点儿就那么做了。”伯林盖姆说，并简要地介绍了一下桂冠诗人与海盗们在一起的惊险经历。

“他身上有点儿圣人的派头，对此我敢说，”神甫说，“问题只是他愿意为什么事业献身，我琢磨着。”

埃比尼泽尴尬地笑起来。“这样看来，我得承认，我不会为巴尔的摩大人献身，如同我赞同他的事业而憎恶约翰·库德的勾当一样，是铁了心的。”

神甫扬起眉头。伯林盖姆马上说：“现在算有了个明确的答案，先生。一个为事业献身的人，死了后会有些用场，在世的时候，对他追求的事业来说，经常总是一个讨厌的障碍。”他话里有一种戏谑的口吻，“这就说明，为什么耶稣会里没有殉教者。”

“实际情况是这样，尽管我们也可以举出一两个例子来。但是，**以上帝的名义**，原谅我的无礼！请坐下喝点儿酒！”他挥挥手，招呼他们坐到桌子旁边来，并动手清理上面的纸张。“是协会寄来的信件。”他解释说，一边观察到埃比尼泽对此感到好奇，给他们看一些用拉丁文写的字迹工整的材料，“我对神学的历史稍有涉猎，刚才还在写一段耶稣会在马里兰布道的事，是一六三四年到今天这段时间。它本身是一部内容跨越六十个年头的《伊利亚特》，我敢发誓，那堡垒还未陷落呢！”

“多么有趣啊。”埃比尼泽嘟哝道。他意识到，自己早先笨拙的言辞被误解了，于是想寻个法子弥补弥补。

神甫从餐具橱里拿出两只玻璃杯，从桌子上的瓶里倒了一巡酒。“**赫雷斯雪利酒**，从加的斯[①]肮脏的葡萄园里运来的。”他把自己的玻

---

① 加的斯（Cadiz），西班牙西南部一省份，赫雷斯是加的斯省一城市，盛产葡萄酒。

璃杯冲着蜡烛灯光，“红酒，多么清爽啊！如果说，波尔图酒是耶稣的血，那么，这就是**圣灵的灵液**。为你们的健康干杯，先生们。”

祝酒喝完了，伯林盖姆说：“现在，神甫，如果你十分相信我们的忠诚之心——”

“是的，当然如此，”神甫说，又倒了一巡酒，却没有丝毫迹象要去取珍藏的文书。他又把自己的书信乱翻了一通，好像一门心思放在它们上面，并且说：“事情的真相是，美洲的第一个殉道者，是一个耶稣会的神甫，也就是约瑟夫·菲茨莫里斯神甫——我在这里拼凑在一起的，正是他不为人知的经历。”

埃比尼泽假装留下了深刻的印象，还想讨好主人，说：“你认为，耶稣会在出圣人和殉道者方面，会走在别的教会前面，不是吗？圣人和公民，可能信仰相同的道德原则，但是你眼里平庸的人，随时会走中间路线，并且反对那些原则，而你眼里的圣人却会坚守它们，至死也不会放弃的。我的意思是，正常人是不大讲究理性的，耶稣会士凭多大的理性而以伟大的逻辑学家著称，他们就会多大程度地接近圣人的境地。”

“凭上帝说，这种推理是多么有说服力啊！”神甫苦笑道，“但是，任何一个称职的耶稣会士都可以向你表明，这是靠不住的。一方面，你把**有理性**和**通情达理**两个词的意思弄混了。另一方面，你把布道和习俗弄混了。令人可悲的事实是，我们是最通情达理的那号人——也就是说，我们时常折中我们的原则，好实现我们的目标。这位神圣的菲茨莫里斯神甫，举个例子说——”

“他是有福的人了，我确信，”伯林盖姆插话说，“但是，在听他的故事之前，我们能不能先看一看——”

“不，不，用不着着急。”这回轮到埃比尼泽插话，他表示反对，“我们有一整夜的时间拿会议记录。这会儿我们到了这里，我就非常乐意听一下那个故事。也许，该故事值得在我的《马里兰纪》里面书上一笔。”他无视朋友表示讨厌的神情，因为他认为，亨利急于想拿到会议记录，是令主人很反感的，“那个神甫怎样死的？”

神甫带着若有所思的微笑，看了他们两人一眼。“实际上，菲茨莫里斯神甫是在一个正式的判决仪式上，被判决成异教徒，用火烧死的。”

“不是吧！”

史密斯神甫点点头。“知晓这个故事，一部分是出于梵蒂冈的布道记录，一部分是来源于对附近印第安人的调查；其余的部分，我可以为此提供传言和猜测。这是一篇非常感人的故事，我认为，它同时表明了圣道的长处与短处。这一点，米切尔先生刚才已经提到了。”

“耶稣会士居然被判刑烧死！请从头道来，神甫，我要听个究竟。”

这会儿，夜已经有点儿深了，在小木屋的屋檐下，风依然在低吟着。埃比尼泽从主人手里接过一袋烟，就蜡烛点上，坐回原来的位子，显得非常自在。但是，他的这种圆滑和得体，被伯林盖姆的举止抵消了，后者把杯子里的酒喝个精光，没等主人客气，又替自己满上一大杯，显然，他不想掩饰自己对神甫和埃本两人谈话的不满。

史密斯神甫点上一袋烟，对客人不得体的举止并不在意。“在罗马耶稣会的记录档案里，”他开始说，“可以找到在马里兰布道的所有年度文书记录。两个神甫和一个主教助理乘‘方舟号’和‘鸽子号’，与第一批殖民者一起来到这里。赶在年终之前，又有一个神甫和一个主教助理紧接着过来了。就是在寄回罗马的第一封年度信函里——”他在眼前的纸堆里翻找起来，“对，这就是我的抄本。是这样写的：**吾会两神甫，本年奉命随某绅士探幽异土。其勇气可嘉，一路风尘，历时近八月，虽体格不佳，并时遭病痛折磨，但使我们有望终有大获，盖异域丰庶不凡也。**”

“他们说的就是马里兰？”埃比尼泽问道，“他们为什么不用他们庇护人的名字？这真有点儿忘恩负义，你不这样认为吗？”他想起听查尔斯·卡尔弗特——或者说，是伪装的伯林盖姆——描述过的，伦纳德·卡尔弗特[①]总督，同这些早期的耶稣会士打交道所遇到的那些麻烦。

“一点儿也不，”神甫要他确信，“他们很清楚的是，老塞西尔·卡尔弗特，内心深处是一个正儿八经的天主教徒——除了思想有点儿太自由——但是，在一切事情上，都有必要充分地小心，因为当时的反天主教势力，比现在更处于上升的趋势，而耶稣会士始终生活在危难中。出门不暴露身份，或者用化名，这是他们的习惯，提起他们的恩人时，总是用诸如**某绅士**等一些掩盖的说法。这封信中提到的**某绅士**，就是乔治·卡尔弗特——不是第一任的巴尔的摩勋爵，而是塞西里斯[②]和伦纳德的兄弟。以相同的方式，巴尔的摩宣布，马里兰要用亨丽埃塔·玛丽亚王后的名字命名，尽管实际上是用了天堂女王[③]的名字，这种情况，也同样发生在圣玛丽城命名的情况上。”

“不，会是这样吗?”对巴尔的摩家族与耶稣会士的诸多瓜葛，埃比尼泽深为不安，这令他想起伯特兰深信不疑的那些见不得人的阴谋把戏，“我明白了，是查理王叫它为马里兰的，在此之前，巴尔的摩提议那个名字——”他转过身来，看着伯林盖姆，伯林盖姆正满怀心事地盯着火炉看，“是什么名字，亨利? 我一时想不起来了。”

“**克里桑萨**，”伯林盖姆回答，并进一步补充说，“这名字的意味，是象征穆罕默德的神圣的新月旗，还是象征着普里阿普斯[④]专用的有肉欲感的月牙形图标，一直是学者们争论的话题。”

“嘿，亨利!”埃比尼泽为他朋友的粗鲁羞得脸上发红。

“没关系。”神甫宽容地说，“无论怎样，在卡尔弗特这边，只不

---

① 伦纳德·卡尔弗特（Leonard Calvert，1606—1647），马里兰第二任领主塞西尔·卡尔弗特的弟弟，被其任命为马里兰总督。

② 即塞西尔·卡尔弗特。

③ 即圣母玛利亚。

④ 普里阿普斯（Priapus），希腊神话中男性生殖力之神，也是果园、酿酒和牧羊的保护神。

过是出于一点儿礼貌，才宣布他采用了国王的建议，放弃了自己的主张。”

“还是接着讲你的故事吧，先生，我不会再打断你的。”

史密斯神甫把信件放回到架子上。“踏上第一次旅程的两个神甫，是约翰·格雷文纳神甫和安德鲁·怀特神甫，”他说，“怀特神甫的名字是真实的——这则优美的故事就是出于他的手，叫《马里兰之行简述》。另外一个神甫的名字，是约翰·奥尔瑟姆神甫的化名。两人之中有一个人，随同乔治·卡尔弗特踏上刚才你们从信中听说到的旅行，该旅行声称是一次去弗吉尼亚的长途旅行。我猜想是怀特神甫，因为他既在教士界享有很高荣誉，又富有勇气。但是，另外的一个人，所有相关的信件中都没有提到，实际上就是我谈到的那个圣徒：约瑟夫·菲茨莫里斯神甫，又自称为查尔斯·菲茨詹姆斯或托马斯·菲茨西蒙斯。真实的情况是，他再没有从那次旅行中回来过。”

“但是你读的信中宣称——”

“我知道——真使写信人丢脸。无疑，它是为了拿成功的布道，来给罗马的上司们留下印象。一六三四年来到这里的三位神甫中，约瑟夫·菲茨莫里斯神甫是最后来的一个。在那纷乱的时代里，他在伦敦行使神职，实在是热情过了头，于是，应他上司的要求，他乘船上路来马里兰。可是，我的天啊，他一到圣玛丽城就发现。他同伴们所从事的事，几乎全都是针对种植园主自身的，差不多一天天滑向变节了。那个地方的皮斯卡塔韦人，让他进一步醒悟了，他们不光远远地脱了俗，而且对那个真正的信仰，比起他们的英国同伴来，要忠诚得多。怀特神甫早些时候使他们的塔雅克[①]转变了信仰，这是我们的方针所倡导的，不久，整个一座蛮人生活在其中的城市——劳诺克[②]，就被着手

① 据下文，疑为劳诺克城的首领称号。

② 美国弗吉尼亚州中西部城市，位于劳诺克河畔。

变成玫瑰园[①]了。这样看来，乔治·卡尔弗特提议进行探索的旅行时，菲茨莫里斯神甫干脆主动提出要随他一道去，就不足为奇了。卡尔弗特公开宣布的意图，是要了解他兄弟的巴拉丁领地[②]西部边界的情况，而真正的目的是，暗地里与威廉·克莱本船长就肯特岛的问题，搞政治交易。”

“我记起了那个名字，”埃比尼泽说，“他就是约翰·库德的教父！”

“就像撒旦是马丁·路德的教父一样，”神甫表示同意，“菲茨莫里斯神甫看到乔治·卡尔弗特的准备是多么的不充足，于是替自己打点充分；尽管征途遥远，他还是计划在能碰到的异教徒中生活一些月份，哪怕他们狂热之至，矢志要把他们的灵魂带给万物万灵的主。”

“不错，”埃比尼泽用赞赏的口吻说，“故事讲得不错。”

神甫微笑着表示感谢。“他打点了一水手箱面包、奶酪、晒干的生谷物、豆子以及面粉。第二只箱子，他装了三瓶圣餐饮的酒、十五瓶洗礼用的圣水。第三只箱子，装着圣器和一块圣坛上用的云石板。第四只箱子里装着玫瑰、十字架、纪念章，还有各色各样的用于抚慰和劝导异教徒使用的炫耀的玩具、廉价而俗丽的零散物。所有行装，都装上‘鸽子号’，于九月四号动身向南航行。但是，还没到傍晚，船就掉头，沿切萨皮克湾向北航行。菲茨莫里斯神甫询问这样做的原因时，得到的回答是，他们只是在抢风航行，由于他对船的路径一无所知，他只好保持沉默。

“日落时分，他们在一个大岛屿的下风处抛锚停船。岛屿的名字，皮斯卡塔韦向导称为**蒙诺篷森**，但乔治·卡尔弗特却叫它肯特岛。菲茨莫里斯神甫乘第一只小船上了岸，再次感到恼怒，因为沿所有的海岸，都盖满了屋子，种满了植物，并且到处都是白人，不信教，极不好客，虽说一点儿不粗俗。卡尔弗特向同伴宣布，这里实际上就是他

① 这里指信仰天主教，因天主教有《玫瑰经》。

② 指享有王权的封建贵族的领地。

们的目的地，而他的真正使命，就是弥合巴尔的摩勋爵与克莱本船长之间的纷争。可以想象，这个时候菲茨莫里斯神甫的愤慨有多大了。

“但是，当他向怀特宣泄心中不满的时候，那个老实人提议，事至如此，最好保持默认。‘不得已而甘愿为之。’就是他的建议。如果克莱本同蛮人做买卖，那么从道理上讲，也是能够说得过去的，岛上已有印第安人了，当时，有谁说我们的道路通往这里，就是为了改善蛮人的境况以及推动人们信服那唯一的信仰？我们实际上不是虔诚的吗？——我们又没有拒绝上帝的旨意。我们不是留在这里，从异教徒中间收获我们的物产吗？”

“这里面有相当程度的诡辩成分。”伯林盖姆发表看法。

“推理倒是足够的严密，”神甫表示同意，“但是，菲茨莫里斯神甫可不理睬那一套，在他自己置身于野蛮的印第安人中间之前，也绝不会安心。那些留在岛屿上的印第安人，他说，已经有一半被弗吉尼亚人改变了信仰，尽管他们本来就是异教徒或其他什么教徒。他还说，传教士的真正价值，只能在纯洁的、精神没有受到污染的异教徒中间接受考验，因为他们从来就没有见过白种人。

“怀特神甫还说了许多话，但是毫无效果，菲茨莫里斯神甫实在是气愤极了。他们最后与同船的一些伙伴去就寝，剩余的人在岸上豪饮狂欢。第二天，找不到菲茨莫里斯神甫的一点点儿踪影，他的四个小箱子也不见了，拴在‘鸽子号’旁边的那只小船也不见了。他仅留下一条信息，写在怀特神甫的祈祷书上：Si pereo，pereo A. M. D. G. 。从那以后，没有人再见到过他，耶稣会后来认定他死了，把他的名字从记录上删除掉。没有人知道他游渡到哪里去了，也没有人知道他的命运究竟如何，直到大约十五年前，我开始从事研究的时候，才发现了他的一些情况：当时，我很走运，与一个塔克芒人交谈，其人是一个年老的蛮人，曾经做过卡索哈文岬一个小镇的王，那地方就在离这儿不远的乔普坦克河那边，这个老人告诉我一个故事，其主人公不是别人，正是菲茨莫里斯神甫……

“就我所知，菲茨莫里斯神甫划船从肯特岛，经过提尔曼岛屿，然后向东进入乔普坦克河口，看到那座蛮人城市后，就登陆上岸。印第安人早就看见了他，他划船的时候面对着船的尾部，他们就发现他是白种人。塔克芒国王和他们的一班喽啰人马，走下来到海岸上欢迎他。

“那个陌生人走上岸，他们注意到，他身穿奇特的黑色长袍，船上刻着个鸟的图案。正是这两个细节，我紧紧抓住不放，因为‘鸽子号’船尾上带着这样一个标志，而菲茨莫里斯神甫除了睡觉，从来就不脱下长袍。不仅如此，船上有他四只木箱子。他走上岸，跪下来祈祷——无疑，是向玛利亚祈祷，感谢她使他一路平安。蛮人对所有这一切都感到极大的好奇，而当菲茨莫里斯神甫从箱子里拿给他们一些小玩具的时候，他们的好奇心就更大了。塔克芒国王马上派人进城，不久就取来一大堆皮毛货物，其他的蛮人也跟着来了。

“菲茨莫里斯神甫非常高兴，我确信，因为来的异教徒数量很多，他完全有理由相信，他们以前从来没有见过基督徒。想象一下，他左手分发小装饰物，右手为接受者们祝福，与此同时，塔克芒人回忆说，他嘴里一直嘟哝个不停，究竟说什么话，当地人没有一个听得懂。他们只顾往他船上装皮毛，直到最后，他明白了他们是把他看成了做买卖的，这时候他才给每个人一个十字架，并且，无疑试图用手势向他们解释我们救世主的热忱。

“不一会儿，塔克芒国王仔细审视一番手中的十字架，就向他的一个喽啰发出命令，一边指着十字架。那个人再次跑进城，带回一只小木盒子。一看到那只木盒子，所有的蛮人都匍匐在海滩上。难道菲茨莫里斯神甫不会猜想，盒子里装的是该部落拥有的异教徒圣物？我以为，他当时就合计着，他们要把他们的偶像甩到地上了，就像摩西从西奈山①上下来时的情形那样，他同时还琢磨着，究竟需要多少圣水才

---

① 基督教《圣经》中记载的上帝授摩西十诫之处，据信系指埃及西奈半岛南部某山。

够给那么多人洗礼。

“但是他很背运，他的考验还远未结束。实际情况是，他还未给予洗礼的城市，许多年前就被某个路过的商人玷污了——更糟糕的是，是被一个游荡的异教徒，弗吉尼亚人！塔克芒国王从盒子里拿出的并不是金牛犊[①]，而是一本皮封装《圣经》，封面有一个十字架木刻图像。就在其反面（因为我亲眼见过那本书），有一行献词：**献给最尊敬的詹姆士君主阁下……英国教会将因此硕果累累**……国王把书举得高高的，好让大家都看见。聚集的印第安人马上齐声诵唱英国的《神颂》：

我们颂扬您，上帝，我们承认
您是主。
所有人类都景仰您，
您是永远的父亲……

“可怜的神甫一定近乎昏厥了；无论如何，他从塔克芒国王及其喽啰们手里抢过两三个十字架，跳到船里，直到划到一箭射程开外的地方，才喘口气在胸前画十字。这边那些印第安人，看到他对他们挥动拳头，以为是在向他们告别，于是重唱一遍颂歌作答。”

“不走运的家伙！”埃比尼泽大笑起来，就连伯林盖姆也忍不住发笑，并且发表看法说，做圣人可不容易啊。

“听到他的这些不幸，”神甫说，“不把他的事弄个究竟，我是不会感到安心的。我在州里到处调查，尤其是下多切斯特郡，因为我猜想，他第一次尝试失败后，会进一步向南方出发，找寻异教徒。有很长一段时间，我的辛苦毫无结果。后来，没过多少年头，有一个印第安人被押到剑桥法庭审判，被指控谋杀了一户白人全家人。当时，我碰巧在那个地区有些事务，我就要求听那个可怜的人忏悔罪行。他拒

① 古代以色列人崇拜的偶像。这里指塔克芒人崇拜的偶像。

绝了我的一番好意，不久就上了绞刑架。但是，通过我们没用的谈话，我了解到——好像是机遇——菲茨莫里斯神甫的命运。

“那个蛮人的名字叫查理·马塔森。他来自南梯库克一个好战部落，这个部落很久以前渡入多切斯特郡的沼泽地带，据说，生活在与外界完全隔绝的封闭状态中。这个查理，实际上是塔雅克的儿子，尽管曾不顾一切地和一个英国妓女私奔，后者还是成了他许多刀下鬼中的一员。他对英国人怀有无法比拟的仇恨，这种情感是从他父亲塔雅克那里继承的。我带着圣水和十字架去为他洗礼，接受他忏悔的时候，他特别蔑视我：他冲我长袍上吐痰，宣称说，他的人民曾经在十字架上烧死过一个像我一样的家伙！我接着就询问起来，他指的是一个英国人吗？因为我从来没听说这样的事情发生过。他回答说，事实上，那个人不仅是一个英国人，而且是一个穿黑袍、带着十字架和忏悔书的神甫——就同我一样——尽管他有神奇的水，却灭不了烧死他的火。而且更奇怪的是，这个神甫竟然是查理自己的爷爷——他是这样说的——而且是被查理的父亲烧死的。”

“乖乖，简直不可思议！”埃比尼泽大叫起来。

神甫表示同意。“听到这件事情，我搁下圣职差使，请他多告诉我一些情况。我是为那个印第安人的灵魂向上帝负责的，但是说实话，一个好的故事可以抵得过一个负罪的灵魂，不是吗？不仅如此，我只能认为，是上帝派我来听这件事的，因为，在我听完以后，我就全盘知道了菲茨莫里斯神甫的悲惨经历……

“那个神圣的家伙离开卡索哈文的时候，谁知道他要向南漂流多远，或者，究竟有多少无味的岸上旅行等待着他？除了神迹以外，有什么力量可以保证他在那汹涌的切萨皮克湾上没日没夜地漂流，最后把他冲到野蛮而精悍的南梯库克人那里？像查理所说的——他从他父亲塔雅克那里听到，都能把这个故事背下来了——大约六十年前，一阵可怕的台风席卷了沼泽地，把一艘奇怪的小船冲进印第安城。船上，晕死过去的是一个身着黑教士服的英国人——也许是他们第一次看到的英国人——以及几个上了铜锁的箱子。”

“这样看来，那准是菲茨莫里斯神甫了！”

“我当时耳里听着，心里也是这样想的。”神甫回答道，“但是，这真是一个奇妙的巧合，我几乎不敢相信。可是，我的信使接下来的话，把我所有的疑虑都打消了：他说他们的部落中，有一种古老的信仰，白皮肤的人像水蛇一样，是奸诈的，一见到就该杀死。由于这个来客面目非同寻常，又是以如此奇怪的方式被带到他们中间，有些人怀疑，他是一种旨在给他们带来不幸的妖魂；鉴于他的长袍看上去像乌云，这种怀疑心理就更强了，**再说，他所乘之船的艉横材上居然还刻有一只鸟的图像**。

“不久，他们就打消了恐惧心理，那个家伙看上去孤立无援，躺在那里不省人事。他们就把他带进一间屋子里，用生牛皮带把他的踝关节绑了起来。接下来，他们砸开了他的箱子，用里面的珠宝和十字架装扮自己。囚犯清醒过来的时候，在地上低着头跪了一会儿，然后，用他们一无所知的语言对他们说话。城里年长的人商讨怎么处置他，这时候，较年轻的人给了他一些吃的，站在周围观看他古怪的姿势，因为在他们眼里那太有意思了。他们看到他从箱子里取出十字架，用手势重复着一种仪式，有好几个小时，尽管没一个蛮人理解，却使他们感到十分高兴，他们于是也开始尝试那些姿势，后来，又把它们传给下代人。就连查理·马塔森也可以回忆起来，他是从他的父亲那里学来的。据我所知，他的部落在多塞特郡的沼泽地带施行这些仪式。这就是一开始的步骤，就像我所看到的那样——看看你们能从中猜出些什么。”

史密斯神甫从桌子旁边移开身来，指了指自己，接着，迅速而急促地往长袍上戳，手里举起十字架，在心前画十字，双膝跪下，模仿祈祷，又跳起来，接着，模仿钉在十字架上耶稣的形象，摊开手臂，抬起眼睛。

“我以为，他的意思是想表明，他是一个神甫。”伯林盖姆说。

“啊!”桂冠诗人兴奋地表示赞同,“见鬼,像是来自坟墓的声音!”

“但是还不到下面的一半灵巧。”神甫说。

“怎么回事?蛮人们还能记起更多的事?”

史密斯神甫得意地点点头。“这第一步,仅仅是确认身份,但看看这些:比基督教的教规差不了多少,是用手势表示的!首先是这样——”他伸出三根手指,埃比尼泽正确地辨认出,是象征基督教圣三一[①]。

“再看这些——”神甫用三根手指中的第一根指了指,踮起脚尖,右手指向天空,同时用左手抓住生殖器部位。

“我的天啊!”伯林盖姆笑起来,“我怀疑这是天空中的圣父!”

“一点儿不错!”神甫咧着嘴笑着说。他接着把食指和中指并拢,一股劲地摇动着怀里看不见的小孩,一边拿十字架演示着,毫无疑问,是在代表圣子。又把无名指放在其他两根手指旁边,在地上匍匐了一会儿,眼睛紧闭着,然后目光凝视着屋顶,慢慢站起身,同时,扑打着像翅膀一样的双臂,暗示着圣灵升天,并以此象征着圣灵。

“妙极了!”诗人鼓掌欢呼。

“他无力模仿童女生子吗?”伯林盖姆询问道。

史密斯神甫一点儿不激动。“真诚能移山,”他宣称,“我们怎么能怀疑他有能力演示任何一条教规,他不是能够把诸如如此神秘的三位一体表现得如此清楚?”他把同样的三根手指,像刚才一样伸出来,交替着伸展并合拢它们。

“妙极了!”

“当然,”他说,“这完全是白费脑力,因为,屋子里没有一个异教徒懂他的意思。我猜想,他们一定乐得不可开交,可怜的神甫精疲力竭的时候,他们准会用棍子戳他,让他继续表演哑剧。”

“自然,告诉你情况的人,不可能告诉你有关的细节,”伯林盖姆

---

① 指圣父、圣子、圣灵三位一体。

话里带有一种怀疑的口吻，“发生所有这一切时，他还没有出世呢。”

“他才不会呢，也没有必要。”史密斯回答道，“所有的蛮人都一样，无论是印第安人、土耳其人，还是未开化[①]的英国人。我是知道蛮人们的德性的。因为这个缘故，我将从殉道者的观点来继续谈一谈——姑且这么说——补充上我猜想的查理·马塔森可能对我说的事情。这将会比原来的故事更动听，与我们掌握的很少的事实也没有什么违背之处。”

他回到桌子旁边，倒了第四巡赫雷斯雪利酒。

“那些年轻人，学着他的样子有好几个小时，模仿他的一举一动，用棍棒戳他。对他的肤色，他们很好奇：有一个人紧紧抓住神甫的手，一边与自己的肤色比较着，一边与他的同伴们聊着；另一个人拍拍自己的肚皮，比划着菲茨莫里斯神甫的长袍，想弄明白的是，那个陌生人的肤色是否从头至尾都与本地人不一样。其余的人嘲笑这一想法，这激起了那个好奇家伙的极大愤慨；他掀开自己的麝鼠毛皮腰布，说出第二个猜测，对他的兄弟们来说，是如此的不可思议，大家乐得眼睛都要瞪出来了。他们兴致勃勃地纷纷下赌注——四五串**沃坡皮格项链**——最终剥下了菲茨莫里斯神甫日晒雨淋褪了色的衣服，要决出个输赢。**瞧那个家伙！**[②] 他们的神甫站在那儿，可怜兮兮，浑身哆嗦。只见他的肚皮像岩鱼的肚皮一样白，尽管他的私处像收藏在梵蒂冈的英国国教祈祷书那样闲着没用，却确确实实丁是丁卯是卯的。那个挑战者，带着他赢来的东西，迈着大步走开了。而那个年轻的塔雅克，虽然还不到三十岁，却发号施令，结束了那场游戏。”

“啊，现在，请你们等一会儿！”伯林盖姆表示反对，“这只不过是从整匹布上撕下来的一小片料子！”

---

① 指未基督教化。

② 原文为拉丁文：Ecce Homo，系古代罗马犹太总督彼拉多（耶稣在其任内被判钉十字架）把戴着荆冠受刑的耶稣示众时所言。

“对，就是从整匹圣布上撕下来的。”史密斯无动于衷地插话说，对伯林盖姆的打趣，眼睛瞪得大大的。

“我喜欢这样，”埃比尼泽不耐烦地对他的朋友表明自己的态度，“让他从很少的事实中编出故事来。”

伯林盖姆耸了耸肩，回到火炉旁。

“女人们接着端上了晚饭。”神甫接着往下说，“菲茨莫里斯神甫浑身赤裸，蜷缩在屋角的草席上。这顿饭似乎要吃很长时间，但是很快就吃完了。女人还待在那儿，并开始抽烟，接下来是一通豪饮。神甫在旁边看着，满脸通红，却一心好奇，因为，尽管是个基督徒，他也是个男人，心里盘算着，如果能够活下来，针对蛮人的行为，要写一篇论文。人们暂且忽视了他的在场。在她们误入歧途地嬉乐的时候，他绞尽脑汁想办法，好同她们说说话。

“后来，那个年轻的塔雅克终于对所有的人发了一通话。各色人等转过身来凝视着神甫。两个头发花白、身上涂着颜料的老人，离开小屋，去取用雕刻装饰的柱子——十英尺左右长，柱底拴着臭鼬皮带，柱顶绑着粗糙的麝鼠皮。所有在场的人，冲柱子跪下来，扛柱子的人把柱子抬向菲茨莫里斯神甫。那个塔雅克用手指指着麝鼠皮，嘴里说着令人费解的话，其飞扬跋扈的声调，没有必要翻译出来：他要求神甫行类似的丧礼仪式。

“菲茨莫里斯神甫瞅准，是合适的时机了。他全然忘却自己还赤身裸体，一下子跳起来，摇头表示拒绝。接着，他再次高高举起十字架，用坚定不移的神态点点头，做了一个手势，似乎要把偶像扔掉。那个塔雅克这会儿实在按捺不住了，用更大的声调重复先前的命令，其他在场的人鸦雀无声。但是，菲茨莫里斯神甫立场坚定地站在那儿：他举起一个手指，表示十字架上的图像代表真实而唯一的上帝，甚至还对那神圣的柱子啐了几口。那个塔雅克立刻上去把他打倒在地；抬偶像的家伙们一起动手，用柱根压住他的颈部，死死地把他压在泥地上，那个塔雅克念叨着一则神圣的符咒，其他的人对此高呼赞同。”

“可怜的家伙！”埃比尼泽叹口气，“我怕他殉教就在眼前了。”

“还没到时候。”神甫说，“不一会儿，小屋就空了，只剩下菲茨莫里斯神甫一个人在泥地上直哆嗦。很快，十几个少女走进来，都用血根草涂料装饰得十分艳丽，把席盖铺在地上，无论从哪个方面看，都准备就寝了……”

“将发生的事情，没有什么神秘的，”伯林盖姆发表看法说，“如果这些南梯库克人与其他的印第安人没有什么两样。”

但是，埃比尼泽由于对这些事情一无所知，便请求史密斯神甫继续讲下去。

“菲茨莫里斯神甫面对那些少女，真是羞得十倍的脸红，”神甫说，“尤其是他意识到自己成了她们议论的话柄，因为她们小声地、乐滋滋地谈论着。他努力记住——为了撰写他的论文——所有的蛮人少女都住在同一个房间。灯火最终熄灭了，他庆幸的是，现在可以借助黑暗来掩饰自己的羞愧。

“但是好景不长，他还没来得及第三遍说*圣母啊*，就有一个印第安少女一下子扑在他的身上，咬他的脖子。她身上散发着熊油的气味，几乎没有穿衣服。”

“我的天哪！”埃比尼泽惊叫起来。

“那个可怜的家伙拼命挣扎，但是那个少女体魄很健壮，何况他的一只脚还给捆着。她抓住那个把柄，摸摸捏捏，就膨膨胀胀！菲茨莫里斯神甫几乎无法呼唤出他的拉丁文圣经，但是，他还是如此的虔诚，趁自己还没死，至少要使一个人改变信仰，他断断续续地说出一条祝福。作为回应，那个少女用舌头舔他的耳朵，菲茨莫里斯神甫赶忙口诵主祷文，与其说是关注病人的教育，还不如说是关心保全自身的尊严。但是，他还未来得及念叨，就听得一声‘嗞’！她还是用她的熄烛器（做神甫就得躲着这东西）一下子就盖实了神甫的蜡烛，蜡烛不但没有熄灭灯火，反而增添了燃料，火燃烧得更旺了。总而言之，神甫本来希望赢得一个教徒，到头来却发现，正是自己被改变了信仰，连写一篇学术论文的时间都不到——而且被洗礼，被传授教义，被吸收为教徒，被发号施令！”

桂冠诗人故事听得很入神，伯林盖姆报之以笑。“给你的印象很融洽吗，埃本?”

“粗俗!”诗人动感情地说，“自己毫无过失，却丧失了自己的信誓！他那高贵的灵魂，不知受了多少折磨!”

“不，先生，”史密斯神甫宣称，“你忘了他是圣人中的一员，而且是一个基督徒。”

埃比尼泽争辩说，这自己就弄不懂了。

“他认真思考了自己处境的得与失，”神甫解释说，“并且引证了四个论点，来抚慰心灵的创伤。首先，审慎的神甫的习惯是，对他们将改变其信仰的人们的古怪风俗，一开始是持漠视的态度的。第二，他是在促进自己与异教徒之间的关系，因为这种关系是双方进行对话的基础。第三，他失足，正是为了实现自己的最终使命。这一点，在圣职界是有先例的：比如，如果伟大的奥古斯丁没有体验过肌肤的各种完美之处，怎么能够更好地理解并赞美美德？最后一点，使自己的推论免去诡辩之嫌的是，他从头至尾都被捆了个扎扎实实，干了那种事，自己是没有选择余地的，也无所谓负责任不负责任。实际上，他不但绝没有对自己的罹难感到伤怀，反而悟出，上帝在其中插了手，于是干劲十足地介入了那档事。如果他的收获与其耕种相称，他如是想，那么，罗马教廷或许会给自己个主教职位!

“那个少女被犁被耙以后，菲茨莫里斯神甫发现，另一个少女替补上来，于是不失时机地像对待第一个少女那样对待她，为的是让她改变信仰。天亮之前，多亏上帝帮了一把，他已经使屋子里的每一个少女接受了本教信仰明显的优越性。鉴于总共有十来个拜访的朝圣者，向最后一位朝圣者传授完教义以后，他精疲力竭地进入了梦乡。

“不久，他醒来的时候，情绪很高昂。既然在女人身上布道已经取得了如此大的进展，他确信，也同样可以在男人方面有所造诣。他的希望并不是毫无根据的，因为一会儿塔雅克和他的那些喽啰们，就赶来命令女人们离开屋子，接着就砍断神甫脚上的绳索。‘祝福你们，我的朋友们，’他大声说，‘你们已经看到了那真实而唯一的道路！’他原谅了他们对自己的虐待。他们把他提起来，从屋子里领出去。神甫对他所看到的一切欣喜若狂：暴风已经过去了，穿过那些残留的黑压压的乌云，太阳光照耀在竖立在广场上的一个大大的木十字架上，也照耀在摆在十字架下神甫自己带来的四只宝贝箱子上。塔雅克首先指一指菲茨莫里斯神甫胸前的十字架，然后指了指那个较大的十字架。

“‘这就是上帝的业绩，’神甫宣布，‘他指出你们的错误，你们以简单的方式向他表示敬意！’他感动得跪下来，向上帝表示谢意，感谢其神圣的意志打动了那些异教徒，感谢其授权让自己动用他神圣的意志，感染那些少女。但是，他的祈祷让两个强大的男人打断了，他们抓起他的胳膊就往十字架那边拖。菲茨莫里斯神甫对他们粗鲁的行为报以宽容的微笑，但是，一眨眼工夫他们就把他绑在十字架上，脚、胳膊以及脖子都绑了个结结实实，又在他脚边的箱子上架起木柴来。无论他向围观的观众怎么高声祈求饶恕，都是白费力气。他冲夜里那些见习修女发话，她们呢，咂着嘴，蛮有兴致地作壁上观：当地的法律是，男人免不了一死的时候，他就可以享受一下部落里没有成婚的少女。现在，她们已经履行了她们的职责！

“紧接着，是神甫最高尚地表露他伟大灵魂的时刻。塔雅克最后一次将他的军，一手拿着神圣的麝鼠皮，一手拿着烈火熊熊的火把，最后一次要求神甫臣服。但是，尽管神甫明白他已经没有什么讨价还价的余地，他还是鼓足最后的勇气，再次冲当地人的偶像上啐了几口。”

“他还可以啐出唾沫来，真难为他了。”伯林盖姆插话评论。

“立刻，呼声四起，塔雅克把手中的火把一下扔到干柴上！蛮人狂跳起来，冲他摇动神圣的柱子——因为，他们实际上斥责他为异教徒——大火腾空而起，燎去修女们蹭在他身上的紫草做的染料。可怜的人，他知道，我们的磨难都是上帝变相的祝福，他根本就不是被派来传教的，而是来殉教的。他抬眼望上苍，喘着最后一口气说：‘饶恕他们，因为他们不知道他们在干什么……’”

埃比尼泽尽管没有什么宗教意识，却也为故事的凄怆所打动，不禁低声说了声“阿门”。

“要是菲茨莫里斯神甫知道，纵然自己被烤着呢，在他见习女教士们的肚子里却孕育着三个白皮肤的婴儿，那么，他会死得更安心——如果不是心里更暖的话。三个婴孩当中，一个死于临产，另一个出生后被抛在了沼泽中，第三个孩子，长大到妙龄女郎的时候，被塔雅克娶为妻子，后来生下告诉我这个故事的人。至于耶稣会的传教活动，当乔治·卡尔弗特最后回到圣玛丽城的时候，由于他与克莱本的磋商毫无效果，其他的神甫就发誓，在确定其同伴的具体行踪之前，矢口不提同伴对罗马教廷的不义之举。他们做如是汇报——正如我给你们看的年度信件里所写的那样——即，两个神甫都随远征队回来了。其后，有各种各样的谣言，说他们略去了他失踪这一事实。新的神甫来到这个州，传教工作说不上有什么力度，却还算一帆风顺，于是，久而久之，菲茨莫里斯的名字就被忘得一干二净了。”

他还想说下去，伯林盖姆打断他：“你对菲茨莫里斯神甫有什么看法，神甫？他是个傻瓜，还是个圣人？”

神甫冲着伯林盖姆，蓝色的眼睛睁得大大的。“严格地说，谈不上非此即彼，米切尔先生。他是上帝的傻瓜，就像许许多多他的同行前辈一样，就他的情形，最多可以说，他的方式不是耶稣会的做法。一个不在世的传教士，是不可能使人归宗的；而一个活着的殉道者，也是办不到。”

“说的一点儿不错，”埃比尼泽说，“入森林不止一条路。”

“那么，请容许我提一个更相关的问题，”伯林盖姆坚持说，“哪一条路更适合你的口味？”

史密斯神甫看上去对此思考了一会儿，好作回答。他拿出烟斗，翻动桌子上的信件。“你为什么要这样问？”他最后问道，虽然他的语调表明，他是知道其中原因的，“一个人被迫做出选择之前，就预测他以身殉教的可能性，是不大可能的事情。”

对此，伯林盖姆只是微笑，但是，他的意思是明确无误的。埃比尼泽吓得脸发红。

“实际情况是，”神甫接着说，“我几乎不敢把会议记录交到你们手里。库德做事，一向总是十分狡诈的，再说，你们的证件是尼科尔森，而不是巴尔的摩勋爵签发的。”

“原来还有这个讲究！”伯林盖姆闷声闷气笑着说，“你不信任尼科尔森？别忘了是巴尔的摩授予他职位的。”

神甫摇摇头。“弗朗西斯·尼科尔森可不是任何人的工具，我的朋友。他不是和安德罗斯闹得很僵？人家可是他以前的上级呢。他不是打算把都城从圣玛丽城迁移到安妮·阿伦德尔城，不为别的原因，就为了向新教徒国王表示忠诚之心吗？”

“我的天哪！”伯林盖姆惊叫起来，“正是尼科尔森偷了会议记录，然后私下里转给巴尔的摩的！”

“就像我以前说到的库德先生的情况一样，”史密斯神甫解释说，“所有人都有忠诚之心，但是，他们效忠的目标，也至多是相似而已。菲茨莫里斯神甫对来这个州布道抱极大的热忱，怀特神甫和奥尔瑟姆神甫也一样，但是，在这里，同样的热忱却导致了他的变节。直到这儿，人们才知晓，他追求的是某种其他的目标。我该怎么说呢？”他紧张地笑了笑。

“许多人乘同一辆马车，从普利茅斯上路，”伯林盖姆提示说，“但是，并非所有人的目的地都是马里兰。”

“你真会说，就是桂冠诗人也赶不上你！要是我能够看到出于巴尔的摩之手的一份证件，并且上面还有他的亲笔签名——我正是这样被吩咐的——那么，我甚至会把会议记录交给约翰·加尔文本人，这样一来，事情就算办完了。”

埃比尼泽担心伯林盖姆会使出什么坏点子，就走近神甫，想请求他相信自己，相信自己是查尔斯·卡尔弗特的桂冠诗人，哪怕他不相信尼科尔森或伯林盖姆。但是，他克制自己没有这样做，因为他想起——对此感到十分气恼——他的这次使命是虚托的。再说，就算是真实的，也拿不出什么真凭实据让人看。

伯林盖姆的脸上露出一种新的表情：身体倾斜过桌面，向主人凑过去，掏出一把皮把柄的、像匕首一样的刀，借着蜡烛灯光，用大拇指在刀刃上试了试。

“我本以为，总督的书信就有足够的说服力了，”他说，“但这个东西的锋利程度，从逻辑上讲，应该足以使最顽固不化的耶稣会士改变原来的想法！拿出会议记录，这样对你会有好处的！”

埃比尼泽尽管早已料想到会发生这样那样威胁的举动，但伯林盖姆这样干，还是吓得他出不了气来。

史密斯神甫盯着刀，眼睛瞪得溜圆，舔舔嘴唇。“我又不是头一个为行使修会的使命而献身的。”

即使对埃比尼泽来说，这句话也与其说是反抗，不如说是试探。伯林盖姆微笑着。“只有真正的胆小鬼才怕被一刀刺死！菲茨莫里斯神甫的命运，比一刀刺死要惨得多呢，更不必说车轮上的凯瑟琳[①]和煎锅上的劳伦斯[②]。要我用什么法子使你参加他们的行列？我知道不大可能拿到那份会议记录。”

“这样说来，你已经想好什么歹毒法子了？”史密斯神甫嘟哝说，“我们基督徒，这种事情见得多着呢。”

“尤其是罗马天主教，”伯林盖姆用讽刺的口吻说，“他们给人带来乐趣的那一套，就连穆斯林也想不出来！”他一边眼睛盯着神甫，一边接着描述——也许是为了让埃比尼泽增加点儿见识——拷问人

---

① 圣凯瑟琳（St. Catherine），四世纪初学者，早期基督教殉教者。据传因反对罗马皇帝马克西米努斯二世迫害基督教徒而受棘轮车刑，后被斩首。

② 即圣劳伦斯（St. Lawrence，约225—258），古罗马执事，在罗马皇帝瓦莱里安迫害基督徒期间殉道，遭炙烧而死。

员所使用的各种规劝手段，包括吊坠刑[①]、肢刑架[②]、铁女架[③]、烧红的砖块、火焚以及其他刑罚。桂冠诗人对此留下了深刻的印象，尽管他觉得，手头的活并没有因此而更容易些。史密斯神甫完全木然地坐在那儿。

“但是，所有这些都是鉴赏者的精湛手艺，”伯林盖姆说，“以品尝受难者的痛苦为目的，而不是达到目的的方法，我既没有趣味，也没有时间跟你这么玩。”他从桌子边走开，大拇指还在试匕首的刀锋——神甫不由自主地吃了一惊——去把小屋的门闩了起来。“我在加勒比海上的海盗中见识过，他们为了找乐趣，可以叫一个人吃他自己的两个耳朵，或者用一把短剑逼他奸自己的女儿。但是，如果他们想得到某种信息，他们就采用一种更简单、更奇妙、更迅速的手段。”他向桌子靠过去，手握匕首，“既然你是个神甫，那么，你将受的刑，不会给你带来什么懊悔。撬开你口的地方，先生，正是你守得最紧的地方。一下子丢掉一份宝贝，是一个沉重的打击，但是，由于爱一个宝贝而偏偏失去了另一个宝贝，那又该是多么加倍的痛苦！我还需要再往下说吗？”

“见鬼，亨利！”埃比尼泽跳起来，放声大叫，“我想你不会那么做的！”

“亨利，是吗？”神甫声音低沉地说，“你们这些骗子！”

伯林盖姆冲埃比尼泽紧皱眉头。“我一定会，而且，你还得帮我一把。抓牢他，我去找绳子把他绑起来！”

虽然神甫并没有迹象以示反抗，埃比尼泽还是不忍心插手。他站着，心中无主。

“既然我知道了你是约翰·库德的一个奸细，”史密斯神甫说，

---

① 旧时一种将犯人用绳缚着吊起并骤然使其坠下的刑法。

② 旧时一种以转轮牵拉四肢使关节脱离的刑具。

③ 旧时一种外具女子形状、内置尖钉的刑具。

"我就准备着尝任何苦头了。你绝不会从我手里拿到会议记录的。"

伯林盖姆狂叫着，向前迈了一步，神甫趁机从信件下面抓起一把开信刀，退缩到一面墙壁边，他没有做出反抗的姿势，而是用刀尖对准自己的胸膛。"别动！"见伯林盖姆走近，他大喊道，"再往前走一步，我就自杀！"

伯林盖姆犹豫起来。"别吓唬人。"

"那么试试看！"

"你的上帝会宽恕你一个神职人员自杀？"

"我顾不了那么多，"神甫说，"我侍奉教会，他们会认可我的行为的。"

伯林盖姆顿了一下，耸耸肩，脸上露出笑容，把匕首插回皮带上。"我为什么要杀害一个对神职事业如此忠诚的人？①"

神甫的表情由抵抗变为不相信。"你说什么？"

"我说，你表明了自己的忠诚，又是如此的明智，我不会在尼科尔森面前提起这件事。现在，拿出会议记录！②"

这一策略，不但使史密斯神甫摸不着头脑，也把埃比尼泽弄糊涂了。"我听不懂你说的法语，亨利！"他抱怨说。但是，伯林盖姆不但没有翻译出自己的话，却向他转过身来，用匕首逼着他，把他抵到墙壁上。

"马上你就会明白，蠢货！"亨利叫起来，对仍然摸不着头脑的神甫命令道，"先把这个家伙的手臂绑起来，再把会议记录拿出来！③"

"你中了什么邪？"诗人质问道。他对伯林盖姆早就有一肚子狐疑，这件事情让他感到尤其不安。

"你是谁？"神甫问，"你能拿出什么证件来？"

"请用更微妙的语言说话。④"伯林盖姆微笑着说，"我没有巴尔的摩的手谕，我也不想有。你认为那是唯一有权威的证据吗？至于证明

---

①、②、③、④处原文都为法语。

信件，我身上永远带着呢。[①]”他解开自己的衬衫，露出刻在胸前肌肉上的文字MC。

“卡斯提纳先生！”史密斯神甫惊叫了起来，“你是卡斯提纳先生？[②]”

“同你一样是基督徒，[③]”亨利说，“巴尔的摩做梦也想不到，我会来到英国新教徒的地方。詹姆士和路易万岁。把神秘的会议记录拿给我……[④]”

“好的，先生，这就拿！要是我早知道你是——[⑤]”

“我当时的疑虑也不比你小，但是，现在都云开雾散了。这个家伙看上去对巴尔的摩很忠实，但是他不信天主教：如果有什么不方便，我就把他给宰了……[⑥]”

“好的，先生！[⑦]”神甫非常高兴，“好的，我这就去拿会议记录！[⑧]”他跑过去，打开屋角一个用铁锁锁着的箱子。

“以上帝的名义，究竟搞什么名堂？”埃比尼泽大声叫道，一肚子拿不准，很痛苦。

“名堂是，”他的同伴回答说，“我不是你所认为的亨利，也不是人们叫我的蒂莫西·米切尔。我是卡斯提纳先生！”

“是谁？”

“你的名声还没有传到伦敦，先生。”到了屋角的神甫笑了起来。他从箱子里取出一份稿件，有所不满地转向桂冠诗人。“所有的州都知道，卡斯提纳先生是与英国不共戴天的敌人。他做过加拿大的总督，在纽约与安德罗斯和尼科尔森打过仗。”

“后来，我的敌人得到了路易国王的宠信，我就被冷落了。”另一个愤愤地说。

“接着，卡斯提纳先生就逃到印第人当中，”史密斯接着说，“生活在他们中间，娶了个印第安女人做妻子——”

---

①、②、③、④、⑤、⑥、⑦、⑧处原文都为法语。